나를 지워줄게

미드나잇
스릴러
시 리 즈

LET ME

나를 지워줄게

LIE

클레어 맥킨토시 지음 ― 박지선 옮김

나무의철학

모든 것을 해준 로브에게

세 사람이 비밀을 지키려면 둘이 죽어야 한다.

― 벤저민 프랭클린

1부

1

죽음은 내게 어울리지 않아. 빌려 입은 외투처럼 어깨에서 흘러내려 먼지를 쓸고 다녀. 정말 몸에 안 맞고 불편해.

몸을 흔들어서 옷을 벗어버리고 싶어. 벽장에 던져 넣고 전에 입던 잘 맞는 옷을 다시 입고 싶어. 예전 삶을 떠나고 싶지 않지만 다음 삶이 기대되기도 해. 아름답고 생기 넘치는 사람이 될 수 있지 않을까 하는 기대 말이야. 당분간은 갇힌 신세지만.

두 삶 사이에.

이러지도 저러지도 못하는 불확실한 상태로.

사람들이 그러더군. 갑작스러운 이별이 더 쉽다고. 덜 고통스럽다고. 하지만 그들은 틀렸어. 오랜 시간 지속된 병 때문에 서서히 죽음을 맞이하며 겪는 고통이나 예고 없이 잔인하게 삶을 빼앗기는 두려움이나 마찬가지야. 내가 죽던 날 나는 두 세계 사이에서 아슬아슬하게 줄타기했어. 줄 아래의 안전망은 너덜너덜하게 찢어져 있었지. 이쪽으로 가면 안전했고 저쪽으로 가면 위험했어.

나는 걸음을 옮겼어.

그리고 죽었어.

우리는 죽음을 두고 우스갯소리를 했어. 우리가 너무 어리고 혈기 왕성해서 죽음이 남의 이야기일 때 말이야.

"누가 먼저 죽을 것 같아?" 어느 날 밤 내가 세 들어 살던 밸햄의 아파트에서 당신이 물었지. 우리는 와인을 다 비우고 전기난로 옆에 누워 있었어. 당신은 나른한 손길로 내 허벅지를 쓰다듬으며 부드러운 목소리로 물었어. 나는 재빨리 대답했고.

"당연히 당신이지."

당신은 내 머리에 쿠션을 던지려 했어.

만난 지 한 달 된 우리는 서로의 몸을 탐닉했고 남의 이야기를 하듯 미래를 이야기했지. 강한 믿음도 없었고 서로 약속 같은 것도 하지 않았어. 그저 가능성만 있는 관계였지.

"여자들이 더 오래 살잖아." 나는 씩 웃으며 이렇게 말했어. "잘 알려진 사실인걸. 유전학적으로 그래. 적자생존. 남자들은 혼자서는 힘든 상황에 대처할 수 없어."

당신은 심각해졌어. 내 얼굴을 감싸더니 당신 쪽으로 돌렸지. 희미한 불빛에 보이는 당신 눈빛은 어두웠어. 눈동자에 난로 불빛이 줄무늬를 그렸고. "그건 그래."

당신에게 입 맞추려고 했지만 당신은 내가 움직이지 못하게 손에 힘을 주었어. 당신이 엄지손가락으로 내 턱뼈를 누르는 게 느껴졌지.

"당신에게 무슨 일이 일어나면 난 뭘 어떻게 해야 할지 모를 거야."

난로에서 뜨거운 열기가 나오는데도 나는 순간 한기를 느꼈어. 누가 내 무덤을 밟는 기분이었어.

"그만해."

"나도 죽을 거야." 당신은 고집을 피웠어.

나는 당신 손을 밀어내고 얼굴을 빼서 그 치기 어린 드라마를 멈췄어. 그러면서 당신 손을 깍지 껴서 잡았지. 내가 거부한 것 때문에 기분 상하지 않도록. 그리고 당신에게 키스했어. 부드럽게 시작한 키스가 점점 격렬해지더니 결국 당신은 눕고 나는 그 위로 올라갔지. 내 머리카락이 흘러내려 우리 얼굴을 가렸어.

당신은 날 위해 죽을 수도 있었어.

우리 관계는 풋풋했어. 쉽게 꺼질 만한 불꽃도 불길이 되어 타올랐지. 당신이 나를 사랑하지 않게 될 줄은 몰랐어. 내가 당신을 사랑하지 않게 될 줄도. 나는 당신이 보여준 감정의 깊이에, 당신의 강렬한 눈동자에 우쭐해질 수밖에 없었어.

당신은 날 위해 죽을 수도 있었고 그 순간에는 나도 그렇다고 생각했어.

하지만 우리 둘 다 그러리라고는 생각지도 못했어.

2

애나

엘라가 태어난 지 팔 주가 지났다. 눈을 감은 엘라의 길고 까만 속눈썹이 젖을 먹느라 오르내리는 사과 같은 뺨에 스쳤다. 내 가슴에 대고 펼친 작은 손은 불가사리 같았다. 나는 소파에 꼼짝하지 않고 앉아서 젖을 먹이는 동안 내가 할 만한 일을 모두 떠올렸다. 독서. 텔레비전 시청. 온라인 식품 쇼핑.

하지만 오늘은 아니었다.

오늘은 그런 일상적인 일을 하기에 적당한 날이 아니었다.

나는 딸을 보았다. 잠시 뒤 딸아이는 속눈썹을 들어 남색 눈동자를 내게 고정했다. 진지하고 믿음이 가득한 눈빛이었다. 아이의 깊은 눈동자에는 조건 없는 사랑이 가득했다. 그 눈동자에 비친 내 모습은 작지만 흔들림 없었다.

엘라가 젖을 먹는 속도가 느려졌다. 우리는 서로 바라보았고 나는 모성이야말로 가장 잘 지켜진 비밀이라고 생각했다.

세상에 존재하는 모성에 대한 책과 영화와 조언을 모두 섭렵한다 해도 작은 한 사람에게 전부가 되는, 이 마음을 빼앗기는 감정은 절대 미리 알 수 없었다. 그 작은 생명체가 내 전부가 되는 감정도. 나는 이런 감정을 아무에게도 말하지 않음으로써 비밀을 지키는 데 동참했다. 이런 이야기를 할 사람이 없었기 때문이다. 학교를 졸업한 지 십 년이 채 되지 않았기에 친구들은 아기가 아니라 연인과 잠자리에 들었다.

나를 계속 바라보던 엘라의 눈에서 아침 안개가 시야를 살금살금 가리듯 초점이 차츰 흐려졌다. 눈꺼풀이 한 번, 두 번 깜빡이더니 완전히 감겼다. 아이는 젖을 먹을 때면 언제나 처음에는 맹렬했고 잠시 뒤에는 규칙적으로 입을 움직이다가 서서히 느려졌다. 지금은 몇 초 간격을 두고 입을 움직일 정도였고 잠시 뒤 입놀림을 멈추고 잠들었다.

나는 검지로 가슴을 눌러 아이 입에서 젖을 떼어냈다. 그런 다음 수유 브라를 바로 입었다. 엘라는 입을 한동안 오물거리더니 입술을 완벽한 알파벳 'O' 모양으로 만든 채 깊은 잠에 빠졌다.

아이를 눕혀야 했다. 얼마 동안이나 잘지 모르지만 그 시간을 최대한 활용해야 했다. 십 분? 한 시간? 우리는 규칙적인 일상과 거리가 아주 멀었다. 규칙적인 일상. 아기를 낳은 지 얼마 안 된 엄마들의 표어였다. 방문 간호사가 참석하라고 쪼아대는 통에 나갔던 산후 모닝커피 모임에서도 이 이야기뿐이었다. '아직도 통잠을 안 자요? 울음 조절법(아기를 침대에 눕힌 뒤에 혼자 울다 잠들게 두는 방법)을 시도해보지 그래

요? 지나 포드(영국의 육아 전문가) 책은 읽어봤어요?'

나는 미소를 띤 채 고개를 끄덕이며 '해볼게요'라고 말하고는 다른 엄마에게 관심을 돌렸다. 그들과 달리 융통성이 있는 사람에게. 나는 규칙적인 일상 같은 것에 신경 쓰지 않기 때문이었다. 우는 엘라를 내버려두고 아래층에 앉아 페이스북에 '악몽 같은 육아'에 대해 포스팅하고 싶지 않았다.

돌아오지 않는 엄마를 찾으며 우는 것은 마음 아픈 일이다. 엘라는 아직 그런 것을 알 필요가 없었다.

아이가 잠결에 꼼지락대자 내 목에 항상 걸려 있던 덩어리 같은 것이 부풀어 올라 목이 메었다. 깨어 있을 때 엘라는 영락없는 내 딸이었다. 친구들은 엘라가 나와 닮은 점을 짚어내기도 하고 마크와 얼마나 닮았는지 말하기도 했지만 내게는 그 점이 보이지 않았다. 나는 엘라를 바라보았다. 그저 바라볼 뿐이었다. 하지만 잠들어 있는 지금은…… 잠든 모습에서는 엄마가 보였다. 통통한 볼 아래에 숨은 얼굴 윤곽은 하트 모양이었고 이마와 머리카락이 이어진 부분의 선도 꼭 닮았다. 몇 년 지나면 엘라는 나머지 머리카락과 반대 방향으로 자라는 일부 머리카락을 가라앉히려고 거울 앞에서 시간을 보내겠지.

아기들도 꿈을 꿀까? 세상 경험이 거의 없는데 무슨 꿈을 꿀까? 잠자는 엘라는 부러웠다. 아기가 생기기 전에는 경험해보지 못한 극심한 피로와 잘 때마다 꾸는 악몽 때문이었다. 꿈에서는 내가 알 수 없는 일들이 보였다. 경찰 조서와 검시법원에서 본 것으로 추측한 내용이었다. 부모님도 보였는데 물에 빠져 잔뜩 붙고 흉하게 망가진 얼굴이었다. 절벽에서 떨어지는 두려움 가득한 얼굴도 보였고 그들의 비명도 들렸다.

가끔은 잠재의식이 친절을 베풀기도 했다. 부모님이 뛰어내리는 모습만 보이는 것은 아니었다. 이따금 하늘을 나는 모습을 보기도 했다. 둘은 허공에 발을 내디딘 다음 두 팔을 펴서 푸른 바다로 급강하했다. 둘의 웃는 얼굴에 바닷물이 튀었다. 잠시 뒤 나는 미소를 머금고 편안하게 잠에서 깼다. 눈뜨고 나서야 눈을 감기 전과 하나도 달라지지 않았다는 것을 깨달았다.

십구 개월 전 아빠는 운영하던 중고차 판매점 앞마당에서 가장 비싼 최신형 자동차를 몰고 나갔다. 이스트본에서 비치헤드까지 십 분가량 차를 몰고 가서 주차장에 세우고 문을 잠그지도 않은 채 절벽 꼭대기로 걸어갔다. 그곳으로 가는 동안 아빠는 자기 몸을 무겁게 만들기 위해 돌을 모았다. 그리고 잠시 뒤 파도가 가장 거셀 때 절벽에서 몸을 던졌다.

칠 개월 뒤 슬픔을 견디지 못한 엄마는 아빠를 뒤따랐고 충격적일 정도로 똑같은 방식을 택한 엄마의 죽음을 현지 신문에서는 '모방 자살'이라고 보도했다.

내가 이 모든 사실을 알고 있는 이유는 검시관이 부모님의 행적을 한 단계씩 쫓아가며 설명하는 것을 두 차례 다 들었기 때문이다. 나는 빌리 삼촌과 앉아 해상 구조에 실패한 두 사건에 대해 설명을 들었다. 설명은 조심스러웠지만 고통스러울 정도로 자세했다. 전문가들이 파도에 대한 의견, 생존율,

사망자 통계를 발표하는 동안 나는 무릎만 쳐다보고 있었다. 그리고 검시관이 자살이라는 판결을 기록할 때는 눈을 감았다.

부모님은 칠 개월 간격으로 사망했지만 둘의 죽음이 연관되어 있었기에 사인심문은 같은 주에 열렸다. 사인심문이 진행된 이틀 동안 나는 많은 것을 알게 되었으나 정작 중요한 것은 알지 못했다.

부모님은 왜 자살했을까?

자살한 것이 맞는다면 말이다.

사인심문으로 알게 된 사실에는 논쟁할 여지가 없었다. 부모님이 자살 충동을 느끼지 않았다는 사실만 빼면. 그들은 우울해하지도, 불안해하지도, 두려워하지도 않았다. 그들은 삶을 포기하는 것과 가장 거리가 먼 사람들이었다.

"정신 질환이라는 게 언제나 뚜렷하게 드러나는 건 아니야." 부모님은 자살할 사람들이 아니라고 말할 때면 마크는 이렇게 말했다. 대화가 돌고 돌아 다시 이 지점에 이르렀지만 그의 목소리에서 짜증은 느껴지지 않았다. "정말 유능하고 긍정적인 사람도 우울증을 앓을 수 있어."

지난 한 해 동안 이런 생각을 혼자만 간직하는 법을 배웠다. 슬픔 속에 숨어 있는 냉소를 말로 표현하지 않는 법을. 의심하는 사람은 아무도 없었다. 걱정하는 사람도 없었다.

하지만 당시 나만큼 부모님을 잘 아는 사람은 없었을 것이다.

전화가 울렸다. 자동 응답기가 받도록 내버려두었으나 전화 건 사람은 메시지를 남기지 않았다. 곧바로 주머니 속 휴대전화가 진동했다. 나는 전화기를 보기도 전에 마크라는 것을 알았다.

"혹시 아기 재우고 있었어?"

"어떻게 알았어요?"

"엘라는 잘 있어?"

"삼십 분 간격으로 수유 중이에요. 저녁 식사 준비 시작하려고 계속 노력하는데 꼼짝도 못 하고 있어요."

"그냥 둬. 내가 집에 가서 할 수 있으니까. 당신 기분은 어때?" 마크의 말투가 나 말고 아무도 알아차리지 못할 정도로 미묘하게 달라졌다. 숨은 뜻이 있었다. 그냥 하는 질문이 아니라 하고 많은 날 중 바로 오늘 기분이 어떠냐는 뜻이었다.

"괜찮아요."

"내가 집으로 갈게. 혹시라도……"

"괜찮다니까요. 정말이에요."

마크는 강의 도중에 나오는 것을 싫어할 것이다. 그는 남들이 맥주잔 받침이나 외국 동전을 모으듯 자격증을 수집했다. 이름 뒤에 붙는 자격이 어찌나 많은지 더 이상 쓸 자리가 없을 정도였다. 그는 몇 개월에 한 번씩 명함을 새로 만들었는데 가장 중요도가 떨어지는 자격증은 끝으로 밀려나 잊혔다. 오늘 그가 듣는 강의는 '내담자와 상담자 관계에서 공감의 중요성'이었다. 마크는 그 강의를 들을 필요가 없었다. 그의 상담실 문을 열고 들어서는 순간 그에게 공감 능력이 있다는 것을 분명히 알 수 있었으니까.

마크는 나를 울렸다. 내게 휴지 상자를 내밀며 천천히 실컷 울라고 했다. 내가 준비되기 전까지는 시작하지 않겠다면서.

그리고 내가 울음은 그쳤으나 여전히 할 말을 찾지 못하자 부정, 분노, 협상, 우울, 수용으로 이어지는 슬픔의 단계를 설명했다. 나는 첫 번째 단계에서 나아가지 못했다는 것을 깨달았다.

네 번째 상담 시간에 마크는 숨을 깊이 들이마시더니 더 이상 상담을 진행할 수 없다고 했다. 내가 나 때문인지 묻자 그는 전문가답지 못하게 이해관계가 충돌하는 상황이 생겼기 때문이라고 대답했다. 그러면서 상담 대신 같이 저녁 식사를 하고 싶다고 했다.

그는 나보다 나이가 많았는데 (사실 나보다는 엄마 나이와 더 가까웠다) 자신감이 있었고 이제야 알게 되었지만 자신감 있는 겉모습 이면에 불안이 맴도는 사람이었다.

나는 망설이지 않았다. "좋아요."

나중에 그는 내담자와 데이트했다는 윤리적인 문제보다 내 상담을 방해한 데 죄책감을 더 느꼈다고 말했다. 나는 '전 내담자'라고 콕 집어 말했다.

지금도 마크는 그 일로 꺼림칙해했다. 그때마다 나는 사람은 언제 어디에서 만날지 모른다고 일깨워주었다. 내 부모님은 런던의 나이트클럽에서 만났고 마크의 부모님은 막스 앤 스펜서 냉동식품 코너에서 만났다. 그리고 마크와 나는 푸트니에 있는 아파트 7층, 부드러운 양모 덮개가 덮인 가죽 의자가 있고 문 앞에 '상담사 마크 헤밍스, 예약 상담만 가능'이라고 쓰인 간판이 달린 상담실에서 만났다.

"그렇다면 다행이고. 예쁜 엘라에게 키스 전해줘."

"그럼 끊을게요." 나는 먼저 전화를 끊었다. 마크는 전화기를 입술에 대고 꾹 누르고 있을 것이다. 생각에 깊이 잠겼을 때 늘 그러듯이. 그는 커피와 인맥 쌓기, 또는 상담사 서른 명이 강의 중간 쉬는 시간에 하는 무언가를 포기하고 밖으로 나와 전화를 걸었을 것이다. 그리고 곧 그들에게 돌아가 불안이나 사별 같은 문제 상황을 설정하고 그에 공감하느라 몇 시간 동안 나를 잊을 것이다.

그는 내 문제를 해결하고 싶어 했다. 하지만 나는 허락하지 않았다. 세상의 그 어떤 말을 들어도 부모님이 돌아오지 않는다는 사실을 깨닫고는 상담을 중단했다. 마음속에서 느끼는 고통이 그저 슬픔이며 그 슬픔을 치유할 수 없다는 사실을 알게 되었다.

슬픔은 복잡한 감정이었다. 파도처럼 밀려왔다 밀려갔고 여러 모습을 지니고 있어서 자세히 파헤치려니 머리가 아팠다. 울지 않고 며칠을 보내다가도 몸이 아프고 숨도 쉬지 못할 정도로 울었다. 빌리 삼촌과 함께 예전에 아빠가 했던 바보 같은 짓을 이야기하며 깔깔대는가 하면 아빠의 이기심에 분노가 차오르기도 했다. 아빠가 자살하지 않았다면 엄마 역시 자살하지 않았을 테니까.

이 모든 것 중 최악은 분노였다. 머리끝까지 화를 내고 나면 반드시 죄책감이 뒤따랐다.

부모님은 왜 그런 짓을 했을까?

나는 아빠가 죽기 전으로 수없이 자주 되돌아갔다. 그리고 자살을 막기 위해 할 수 있는 일이 있었는지 스스로에게 물었다.

네 아빠가 실종됐어.

그 문자메시지를 받고 장난이라고 생각했다. 부모님과 함께 살았지만 회의 때문에 옥스퍼드에서 하룻밤 잔 뒤에 런던에서 온 동료들과 모닝커피를 마시며 이야기를 나누고 있었다. 나는 양해를 구하고 자리를 빠져나가 엄마에게 전화를 걸었다.

"엄마, 실종이라니 무슨 말씀이세요?"

엄마는 횡설수설했다. 기억 속에서 말을 끄집어내듯 느릿하게 이었다. 두 분은 그 전날 밤에 말다툼했고 아빠는 화가 나서 술집으로 가버렸다. 여기까지는 매우 평범했다. 나는 두 분 사이에 오가는 격한 언쟁을 오래전부터 감내하고 있었다. 싸움은 순식간에 불어닥쳤고 그만큼 빨리 지나갔다. 다만 이번에는 아빠가 집으로 돌아오지 않았다.

"빌리 집에서 잔 줄 알았는데 지금 출근해서 물어보니 빌리는 네 아빠를 못 봤대. 애나, 난 지금 정신이 하나도 없구나!"

그 길로 회의장을 떠났다. 아빠보다 엄마가 걱정되었기 때문이다. 부모님은 싸움의 원인을 숨기려고 조심했지만 그 여파를 한두 번 목격한 것이 아니었다. 아빠는 사무실이나 골프장이나 술집으로 사라졌다. 엄마는 집에서 숨죽인 채 울지 않은 척했다.

집에 도착했을 무렵 상황은 모두 끝나 있었다. 주방에는 모자를 손에 든 경찰이 있었다. 엄마가 심하게 몸을 떨어서 경찰이 구급대원을 불러 쇼크 상태의 엄마를 치료하고 있었다.

빌리 삼촌은 슬픔으로 얼굴이 새하얬다. 엄마의 대녀(代女)로라는 차를 끓였지만 우유 넣는 것을 잊었고 우리 중 누구도 그 사실을 알아차리지 못했다.

나는 아빠가 보낸 문자메시지를 읽었다.

더 이상은 못 하겠어. 내가 없으면 세상이 더 나아질 거야.

"아버지께서 회사 차를 가지고 가셨습니다." 경찰은 아빠와 비슷한 나이였다. 나는 그에게 자녀가 있는지 궁금했다. 자녀들이 고마운 줄도 모르고 그의 존재를 당연하게 여기는지도. "카메라를 확인해보니 어젯밤 늦은 시각에 그 차가 비치 헤드로 향했고요." 엄마는 울음을 억누르려 애쓰며 흐느꼈다. 로라가 엄마에게 다가가 위로하는 것을 보았지만 나는 그럴 수 없었다. 꼼짝도 할 수 없었다. 아무것도 듣고 싶지 않았지만 억지로 들을 수밖에 없었다.

"오늘 오전 열 시쯤 경찰에 신고가 들어왔습니다." 피케트 순경이 메모를 바라보았다. 우리를 보는 것보다 그러는 쪽이 쉬워서인 것 같았다. "돌이 가득 찬 배낭을 멘 남성이 지갑과 휴대전화를 바닥에 내려놓고 절벽 끝에서 뛰어내리는 것을 보았다는 여성의 제보였습니다."

"그 여자는 말리려고 하지도 않았단 말인가요?" 소리칠 생각은 아니었다. 빌리 삼촌은 내 어깨에 손을 올렸다. 하지만 나는 그 손을 뿌리치고 다른 경찰관들을 향해 외쳤다. "뛰어내리는 걸 그냥 보고만 있었대요?"

"순식간에 일어난 일이었습니다. 짐작하시겠지만 신고자도 무척 속상해했습니다." 피케트 순경은 형편없는 말을 했다는 것을 깨달았지만 후회하기에는 너무 늦었다.

"속상해했다고요? 아빠 기분은 어땠을까요?" 나는 휙 돌아서서 주변 사람들을 보며 도움을 청했다. 그러다가 경찰관들에게 시선이 머물렀다. "그 여자 조사해보셨나요?"

"애나." 로라가 나지막이 말했다.

"그 여자가 아빠를 밀지 않았다고 장담할 수 있어요?"

"애나, 이러는 건 아무 도움이 안 돼."

나는 뭐라고 쏘아붙이려다가 로라에게 기대어 나지막이 흐느끼는 엄마를 보았다. 그러자 싸우고 싶은 마음이 사라졌다. 내 마음도 아팠지만 엄마는 더 아팠다. 나는 주방을 가로질러 엄마 옆에 무릎 꿇고 앉아 손을 잡았다. 흐르는지도 몰랐던 눈물이 내 뺨을 적셨다. 부모님은 이십육 년 동안 함께였다. 함께 살고 일했으며 우여곡절을 겪었지만 서로 사랑했다.

피케트 순경은 목소리를 가다듬었다. "인상착의가 존슨 씨와 일치했습니다. 신고를 받고 즉시 현장으로 출동했고요. 비치 헤드 주차장에서 존슨 씨의 차를 회수했고 절벽 끝에서 저걸 발견……." 그는 말끝을 흐리며 주방 식탁 중앙에 놓인 증거물이 담긴 투명 비닐봉투를 가리켰다. 아빠의 휴대전화와 황갈색 가죽 지갑이 보였다. 빌리 삼촌이 좀이 슨 아빠 재킷 주머니를 두고 늘 하던 농담이 뜬금없이 떠오르는 바람에 웃음이 터질 뻔했다. 나는 웃는 대신 울었고 울음은 사흘 동안 멈추지 않았다.

엘라가 누르고 있는 오른팔이 저렸다. 살그머니 팔을 뺀 다음 손가락을 꼼지락거리자 손끝에 피가 다시 돌며 얼얼한 느낌이 들었다. 갑자기 안절부절못하게 된 나는 잠든 엘라 아래에서 살며시 몸을 뺐다. 왕립 해병대처럼 몰래 움직이는 법을 익힌 덕분이었다. 나는 엘라를 소파에 눕히고 쿠션으로 벽을 만들었다. 그리고 자리에서 일어나 너무 오래 앉아 있어서 뻣뻣해진 몸을 풀었다.

아빠는 우울증이나 불안증을 앓지 않았다.

"설령 그랬다고 해도 말씀하셨겠어?"로라가 말했다. 우리, 그러니까 로라와 엄마와 나는 주방에 앉아 있었다. 경찰과 이웃들이 모두 돌아간 뒤에 우리는 이상한 맛밖에 느껴지지 않는 와인을 한 병 마시며 주방에 멍하니 앉아 있었다. 인정하고 싶지 않았지만 로라의 지적은 일리 있었다. 아빠는 '동성애자'들이나 '감정'을 이야기한다고 굳게 믿는 수많은 남자 중 하나였으니까.

이유가 무엇이든 아빠의 자살은 너무 갑작스러웠고 우리 모두를 슬픔에 빠뜨렸다.

마크도 그랬지만 그의 후임으로 찾아간 상담사도 내가 아빠의 죽음 때문에 느끼는 분노를 계속 생각하고 말하도록 했다. 나는 검시관이 말한 다섯 단어에 사로잡혀 있었다.

'심신 상실 상태였던 것 같습니다.'

마크와 상담사는 내가 아빠와 자살을 분리하고 아빠가 남은 사람들에게 상처를 주려고 자살한 것이 아니라고 생각하도록 도왔다. 아빠의 마지막 문자메시지로 판단하건대 아빠는 자기가 없으면 우리가 더 행복할 것이라고 진심으로 믿고 있다고. 진실이 아닌 것은 하나도 없다고.

아빠의 자살을 받아들이려고 애쓰는 것보다 그 뒤에 일어난 일이 더 힘들었다. 나는 엄마가 나를 다시 고통에 밀어 넣은 이유를 헤아리려 애썼다. 자살로 인해 사별하는 고통을 직접 겪었고 내가 사랑하는 아빠 때문에 우는 것을 보았으면서도.

유리컵 속에 말벌이 갇힌 것처럼 귀에서 피가 윙윙대는 소리가 났다. 나는 주방으로 가서 물 한 잔을 단숨에 마신 다음 화강암 조리대에 손을 올리고 싱크대에 기댔다. 엄마가 설거지하면서 부르던 노랫소리가 들렸다. 이따금 아빠에게 자기 접시는 직접 치우라고 잔소리하던 것도 들렸다. 내가 엄마의 묵직한 도자기 그릇에 서툰 솜씨로 케이크를 만들 때면 밀가루가 구름처럼 피어올랐다. 그때마다 엄마는 내 손을 쥔 뒤 비스킷 모양을 잡고 페이스트리를 만들었다. 훗날 내가 다시 집에 들어와 살게 되었을 때는 엄마와 교대로 저녁 식사를 준비했는데 한 사람이 식사를 준비하는 동안 다른 한 사람은 아가 오븐레인지에 기대어 있었다. 아빠는 서재에 있거나 거실에서 텔레비전을 보았다. 우리 여자들은 마지못해서가 아니라 일부러 주방에 있었다. 요리하면서 수다를 떨려고.

내가 엄마를 가장 가깝게 느낀 곳은 바로 이 주방이었다. 가장 마음이 아픈 곳도 이곳이었고.

일 년 전 오늘이었다.

〈가제트〉에 '슬픔에 빠진 미망인, 몸을 던져 사망하다'라는 제목의 기사가 실렸고 〈가디언〉에는 '자살 명소에 대한 보도

자제를 요청한 사제'라는 은근히 비꼬는 제목의 머리기사가 실렸다.

"너도 알잖아." 나는 정신이 온전한 사람이라면 혼자 있을 때 소리 내어 말하지 않는다는 것을 알면서도 이렇게 속삭였다. 이 말을 잠시도 담아둘 수 없었기 때문이다. "네가 얼마나 마음 아팠는지 알잖아. 지금도 그렇고."

마크 말대로 오늘 다른 계획을 세웠어야 했다. 다른 집중할 거리가 필요했다. 로라에게 전화를 걸어 함께 점심을 먹고 쇼핑하러 갔더라면. 엄마 기일이라는 생각에 사로잡혀 해묵은 문제를 다시 꺼내며 침울하게 집 안을 돌아다니는 일 말고 무엇이든 해야 했다. 오늘이 다른 날보다 더 힘들 만한 논리적인 근거는 없었다. 오늘이라고 해서 엄마의 죽음이 어제나 내일과 다를 것은 없었다.

하지만……

숨을 깊이 들이마시고 이런 생각을 떨치려 했다. 유리컵을 싱크대에 내려놓고 시끄럽게 혀를 찼다. 귀에 들리게 나를 질책하면 마음이 달라지기라도 할 것처럼. 엘라를 공원에 데리고 가야지. 시간을 죽이기 위해 멀리 돌아간 다음 돌아오는 길에는 저녁거리를 사와야지. 그러면 어느새 마크가 퇴근해서 올 테고 오늘이 거의 끝날 테지. 이렇게 갑자기 무언가를 하기로 결정하는 일은 그동안 자주 쓴 수법이었지만 효과가 있었다. 마음의 고통이 수그러들고 눈 뒤가 욱신거리는 느낌이 사라졌다.

"정말 괜찮아질 때까지 괜찮은 척하는 거야." 로라는 언제나 이렇게 말했다. 그녀는 '지금 하는 일에 어울리는 옷이 아니라 하고 싶은 일에 어울리는 옷을 입어라'는 말도 즐겨 했다. 로라는 직장 일을 두고 한 말이었지만 본질은 같았다. (로라의 말을 매우 주의 깊게 들으면 사투리의 흔적을 희미하게 알아차릴 수 있다) 괜찮은 척하면 괜찮아질 것이다. 그리 오랜 시간이 지나지 않아 정말 괜찮아질 것이다.

나는 마지막으로 남은 일부를 해결하려고 애쓰고 있었다.

꺅 소리가 들렸다. 엘라가 잠에서 깼다는 뜻이었다. 복도를 반쯤 지났을 때 우편물 투입구에 무언가 꽂혀 있는 것이 보였다. 누군가가 직접 넣었거나 집배원이 배달을 돌면서 넣은 모양이었다. 어느 쪽이든 오늘 아침에 매트에 놓인 우편물을 가져올 때는 보지 못했다.

우편물은 카드였다. 오늘 아침에도 카드를 두 장 받았다. 둘 다 학교 친구들에게 온 것이었는데 적당히 떨어져서 위로 받는 쪽이 더 편한 친구들이었다. 나는 기일을 기억하고 이렇게 카드를 보낸 사람들에게 감동했다. 아빠 기일에는 문 앞에 캐서롤과 짤막한 쪽지를 남기고 간 사람도 있었다.

'냉동하거나 데워 먹어요. 생각나서 만들었어요.'

누가 놓고 갔는지는 아직도 모른다. 부모님이 사망한 뒤에 도착한 조문 카드 중에는 수년간 두 분이 팔았던 차에 얽힌 이야기가 많았다. 그중에는 걱정이 지나친 부모가 자만에 찬 십대 자녀를 위해 구입한 자동차도 있었다. 좌석이 두 개뿐인 스포츠카가 가족들이 주로 사는 주택 단지로 팔려가기도 했다. 진급, 크게 축하해야 하는 생일, 은퇴 기념으로 거래된 자동차도 있었다. 부모님은 각기 다른 수많은 이야기 속에서 역할을 맡았다.

지금 받은 카드의 주소는 스티커에 컴퓨터로 입력되어 있었고 오른쪽 위 구석에 찍힌 우편 소인의 잉크가 번져 있었다. 값비싸 보이는 두꺼운 카드라서 봉투에서 꺼낼 때 약간 뒤틀어야 했다.

카드의 그림을 보았다.

카드 전체에 밝은 색채가 넘실댔다. 진분홍색 장미에 광택이 나는 초록 잎과 줄기가 붙어 있었다. 가운데에는 샴페인 잔 두 개가 부딪치는 그림이 있었고 양각된 인사말에는 반짝이가 뿌려져 있었다.

'기념일을 축하합니다!'

한 대 얻어맞은 듯 움찔했다. 블랙 유머 같은 것일까? 아니면 실수일까? 의도는 좋았으나 시력이 좋지 않은 지인이 카드를 잘못 고른 것 아닐까? 나는 카드를 열어보았다.

내용은 컴퓨터로 입력되어 있었다. 싸구려 종이가 잘려 카드 안에 붙어 있었다.

이것은 실수가 아니었다. 손이 떨리고 단어가 눈앞에서 떠다녔다. 귓가의 말벌 소리가 더 커졌다. 나는 글자를 다시 읽었다.

자살일까? 다시 생각해봐.

3

이런 식으로 떠나고 싶지는 않았어. 이건 내가 늘 생각했던 이별의 방식이 아니야.

죽음을 상상할 때면 나는 어두운 방을 떠올렸어. 우리 침실이었지. 나는 등에 베개를 받치고 있어. 누군가가 내 입술에 물 잔을 갖다 대줘. 손에 힘이 없어서 물 잔조차 들지 못하게 되었거든. 통증을 이겨내려고 모르핀을 맞고 있어. 문병 온 사람들은 작별 인사를 하려고 살금살금 걸어와 한 줄로 늘어서 있어. 당신은 눈이 새빨갛지만 잘 참고서 그들이 건네는 위로의 말을 듣고 있어.

그리고 나는 서서히 깨어 있기보다는 잠든 상태가 되어 어느 날 아침 눈뜨지 못하게 돼.

종종 다음 생에는 개로 태어나고 싶다고 농담했어.

그런데 막상 이렇게 되고 보니 선택권이 그리 많지 않아.

내게 어울리든 안 어울리든 주는 대로 받을 수밖에 없어. 당신을 닮은 여자가 될 수도 있어. 더 나이 들고 못생겨지는 거지. 주는 대로 받지 않으면 아무것도 없어.

당신이 없으니 기분이 이상해.

우린 이십육 년 동안 함께했으니까. 좋든 나쁘든 결혼 생활을 지속한 기간도 거의 그 정도였지. 당신은 정장을 입었고 나는 임신 오 개월이 된 배를 감추려고 엠파이어 라인 드레스를 입었어. 함께 새로운 삶으로 뛰어들었지.

그런데 지금은 나 혼자야. 외로워. 무섭고. 한때 열심히 살았던 삶의 그림자 깊은 곳에서 빠져나온 기분이야.

내 생각대로 된 건 아무것도 없어.

그리고 지금 이걸 봐.

자살일까? 다시 생각해봐.

카드에는 서명이 없어. 애나는 누가 보냈는지 모를 거야.

하지만 난 알아. 지난 일 년 동안 이런 일이 벌어지기를 기다렸어. 입 다물고 가만있어야 안전하다고 나를 속이면서.

하지만 그렇지 않더군.

애나의 얼굴에서 희망이 보여. 그 애는 이 질문에 답을 찾느라 밤에 잠도 못 자겠지. 난 우리 딸을 알아. 애나는 우리가 자기 의지로 절벽에서 뛰어내렸을 거라고는 절대 믿지 않을 거야.

그 애가 옳아.

이제 무슨 일이 벌어질지 고통스러우리만치 선명하게 보여. 애나는 경찰서로 가겠지. 수사를 요구할 테고. 진실을 알아내려고 고군분투할 거야. 진실에 더 많은 거짓이, 더 많은 위험이 감춰져 있다는 걸 모른 채 말이야.

자살일까? 다시 생각해봐.

모르면 상처받지도 않아. 애나가 경찰서에 못 가게 막아야 해. 무슨 일이 일어났는지 진실을 알아내지 못하게 막아야 해. 그 애가 다치기 전에.

난 차를 몰고 비치 헤드로 가던 날이 내 예전 삶의 마지막이라고 생각했어. 하지만 그게 아닌 것 같아.

이걸 막아야 해.

그러기 위해서 다시 예전 삶으로 돌아가야 해.

4

애나

나는 마크에게 전화를 걸었다. 음성메시지를 남길 때 카드 이야기를 했는데 너무 뒤죽박죽이라 중간에 멈추고 심호흡한 다음 다시 설명해야 했다.

"이 메시지 듣자마자 전화해줘요." 이렇게 마무리했다.

자살일까? 다시 생각해봐.

그 말의 의미는 분명했다.

엄마는 살해되었다.

목덜미의 솜털이 아직도 곤두서 있었다. 나는 천천히 돌아서서 뒤쪽의 널찍한 계단으로 올라가 통 유리창 사이의 열린 문을 확인했다. 아무도 없었다. 당연했다. 하지만 누군가가 집에 침입해 내 손에 카드를 쥐여주고 가기라도 한 것처럼 들고 있는 카드를 보며 안절부절못했다. 이 집에 엘라와 나 말고 누군가가 있다는 느낌이 들었다.

나는 카드를 봉투에 욱여넣었다. 집에서 나가야 했다.

"리타!"

주방에서 후다닥 소리가 들리더니 타일 바닥을 경쾌하게 달리는 발톱 소리가 들렸다. 유기견 보호소에서 입양한 리타는 키프로스 푸들과 다른 몇 가지 종이 섞였다. 암컷이며 눈과 주둥이 주변에 적갈색 구레나룻이 덮였다. 여름에 털을 밀면 가죽 위로 눈처럼 흰 얼룩이 드러난다. 달려온 리타는 나를 열심히 핥았다.

"밖에 나갈 거야."

뭐든 한 번에 알아듣는 리타는 현관문으로 달려가 고개를 젖힌 채 다급한 표정으로 나를 쳐다보았다. 현관의 계단 아래 빈 공간에는 유모차가 세워져 있었다. 나는 익명의 카드를 유모차 아래 장바구니에 쑤셔 넣고 담요로 덮었다. 보이지 않으면 그 안에 넣은 카드가 사라지기라도 하는 것처럼. 그리고 기분 좋게 있다가 칭얼대기 시작하려는 엘라를 안았다.

자살일까? 다시 생각해봐.

나는 알고 있었다. 늘 그랬다. 엄마는 의지가 강했다. 나는 항상 그 의지의 십분의 일만 있어도 좋겠다고 생각했고 지금도 엄마의 자신감이 부럽다. 엄마는 포기하는 법이 없었다. 그러니 삶을 포기하지 않았을 것이다.

엘라가 다시 내 가슴을 더듬었지만 시간이 없었다. 집에 일
분도 더 있고 싶지 않았다.

"나가서 맑은 공기 좀 쐬고 올까?"

주방에서 기저귀 가방을 찾아서 기저귀, 물티슈, 모슬린 등
꼭 필요한 물건을 챙긴 다음 지갑과 집 열쇠를 넣었다. 대개
이 시간쯤 엘라는 기저귀에 무언가를 싸거나 젖을 토해 깨
끗한 옷으로 아래위를 다 갈아입혀야 했다. 나는 기저귀에서
냄새가 나는지 조심스레 킁킁댄 다음 아직 괜찮다고 결론지
었다.

"좋아, 가자!"

집과 보도 사이의 자갈 깔린 곳으로 가려면 현관에서 돌계
단을 세 개 내려가야 했다. 계단은 전부 가운데가 패였다. 오
랫동안 셀 수 없이 많은 발이 밟은 자리였다. 어릴 때 나는
맨 아래 계단에서 뛰어내렸다. 엄마의 '제발 조심해!'라는 말
과 함께 해가 갈수록 자신감을 얻었고 마침내 맨 위 계단에
서 뛰어내려도 길에 무사히 착지할 수 있게 되었다. 그때마
다 나는 박수갈채라도 받은 듯이 두 팔을 번쩍 들어올렸다.

엘라를 한 팔로 안은 나는 유모차를 계단으로 끌어 내린
다음 아이를 태우고 담요를 단단히 덮어주었다. 일시적으로
닥친 한파는 물러갈 기미가 보이지 않았고 서리가 내려앉아
보도가 반짝였다. 얼어붙어 있던 자갈이 발밑에서 갈라지며
둔탁하게 으드득 소리를 냈다.

"애나!"

이웃에 사는 로버트 드레이크가 내 집과 그의 집을 구분

하는 검은 철제 울타리 건너편에 서 있었다. 두 집은 생김새가 똑같았다. 3층짜리 조지 왕조풍 주택에 길고 좁은 뒷마당이 있었고 두 집 사이에는 앞에서 뒤까지 좁은 야외 통로가 있었다. 부모님은 1992년에 이스트본으로 이사했다. 당시 두 분은 뜻밖에 내가 생기는 바람에 런던을 떠나 결혼 생활을 시작했다. 아빠가 자란 집에서 거리 두 개를 지난 곳에 자리한 이 집은 돌아가신 할아버지가 현찰로 구입했다. (할아버지는 '애니, 사람들이 내 말에 귀 기울이게 하려면 현찰이 최고란다'라고 했다) 짐작컨대 그보다 십오 년 뒤에 옆집을 산 로버트에 비해 훨씬 싼값이었을 것이다.

"안 그래도 애나가 생각나던 참이었어요. 오늘이죠?" 로버트가 말했다. 그는 연민 가득한 미소를 짓고는 고개를 한쪽으로 기울였다. 그 행동을 보자 리타가 떠올랐다. 하지만 리타의 눈빛에는 따뜻함과 신뢰가 있었다. 그에 비해 로버트는…….

"어머니 말이에요." 내가 무슨 말인지 이해하지 못할까봐 그가 덧붙였다. 그의 목소리에서 짜증이 느껴졌다. 그의 연민에 내가 더 감사해야 한다는 듯이.

외과 의사인 로버트는 우리에게 친절했다. 하지만 그의 강렬하고 냉철한 눈빛 때문에 나는 수술대에 올라간 기분이었다. 그는 혼자 살았는데 자식이 없고 자식을 원하지 않는 남자답게 무심한 말투로 이따금 조카들이 다녀갔다고 이야기했다.

나는 리타의 목줄을 유모차 손잡이에 묶었다. "네, 오늘이에요. 기억해줘서 고마워요."

"기일은 늘 힘들죠."

진부한 이야기를 더 듣고 싶지 않았다. "엘라를 데리고 산책하러 가려고요."

로버트는 화제가 바뀌어 반가운 것 같았다. 그는 철제 울타리 너머로 자세히 들여다보았다. "많이 컸네요?" 엘라에게 담요를 너무 많이 둘러서 모습을 알아볼 수 없었겠지만 나는 그렇다고 대답했고 그가 궁금해하는 것 같지 않은데도 엘라의 신체 발달이 상위 몇 퍼센트에 속하는지 알려주었다.

"훌륭해요! 아주 좋군요. 그럼 어서 하려던 일 해요."

집 안의 자동차 진입로는 집과 폭이 같았고 겨우 주차할 수 있을 정도의 깊이였다. 울타리에는 지금껏 닫은 적 없는 철문이 포개져 있었다. 나는 작별 인사를 한 다음 유모차를 밀고 대문을 나서 보도로 갔다. 길 건너에는 공원이 있었다. 어린이 공원이 아닌 일반 공원이었는데 조경이 조잡했고 잔디에 들어가지 말라는 표지가 있었다. 부모님은 잠자기 전 마지막 일과로 리타를 데리고 교대로 공원을 산책했다. 지금 리타는 그때처럼 목줄에 묶여 있지만 내가 줄을 당기고 유모차를 밀어 향하는 곳은 공원이 아니라 시내였다. 나는 도시형 주택이 늘어선 길 끝에서 오른쪽으로 꺾었다. 오크 뷰를 흘끗 돌아보니 로버트가 아직도 집 안 자동차 진입로에 서 있었다. 그는 내 시선을 피하더니 집으로 들어갔다.

우리는 체스넛가를 따라 걸었다. 거리 측면에는 현관문 양쪽으로 큰 창문이 난 도시형 주택이 있었다. 번쩍이는 울타리가 집을 둘러쌌고 월계수에는 반짝이는 하얀 조명이 감겼다. 이 거리에 있던 저택 한두 채는 아파트로 바뀌었지만 넓은 대문에 깔끔하게 초인종과 우편함만 있는 대부분의 집은 예전 그대로였다. 돌출된 창가에는 크리스마스트리가 놓여 있었고 나는 그 너머의 천장 높은 방 안에서 무슨 일이 일어나는지 흘끔거렸다. 처음 본 집에서는 십대로 보이는 남자아이가 소파에 편히 앉아 있었다. 두 번째 집에서는 명절이 다가와 들뜬 어린아이들이 방 안을 뛰어다니고 있었다. 여섯 번째 집에서는 노부부가 각자 신문을 읽고 있었다.

여덟 번째 집은 문이 열려 있었다. 사십대 후반으로 보이는 여자가 초록빛을 띠는 회색으로 칠한 현관에 서서 한 손으로 문을 잡고 있었다. 나는 고개를 끄덕이며 인사했다. 여자는 손을 들어 올려 인사했지만 환한 미소는 차에서 크리스마스트리를 꺼내 집으로 옮기려고 씨름하며 옥신각신하는 세 사람을 향해 있었다.

"조심하렴. 떨어뜨릴라."

"조금 왼쪽으로. 문 조심해!"

십대 여자아이가 큰 소리로 웃음을 터뜨렸다. 어설프게 움직이던 남자아이는 쓴웃음을 지었다.

"난간을 넘어가려면 나무를 들어야 해."

아버지가 진두지휘하고 있었지만 방해만 되는 것 같았다. 그는 아이들을 뿌듯한 표정으로 바라보았다.

잠시 마음이 너무 아파서 숨을 쉴 수 없었다. 눈을 꼭 감았다. 부모님이 너무 그리웠다. 생각지 못한 때에 예상치 못한 방식으로. 재작년 크리스마스에는 나와 아빠가 트리를 맡았다. 엄마는 문간에 서서 장난으로 잔소리를 했다. 금속 통에 담긴 로지즈 초콜릿도 있었고 술을 진탕 마셨으며 5,000명은 족히 먹일 음식이 있었다. 로라는 직장에 다니고 있을 때는 선물 더미를 들고 등장했고 일을 그만둔 지 얼마 안 되었을 때는 다음에 꼭 준비하겠다고 사과했다. 아빠와 빌리 삼촌은 시답잖은 일로 입씨름했고 동전을 던져서 내기 결과를 정했다. 엄마는 감상에 빠져 CD플레이어로 '드라이빙 홈 포 크리스마스'를 틀었다.

마크는 내가 장밋빛 유리를 통해 과거를 본다고 말했지만 좋았던 일만 기억하고 싶어 하는 사람이 나뿐일 리 없었다. 그리고 장밋빛이든 아니든 부모님이 돌아가시고 나서 내 인생은 영원히 달라졌다.

자살일까? 다시 생각해봐.

자살이 아니었다. 살인이었다.

누군가가 내 예전 삶을 앗아갔다. 누군가가 내 엄마를 살해했다. 엄마가 살해되었다면 아빠 역시 자살하지 않았다는 결론에 이른다. 내 부모님은 살해되었다.

남겨질 사람들보다 자신을 먼저 생각하고 손쉬운 탈출구를 택한 부모님에게 몇 달 동안이나 화가 나 있었다는 데 대해 죄책감이 밀려왔다. 그러자 몸이 떨렸고 그 바람에 엘라의 유모차 손잡이를 더 꽉 잡았다. 부모님을 탓한 것이 잘못이었는지도 모른다. 나를 떠난 것은 그들이 선택한 일이 아니었는지도 모른다.

존슨즈 자동차 전시장은 빅토리아 로드와 메인 거리가 만나는 모퉁이에 있었다. 상점과 미용실이 사라지고 아파트와 주택이 들어선 도심 외곽에서 전시장은 한 줄기 빛을 뿜어냈다. 어린 시절에 보았던 펄럭이던 만국기는 사라진 지 오래였다. 영업 사원이 팔에 낀 아이패드나 금주 특가 상품을 스크롤하며 보여주는 대형 평면 스크린을 보면 할아버지는 어떤 반응을 보일까?

나는 매끈한 메르세데스와 중고 볼보 사이로 엘라의 유모차를 몰아 전시장 앞마당을 가로질렀다. 우리가 다가가자 유리문이 소리 없이 스르륵 열렸고 훈훈한 공기가 어서 들어오라고 유혹했다. 값비싼 스피커에서는 크리스마스 음악이 흘러나왔다. 전에 엄마가 앉아 있던 책상에는 캐러멜 색 피부에 어울리게 머리카락을 부분 염색한 매력적인 젊은 여자가 앉아 인조 손톱으로 키보드를 두드리고 있었다. 그녀가 나를 향해 미소 짓자 이에 붙인 인조 다이아몬드 장식이 반짝였다. 그녀의 스타일은 엄마와 비슷했다. 그래서 빌리 삼촌이 채용했는지도 모른다. 삼촌은 매일 이곳에 출근하면서 많이 힘들었을 것이다. 예전과 같으면서도 달랐을 테니까. 우리 집처럼. 내 인생처럼.

"애니!"

항상 애니였다. 삼촌이 나를 애나라고 부른 적은 없었다.

아빠의 동생인 빌리 삼촌은 전형적인 독신주의자였다. 삼촌 친구들 중에는 여자도 많았는데 삼촌은 금요일 밤에 그들과 저녁 식사를 하거나 가끔 런던으로 짧은 여행을 떠나 쇼를 보았다. 매월 첫째 주 수요일 밤에는 남자 친구들과 포커를 쳤고 삼촌은 이런 삶에 만족했다.

이따금 나는 베브, 다이앤, 셜리와 술 한잔하면 어떻겠느냐고 물었다. 그때마다 삼촌의 대답은 한결같았다.

"애니, 애야. 난 괜찮단다."

삼촌은 데이트 상대와 진지한 관계로 발전하지 않았다. 저녁 식사는 언제나 저녁 식사일 뿐이었고 술 한잔도 그뿐이었다. 런던으로 여행을 떠날 때면 가장 근사한 호텔을 예약하고 직접 선택한 동행에게 선물을 쏟아부었지만 항상 몇 달이 지난 다음에야 그녀를 다시 만났다.

"왜 삼촌은 그 사람들과 거리를 두는 거예요?" 한번은 내가 이렇게 물었다. 우리 가족끼리 '존슨 표 진토닉'이라고 부르는 술을 거하게 마신 뒤였다.

삼촌은 내게 윙크했지만 말투는 진지했다. "그러면 아무도 상처받지 않거든."

나는 삼촌을 끌어안고 화장품과 담배 냄새 그리고 뭔지는 몰라도 스웨터에 얼굴을 묻고 싶어지는 익숙한 냄새를 맡았다. 삼촌에게서는 할아버지와 똑같은 냄새가 났다. 아빠도 그랬다. 존슨 일가의 남자들에게서는 모두 같은 냄새가 났다. 이제 남은 사람은 빌리 삼촌뿐이었다.

나는 몸을 뗐다. 그 일을 알리기로 마음먹었다. "엄마 아빠는 자살하지 않았어요."

빌리 삼촌은 체념한 표정이었다. 전에도 이런 이야기를 한 적이 있었다.

"이런, 애니……."

하지만 이번에는 달랐다.

"두 분은 살해되었어요."

삼촌은 말없이 나를 보았다. 불안한 눈빛으로 내 얼굴을 살폈다. 그러고는 손님들을 피해 사무실 안으로 나를 데리고 들어가 항상 그 자리에 있던 고급 가죽 의자에 앉혔다.

'싸게 사면 두 번 사게 된다.' 아빠는 늘 이렇게 말했다.

리타가 바닥에 주저앉았다. 나는 발을 내려다보았다. 의자 끝에서 달랑거리던 내 발이 언제 이렇게 자라서 바닥에 닿게 되었는지.

나도 한때 이곳에서 일한 적이 있었다.

열다섯 살 때였다. 가족 사업에 합류하는 것이 어떻겠느냐고 권유를 받았지만 나는 사하라 사막에서도 물을 파느라 애먹는 사람이라는 것이 분명해졌다. 반면 아빠는 천부적이었다. 뭐라더라? 아빠는 에스키모에게도 얼음을 팔 사람이었다. 나는 아빠가 손님들을 파악하는 모습을 지켜보았다. 아빠는 그들을 '잠재 고객'이라고 불렀다. 그러면서 그들이 타고 온 차와 입은 옷을 유심히 본 뒤에 메뉴판에서 음식을 선택하듯 그들에게 어울리는 차를 골라주었다. 아빠는 늘 자기 모습을 잃지 않았다. 언제나 탐 존슨이었다. 하지만 억양이 약간 오르내리기도 했고 왓포드 FC, 더 큐어, 초콜릿 색 래브라도의 팬을 자처하기도 했다. 아빠와 손님과의 접점이 생기는 순간을 정확히 알 수 있었다. 손님이 아빠와 마음이 잘 맞는다고 생각하는 그 순간 말이다. 탐 존슨은 믿을 만한 사람이라고 생각하는.

나는 그런 일을 할 수 없었다. 아빠를 따라 해보려고, 엄마와 함께 사무를 보며 엄마처럼 손님에게 미소 짓고 아이들 안부를 물으려고 애썼지만 내 귀에조차 진심이 담기지 않은 말로 들렸다.

"우리 애니는 영업 일에 맞지 않는 것 같구나." 내가 어느 정도 일을 하고 나자 빌리 삼촌이 말했다. 기분 나쁜 말투는 아니었다. 그리고 그 말을 반박하는 사람은 아무도 없었다.

하지만 우습게도 결국 내가 하게 된 일은 영업이었다. 자선 사업이라는 것도 따지고 보면 영업이었으니까. 매달 기부금을 따와야 했고 아이들을 후원하고 유산을 기부하도록 설득해야 했다. 도움을 줄 만한 재력이 있는 사람들에게 죄책감을 팔아야 했다. 대학 졸업 이후에 줄곧 세이브 더 칠드런 재단에서 일하면서 그 일이 무의미하다고 느낀 적은 한 번도 없었다. 무성의하게 일한 적도 없었다. 자동차를 파는 일에는 한 번도 그렇게 열정적이지 않았건만.

빌리 삼촌은 가는 세로줄 무늬가 있는 남색 정장을 입고 빨간색 양말을 신고 멜빵을 멨다. 아마도 월 스트리트에서 일하는 사람의 분위기를 풍기려고 의도적으로 그렇게 입었을 것이다. 삼촌이 우연히 하는 일은 없었다. 다른 사람이 그렇게 입었다면 어울리지 않는다고 생각했겠지만 삼촌은 잘 소화해냈다. 배 때문에 멜빵이 꽉 조였지만 그 덕분에 화려하게 꾸몄다기보다는 귀엽다는 느낌을 주었다. 삼촌은 아빠보다 두 살밖에 어리지 않았지만 탈모의 기미가 전혀 없었고 관자놀이 부근의 흰머리는 세심하게 관리되어 있었다. 삼촌은 전시장에서 보여주는 긍지만큼 외모에도 자부심이 있었다.

"애니, 그게 다 무슨 소리야?" 삼촌은 다정했다. 내가 넘어지거나 놀이터에서 싸웠을 때 항상 그랬듯이. "오늘 힘들어서 그래? 나도 우울한 하루구나. 솔직히 하루가 끝나가서 반갑기까지 해. 오늘 기일이잖아? 온갖 추억이 떠오르네." 무뚝뚝한 말투에서 연약한 마음이 느껴지자 나는 삼촌과 시간을 더 많이 보내야겠다고 다짐했다. 전에는 전시장에 자주 들렀지만 엄마와 아빠가 돌아가신 뒤로는 스스로 핑계를 댔다. 너무 바쁘다, 엘라가 너무 어리다, 날씨가 안 좋다…… 사실 이곳에 오면 마음이 아팠다. 하지만 그것도 적당한 핑계는 아니었다.

"내일 저녁 식사 하러 오실래요?"

빌리 삼촌은 망설였다.

"네? 부탁이에요."

"그래. 그러자꾸나."

삼촌 사무실과 전시장 사이의 유리는 한쪽이 선팅 되어 있었고 반대쪽에서 영업 사원이 손님과 악수하는 모습이 보였다. 직원은 사장이 보고 있기를 바라는 것처럼 사무실 쪽을 흘끔 보았다. 삼촌은 다음 인사고과를 위해 기억해두겠다는 듯 만족스럽게 고개를 끄덕였다. 나는 삼촌의 생각을 읽으려 애쓰며 표정에서 단서를 찾아보았다.

사업은 주춤했다. 아빠가 사업의 구심점이었던 데다가 아빠의 죽음으로 빌리 삼촌은 큰 충격에 빠졌다. 엄마마저 떠나자 나는 삼촌이 무너지지 않을까 생각하기도 했다.

오래지 않아 엘라가 생긴 것을 알았고 삼촌을 보려고 전시장에 왔을 때 이곳은 엉망진창이었다. 사무실은 비어 있었고 대기실의 낮은 탁자 위에는 종이컵이 어지럽게 흩어져 있었다. 손님들은 앞마당에서 직원 안내도 없이 자동차 사이를 돌아다녔다. 안내데스크에서는 연한 적갈색 머리가 텁수룩한 신입 영업 사원 케빈이 크리스마스 다음 주부터 일을 시작한 접수 담당 임시 직원과 시시덕거리고 있었다.

"그런데 사장님은 어디에 계세요?"

케빈은 어깨를 으쓱했다. "오늘 출근 안 하셨어요."

"전화라도 해봐야 하는 거 아닌가요?"

빌리 삼촌 집으로 가는 차 안에서 나는 솟구치는 극심한 공포를 애써 모르는 척했다. 삼촌은 하루 쉬는 것일 뿐이다. 사라지지 않았을 것이다. 내게 그런 짓을 할 리 없다.

나는 초인종을 눌렀다. 문도 두드렸다. 가방을 더듬더듬 뒤져 휴대전화를 찾고 있을 때 내 입은 이미 부모님의 사인심문 때 익히 들었던 말을 중얼거리고 있었다. '이건 스스로 신변에 위협을 가한 사건입니다.' 그때 빌리 삼촌이 문을 열었다.

삼촌 눈의 흰자에는 핏발이 가득했다. 셔츠는 단추가 풀려 있었다. 정장 재킷이 잔뜩 구겨진 모양으로 보아 그대로 입고 잔 것이 틀림없었다. 술 냄새가 확 퍼졌고 나는 그것이 어제저녁에 마신 술이기를 바랐다.

"삼촌, 사장이 여기에서 이러고 있으면 어떡해요?"

삼촌은 내 뒤쪽 거리를 바라보았다. 노부부가 바퀴 달린 장바구니를 끌고 보도를 천천히 걷고 있었다.

"못 하겠어. 전시장에 나갈 수가 없어."

분노가 치밀었다. 나도 다 포기하고 싶다고 생각한 적이 없는 줄 아는가? 이 일로 힘들어하는 사람이 삼촌뿐이라고 생각했단 말인가?

집 안은 엉망이었다. 거실 탁자에 깔린 유리에는 기름때가 가득했다. 주방 조리대에는 더러운 접시가 널려 있었다. 냉장고에는 반쯤 빈 화이트 와인 한 병 말고는 아무것도 없었다. 빌리 삼촌은 혼자 사는 것의 큰 장점 중 하나가 외식이라고 생각했기 때문에 집에 먹을 만한 음식이 없는 것은 그리 이상하지 않았다. 하지만 우유도 빵도, 그야말로 아무것도 없는 것은 이상했다.

나는 충격을 드러내지 않았다. 접시를 개수대에 갖다놓고 조리대를 닦은 다음 현관 바닥에 흩어진 우편물을 가져왔다.

삼촌은 나를 보며 피곤한 듯 미소 지었다. "애니, 넌 정말 착한 아이야."

"빨래는 삼촌이 하세요. 제가 속옷까지 빨 수는 없잖아요." 나는 화가 가라앉았다. 삼촌 잘못이 아니었다. 누구의 잘못도 아니었다.

"미안하구나."

"괜찮아요." 나는 삼촌을 끌어안았다. "하지만 삼촌, 일하러 가셔야 해요. 직원들이 너무 어리던걸요?"

"가면 뭘 해? 어제도 손님이 여섯 명뿐이었는걸. 전부 다 그냥 구경만 하러 온 사람들이었다고."

"구경하러 온 사람들은 사고 싶은 마음이 있다는 걸 아직 모르는 미래의 고객이잖아요." 아빠가 즐겨 하던 말을 하자 목이 메었다. 삼촌은 내 팔을 잡았다.

"네 아빠는 널 정말 자랑스러워했어."

"삼촌도 자랑스러워하셨어요. 두 분이 일군 사업도 자랑스러워하셨고요." 나는 잠시 기다렸다. "아빠를 실망시키지 말아주세요."

삼촌은 점심시간에 출근해서 케빈을 독려하고 차를 판매하는 첫 번째 직원에게 샴페인을 주겠다고 했다. 존슨즈 자동차를 안정시키려면 샴페인 이상이 필요했지만 적어도 빌리 삼촌은 다시 책임자 자리로 돌아왔다.

할아버지가 은퇴하고 몇 주 지난 뒤에 아빠는 사무실과 전시장 사이의 유리 한쪽을 선팅 했다. 삼촌과 아빠는 사무실로 자리를 옮겨 양쪽에 각자 책상을 두고 앉았다.

"두 사람을 잘 감시해야 해."

"오히려 엄마가 손님들에게 수시로 윙크하는 걸 들키지 않도록 해야겠는데요."

엄마는 존슨 일가의 남자들을 꿰뚫어보았다. 언제나 그랬다.

빌리 삼촌은 다시 내게 집중했다. "난 너랑 사는 그 남자가 오늘 휴가라도 낼 줄 알았다."

"그 남자가 아니라 마크예요. 삼촌이 마크에게 기회를 주셨으면 해요."

"그럴 거야. 그놈이 너와 정식으로 결혼하면 말이야."

"삼촌, 지금은 1950년대가 아니에요."

"오늘 같은 날 널 혼자 내버려두다니."

"마크는 집에 있겠다고 했어요. 제가 괜찮다고 한 거예요."

"그랬겠지."

"정말이에요. 이걸 받기 전까지는 괜찮았어요." 나는 엘라의 유모차 아래에서 카드를 꺼내 삼촌에게 건넸다. 그리고 주도면밀하게 타자된 카드 내용을 읽는 삼촌의 표정을 살폈다. 삼촌은 한동안 멈춰 있다가 카드를 봉투에 집어넣었다. 턱이 굳었다.

"역겨운 개자식." 내가 말리기도 전에 삼촌은 카드를 한 번 찢은 다음 또 한 번 찢었다.

"뭐하시는 거예요?" 나는 의자에서 벌떡 일어나 찢어진 카드 조각을 낚아챘다. "경찰에 가져가야 한단 말이에요."

"경찰?"

"'다시 생각해봐.' 이건 메시지예요. 누군가가 엄마를 밀었다는 뜻이라고요. 어쩌면 아빠도요."

"애니, 애야. 이미 수백 번도 넘게 이야기했잖니. 네 부모가 살해되었다고 진지하게 믿는 건 아니겠지?"

"아니요." 나는 떨리는 아랫입술을 꽉 깨물며 자제력을 되찾았다. "살해되었다고 믿어요. 항상 뭔가 잘못되었다고 생각했어요. 두 분 다 자살할 수 있는 분이 아니에요. 적어도 아빠의 죽음이 우리 모두에게 어떤 영향을 미쳤는지 아는 엄마는요. 그런데 이제……"

"애니, 누군가가 괜히 분란을 일으키려는 거야! 사망 기사를 뒤지다가 슬픔에 빠진 가족들을 괴롭히면 재미있겠다고 생각하면서 우쭐대는 멍청한 놈이 저지른 짓이라고. 장례 명단을 살피면서 도둑질하러 나갈 때를 확인하는 썩어 빠진 놈들처럼 말이야. 아마 동시에 수십 명에게 같은 카드를 보냈을 거야." 삼촌이 카드를 보낸 사람 때문에 흥분했다는 것을 알면서도 그 분노가 나를 향한 것처럼 느껴졌다. 나는 벌떡 일어났다.

"그렇다면 경찰에 갈 이유는 더욱 충분하겠네요. 누가 그런 짓을 했는지 잡을 수 있도록 말이에요." 내 말투는 공격적이었다. 안 그랬다가는 울음이 터질 것 같았다.

"우리 가족은 원래 이런 일로 경찰에 도움을 요청하지 않아. 우리 문제는 스스로 해결해왔어."

"'문제'라고요?" 나는 삼촌이 왜 이렇게 무심하게 반응하는지 이해할 수 없었다. 이 카드로 모든 것이 달라졌다는 사실을 모른단 말인가? "삼촌, 이건 '문제'가 아니에요. 술집 구석에 앉아서 해결할 수 있는 언쟁이 아니라고요. '살인'일 수도 있어요. 그리고 삼촌은 아닐지 몰라도 저는 엄마에게 일어난 일이 신경 쓰여요." 이미 말을 뱉은지라 너무 늦었지만 나는 혀를 깨물었다. 빌리 삼촌은 돌아섰지만 나는 그의 상처받은 표정을 보았다. 잠시 어찌할 바를 모르고 서 있다가 삼촌 뒤통수를 보며 미안하다고 말하려고 노력했지만 말이 나오지 않았다.

엘라의 유모차를 끌고 문을 활짝 열어둔 채 사무실에서 나왔다. 삼촌이 나를 돕지 않는다면 혼자서 경찰서에 갈 생각이었다.

누군가가 내 부모님을 살해했다. 나는 범인을 찾아낼 것이다.

5

머리

머리 매켄지는 일회용 컵에 담긴 티백을 빙빙 돌렸다.

"우유 넣을까요?" 그는 냉장고를 열어 우유갑 세 개의 냄새를 몰래 킁킁거린 다음 곤경에 처한 민원인에게 안전하게 제공할 수 있는 것을 찾았다. 애나 존슨은 분명 곤경에 처해 있었다. 울고 있지는 않았지만 머리는 그녀가 울 수도 있다는 불편한 느낌이 들었다. 그는 눈물에 잘 대처하지 못했다. 눈물을 모르는 체해야 할지 아는 체해야 할지, 요즘 시대에 반듯하게 접은 손수건을 건네는 일이 성차별적인 행동인지 아닌지 알지 못했다.

머리는 흐느낌을 예고하는 나지막한 중얼거림을 들었다. 성차별이든 아니든 존슨 부인에게 휴지가 없다면 도움을 주어야 할 것이다. 그는 손수건을 사용하지 않지만 이런 일에 대비해 언제나 가지고 다녔다. 아버지가 그랬듯이. 머리는 주머니를 가볍게 두드린 뒤에 차가 너무 많이 담긴 컵을 한 손에 들고 돌아섰다. 그제야 약하게 끽끽대는 소리는 존슨 부인이 아니라 아기가 내는 소리라는 것을 알았다.

머리의 안도감은 잠시뿐이었다. 애나 존슨이 아기를 유모차에서 능숙하게 안아 무릎에 앉히더니 상의를 들어 올려 젖을 먹이기 시작했기 때문이다. 머리는 얼굴이 붉어지는 느낌이 들었다. 이런 생각을 하자 얼굴이 더 붉어졌다. 그가 여성의 모유 수유를 반대하기 때문이 아니라 수유하는 동안 어디를 봐야 할지 몰랐기 때문이다. 예전에 막스 앤 스펜서 위층 카페에서 모유 수유하는 어머니를 향해 힘내라는 뜻을 담아 미소 지은 적이 있었는데 그녀는 머리를 변태라도 되는 양 노려보며 황급히 가슴을 가렸다.

그는 존슨 부인의 왼쪽 눈썹 위쪽 어딘가에 시선을 고정한 채 차가 도자기 잔에 담기기라도 한 듯이 정중하게 잔을 내려놓았다. "안타깝게도 비스킷은 못 찾았어요."

"차만 마셔도 좋은걸요. 고맙습니다."

머리는 나이가 들수록 다른 사람의 나이를 가늠하기가 힘들어졌다. 마흔 넘은 사람도 그에게는 어려 보였으니까. 하지만 애나 존슨은 서른 살이 넘지 않은 것이 분명했다.

그녀는 매력적인 젊은 여성이었다. 고개를 움직일 때마다 약간 곱슬한 밝은 갈색 머리카락이 어깨에서 넘실거렸다. 얼굴은 창백했는데 태어난 지 얼마 안 된 아기를 돌보느라 그런 듯했다. 머리는 조카가 어렸을 때의 누나 얼굴이 떠올랐다.

두 사람은 로어 미즈 경찰서 안내데스크 뒤쪽의 좁은 공간에 앉아 있었다. 머리와 동료들이 경찰서로 누가 들어오는지 계속 살피면서 점심 식사를 할 수 있도록 마련된 작은 주방이 있는 곳이었다. 원래 민원인은 이곳에 들어올 수 없었지만 경찰서는 조용했고 개를 잃어버렸다고 신고하거나 보석금 서류에 서명하러 오는 사람 하나 없었다. 혼자서 생각할 시간이라면 집에서도 충분했다. 그는 직장에서까지 조용히 있고 싶지 않았다.

경사 계급보다 높은 사람이 본부에서 이 정도로 멀리 떨어진 경찰서에 나타나는 일은 드물었기 때문에 머리는 과감하게 존슨 부인을 안쪽으로 안내했다. 1미터짜리 멜라민 카운터에서 증인이 편안하게 느낄 수 없다는 것은 형사가 아니라도 알 수 있었다. 존슨 부인이 경찰서에 찾아온 목적으로 보아 그 어디에서도 편안함을 찾을 수 없을 것 같았지만.

"제 어머니가 살해된 것 같아요." 그녀는 도착하자마자 이렇게 말했다. 그리고 머리가 이견을 제기하기라도 한 듯이 그를 결연하게 쳐다보았다. 머리는 아드레날린이 솟구치는 느낌이었다. 살인 사건이라니. 오늘 근무하는 경위가 누구더라? 아…… 로빈슨 경위였지. 윗입술에 솜털이 보송보송하고 일을 시작한 지 얼마 되지도 않은 건방진 풋내기에게 보고해야 하다니 마음이 편치 않았다. 하지만 잠시 뒤 애나는 자기 어머니가 일 년 전에 사망했고 검시관이 이미 조사해 자살이라고 판정했다고 설명했다. 바로 그때 머리는 안내데스크 한쪽 문을 열고 그녀에게 들어오라고 했다. 시간이 좀 걸릴 것 같은 느낌이 들었기 때문이다. 그녀의 발치에서 개 한 마리가 얌전히 따라왔다. 개는 주변 환경에 동요하지 않는 듯했다.

이제 애나 존슨은 불편한 자세로 몸을 뒤로 틀어 유모차 안에서 종잇조각을 한 움큼 꺼냈다. 티셔츠가 올라가 물렁해 보이는 배가 약간 드러났다. 그러자 머리는 심하게 기침했고 수유하는 데 시간이 얼마나 걸릴지 궁금해하면서 바닥만 뚫어지게 보았다.

"오늘이 엄마 기일이에요." 애나는 큰 소리로 말했다. 목소리에 힘이 들어간 것으로 보아 머리는 그녀가 감정을 억누르려 하는 것이 아닐까 생각했다. 그녀의 힘 있는 목소리는 이상하리만치 냉정했고 불안한 눈빛과 어울리지 않았다. "우편으로 이걸 받았어요." 그녀는 머리에게 종잇조각을 내밀었다.

"장갑을 가져올게요."

"지문 때문이군요! 저는 생각 못 했는데…… 혹시 제가 증거물을 몽땅 망가뜨렸을까요?"

"존슨 부인, 우선 이걸 볼까요?"

"사실 결혼은 안 했어요. 애나라고 불러주세요."

"애나, 먼저 이걸 봅시다." 머리는 자리로 돌아가 라텍스 장갑을 꼈다. 너무 익숙한 동작이라서 편안하기까지 했다. 그리고 두 사람 사이의 탁자 위에 증거물을 담는 대형 비닐 봉투를 놓은 다음 종잇조각을 넣었다. 거칠게 네 등분으로 찢긴 카드였다.

"원래는 이렇지 않았어요. 삼촌이……" 애나는 머뭇거렸다. "삼촌이 화가 났던 것 같아요."

"어머니 쪽 형제인가요?"

"아버지 쪽이에요. 빌리 존슨. 메인 거리 모퉁이에 있는 존 슨즈 자동차 아세요?"

"그곳이 삼촌 가게예요?" 머리는 그곳에서 볼보를 구입했다. 그는 그 차를 판매한 사람을 떠올리려 애썼다. 대머리 부분을 교묘하게 가리는 머리 모양을 하고 말쑥하게 옷을 차려 입은 남자가 생각났다.

"원래 할아버지 가게였어요. 아빠와 빌리 삼촌은 할아버지에게 일을 배우고 런던으로 가서 일했죠. 제 부모님은 그곳에서 만났고요. 할아버지가 편찮아지시는 바람에 아빠와 삼촌이 도우려고 돌아왔고 얼마 뒤 할아버지가 은퇴하시자 사업을 물려받았어요."

"그럼 이제 그 사업은 삼촌 소유인가요?"

"네. 음, 저와 공동 소유일 거예요. 그게 좋은 건지 나쁜 건지는 모르겠지만요."

머리는 기다렸다.

"지금 사업 실적이 좋지 않거든요." 애나는 안고 있는 아기를 거스르지 않으려고 조심하면서 어깨를 으쓱했다. 머리는 애나의 부모에게서 누가 무엇을 물려받았는지에 대한 자세한 내용을 기억해두었다. 그는 우선 카드를 살펴보고 싶었다.

머리는 봉투에서 카드 조각을 꺼내 맞췄다. 그리고 카드 앞면에 그려진 축하 이미지에 주목했다. 익명으로 쓰인 메시지와 잔인하게 대비되는 그림이었다.

자살일까? 다시 생각해봐.

"이걸 보낼 만한 사람이 떠오르지는 않나요?"

애나는 고개를 저었다.

"집 주소를 아는 사람이 얼마나 많죠?"

"저는 태어난 집에서 지금까지 살고 있어요. 이스트본은 좁은 곳이죠. 저를 찾기는 어렵지 않아요." 애나는 다른 쪽 가슴으로 아기를 능숙하게 옮겨 안았다. 머리는 올려다보아도 안전하다는 생각이 들 때까지 카드를 다시 보았다. "아빠가 돌아가신 뒤에 우편물을 많이 받았어요. 조문 카드가 정말 많이 왔죠. 수년간 아빠가 팔았던 차를 기억하는 사람이 많았어요." 애나의 표정이 굳었다. "그중 몇은 좀 불쾌했지만요."

"어떤 면에서요?"

"아빠가 자살했으니 지옥 불에 떨어질 거라는 내용의 카드가 있었어요. 속이 후련하다는 내용도 있었고요. 물론 모두 익명이었어요."

"당신과 어머니가 몹시 속상했겠군요."

애나는 어깨를 다시 한 번 으쓱했지만 확신이 없어 보였다. "미치광이들이었겠죠. 사람들은 자동차가 작동하지 않는다는 이유로 부모님에게 화내기도 했어요." 그녀는 머리의 표정을 살폈다. "아빠는 절대 불량품을 팔지 않았어요. 어쩌다 보면 문제가 생기기도 하잖아요. 그뿐이었어요. 사람들은 비난할 상대가 필요했던 거예요."

"그 편지들을 보관하고 있나요? 이 카드와 비교해보고 싶은데요. 원한을 품은 누군가가 보낸 게 아닌지 알아봐야겠어요."

"그 편지들은 받자마자 쓰레기통으로 직행했어요. 육 개월 뒤에 엄마가 돌아가셨고……" 그녀는 머리를 보았다. 생각이 꼬리를 물고 이어졌지만 더 긴급한 문제를 해결하기 위해 중단해야 했다. "부모님 사망 사건을 재수사할 수 있는지 알아보려고 왔어요."

"두 분이 살해되었다고 의심할 만한 다른 증거가 있나요?"

"이것 말고 뭐가 더 필요하죠?" 애나는 두 사람 사이에 놓인 찢긴 카드를 가리켰다.

'증거가 필요해.' 머리는 이렇게 생각했다. 그는 차를 한 모금 마시며 시간을 벌었다. 지금 이 사건을 로빈슨 경위에게 넘기면 오늘 밤 즈음에 거부될 것이다. 범죄수사과는 현재 수사 중인 사건만으로도 일이 목구멍까지 차 있었다. 그들이 종결된 사건을 재수사하게 하려면 익명의 쪽지와 기이한 느낌 이상의 무언가가 필요했다.

"부탁이에요, 전 확실히 알아야겠어요." 애나 존슨이 이야기하는 내내 보여주었던 자제력에 금이 가기 시작했다. "저는 부모님이 자살했다고 절대 믿지 않아요. 활기 넘치던 분들이었어요. 의욕도 넘쳤고요. 대규모 사업 계획도 세우셨는걸요." 아기가 젖을 다 먹었다. 애나는 아기를 무릎 위에서 세운 다음 한 손을 쭉 뻗어 턱을 받치고 나머지 한 손으로 원을 그리며 아기 등을 문질렀다.

"어머니도 같은 곳에서 일하셨나요?"

"회계와 안내데스크 업무를 보셨어요."

"가족 사업이었군요." 머리는 아직도 가족끼리 사업하는 곳이 있다는 사실이 반가웠다.

애나는 고개를 끄덕였다. "엄마는 저를 가졌을 때 아빠와 함께 이스트본으로 이사하셨어요. 아빠의 부모님과 가까이 있으려고요. 할아버지 건강이 별로 좋지 않아서 얼마 뒤 아빠와 빌리 삼촌이 사업을 운영하게 되었죠. 엄마도요." 아기는 이제 노곤해졌는지 토요일 밤 유치장에 갇힌 취객처럼 눈을 끔벅였다. "엄마는 일하지 않을 때는 소속된 동물 자선단체를 위해 모금하거나 캠페인에 참가했어요."

"무슨 캠페인이었죠?"

애나는 잠시 웃음을 터뜨렸다. 그녀의 눈동자가 빛났다. "뭐든지요. 국제 앰네스티나 여성 인권 캠페인 같은 거였어요. 버스 서비스와 관련된 캠페인에도 참가했죠. 평생 버스를 타본 적이 없는 것 같았지만요. 엄마는 무슨 일에 참여하든 그걸 가능하게 만드는 분이었어요."

"멋진 분이셨던 것 같군요." 머리가 나지막이 말했다.

"뉴스를 보면서 이런 일도 있어요. 몇 년 전이었죠. 집에 부모님과 함께 있는데 뉴스가 나오고 있었어요. 한 청년이 비치 헤드에서 모터 달린 자전거를 타다가 추락한 소식이 보도되었어요. 자전거는 찾았지만 시신을 발견하지 못했고요. 뉴스에 청년의 어머니가 나와서 아들 장례도 제대로 치러줄 수 없게 되었다며 울었어요." 아기가 불편한 듯이 몸을 뒤틀자 애나는 자세를 바꾸어 등을 토닥였다. "우리는 그 뉴스 이야기를 했어요. 엄마는 놀라서 손으로 입을 가렸고 아빠는 부모에게 그런 일을 겪게 한 청년에게 분노했던 게 기억나요." 애나는 말끝을 흐리며 규칙적으로 등을 두드리던 손길을 멈추고 머리를 뚫어지게 쳐다보았다. "부모님은 그 청년이 자기 어머니에게 무슨 짓을 했는지 똑똑히 보았어요. 제게 그런 짓을 할 분들이 절대 아니에요."

애나의 눈꼬리에 눈물이 차오르더니 폭이 좁은 코를 타고 내려와 턱으로 흘러내렸다. 머리가 손수건을 꺼내자 그녀는 고마워하며 받아서 얼굴을 눌러 눈물을 닦았다. 세게 누르면 눈물이 멈추기라도 할 것처럼.

머리는 꼼짝도 하지 않고 앉아 있었다. 자살 시도가 미치는 영향에 대해서는 할 말이 많았지만 애나에게 별 도움이 되지 않을 것 같았다. 그는 지난 수개월 동안 애나가 제대로 된 도움을 받았는지 궁금해졌다. "부모님의 사망 사건을 담당한 경찰관에게서 전단을 받았을 겁니다. 그 전단에 자살로 가족을 잃은 사람들을 돕는 자선단체가 있었을 거예요. 참여할 수 있는 모임이나 일대일로 만나 도움을 받을 수 있는 사람들 같은 것도요."

어떤 사람들은 경험을 나누는 데서 생명줄을 찾기도 했다. 그런 사람들은 집단 치료에서 도움을 많이 받아 더 강해지고 자기 감정에 더 잘 대처할 수 있게 되었다. 힘든 일을 나누면서…….

하지만 자살 피해자 지원 단체가 모든 사람에게 도움이 되지는 않았다.

머리의 경우에는 그랬다.

"상담사를 만나러 갔어요."

"도움이 되었나요?"

"그 사람 아기를 갖게 되었어요." 애나 존슨은 반쯤 흐느끼며 웃었다. 머리는 어느새 그녀와 함께 웃고 있었다.

"음, 도움이 많이 된 것 같군요."

눈물이 잦아들었다. 애나의 미소는 희미했지만 사라지지 않았다. "부탁이에요. 부모님은 자살하지 않았어요. 살해되었어요." 그녀는 찢어진 카드를 가리켰다. "이게 그 증거고요."

이 카드는 증거가 될 수 없었다. 그 무엇도 증명할 수 없었다. 하지만 의문을 제기했다. 그리고 머리는 해답을 찾지 못한 의문을 못 본 척하는 사람이 아니었다. 어쩌면 이번 일로 자신을 돌아보게 될 수 있을지도 몰랐다. 원본 서류를 찾아서 검시관의 보고서를 읽어본 다음 혹시라도 수사할 만한 것이 있다면 그때 이 사건을 넘길 수도 있었다. 어쨌든 그에게도 그 정도 능력은 있으므로. 삼십 년 동안 경찰로 일했고 그중 대부분을 범죄수사과에서 보냈다. 신분증을 반납했다고 해서 지식까지 사라지지는 않았다.

그는 애나 존슨을 바라보았다. 피곤하고 감정에 북받쳐 보였지만 결의에 차 있었다. 머리가 그녀를 돕지 않으면 누가 도울까? 그녀는 포기할 사람이 아니었다.

"오늘 오후에 관련 서류를 요청하겠습니다."

머리에게는 능력이 있었고 시간이 있었다. 아주 많은 시간이.

6

당신은 돌아가면 안 돼. 사람들이 동요할 거야. 안내서가 있다면 절대 돌아가지 말라는 것이 첫 번째 규칙일 테지. 바로 다음, 두 번째 규칙은 절대 모습을 들키지 말라는 것일 테고.

다 잊고 앞으로 나아가야 해.

하지만 사람이 아닌 경우에는 그러기가 힘들지. 지금껏 살던 삶을 떠났지만 새로운 삶을 시작하지 못한 경우에 말이야. 기존의 삶과 앞으로의 삶 사이 중간 지대에 끼어 있는 경우에는. 죽은 사람일 경우에는.

나는 규칙을 따랐어.

절반만 살아 있는 삶으로 사라져서 외롭고 권태로운 존재가 되었지.

하지만 예전 삶이 그리워. 우리 집이 그리워. 정원, 주방,

충동 구매한 커피머신까지도. 얼빠진 소리 같겠지만 손톱 손질과 육 주마다 하던 머리 염색도. 내 옷도. 근사한 옷 방에 걸어둔 잘 다린 정장과 조심스레 접은 캐시미어 옷들 말이야. 애나가 그 옷을 전부 다 어떻게 했는지, 입고 다니기나 하는지 궁금해.

애나가 보고 싶어.

우리 딸이.

애나가 고등학교 졸업반이던 해에 나는 그 애가 대학교 신입생이 된다는 걸 줄곧 두려워했어. 그 애가 남기고 갈 공허함이 두려웠지. 애나는 자기가 우리 둘에게 이 정도 영향력이 있다는 것을 모를 거야. 나는 외로워지는 것이 두려웠어. 혼자가 되는 것이.

사람들은 애나가 나를 빼닮았다고 했어. 그때마다 우리는 서로 쳐다보면서 어디가 닮았는지 모르겠다며 웃음을 터뜨렸지. 우리는 정말 달랐거든. 나는 파티를 좋아했지만 애나는 끔찍하게 싫어했어. 나는 쇼핑을 좋아했지만 검소한 딸아이는 직접 물건을 만들거나 고쳐 썼고. 물론 우리 둘 다 머리카락이 연갈색이야. (나는 애나가 왜 금발로 염색하지 않는지 도대체 이해할 수 없어) 체구도 똑같이 통통한 편이고. 정작 이런 체형에 더 신경 쓴 사람은 애나가 아니라 나였지. 지금처럼 가벼워진 것도 제법 괜찮은 것 같아. 솔직히 친구들에게 칭찬받지 못해서 슬프지만.

예전 삶으로 돌아가는 여정은 생각보다 오래 걸렸지만 익숙한 땅에 발이 닿는 순간 피곤함은 사라졌어. 나는 석방된죄수처럼 내가 떠나고 나서 변한 많은 것과 아직 그대로 남아 있는 많은 것에 감탄하며 주변을 마음껏 둘러보았어. 나뭇잎 하나 없는 나무는 예전과 똑같더라. 그 풍경이 내가 떠나왔을 때와 어찌나 똑같은지 잠깐 어디에 다녀온 기분이었어. 붐비는 거리와 성마른 버스 기사도 똑같았고. 애나가 다녔던 학교 교장 론 다이어가 보이자 나는 깜짝 놀라서 그늘 속에 숨었어. 굳이 그럴 필요 없었는데 그가 나를 똑바로 쳐다보는 바람에 그러고 말았지. 사람들은 보고 싶어 하는 것을 본다잖아?

나는 스스로 거머쥔 금기시된 자유를 만끽하며 조용한 거리를 천천히 걸었어. 모든 행동에는 결과가 따르기 마련이니 규칙을 함부로 어기지는 않았어. 그러다가 들키면 다음 삶을 잃을 위험이 있으니까. 연옥에 떨어지는 대신 이대로 괴롭게 지내겠지. 스스로 만든 감옥에 갇히는 셈이야. 하지만 돌아왔다는 흥분을 외면하기는 어려웠어. 오랜 시간 떠났다가 돌아온지라 감각이 일렁였고 집에서 가까운 거리에 접어들자 가슴이 두근거렸지.

집에 거의 다 왔어. 집에. 나는 걸음을 멈추고 이제 그 집은 애나의 집이라고 다시 한 번 떠올렸어. 그러면서 그 애가 집에 변화를 주었기를 바랐어. 애나는 언제나 집 뒤쪽 침실을 좋아했지. 예쁜 파란색 잔가지 무늬 벽지를 바른 방 말이야. 하지만 이제 그 방에 있는 애나를 떠올리는 건 어리석은 일일 거야. 이제 그 애는 우리 침실을 쓸 테니까.

잠시 경계를 늦추고 우리가 함께 오크 뷰를 보러 간 날을 떠올렸어. 집주인이던 노부부가 전기 설비를 손보고 가스 공급관과 하수도관도 연결해놓았지. 돈을 많이 들여서 연료 탱크와 정원에 묻혀 불쾌감을 주던 정화조도 교체했고. 당신 아버지는 이미 집을 사겠다고 제안한 상황이었어. 우리가 할 것이라고는 집에 생기를 불어넣는 일뿐이었지. 문과 벽난로의 덮개를 벗기고 오래전에 페인트칠해 닫아둔 창문도 열었어.

나는 걸음을 늦추었어. 이렇게 이곳에 오고 나니 긴장되더라. 나는 해야 할 일 두 가지에 집중하기로 했어. 애나가 더 이상 경찰서에 가지 못하게 하는 일과 살인이 아니라 자살이라는 것을 입증할 만한 증거를 찾는 일 말이야.

하지만 어떻게 하지?

팔짱을 끼고 걸어가던 남녀가 거리에 접어들어 내 앞에 나타났어. 나는 출입구로 올라가 그들이 지나가기를 기다리며 마음을 가라앉혔어. 애나가 안다고 생각하는 것에 의문을 제기하기 시작하면 어떤 위험에 처하게 될지 이해시켜야 해. 보이지 않는 존재로 있으면서 어떻게 그 일을 할 수 있을까? 한밤중에 사슬을 덜거덕거리며 기다리는 만화 속 유령이 떠올랐어. 우습기 짝이 없더라. 그런 짓을 할 수는 없어. 하지만 그러지 않고서 애나에게 어떻게 메시지를 전할까?

이제 나는 이곳에 있어. 집, 그러니까 애나의 집 밖에. 거리 맞은편으로 건너갔는데도 집이 너무 가깝게 느껴져서 광장 가운데에 있는 문으로 들어가 공원으로 간 다음 호랑가시나무 덤불에 숨어 가시 덮인 나뭇가지 틈으로 지켜보았어. 애나가 집에 없으면 어쩌지? 미리 전화해서 확인할 수도 없는

데. 이곳에 오려고 감수한 일이 모두 수포로 돌아가면 어쩌지? 나는 모든 것을 잃겠지. 또다시.

거리에서 들리는 소음 때문에 덤불 깊숙이 숨어서 어둠을 뚫고 거리를 바라보았어. 유모차를 끄는 여자가 나타났어. 여자는 통화하면서 천천히 걷고 있어. 다른 데 정신이 팔린 것 같아. 나는 계속 집을 지켜보며 사람이 있는지 알아내려고 창문을 샅샅이 훑었어. 젖은 보도에 유모차 바퀴가 부딪치며 규칙적으로 소리가 났어. 가게 앞마당에서 자동차 사이로 애나를 태운 유모차를 밀며 그 애가 잠들기를 기다리던 때가 떠올라. 그때 우리는 당신 아버지가 적당하다고 여기고 준 돈으로 간신히 살아가던 어린애였어. 아주 크고 흉측한 유모차는 중고였는데 뼈대가 얼마나 흔들렸는지 튀어나온 곳을 지나가기라도 하면 애나를 화들짝 깨웠지. 저 여자가 *끄는* 매끈한 현대식 유모차와 거리가 멀었어.

여자가 집 앞에서 걸음을 멈추자 나는 그녀가 얼른 지나가기를 바라며 조바심이 나서 혀를 찼어. 열린 커튼 너머에서 뭔가가 움직이는 것을 놓칠 수도 있으니까. 하지만 여자는 지나가지 않았어. 그제야 나는 그녀가 혼자가 아니라는 것을 알았어. 개 한 마리가 함께 있었는데 개는 여자 옆의 그림자 속에서 종종댔지. 뭔가가 내 가슴을 찌르는 기분이었어.

혹시……?

여자는 통화를 끝내고 전화기를 주머니에 넣었어. 그리고 열쇠를 꺼내며 옷에 달린 모자를 벗었어. 그러자 대문 위 불빛 아래로 연갈색 머리카락이 드러났어. 지금은 웃고 있지 않았지만 언제나 잘 웃던 입술 위로 나긋나긋한 이목구비도 보였고. 머릿속이 쿵쾅댔어. 그 애였으니까.

애나였어.

아기도 있었어.

우리 딸에게 아기가 있다니.

애나는 몸을 돌려 유모차를 계단 위 현관으로 끌어올렸어. 그리고 잠시 공원 쪽을 보았는데 나를 똑바로 보는 것만 같았지. 애나의 뺨에 눈물이 반짝였어. 그 애는 몸을 떨며 아기를 현관의 안전한 곳으로 밀어 넣은 다음 문을 닫았어.

애나에게 아기가 있다니.

내게 손주가 있다니.

나도 모르는 사이에 내가 어머니에서 할머니가 되는 엄청난 변화가 생겼다는 걸 알게 되자 화가 치솟았어. 아무도 내게 알릴 수 없었다는 점을, 죽음만큼 소통 창구를 확실하게 차단할 수 있는 것은 없다는 점을 알면서도 말이야.

애나에게 아기가 있다니.

이로써 모든 것이 달라졌어. 애나도 달라지겠지. 엄마가 되었으니 평소에 안다고 생각했던 모든 것에 의문을 품게 될 거야. 자기 삶과 인간관계를 돌아보게 될 테고.

내 죽음과 당신의 죽음도.

아기 때문에 애나에게 약점이 생겼어. 그 애에게 이 세상에서 그 무엇보다 사랑하는 존재가 생겼으니까. 누군가가 이 사실을 알게 되면 당신에게 불리하게 이용할 수도 있어.

애나, 답을 찾지 마. 그 답은 네 마음에 들지 않을 거야.

애나가 경찰서에 가면 자신은 물론이고 아기도 위험해질 텐데.

멈출 수 없는 무언가를 들쑤시는 꼴이 될 텐데.

7

애나

집에 온 지 삼십 분쯤 지났을 때 초인종이 울렸다. 문을 열자 로라가 나를 끌어안았다.

"마크가 전화했더라고. 기분이 안 좋을 때 너를 혼자 두고 싶지 않다면서." 그녀는 나를 다시 한 번 꼭 끌어안은 다음 조심스레 몸을 떼고 나를 보며 상태가 어떤지 가늠했다. 내 안에서 죄책감이 배어났다. 마크에게 그런 메시지를 남기는 게 아니었는데. 그가 할 수 있는 일은 없었는데. 그는 오후 내내 걱정하느라 강의를 들을 때나 집으로 돌아오며 운전할 때 집중하지 못할 것이다.

"난 괜찮아."

"안 그래 보이는데. 안으로 들어갈까? 여긴 너무 춥네." 로라는 수수했다. 체격이 왜소하고 긴 금발에 동안이라서 서른 살이 넘었는데도 술을 사러 가면 아직도 신분증을 요구받았다.

나는 자동차 진입로에 서서 허공에 대고 짖는 리타를 불렀다.

"왜 저러는 거야?"

"우리 눈에 안 보이는 다람쥐 같은 거라도 있나봐. 오늘 온 종일 저래. 리타!" 리타는 마지못해 안으로 들어왔고 나는 문을 닫았다. 로라가 한 달 전에 취직한 은행의 갈색과 주황색이 섞인 흉한 유니폼이 아니라 청바지를 입었다는 것을 알았다. "오늘 출근 안 했어?"

"잘 안 됐어." 그녀는 내 걱정에 대수롭지 않게 대꾸했다. "괜찮아. 정말이야. 일이 잘 안 맞았어. 주전자 올릴까?"

차를 끓인 다음 우리는 주방 아일랜드 식탁에 앉았고 나는 로라에게 익명으로 온 카드의 사진을 보여주었다. 진작 사진 찍을 생각을 못 해서 경찰서에서 찍은 것이었는데 불빛이 증거물 봉투에 반사되어 내용을 읽기가 힘들었다.

"내용이 이게 다야?"

"응, 딱 한 줄."

"경찰에서는 심각하게 생각해?"

"그런 것 같아." 나는 로라의 눈빛을 살폈다. "안 그랬을 것 같아?"

"당연히 그래야지! 이 카드를 봐. 그리고 널 좀 보라고. 얼마나 속상했을까." 그녀는 말을 멈추었다. "아버지가 돌아가셨을 때도 이런 걸 받지 않았나?"

"그건 달랐어. 그냥 미친 사람들 짓이었지."

로라는 눈썹을 추켜올렸다. "이건 제정신인 사람이 보낸 것 같아?" 나는 아주 오랫동안 창밖을 바라보았다. 아빠가 뛰어내려 죽기에 가장 적합한 곳과 파도가 가장 높은 시간을 휴대전화로 검색했다는 사실을 떠올렸다. 남편의 자살 때문에 울던 엄마의 말을 들어준 사제도 생각났다. 150미터 깊이의 얼음장같이 차가운 바다로 떨어진 부모님을 떠올렸다. 그리고 누군가가 그들을 민 것이 아닐까 생각했다. "로라, 난 답을 알고 싶을 뿐이야."

그녀는 한동안 찻잔을 바라보다가 말을 꺼냈다. "때로 사람은 우리가 원하는 모습이 아니기도 해."

로라의 어머니가 사망했을 때 나는 열 살이었다. 나는 무릎까지 오는 양말을 벗어 현관 바닥에 던져두고 전화를 받으러 달려갔다.

"엄마와 통화할 수 있을까?"

"로라! 우리 집에 언제 또 올 거야?" 엄마의 대녀인 로라는 내게 없는 언니 역할을 했다. 나보다 일곱 살 많은 그녀는 당시 내가 중요하다고 생각하며 동경하는 것을 모두 가지고 있었다. 성격이 시원시원했고 패션 감각이 뛰어났으며 독립적이었다. "나 오늘 '이 주의 스타' 상 받았어. 그리고……"

"애나, 엄마 바꿔줘."

로라의 그런 목소리는 처음이었다. 심각했다. 나는 그녀가 화났다고 생각했다. 하지만 나중에 깨닫고 보니 그녀는 화를 참으려고 애쓰고 있었다. 나는 엄마에게 전화기를 넘겼다.

엄마는 한참 울었고 그 사이사이 화를 냈다. 나중에 엄마가 아빠에게 울분을 토하는 소리도 들렸다. 그때 나는 침대에 있었는데 잠들려던 찰나였던 것 같다.

"그놈의 지긋지긋한 아파트 때문이야. 온 방이 축축했어. 알리시아가 의회에 그 이야기를 수백 번은 했을 거야. 화장실에 버섯이 피었다고도 했어. 버섯이라니! 알리시아는 학교에서도 천식이 심했지만…… 세상에, 버섯이 웬 말이야! 천식이 심해지는 게 당연하지."

아빠는 엄마를 달랬다. 목소리가 너무 나지막해서 들리지 않았다.

"그 사람들이 로라를 새로 지은 건물로 보내겠다고 말했어. 그건 이미 죄를 인정했다는 뜻 아니겠어?"

그렇지는 않았다. 주택 조합에서는 알리시아의 죽음에 대한 법적 책임을 완강하게 부인했다. 검시관은 알리시아가 선천적인 요인으로 사망했다고 판정했다. 애석하게도 그녀의 천식이 원인으로 지목되었다.

"지금도 엄마가 그리워?" 내가 물었다. 사실 질문이 아니었다.

"매일." 로라는 내 눈을 바라보았다. "점점 무뎌진다고 말해주고 싶지만 그렇지 않아."

나는 지금부터 십육 년 뒤에 어떤 감정을 느낄지 궁금했다. 그렇게 오랜 시간이 지난 뒤에는 이 뾰족뾰족한 날것의 고통이 나를 숨 막히게 하지 않겠지? 편해져야 했다. 그래야만 했다. 악몽은 서서히 사라질 테고 방에 들어가서 아빠의 의자가 비었다는 것을 깨달을 때 찾아드는 생생한 상실감도 그럴 테지. 차츰 편해질 것이다. 그렇지 않을까?

나는 일어나서 엘라의 바운서 옆에 쭈그리고 앉았다. 아기는 자고 있었지만 밀려드는 감정 때문에 주의를 돌릴 대상이 필요했다. 그것이 핵심이었다. 주의를 다른 데로 돌리는 것. 알리시아가 죽었을 때 로라에게는 아무도 없었다. 내게는 엘라가 있었고 마크도 있었다. 마크는 무슨 말을 해야 할지, 어떻게 하면 내 기분이 좋아지는지 늘 알고 있었다.

부모님이 마크를 내게 보냈다. 터무니없는 말이라는 것을 알지만 나는 인생에서 딱 알맞은 순간에 인연이 나타난다고 믿는다. 마크가 필요한지조차 몰랐지만 그는 내 전부였다.

엄마가 죽고 며칠이 지난 뒤 나는 비치 헤드로 차를 몰고 갔다. 아빠가 죽었을 때는 현장에 가지 않겠다고 거부했다. 엄마는 그곳에서 절벽 꼭대기를 서성대고 뛰어내리기 직전의 아빠가 목격된 곳에서 시간을 보냈지만.

엄마마저 떠나자 나는 부모님이 무엇을 보았는지 알고 싶었고 그들의 머릿속에 무슨 생각이 스쳤는지 추측하고 이해하고 싶었다. 주차하고 절벽 꼭대기로 걸어가서 바위에 부딪쳐 부서지는 바다를 바라보았다. 현기증이 밀려와 어지럽고 두려우면서도 뛰어내리고 싶다는 비이성적인 충동을 느꼈다. 사후 세계를 믿지 않지만 바로 그 순간 부모님이 돌아가신 뒤 처음으로 그들과 가까이 있다고 느꼈다. 그리고 천국에서 사랑하는 가족들과 다시 만날 수 있을지 확실히 알 수 있기를 바랐다. 그것만 알 수 있다면 망설이지 않을 것 같았다.

검시관은 엄마의 자살을 두고 이해할 수 있는 일이라고 했다. 죽음이라는 것이 이해 가능하다면 말이다. 엄마는 아빠를 그리워했다.

아빠의 죽음으로 엄마는 정신이 나갔다. 불안해했고 피해망상에 사로잡혀 무슨 소리만 들려도 놀라서 펄쩍 뛰었으며 전화를 받지 않으려고 했다. 한밤중에 자다가 물을 마시러 아래층에 내려가서 집이 비었다는 사실을 안 적도 있었다. 엄마가 새벽에 산책을 나간 것이다.

"네 아빠를 보러 다녀왔어." 교회 마당에 생명을 잃은 사람들의 흔적 가운데 아빠의 묘비가 있었다. 엄마가 아빠의 무덤에 혼자 있었다는 생각에 나는 울었다.

"저를 깨우지 그랬어요. 다음에는 깨워요."

엄마는 한 번도 그러지 않았다.

비치 헤드 관계자들은 바짝 경계했다. 전국 언론에 모방 자살이 대서특필된 지 일주일이 채 되지 않아 다가온 크리스마스이브에는 특히 그랬다. 내가 계속 바위를 응시하고 있을 때 사제가 다가왔다. 차분하고 아무것도 판단하지 않겠다는 표정이었다.

"저는 뛰어내리지 않아요." 잠시 뒤에 내가 다시 말했다. "기분이 어땠을지 알고 싶을 뿐이에요."

절벽 꼭대기에서 엄마를 위해 기도해준 사제는 아니었다. 내가 만난 사람은 육 일 전에 경찰서에서 보았던 젊은 사제가 아니었다. 슬립온을 신고 있던 젊은 사제는 돌이 담겨 무거운 엄마의 배낭과 칠 개월 전 아빠의 지갑과 휴대전화가 그랬듯 엄마의 핸드백과 휴대전화가 잔디 위에 단정하게 놓여 있었다는 것을 설명하면서 몸을 떨었다.

젊은 사제는 금방이라도 울 것 같았다. "그 부인은…… 부인은 생각이 바뀌었다고 했어요." 그는 계속 내 눈을 피했다. "저는 부인을 자동차까지 데려다줬어요."

하지만 엄마는 고집이 셌다. 한 시간 뒤에 엄마는 절벽으로 돌아가 가방과 휴대전화를 다시 한쪽에 두었다. 그리고 검시관이 판정했듯 자살했다.

작년 크리스마스이브에 비치 헤드에서 내게 말을 건 사제는 위험한 일의 싹을 잘랐다. 그는 경찰에 전화했고 친절하게도 경찰이 와서 나를 절벽에서 멀리 떨어뜨릴 때까지 기다렸다. 그리고 그가 보는 앞에서 아무도 죽지 않았다는 것을 확인하고서야 교대 근무를 마쳤다. 나는 그가 개입해줘서 고마웠다. 한 걸음만 더 내디뎠다면 상상할 수 없는 짓을 저지를 뻔했다는 것을 깨닫자 무서워졌다.

'저는 뛰어내리지 않아요.' 사제에게 이렇게 말했지만 사실 자신은 없었다.

집에 돌아오니 우편물 투입구에 '심리치료 서비스. 금연, 공포증, 자신감. 이혼 조정. 고민 상담'이라고 쓰인 전단이 꽂혀 있었다. 거리의 모든 집에 전단을 돌린 것이 분명했지만 마치 계시 같았다. 마음이 바뀌기 전에 전화를 걸었다.

나는 이내 마크가 좋아졌다. 그가 말을 하기도 전부터 마음이 편안해졌다. 그는 키가 컸지만 우뚝 솟은 느낌은 아니었고 어깨가 넓었지만 위협적이지 않았다. 눈동자는 까맸고 눈가에는 지혜가 엿보이는 잔주름이 잡혀 있었다. 그는 사려 깊은 자세로 관심을 보이며 이야기에 귀를 기울였는데 그때마다 안경을 벗었다. 그러면 더 잘 들린다는 듯. 처음에는 우리가 결국 함께하게 되리라고 예상하지 못했다. 우리 사이에서 아이가 태어나리라고는. 내가 아는 것이라고는 마크와 함께 있으면 안전한 느낌이 든다는 점뿐이었다. 그 후로도 그는 계속 내게 그런 느낌을 주었다.

로라는 차를 다 마시고 머그잔을 싱크대로 가져가 헹구더니 건조대에 엎어놓았다. "아빠가 된 마크는 어때?"

나는 일어났다. "엘라에게 집착 수준으로 빠졌어. 퇴근하고 오면 외투도 안 벗고 곧장 가서 엘라를 안아. 남자가 모유 수유를 할 수 없어서 다행이야. 안 그랬으면 나는 엘라를 안아보지도 못했을걸?" 나는 눈을 굴렸지만 당연히 불평하는 건 아니었다. 마크가 육아에 적극적이라서 정말 좋았다. 누군가가 어떤 아빠가 될지 미리 알 수는 없지 않은가? 사람들은 배우자에게 요구하는 특성을 본능적으로 찾아낸다고들 한다. 정직함, 힘, 사랑 같은 것 말이다. 하지만 그들이 새벽 세 시에 일어나서 내가 먹고 싶어 하는 블랙커런트 잼 바른 빵을 만들어줄지, 밤중 수유를 공평하게 나눠 할지는 알 수 없다. 그리고 그걸 알게 될 때는 되돌리기에 이미 너무 늦다. 마크와 함께하게 된 나는 운이 좋았다. 그가 우리 곁을 지켜서 감사했다.

아빠는 평생 기저귀를 갈아본 적이 없었고 내가 아는 한 엄마도 아빠에게 그러라고 요구하지 않았다. 옛날에는 다들 그랬다. 나는 마크가 엘라를 트림시키거나 더러워진 베이비그로(머리와 손을 제외하고 통으로 입힐 수 있게 만들어진 아기 옷)를 깨끗한 것으로 능숙하게 갈아입히는 모습을 아빠가 본다고 상상해보았다. 아빠는 '새로운 남성'에 대해 뭐라고 빈 정거렸을 것이다. 나는 이런 모습을 지워버렸다. 솔직히 아빠가 마크를 좋아했을지도 알 수 없었다.

그런 것은 중요하지 않았다. 아무 상관 없었다. 마크는 엘라에게 훌륭한 아빠였고 중요한 것은 그뿐이었다.

첫 데이트에서 나는 술을 너무 많이 마셨다. 술 때문에 불안이 사라졌고 그 덕분에 엄마가 죽은 지 두 달도 되지 않았는데 데이트를 하고 즐거운 시간을 보낸다는 죄책감을 달랠 수 있었다.

"원래 이렇지 않아요." 푸트니에 있는 마크의 아파트에 간 나는 이렇게 말했다. 마시기로 한 커피 한 잔은 와인으로 바뀌었고 아파트 구경은 별안간 침실에서 끝났다. 거짓말 같지만 진짜였다. 나는 첫 데이트에서 잠을 잔 적이 없었다. 두 번째나 세 번째도 마찬가지였다. 하지만 그날 밤 나는 충동적이었다. 인생이 너무 짧아서 현재를 즐겨야 했다.

사실 나는 현재를 즐기려고 한 것이 아니라 술에 취했다. 자발적이었다기보다 무모했다. 나보다 덜 취한 마크는 우리가 넘어서려는 미세한 도덕적 선을 의식하고 속도를 늦추려 했지만 나는 동요하지 않았다.

다음 날 아침에는 죄책감이 들었다. 수치심이 타올라 자존감을 몽땅 태워버리는 바람에 나는 마크가 깨기 전에 나왔다.

현관에서 부츠를 신고 있을 때 그가 나타났다.

"가려고요? 같이 아침을 먹을 수 있을 줄 알았는데요."

나는 망설였다. 그는 나에 대한 존중이 몽땅 사라진 남자처럼 보이지 않았다. 하지만 전날 밤 기억이 떠오르자 움찔했다. 나는 저급한 스트립쇼처럼 속바지를 벗다가 균형을 잃어 침대 위로 쓰러졌었다.

"가야겠어요."

"모퉁이에 제법 괜찮은 곳이 있어요. 아직 시간이 일러서 문 열기 전이지만요." 말은 하지 않았지만 일요일 아침 여덟 시에 그렇게 급히 갈 만한 곳이 어디일지 궁금해서 그의 제안을 수락하고 말았다.

아홉 시쯤 되자 숙취가 가라앉았고 어색함도 조금 사라졌다. 마크가 당황하지 않는데 내가 그럴 필요가 있을까? 하지만 우리는 한 가지에 있어서는 생각이 같았다. 예상보다 그 일이 조금 빨리 일어났다는 것이었다.

"우리 다시 시작할래요?" 마크가 물었다. "어젯밤은 정말 근사했지만…… 첫 데이트를 다시 하면 어떨까요? 서로 알아가는 거죠."

우리가 다시 한 침대에 들기까지는 오 주가 걸렸다. 그때는 몰랐지만 나는 이미 임신한 상태였다.

"이 사진을 신문사에 가져가야 할까?" 내가 로라에게 물었다.

"좀 급하게 뛰어드는 것 같은데." 로라는 단어를 잘못 선택했다는 생각에 인상을 찡그렸다. "미안해."

"엄마가 돌아가셨을 때 신문에 기사가 실렸잖아. 후속 기사를 실어줄지도 몰라. 제보를 요청할 수도 있고." 나는 카드를 떠올렸다.

자살일까? 다시 생각해봐.

"당시에는 아무도 나서지 않았지만 그날 엄마가 누군가와 함께 있었다면, 그러니까 누군가가 엄마를 절벽에서 밀었다면 분명 그 둘과 우연히 마주친 사람이 있었을 거야."

"애나, 사제가 캐럴라인을 봤잖아."

나는 입을 다물었다.

"그분은 절벽 끄트머리에서 캐럴라인과 이야기도 나눴어. 그때 캐럴라인이 자살하고 싶다고 말했고."

나는 손으로 귀를 막고 싶었다. '라라라라.' "하지만 엄마가 실제로 떨어졌을 때는 사제가 없었어. 안 그래? 그러니까 엄마가 그곳으로 돌아갔을 때 혼자였는지 아닌지 사제는 모른다고."

로라는 잠시 침묵한 뒤에 입을 열었다. "그러니까 캐럴라인이 뛰어내리려고 마음의 준비를 하고 비치 헤드에 갔다가 그곳에서 만난 사제와 이야기를 나누고 다시 내려왔는데 한 시간 뒤에 살해되었다고?"

내 말이 얼마나 터무니없는지 굳이 콕 집어 말할 필요는 없었는데.

"엄마는 누군가에게서 도망치려고 했는지도 몰라. 살해되는 것보다 자살이 낫다고 생각했는지도. 하지만 그걸 실행에 옮길 수 없었고 사제는 자신이 엄마를 안전한 곳으로 데려갔다고 생각했지만 사실 엄마를……" 나는 말끝을 흐렸다. 로라의 눈에 가득한 연민을 감당하기 어려웠기 때문이다.

"누구에게 데려갔다는 말이야?"

엘라가 깼다. 엘라는 작게 고양이 같은 소리를 내더니 주먹을 입으로 가져갔다.

"애나, 누가 죽었다는 말이야? 캐럴라인이 죽기를 바라는 사람이 누가 있었겠어?"

나는 아랫입술을 깨물었다. "모르겠어. 차가 고장 나면 자기를 제외한 모든 사람을 탓하던 바보들 중 하나일 수도 있잖아?"

"네 아빠가 돌아가신 뒤에 익명으로 편지를 보낸 바보들?"

"바로 그거야!" 나는 로라가 내 주장의 정당성을 입증했다는 생각에 의기양양해졌다. 하지만 잠시 뒤 그녀의 얼굴을 보자 어찌 된 일인지 내가 그녀 주장의 정당성을 입증한 것만 같았다. 고양이 같던 울음소리가 우렁차졌다. 나는 바운서에 있던 엘라를 안아 젖을 먹이기 시작했다.

"대단한데? 이제 프로가 다 됐네." 로라가 미소 지었다.

육아 초기에 나는 정해진 의자에 앉아 정확한 위치에 쿠션을 놓아야 젖을 먹일 수 있었다. 그리고 방에 젖 먹는 엘라를 방해할 만한 사람이 아무도 없어야 했다. 하지만 요즘에는 한쪽 팔로 안고 젖을 먹였고 필요하다면 일어서서도 할 수 있었다.

나는 로라가 화제를 바꾸게 놔두지 않았다. 그녀의 질문은 중요했다. 엄마가 죽기를 바랄 사람이 누가 있을까? 부모님과 삼촌이 거래하던 자동차 판매상들 중에는 떳떳하지 못한 관행을 드러내놓고 하는 사람들도 있었다. 혹시 부모님의 죽음이 사업상 거래가 잘 안 풀린 것과 관련 있을까?

"엄마 아빠 서재 살펴보는 일 좀 도와줄 수 있어?"

"지금?"

"곤란해? 가야 하는 거야?" 로라가 도와줄 수 없다면 혼자라도 할 생각이었다. 나는 엄마가 참가한 캠페인이 단서가 되지 않을까 생각했다. 내가 십대였을 때 엄마는 브라이튼 대학의 동물 실험 반대 시위에 참가했고 그 일 때문에 대학 직원들과 그들의 가족에게서 항의 메일을 받은 적이 있었다. 돌이켜보니 최근 몇 년 사이에는 건축 승인과 자전거 전용 도로 개설 이외에 논란이 될 만한 캠페인에 참가하지 않았다. 하지만 서재를 살펴보면 내가 아는 것과 다른 무언가를 찾을 수 있을지도 몰랐다.

"아니, 그런 뜻이 아니라…… 내 말은…… 그걸 꼭 지금 하고 싶어?"

"로라, 그동안 계속 서재 정리하라고 나한테 잔소리했잖아!"

"그건 멋진 서재가 있는데도 계속 주방 식탁에서 뭔가를 하는 게 어이없어서 그랬던 거야. 그리고 난 잔소리하지 않았어. 마크가 뭐라고 했는지 몰라도 난 그저 정리하면 후련할 것 같다고 생각했을 뿐이야."

나는 가볍게 반응하기로 했다. "마크가 상담사로서 조언해 줬다는 거 알잖아."

"도대체 모든 걸 그대로 가둬놓고 없는 것처럼 행동하는 게 뭐가 건강하다는 거야?"

"마크는 서재가 없는 것처럼 생각하라고 하지 않았어. 마음의 준비가 되었을 때 정리하라고 했을 뿐이야."

"그래, 그 마음의 준비가 언제 된대?"

"아니, 그건 마크가 말할 수 있는 게 아니야. 내가 준비되었다고 생각이 들 때지." 나는 단호하게 말했다. 빌리 삼촌과 마찬가지로 로라는 누구보다 나를 아꼈다. 하지만 나는 두 사람이 나를 과잉보호하지 않기를 바랐다.

모든 것이 너무 빨랐다는 것이 문제였다. 마크와 나는 만난 지 일 년도 채 안 되었는데 우리 아기는 태어난 지 팔 주가 지났으니까. 우리는 지금도 좋아하는 음식과 영화와 책이 무엇인지 서로 알아가고 있었다. 우리는 난생 처음 가진 성관계로 곤란해진 십대 아이들 같았다. 내가 스물여섯 살이고 마크가 마흔 살이라는 점만 빼고.

우리의 나이 차이 역시 문제였다.

"그 남자는 나이가 네 아버지뻘인데." 내가 한꺼번에 모든 일을 알렸을 때 삼촌은 이렇게 말했다. '만나는 사람이 있어요. 우리 집에서 같이 살 거예요. 그리고 10월에 우리 아기가 태어나요.'

"그 정도는 아니에요. 그리고 아빠도 엄마보다 열 살 많잖아요."

"그래서 지금 어떻게 되었는지 봐라."

"무슨 뜻으로 하신 말씀이에요?"

하지만 삼촌은 더 이상 말하지 않았고 나는 내심 기뻤다. 알고 싶지 않았기 때문이다. 결코 알고 싶지 않았다. 어릴 때는 누구나 부모가 완벽하다고 생각한다. 부모가 자식에게 소리를 지르거나 방을 정리할 때까지 용돈을 주지 않는 일이 잦더라도 그들은 부모다. 그리고 자식을 사랑한다. 자식도 그들을 사랑한다.

모든 부모가 내 부모님과 같지 않다는 사실을 깨달은 것은 대학생 때였다. 모든 엄마 아빠가 소리 지르며 말다툼하지는 않았고 모든 엄마 아빠가 매일 빈 술병을 내놓지는 않았다. 이 정도 깨달음으로 충분했다. 더 알고 싶지 않았다. 내 부모님의 결혼 생활이 어땠는지 알고 싶지 않았다. 결혼 생활이 제대로 돌아가기나 했는지도. 그건 내가 상관할 바가 아니었다.

1층에 있는 다른 방들과 마찬가지로 서재 창문은 천장까지 길게 나 있었고 페인트칠한 덧문이 달려 있었는데 덧문은 거의 사용하지 않아서 지금은 닫히지 않았다. 서재 중앙에는 부모님이 함께 일하던 2인용 책상이 놓여 있었다. 두 분이 집에서 같이 일하는 때는 부가가치세 환급 기간뿐이었는데 그 일로 인한 스트레스 때문에 어김없이 말다툼이 오갔다.

"애나, 아빠에게 스테이플러 좀 건네달라고 말해줄래?" 어느 토요일에 일을 얼마나 더 해야 하는지 살펴보려고 서재 문을 열고 들어간 내게 엄마가 말했다. 나는 엄마에게 직접 스테이플러를 건네주었고 일이 끝날 때까지 밖에 나가서 자전거를 탔다.

부모님은 내가 전시장으로 찾아가거나 혼자 집에 갈 수 있을 정도로 나이가 들 때까지 교대로 늦게까지 전시장에 남아 있는 경우가 많았다.

나는 서재 문손잡이를 잡고 숨을 깊이 들이마셨다. 그동안 이 방을 쓰지 않았다. 안에 들어가지도 않았다. 나는 이 방이 존재하지 않는 듯 행동했다.

"이걸 꼭 할 필요는 없어. 중요한 서류는 전부 다 살펴봤잖아." 이는 로라가 했던 일을 매우 완곡하게 표현한 말이었다. 그녀는 온종일 부모님의 소지품에서 서류를 끈기 있게 골라냈고 나 대신 전화를 걸어 공과금 청구서의 이름을 바꾸고 부모님 이름으로 구독한 수많은 것을 취소하느라 또 하루를 보냈다. 나는 고마운 한편 죄책감을 느꼈다. 알리시아가 죽었을 때 누가 로라를 위해 이런 일들을 해주었던가? 열일곱 살 난 로라가 새로 입주한 현대식 임대 주택에서 어머니의 서류를 분류하는 모습을 떠올리자 마음이 아팠다.

"이제 때가 되었어." 내가 말했다.

나는 부모님의 삶에 대해 전부 알고 싶었다. 그동안 못 본 척했던 것들 모두. 사실이 아니기를 바랐던 것 모두. 모두 알아야 했다. 부모님의 친구들은 어떤 사람들이지? 부모님을 싫어했던 사람들은?

누가 부모님을 죽였을까?

8

머리

문서 보관 담당자 데니스 톰슨은 머리와 교대 근무를 하던 시절에도 몸집이 큰 편이었다. 그는 여전히 키가 크고 덩치도 좋았지만 지금은 정수리가 반짝였고 눈썹 위로 안경 두 개를 걸쳤다.

"다초점 렌즈는 적응이 안 된단 말이지." 그는 글자를 읽을 때 쓰는 안경을 내려 콧날에 걸친 다음 머리 앞으로 찾아온 서류철 두 개의 표지를 뚫어지게 쳐다보았다. "탐 존슨. 캐럴라인 존슨."

캐럴라인 존슨의 기일에 익명의 카드가 도착한 사실로 보아 의혹이 남은 쪽은 그녀의 죽음인 것 같았지만 그것이 남편의 죽음과 뗄 수 없는 관계였기에 머리는 처음부터 시작하기로 마음먹었다.

"찾고 있는 서류가 이거였어. 고맙네."

데니스는 카운터 너머로 A4 용지 크기의 책자를 들이밀었다. 책자의 장마다 문서 보관실에서 서류를 빌리고 서명하는 칸과 반납일을 기록하는 칸이 가지런히 정렬되어 있었다. 머리는 펜을 집어 들고 머뭇거렸다. 그리고 옛 동료를 바라보았다.

"이걸 기록하지 않으면……."

"비밀로 하고 싶은 건가?"

"부탁해. 눈 깜짝할 사이에 갖다놓겠네."

머리는 서류를 가지고 문서 보관실을 나서면서 경찰서에서 오래 일해서 좋은 점도 있다고 생각했다. 그는 집으로 가는 버스 안에서 사건 기록을 살펴보고 싶었지만 노스페이스 플리스 재킷 안에 타이와 견장을 감춘 대응 담당 경찰관 둘이 바로 뒤에 앉아 있었다. 그들은 머리를 알아보지 못했지만 머리는 불법적으로 손에 넣은 경찰 서류를 펼쳐 자신의 존재를 알리고 싶지 않았다. (현장에서 물러나면 이렇게 보이지 않는 존재가 되다니 우스웠다) 대신 그는 창밖을 바라보며 세라가 존슨 사건을 어떻게 생각할지 궁금해했다.

경찰로 일하는 동안 머리는 집에 일을 가져가기 일쑤였다. 신혼 때 세라는 급여가 적은 일자리를 여럿 전전하며 고생했다. 모두 꼼꼼함, 예의, 적극성을 어느 정도 요구하는 일이었는데 세라가 지속하기에는 불가능한 것으로 판명되었다. 그리고 일을 빨리 그만두게 될 때마다 세라는 오랜 기간 우울증에 시달렸다. 결국 그녀는 머리가 처음부터 제안했던 대로 하기로 동의했다. 그녀가 전업주부로 집에 있고 머리가 밥벌이를 하는 것이었다. 이렇게 함으로써 두 사람 모두 안도할 수 있었다.

머리는 하루에 있었던 소소한 일을 세라에게 이야기했다. 자신이 하는 일의 기밀을 유지하는 데 항상 신경 쓰면서도 세라가 외출할 수 없는 날에는 이런 식으로 더 넓은 세상을 이해하는 것이 중요하기도 하고 재미도 있을 것이라고 생각했다. 놀랍게도 그 역시 세라만큼이나 이런 대화에 의지하게 되었다. 경찰의 선입견에 오염되지 않은 신선한 관점에서 생각하는 것이 도움이 되었기 때문이다. 그는 탐과 캐럴라인 존슨 사건을 세라에게 빨리 이야기하고 싶었다.

머리가 사는 거리 끝에서 버스가 섰다. 지붕이 뾰족한 1960년대 목조 주택이 모여 있는 막다른 골목에는 이사 온 지 얼마 안 된 사람들, 가족들, 연금 수급자들이 모여 살았다. 몇몇 집은 어찌나 확장을 많이 했는지 이층집 두 채가 붙어 있는 모습이었고 뒷마당에는 여름에 바비큐를 할 수 있는 마루가 있었다. 카펫을 새로 깔았고 몇 년마다 페인트칠을 했다는 점만 빼면 머리의 집은 세라와 그가 집을 샀던 1984년과 똑같아 보였다. 그가 수습 기간을 마치고 정식 경찰관이 되던 해였다.

머리는 버스에서 내리지 않았다. 다섯 정거장을 더 가서 내리면서 운전사에게 고맙다고 인사한 다음 하이필드까지 잠시 걸었다. 과거에 웅장한 시골 저택이었다가 2급 문화재로 지정된 이 건물은 1811년에 건축되었고 1950년대 초부터 국가 보건 서비스(NHS) 건물로 쓰였다. 아름다운 정원에 둘러

싸였지만 주변의 작은 이동식 건물과 납작한 지붕을 얹은 싸구려 건물 때문에 유서 깊은 느낌이 조금 훼손되었다. 환자를 지원하는 데 필요한 부서가 늘어나면서 증설된 건물이었다. 세라 같은 환자를 돌보기 위해.

머리는 하이필드 내 대부분 장소에 익숙했다. 하이필드의 방문자 센터에는 수공예 활동실, 환자가 운영하는 카페, 또래 지원 단체가 있어서 사람들이 많이 드나들었다. 외래 환자 진료실과 상담 서비스를 제공하는 공간도 있었고 섭식 장애 환자를 위한 요리 교실도 열렸다. 다양한 정신 건강 문제를 겪는 환자들에게 각자 수준에 맞는 도움을 제공하는 병동도 있었다. 세라가 2007년에 열흘 동안 입원했던 격리 병동도 그중 하나였다. 그곳을 지날 때마다 머리는 세라가 입원 치료를 받게 해달라고 의사에게 애원하던 끔찍한 날들이 떠올랐다.

세라는 머리와 처음 만난 날 자신이 진단 받은 병명을 솔직하게 밝혔다. 머리의 졸업식 행진이 끝나고 제공된 점심 뷔페에서였다. 세라의 오빠 칼은 머리와 동기였지만 둘은 친구 사이는 아니었다. 머리는 칼의 가족과 함께 있던 명랑한 여자에게 끌렸다. 그는 세라가 칼의 여자 친구가 아닐까 생각했다. 그리고 아니라는 사실을 알고는 안도했다.

"내가 정신 질환을 앓고 있는 거 알아요?" 세라는 도전장이라도 내밀듯 툭 내뱉었다. 그녀가 웃을 때마다 엄청나게 큰 은색 링 귀걸이가 흔들렸고 입고 있던 박쥐 날개 같은 형광 분홍색 스웨터 때문에 머리는 눈이 아팠다.

그는 웃지 않았다. 경찰에서 차별하지 않는 언행을 강조하기 전부터 그렇게 살았기 때문이기도 했지만 정신 질환이라는 말이 앞에 있는 여자에게 어울리지 않는다는 이유가 더 컸다. 세라는 활력이 넘쳐서 가만있지 못했고 그녀의 눈동자는 모든 것이 기뻐 보이는 듯 반짝였다. 세라에게 '정신 질환'의 기미는 보이지 않았다.

"경계성 성격 장애예요." 그녀는 또다시 활짝 웃었다. "병명만 들으면 별것 아닌 것 같지만 심각한 질환이에요. 정말이에요."

경계성 성격 장애. 그 뒤로 이 단어는 둘의 관계에서 빠지지 않았다. 곧 머리는 세라의 상태가 좋은 날에만 눈이 반짝인다는 사실을 깨달았고 상태가 좋지 않은 날에 잿빛 눈동자에서 보이는 고통과 두려움을 견딜 수 없었다.

현재 세라는 자진해서 입원해 있었고 머리는 병동 환자들의 이름을 모두 알았다. 면회 시간이 정해져 있었지만 직원들이 머리의 교대 근무를 이해해준 덕분에 그는 방명록에 이름을 적고 가족실에서 누군가가 세라를 데려오기를 기다렸다.

가족실은 병원과 진료실마다 분위기가 달랐다. 어떤 곳은 벽이 삭막하고 유니폼을 입은 직원이 지켜봐서 감옥 같기도 했다. 또 어떤 곳은 소파와 텔레비전이 있고 직원들이 평상복을 입고 있어서 편안했다. 직원과 환자를 구분하려면 이름표를 확인해야 할 정도였다.

하이필드의 가족실은 그 중간이었다. 이곳은 두 구역으로 나뉘어 있었다. 첫 번째 구역에는 미술 공예 작업대 위에 다양한 색상의 종이와 펠트펜이 꽂힌 연필꽂이가 놓여 있었다. 아이들이 부모와 함께 직접 만든 카드를 꾸밀 수 있는 스티커도 있었다. 안전상 위험을 초래할 수 있는 셀로판테이프는 없었다. 플라스틱을 씌운 가위는 끝이 둥글었다. 머리가 앉아 있는 두 번째 구역에는 소파와 낮은 탁자가 있었고 탁자 위에는 몇 달이나 지난 잡지가 흩어져 있었다.

세라는 그를 향해 팔을 내밀더니 꼭 안았다.

"기분은 어때?"

세라는 콧잔등을 찡그렸다. "옆방에 환자가 새로 왔는데 스트레스받으면 벽에 머리를 찧어." 그녀는 말을 멈추었다. "스트레스가 심한가봐."

"잠자기 힘들어?"

세라는 고개를 끄덕였다.

"집에 가면 더 조용할 텐데……." 머리는 세라의 얼굴에 스치는 불안을 보았다. 강요할 생각은 없었다. 세라는 삼 주 전에 심하게 자해하는 바람에 양쪽 손목을 모두 꿰매야 했다. 응급실 간호사 말에 따르면 도움을 청하는 행동이었다. 자해한 뒤에 세라가 직접 구급차를 불렀다는 사실이 드러났다. 그리고 집 현관에 있던 가방에는 하이필드에서 필요한 것들이 담겨 있었다.

"그게 도진 것 같아." 그녀는 내내 속도를 위반하며 병원으로 달려온 머리에게 이렇게 말했다.

그것이었다. 설명할 수는 없지만 그들의 삶을 압도하며 존재감을 내뿜던 그것. 그것 때문에 세라는 외출도 중단했다.

그것이 재발했다는 것은 세라가 친구를 사귀기도 힘들고 사귀더라도 관계를 유지하기 힘들다는 뜻이었다. 그것은 머리와 세라의 삶 속에 있었다. 늘 그 자리에서 기다리고 있었다.

"차우드리 선생님에게 전화하지 그랬어?" 머리가 말했다.

"그는 나를 입원시키지 않았을 거야."

머리는 그녀를 끌어안고 이해해보려 노력했지만 안전한 곳으로 향하는 유일한 길이 자해라고 믿는 논리를 이해하기란 불가능했다.

"오늘 흥미로운 일이 있었어." 머리가 말했다.

세라의 눈이 빛났다. 그녀는 소파에 앉아 다리를 꼬고 팔걸이에 등을 기댔다. 머리는 아내가 소파에 바른 자세로 앉는 것을 본 적이 없었다. 그녀는 소파에 누워 다리를 하늘로 뻗어 발가락을 벽에 붙인 다음 끄트머리에서 고개를 젖혔다. 오늘 세라는 긴 회색 린넨 원피스와 그에 어울리는 밝은 주황색의 모자 달린 외투를 입었는데 소매를 하도 자주 끌어내려 손을 덮는 바람에 옷이 늘어나서 이제는 끌어내리지 않아도 손이 가려졌다.

"어떤 여자가 경찰서에 와서 자기 부모님의 자살이 실은 살인이라고 하더군."

"그래서 당신은 그 말을 믿었어?" 늘 그렇듯 세라는 곧장 본론으로 들어갔다.

머리는 망설였다. 믿었나? "솔직히 말하자면 모르겠어." 그는 세라에게 탐과 캐럴라인 존슨 이야기를 했다. 돌이 잔뜩 들었던 그들의 배낭, 목격자의 신고, 사제가 개입했던 일도.

끝으로 기일에 배달된 익명의 카드와 부모님의 사망을 재수 사해달라고 고집부리던 애나 존슨 이야기까지 했다.

"부모가 둘 다 자살한 거야?"

"애나 존슨의 말에 따르면 아니야. 캐럴라인 존슨은 남편이 사망하기 전에 우울증을 앓았던 이력이 없었고 탐 존슨의 자살은 너무 뜬금없었어."

"흥미로운데?" 세라의 눈에서 불꽃이 튀자 머리는 온몸에 온기가 퍼져 나갔다. 기분이 좋지 않을 때 그녀의 세계는 오그라들었다. 자기 삶 이외의 것에 전혀 관심을 보이지 않았고 원래 모습과는 거리가 먼 이기적인 모습을 보였다. 그녀가 존슨 사건에 관심을 보이는 것은 좋은 징조였다. 아주 좋은. 게다가 머리가 이 사건을 검토하기로 했기 때문에 두 배로 기뻤다. 오랜 세월의 자해 경력이 있는 여자에게 민감한 주제일 수도 있다는 점은 문제가 되지 않았다. 머리는 다른 여러 친구들과 달리 세라를 조심스럽게 대하지 않았다.

한번은 두 사람이 머리의 동료들과 커피를 마신 적이 있었다. 그때 라디오 포(Radio 4)에서 청년 자살률에 대한 토론이 시작되었다. 앨런은 라디오를 끄러 주방을 가로질렀고 머리와 세라는 재미있다는 눈빛을 교환했다.

"난 아파요." 앨런이 돌아와 앉고 주방이 조용해지자 세라가 나지막이 말했다. "그렇다고 해서 우리가 정신 건강 문제나 자살을 이야기할 수 없다는 건 아니에요." 앨런은 확인 차원에서 머리를 바라보았고 머리는 눈길을 계속 피했다. 사람들이 자기를 판단한다고 느낄 때, 자기가 사람들 입에 오르내린다는 생각이 들 때 세라가 타고 있는 외줄은 가장 심하게 흔들렸다. "오히려 전문 지식이 없는 평범한 사람들보다 그런 문제에 관심이 더 많아요." 세라가 말을 이었다. "그리고 솔직히," 그녀는 앨런을 보며 짓궂게 씩 웃었다. "여기에서 자살 전문가를 꼽으라면 바로 나잖아요."

머리는 사람들이 상자를 좋아한다고 결론지었다. 상자는 경계가 명확하게 구분되어 있었다. 아프거나 건강하거나, 제정신이 아니거나 제정신이거나. 세라의 문제는 상자를 수시로 들락날락하는 것이었고 사람들은 그런 그녀를 어떻게 대해야 할지 몰랐다.

"서류 가져왔어?" 세라가 그의 서류가방을 찾으며 주위를 둘러보았다.

"나도 아직 못 봤어."

"내일 가져와줄래?"

"그럴게." 머리는 손목시계를 보았다. "이제 가야겠다. 오늘 밤에는 잠 좀 잘 수 있기를 바랄게."

세라는 문까지 그를 배웅한 뒤에 작별의 포옹을 했다. 머리는 그녀의 시야에서 완전히 사라질 때까지 계속 미소 짓고 있었다. 세라의 기분이 좋지 않은 날에는 하이필드에 그녀를 두고 떠나기가 오히려 쉬웠다. 그녀가 침대에서 몸을 웅크리고 있을 때는 혼자 집에 돌아가기가 차라리 쉬웠다. 세라가 최선의 장소에 있다는 것을 알기 때문이었다. 그녀가 안전할 수 있고 돌봄을 받을 수 있는 곳에. 하지만 그녀가 평온하거나 심지어 기분이 좋을 때는 병원을 떠나려고 발걸음을 옮길 때마다 잘못된 방향으로 가는 것 같았다. 병원 냄새가 나고 감옥 같은 침실이 있는 하이필드가 편안하고 안락한 집보다 나을 리 없지 않은가? 어떻게 세라는 집보다 병원에서 더 안전하다고 느낄 수 있을까?

머리는 접시를 치우고 오믈렛을 만드느라 사용한 팬을 설거지한 다음 식탁에 앉아 존슨 부부 사건 서류를 펼쳤다. 통화 기록, 목격자 진술, 경찰 조서를 읽었다. 증거물 사진도 보았다. 탐 존슨의 버려진 지갑과 캐럴라인의 핸드백이었다. 그런 다음 죽기 전에 서로에게 보낸 문자메시지를 읽었다. 각각의 사인심문 서류와 자살을 판결한 검시관의 보고서도 꼼꼼하게 읽었다.

머리는 식탁 위에 모든 것을 펼쳐놓았다. 그리고 두 사람의 사건 서류철 가운데에 애나 존슨이 받은 익명의 카드가 담긴 증거물 봉투를 놓았다. 검시관의 보고서를 한 번 더 읽어본 다음 새 수첩을 활짝 펼쳤다. 수첩을 새로 마련한 것은 일하기 편하기 때문이기도 했지만 상징적인 의미도 있었다. 애나의 어머니가 살해되었다면 머리는 이 사건을 원점에서 다시 조사해야 했다. 그러려면 처음부터, 그러니까 탐 존슨의 자살부터 시작해야 했다.

그는 1989년에 형사가 되었다. 당시에는 서류를 수기로 작성했고 범인을 잡으려면 온라인으로 조사하는 대신 직접 발로 뛰어야 했다. 머리가 현장에서 은퇴한 2012년 무렵 업무는 몰라보게 달라졌다. 그가 신분증을 반납하면서 느낀 상실감 가운데에는 인정하기 싫었지만 한 줄기 안도감도 있었다.

그는 새로운 기술을 따라잡기가 점점 힘들었고 범죄수사과에 발령되었을 때 세라에게 선물 받은 각인된 만년필로 진술서를 쓰는 쪽이 여전히 더 좋았다.

잠시 머리는 자신감이 떨어졌다. 이 서류를 보며 전에 찾아내지 못한 무언가를 찾아내려 하다니. 스스로 그만한 능력이 있다고 생각하는 것일까? 그는 예순 살이었다. 경찰 현장에서 은퇴해 지난 사 년 동안 민간 경찰로 일하며 운전면허증을 확인하고 분실물을 접수했다.

그는 들고 있던 만년필을 만지작거렸다. '매켄지 경장'이라고 각인된 글자를 어루만졌다. 그리고 옷소매를 끌어내려 은에서 광채가 날 때까지 문질렀다. 그는 세라가 여기에 있으면 좋겠다고 생각했다.

'그때 그 우체국 강도 사건 기억나?' 머리는 세라가 이렇게 말한다고 상상했다. '단서가 없었어. 과학 수사에서도 밝혀진 것이 없었고. 아무도 실마리를 찾지 못했어. 당신 빼고.'

경찰에서 수사를 종료하기 직전이었지만 머리는 그대로 포기하지 않았다. 그는 집집마다 방문하고 거리를 샅샅이 뒤지며 동네를 들쑤셨다. 정보망도 가동했다. 그러자 서서히 이름이 드러났다. 범인이었던 청년은 십사 년 동안 감옥에 있었다.

'그건 오래전 일이야.' 머리의 머릿속에서 속삭이는 목소리가 들렸다. 그는 그 목소리를 쫓아버리고 펜을 쥐었다. 업무 진행 방식은 바뀌었을지 몰라도 범죄자는 달라지지 않았다. 그는 훌륭한 형사였다. 최고로 손꼽혔다. 그 사실도 달라지지 않았다.

9

애나와 로라가 우리가 떠나온 삶을 엿보고 있어. 그건 싫은데. 끼어들어서 저 애들이 서랍을 열어 수첩과 책과 사진이 든 상자를 강탈하는 걸 막고 싶어.

죽음은 사랑하는 이들에게 쓸모없는 싸구려 물건을 남겨. 일을 마무리하고 갑작스러운 이별로 남겨진 물건을 치우는 사람들은 우리 아이들, 배우자, 친구들이야. 나 역시 부모님이 돌아가셨을 때 에섹스의 집에서 그런 일들을 했고 당신도 부모님이 돌아가셨을 때 이곳 이스트본에서 똑같이 했지. 이제 애나가 나를 위해 그 일을 하고 있어. 우리 둘을 위해.

로라가 다육 식물을 심었던 도자기 화분을 집어 버리고 있어. 실내에 매달아놓는 바람에 흙이 말라 죽었지. 책상 양쪽에 서류 더미가 쌓이고 있군. 누가 이렇게 일을 잘하는지 궁금하네. 애나일까? 아니면 로라? 로라가 애나에게 오늘 우리

소지품을 정리하자고 했을까? 자기도 모르는 사이에 애나를 위험에 몰아넣고 있는 사람이 로라일까?

둘이 이야기를 나누고 있어. 너무 멀어서 들리지는 않아. 내가 바라보는 장면은 좁고 흐릿해. 너무 답답해. 지금 무슨 일이 일어나고 있는지 모르면 앞으로 일어날 일에 영향력을 행사하지 못할 텐데.

우리 손녀는 매트에 깐 이불에 누워 있어. 그 위에는 알록달록한 동물이 달린 모빌이 있고. 그 애가 발을 버둥거리자 애나가 그 모습을 보면서 미소 지어. 언제 떠났느냐는 듯 저 문으로 걸어 들어가는 내 모습을 떠올리자 숨이 막혀. 한 생명의 일 년을, 새로운 생명의 탄생을 놓치지 않은 나를 떠올리니까 말이야.

크리스마스 장식도, 집 난간에 반짝이는 조명도 없고 문에 화환도 달려 있지 않아. 나흘만 지나면 크리스마스인데. 혹시 크리스마스이브까지 기다렸다가 장식하는 걸 가족의 새로운 전통으로 삼으려는 걸까? 아니면 일부러 명절의 들뜬 기분을 느끼지 않으려는 걸까? 혹시 애나가 장식용 반짝이나 싸구려 크리스마스 장식 방울을 도저히 못 보는 게 아닐까?

로라가 내 수첩을 보고 있어. 애나가 그 애를 흘끔 보며 할 말을 참는 듯 아랫입술을 깨물어. 난 애나가 무슨 생각을 하는지 알아.

우리가 오크 뷰에서 일 년쯤 살았을 때 강도가 들었지. 많이 훔쳐가지는 않았어. 가져갈 것도 없었고. 하지만 강도들은 온 집을 샅샅이 뒤지고 다니면서 이것저것 망가뜨렸어. 경찰에서는 그걸 '메시 서치'라고 불렀어. 집을 원래대로 복구하는 데는 몇 주나 걸렸고 집에 마음 편히 있기까지는 수개월이 걸렸지. 우리 삶에는 비밀스러운 것이 없었어. 그땐 그랬어. 하지만 내가 잘 모르는 누군가가 나에 대해 많이 아는 건 지금도 화가 나.

내가 약속을 기록하던 수첩을 훑어보는 로라를 보자 그때와 똑같은 분노가 치밀어. 저 수첩에는 중요한 내용이 없지만 마음대로 뒤지는 건 참을 수 없어. 그만하라고 외치고 싶어. 내 물건을 그만 보라고, 내 집에서 나가라고!

하지만 저 집은 이제 내 집이 아니야. 애나의 집이지. 로라가 무슨 말을 하자 애나가 웃어. 내게 보이지 않는 무언가를 로라가 가리키자 애나는 슬픈 미소를 짓고. 난 소외감을 느껴. 하지만 애나의 미소는 짧았어. 예의상 웃은 거였지. 눈은 웃지 않았거든. 애나는 그 일을 하기 싫어해.

로라는 제 엄마와 꼭 닮았네. 나와 알리시아는 학교 동창이었지. 열여섯 살 생일을 일주일 앞두고 임신했다는 걸 알게 된 알리시아는 내게만 그 이야기를 했어. 갈퀴처럼 깡마른 탓에 팔 주가 지나기도 전에 배 나온 티가 났어. 오래 지나지 않아 헐렁한 스웨터가 배를 가려주지 못하자 퇴학당했고.

나는 이 년 뒤에 학교를 졸업하고 개인 비서로 일하게 되었는데 월급은 엘리베이터와 공동 세탁실이 딸린 아파트 집세를 내고 주말에 감자칩을 먹으며 와인을 마실 수 있는 정도였어. 알리시아는 보조금을 받으며 배터시의 고층 건물에 살았지.

나는 알리시아와 딸 로라를 데리고 휴가를 떠났어. 우리는
더비셔의 비앤비에서 로라를 사이에 눕힌 채 더블베드를 함
께 쓰며 사흘 밤을 잤어.

"우리 같이 살면 좋겠다." 휴가 마지막 날 알리시아가 말했
어. "우리 정말 잘 지냈잖아."

그런 삶을 원하지 않는다는 말을 알리시아에게 어떻게 할
수 있었겠어? 나는 임신하지 않도록 조심하고 있다는 말을
말이야. 독신 생활과 친구들과 일이 좋다는 말을. 축축한 아
파트에서 다른 사람의 아기와 함께 살고 싶지 않다는 말을.
아무리 내가 알리시아와 로라와 함께 있는 걸 좋아한다고 해
도 말이야.

"그래, 정말 잘 지냈지." 나는 알리시아의 말에 수긍한 뒤
에 화제를 바꿨어.

그때 내가 도왔어야 하는데.

애나는 카펫에 무릎을 꿇고 앉아서 책상 맨 아래 서랍을
열었어. 생각보다 힘이 필요했는지 뒤로 넘어졌어. 서랍은 빠
져나와 무릎 위에 있고. 로라가 가서 애나가 괜찮은지 확인
하는군. 애나는 자신의 서투른 행동에 웃음을 터뜨려. 로라는
내 수첩을 쌓아둔 곳으로 돌아가고 애나는 빠져나온 서랍을
다시 끼우려고 하다가 멈칫해. 뭔가를 본 것 같아.

애나는 서랍을 옆에 놔두고 책상 아래로 손을 뻗어. 로라가
보고 있지 않은지 확인하려고 그 애를 흘끗 보네. 애나의 눈
이 휘둥그레지자 나는 뭘 보고 그러는지 눈에 보이는 것처럼
훤히 알 것 같아. 그 애의 손이 매끈한 보드카 병으로 다가가

고 있다는 것을.

애나의 얼굴에 실망한 기색이 역력해.

나도 어떤 기분인지 알아.

그 애는 빈손을 꺼내. 그리고 서랍을 책상에 끼워 넣어 술병을 원래 숨겨놓은 곳에 놔둬. 로라에게는 아무 말도 안 하고. 그러자 내가 느끼던 소외감이 사라졌어. 애나는 모르겠지만 우리가 사소한 일을 공모한 셈이 되었으니까. 가족끼리만 알아야 하는 비밀도 있는 법이지.

나만 알아야 하는 비밀도 있고.

10

애나

로라는 손목시계를 보았다. 그러더니 계속 서류 더미를 살펴보며 그중 절반은 파쇄기에 넣을 서류로 분류하고 있었다. 나는 안달이 났다. 일과 관련된 서류라면 모두 전시장에 있겠지만 혹시 로라가 실수로 중요한 서류를 파쇄하면 어쩌지? 나는 운영에 참여하지는 않았지만 존슨즈 자동차의 이사였다. 내용을 확인하지도 않고 서류를 버릴 수는 없었다.

내 시선이 느껴졌는지 로라가 고개를 들고 나를 보았다.

"괜찮아?"

"그만하고 집에 가는 게 좋겠어. 마크가 곧 올 거라서."

"마크가 돌아올 때까지 있겠다고 약속했어." 로라는 또 다른 서류 더미를 가져와 파쇄지로 분류했다.

"나 때문에 일찍 갔다고 해." 나는 벌떡 일어나서 로라를 도우려고 손을 내밀었다.

"여기 정리가 아직 안 끝난걸."

"많이 했어. 끝난 것이나 다름없어." 말도 안 되는 허풍이 었다. 나는 로라가 만든 '가지고 있을 것'과 '버릴 것' 서류 더 미를 합쳤다. 고무줄 뭉치를 들고 있었는데 감정이 격해져서 인지 쓸모가 있다고 생각해서인지 서류 여기저기에서 빠져 나온 것을 그냥 모아들고 있는 것인지 알 수 없었다.

"엉망진창인데!"

"그건 쉽게 해결할 수 있어." 나는 엘라를 안고 서둘러 서 재에서 나간 다음 문을 닫았다. "짠!"

"애나! 이런 식으로 일을 해결하지 않기로 한 것 같은데."

'혼자만 그렇게 생각했겠지.' 이런 생각이 들자 이내 불공 평하다는 느낌이 밀려왔다. 부모님 서재를 정리하자는 것은 내 의견이었다. 로라에게 도움을 청한 사람도 나였다. "기분 이 안 좋아서 서재 정리를 그만하자는 게 아니야. 더 이상 정 리하고 싶지 않기 때문이야. 이 둘은 전혀 달라."

로라는 지나치게 쾌활한 말투가 못 미더운지 눈을 가늘게 뜨고 나를 보았다. "카드는 어쩔 거야?"

"아까 한 말이 맞는 것 같아. 불만이 있는 누군가가 역겨운 장난을 친 거야."

"그래, 맞아." 로라는 나를 두고 가야 할지 여전히 확신하 지 못했다.

"난 정말 괜찮아. 내일 전화할게." 나는 그녀의 외투를 가 져왔고 그녀가 열쇠를 찾는 동안 참을성 있게 기다렸다.

"정말 그렇다면……"

"정말이라니까." 우리는 포옹했고 로라가 차로 걸어가는 동안 나는 문간에 서 있었다. 한 손으로는 리타가 보이지 않는 다람쥐를 쫓아가지 못하도록 목걸이를 잡고 있었다.

로라의 차에서 이상한 소리가 나다 멈췄다. 그녀는 인상을 찡그리더니 시동이 꺼지지 않도록 회전 속도를 올려 다시 시도했다. 그리고 잠시 뒤 자동차 진입로로 움직이며 열린 창문 밖으로 손을 흔들었다.

더 이상 차 소리가 들리지 않자 나는 서재로 돌아갔다. 서류 더미, 생일 카드, 펜, 클립, 포스트잇을 살펴보았다. 거기에는 해답은 없고 추억만 있었다.

간직하고 싶은 추억.

나는 사진이 담긴 상자 뚜껑을 열어 자세히 살폈다. 위에 놓인 사진 예닐곱 장은 엄마와 로라의 엄마 알리시아 사진이었다. 둘이 햇빛이 잘 드는 술집 정원에서 찍은 사진도 있었고 카페에서 크림 티(홍차와 함께 스콘, 잼, 크림을 곁들여 먹는 오후 간식)를 먹는 사진도 있었다. 어딘가에 카메라를 올려 두었다가 한쪽이 미끄러져 내린 듯 기울어진 사진도 있었다. 그 사진에서 엄마와 알리시아는 침대에 누워 있었고 둘 사이에는 로라가 있었다. 로라는 두 살쯤 되어 보였는데 이는 곧 엄마와 알리시아가 열여덟 살도 되지 않았다는 뜻이었다. 두 사람도 어린아이였다.

상자에는 사진이 많았다. 하지만 내가 본 것은 전부 다 아빠와 전시장과 아기 때의 내 사진이었다.

내게 아빠 사진은 많았지만 엄마 사진은 별로 없었다. 가정을 꾸린 수많은 여자가 그렇듯 엄마는 항상 렌즈 뒤에 숨어 있을 뿐 앞으로 나오지 않았다. 아이들이 너무 자라기 전에 기록을 남기는 데만 집중한 나머지 자기 사진은 찍을 생각도 못한 것이다. 어느 날 그 자녀들은 너무 어려서 기억나지 않는 시절의 사진을 자세히 보고 싶어 하겠지.

엄마가 실종되고 사인이 자살로 확정되기까지의 짧은 시간에 나는 유일하게 가지고 있던 선명한 엄마 사진을 경찰에 제출했다. 은색 액자에 담겨 거실 벽난로 위 선반에 놓여 있던 것이었다. 경찰은 즉시 사진을 배포했고 엄마의 사망 소식이 실린 신문에도 기사와 함께 그 사진이 게재됐다. 경찰은 내게 액자에 든 사진을 돌려주었지만 나는 그것을 볼 때마다 신문 머리기사가 떠올랐다. 그래서 결국 사진을 치울 수밖에 없었다.

예전에 엄청나게 유행했던 챙 넓은 모자를 써서 엄마 얼굴이 잘 보이지 않는 결혼사진 말고는 엄마가 찍힌 다른 사진이 없었다. 나는 엄마가 알리시아와 함께 찍은 사진을 액자에 넣으려고 한쪽으로 빼놓았다.

그리고 엄마의 2016년 수첩을 펼쳤다. A4 용지 크기의 두툼한 수첩은 매일 두 쪽이 할당되어 있었다. 왼쪽에는 약속을 적고 오른쪽에는 메모할 수 있도록 되어 있었다. 자동차 생산업체에서 선물용으로 찍은 수첩이라서 근사하지는 않았지만 나는 금박으로 돋을새김한 회사 로고를 어루만졌고 손에서 한 장씩 펼쳐지는 종이의 무게를 느꼈다. 수첩에는 엄마의 글씨가 가득했다. 눈을 세게 깜빡여 글자가 빙빙 돌지 않게 하고 나서야 글자를 알아볼 수 있었다. 매일 일정이 꽉 차 있었다. 자동차를 공급하는 거래처와의 회의, 복사기와 커피머신과 냉수기 수리 예약. 수첩 오른쪽 면에는 그날 할 일 목록이 적혔고 완료한 일은 말끔하게 줄을 그어 지워져 있었다. '일을 제대로 처리하고 싶으면 바쁜 사람에게 물어봐야 해.' 부모님은 이렇게 말씀하셨다. 엄마는 더 열심히 살 수 없을 정도로 노력했다. 하지만 엄마가 일이 많다고 불평하는 것은 들어본 적 없었다. 전쟁 통에 설탕을 배급하듯 애정을 찔끔찔끔 주었던 외할머니가 요양원에 입원하자 엄마는 매일 이스트본에서 에섹스까지 차를 몰고 갔고 때로는 외할머니가 자는 모습만 보고 돌아오기도 했다. 엄마 가슴에서 발견된 멍울에 대해서도 아빠와 나는 나중에야 알았다. 엄마가 초조하게 기다린 끝에 완치 판정을 받고 나서야.

"가족들에게 걱정 끼치고 싶지 않았어." 엄마는 이렇게만 말했다.

직장 일과 집안일이 섞인 수첩은 예상치 못한 곳에서 나를 치고 들어왔다. '케이티 클레먼츠에게 전화해서 시험 주행 건 다시 알려주기'와 지역 라디오 방송국 전화번호 사이에 'A의 생일 선물로 아델 공연 표?'라는 글귀가 쓰여 있었다. 나는 손바닥의 불룩한 부분으로 눈을 눌렀다. 엄마 아빠의 물건을 진작 살펴볼걸. 엄마가 내 생일 선물로 무엇을 생각하고 있었는지 진작 알았더라면.

나는 어찌할 바를 몰랐다. 엄마가 사망한 날인 12월 21일로 넘어갔다. 약속이 두 건 있었고 왼쪽의 할 일 목록은 미완

료로 남아 있었다. 수첩 뒤쪽에는 명함, 전단, 손으로 쓴 메모가 잔뜩 꽂혀 있었다.

수첩은 엄마의 삶을 단적으로 보여주었다. 자서전을 보듯 그 인생을 이해할 수 있었고 일기장처럼 사적이었다. 나는 조금 전에 빼놓은 사진을 끼워 넣은 뒤에 수첩을 잠시 꼭 안았다. 그런 다음 모든 것을 제자리에 정리하기 시작했다.

책상 위를 정리하다가 내가 초등학생 때 찰흙으로 만들어 칠한 문진을 발견했다. 예전에 주방 찬장에서 수많은 가정통신문을 누르고 있던 것이었다.

나는 정확히 가운데에 강력 접착제로 붙인 틈을 가만히 만져보았다. 그러자 문득 이 문진이 벽에 부딪칠 때 났던 소리가 날카롭게 떠올랐다.

사과를 받았다.

나도 울고 엄마도 울었다.

"새것 같은데?" 아빠는 문진을 접착제로 붙이고 말린 뒤에 이렇게 말했다. 하지만 그렇지 않았다. 아빠가 구멍을 메우고 기존의 색과 맞지 않는 색으로 칠한 벽에 패인 홈 역시 전과 같지 않았다. 나는 아빠와 며칠이나 말하지 않았다.

책상 맨 아래 서랍을 뺀 다음 보드카 병을 꺼냈다. 병은 비어 있었다. 대부분 빈병이었다. 보드카 병은 사방에 있었다. 옷장 뒤, 화장실 물탱크 안, 빨래 건조 선반 안에 수건으로 싸여서. 나는 술병을 찾아서 남은 술을 버린 다음 재활용 쓰레기통 맨 아래에 넣었다.

내가 대학생이 되기 전에도 부모님이 술병을 숨겼다면 그때는 더 잘 숨겼던 모양이다. 아니면 내가 그 사실을 알아차리지 못했거나. 나는 내가 없는 동안 생활이 달라진 집으로 돌아왔다. 내가 없는 동안 부모님이 술을 더 많이 마신 걸까? 아니면 내 눈이 뜨여서 어린 시절의 좁은 세상 너머를 볼 수 있게 된 걸까? 한 번 술병을 찾고 나자 수없이 많이 보였다. 글자를 배우고 나면 사방의 글자가 눈에 들어오는 것처럼.

나도 모르게 등줄기가 서늘해졌다. 가끔 엄마는 이런 느낌을 '누군가에게 무덤을 밟히는 기분'이라고 표현했다. 밖은 어두웠다. 정원에서 뭔가가 움직이는 것이 얼핏 보였다. 심장 박동이 빨라졌지만 다시 제대로 보니 낡은 유리창에 비친 일그러지고 창백한 내 얼굴이었다.

밖에서 무슨 소리가 들려서 깜짝 놀랐다. '애나, 침착해.'

이 방 때문이었다. 좋기만 하지는 않았지만 이곳에는 추억이 가득했다. 그래서 괜히 놀란 것 같다. 나는 계속 뭔가를 상상하고 있었다. 창에 비친 유령 같은 모습, 밖에서 나는 발소리.

하지만 가만. 발소리가 정말 들렸다.

발소리는 느리고 찬찬했는데 걷고 있는 사람이 소리 내지 않으려고 애쓰는 듯했다. 발아래에서 자갈 부딪치는 소리가 약하게 들렸다.

밖에 누가 있었다.

위층에는 불이 모두 꺼져 있었고 아래층에도 이곳 서재의 책상 스탠드만 켜져 있었다. 밖에서 보면 집은 거의 캄캄해 보일 것이다.

도둑일까? 이 거리에는 장식 겸 투자 목적으로 구입한 골

동품과 그림이 가득한 고가의 주택이 많았다. 사업이 잘되자 부모님은 아름다운 물건들을 사들였는데 그중 상당수는 아래층 창문 밖에서 잘 보였다. 어쩌면 엘라와 내가 경찰서에 갔을 때 누가 집 가까이에 왔다가 어두워지면 다시 오기로 했는지도 모른다. 목구멍에서 두려움이 솟구쳤다. 밖에 있는 사람은 한동안 이 집을 지켜보고 있었는지도 모른다. 온종일 누군가가 보고 있는 듯한 느낌을 지울 수 없었는데 이제야 내 직감이 옳았을지도 모른다는 생각이 들었다.

어릴 때 나는 우리 집 전화번호를 외우기 한참 전부터 도난 경보기 비밀번호를 외우고 있었다. 하지만 마크와 함께 산 뒤로는 비밀번호를 설정해놓지 않았다. 그는 경보기가 설치된 집에 사는 데 익숙지 않았고 집에 들어올 때마다 짜증스럽게 투덜대며 키패드를 더듬거려 경보기를 껐다.

"도둑을 막는 건 리타만으로도 충분하지 않을까?" 보안 회사에 '이번에도' 잘못 울렸다고 말한 뒤에 그가 내게 물었다. 그러자 나도 비밀번호를 설정하던 습관이 사라졌고 지금은 내가 온종일 엘라와 함께 집에 있기 때문에 경보기를 아예 사용하지 않게 되었다.

지금이라도 설정할까 생각해보았지만 어둠 속에서 어떻게 해야 할지 가늠할 수 없었고 경보기 제어 장치가 있는 현관문 옆으로 갔을 때 마침 도둑이 들어온다고 생각하자 팔에 소름이 돋았다.

엘라를 데리고 위층으로 가야 했다. 올라가서 서랍장으로 방문을 막고 있어야 했다. 아래층에서 도둑이 원하는 것은 뭐든 가져가도 상관없었다. 나는 도둑이 무엇을 원할지 생각하며 거실을 객관적인 시선으로 평가했다. 텔레비전을 노릴 수도 있었고 지금은 아프리카 제비꽃을 심어놓은 증조할머니 대부터 내려온 은그릇은 분명 가져갈 것이다. 벽난로 위 선반에는 내가 부모님 결혼기념일에 선물한 도자기 새 두 마리가 있었다. 위층으로 올라갈 때 그걸 가지고 갈까? 새 장식품 말고 또 뭘 가져가야 하지? 이 집에는 추억이 너무 많았다. 슬퍼할 만한 것이 너무 많았다. 그것을 전부 다 가지고 올라갈 수는 없었다.

발소리가 정확히 어디에서 나는지 파악하기 힘들었다. 자갈 밟는 소리는 점점 커졌다. 밖에 있는 사람은 집 한쪽을 살펴보고 이제 다른 쪽으로 간 것 같았다. 나는 아기 관찰 모니터 옆에 놓인 휴대전화를 집어 들었다. 경찰을 부를까? 아니면 이웃에게 전화할까?

나는 휴대전화를 들고 전화번호를 살피다가 로버트 드레이크의 번호를 찾았다. 그에게 전화해야 마땅하다는 것을 알면서도 그러고 싶지 않아서 망설였다. 그는 외과 의사이니 응급 상황에 잘 대처할 테고 아직도 집에 있다면 밖에 나와서 우리 집을 한 번 봐줄 수도 있었다. 아니면 집 밖의 불을 켜서 밖에 있는 사람에게 겁을 줄 수도 있었다.

하지만 그의 휴대전화는 꺼져 있었다.

자갈 밟는 소리는 점점 커졌고 그에 발맞춰 내 귀에 피가 몰려 윙윙거렸다. 뭔가를 질질 끄는 소리도 들렸다. 사다리일까?

집 옆쪽, 그러니까 자갈이 깔린 앞쪽의 자동차 진입로와 조경한 뒷마당 사이의 좁은 땅에는 창고와 장작 보관소가 있었다. 창고 문이 닫히는 듯 둔탁하게 쿵 소리가 들렸다. 심장 박동이 빨라졌다. 익명의 카드가 떠올랐고 그것을 성급하게 경찰에 가져간 것이 아닐까 하는 생각이 들었다. 내가 잘못했을까? 그 카드는 일종의 경고였을까? 엄마에게 일어난 일이 나에게도 일어날 수 있다는?

밖에 있는 사람은 도둑이 아닐지도 몰랐다.

누군지는 몰라도 엄마를 죽인 사람이 나까지 죽이려 하는지도 몰랐다.

11

머리

    탐 존슨의 아내 캐럴라인 존슨은 남편이 실종된 지 열다섯 시간 만에 경찰에 실종 신고를 했다. 마흔여덟 살인 캐럴라인은 남편보다 열 살 어렸다. 그녀 말에 따르면 그 전날 퇴근하면서 '바보 같은 말다툼'을 한 뒤로 탐을 보지 못했다.

    "그이는 술집에 간다고 했어요." 부인의 진술서에는 이렇게 쓰여 있었다. "집에 오지 않자 동생 집에서 자고 오는 줄 알았고요." 그들과 함께 사는 딸 애나는 대학 졸업 뒤에 일하는 아동 자선단체 일로 회의 참석차 런던에 가고 없었다.

    탐 존슨은 그다음 날 출근하지 않았다.

    머리는 탐의 동생이자 동업자인 빌리 존슨의 진술서를 찾았는데 그는 탐의 결근을 대수롭지 않게 여겼다.

    "과음했을 거라고 생각했어요. 형은 동업자예요. 제가 뭘 어떻게 하겠어요? 해고하겠다고 경고할 수도 없잖아요?" 글자와 종이뿐인 무미건조한 증인 진술서에서조차 빌리 존슨의 방어적인 태도가 느껴졌다. 이는 많은 사람이 보이는 자연스러운 반응이었다. 필요할 때 충분히 관심을 기울이지 못한 데서 오는 죄책감을 희석하는 수단이었다.

실종 경위서는 유니폼(Uniform) 문서 작성 시스템에서 작성되었고 저위험군으로 분류되었다. 머리는 담당 경찰관의 이름을 보았지만 모르는 사람이었다. 당시 정보에서 탐 존슨이 심약한 사람이라는 것을 알 만한 내용은 없었지만 그가 자살했다는 신고를 받았을 때도 계속 질문해야 했다. 경찰이 스스로 내린 판단에 계속 의문을 제기해야 했다. 탐이 고위험군으로 분류되었다면 뭐가 달라졌을까? 그건 알 수 없었다. 탐 존슨의 실종에서 우려할 만한 부분은 없었다. 그는 성공한 사업가였고 동네에서 잘 알려진 사람이었다. 가정적이었고 우울증을 앓은 적도 없었다.

첫 번째 문자메시지는 오전 아홉 시 삼십 분에 왔다.

미안해.

얄궂게도 캐럴라인 존슨은 이 메시지를 받고 안도했다. "그이가 말다툼한 걸 사과한다고 생각했어요." 그녀는 진술서에서 이렇게 말했다. "그이가 제게 소리를 질렀거든요. 그러면서 제가 화낼 만한 말을 좀 했어요. 그이는 성깔이 있지만 그 후에는 항상 먼저 미안하다고 했어요. 문자메시지를 받았을 때 적어도 그이가 잘 있다고 생각했어요."

'그이는 성깔이 있지만.'

머리는 이 부분에 밑줄을 그었다. 탐 존슨의 성깔은 어느 정도였을까? 그날 밤 술집에서 누군가와 말다툼이라도 했을까? 그래서 몸싸움까지 한 것 아닐까? 탐이 평소에 자주 가는 곳을 조사해보았지만 아무것도 얻지 못했다. 그가 사망하기 전날 밤에 슬픔을 달래려고 간 곳은 그의 동네가 아니었다.

현장에 출동한 경찰관이 탐의 휴대전화 위치 추적을 요청했으나 거절당했다. 그 단계에서는 생명이 위태롭다는 증거가 없었기 때문이다. 머리는 그 전화를 건 경장이라도 된 양 인상을 찡그렸다. 캐럴라인이 남편에게서 두 번째 문자메시지를 받자 결정은 신속하게 뒤집혔다.

"남편이 자살하려는 것 같아요……."

머리는 응급 전화 999에 녹취된 캐럴라인 존슨의 통화 내용을 들었다. 그는 눈을 감았다. 캐럴라인의 고통이 자기 것처럼 요동쳐 흐르는 기분이었다. 그는 남편에게서 받은 문자메시지를 소리 내어 읽는 캐럴라인의 목소리를 들었다. 그리고 캐럴라인에게 남편의 전화번호를 묻고 문자메시지를 지우지 말라고 요청하는 신고 접수원의 차분한 대응에 귀 기울였다.

더는 못 하겠어. 내가 없으면 세상이 더 나아질 거야.

탐은 무엇을 더 이상 못 하겠다는 뜻이었을까?

순간적으로 흥분하면 누구라도 할 수 있을 만한 말이었다.

별 뜻 없는 말일 수도 있고 매우 중요한 의미를 담고 있을 수도 있었다.

'더는 못 하겠어.'

결혼 생활을? 외도를? 거짓말을?

탐 존슨은 무엇을 하고 있었기에 이렇게 죄책감을 쏟아 냈을까?

더 이상의 문자메시지는 없었지만 탐 존슨의 휴대전화는 계속 켜져 있었다. 삼각 측량에 따르면 그의 휴대전화는 비치 헤드 근처에 있었다. 경찰은 차량 번호판 자동 인식 (ANPR) 카메라를 통해 그가 전시장에서 몰고 나온 차가 휴대전화와 같은 장소로 향했다는 것을 파악하고 그곳으로 출동했다. 머리는 출동 결과를 알면서도 기록을 읽어 내려가는 동안 생명을 구하기 위해 질주하는 경찰관들의 심정이 떠올라 가슴이 두근거렸다.

민간인 다이앤 브렌트-테일러가 전화를 걸어 배닝에 돌덩이를 집어넣는 남자를 보았다고 신고했다. 정장을 입은 남자가 하기에는 희한한 일이라 인상적이었다고 했다. 그녀는 남자가 절벽 가장자리로 가는 것을 계속 지켜보았다. 그가 주머니에서 지갑과 휴대전화를 꺼내는 모습을 본 다이앤은 겁에 질렸고 그는 순식간에 발을 내디뎌 사라졌다. 머리는 신고 전화 녹취록을 읽었다.

"파도가 높았어요. 그곳에는 아무것도 없었고요. 그 사람을 볼 수가 없었어요."

해안 구조대가 즉시 바다로 나갔지만 너무 늦었다. 탐 존슨은 흔적도 없었다.

머리는 숨을 고르며 마음을 가라앉혔다. 매일 시신에 관한 이야기를 듣는 검시관 랠프 메트칼프가 어떻게 견디는지 궁금했다. 그는 이런 이야기를 듣는 데 익숙할까 아니면 집으로 돌아가 술에 빠져 감각을 마비시킬까?

경찰은 브렌트-테일러 부인이 절벽 너머로 사라지는 탐을 보았다고 한 곳 일대를 샅샅이 뒤졌다. 그들은 탐의 지갑과 휴대전화를 찾았다. 전화기 화면에는 걱정으로 정신이 나간 아내에게서 온 문자메시지가 계속 깜빡였다.

어디에 있어?
그러지 마.
우리에겐 당신이 필요해…….

경찰은 캐럴라인의 주소지로 찾아가 주방에서 이 소식을 전했다. 그녀는 가족들에게 둘러싸여 있었다. 우드워드 순경의 수첩 사본에 캐럴라인을 도우려고 모인 가족과 친구들의 이름, 직업, 연락처 같은 세부 사항이 기록되어 있었다.

윌리엄(빌리) 존슨, 존슨즈 자동차 사장, 시동생
로버트 드레이크, 로열 서섹스 병원 외과 자문의, 이웃
로라 반스, 하드 애즈 네일즈 접수 담당 직원, 대녀

세이브 더 칠드런 지역 코디네이터인 애나 존슨에 대한 정

보는 뒷장에 따로 기록된 것으로 보아 그녀는 우드워드 순경이 조사를 마친 다음에 도착한 것 같았다.

탐 존슨이 사망한 다음 날 범죄수사과 경찰들이 검시관에게 보낼 서류를 정리하는 가운데 수많은 조사가 진행되었다. 탐의 스마트폰에 담긴 내용을 추출했는데 그중에는 5월 18일 새벽에 검색한 '비치 헤드 자살 장소'와 '비치 헤드 물때'도 있었다. 머리는 오전 열 시 사 분에 파도가 가장 높다는 데 주목했다. 다이앤 브렌트-테일러가 전화로 신고한 시간과 일 분밖에 차이 나지 않았다. 그때 바다는 약 6미터 깊이였을 것이다. 돌덩이를 짊어져 무거운 남자를 쉽게 집어삼킬 만한 수심이었다. 만조 때 최고 수위가 지난 뒤에는 저층의 역류가 그를 끌어당겼을 것이다. 그의 시신이 발견되었다 한들 십구 개월이 지난 지금 무엇이 남아 있을까? 그날 아침에 탐 존슨이 절벽 끄트머리에 혼자 있었는지 아닌지를 알려줄 만한 것이 있을까?

목격자 다이앤 브렌트-테일러는 탐 이외에 다른 사람은 보지 못했다고 했다. 그녀는 진술이나 사인심문 하는 자리에 나오지 않았다. 몇 차례 통화했지만 말을 알아듣기 힘들 정도로 얼버무렸다. 전화를 건 경찰은 다이앤이 불륜 관계인 유부남과 함께 비치 헤드에 있었다는 사실을 알아냈다. 경찰이 진술서를 작성하려고 하자 은밀하게 만나던 남녀는 그들의 만남을 비밀로 하고 싶어서 전전긍긍했고 아무리 설득해도 다이앤은 자기 이름을 지면에 밝힐 수 없다고 했다.

머리는 수첩에 사건 진행표를 완성했다. 탐 존슨 사망 사건 조사는 이 주 만에 끝났다. 범죄수사과 담당 경찰관들은 서류를 제출했고 다른 업무에 배정되었다. 시신 없이 사인심문을 할 수 있도록 허가받느라 몇 개월이 지연되었지만 조사와 관련된 일은 이 주 만에 모두 끝났다. 자살. 비극적이지만 의심스럽지는 않은 사건으로. 그렇게 끝났다.

정말 그럴까?

상자 안에는 탐 존슨의 신변이 위협받던 다급한 시간 동안 찍힌 폐쇄회로 텔레비전 화면 파일이 담긴 CD도 있었다. CD는 아무도 보지 않은 것 같았다. 머리는 경찰이 저 안에 담긴 몇 시간 분량의 내용을 볼 기회도 없이 이미 슬픈 결론으로 사건을 종결하지 않았을까 생각했다. 이 CD 안에 범죄 증거가 담겨 있을까? 너무 교묘하게 숨겨져서 지금까지 증거라고 인식하지도 못한?

경찰은 실종 당일 탐이 존슨즈 자동차에서 몰고 나온 신형 아우디를 형식적으로 조사했지만 모든 정황이 살인이 아닌 자살에 초점이 맞춰지는 바람에 과학 수사 감식을 위한 예산이 배정되지 않았다. 하지만 폐쇄회로 텔레비전을 비롯한 증거는 확보했다. 머리는 면봉으로 채취한 표본이나 차에 떨어진 머리카락을 제출한 일이 무슨 소용이 있었는지 궁금했다.

그것이 뭔가를 입증했을까? 확보한 증거와 비교할 용의자도 없었고 탐이 몰고 간 차는 전시장의 특별 상품이었으므로 시험 운전을 해본 사람이 얼마나 많았을지 아무도 몰랐다.

그보다 머리가 이런 업무를 담당하지 않는 지금 어떻게 서류를 제출하고 승인을 받는다는 말인가? 이제껏 그는 검시관

116

의 자살 판정이 잘못되었다고 볼 만한 점을 아무것도 발견하지 못했다.

어쩌면 캐럴라인 존슨의 서류가 더 흥미로울지도 몰랐다.

애나 존슨이 999에 전화를 걸었을 때 경찰은 신속하고 폭넓게 대응했다. 가족들의 주소는 이미 확보되어 있었고 이번에는 캐럴라인 존슨을 심약한 고위험군 실종자로 즉시 분류했다.

"아빠의 죽음으로 엄마는 큰 충격을 받았어요." 애나 존슨은 진술서에서 이렇게 말했다. "저는 엄마를 지켜볼 수 있도록 집에서 출퇴근하기 시작했어요. 엄마는 먹지도 않았고 전화가 울릴 때마다 깜짝 놀랐어요. 어떤 날에는 침대에서 나오지도 않았고요."

머리는 지금까지는 매우 전형적이라고 생각했다. 슬픔은 각기 다른 방식으로 모든 이에게 충격을 주는데 자살로 인한 사별은 짐이 더 무거웠다. 죄책감이 마음을 짓눌렀다. 그 죄책감이 잘못된 감정일지라도.

12월 21일에 캐럴라인 존슨은 딸에게 바람을 쐬고 오겠다고 했다.

"엄마는 온종일 멍했어요." 애나는 이렇게 말했다. "저를 계속 흘끔거렸고 두 번이나 사랑한다고 말했어요. 이상하게 행동했지만 저는 우리 둘 다 아빠 없이 처음 크리스마스를 맞이하는 게 두려워서 그렇다고 생각했고요."

점심시간에 캐럴라인은 우유를 사러 나갔다.

"엄마는 차를 타고 갔어요. 그 즉시 뭔가 이상하다는 걸 눈치챘어야 했어요. 우리는 언제나 길 끝에 있는 가게에서 우유를 샀으니까요. 걸어가는 게 더 빨랐어요. 차가 사라졌다는 걸 알자마자 끔찍한 일이 일어날 것만 같았어요."

그녀는 오후 세 시에 경찰에 신고했다. 대응 담당 경찰관은 이들 가족의 과거를 알았고 비치 헤드와 관련된 사건을 이미 여럿 겪었기에 긍정적으로 생각할 수 없었다. 그는 사제의 사무실에 전화를 걸었다. 수년간 자선단체에서 위기에 개입하고 예방 차원에서 순찰을 돌았으며 수색대를 운영했다. 모두 비치 헤드의 연간 사망자 수를 줄이는 것이 목적이었다. 이 일에 의욕적이던 사제는 설명과 일치하는 여자를 보았지만 뛰어내리지 않았으니 경찰이 안심해도 된다고 확인해주었다.

머리는 애나 존슨의 진술서를 내려놓고 통화 기록을 찾았다. 현장에 출동했던 956번 그레이 순경은 기록에 다음과 같은 내용을 덧붙였다.

사제는 절벽 꼭대기에서 오십대로 보이는 백인 여성과 긴 시간 대화를 나누었다고 진술함. 여성은 매우 고통스러워하는 상태였고 돌이 가득한 배낭을 가지고 있었음. 이름이 캐럴라인이라고 말했고 최근에 자살로 남편을 잃었다고도 함.

사제는 캐럴라인에게 절벽 가장자리에서 물러서라고 말했다.

"저는 그 여성이 배낭에서 돌을 꺼내는 동안 기다렸습니다." 그는 이렇게 진술했다. "우리는 함께 주차장으로 걸어갔어요. 저는 그분에게 하느님은 항상 귀 기울일 준비가 되어 있다고 말했어요. 하느님은 용서할 준비가 되어 있다는 말도요. 아무리 끔찍한 일이라도 하느님은 우리가 헤쳐 나가도록 돕는다고도 말했습니다."

머리는 믿음으로 이토록 엄청난 마음의 평화를 얻는 사람들이 존경스러웠다. 그는 성당에서 그런 깊은 믿음을 느끼기를 바랐지만 세상에는 끔찍한 일이 너무 많아서 모두 하느님의 원대한 계획의 일부라고 받아들이기가 힘들었다.

제아무리 사제지만 그다음에 일어난 일 때문에 믿음이 흔들리지는 않았을까? 그는 이 일을 받아들일 수 있게 도와달라고 기도했을까?

캐럴라인의 사진이 배포되었고 비치 헤드로 추가 순찰대가 파견되었다. 사제가 몸담은 기관과 해안 경비대가 경찰에 힘을 보탰다. 이렇게 협업이 필요한 경우는 많았다. 자원봉사자들과 급여를 받는 경찰관들이 나란히 일했다. 살아온 배경도, 받은 교육도 저마다 달랐지만 목표는 같았다. 캐럴라인 존슨을 무사히 찾는 일이었다.

캐럴라인의 휴대전화가 비치 헤드 또는 그 일대에 있다고 확인되었다. 오후 다섯 시가 막 지났을 때 개를 데리고 절벽 가장자리를 산책하던 사람이 그녀의 핸드백과 휴대전화를 발견했다. 그날 파도가 가장 높은 시간은 오후 네 시 삼십삼 분이었다.

비치 헤드 주차장에 열쇠가 꽂힌 채 주차되어 있던 BMW

는 원래 있던 존슨즈 자동차로 신속하게 반환되었다. 그곳에서 빌리 존슨은 사제가 설명하는 사람이 존슨즈 자동차의 공동 책임자이자 자기 형인 탐 존슨의 죽음으로 얼마 전 홀로된 형수 캐럴라인 존슨과 일치한다고 확인해주었다.

캐럴라인은 자살을 암시하는 문자메시지를 보내지 않았지만 그녀의 죽음은 칠 개월 전에 발생한 탐 존슨 자살 사건과 판박이였다. 모자를 벗어 손에 든 경찰관을 또다시 현관문에서 맞이하게 된 애나의 심정이 어땠을까? 그때와 똑같이 친구들과 가족에게 둘러싸여 주방에 앉아 있는 심정은? 다시 조사를 받고 장례를 치르고 사인심문을 거치게 된 심정 말이다.

머리는 서류를 내려놓고 천천히 한숨을 내쉬었다. 세라가 자살을 시도한 적이 얼마나 많았던가?

헤아릴 수 없었다.

첫 번째 시도는 사귄 지 몇 주 지났을 때였다. 머리는 세라를 만나는 대신 동료들과 스쿼시를 하러 갔다. 집으로 돌아가자 전화기 자동 응답기에 메시지가 몇 개 있었는데 뒤로 갈수록 절박해졌다.

그때 머리는 엄청난 두려움과 걱정에 사로잡혔다. 그다음. 세라는 몇 달 간격으로 자살을 시도했다. 한번은 하루에 몇 번이나 자살을 시도했다. 그녀가 또다시 하이필드에 입원한 것은 그 무렵이었다.

머리는 세라가 평온하려면 자신이 뭘 어떻게 해야 하는지 차츰 알아갔다. 그냥 옆에 있으면 되었다. 판단하지도, 두려워하지도 말고. 집에 와서 세라를 안아주고 (대부분 경우처럼)

병원에 갈 필요가 없다면 팔을 씻겨주고 자해한 부위에 거즈를 다정하게 감아준 다음 아무 데도 가지 않겠다고 안심시켜주면 되었다. 그리고 세라가 이마에서 주름이 사라지는 유일한 공간인 침대에 들어가 잠들면 머리는 그제야 머리를 감싸 쥐고 울었다.

그는 얼굴을 문질렀다. '집중하자.' 이 일에 집중하면 시간을 좀 때울 수 있을 것이다. 세라를 생각하면서 되짚고 싶지 않은 기억을 떠올리지 않을 수 있을 것이다.

그는 자신의 단정한 글씨가 들어찬 수첩을 보았다. 앞뒤가 안 맞아 보이는 것은 없었다. 그런데 누군가가 캐럴라인의 죽음에 의문을 제기하려는 이유가 무엇일까? 문제를 일으키려고? 애나를 화나게 하려고?

자살일까? 다시 생각해봐.

그날 경찰 서류에 나와 있지 않은 무언가가 있었을지도 모른다. 조사를 진행한 경찰관들이 보지 못한 무언가. 그런 일이 일어나기도 했다. 자주는 아니지만 있기는 있었다. 원래 대충 일하는 형사였거나 단순히 바빠서 그랬을지도 모른다. 다른 사건을 우선시하느라 어쩌면, 정말 어쩌면 더 물어야 할 것이 있었는데도 마무리했는지 모른다. 답을 찾아야 하는 문제가 더 있는데도.

머리는 마지막 서류 뭉치를 집어 들었다. 특별한 순서 없이 잡다한 자료를 모아놓은 것이었다. 캐럴라인 존슨의 사진, 그녀의 휴대전화 연락처 사본, 탐 존슨의 생명 보험 증서.

머리는 보험 증서를 보았다. 그리고 다시 보았다.

탐 존슨의 사망 보험금 액수는 상당했다.

머리는 애나의 집은 몰랐지만 그 집이 있는 거리는 알았다. 공원이 있는 조용한 동네로 많은 사람이 살고 싶어 하는 곳이었다. 머리는 그 집이 존슨 부부의 공동 소유였다가 딸에게 상속되었으리라고 짐작했다. 두둑한 보험금도 마찬가지고. 게다가 현재 애나가 공동 운영자로 있는 가족 사업체도 있었다.

어느 모로 살펴보나 애나 존슨은 매우 부유한 여자였다.

12

애나

나는 휴대전화를 더듬거리며 '최근 기록'을 찾아 마크의 번호를 눌렀다. 엘라를 안고 까치발로 복도를 지나 계단으로 가면서. 나는 엘라에게 소리 내지 말라고 마음속으로 애원했다.

그리고 잠시 뒤 세 가지 일이 벌어졌다.

발밑에서 자갈 굴러가던 소리가 신발의 단단한 굽이 계단을 오르는 소리로 바뀌었다.

깡통이 굴러가는 듯한 마크의 휴대전화 소리가 집 밖에서 크게 들려왔다.

그리고 현관문이 열렸다.

마크는 울리는 휴대전화를 손에 든 채 집 안으로 들어왔고 혈관에 흐르는 아드레날린 때문에 눈을 크게 뜨고 잔뜩 흥분한 상태로 복도에 서 있는 나를 보았다.

"당신이 전화한 거야?" 그는 씩 웃더니 휴대전화를 눌러 통화를 종료했다.

　나는 전화기를 귀에서 천천히 뗐다. 내 심장은 위험이 지나 갔다는 사실을 받아들이지 않고 있었다. 나는 어색하게 웃었고 안도감이 밀려오자 방금 전 두려움을 느꼈을 때와 마찬가지로 멍해졌다.

　"밖에서 누가 돌아다니는 소리가 들렸어요. 그 사람이 집 안으로 들어오려 하는 줄 알았어요."

　"누가 돌아다니기는 했지. 내가." 마크가 다가와 내게 입 맞추었고 우리 사이에 엘라가 끼었다. 그는 딸아이의 이마에 입 맞춘 뒤에 내게서 받아 안았다.

　"왜 그렇게 살금살금 돌아다녔어요? 곧장 들어오지 않고?" 짜증스러울 일은 아니었지만 몸에 흐르던 두려움이 서서히 사라지자 짜증이 났다.

　마크는 고개를 갸웃하더니 내 짧은 생각에 과분할 정도로 참을성 있게 나를 살펴보았다. "쓰레기통을 좀 비우느라고. 내일이 수거일이잖아." 그는 엘라에게 노래하듯 말했다. "그 렇지? 그렇고말고!"

　나는 잠시 눈을 질끈 감았다. 질질 끄는 소리는 사다리 끄 는 소리였을 것이다. 쿵 하는 소리는 쓰레기 창고 문 소리였 을 테고. 듣자마자 알아차려야 했을 만큼 익숙한 소리였다. 나는 마크를 따라 거실로 갔다. 그는 불을 켜고 엘라를 빈백 의자에 앉혔다.

　"로라는 어디에 있어?"

　"내가 집에 가라고 했어요."

"나한테는 있겠다고 했는데! 내가 집에 더 일찍 올걸……."

"보모는 필요 없어요. 난 괜찮다고요."

"정말?" 그는 내 양손을 잡더니 팔을 벌렸다. 나는 점검하는 눈길을 피하려고 몸을 꼼지락거렸다.

"정말이에요. 아니, 사실은 괜찮지 않아요."

"그 카드는 어디에 있어?"

"경찰이 가지고 있어요." 나는 로라에게 보여주었던 사진을 그에게 내밀었고 확대해서 카드 내용을 들여다보는 그를 살펴보았다. 그는 글을 소리 내어 읽었다.

"자살일까? 다시 생각해봐."

"봤죠? 엄마는 살해되었어요."

"하지만 카드에 그렇게 쓰여 있지는 않잖아."

"그런 뜻이 담겨 있잖아요. 안 그래요?"

마크는 생각에 잠긴 표정으로 나를 보았다. "사고를 뜻할 수도 있잖아."

"사고라고요?" 나는 그 말을 믿지 않는다는 점을 노골적으로 드러냈다. "그럼 왜 그 당시에 말하지 않았을까요? 이제 와서 왜 이런 불길한 메시지를 보냈겠어요? 그것도 이런 조잡한 카드에요."

마크는 길게 한숨을 내쉬며 주저앉았다. 나 때문이 아니라 온종일 답답한 강의실에 있어서 그런 것 같았다. 아니, 그러기를 바랐다. "어쩌면 죄책감을 느끼는 누군가가 보냈을지도 몰라. 당신 어머니를 죽였다는 게 아니라 죽음을 방관한 데 대한 죄책감이지. 비치 헤드 관리 책임자가 누구지?"

내가 말이 없자 마크는 말을 이었다. 목소리가 한결 온화해졌다.

"내 말이 무슨 뜻인지 당신도 알잖아. 카드에 담긴 말은 애매모호하다고."

"그런 것도 같아요. 하지만 엄마는 절벽 끄트머리에 핸드백과 휴대전화를 남겨뒀어요. 사고로 추락했다면…… 그게 정말 이상하잖아요."

"떨어뜨릴까봐 먼저 내려놓았을 수도 있어. 벼랑 끝을 살펴보려 했다거나 새를 구하려고 했는데 가장자리가 무너지면서……."

나는 마크 옆에 털썩 앉았다. "정말 사고라고 생각해요?"

그는 몸을 돌려 내 얼굴을 마주보았다. 그리고 다정한 목소리로 말하며 내 눈을 뚫어지게 보았다. "그런 건 아니야. 나는 당신 아버지가 돌아가신 뒤에 어머니가 지독하게 불행했다고 생각해. 어머니는 누구도 헤아릴 수 없을 만큼 상태가 안 좋았던 것 같아. 그래서……" 그는 말을 멈추고 내가 듣고 있는지 확인했다. "스스로 목숨을 끊었다고 생각해."

그의 말은 전혀 새로울 것이 없었지만 나는 가슴이 덜컥했고 그제야 사고였을지도 모른다는 그의 말이 사실이기를 얼마나 바랐는지 깨달았다. 아무도 던지지 않은 구명줄을 잡으려고 얼마나 준비하고 있었는지를.

"그러니까 내 말은 여러 가지로 해석할 수 있다는 거야. 이카드도 그렇고." 그가 내 휴대전화를 뒤집어서 탁자 위에 놓자 사진이 보이지 않았다. "카드를 보낸 사람이 누구든 간에 당신 머릿속을 헤집어놓으려고 그랬을 거야. 정말 역겨운 사람들이지. 그 사람들은 반응을 원하는 거야. 그들이 원하는 대로 해주면 안 돼."

"경찰서에서 만난 사람이 카드를 증거물 봉투에 넣었어요. 지문을 확인해보겠다면서요." 나는 '경찰에서는 심각하게 받아들이고 있다고요'라고 덧붙이고 싶었다.

"형사를 만났어?"

"아니요. 안내데스크에 있는 분이었어요. 오랫동안 형사로 근무하다 퇴직하고 민간인 신분으로 일하는 분이었어요."

"정말 훌륭하시네."

"그렇죠? 일을 얼마나 좋아해야 그만두고 싶지 않을 수 있을까요? 은퇴한 뒤에도 말이에요."

"아니면 그 일에 너무 익숙해져서 다른 걸 할 엄두를 못 낼 수도 있지." 마크는 손으로 가릴 새도 없이 하품했다. 정면에서 보면 그의 치아는 완벽히 진줏빛이었다. 하지만 이 각도에서 보자 위쪽 어금니에 아말감으로 때운 부분이 보였다.

"아, 그런 식으로는 생각해보지 않았어요." 나는 머리 매켄지의 조심스러운 배려와 통찰력 있는 말이 떠올랐다. 그러자 이유는 알 수 없었지만 그가 아직 경찰서에서 일하고 있어서 다행스러웠다. "어쨌든 좋은 사람이었어요."

"다행이군. 경찰에서 뭔가를 알아보는 사이에는 그 생각을 머리에서 지워버리는 게 가장 좋아." 마크는 소파 끝으로 자리를 옮겨 다리를 뻗고는 한 팔을 올리며 내게 오라고 신호했다. 나는 우리가 자주 하는 자세로 그에게 안겨 왼팔 밑으

로 파고들었다. 그가 내 머리 위에 턱을 가볍게 댔다. 그에게
서는 찬 공기 냄새가 났고 뭐라고 꼬집어 말할 수 없는……
어떤 냄새도 났다.

"담배 피웠어요?" 나는 그저 궁금했을 뿐이다. 하지만 내
귀에조차 비난조로 들렸다.

"두어 모금. 아까 당신이랑 통화하고 나서. 미안해. 혹시 냄
새 나?"

"아니요. 음…… 담배 피우는 줄 몰랐어요." 애인이 담배
피우는 줄도 모르다니……. 하지만 나는 마크가 담배 피우는
것을 본 적이 없었다. 그가 피운다고 말한 적도 없었다.

"몇 년 전에 끊었어. 최면 요법 덕분이었지. 사실 그것 때
문에 상담을 시작하게 되었어. 내가 이 이야기 안 했던가? 아
무튼 몇 달에 한 번씩 담배 한 개비에 불을 붙이고 몇 모금
빨아들인 다음에 꺼버려. 그러면 내가 스스로 절제할 수 있
다는 생각이 들거든." 그는 씩 웃었다. "나만의 방법이 있으
니 걱정하지 마. 엘라 옆에서는 절대 안 그럴게."

나는 다시 그에게 몸을 밀착했다. 그러면서 우리의 공통점
과 차이점이 무엇인지 아직도 알아간다는 것은 짜릿한 일이
라고 생각했다. 하지만 지금 당장 내게 필요한 것은 신비감
이 아니었다. 나는 마크와 내가 서로 속속들이 잘 알기를 바
랐다. 어린 시절부터 사귀어온 연인처럼. 엄마 아빠가 돌아가
시기 전의 내 모습을 그가 알았으면 좋겠다고 생각했다. 그
때의 나는 지금과 다른 사람이었다. 호기심 많고 잘 웃고 재
미있었다. 마크는 그때의 애나를 몰랐다. 그는 부모를 잃고

난 다음의 애나와 임신한 애나와 엄마가 된 애나만 알았다. 로라나 빌리 삼촌과 함께 있을 때 가끔은 부모님이 살아 계실 때의 내가 된 느낌이 들기도 했다. 하지만 그런 일은 자주 일어나지 않았다.

나는 화제를 바꾸었다. "강의는 어땠어요?"

"역할극을 많이 했어." 마크는 찡그리며 말하는 목소리였다. 그는 역할극 같은 것을 싫어했다.

"생각보다 집에 늦게 왔어요."

"아파트에 잠깐 들렀어. 빈 채로 놔두기 싫어서."

나를 만났을 때 마크는 푸트니에 살았다. 7층에 있는 자기 아파트의 방에서 내담자를 만났고 일주일에 하루는 브라이튼에서 상담을 했다. 그래서 그는 내가 가장 필요로 할 때 빨리 이스트본으로 올 수 없었다.

나는 마크에게 소식을 전하기 전에 로라에게 임신 검사 이야기를 했다.

"나 어떡하지?"

"아기를 낳게 되겠지." 로라는 활짝 웃었다. "보통 그렇지 않아?"

우리는 로라가 일했던 브라이튼의 네일숍 맞은편 카페에 있었다. 그때 그녀는 온라인 쇼핑몰을 운영하는 회사에서 고객들의 전화를 받는 일을 새로 시작했는데 건너편 네일숍에서 웃고 있는 여자들을 계속 쳐다보았다. 나는 그녀가 그곳에서의 정감 어린 농담을 그리워하는 것이 아닐까 생각했다.

"아기를 낳을 순 없어." 현실로 와 닿지 않았다. 임신한 느

129

낌이 들지 않았다. 임신 검사를 여섯 번이나 하고 생리를 건너 뛰지 않았더라면 그 모든 것이 악몽이었다고 욕했을 것이다.

"또 다른 선택권도 있지." 로라는 말이 들릴 만한 거리에 아무도 없었는데도 목소리를 낮추었다.

나는 고개를 저었다. 이미 두 사람을 잃은 것으로 충분했다.

"음, 그럼." 로라는 커피가 담긴 머그잔을 들고 건배하는 흉내를 냈다. "엄마가 된 걸 축하해."

나는 그날 밤 레스토랑에서 저녁 식사를 하면서 마크에게 이 사실을 알렸다. 낯선 사람들 때문에 마크가 격한 반응을 보이지 못하도록 우리 주변의 자리가 다 찰 때까지 기다렸다가.

"미안해요." 나는 폭탄선언을 한 뒤에 이렇게 말했다. 마크의 얼굴에 혼란스러움이 스쳤다.

"미안하다니? 이건 놀라운 일이야! 그러니까 내 말은…… 안 그래?" 마크는 나를 유심히 보았다. "그렇게 생각하지 않는 거야?" 그는 심각한 척하려 했지만 얼굴에 서서히 미소가 번졌고 이 사실을 알지 못한 채 저녁 식사를 하는 주변 손님들에게 박수라도 기대하는 듯 레스토랑을 둘러보았다.

"난…… 잘 모르겠어요." 하지만 나는 아직 부르지도 않은 배에 손을 얹고 지난해에 겪은 끔찍한 일들을 떠올렸다. 그런데 이 안에 좋은 무언가가 있었다. 기적 같은 무언가가.

"음, 어쩌면 우리가 원했던 것보다 좀 빨라서 그럴지도 몰라."

"빠르긴 하죠." 우리가 만난 지 몇 주나 되었는지 손가락으로 꼽을 수 있을 정도였다.

"하지만 우리가 원한 건 틀림없어." 그는 나를 보며 동의를 구했고 나는 고개를 열심히 끄덕였다. 사실이었다. 둘이 아기 이야기를 한 적도 있었다. 그러면서 서로의 솔직함에 놀랐다. 처음 만났을 때 마크는 서른아홉 살이었다. 그는 영원할 줄 알았던 오래된 연인에게 상처받고서 그토록 원하던 가정을 꾸릴 수 없을지도 모른다고 체념했다. 나는 고작 스물다섯 살이었지만 인생이 얼마나 짧은지 뼈저리게 깨닫고 있었다. 부모님의 죽음이 우리를 한데 묶었다. 이 아기가 우리를 계속 끈끈하게 이어줄 것이다.

마크는 런던 업무를 서서히 줄이고 브라이튼 업무를 늘려갔고 나와 살기 시작하면서 푸트니의 아파트를 세놓았다. 완벽한 해결책 같았다. 월세는 매달 아파트 주택담보대출을 상환하고도 조금 남았고 세입자는 고장 난 것을 뭐든 자기 마음대로 고칠 수 있어서 만족하는 것 같았다. 아니, 그것은 우리 생각이었는지도 몰랐다. 위층에 사는 사람들이 악취 때문에 민원을 넣었다고 환경위생과에서 연락 받기 전까지는. 아파트에 가자 보증금을 챙긴 세입자는 월세도 내지 않고 떠났고 아파트는 너무 엉망이라서 곧바로 세놓을 수 없는 상태였다. 마크는 그곳을 조금씩 원래대로 복구했다.

"어때요?"

"암울해. 인테리어 해줄 사람을 알아봤는데 1월 중순까지 다른 일이 있대. 그러니까 2월이나 되어야 새로 세입자를 들여서 보증금을 받을 수 있어."

"그건 중요하지 않아요."

"중요해."

우리는 말이 없었다. 말다툼하지도 않았다. 우리에게는 임대 수입이 필요 없었다. 당장은 그랬다. 할아버지의 표현을 빌리자면 한두 푼이 아쉽지는 않았다.

부모님과 하루라도 더 보낼 수 있다면 전 재산을 다시 내놓겠지만 어쨌든 요점은 부모님이 돌아가셔서 내게 돈이 생겼다는 것이었다. 할아버지 덕분에 집은 대출금이 없었고 아빠의 저축과 부모님의 생명 보험으로 지금 내 은행 계좌에는 100만 파운드가 넘는 돈이 있었다.

"아파트를 파는 게 좋겠어." 마크가 말했다.

"왜요? 이번에 운이 나빴을 뿐이에요. 부동산을 바꿔요. 세입자 평판을 더 잘 알아볼 수 있는 곳으로요."

"두 집 다 팔아야 할지도 모르겠어."

잠시 나는 그가 무슨 말을 하는지 이해하지 못했다. 오크 뷰를 판다고?

"집이 너무 크잖아. 게다가 우리 둘 다 정원을 가꿀 줄도 모르는데 관리하기도 힘들고."

"정원사를 고용하면 돼요."

"시카모어가 괜찮은 가격에 매물로 나왔어. 방도 네 개라서 적당하고."

그는 진지했다. "마크, 난 이사하고 싶지 않아요."

"같이 집을 살 수도 있어. 우리 둘이 공동으로 소유하는 거지."

"오크 뷰도 우리 공동 소유예요."

마크는 대답하지 않았지만 나는 그가 내 말에 동의하지 않는다는 것을 알았다. 그는 6월 말에 오크 뷰로 완전히 들어왔고 그때 나는 임신 사 개월이었다. 그는 몇 주 동안이나 아파트에서 잠을 자지 않았다.

"편하게 지내요." 내가 쾌활하게 말했지만 이 말을 함으로써 집이 내 소유라는 점을 내세우는 꼴이 되었다. 마크가 차를 끓여도 되겠느냐고 묻지 않기까지 며칠이 걸렸고 손님처럼 소파에 꼿꼿하게 앉지 않기까지는 몇 주가 걸렸다.

나는 그가 나처럼 오크 뷰를 좋아하기를 바랐다. 대학에서 보낸 삼 년을 제외하면 나는 이곳에서만 살았다. 내 인생 전부가 이 네 벽면 안에 있었다.

"한번 생각이라도 해봐."

그는 이 집에 유령이 너무 많다고 생각했다. 부모님이 쓰던 침실에서 자는 일은 내게도 힘들었다. 아마 그에게도 힘들었으리라. "봐서요."

하지만 내 말은 싫다는 뜻이었다. 나는 이사하고 싶지 않았다. 오크 뷰를 지키는 것은 내가 부모님을 위해 할 수 있는 전부였다.

여섯 시 정각에 엘라가 깼다. 원래 오전 여섯 시는 이른 시간이지만 밤에 일어나고 새벽 다섯 시에 하루를 시작하며 몇 주를 보내고 나자 어쩔 수 없다고 체념하게 되었고 오전 여섯 시에 일어나자 늦잠을 잔 것처럼 느껴졌다. 마크는 차를 끓이고 나는 엘라를 우리 침대로 데려왔다. 우리는 가족 간의 다정한 시간을 한 시간가량 보낸 다음 마크는 샤워를 했고 엘라와 나는 아래층으로 내려가서 아침을 먹었다.

삼십 분 뒤에도 마크는 욕실에 있었다. 배관에서 규칙적으로 들리는 물소리가 침실에 딸린 욕실에 반주처럼 울려 퍼졌다. 엘라는 옷을 갈아입었지만 나는 여전히 잠옷 바람으로 주방에서 춤을 추며 딸아이를 웃겼다.

밖에서 자갈 밟는 소리가 들리자 지난 저녁이 떠올랐다. 아침 햇살이 주방으로 비집고 들어오자 어제 내가 왜 그렇게 반응했는지 당황스러웠다. 로버트의 휴대전화가 꺼져 있었던 덕에 내 피해망상을 마크만 보게 되어 다행이었다. 다음에 밤에 집에 혼자 있게 되면 시끄러운 음악을 틀고 불을 켜놓고 집 안을 돌아다니며 문을 쾅쾅 닫을 생각이었다. 방에 웅크리고서 불필요한 각본을 써내려가지 말아야지.

철제 우편물 투입구가 덜컹대는 소리와 우편물이 현관 매트 위로 떨어지는 둔탁한 소리가 들렸다. 그리고 잠시 뒤 손가락으로 현관문을 가볍게 두드리는 소리가 났다. 집배원이 현관에 뭔가를 두었다는 신호였다.

엘라가 생후 오 주가 되어 영아 산통이 한창일 때 집배원은 마크가 주문한 책을 배달했다. 아이를 달래서 재우는 데 한 시간이 꼬박 걸렸는데 하필 그때 집배원이 문을 두드렸다. 문 두드리는 쇠고리에 붙어 있는 장식이 떨릴 정도로 세게. 잠을 못 잔 데다가 출산 후 분노에 시달리던 나는 현관문을 벌컥 열고 집배원에게 비난을 퍼부었다. 그 후 내가 화를 가라앉히고 더 이상 엘라와 함께 울지 않게 되자 집배원은 우리를 방해하지 않도록 소포를 현관문 앞에 놓아두면 어떻겠느냐고 제안했다. 그가 담당하는 구역에서 그 방법을 좋아하는 사람이 나 말고도 또 있는 모양이었다.

나는 잠옷 차림으로 집배원을 만나고 싶지도 않고 그날 운일이 아직도 부끄러워서 그의 발소리가 자동차 진입로에서 사라질 때까지 기다렸다. 그런 다음 조용히 현관으로 가서 우편물을 가져왔다. 안내문, 청구서, 공공기관에서 마크 앞으로 보낸 듯한 누런 봉투였다. 나는 창틀 아래에 달린 고리에서 열쇠를 꺼내 현관문을 열었다. 문이 조금 뻑뻑해서 힘을 주었다.

내가 한 걸음 물러선 것은 문을 힘주어 열었기 때문도 따뜻한 현관으로 이내 냉기가 들어와서도 아니었다. 현관 한쪽에 쌓아둔 장작더미 위에 놓인 소포 때문도 아니었다.

문지방을 뒤덮은 피와 맨 위 계단에 놓인 동물 내장 더미 때문이었다.

13

사람들은 돈이 모든 악의 근원이라고 했어.

모든 범죄의 원인이라고.

나 같은 사람들이 또 있어. 반쯤 죽은 상태로 방황하는 사람들이. 그들 모두 돈 때문에 이곳에 있어.

돈이 하나도 없거나 너무 많았지.

그들이 다른 사람의 돈을 원했거나 다른 사람이 그들의 돈을 원했어.

그래서 어떻게 되었냐고?

삶을 빼앗겼어.

하지만 그걸로 끝나지 않을 거야.

14

애나

맨 위 계단에 놓인 것은 토끼였다. 토끼 배는 여러 번 칼질하지 않고 한 번에 세심하게 자른 듯 말끔하게 갈라져 있었다. 그 안에서 젤리 같은 살덩어리와 내장이 흘러나왔다. 유리 같은 눈은 거리를 향해 있었고 벌린 입안으로 날카롭고 하얀 이빨이 보였다.

나는 비명을 지르려고 입을 벌렸지만 폐에서 공기가 다 빠져나가 아무 소리도 내지 못하고 현관문 한쪽에 놓인 외투걸이를 움켜쥔 채 뒷걸음질만 쳤다. 가슴의 욱신거리는 통증이 아래로 내려가는 듯했다. 위험한 상황을 감지하자 본능적으로 아기에게 젖을 먹여야겠다는 생각이 들었고 이내 젖이 돌았다.

나는 가까스로 숨을 쉬었다.

"마크!"

말이 입에서 총알처럼 빠르게 튀어나왔다. "마크! 마크!"
나는 계속 외쳤다. 피투성이에 엉망진창인 문간에서 눈을 뗄
수조차 없었다. 토끼와 피 위에 새벽 서리가 내려앉아 은색
으로 빛났다. 그러자 고딕 양식의 크리스마스 장식 같은 느
낌이 들어 더 섬뜩했다. "마크!"

마크는 뛰다시피 내려왔고 맨 아래 계단에 발가락을 부딪
치자 큰 소리로 욕했다. "이게 무슨…… 세상에……." 수건만
걸친 그는 열린 문간에서 계단을 보며 자기도 모르게 몸을
떨었다. 가슴팍에 듬성듬성 난 털에 물방울이 맺혀 있었다.

"누가 이런 끔찍한 짓을 했을까요?" 안전하다는 것을 알게
되자 충격이 가시고 안도감이 밀려오면서 눈물이 났다.

마크는 멍한 표정으로 나를 보았다. "누구라니? 사람이 아
니라 동물 짓이겠지. 여우가 그랬을 거야. 날이 추워서 악취
가 안 나는 게 다행이군."

"동물이 그랬다고요?"

"길 건너가 전부 공원이잖아. 녀석은 우리 집 계단을 고른
거야. 내가 옷 입고 와서 치울게."

뭔가 앞뒤가 안 맞았다. 그게 무엇인지 생각하려 애썼지
만 머릿속에서 재빨리 사라졌다. "여우 짓이라면 왜 안 먹었
을까요? 봐요, 살이 그대로 남아 있잖아요." 나는 식도를 위
협하는 구역질을 꿀꺽 삼켰다. "내장도요. 먹지도 않을 걸 왜
죽였겠어요?"

"여우의 습성이겠지. 도시의 여우들은 쓰레기통에서 배를
채우니까 재미 삼아 사냥하는 거야. 닭장에 들어갔다면 전부

다 죽었을걸? 한 마리도 먹지 않고."

그 말이 옳다는 건 나도 알았다. 오래전에 아빠가 거위를 기르려고 정원 구석에 우리를 만든 적이 있었다. 나는 기껏해야 대여섯 살 정도였으나 장화를 신고 뛰어다니며 알을 가져오고 진흙투성이 풀 위에 낟알을 뿌려주던 일을 기억한다. 크리스마스에 먹을 거위였지만 엄마는 모든 거위에게 이름을 붙여주었고 해 질 녘에 둘러보며 각각 이름을 불러주었다. 엄마가 가장 좋아했고 자연스럽게 나까지 좋아했던 거위는 깃털 끝이 회색인 활기 넘치는 암컷이었고 이름이 파이퍼였다. 다른 거위들은 가까이 다가가면 요란한 소리를 내며 날개를 퍼덕였지만 파이퍼는 엄마 손에 있는 모이를 받아먹었다. 그런 온순함이 문제였다. 어두워지기를 기다리지도 않고 우리에 침입한 대담한 여우는 성깔 있는 거위들 때문에 뜻대로 사냥하지 못했지만 불쌍한 파이퍼의 목덜미를 꽉 물었다. 그날 저녁 엄마와 나는 목이 잘린 파이퍼를 발견했다.

"추잡한 동물이야." 마크가 말했다. "여우 떼가 어디에 있다가 나타나서 사냥하는지 알지?"

나도 알았다. 시골에서는 여우를 본 적이 없었다. 하지만 시내에서는 용감무쌍하게 거리 한가운데에서 활보하는 여우를 자주 보았다. 하지만 여우가 너무 아름다웠기 때문에 사냥 본능을 벌하기 위해 그들을 두려움에 떨게 하는 일을 상상할 수 없었다.

배가 갈린 토끼를 물끄러미 바라보자 무엇 때문에 기분이 찜찜했는지 정확히 알 수 있었다. 나는 천천히 말했다. 한마디 한마디 할 때마다 생각이 확고해졌다.

"피가 너무 많아요."

죽은 토끼 아래에는 피가 웅덩이처럼 고여 있었고 자동차 진입로로 이어지는 세 계단에는 그보다 피가 더 많았다. 내 말을 생각하는 동안 마크의 표정에 약간 재미있어하는 기색이 보였다.

"4학년 때 개구리 해부하던 생각이 나는군. 하지만 토끼는 해부한 적이 없어. 피가 얼마나 있어야 한다는 거야?"

그의 비꼬는 말투에 나는 짜증이 났다. 왜 그는 내가 보는 것을 보지 못할까?

나는 침착함을 잃지 않으려고 애썼다. "여우가 그랬다고 쳐요. 그리고 우리 눈앞의 난장판이 가능할 정도로 이 작은 야생 토끼의 피가 많았다고 쳐요. 그럼 여우가 계단의 발자국을 지웠나보죠?"

마크는 웃음을 터뜨렸지만 나는 농담이 아니었다.

"여우가 꼬리로 피를 흩뿌렸나보죠?"

눈앞의 광경은 꼭 그래 보였다. 누군가가 페인트 붓을 토끼에 푹 담갔다가 계단에 마구 발라놓은 것 같았다. 문득 이 장면이 범죄 현장 같다는 생각이 분명해졌다.

마크도 심각해졌다. 그는 나를 꼭 안고 한 손으로 문을 닫고는 나를 돌려세워 얼굴을 마주보았다. "그럼 말해봐. 누가 이랬는지 말해봐."

"그건 나도 모르겠어요. 하지만 내가 경찰서에 가서 그런 것 같아요. 엄마의 죽음에 대해 뭔가를 알고 있는 사람들이 내가 그걸 알아내는 걸 막으려고 그런 것 같아요." 내 짐작을 말로 표현해보았지만 이상하기는 마찬가지였다.

마크는 무표정했지만 걱정하는 기색이 느껴졌다. "애나, 그건 말이 안 돼."

"지금 이 상황은 말이 된다고 생각해요? 어제는 익명의 카드를 받았고 지금은 이런데요?"

"좋아. 그럼 처음부터 차근히 생각해보자고. 그 카드가 정신 나간 사람들 장난이 아니라고 가정해……"

"아니라니까요."

"당신 어머니의 죽음에 의문을 제기해서 그들이 이루려고 하는 게 뭘까?" 마크는 내 대답을 기다리지 않았다. "그리고 동물 사체를 문 앞에 놓아 당신에게 겁줘서 이루려고 하는 게 뭘까?"

그가 무슨 말을 하려는지 알았다. 뭔가 앞뒤가 안 맞았다. 내가 경찰서에 찾아가게 만들더니 그다음에는 그 일에서 손 떼라고 하는 이유가 무엇일까?

내가 말이 없자 마크는 자기 말을 인정한 것으로 받아들였다. "애나, 그냥 여우였어." 그는 몸을 숙여 내 이마에 입 맞췄다. "장담해. 내가 엘라를 볼 테니 목욕하는 게 어때? 오늘은 열한 시 전에 상담이 없어."

나는 마크를 따라 순순히 위층으로 간 다음 그가 목욕 준비를 하는 동안 가만히 있었다. 그는 엘라가 태어났을 때 내게 선물한 말도 안 되게 비싼 목욕 소금을 풀었다. 지금까지 시간이 없어서 써보지 못한 것이었다. 나는 거품에 몸을 담

그리고 여우와 토끼와 피를 생각했다. 내가 피해망상이 아닐까 하는 생각도.

그러면서 익명의 카드를 떠올렸다. 카드를 봉투에 넣어 우체통에 넣는 손을 상상했다. 외과 의사처럼 정확하게 토끼 배를 가른 사람과 동일 인물일까? 내 집 계단을 피범벅으로 해놓은 사람과?

두근거림이 가라앉지 않았다. 관자놀이에서 맥박이 스타카토 리듬으로 뛰자 물에 몸을 깊이 담갔다. 귀까지 잠겨 물소리가 들렸다. 누군가가 나를 겁주고 싶어 했다.

두 사건이 정말 그렇게 앞뒤가 안 맞을까? 나는 익명의 카드가 뭔가 조치를 취하라고, 엄마의 죽음을 다시 조사해보라고 지시한다고 생각했다. 하지만 지시가 아니라 경고였다면?

'다시 생각해봐.'

엄마의 죽음이 알려진 것과 다르다는 경고일까? 누군가가 우리 가족을 해치려 했고 지금도 그렇다는?

눈을 감자 피가 보였다. 아주 많은 피가. 이미 내 기억이 농간을 부리고 있었다. 토끼 크기가 어느 정도였더라? 정말 그 정도로 피를 많이 흘릴까?

사진이 필요했다.

별안간 이 생각이 나자 나는 벌떡 일어났고 욕조 밖으로 물이 넘쳤다. 사진을 찍은 다음 경찰서의 머리 매켄지에게 가져가서 이것이 여우의 소행 같은지 물어보고 싶었다.

머릿속에서 작은 목소리가 물었다. 내가 이러는 것이 마크를 설득하기 위함인지 경찰을 설득하기 위함인지. 그 목소리를 떨쳐버리고 욕조에서 나왔다. 급하게 몸을 닦는 바람에 축축한 피부에 옷이 달라붙었다.

휴대전화를 찾아 아래층으로 달려갔지만 이미 마크가 토끼 사체를 말끔히 치우고 표백제로 계단을 닦아놓은 뒤였다. 현관문 밖에는 아무런 흔적도 없었다. 아무 일도 없었던 것처럼.

15

머리

겨울 햇살이 침실 커튼 틈으로 들어올 무렵 머리는 옷을 다 갈아입고 있었다. 그는 베개 아래에서 이불을 단정하게 접은 다음 주름을 펴고 세라가 좋아하는 방식으로 쿠션을 정리했다. 커튼을 열어 북쪽에서 몰려오는 짙은 먹구름을 본 그는 셔츠 위에 브이넥 스웨터를 입었다.

그 후 식기세척기를 켜고 진공청소기를 돌리고 세탁기에서 빨래를 꺼내 널고 난 다음 주방 식탁에서 차를 마시며 초콜릿 비스킷을 먹었다. 아홉 시 삼십 분이었다. 시간은 아직도 많았다. 머리는 약속과 기대감이 가득했던 예전의 아침 비번을 떠올렸다.

그는 손가락으로 식탁을 두드렸다. 세라를 만나러 갈 예정이었다. 그녀와 오전을 보내고 그곳에서 바로 일하러 갈 생각이었다. 세라를 설득해 카페에 가거나 구내를 산책할 수 있을지도 몰랐다.

세라를 담당하는 간호사 조 도킨스가 머리를 맞이했다. 조는 지난 십 년 동안 하이필드에서 일했다.

"죄송해요. 오늘 세라 기분이 안 좋아요."

기분이 안 좋다는 말은 세라가 그를 만나고 싶어 하지 않는다는 뜻이었다. 다른 날 같으면 머리는 누구나 혼자 있고 싶을 때가 있다고 받아들이며 곧장 집으로 갔을 것이다. 하지만 오늘은 그러고 싶지 않았다. 세라가 보고 싶었다. 존슨 사건에 대한 이야기도 하고 싶었다.

"다시 한 번 물어봐주겠어요? 오래 있지는 않겠다고 전해주세요."

"한번 해볼게요." 조는 그를 안내데스크에 남겨두고 자리를 떴다. 안내데스크는 원래 시골 주택이었던 건물 복도에 있었다. 건물이 문화재로 등록되어 보호되기 전에 어설프게 개조한 것이었다. 두꺼운 방화문은 모두 비밀번호를 입력해야 열렸고 그 문을 지나면 병동과 사무실이 나왔다. 벽과 천장에는 무늬가 흉한 벽지가 발렸다.

조가 돌아왔다. 표정으로 보아 아무것도 달라지지 않은 것이 분명했다.

"이유를 말하던가요?"

경계성 성격 장애. 그게 이유겠지.

조는 머뭇거렸다. "음, 아니요."

"세라가 무슨 말을 했죠? 그렇죠? 조, 그러지 말고 말해봐요. 내가 이해할 수 있다는 거 알잖아요."

조는 머리를 똑바로 쳐다보며 정말 그럴지 생각했다. "알겠어요. 세라가 말하기를……" 그녀는 양손을 들어 허공에 대고 따옴표 표시를 몇 차례 했다. 앞으로 할 말이 자기 말이 아니라 세라의 말을 그대로 옮기는 것임을 나타내기 위해서였다. "미치광이를 사랑하느라 시간 낭비하지 말고 다른 사람과 섹스해."

머리는 얼굴이 빨개졌다. 아내가 그에게 떠나라고 명령하는 일은 (그렇게 말한 다음에는 정말 떠날까봐 자살을 시도했다) 결혼 생활 내내 흔했다. 제3자를 통해 그 말을 들어도 당혹스럽기는 마찬가지였다.

"그럼 세라에게 이렇게 전해주시겠어요?" 머리는 조를 흉내 내 따옴표 표시를 했다. "미치광이를 사랑하는 게 내가 가장 좋아하는 일이야."

머리는 하이필드 주차장에 있는 차 안에서 머리를 받침대에 기대고 앉아 있었다. 갑자기 찾아와 세라를 놀라게 하는 것이 아니었는데. 그녀는 대체로 종잡을 수 없었지만 오전에는 어김없이 그랬다. 그는 퇴근하고 집에 가는 길에 다시 들를 생각이었다.

그럼 이제 무얼 하지?

교대 근무 시각까지는 두 시간이 남았고 빈집으로 돌아가 시간을 흘려보내고 싶지는 않았다. 냉장고는 가득 찼고 정원은 말끔했으며 집도 깨끗했다. 머리는 무엇을 할 수 있을지 생각했다.

"그래." 그는 하고 싶은 일이 떠오르자 이렇게 소리 내어 말했다. "해보는 거야." 그의 시간은 자신만의 것이었다. 그 시간 동안 뭐든 원하는 것을 할 수 있었다.

그는 시내를 벗어나 다운즈로 향했다. 버스를 타고서는 느낄 수 없는 속도를 내려고 가속 페달을 세게 밟았다. 경찰서에 주차 공간이 부족해서 출근할 때는 대중교통이 편했지만 머리는 운전을 좋아했다. 그는 라디오를 켜고 반만 아는 노래를 따라 흥얼거렸다. 곧 내릴 것 같던 비는 아직 오지 않았지만 언덕 위에 구름이 낮게 걸려 있었고 멀리 보이는 바다에는 성난 파도가 철썩였다.

주차장은 거의 비어 있었고 차가 여섯 대뿐이었다. 머리는 쓰지 않는 재떨이에 넣어둔 동전 중 8펜스를 꺼내 주차권을 뽑았다. 주차권 발행기 옆의 큰 표지판에는 사마리탄스(Samaritans) 연락처가 붙어 있었다. 머리는 해안에 접한 길로 걸어가는 동안 표지판을 몇 개 더 지나쳤다.

대화는 도움이 됩니다.
당신은 혼자가 아닙니다.

표지판이 있다고 뭐가 달라질까? 자살을 결심한 사람이 멈춰 서서 메시지를 의미 있게 받아들일까?

당신은 혼자가 아닙니다.

비치 헤드에서 죽음을 선택한 사람보다 그렇지 않은 사람이 훨씬 많았다. 겁먹거나 마음이 바뀌거나 절벽을 순찰하던 자원봉사자들을 만나 계획을 실행하는 대신 그들과 차 한잔 하기로 한 사람이 훨씬 많았다.

하지만 그렇다고 끝은 아니었다. 그렇지 않은가? 이런 개입은 마침표가 아니라 쉼표였다. 차를 마시며 대화를 나누고 세상의 도움을 받는다고 해도 다음 날 일어나는 일이 바뀌지는 않았다. 그다음 날도 마찬가지였다.

머리는 절벽 끝에서 배낭에 돌을 잔뜩 집어넣은 캐럴라인 존슨을 발견한 가여운 사제를 떠올렸다. 자살을 말렸던 사람이 곧 같은 장소로 다시 가서 뛰어내렸다는 사실을 알게 된 사제의 심정이 어땠을까?

그날 캐럴라인은 누군가와 함께 있었을까? 사제가 그녀의 생명을 구하는 데 몰두한 나머지 누군가가 적당한 거리의 그림자 속에 숨어서 지켜보고 있다는 사실을 몰랐던 게 아닐까?

누군가가 애나의 어머니를 밀었을까? 물리적으로는 아닐지라도 누군가 때문에 캐럴라인이 어쩔 수 없이 자살을 택한 게 아닐까?

머리의 눈앞에 절벽 꼭대기가 우뚝 솟았다. 한 걸음 내디딜 때마다 해수면보다 점점 높은 곳으로 갔다. 이곳에 전해 내려오는 이야기에 따르면 비치 헤드는 사악한 기운이 있는 레이 선(어떤 장소나 건물을 잇는 가상의 선으로 이것에 초자연적인 힘이 있다고 믿는 이들도 있다)이 모이는 곳이어서 그런 기운에 민감한 사람들을 죽음으로 이끈다고 한다. 머리는 마법이나 미스터리 같은 것을 믿지 않았지만 이곳에 어떤 힘이 있다는 것을 무시하기는 힘들었다. 드넓게 펼쳐진 잔디밭이 끝나고 느닷없이 밝고 하얗게 빛나는 절벽이 나왔다. 아래쪽 등대 주변에서 소용돌이치는 안개가 이러한 대비를 흐릿하게 만들었다. 구름이 움직여 잿빛 바다가 보이자 머리는 갑자기 현기증이 나서 허물어진 절벽 가장자리에서 4미터 넘게 떨어져 있는데도 한 발 물러났다.

캐럴라인은 죽으려고 이곳에 왔다. 이는 사제의 증언에서 분명히 드러났다. 하지만 기일에 배달된 익명의 카드가 암시하는 바도 분명했다. 캐럴라인의 자살은 겉으로 보이는 것과 달랐다.

머리는 지금 자신의 위치에 서 있던 캐럴라인 존슨을 떠올렸다. 그녀는 정말 죽고 싶었을까? 아니면 기꺼이 죽을 수 있었던 걸까? 이 둘 사이에는 미묘하지만 중요한 차이가 있었다. 누군가를 살리기 위해 기꺼이 죽었을까? 혹시 딸을? 어쩌면 이 모든 일의 열쇠는 애나가 쥐고 있을지도 모른다. 캐럴라인 존슨은 스스로 목숨을 끊지 않으면 딸을 해치겠다는 협박을 받고 자살했을까?

비치 헤드에 오자 그는 머리가 맑아지기는커녕 더 어지러워졌다.

사람이 많이 다녀 생긴 잔디 위의 길 가운데에는 슬레이트를 얹은 주춧돌이 있었다. 머리는 소리 내지 않고 입술만 움직여 판에 새겨진 글을 읽었다.

높은 데 계신 야훼는 더 강력하십니다.

몸부림치는 바닷소리보다 강력하고
많고 많은 물결 소리보다 강력하십니다.

시편 구절 아래에는 마지막으로 한 번 더 충고하는 구절이
있었다. '하느님은 우리의 모든 고통보다 언제나 더 크신 분
입니다.'

머리는 속에서 뭔가가 울컥 솟는 기분을 느꼈다. 그는 주
춧돌에서 홱 돌아서서 절벽이 끝나고 망각의 세계가 시작되
는 지점을 마지막으로 한 번 더 바라보았다. 그런 다음 이렇
게 감상에 빠지도록 방관한 자신에게 화가 난 채 주차장으로
돌아갔다. 그는 조사하려고 이곳에 왔지 감상에 빠지려고 온
것이 아니라고 되뇌었다. 그는 애나 존슨의 부모가 사망한 곳
을 직접 보러 왔다. 이곳의 모습을 머릿속에 새기려고. 그가
마지막으로 다녀간 뒤로 이곳이 변했으리라고 생각하면서.

하지만 이곳은 달라지지 않았다.

세라를 발견한 사람은 순찰을 돌던 자원봉사자였다. 그녀
는 망각의 세계를 향해 발을 흔들면서 절벽 가장자리에 앉아
있었다. 그녀는 사제에게 자살하고 싶지 않다고 말했다. 하
지만 이 세상에 더 이상 있고 싶지 않다고도 했다. 그녀는 둘
사이에 차이가 있다고 우겼다. 머리는 그 차이를 이해했다.
아내를 세상에 맞게 바꿀 수는 없었기에 세상이 아내에게 맞
게 바뀌기를 간절히 바랐다.

머리는 전화를 받고 직장에서 나와 비치 헤드의 술집으로
갔다. 세라는 그곳에서 방수복을 입은 어떤 여자와 함께 있

었다. 성직자임을 알리는 흰 칼라가 방수복에 가려져 거의 보이지 않았다. 술집 주인은 조용하고 생각이 깊은 남자였고 그냥 독한 술을 마시는 사람과 용기가 필요해서 술을 마시는 사람의 차이를 경험으로 알았다. 그래서 후자의 끝이 좋지 않을 것 같은 기미가 보이자 재빨리 경찰서에 전화했다. 그는 세라가 머리의 어깨에 기대 우는 동안 사려 깊게도 술집 한쪽 끝으로 물러나주었다.

비치 헤드는 달라지지 않았다. 앞으로도 그럴 것이다. 그곳은 아름다운 동시에 고통스러웠다. 절대 잊을 수 없는 곳이었고 영원히 그럴 것이었다. 희망을 주는 동시에 파괴적이었다.

머리는 경찰청 뒤 길가에 주차하고 시간을 확인한 다음 출입증을 꺼냈다. 대응 담당 경찰관 두 명이 복도를 뛰어 내려왔다. 그들은 머리가 문을 열어주자 감사의 표시로 고개를 끄덕이고 뒷마당의 지정 주차장으로 향했다. 그러고는 순식간에 대문을 빠져나갔다. 모퉁이를 도는 자동차 바퀴가 회전했다. 머리는 희미하게 미소 띤 채 사이렌 소리가 거의 들리지 않을 때까지 그 자리에 서 있었다. 신고를 받고 출동하는 것만큼 피가 요동치는 일은 없었다.

범죄수사과는 긴 복도 끝에 있었다. 머리가 근무하던 시절에는 복도 양쪽에 작은 사무실 대여섯 개로 구분되어 있었지만 그가 은퇴할 무렵에는 안쪽 벽을 대부분 허물어 내벽이 없는 탁 트인 업무 공간으로 바뀌었다. 지금 경찰관들은 사무실 책상을 함께 썼다. 머리는 그가 범죄수사과에서 일하던 시절에 이렇게 바뀌지 않아서 다행스러웠다. 계속 짐을 싸서 자리를 옮겨야 하는데 그림 맞추기 퍼즐을 어떻게 할 수 있겠는가?

머리가 들어가자 제임스 케네디 경사가 진심 어린 따뜻한 표정으로 바라보았다. 그는 머리와 힘차게 악수했다. "어떻게 지내셨어요? 지금도 안내데스크에서 일하시는 거예요? 로어 미즈 경찰서였죠?"

"그렇다네."

"저라면 안 그럴 거예요." 제임스는 몸서리쳤다. "저는 연금을 받게 되면 바로 이곳에서 나갈 거예요. 누가 뭐래도 돌아오지 않을 거고요. 크리스마스에도 아이들이 양말에 든 선물 뜯어보는 걸 지켜보는 대신 일하잖아요. 정말 바보 같은 짓이에요. 안 그래요?"

제임스 케네디는 삼십대 초반이었다. 그는 머리가 퇴직하기 두 달 전에 범죄수사과에 왔고 지금은 경찰청에서 가장 노련한 사람이 되어 범죄수사과의 팀을 이끌었다. 그는 아직도 한참 남았지만 퇴직하면 제복을 절대 입지 않겠다고 생각하는 것 같았다. 하지만 머리는 그때가 되어보면 안다고 생각했다. 삼십 년이라는 나이 차이는 메우기 힘들었다.

제임스는 머리가 입은 사복을 바라보았다. "그런데 이렇게 이른 시간이 어쩐 일이세요? 너무 열심이신데요."

"그냥 지나가던 길이었어. 잠깐 들러서 다들 어떤지 보려고."

머리의 삶이 공허하다는 냉혹한 현실이 둘 사이에 맴돌자 둘 다 잠시 우물쭈물했다. 곧 제임스가 말을 이었다.

"그 덕분에 제가 반갑네요. 이렇게 뵈어서 정말 좋아요. 차를 좀 준비할게요."

사무실 한구석의 냉장고 위는 주전자와 차가 담긴 쟁반을 놓아 임시 주방으로 꾸며져 있었다. 제임스가 차를 준비하느라 달가닥거리는 동안 머리는 화이트보드에 적힌 진행 중인 사건을 살펴보았다.

"오웬 힐리 사건은 아직 해결되지 않은 모양이군?"

제임스는 티백이 담긴 찰랑거리는 머그잔 두 개를 책상에 내려놓았다. 머리는 자기 잔의 티백을 꺼내 발치에 있는 쓰레기통에 넣었다.

"오웬은 어릴 때 항상 매튜네 녀석들과 어울렸어. 우드 그린 뒷집에 살았지. 지금도 서로 돈독하기로 유명하다네."

잠시 어색한 침묵이 흘렀다. "아, 그렇군요. 그럼 그쪽을 한번 확인해봐야겠어요. 정말 잘 들르셨어요!" 제임스는 애써 쾌활한 척하며 머리의 어깨를 두드렸고 머리는 그가 아무 말도 하지 않기를 바랐다. 머리는 은퇴했지만 아직 경찰서에서 일했다. 그래서 지금도 듣고 아는 것들이 있었다. 그는 남들이 굳이 기분 맞춰주기를 원하지 않았다. 하지만 사람들은 늘 그랬다. 그가 나이가 많기 때문만이 아니었다.

"세라는 어때요?"

올 것이 왔다. 고개를 한쪽으로 기울인 채. 내가 아닌 당신 일이라 다행이라는 눈빛으로. 제임스의 아내는 전업주부로 두 아이를 돌보고 있었다. 그녀는 정신 병동에 골백번도 넘게 드나들지 않았다. 제임스는 아내가 주방에 무릎 꿇고 앉아 머리를 오븐에 넣고 있다는 이유로 직장에서 집으로 황급히 가지 않아도 되었다. 머리는 감정을 억눌렀다. 닫힌 문 뒤에서 무슨 일이 벌어지는지 아무도 몰랐다.

"잘 지내. 곧 집에 올 거고."

그 말이 사실인지는 머리도 알 수 없었다. 그는 오래전에 묻기를 포기했다. 대신 자진해서든 아니든 세라가 하이필드에 오래 머무는 것을 기회라고 생각했다. 세라를 집으로 데리고 오기 위해 그가 힘을 모을 수 있는 기회라고. 한숨 돌리는 시간이라고.

"사실, 여기 온 김에 일 관련해서 자네에게 뭘 좀 물어보려고."

제임스는 익숙한 영역으로 돌아온 데 안도한 표정이었다. "어서 말씀해보세요."

"작년 5월과 12월에 비치 헤드에서 일어난 자살 사건을 자네 팀에서 맡지 않았나. 탐과 캐럴라인 존슨 부부 사건 말일세. 부인이 남편과 똑같은 장소에서 자살한 사건."

제임스는 책상을 물끄러미 보더니 손가락을 두드리며 생각해내려 애썼다. "존슨즈 자동차, 맞죠?"

"바로 그걸세. 그 사건에 대해 기억하는 게 있나?"

"두 사건이 동일했어요. 모방 자살이었죠. 사실 그 사건이 도화선이 되어 자살 사건이 더 많이 발생할까봐 걱정했어요. 신문사에서 신나서 기사를 써대기도 했고요. 하지만 다행히 조용했어요. 최근에는 이 주 전에 뛰어내린 사람이 있었어요. 떨어지는 도중 바람 때문에 절벽에 부딪쳤죠." 제임스는 인상을 찡그렸다.

"이상하다고 생각한 점은 없었나?" 머리는 하던 이야기에서 벗어나지 않으려고 애썼다.

"존슨즈 사건에서요? 어떤 점이요? 비치 헤드 꼭대기에 올라가는 사람들을 이상하지 않다고 하기는 힘들죠. 검시관 보고서도 제법 평범했던 것 같아요."

"그랬지. 난 그저…… 자네도 알겠지만 때로는 어떤 사건에 대한 감이 있지 않나? 뭔가 이상하다는 직감 말일세. 보이지 않는 곳에 진실이 숨어 있는 것 같은데 그게 정확히 뭔지는 모를 때 말이야."

"그렇죠." 제임스는 예의 바르게 고개를 끄덕였지만 정말 알아들은 기색은 아니었다. 그와 같은 세대의 형사들은 직감에 따라 일하지 않았다. 사실에 근거해 일했다. 과학 수사에 따라. 그들 잘못이 아니었다. 법원 역시 직감을 좋아하지 않았다. 하지만 머리는 달랐다. 그의 경험에 따르면 뭔가 수상쩍은 냄새나 맛이 나면 대부분 실제로 수상했다. 전혀 그렇게 보이지 않았던 사건조차.

"하지만 자네는 이 사건에 그런 직감이 들지 않았다는 건가?"

"꽤 일반적인 사건이었어요. 사건마다 이 주 정도 수사했던 것 같고요." 제임스는 사무실에 아무도 없는데도 몸을 숙이고 목소리를 낮췄다. "범죄수사과에 그다지 힘든 사건은 아니었어요. 안 그런가요?"

머리는 예의상 미소 지었다. 성폭행과 강도 사건이 책상에 줄줄이 쌓여 있는 굶주린 형사들에게 단순 명쾌한 자살 사건은 그다지 도전 의식을 불러일으키지 않는 모양이었다. 머리라면 달랐을 것이다. 그를 움직이게 하는 원동력은 범죄가 아니라 사람이었다. 희생자, 증인, 심지어 범죄자까지도. 이들 모두 그를 사로잡았다. 그는 예나 지금이나 그들 삶의 수수께끼를 조사하고 싶었다. 존슨 부부 자살 사건이 발생했을 때 그가 제임스의 자리에 있었다면 얼마나 좋았을까?

머리는 좀더 분발하기로 했다. "난 이만 가야겠네."

"할 일도 있고 약속도 있으실 테죠?" 제임스는 다시 한 번 머리의 어깨를 두드렸다. "그런데 왜 존슨 부부 사건에 관심을 보이시는 거예요?"

이제 애나 존슨이 받은 익명의 카드를 보여줄 때였다. 이 일을 범죄수사과에 공식적으로 넘기고 안내데스크 일로 돌아갈 때였다.

머리는 화이트보드에 빼곡한 사건 목록과 형사들의 책상에 쌓인 진행 중인 사건의 서류철 더미를 보았다. 제임스가 이 사건을 우선으로 처리할까? 퇴직 경찰에게서 넘겨받은 명쾌한 해답이 없는 사건을?

"별다른 이유는 없네." 머리는 충분히 생각하기도 전에 이렇게 대답했다. "그냥 궁금해서. 예전 보고서에서 그 이름을 봤거든. 몇 년 전에 그곳에서 차를 샀는데 말이야."

"그렇군요." 제임스의 시선이 컴퓨터 화면으로 재빨리 옮겨 갔다.

"하던 일 하게. 크리스마스 잘 보내고."

애나 존슨은 마음이 약해져 상처받기 쉬운 상태였다. 일 년이 조금 넘는 사이에 부모를 모두 잃었고 아기를 낳았다. 위협받는다고 느끼고 혼란스러워했다. 이 사건을 재수사한다면 대충 살펴보고 다시 종료하는 것이 아니라 제대로 해야 했다.

"만나서 반가웠어요. 계속 힘내시고요!" 머리가 사무실에서 나가려 하자 제임스가 몸을 반쯤 일으켰다. 그가 문을 열기도 전에 제임스는 자리에 앉아 일을 하고 있었다. 존슨 사건은 이미 잊은 듯했다.

머리는 캐럴라인 존슨의 죽음을 조용히 조사해보기로 했다. 그리고 구체적인 살해 증거를 발견하면 다시 케네디 경사에게 와야겠다고 생각했다.

그때까지는 혼자 힘으로 해내야 했다.

16

애나

"그냥 너무 지나친 것 같다고요. 그게 내가 하려는 말이에
요."

"난 아니야." 우리는 현관문을 열고 서 있었고 우리 사이에
는 카시트에 앉은 엘라가 있었다. 마크는 방금 전에 시간을 확
인하고도 다시 손목시계를 보았다. "당신은 같이 갈 필요 없
어요. 나를 경찰서에 데려다주고 일하러 가고 싶으면 가요."

"바보 같은 소리 하지 마. 당연히 나도 가야지."

"바보 같다고요? 토끼 사체를 보고 어떻게……"

"토끼 이야기가 아니잖아! 젠장, 애나! 내 말은 '바보 같은
소리 하지 마. 당신 혼자 경찰서에 가게 내버려두지 않을 거
야'였어. 이런 뜻이었다는 거 알잖아!" 마크는 거칠게 숨을 내
쉬며 나를 똑바로 쳐다보았다. "난 당신 편이라고. 알잖아."

"알아요. 미안해요."

옆집에서 외치는 소리가 들렸다. "안녕하세요!"

로버트 드레이크가 자기 집 밖에 서서 우리 집 자동차 진입로 사이의 울타리를 잡고 있었다.

"이 시간에 어쩐 일이세요?" 마크는 금세 쾌활한 이웃으로 바뀌더니 계단을 내려가 울타리 사이로 로버트와 인사를 나누었다.

"육 년 만에 처음으로 쉬는 날이에요. 최대한 누리려고요."

"그럴 만도 하네요. 육 년 만이라니요!"

나는 두 사람이 울타리 사이로 악수하는 것을 지켜보았다.

"크리스마스에 우리 집에서 술 한잔하기로 한 거 아직 유효해요?"

"당연하죠." 마크는 내가 안간힘을 다해 노력했을 때보다 훨씬 성의 있어 보이게 대답했다. 로버트는 해마다 파티를 열었다. 작년에는 내 부모님에게 조의를 표하기 위해 취소했지만 올해에는 이 주 전에 크리스마스 파티 초대장이 우편물 투입구로 들어왔다. 나의 애도 기간이 끝났다고 생각한 모양이었다. "뭘 가져갈까요?"

"그냥 몸만 와요. 탄산음료를 마시고 싶은 게 아니라면요. 음료수는 별로 준비하지 않을 거거든요. 하하!"

아빠와 빌리 삼촌은 가끔 로버트와 골프를 쳤지만 엄마는 한 번도 그 무리와 함께한 적이 없었다. 엄마는 로버트가 으스댄다고 생각했다. 비싼 셔츠를 입고 자신만만하게 서 있는 그를 보니 엄마 말이 옳았다는 생각이 들었다. 로버트 드레이크에게는 직업에서 정상에 오르면 사생활에서도 그렇다고 생각하는 사람의 거만함이 배어 있었다.

'저리 꺼져, 로버트.'

머릿속에서 들린 목소리가 너무도 또렷한 나머지 나는 그 말을 실제로 내뱉은 것이 아닌가 생각했다. 정말 그 말을 했다면 마크와 로버트의 표정이 어땠을지 상상하자 느닷없이 웃음이 터졌다. 내가 미쳐가고 있는지도 모른다고 생각했다. 아빠가 죽고 나서 엄마가 그랬듯. 엄마는 웃기지도 않은 일에 웃었고 슬프지도 않은 일에 울었다. 내 세상은 위아래가 뒤집힌 기분이었고 지난 이십사 시간 동안 그런 일들을 겪고 나자 쾌활하게 크리스마스 인사를 하고 음료수에 대한 농담을 하는 옆집 남자가 하찮은 동시에 부적절하게 느껴졌다.

'엄마는 살해되었어요. 그리고 이제 누군가가 나를 협박하고 있어요.' 나는 그에게 이렇게 말하고 싶었다.

물론 실제로 하지는 않았다. 하지만 밖에서 돌아다니며 이웃과 수다 떨기를 좋아하는 로버트라면 도움이 될 만한 무언가를 봤을지도 모른다는 생각이 퍼뜩 들었다. 그래서 마크가 있는 울타리로 갔다.

"오늘 아침에 우리 집 밖에서 누구 못 보셨어요?"

로버트는 갑자기 말을 멈추었다. 내가 뚫어지게 쳐다보는 바람에 들뜬 쾌활함이 사라졌다. "딱히 기억나는 사람은 없는데요." 로버트는 키가 컸지만 마크처럼 어깨가 넓지는 않았고 약간 구부정했다. 그가 수술대에서 몸을 굽히고 메스를 든 모습을 상상하자 몸이 떨렸다. 바로 그의 손이 토끼 배를 갈랐다고 상상하자……

"혹시 어젯밤 늦게 집 밖에 나온 적은 있으세요?"

내 느닷없는 질문에 잠시 어색한 침묵이 흘렀다.

로버트는 마크를 보았다. 질문한 사람은 나인데. "제가 봐야 했나요?"

"누가 우리 집 현관에 토끼를 두고 갔어요. 계단이 피투성이였죠. 그래서 혹시 뭔가를 보시지 않았을까 궁금해서요." 마크가 설명했다.

"세상에나, 토끼라고요? 무슨 그런 기괴한…… 하지만 이유가 뭘까요?"

나는 로버트가 거짓말하는지 알아보려고 그의 얼굴을 유심히 살폈다. "아무도 못 보셨어요?" 이렇게 물으면서도 무슨 대답을 기대하는지 확신할 수 없었다. '네, 누가 당신 현관에 배 가른 토끼를 두는 걸 봤어요. 하지만 도대체 무슨 짓인지 물어볼 생각은 못 했네요' 같은 대답일까, 아니면 '네, 내가 장난으로 놔뒀어요. 하하하. 때 이른 크리스마스 선물이에요' 같은 대답일까?

"어젯밤에는 늦게까지 집에 없어서…… 두 사람 차가 진입로에 주차되어 있는 건 봤지만 불빛이 하나도 없었어요. 그리고 오늘 아침엔 늦잠을 잤죠. 1월 1일까지 휴가거든요. 참운이 좋죠?"

멍청한 생각이었다. 로버트 드레이크는 동네 자율방범대를 만들고 방문 외판원을 신고하는 사람이었다. 누군가가 우리집 계단에 토끼를 갖다놓는 것을 봤다면 우리에게 말했을 것이다. 그가 직접 갖다놓았을지도 모른다는 추측은…… 이 사람은 사이코패스가 아니라 의사였다.

나는 마크를 보았다. "우리 이제 가야 해요."

"알았어." 마크는 엘라의 카시트를 들고 자기 차로 가서 느긋하게 설치했다. 나는 엘라 옆에 기대앉았다.

마크는 이 일을 심각하게 생각하지 않는 것 같았다. 내 부모님은 살해되었다. 그는 얼마나 더 많은 증거를 원하는 것일까? 익명의 카드. 토끼 사체. 이것은 평범한 일이 아니었다.

그는 자동차 문을 닫고 밖에 잠시 서 있더니 어디론가 걸어갔다. 자갈 밟는 소리가 들렸다. 나는 손을 뻗어 엘라의 뺨을 어루만졌고 마크가 현관문을 잠그기를 기다렸다. 그러자 부모님 차에서 지금처럼 뒷좌석에 앉아 기다리던 일이 문득 떠올랐다. 아빠는 핸들을 가볍게 두드렸고 엄마는 깜빡 잊고 두고 온 것을 가지러 황급히 집으로 갔다.

"네가 두 분을 만났더라면 참 좋았을 텐데." 나는 엘라에게 말했다.

대학을 졸업한 나는 나만의 장소를 간절히 원했다. 이스트본 바깥세상을 보고 알게 된 독립의 맛이 좋았다. 하지만 자선 사업 분야는 급여가 아니라 만족감을 보고 하는 일이었고 돈을 모아 작은 집에서 큰 집으로 옮기는 일은 본질적으로 불가능했다. 결국 나는 부모님 집으로 돌아갔고 계속 그곳에서 지냈다.

아빠는 머물 집이 있다는 것이 얼마나 좋은지 수시로 내게 일깨워주었다.

"난 열여섯 살부터 일을 배웠지. 아버지는 나와 빌리가 스무 살이 되자 빨래도 해주지 않았어."

나는 할아버지가 평생 세탁기 근처에도 가본 적이 없다고 확신했다. 할머니는 집안일을 무척 즐겼기에 주방에 들어오는 사람들을 쫓아버렸다.

"수년간 매일 열두 시간씩 일했어. 내가 네 나이쯤 되었을 때는 소호에 아파트가 있었고 지갑에는 50파운드 지폐가 가득했단다."

나는 엄마와 둘만 아는 미소를 주고받았다. 할아버지가 친구의 차량 정비소에 아빠의 일자리를 주선해주었고 할머니가 거래처 사람들 편에 음식을 보내주었다는 것을 우리 둘 다 꼬집어 말하지 않았다. 1983년만 하더라도 5만 파운드로 런던에 아파트를 살 수 있었다는 말도 하지 않았다. 나는 아빠가 학교에 다닐 때 굴뚝을 청소했다고 우기기 전에 화제를 바꾸었다.

나는 공부를 좋아하지는 않았지만 부모님의 근면함을 물려받았다. 두 분이 많은 시간을 들여 가족 사업을 성공시킨 것이 존경스러웠고 두 분을 따르려고 최선을 다했다.

"네가 좋아하는 일을 찾아야 해. 그럼 평생 하루도 일한다는 생각이 들지 않을 거야." 아빠는 자주 이렇게 말했다.

문제는 내가 뭘 하고 싶은지 모른다는 것이었다. 워릭 대학교에서 사회학을 공부하고 뚜렷하게 하고 싶은 일 없이 중간 정도의 성적으로 졸업했다. 그러다가 우연한 기회에 자선 사업 분야에 첫발을 내딛게 되었다. 세이브 더 칠드런에서 일하면서 빨간 조끼를 입은 채 클립보드를 들고 거리를 정처

없이 걸으며 집집마다 문을 두드렸다. 친절한 사람도 있었고 덜 친절한 사람도 있었지만 어쨌든 내가 부모님에게서 사람을 끌어당기는 힘을 물려받았다는 것을 곧 알게 되었다. 나는 첫 달에 팀의 나머지 사람들이 모집한 후원자 수를 모두 합친 것보다 더 많은 후원자를 모집했다. 진급해서 임시로 지역 관리자를 맡게 된 나는 전국 단위 관리직이 비자 그 일을 담당하게 되었다. 그리고 난독증을 치료받지 못해 아무것도 제대로 할 수 없는 십대 아이들이 있는 검사장에서 멀리 떨어져 책상에 앉아서 하는 업무를 하게 되었다. "제 엄마 아빠 판박이라니까." 아빠는 이렇게 말했다.

나는 기금조성팀과 긴밀하게 협력하며 일했고 기부에 대한 인식을 높이는 혁신적인 아이디어를 냈으며 전국의 문을 두드리고 다니는 유능한 팀원 300명을 돌보았다. 길에서 사람들을 설득해 모금하는 일에 불평하는 중산층을 상대로 팀원들을 맹렬하게 옹호했고 전 세계 어린이들을 위한 그들의 노고를 한 사람 한 사람 칭찬했다. 나는 내가 찾아낸 그 일이 정말 좋았다. 하지만 급여는 만족스럽지 않았다. 부모님 집에서 사는 것만이 유일한 선택권이었다.

게다가 촌스러운 생각이지만 솔직히 집에서 사는 것이 좋았다. 깨끗하게 빨래가 되어 있고 집 밥을 먹을 수 있고 아빠의 그 유명한 와인 저장고가 있는 것도 좋았지만 부모님이 함께하기에 정말 좋은 분들이기 때문이기도 했다. 나는 부모님 덕분에 웃었다. 두 분은 매사에 흥미를 가졌고 재미있었다. 우리는 이런저런 계획, 정치, 사람들에 대해 밤늦게까지 수다를 떨었다. 골치 아픈 일도 의논했다. 우리 사이에는 비밀이 없었다. 아니, 부모님은 그런 척했다.

나는 부모님의 책상 아래에서 발견한 보드카 병을 떠올렸다. 집 안 여기저기에 술병이 숨겨져 있었다. 주방 식탁에는 빈 와인 병이 어지럽게 흩어져 있었지만 아침에 일어나보면 늘 말끔하게 치워져 있었다.

워릭에서 첫 학기가 끝날 무렵 대학 친구 샘의 부모님 댁에서 주말을 보낸 적이 있었다. 저녁 식사 자리에 와인이 없다는 것이 나이프나 포크 없이 식사하는 것만큼이나 이상하게 느껴졌다. 몇 주 뒤에 나는 샘에게 부모님이 술 마시는 것을 싫어하는지 물었다.

"굳이 싫어하실 이유가 없잖아?"

"두 분이 술을 입에도 안 대시는 게 아니었어?"

샘은 웃음을 터뜨렸다. "입에도 안 대시느냐고? 엄마가 크리스마스에 셰리주 마시는 걸 네가 못 봐서 그래."

나는 얼굴이 빨개졌다. "난 그냥…… 내가 갔을 때 두 분이 술을 안 드시기에."

그녀는 어깨를 으쓱했다. "난 아무 생각 없었는데. 술이야 마실 때도 있고 안 마실 때도 있는 거지. 아마 다들 그럴 거야."

"그런가봐."

대부분 사람이 매일 저녁에 술을 마시지는 않았다. 대부분 사람이 퇴근하고 집에 가서 여섯 시쯤 되었다고 말하면서 진토닉을 만들지는 않았다.

대부분 사람이 그랬다.

165

"준비됐어?" 마크는 차에 타서 이렇게 묻고 안전띠를 착용했다. 그리고 룸미러로 나를 보더니 몸을 돌려 제대로 보았다. 그는 목소리를 가다듬었다. 만난 지 얼마 안 되었을 때 알게 된 그의 무의식적인 습관이었다. 그것은 이미 한 말과 앞으로 할 말 사이의 마침표 같은 역할을 했다. '이제 중요한 이야기 할 거니까 잘 들어'라는 뜻이기도 했다.

"경찰서에 간 다음에……" 그는 머뭇거렸다.

"그다음에요?"

"당신이 누군가를 만나도록 약속을 잡았으면 해."

나는 눈썹을 추켜올렸다. 누군가를 만나다니. 중산층에서 '가서 정신과 의사를 만나봐. 넌 미쳐가고 있으니까'를 완곡하게 표현하는 말이었다. "다른 상담사를 만날 필요는 없어요."

"기일이라는 게 웃기는 짓을 하게 만들기도 해."

"아주 웃겨 죽겠네요." 나는 농담했지만 마크는 웃지 않았다. 그는 돌아앉아서 차를 출발시켰다.

"생각이라도 해봐."

생각할 것도 없었다. 내게 필요한 것은 경찰이지 정신과 의사가 아니었다.

하지만 도로에 진입하자 숨이 가빠져서 엘라 너머로 몸을 굽혀 창문으로 손을 뻗었다. 어쩌면 정신과 의사가 필요할지도 몰랐다. 잠깐. 저기 걸어가는 저 여자……. 당연히 엄마일 리 없었다. 하지만 나는 엄마일지도 모른다고 생각했다가 크게 실망했다는 사실에 충격받았다. 기일인 어제 엄마의 존재를 너무 뼈저리게 느낀 나머지 오늘 아무것도 없는 곳에서 유령을 떠올린 모양이었다.

하지만 기분이 이상했다.

유령이 존재하지 않는다고 누가 그랬지?

의사가? 정신과 의사가?

마크가?

어쩌면 죽은 사람을 불러내는 일이 가능할지도 몰랐다. 죽은 사람이 자진해서 돌아오는 일이 가능할지도 몰랐다. 어쩌면, 정말 어쩌면 엄마가 내게 메시지를 보내는 것인지도 몰랐다.

나는 마크에게 이 이야기를 하지 않았다. 하지만 경찰서로 가는 동안 창밖을 바라보며 유령이 보이기를, 계시를 발견하기를 바랐다.

엄마가 죽던 날 정말 무슨 일이 있었는지 말하려는 것이라면 나는 들을 준비가 되었다.

17

이곳에 너무 오래 있었어. 오래 머물수록 누가 나를 볼 가능성이 커지는데 말이야.

하지만 지금은 이럴 수밖에 없어. 내 유일한 기회일 수도 있으니까.

마크가 차 뒷자리에 아기를 태우고 애나가 그 옆자리에 앉았어. 마크는 차 문을 닫더니 손바닥을 차 지붕에 대고 잠시서 있어. 애나에게는 그런 식으로 숨길 수 있을지 몰라도 내게는 그의 불안한 표정이 보여. 애나를 걱정하는 걸까? 아니면 아기? 그것도 아니면 다른 무언가를?

그는 로버트가 서성대고 있는 집 옆쪽으로 가더니 화분 몇개를 옮기는 척해. 내 안에서 극심한 공포가 생겨나는 게 느껴져. 그가 나를 건드릴 수도, 아니, 볼 수도 없는데. 두 남자가 울타리를 사이에 두고 낮은 목소리로 이야기를 나눠. 내가 듣는 걸 애나도 들을 수 있는지 궁금해.

"……아직도 많이 슬퍼해요. 정말 힘든…… 산후 우울증의 기미도 있고…….'"

나는 기다려.

그들은 차를 타고 출발했어. 로버트는 화분을 내버려두고 집 안으로 들어갔어.

이제 때가 되었어.

나는 순식간에 잠긴 문을 지나 현관에 서 있어. 남아 있을 거라고는 상상도 못 했던 기억이 밀려와 이내 감정에 북받쳐. 굽도리 널(벽 아래 부분에 대는 좁은 널빤지)을 페인트칠하던 일, 점점 불러오는 배를 안고 서투르게 무릎 꿇던 일, 자그마한 애나가 썰매를 타고 내려올 수 있게 계단에 이불을 쌓던 일, 당신이 썰매를 타자고 애나를 꼬드기고 나는 손으로 눈을 가리던 일.

행복한 가족인 척하던 일들. 우리의 진짜 감정이 어땠는지 숨겼던 날들.

삶은 얼마나 쉽게 바뀌는지. 행복은 얼마나 쉽게 산산조각 나는지.

술 마시고. 소리 지르고. 싸우고.

애나에게는 비밀로 하려고 했어. 그 애를 위해 적어도 그 정도는 할 수 있었어.

나는 감정을 추슬렀어. 감상에 빠질 시간은 지나간 지 오래야. 이제 과거를 곱씹기에는 너무 늦었어.

나는 빠르고 조용하게 집 안을 돌아다녔어. 새털처럼 가볍게 움직였지. 아무것도 흩뜨리지 않고 자국도, 흔적도 남기지 않았어. 애나가 한쪽으로 치워둔 서류를 보고 싶었어. 내 수첩도. 이야기의 결말을 알아야만 이해할 수 있는 사진들. 나는 내가 왜 죽었는지 모든 사람이 알게 될 실마리를 찾아보았어.

하지만 아무것도 찾지 못했어.

서재에서 능숙하게 서랍을 뒤졌어. 자잘한 소품과 공책을 집어들 때마다 가슴을 더욱 깊이 찌르는 향수를 애써 외면했어. 죽을 때는 아무것도 가져갈 수 없다고들 하잖아. 예전에 애나가 했던 학교 숙제가 생각나. 고대 이집트인들이 무덤에 함께 묻은 물건에 관한 거였어. 고인이 사후 세계로 평탄하게 갈 수 있도록 할 물건이었지. 애나는 소중하게 여기는 물건에 둘러싸인 석관을 몇 주 동안 그렸어. 물건 하나하나 아주 신중하게 그렸지. 아이팟, 소금과 식초맛 감자칩 여섯 봉지, 직접 그린 당신과 내 초상화, 추울 때에 대비한 좋아하는 스카프. 그 기억이 떠올라 나라면 무엇을 가져갈까 생각해보았어. 가능하다면 말이야. 무엇이 있어야 사후 세계가 조금은 견딜 만해질지.

그런데 그 열쇠가 없었어. 아래층에 있는 수많은 가방에도 없었고 갈 곳 없는 물건들을 모아둔 현관문 안쪽 서랍장에도 없었어.

애나가 열쇠를 어떻게 했을까?

18

머리

"엄마의 작년 수첩을 찾았어요." 애나는 머리에게 A4 용지 크기의 두꺼운 수첩을 건넸다. "엄마의 움직임을 꿰어 맞추는 데 도움이 될 것 같아서요." 두 사람은 로어 미즈 경찰서 안내데스크 뒤쪽 탕비실에 앉아 있었다. 머리가 애나를 처음 만나 이야기 나누었던 곳이다. 애나의 애인 마크도 함께였다. 두 사람은 머리가 지금껏 의뢰받은 수사 중 가장 기이한 사건에 대해 이야기했다.

마크 헤밍스는 숱 많은 검은 머리에 안경을 꼈는데 지금은 안경을 이마 위로 올리고 있었다. 그는 한쪽 발목을 반대쪽 무릎에 올린 채 기대앉아 있었다. 오른팔은 애나가 앉은 의자 뒤에 올렸다.

애나 존슨은 마크의 자리를 절반쯤 차지하고 있었다. 그녀는 의자 끝에 걸터앉아 다리를 꼬고 몸을 앞으로 숙인 채 성당에서처럼 두 손을 맞잡았다.

수첩 안에는 각종 전단과 명함이 정리되어 있었다. 머리가 표지를 넘기자 사진이 한 장 떨어졌다.

애나는 사진을 주웠다. "죄송해요. 사진이 구겨질까봐 제가 넣어놓았어요. 액자에 넣으려고요."

"어머니세요?"

"노란 원피스 입은 분이요. 엄마 친구 알리시아와 함께 찍은 사진이에요. 알리시아는 서른셋에 천식으로 죽었어요. 딸로라는 엄마의 대녀고요."

머리는 현장에 출동했던 경찰이 수첩에 기록한 명단을 떠올렸다. 로라 반스, 대녀. 아이에 가까운 사진 속 여자들은 술집 앞에서 웃고 있었다. 둘이 팔짱을 꼭 끼고 있어서 서로 몸이 연결된 것처럼 보였다. 탁자에 앉은 젊은 남자들이 배경에 찍혔는데 그중 한 사람이 알리시아와 캐럴라인을 감탄하는 눈빛으로 보고 있었다. 머리는 그들 뒤로 보이는 건물 밖에 마차와 말이 그려진 흔들 간판이 달린 것을 발견했다.

"바다에서 가장 멀리 떨어진 곳이라 휴가에 어울리지 않는 곳이지만 엄마는 정말 좋았다고 했어요."

"아름다운 사진이군요. 헤밍스 씨, 애나의 부모님을 만나본 적은 없으신가요?"

"슬프게도 없습니다. 저희가 만나기 전에 두 분 다 돌아가셨어요. 사실 두 분 때문에 저희가 만났죠." 마크와 애나 둘다 본능적으로 딸을 보았다. 머리는 그들의 딸이 가족에게 비극이 닥치지 않았더라면 존재하지 않았을 아이가 아닐까

172

생각했다.

"토끼 건에 대해서는 범죄 현장 조사관과 이야기해보겠습니다만, 현장을 감식하지 않고서는…….."

"죄송해요. 생각을 못 했어요." 애나는 마크를 흘끗 보았다.

"다음부터는 그대로 둘게. 그러면 되는 거지?" 마크가 말했다. 부드럽게 말했지만 이런 대화가 이미 적어도 한 번은 오고 갔다는 것을 알 수 있는 감정이 숨어 있었다. "파리가 끓도록 그냥 놔두면 되는 거잖아?"

"어쩔 수 없죠. 기일에 받으신 카드는 과학 수사대에 제출했습니다. 그곳에서 지문과 DNA를 채취하고 우편 소인의 화질을 높여서 카드가 어디에서 왔는지 알아내는 데 도움을 받게 될 겁니다. 그리고 이 수첩은 제가 살펴보겠습니다. 고맙습니다." 머리는 애나에게 사진을 건네주었지만 그녀는 사진을 가방에 넣지 않았다. 두 손으로 사진을 들고 생명을 불어넣을 수 있다는 듯 바라보았다.

"계속 엄마가 보이는 것 같아요." 애나는 고개를 들었다. 마크는 의자 뒤에 올렸던 팔을 그녀의 어깨로 가져갔다. 애나가 설명하려 애쓰는 동안 그는 입을 굳게 다물고 있었다. "정확하게 엄마를 보았다고 할 수는 없지만…… 느껴져요. 제 생각에는…… 엄마가 제게 무슨 말을 하려고 하는 것 같아요. 미친 사람 같죠?"

마크는 애나와 머리를 향해 나지막이 말했다. "슬픔에 빠진 사람들이 사랑하는 이를 보았다고 상상하는 경우는 매우 흔합니다. 감정의 발현이죠. 너무 간절하게 보고 싶으면 착각할……."

"상상한 게 아니라면요?"

잠시 어색한 침묵이 흘렀다. 머리는 두 사람을 방해하는 기분이 들었고 거짓 핑계를 대서라도 둘만 있도록 해야 하는 것 아닐까 생각했다. 머리가 움직이기 전에 애나가 그를 보았다.

"어떻게 생각하세요? 유령을 믿으시나요? 사후 세계는요?"

경찰은 본래 냉소적인 부류였다. 경찰로 일하는 내내 머리는 유령에 대한 생각을 혼자 간직해왔다. 불가피하게 뒤따를지 모를 조롱을 피하기 위해서였다. 지금도 마찬가지였다. 초자연적 현상을 믿든 안 믿든 그건 종교나 정치와 마찬가지로 개인적인 문제였고 경찰서 탕비실에서 토론할 문제가 아니었다.

"편견은 없습니다." 셰익스피어는 천상과 지상에 상상도 하지 못할 일이 많다고 했지만 이 말이 머리의 일을 수월하게 하는 데 도움이 되지는 않았다. 애나 존슨이 살해된 가족의 혼령에 사로잡혔다고 범죄수사과에 보고할 수는 없었다. 그는 몸을 숙였다. "어머니가 무슨 말씀을 하시려고 하는 것 같나요?" 머리는 경멸을 노골적으로 드러낸 마크 헤밍스의 표정을 못 본 척했다.

"죄송해요. 그냥…… 느낌이라서요."

탐과 캐럴라인 존슨이 살해되었다고 범죄수사과를 설득하려면 느낌만으로는 부족했다.

니샤 카우어는 범죄 현장 조사관이 범죄 현장 감식관이라고 불리던 시절부터 이 일을 했다.

"이름만 달라졌지 똑같다고요." 그녀가 활기차게 말했다. "십 년 뒤에 윗사람 중 누군가가 반짝하고 뭔가를 떠올리면 우리를 다시 범죄 현장 감식관이라고 부를지도 모르죠."

십 년 뒤에 니샤는 이곳에 없을 것이다. 그녀는 머리가 젊은 형사일 때 경찰청에 새로 배치되었다. 실무 및 기술 교육 협회(BTEC)에서 사진을 공부한 뒤에 경찰이 되었으며 배짱이 두둑하고 모든 이와 잘 어울리는 부러운 능력의 소유자였다. 삼십 년이 흐른 지금 그녀는 경찰 과학 수사대 책임자인 범죄 현장 조사팀장이 되었고 은퇴가 얼마 남지 않았다.

"반려동물 사진을 찍으려고요." 머리가 은퇴 뒤 계획을 묻자 그녀는 이렇게 대답했다. 그리고 놀란 그의 표정을 보고 웃음을 터뜨렸다. "유니폼도 더 좋고 피도 덜 보죠. 그리고 새끼 고양이와 한 공간에 있는데 우울해질 수 있겠어요? 까다롭게 골라서 일할 거예요. 내가 원하는 시간에 하고요. 성질 나쁘고 비협조적인 고객은 사절이에요. 모든 면에서 차분하게 지낼 거예요. 일이라기보다는 취미에 가깝겠군요." 두 사람은 문 닫힌 구내매점에 앉아 있었다. 자판기 세 대가 주말 근무자에게 먹을 것을 제공했다.

"훌륭한 계획 같군." 머리는 뭐가 됐든 니샤가 차분하게 지낼 수 있을지 의심스러웠다. 은퇴한 지 일 년 반이 지나기 전에 그녀는 다시 죽도록 일할 것이다. "크리스마스 계획은?"

"근무예요. 무슨 계획 있으세요?"

"특별한 건 없어. 조용히 지내야지. 자네도 알잖나."

"혹시 세라는……?" 니샤는 고개를 갸웃하지는 않았다.

"하이필드에 있어. 이번에는 자발적으로 갔어. 잘 지내고 있네." 머리에게도 가식적으로 들리는 대답이었다. 시간이 지날수록 세라가 입원해서 곁에 없는 것을 견디기 쉬우리라고 생각할지 모르겠지만 지난 몇 차례 동안 머리는 그 어느 때보다 힘들었다. 나이가 들어가기 때문인 것 같았다. 스트레스에 대처하기가 점점 힘들어졌다.

"그런데 무슨 일로 저를 보자고 하신 거예요?" 언제나 상황 파악이 빠른 니샤가 화제를 바꾸었다.

"토끼 한 마리가 피를 얼마나 흘릴 수 있지?"

니샤의 업무는 이런 질문에 대답할 수 있을 정도로 폭넓고 다양했기 때문에 그녀는 머리의 질문에 놀라지 않았다.

"기껏해야 200밀리리터 정도요. 작은 유리컵 한 컵 정도 양이죠." 그녀는 머리의 멍한 표정을 보며 이렇게 말했다.

"계단 세 개를 뒤덮을 정도일까?"

니샤는 턱을 긁적였다. "계속 질문하시려면 정보를 좀 더 알아야겠는데요."

머리는 처음에는 자살 이야기를 하지 않았다. 애나와 마크에게서 들은 이야기를 하며 애나는 동물이 현관에 토끼를 갖다놓은 것이 아니라고 확신한다고 말했다.

"그녀 말이 맞겠는데요."

머리가 기대감에 몸을 숙이자 니샤는 경고의 표시로 손가락을 들어올렸다. "이건 비공개를 전제로 한 가설일 뿐이에요. 무슨 말인지 아시겠죠? 사진도 없고 현장을 조사하지도 않은 상태에서 전문가로서 판단하는 건 불가능해요."

"하지만?"

"우리가 이야기하던 혈액량 말인데요. 토끼 몸에서 피가 쏟아져 나오기는 쉽지 않아요. 조금씩 흘러나오죠. 그리고 응고돼요. 혹시 와인 한 잔을 쏟아본 적 있어요? 토끼를 바닥에 150번 내리쳤다고 가정해보죠. 난장판을 만들 수는 있겠지만 와인 한 잔 정도 양의 피가 흘러나와봤자 아래 계단으로 흘러내리기 전에 응고돼요. 그나마 대부분은 털에 묻어버리고요."

"그렇군. 그렇다면 인상 깊은 범죄 현장을 만들기 위해 누군가가 일부러 계단에 피를 흩뿌렸다고 할 수 있을까?"

"그런 것 같아요. 하지만 더 큰 문제는 이유가 뭐냐는 거죠." 니샤는 고개를 약간 기울인 채 머리를 바라보았다. "이 사건과 관련해서 제게 말씀하시지 않은 게 더 있죠?"

질문이 아니었다.

"작년에 비치 헤드에서 자살 사건이 두 건 있었네. 탐과 캐럴라인 존슨 부부 사건이야. 그들은 메인 거리 모퉁이에서 중고차 판매점을 운영했어."

니샤는 손가락으로 딱 소리를 냈다. "주차장에 검은색 아우디를 세워두고 배낭에 돌을 넣은 그 사건 맞죠?"

"훌륭해. 그 사람은 탐 존슨이었어. 그의 아내 캐럴라인은 그로부터 칠 개월 뒤, 그러니까 꼭 일 년 전에 죽었어. 같은 장소에서 동일한 방법으로. 애나 존슨은 두 사람의 딸이야."

머리는 니샤에게 기일에 온 익명의 카드가 담긴 증거물 봉투와 조각을 맞춘 카드의 사진을 함께 건넸다.

"자살일까? 다시 생각해봐." 니샤가 소리 내어 읽었다. 그녀는 머리를 쳐다보았다. "놀랍군요. 이 말은 그녀가 살해되었다는 뜻인가요?"

"애나 존슨은 바로 그렇게 해석했어. 오늘 아침에는 현관문을 열었을 때 맨 위 계단에 난도질당한 토끼가 있었고."

"우편물 투입구로 개똥을 넣은 것과는 비교도 안 되는군요."

"어떻게 생각하나?"

"맛있는 파이를 만들 수 있는 토끼를 버렸다는 것 말고 말이죠? 뭔가 수상한데요. 범죄수사과에서는 뭐래요?"

"별말 없더군."

니샤는 머리를 오랫동안 알고 지냈다. "머리, 설마……"

"난 눈에 띄지 않게 일하고 있는 것뿐이야. 요즘 범죄수사과 상황은 자네도 알잖나. 한계에 달했어. 재수사를 진행할 만한 구체적인 증거를 확보하는 대로 넘길 걸세. 예를 들면 지문이라든지." 그는 니샤의 마음을 끌 만한 미소를 지어 보이며 증거물 봉투를 들이밀었다.

니샤는 봉투를 밀어냈다. "미안하지만 예산 코드 없이는 곤란해요."

"원래 하던 업무에 얹으면 안 될까?"

"그러면 안 되는 거 아시잖아요."

"니샤, 애나는 부모를 잃었어. 그리고 아기를 낳아서 마음을 의지할 엄마도 없이 버텨나가려고 필사적으로 노력하고 있다고."

"나이가 들더니 마음이 약해지셨어요."

"자네는 여전히 비정하군. 아까 고양이 이야기 하면서 뭐라고 했더라?" 머리는 증거물 봉투를 다시 탁자 너머로 들이밀었다.

니샤가 이번에는 봉투를 받았다.

19

흔들의자는 우리 부모님이 준 결혼 선물이었어. 등받이가 높고 팔걸이가 부드럽게 굴곡져서 졸린 밤 시간에 수유하기에 딱 좋은 높이였지. 의자는 빨간 리본에 묶여서 폭신한 쿠션 두 개와 함께 왔는데 쪽지에는 '아기 방에 놓으렴'이라고 쓰여 있었어.

나는 이 의자에서 긴 시간을 보냈어. 당신은 절대 일어나지 않았지. 당시 남자들은 그랬어. 나는 불을 켜면 애나가 깰까봐 겁나서 어둠 속에서 의자를 앞뒤로 흔들며 아이를 재웠어.

애나가 다른 방을 쓰게 되자 나는 흔들의자를 아래층에 갖다놓았어. 의자는 주방과 거실을 오가며 쓰였지. 하지만 그건 다시 이곳에 있어. 애나가 아기 때 쓰던 방에.

이제는 우리 손녀딸의 방이 된 곳에.

방은 넓어. 아기가 쓰기에는 과할 정도야. 부모의 침실에서 함께 자는 아기라면 더욱. 애나가 눕는 침대 옆에 놓인 요람을 보고 알았어. 하얀 아기 침대 위에는 분홍색과 흰색 깃발이 장식되어 있고 연두색으로 엘라 이름이 쓰여 있어.

아기 침대 가까이에는 서랍장이 있고 맞은편 벽에는 서랍장과 세트인 옷장과 기저귀 교환대가 있어. 교환대의 체크무늬 천을 씌운 바구니 안에는 기저귀와 땀띠 방지 파우더가 담겨 있고.

이 방에는 열쇠가 없을 것 같아서 잠깐 들여다보기만 하려고 했는데 어느새 내 발이 부드러운 회색 카펫을 지나 흔들의자로 가고 있더군. 내 흔들의자로.

나는 의자에 앉아서 앞뒤로 움직였어. 빛은 은은했어. 지붕 너머로 보이는 풍경은 이십육 년 전과 똑같아. 애나를 품에 안고 있던 그때와.

그때 사람들은 그걸 산후 우울증이라고 불렀어. 내가 느끼기로는 우울증 이상인 것 같았는데. 나는 주체할 수 없었고 두려웠어. 나를 이해해줄 유일한 친구 알리시아에게 전화를 걸고 싶었지만 전화기를 들 수조차 없었지. 내게는 알리시아가 갖지 못한 것이 모두 있었어. 남편, 큰 집, 돈. 내가 무슨 권리로 울 수 있겠어?

이 방에 너무 오래 있었네. 계속 살펴봐야겠어. 이곳에서 나가야겠어.

나는 아래층으로 가서 주방을 살펴보았고 아가에 걸려 있던 마른 행주를 나도 모르게 똑바로 폈어. 식탁 위에는 잡지가 쌓여 있고 아일랜드 위의 빈 과일 그릇에는 우편물이 어지럽게 버려져 있었어. 내가 찾고 있는 열쇠는 없었어.

다용도실에서 동물의 발이 움직이는 소리가 들렸어.

리타였어.

나는 목이 메었어. 비록 소리 낼 수는 없었지만 리타가 낑낑대는 소리를 들을 수는 있었어. 내가 이곳에 있다는 걸 아는 모양이야.

나는 멈춰 서서 문손잡이에 손가락을 가만히 올려놓았어. 개가 나를 보는 것은 사람이 보는 것과 다르겠지? 리타가 다시 낑낑거려. 내가 온 걸 아는데 그냥 가버리는 건 잔인하잖아.

잠깐 인사만 하고 떠날 거야. 나쁠 것 없잖아? 리타는 유령을 보았다고 아무에게도 말할 수 없을 테니까.

문이 3센티미터도 채 열리지 않았는데 털 뭉치가 미는 바람에 벌컥 열렸어. 어찌나 빠르게 움직이는지 앞으로 넘어져서 타일 바닥에 두 번을 구른 다음에야 일어났어.

리타!

리타는 뒤쪽을 향해 뛰어올랐어. 무슨 상황인지 잘 모르겠다는 듯 목덜미 털을 세우고 꼬리를 흔들어. 한 번, 두 번 짖더니 앞으로 뛰어올랐다가 다시 뒤로 뛰어올라. 저녁에 데리고 산책 나갈 때 리타가 산울타리 속 그림자를 보고 으르렁대던 일이 떠올라. 뭘 보고 그러나 궁금해하다가 이내 아무것도 아니라고 생각했는데.

나는 무릎을 꿇고 손을 내밀어. 리타는 내 냄새는 알았지만 내 모습 때문에 혼란스러운 것 같아.

"리타, 착하지."

흐느끼는 목소리에 내가 놀랐어. 리타는 알아본다는 뜻으로 귀를 쫑긋 세웠고 척추의 솟아오른 부분을 따라 난 짧고 뻣뻣한 털이 가라앉았어. 꼬리가 흐릿하게 보일 정도로 세차게 흔들더니 다시 낑낑거려.

"그래, 리타, 나야. 착하지. 이리 온."

리타를 더 이상 부를 필요가 없었어. 처음 느낌과 달리 안주인이 정말 주방에 있다는 데 흡족해진 리타는 나를 향해 몸을 던지더니 내 얼굴을 격하게 핥고 내게 온몸을 기댔어. 그 바람에 나는 손을 내밀어 균형을 잡아야 했지.

열쇠를 찾던 일은 잊은 채 리타의 털에 얼굴을 파묻고 앉았어. 눈물이 나오려는 걸 억지로 삼켜서 흐르지 않도록 했어. 키프로스에서 온 리타는 팔 개월 동안 유기견 센터에 있었어. 사랑이 많고 다정한 녀석이었지만 분리 불안이 심해서 방에서 나가는 것도 힘들어했지. 처음 밖에 데리고 나갔을 때는 어찌나 큰 소리로 우는지 거리 끝에서도 들릴 정도였어. 그래서 나는 리타를 데리고 먼저 들어가고 당신 혼자 산책해야 했지.

리타는 이 집에 살게 되었다는 것을 차츰 깨달았어. 우리가 외출했다가 돌아오면 용감하게 집을 지킨 데 대해 보상해준다는 것도. 리타는 돌아온 우리를 맞이하며 계속 흥분하고 안심했고 더 이상 울지 않았어. 차분하고 행복한 개가 된 거지.

내가 집에 오지 않은 날 리타 기분이 어땠을지 상상하자 죄책감이 느껴져. 리타는 현관에서 나를 기다렸을까? 복도를 계속 오가면서 나를 보려고 낑낑댔을까? 애나가 리타를 다독

였을까? 내가 곧 돌아온다고 알려주었을까? 그러는 동안 애나는 무슨 일이 일어났는지 계속 궁금해했겠지. 리타와 마찬가지로 걱정하면서. 아니, 리타보다 더 걱정하면서.

갑자기 리타가 몸을 세우더니 코를 킁킁대고 귀를 세우며 경계해. 나는 몸이 굳었어. 리타가 무슨 소리를 들었나봐. 물론 잠시 뒤에 나도 들었고. 자갈 밟는 소리와 목소리가 들려.

열쇠로 현관문 여는 소리도.

20

애나

마크는 길가에 우리를 내려주는 대신 함께 집으로 들어가 겠다고 고집을 피웠다.

"이제야 걱정돼요?" 그가 엘라의 카시트를 가지고 집안으로 가는 동안 내가 물었다. "토끼를 두고 간 게 여우가 아니라는 걸 알고 나니 말이에요." 현관문 안에 들어서자 한기가 느껴졌다. 나는 난방이 되는 소리가 들릴 때까지 온도 조절기를 높였다.

"경찰에서는 어느 쪽인지 확신할 수 없다고 했잖아."

"사진이 없어서 그렇잖아요."

"아니, 과학 수사를 하지 않아서 그런 거야." 마크가 나를 쳐다보자 나는 더 쏘아붙이려다가 참았다. 다툼은 도움이 되지 않았다. "하지만 걱정되는 건 맞아." 그가 심각한 말투로 말했다. 유치하게도 나는 오명을 씻은 기분이었지만 마크의 말은 끝나지 않았다. "당신이 걱정돼." 그는 현관문을 닫았다. "당신이 경찰서에서 한 말 말이야…… 어머니의 존재를 느낀다는……." 그는 말을 끝맺지 않았고 나는 거들지 않았다. "슬픔의 단계에서 지극히 정상적인 부분이야. 하지만 당신이 슬픔에 제대로 대처하지 못하고 있다는 신호일 수도 있어. 게다가 엘라도 있고 엄마가 되는 데 관여하는 이런저런 호르몬도 있고……."

나는 잠시 기다렸다. "내가 미쳐간다고 생각하는군요."

"아니, 그렇게 생각하지 않아."

"엄마가 아직도 이 집에 있는 것 같은 느낌을 내가 좋아한다면 어쩔 거예요?"

마크는 생각에 잠긴 채 고개를 끄덕이더니 엄지손가락을 턱에 대고 집게손가락으로 입술을 문질렀다. 이야기를 들을 때의 표정이었다. 그 표정을 보자 나는 애인이 아니라 내담자가 된 기분이었다. 그의 아이의 엄마가 아니라 연구 사례가 된 것 같았다.

"내가 유령을 보고 싶어 한다면요? 다시 말해 내가 사별 후 환각 체험을 원한다면요?" 굳이 다시 말한 이유는 비꼬기 위해서였다. 나는 마크의 상처받은 눈빛을 보았지만 스스로 통제할 수 있는 범위를 벗어났다.

"이따가 만나." 그는 내게 작별의 입맞춤을 하지 않았고 나는 그런 그를 탓하지 않았다. 그는 나가서 현관문을 닫았고 문밖에서 이중 잠금장치를 잠그는 열쇠 소리가 들렸다. 잠시 나는 그가 위험한 사람이 집 안에 들어가지 못하게 하려는 것인지 아니면 위험한 사람을 집 안에 가둬두려는 것인지 궁금했다.

"엘라, 네 엄마는 바보구나." 나는 엘라에게 말했다. 엘라는 나를 보며 눈을 깜빡였다. 왜 이렇게 기분이 나쁠까? 마크는 걱정되었을 뿐이다. 개인적으로도 직업적으로도. 내가 그에게 끌린 것도 그런 인정 때문이 아니었던가? 그런데 이제와서 그 성격을 단점이라고 생각하다니.

나는 몸을 떨었다. 라디에이터 가까이 가려고 몸을 숙였다. 따뜻해지고 있었지만 아직 추웠다. 유령과 관련된 온갖 상투적인 이야기가 떠올라 소리 내어 웃었지만 스스로도 왜 그러는지 납득할 수 없었다. 이곳에 누군가가 있다는 느낌이 드는 이유는 추위 때문만은 아니었다.

엄마의 향수 냄새가 났다.

디올 어딕트였다. 바닐라와 재스민 향이 났다. 너무 희미해서 상상일지도 모른다고 생각했다. 정말 상상인 것 같았다. 계단 맨 아래에 눈을 감고 서자 아무 냄새도 나지 않았기 때문이다.

"자, 이제 나오자." 나는 카시트에서 엘라를 꺼냈다. 딸아이에게 소리 내어 말하자 나비 1,000마리가 그물에 걸린 것처럼 뒤틀리던 속이 가라앉는 것 같았다.

아가가 있는데도 주방 역시 추웠다. 맑고 찬 공기 냄새가 났다. 내가 애써 모르는 척했던 재스민 냄새도 났다. 리타가 다용도실에서 낑낑댔다. 문을 열고 끌어안으려 했지만 리타는 나를 외면하고 주방으로 달려갔고 바닥에서 계속 빙빙 돌았다. 계속 돌고 도는 모습에 나도 모르게 미소 지었다.

"바보 같은 녀석이야!" 나는 엘라에게 말했다. "리타 바보 같지 않아?"

내가 뼈를 찾아주자 리타는 토끼몰이 놀이를 마지못해 멈추더니 뼈를 물고 아가 옆 자기 침대로 가서 만족스러운 듯 물어뜯었다.

사별 후 환각 체험. 그렇게 마법 같은 일을 임상적으로 설명하다니. 말로 설명할 수 없는 그런 일을.

"사랑하는 사람들과 온전한 대화를 나누었다고 주장하는 사람들도 있습니다." 마크는 경찰서에서 이렇게 말했다. "슬퍼하는 과정에서 장애가 일어나서 그런 경우가 많습니다. '병적 애도'라고 하지요. 하지만 가끔은 더 심각한 무언가의 징후가 될 수도 있습니다."

징후. 과정. 상태.

마크는 우리가 잘 이해하지 못하는 단어들을 나열했다. 우리는 그 말들이 무엇을 의미할지, 우리에게 어떤 짓을 할지 두려워했다.

'온전한 대화'라…….

부모님 목소리를 다시 들을 수만 있다면 무엇이든 줄 수 있었다. 생일 축하 인사, 여름휴가 때의 재미있는 일들, 내 졸업식, 일상적인 일의 짧은 기록 등 내게는 영상이 몇 편 있었다. 부모님은 뿌듯해하며 나를 찍느라 영상에 잘 나오지 않았지만 카메라 마이크는 워릭아트센터의 버터워스 홀 앞줄에 앉아 속삭이는 말 하나까지 놓치지 않았다.

"우리 딸……."

"정말 놀라운데?"

"저기 청바지 입은 사람 좀 봐. 당신이 잘 골라 입었다고 생각할 만한 청바지인데?"

"당신이 가서 말해봐. 그 옷을 입으니까 정원사 같다고."

"내가 멍청한 짓을 했어. 오늘 애나가 뭔가를 하는 줄 알았다고! 학부모 패션쇼인 줄 알았더라면……."

한번은 부모님이 나를 데리고 테일러스에 식사하러 간 적이 있었다. 코스 요리가 나올 때마다 아빠는 점점 더 뿌듯해하며 시끄러워졌고 엄마는 모르는 사람에게 평범한 내 진학 결과를 또다시 이야기하며 눈물을 훔쳤다. 디저트가 나올 때쯤 나는 나가고 싶었지만 부모님에게서 이 순간을 앗아갈 수는 없었다. 나는 무남독녀였으니까. 나는 존슨가(家)에서 유일하게 대학에 진학했으니까. 부모님은 축하할 만했다.

갖고 있는 영상들을 어찌나 자주 돌려봤는지 대사를 모두 외우고 있었다. 하지만 영상은 실제와 달랐다. 결코 같을 수 없었다.

나는 눈을 감고 고개를 기울였다. 충동적으로 팔을 뻗어 손바닥이 위로 오게 손을 폈다. 지금 누가 창문으로 이런 내 모습을 본다면 너무 바보 같아서 잊지 못하리라고 생각하면서. 하지만 엄마를 정말 느낄 수만 있다면, 엄마의 향수 냄새를 맡을 수만 있다면…….

"엄마? 아빠?" 주방에 울려 퍼지는 내 목소리는 작고 갈라졌다. "제 목소리 들리시면……."

밖에서 바람 부는 소리와 정원의 나무가 바스락대는 소리
가 들렸다. 리타가 높은 소리로 약하게 낑낑대다가 서서히
멈췄다.

열한 살 때 로라가 심령술 점괘판 만드는 법을 가르쳐준
적이 있다. 그녀는 일부러 촛불을 켜더니 알파벳 글자를 정
성껏 써넣은 점괘판으로 죽은 자를 불러내는 방법을 설명했
다. 로라는 내게 비밀 유지를 맹세하라고 했고 그녀와 나는
다음번에 만날 때까지 기다리며 모든 준비를 마쳤다.

로라는 조도를 낮췄다. 그리고 가방에서 CD를 꺼내 내가
모르는 노래를 틀었다. 옛날 가수가 부르는 생전 처음 들어
보는 노래였다.

"준비됐어?"

우리는 점괘판 중앙에 놓인 작은 나무 조각에 집게손가락
을 함께 대고 기다렸다. 계속 기다렸다. 나는 웃음을 꾹 참았
다. 로라는 눈을 감고 얼굴을 찡그린 채 집중하고 있었다. 나
는 점점 지루해졌다. 친구들과 함께 잘 때처럼 귀신 이야기
로 서로 겁주며 재미있는 밤을 보낼 줄 알았는데.

나는 나무 조각을 눌렀다.

로라가 눈을 번쩍 떴다. 나는 그녀를 따라 놀란 표정을 지
었다.

"느꼈어?"

나는 열심히 고개를 끄덕였다. 그녀는 나를 향해 눈을 흘겼다.

"네가 움직였어? 안 움직였다고 맹세할 수 있어?"

"맹세해."

로라는 다시 눈을 감았다. "누가 있는 걸까?"

나는 점괘판의 나무 조각을 다시 한 번 가만히 눌렀다. '좋았어.'

하지만 그러지 말았어야 했다. 로라의 얼굴이 종이처럼 구겨지더니 눈꺼풀 아래로 눈물이 밀려 나와 속눈썹에 달라붙었기 때문이다.

"엄마?"

나도 울고 싶었다. 내가 다 망쳐놓았다고 말할 수도 없었고 로라가 장난으로 받아들이지 않는 게임을 계속할 수도 없었다. 로라의 손가락이 떨리는데도 나무 조각은 움직이지 않았다. 그녀는 한참 뒤에야 손을 뗐다.

"우리 다른 놀이 할까?"

"괜찮아?" 내가 머뭇거리며 물었지만 로라는 이미 눈을 깜빡여 쏟아지려는 눈물을 거두었다. 그녀는 촛불을 끄고 재빨리 모노폴리를 시작했다.

나는 몇 년이 지난 뒤에야 사실대로 말했다. 그녀와 와인을 마시다가 문득 쭈그리고 엎드려 점괘판을 만들던 일이 떠올랐고 내 양심을 깨끗하게 하고 싶어졌다.

"알아." 내가 영혼의 짐을 덜어버렸을 때 로라가 말했다.

"알았어?"

"음, 짐작하고 있었지. 넌 열한 살 때 말도 안 되는 거짓말을 자주 했으니까." 그녀는 씩 웃으며 내 어깨를 주먹으로 장난스럽게 치더니 내 얼굴을 바라보았다. "혹시 그 일 때문에 계속 괴로워한 건 아니지?"

그러지는 않았지만 그 일로 로라 역시 마음이 무겁지 않았다는 사실을 알게 되어 안심했다.

이제 나는 피부에 소름이 돋고 뒷덜미의 털이 하나씩 바짝 곤두서기 시작했다. 코끝에서 재스민 향기가 느껴졌다.

그리고……

아무 일도 일어나지 않았다.

나는 눈을 뜨고 팔을 내렸다. 어이없는 행동이었기 때문이다. 우습기 짝이 없었다. 부모님은 돌아가셨고 내가 날개를 펴고 날아갈 수 없듯 내 집 주방에서 부모님을 불러낼 수는 없었다.

메시지 같은 건 없었다. 유령이 나타나지도 않았다. 사후 세계 따위는 없었다.

마크가 옳았다. 전부 다 내 머릿속에서 만들어낸 것이었다.

21

머리

"그녀의 남편은 유령을 믿지 않는 것 같은데." 세라가 말했다. 두 사람은 하이필드 가족실의 검은 가죽 소파에 앉아 있었다. 머리는 저녁 식사 시간을 이용해 사십오 분째 세라를 만나고 있었다.

"남편이 아니라 동거인이야. 맞아. 그는 유령을 믿지 않았어. 사별 후 환각 체험이라고 말하더군."

"꼬마 유령 캐스퍼가 엄청 충격받겠는데?"

가족실 문이 열리더니 젊은 여자가 들어왔다. 어찌나 말랐는지 머리가 불균형하게 커 보였고 십자 형태의 미세한 흉터가 손목부터 어깨까지 뒤덮여 있었다. 그녀는 머리와 세라에게 아는 척하지 않고 탁자 위에 놓인 잡지를 들고 나갔다.

"마크 헤밍스의 말에 따르면 가족과 사별한 사람들의 최대 60퍼센트가 죽고 없는 사랑하는 사람을 보거나 그들의 목소리를 듣거나 다른 방식으로 존재를 느낀대."

"유령과 뭐가 다른 거야?" 세라는 캐럴라인 존슨의 수첩을 획획 넘겨보았다. 하이필드에서는 아이들에게 다섯 시에 저녁을 먹이듯 저녁 식사를 일찍 했다. 그래서 세라는 머리가 샌드위치를 먹는 동안 소파에 다리를 꼬고 앉아서 사건 기록을 훑어보았다.

"정말 모르겠어." 머리가 말했다.

"난 죽으면 유령이 돼서 당신을 쫓아다닐 거야."

"그러지 마."

"왜? 당신이 날 보면 반가워할 줄 알았는데."

"그런 뜻이 아니야. 내 말은…… 아냐, 아무것도 아니야." 머리는 죽는다는 말은 하지 말라는 뜻이었다. 그는 창밖을 보았다. 하늘은 맑았고 별이 반짝였다. 문득 머리는 세라와 첫 데이트한 날 공원에 누워 아는 별자리를 찾고 모르는 별자리에 이름을 붙이던 기억이 떠올랐다.

"저건 북두칠성이야."

"그리고 저건 호저(豪豬)야."

"바보."

"바보는 당신이지."

그들은 축축한 잔디에서 사랑을 나누었고 점심 식사 이후로 아무것도 먹지 않아 비어 있는 속이 요동치고 나서야 움직였다.

"좀 걸을까?" 지금의 머리가 세라에게 물었다. "건물을 한 바퀴 돌까?"

세라의 반짝이던 눈이 불안하게 바뀌었다. 그녀는 다리를 올려 무릎을 가슴팍에 붙이고 몸을 웅크렸다. 캐럴라인의 수첩을 꼭 쥔 채였다. 마치 손에 접착제로 붙인 것처럼.

밖에 나가기 두려워하는 것은 새로운 증상이었다. 세라를 담당하는 상담사에 따르면 광장 공포증은 아니었고 머리의 아름답고 재미있고 몹시 복잡한 아내를 구성하는 불안이라는 작은 모자이크 조각일 뿐이었다.

"괜찮아, 안 나가도 돼." 그는 팔을 흔들며 함께 걷고 싶다는 생각을 떨쳐버렸다. 세라가 그와 함께 집에 갈 수 있지 않을까 하는 희망도 사라졌다. 그러면서 조금씩 나아가자고 생각했다. 오늘은 금요일이었고 크리스마스는 월요일이었다. 세라를 집으로 데려갈 시간이 아직 많았다. "당신 눈에 띄는 건 없어?" 그는 수첩을 가리켰다. 그가 밖에 나가자는 뜻을 내비치지 않자 세라는 서서히 긴장을 풀었다. 그녀는 수첩을 펴고 특정 날짜를 찾았다.

"개발 계획안이 반려된 데 대해서 딸이 뭐라고 하지 않았어?"

"들은 기억이 없는데."

세라는 그에게 수첩 한 쪽을 보여주었다. 캐럴라인이 사망하기 한 달 전 날짜였고 '개발 계획안 반려'라는 메모 아래에 조회 번호가 적혀 있었다. "일반적으로 사람들은 개발 계획안을 승인받으려고 안달이잖아."

"누군가를 죽일 정도로?"

"별별 이상한 사람이 다 있어."

머리는 휴대전화로 이스트본 개발 계획 사이트에 접속한 다음 수첩의 조회 번호를 뚫어지게 보며 집게손가락으로 입력했다. "확장 공사 신청서야." 그는 신청인 이름을 찾았다. "로버트 드레이크." 머리는 남편이 죽은 다음 날 캐럴라인 존슨을 위로했던 친구들과 친척들 명단을 찾았다. "애나 존슨 옆집에 사는 사람이야." 머리는 신청서 개요를 읽어보았다. "반려되었군. 그런데 그 사람이 신청서를 다시 제출하려고 하는 것 같아. 반려에 이의를 제기한 내용이 있어."

"거봐. 그게 사건의 동기일세, 푸아로(애거사 크리스티 소설에 등장하는 탐정)."

"모두 서른네 건이 반려되었어. 반려된 건과 관련해서 살해된 사람이 없는지 확인해보는 게 좋겠어."

세라는 눈썹을 추켜올렸다. "말도 안 돼. 내 추측은 무시해…… 그럼 형사님은 어느 쪽에 돈을 거시겠어요?"

머리는 내기를 좋아하지 않았다. 굳이 더 찾지 않더라도 삶에는 변수가 많았고 존슨 사건 조사를 둘러싼 그림은 선명함과 거리가 멀었다.

자살일까? 다시 생각해봐.

"캐럴라인 존슨의 자살은 남편의 자살과 매우 똑같아." 머리가 말했다. 세라는 물론이고 자신에게도 하는 말이었다. "유사점 때문에 검시관의 자살 판결에 힘이 실렸어. 언론에서 한 번도 다루지 않은 탐 존슨의 구체적인 자살 방식을 캐럴라인이 똑같이 따라 했기 때문이었지."

〈가제트〉에는 탐의 죽음을 알리는 부고가 실렸다. 3대째 가업을 이어온 그의 가족은 동네에서 잘 알려져 있었다. 언론에서는 절벽 꼭대기에 남겨진 개인 소지품과 주차장에 버려진 자동차 이야기만 했을 뿐 돌을 가득 채운 배낭 이야기는 하지 않았다. 이 사실을 알고 있는 사람들은 가족과 탐의 자살을 목격한 다이앤 브렌트-테일러뿐이었다.

머리는 애나가 받은 익명의 카드와 그녀의 집 현관에 있던 토끼를 떠올렸다. 파도가 심한 곳에서 자살하면 사체를 찾기가 힘들어서 부검에서 비밀이 드러날 염려가 없기 때문에 손쉽겠다는 생각도 했다. 탐과 캐럴라인 둘 다 물때를 조사했다. 하지만 시신이 발견되는지 안 되는지가 두 사람에게 왜 중요했을까? 모든 것이 너무 쉬워 보였다. 너무…… 연출된 것 같았다.

세라는 생각에 잠긴 남편의 얼굴을 들여다보았다. "왜 그래?"

"증거가 없어."

"직감을 믿고 증거는 나중에 찾아. 예전에 당신이 자주 하던 말 아니었나?"

머리는 웃음을 터뜨렸다. 경찰로 일하는 동안 대부분 그런 생각을 바탕으로 일했고 실망한 적은 없었다. 탐과 캐럴라인 존슨이 정확히 어떻게 죽었는지 알려면 갈 길이 멀었지만 그의 직감은 온통 한 방향을 가리켰다.

"그 여자가 살해되었다고 생각하는 거지?"

머리는 천천히 고개를 끄덕였다. "둘 다 살해된 것 같아."

세라는 생각에 잠겼다. 캐럴라인의 수첩을 다시 펼쳐 뒷면에 꽂힌 전단과 명함을 살펴보았다. 그러고는 하나를 들어 앞에 놓았다.

"아까 마크 헤밍스가 존슨 부부를 만난 적이 없다고 하지 않았어?"

"응, 맞아. 두 사람은 마크가 애나를 만나기 전에 죽었어."

"이걸 보면 그 말은 사실이 아닌 것 같은데."

머리는 세라가 들고 있는 전단을 가져왔다. 마크 헤밍스. 체계론적 상담 과정 수료, 체계론적 지도 및 훈련과 슈퍼비전 과정 수료, 심리학 석사, 영국 심리치료협회 정회원, 영국 정신상담치료협회 회원. 그는 전단을 뒤집었다. 캐럴라인 존슨의 수첩에서 자주 본 익숙한 글씨로 쓰인 메모가 있었다.

11월 16일 수요일. 오후 두 시 삼십 분.

세라는 캐럴라인의 수첩에서 해당 날짜를 펼쳤고 그곳에는 같은 내용의 약속이 적혀 있었다. 세라는 머리를 보았다. "마크 헤밍스는 거짓말하고 있어."

22

애나

여섯 시에 초인종이 울렸다. 문을 열자 빌리 삼촌이 와인을 한 병 들고 서 있었다. 나는 멍하게 삼촌을 바라보았다.

"설마 잊어버린 건 아니겠지?"

"그럼요! 잠깐 딴생각하느라고요. 어서 오세요." 나는 거짓 말을 감추려고 삼촌을 끌어안았다. "어제 그렇게 갑자기 가버려서 죄송해요."

삼촌은 내 사과에 별일 아니라는 듯 반응했다. "잠깐 발끈할 수도 있지 뭘. 잊어버리렴. 자, 우리 조카의 예쁜 딸은 어디에 있지?"

우리는 주방으로 갔고 나는 삼촌에게 엘라를 건넸다. 삼촌은 시골 농산물 품평회에서 호박을 들어 무게를 가늠하듯 서투르게 엘라를 받아 안았다. 엘라가 계속 코를 만지려고 하자 삼촌은 웃음을 터뜨렸고 나는 두 사람의 모습이 사랑스러위서 재빨리 휴대전화로 사진을 찍었다. 전화기에는 마크가 보낸 문자메시지가 와 있었다.

조금 늦을 것 같아. 미안해. x

나는 잽싸게 답장을 보냈다.

걱정 말아요. 빌리 삼촌이 저녁 먹으러 오셨어요. x

잘됐네.

나는 휴대전화를 내려놓고 삼촌을 향해 환하게 웃었다. "마크가 곧 집에 올 거예요. 삼촌을 정말 보고 싶어 해요!"

삼촌은 미소 지었지만 눈은 웃지 않았다. "잘됐구나."

나는 와인을 가득 따랐다. 부모님 때문에 생긴 음주 습관은 임신과 수유를 거치는 동안 없어졌지만 오늘 밤에는 술이 필요할 것 같았다.

아빠는 술에 취한 친구들이 시계를 볼 줄 알았던 여섯 살배기 내게 문제를 내던 이야기를 즐겨 했다.

"애나, 지금 몇 시야?"

"아홉 시." 내가 대답했다. 나는 그 일을 기억하지 못했다. 진짜인 것 같기는 했지만 아빠의 이야기가 사실인지도 확신할 수 없었다.

마크는 일곱 시가 넘어서야 집에 왔다. 스타게이저 품종의 커다란 백합 꽃다발을 들고 온 그는 연신 사과했다.

"미안해." 그는 내게 꽃다발을 내밀었고 나는 늦게 온 데 대한 사과가 아니라는 것을 알았다.

"나도요." 내가 속삭였다.

"만나서 반갑습니다." 마크는 빌리 삼촌의 손을 강하게 흔들었다. 나는 두 사람 주변을 맴돌았다. 억지로 미소 짓느라 광대뼈가 아팠다.

"나도 반갑군. 내 조카 녀석을 돌보느라 고생이 많아."

"삼촌, 전 제가 알아서 건사할 수 있어요."

마크가 내게 윙크했다. '그냥 넘어가자.' "최선을 다하고 있습니다. 사업은 어떠세요?"

"아주 잘되고 있어."

삼촌이 우리보다 앞장서 거실로 가자 마크는 혼란스러운 눈빛으로 나를 보았다. 나는 고개를 저었다.

아빠가 돌아가신 뒤로 이익이 곤두박질쳤고 삼촌은 고군분투하고 있었다. 아빠 소유였던 절반의 사업 지분은 처음에는 엄마에게, 다음으로 내게 상속되었지만 나는 사업을 파악하려는 시도조차 하지 못했다. 출산 휴가는 자리에 앉아서 모든 것을 파악하기에, 그러니까 사업이 어떻게 돌아가는지 배우기에 완벽한 시기라고 생각했지만 이 작은 아기를 돌보기 위해 해야 하는 일을 과소평가했다. 시리얼 상자 뒤의 정보를 읽을 시간이라도 있으면 다행이었다. 사업에 관해 내가 아는 것이라고는 굵직굵직한 숫자뿐이었는데 그것만 봐도 상황이 좋지 않았다.

지금은 삼촌에게 캐묻기에 적당한 때가 아니었다. 나는 마크에게 음료를 준비해달라고 한 뒤에 주방으로 갔다. 돌아왔을 때 두 남자는 말없이 앉아 있었다. 나는 삼촌과 마크, 그리고 나까지 모두 관심 있을 만한 것을 생각해내려고 머리를 쥐어짰다.

"아! 삼촌에게 엘라가 춤춘 이야기 좀 해줘요." 나는 마크를 재촉했고 그는 당황했다. "당신이 건스 앤 로지스 노래 틀었을 때 말이에요." 나는 잠시 말을 멈췄지만 마크는 여전히 내 말을 이해하지 못했다. "우리가 돌아보니까 엘라가 음악에 맞춰서 다리를 흔들며 발길질했잖아요. 춤추는 것처럼 보였잖아요."

"아, 맞아! 그랬지. 그래, 정말 그랬어. 춤추는 것 같았다고."

삼촌은 예의상 웃었다. 나는 이 상황이 몹시 고통스러웠다. 초인종이 울리자 안도할 정도였다. 마크가 벌떡 일어났지만 내가 더 빨랐다. "오늘 밤에는 집이 피커딜리 광장만큼이나 붐비네요!" 내가 쾌활하게 말했다.

나는 로라를 보고 누구에게서도 느끼지 못한 안도감을 느꼈다.

"네가 잘 있나 보려고 잠깐 들렀어. 어제 일도 있고." 그녀는 나를 살폈다. "괜찮아? 지나치게 들떠 보이는데." 나는 로라를 집 안으로 끌어당긴 뒤에 문을 닫고 주방으로 이끌었다.

"저녁 먹고 가."

"안 돼. 할 일이 있어."

"로라, 부탁이야! 나 좀 살려줘. 난 빌리 삼촌을 정말 좋아하고 마크도 분명 좋아해. 하지만 그 둘이 동시에 같은 공간에 있을 수 없다는 걸 빠른 시간 안에 알게 되었어."

"말다툼하는 거야?"

"아니, 하지만 시간문제야."

로라는 웃음을 터뜨렸다. "이 빚 제대로 갚아야 해."

나는 한 손에는 와인 병을, 다른 한 손에는 빈 와인 잔을 들었다.

"알겠어."

아니나 다를까 우리가 거실로 가자 두 남자는 한창 열을 올리고 있었다.

"내가 젊었을 때는 정신 건강 같은 개념이 없었네. 치료사나 상담사도 없었고 말도 안 되는 실없는 소리 같은 것도 없었지. 그러니 계속 잘해보게나."

"그로 인한 엄청난 부작용을 지금 겪고 있죠."

"자네는 2차 세계대전에 참전한 전투기 조종사들이 스트레스나 우울증 때문에 아프다고 도움을 요청했을 것 같나?"

"제 생각에는 이제야 그런 개념을 이해하기 시작한 것……"

"지독하게 나약해 빠져서 그래."

내가 끼어들었다. "누가 왔는지 보세요!" 나는 로라가 마술처럼 케이크에서 튀어나오기라도 한 듯 그녀를 내보였다. "이제 제대로 디너파티를 할 수 있겠어요."

"로라! 크리스마스 우리와 함께 보내야지?"

"올해는 곤란해요. 친구들과 낮술 마시기로 했거든요. 브리짓 존스 넷이서 프로세코(이탈리아 스파클링 와인)나 실컷 마시려고요." 로라는 인상을 찡그렸지만 나는 그녀가 모임을 기대한다는 것을 알았다. 그녀는 소파의 삼촌 옆자리에 앉았다. "자동차 좀 추천해주세요. 제 차가 사망 직전인데 어떤 차로 바꿔야 할지 모르겠어요."

"우리 전시장에 삼 년 탄 스코다가 있는데 괜찮은 가격에 줄 수 있어."

로라는 코를 찡그렸다. "제가 좋아하는 디자인이 아니에요."

"네게 딱 어울릴 만한 MX-5도 있어. 네 예산이 어떤지 모르지만. 그러지 말고 몇 종류 타보고 결정하렴. 스코다를 하루나 이틀쯤 타보고 뭐든 끌리는 차가 있으면 어떤지 몰아봐."

대화가 가치관이나 마크의 일이 아닌 다른 안전한 주제로 넘어가자 나는 주방으로 돌아갔다.

와인 덕분에 삼촌과 마크의 가시 돋친 말이 줄었고 식사가 끝날 때 즈음 나는 마침내 긴장을 풀 수 있었다.

"네 이웃이 개발 계획 승인 신청서를 또 냈더구나." 삼촌은 한결 부드러워져서 마크를 공격할 거리를 더 이상 찾지 않았다. 나는 두 사람에게 고마웠다.

"반려당한 뒤에 몇 가지를 수정했더라고요. 너무 거창하지 않게요."

"캐럴라인은 채광 때문에 걱정했어." 로라가 창밖을 가리키며 말했다. 조명이 로버트의 집 정원과 경계를 이룬 울타리와 안뜰을 비추고 있었다. "공사하고 나면 정원이 캄캄해질 거야. 그러니까 너도 반대해야 해."

"로버트와 사이가 틀어지는 건 싫은데." 그는 신경질을 낼 것이다. 그리고 엄마 아빠가 돌아가셨을 때 내게 정말 친절했기에 그와 어색해질 만한 일은 하고 싶지 않았다.

"반대할 수 있는 제도가 있는 건 다 그럴 만한 이유가 있어서야." 로라가 말했다. "개인을 인신공격하는 게 아니야. 넌 서류를 작성하고 왜 개발 계획에 반대하는지 밝히면 돼."

마크는 인상을 썼다. "애나, 그래야 할 것 같은데. 옆집에서 대규모 확장 공사를 하게 되면 거실이 정말 어두워질 거야. 집값에 정말 안 좋은 영향을 미칠 거라고."

"하지만 이 집을 팔 것도 아니잖아요." 내가 말했다.

나는 옆집 확장 공사에 관심이 없었다. 로버트가 처음 신청서를 제출했을 때 엄마는 그와 말다툼했다. 아빠가 돌아가신 지 한 달 정도밖에 안 된 시점이라 엄마가 일상적인 일에 변덕스럽게 반응하는 것을 이해할 수 있었다. 모퉁이 가게에 빵이 다 팔리고 없자 엄마는 계산대의 가여운 여직원이 몸을 떨 정도로 비난을 퍼부었다. 나는 엄마를 데리고 나와 침대에 눕혔다. 내가 사과하러 가게로 돌아가자 여직원은 나를 측은히 여겼다. 다들 그랬다. 로버트도 마찬가지였다. 엄마는 그의 개발 계획 신청에 집착했다. 그 일이 구명정이라도 되는 양 달라붙어서 보존 구역과 문화재로 지정된 건물에 대해 공부하고 거리의 다른 주민들에게 지지를 호소했다. 나는 엄마가 개발 계획에 실제로 어느 정도나 관심이 있었는지도 몰랐다. 키프로스 개를 구조하는 자선단체를 위해 모금 활동을 하거나 브렉시트 관련 집회에 따라다닌 것처럼 정신을 쏟을 만한 또 다른 일을 찾았다고 생각했다. 엄마는 이런 일을 찾으면 완전히 매달렸다. 나는 로버트가 뒷마당에 축구 경기장을 짓는다 해도 신경 쓰지 않았을 것이다. 엄마와 나는 다른 방식으로 슬픔에 대처하고 있었다.

"지금 당장은 안 팔지만 결국에는……"

"절대 안 팔 거예요!" 나는 필요 이상으로 의자를 세게 밀고 일어났다.

엘라가 아니었다면 뒤이은 침묵이 불편했을 것이다. 바운서에서 자던 엘라는 얼굴을 잔뜩 찡그리더니 큰 소리로 유난히 냄새가 지독한 방귀를 끼었다. 모두 웃음을 터뜨렸다. 불편할 뻔한 순간은 지나갔다.

"엘라를 재워야 할 것 같은데." 마크는 꼼짝도 하지 않고 이렇게 말했다.

"그냥 놔둬요. 생후 이 개월 때는 아무 데서나 자도 괜찮아요."

"벌써 이 개월이라니!" 빌리 삼촌이 말했다.

"그러게요. 시간 참 빠르죠."

"아기까지 낳았는데 이제 결혼할 때가 되지 않았나, 마크?"

나는 접시를 치우기 시작했다.

"애쓰고 있습니다."

"삼촌, 서두를 필요 없어요. 우린 아기를 함께 키우고 있는걸요. 결혼반지보다 더 굳건한 약속이죠."

"사실은 말이지." 삼촌이 말했다. "내 생각에 우리 가족에게 성대한 결혼식이 필요한 것 같아. 그 모든 일을 겪고 났으니 말이야." 삼촌의 입술은 레드 와인 때문에 자주색으로 물들었다. "비용은 내가 내마."

"그러지 않으셔도 돼요." 내가 말했다.

로라가 내 표정을 살피더니 끼어들었다. "빌리, 그렇게 결혼식이 간절하시면 틴더(데이트 애플리케이션)에서 직접 결혼 상대를 찾으시는 게 어때요? 우리가 신부 들러리 할게요. 할 거지, 애나?"

나는 로라에게 고맙다는 눈빛을 보냈다.

"좋은 생각이다만 전성기가 지난 데다가 과체중인 자동차 판매원을 많이들 찾을지 모르겠구나."

"빌리, 그런 말씀 마세요. 삼촌 정도면 제법 괜찮은 독신 남성이죠. 좋은 집과 잘되고 있는 사업체도 있고 아직 치아도 본인 것이고…… 틀니 아니죠?"

나는 웃는 그들을 남겨두고 식기세척기에 그릇을 넣었다.

마크가 처음 청혼한 날은 임신했다고 말한 날 밤이었다. 나는 싫다고 했다. 의무감 때문에 결혼할 필요는 없었다.

"의무감 때문이 아니야. 결혼하고 싶어서 그래. 당신과 함께 있고 싶어. 당신은 안 그래?"

나는 질문에 답을 피했다. 그랬다. 내가 그랬던 건 사실이다. 하지만 나는 마크가 아기를 위해서가 아니라 나라는 존재만으로도 결혼을 원하기를 바랐다.

그는 임신 중에 두 번 더 결혼하자고 했고 엘라가 태어난 뒤에 한 번 더 물었다. 그때는 아기를 낳았다는 기분에 취해 승낙할 뻔했다. 나는 약에 취해 있었고 내 품에서 잠든 작은 생명체를 낳았다는 행복에 취해 있었다.

"조만간." 나는 이렇게 약속했다.

대부분 여성이 그렇듯 나도 내 결혼식을 상상해보았다. 신랑 자리에 선 사람은 세월이 흐르는 동안 바뀌었다. 초등학생 때는 여섯 살 조이 매튜스였고(영국에서는 5~11세에 초등학교에 다닌다) 마땅하지 않은 남자 친구 몇 명을 거쳐 결혼하기에 거의 적당한 두어 명에 이르렀다. 하지만 변함없이 내 곁에 있는 사람들은 똑같았다. 친구들. 빌리 삼촌. 로라.

엄마와 아빠.

마크와 결혼한다고 생각하자 내 머릿속에는 결혼식에 참석하지 못할 사람들만 떠올랐다.

삼촌과 로라는 늦은 시간에야 집을 나섰다. 나는 밖으로 함께 나가 그들을 배웅했다. 찬 공기가 와인으로 가득 찬 머리를 맑게 해주자 반가웠다. 팔로 몸을 감싸고 보도에 서서 우리 집을 바라보았다. 그리고 집을 팔고 새롭게 시작하자는 마크의 말을 떠올렸다. 그의 말이 옳다는 것은 알았지만 오크 뷰를 떠난다고 생각하자 마음이 아팠다.

나는 옆집을 흘끗 보았다. 아래층에 불이 켜져 있었는데 층계참 가운데의 조명인 것 같았다. 대문에는 삼촌이 보았다는 분홍색 안내문이 플라스틱 끈으로 고정되어 있었다. 개발 계획을 신청한 건물임을 알리는 내용이 인쇄된 작은 안내문에는 불편 사항을 접수하는 절차도 쓰여 있었다. 협의 기간과 반대할 경우에 반대하는 사람의 주소를 쓰는 빈칸도 있을 것이다.

로버트 드레이크의 확장 공사가 우리 집 주방의 채광을 막느냐 마느냐보다 더 중요한 싸움이 있다는 생각을 하지 않을 수 없었다. 남들과 부딪치는 일에 잘 대처했던 부모님과 달리 나는 이웃과 분쟁한다는 생각만 해도 두려움이 가득 찼다. 외동인 탓에 형제와 싸우면서 나를 더 강하게 만들지 못해서일 수도 있지만 나는 싸울 기미가 보이면 보복을 다짐하며 의지를 불태우기보다는 눈물을 흘리는 경우가 많았다.

집 뒤로 갔을 때 유리 깨지는 소리가 크게 들렸다. 밤이라서 방향 감각이 혼란스러웠다. 어디에서 난 소리인지 알 수 없었다. 현관문을 열자 위층으로 뛰어 올라가는 마크가 보였다. 잠시 뒤 그는 나를 불렀다. 나는 위층으로 달려갔다.

"왜 그래요? 무슨 일이에요?"

엘라의 방에 세찬 바람이 들어왔다. 열린 커튼이 방 안으로 흩날렸고 유리창은 산산조각 나 있었다. 나는 울음을 터뜨렸다.

마크가 엘라의 침대를 가리켰다. 침대를 뒤덮은 유리조각이 머리 위의 조명을 받아 반짝였다. 매트리스 중앙에는 벽돌이 있었고 벽돌에 고무줄로 종이가 한 장 묶여 있었다.

마크는 조심스레 벽돌을 집어 들었다.

"지문!" 내가 퍼뜩 기억해내고 외쳤다.

그는 종이 한구석을 잡고 뭐라고 쓰여 있는지 읽으려고 고개를 비틀었다.

경찰서에 가지 마. 다치기 전에 그만둬.

23

머리

애나 존슨은 피곤해 보였다. 눈가에는 다크서클이 진했고 문을 열 때 예의를 갖춰 미소 지었지만 이전 날 보았던 투지는 온데간데없었다. 그녀는 머리를 주방으로 안내했다. 그곳에서는 마크 헤밍스가 아침을 먹고 난 식탁을 치우고 있었다.

머리는 둘 사이의 역학이 흥미로웠다. 애나가 주도권을 쥔 게 분명했지만 두 사람이 함께 있을 때 그녀는 마크에게 주도권을 넘겼다. 마크는 이 상황이 자신이 선택한 것인지 애나가 의도적으로 만든 것인지 궁금했다. 둘 사이에서 주도권을 쥐고 있는 사람은 마크일까? 캐럴라인 존슨을 모른다는 그의 말은 정말 거짓일까?

"실례합니다. 제가 방해가 되었나요?"

"전혀요. 어젯밤 일 때문에 오늘 아침 일과가 좀 늦었어요."

"어젯밤 일이요?" 식기건조대에 와인 잔 몇 개가 뒤집혀 놓여 있었다. 머리는 이유를 정확히 알 수 없는 긴장감이 사라지기를 바라며 미소 지었다. "아, 즐거운 시간을 보내신 모양이군요." 그는 애나를 본 다음 마크를 보았다. 그러자 미소가 사라졌다. 애나는 입을 벌린 채 머리를 노려보고 있었다.

"즐거운 시간이라니요? 도대체 무슨……."

마크가 다가와 애나를 안았다. "괜찮아." 그가 머리를 향해 말했다. "누군가가 저희 딸 방 창문으로 벽돌을 던졌어요. 쪽지가 감긴 벽돌이었죠. 저희 딸이 죽을 뻔했다고요."

머리는 수첩을 꺼냈다. "그게 몇 시였습니까?"

"자정쯤이었어요." 애나가 대답했다. "우리는……."

마크가 끼어들었다. "이 이야기를 또다시 해야 한단 말입니까? 진술하느라 새벽 두 시까지 못 잤어요."

그제야 머리는 주방 식탁에 놓인 서류를 발견했다. 경찰 조사 본부의 연락처가 적힌 명함과 볼펜으로 전화번호를 적은 피해자 지원 센터 전단이었다. 머리는 수첩을 집어넣었다.

"아닙니다. 그러실 필요 없습니다. 진술을 받은 경찰관들에게 알아보고 그들이 필요한 정보를 모두 알고 있는지 확인하겠습니다."

마크는 미간을 찡그렸다. "우리에게 범죄 진술 번호(범죄를 신고해 경찰관에게 진술하면 발급되는 번호)가 있는지 물어보더군요."

머리는 명치에서 익숙한 감정을 느꼈다.

"다른 일로, 기일에 받은 카드 건으로 진술한 적이 있다고 했습니다."

수습 시절 머리는 일하다가 호되게 당한 적이 있었다. 글 래스고 출신의 예리한 경사가 머리를 황급히 사무실로 불러 '자기가 보기에는 단순 명쾌한 사건'인데 왜 아무런 조치를 취하지 않느냐고 다그친 적이 있었다. 그러더니 그는 머리를 즉시 교통지도과로 발령했다. 빗속에 서서 물이 뚝뚝 떨어지는 헬멧을 쓴 머리는 몹시 화가 났다. 일을 시작한 지 삼 주밖에 되지 않았는데 벌써 야단맞다니. 이제 끝인가? 팀장은 그를 미덥지 못한 사람으로 평가할까?

하지만 그것으로 끝이 아니었고 팀장이 그를 미덥지 못하다고 평가하지도 않았다. 바로 그 순간부터 머리가 모든 희생자를 합당한 배려심으로 대하고 모든 일을 정석대로 처리하기로 맹세한 덕분이었을 것이다.

하지만 이 사건은 정석대로 처리하지 않았다.

"걱정하실 것 없습니다." 머리는 최대한 밝게 말하려 애썼다. "제가 경찰서에 가서 처리하겠습니다."

"왜 저희가 범죄 진술 번호를 받지 못한 거죠?" 애나가 물었다. 그녀는 바운서에 있던 아기를 안고 머리에게 다가왔다. "제대로 조사하시는 거 맞죠?"

머리는 정말이라는 것을 상징적으로 표현하기 위해 가슴에 손을 얹고 고개를 끄덕였다. "그건 장담합니다." 그는 이 사건을 범죄수사과에 곧장 넘기는 것보다 이쪽이 낫다고 생각했다. 그런데도 속 깊은 곳에 불안감이 웅어리져 있었고 이제 와서 경찰서의 현직 경찰이 로어 미즈의 안내데스크에서 일하는 퇴직 경찰 머리 매켄지가 살인일지도 모를 두 사건을 조사하는 이유를 물으면 어떡하나 걱정스러웠다.

"사실 확인하고 싶은 게 있습니다." 머리가 말했다. 그는 안주머니에서 전단을 꺼냈다. 세라가 캐럴라인 존슨의 수첩에서 발견한 것이었다. 그는 한동안 전단을 손에 들고만 있었다. "헤밍스 씨, 애나의 부모님을 만나본 적이 없다고 하셨죠?"

"그렇습니다. 어제 그렇게 말씀드렸죠. 애당초 애나가 저를 보러 온 게 두 분의 죽음 때문이었으니까요."

"그럼 애나를 만났을 때 그녀의…… 그러니까…… 그녀가 처한 상황을 처음 들으셨나요?" 머리는 적당한 단어를 찾느라 말을 더듬었다. 안타까워하는 애나의 미소를 보고 자기가 얼마나 서툴렀는지 알았다.

"네." 마크의 대답에서 짜증이 느껴졌다.

짜증일까? 아니면 다른 감정일까? 무언가를 숨기려고 애쓰는 걸까? 머리는 전단을 보여주었다.

"이 전단 말입니다. 헤밍스 씨 것입니까?"

"네, 그런데 왜 이걸……."

머리는 그에게 전단을 뒤집어서 건네주었다. 궁금해진 애나가 다가와 전단 뒷면의 또렷한 글씨를 보았다. 그러고는 놀라서 헉 하고 숨을 들이마시더니 매우 당혹스러운 표정을 지었다.

"엄마 글씨예요."

머리가 차분하게 말을 꺼냈다. "어머니 수첩에서 나왔습니다."

마크는 뭐라 말하려고 입을 움직였지만 아무 말도 하지 못했다. 그는 전단을 쥐고 흔들었다. "뭐…… 뭐죠? 왜 그분이 이걸 가지고 있었는지 모르겠군요."

"캐럴라인은 헤밍스 씨와 만나기로 약속되어 있었던 건 같더군요."

"약속이라고요? 마크, 어떻게 된 일이에요? 엄마가…… 당신 내담자였어요?" 애나는 자기도 모르게 한 걸음 물러서며 전단과 아이 아버지와 거리를 두었다.

"아니! 이런, 애나! 말했잖아. 왜 어머니 물건 속에 내 전단이 있는지 모르겠다고."

"알겠습니다. 저는 그저 확인하고 싶었을 뿐입니다." 머리는 전단을 돌려달라고 손을 내밀었다. 마크는 머뭇거리더니 일부러 머리의 손에서 벗어난 쪽으로 전단을 떨어뜨렸고 머리는 그것이 바닥에 떨어지기 전에 가까스로 잡았다. 그리고 예의 바르게 미소 지었다. "그럼 두 분은 계속 이야기 나누십시오."

논쟁의 불씨를 지피고 자리를 뜬 머리는 집을 나서면서 생각했다. 마크 헤밍스에게는 해명이 필요했다.

24

애나

"머리가 어젯밤 사건을 알고 온 것 같지 않아?" 마크는 시리얼 그릇을 식기세척기로 옮기며 다시 식탁을 치우기 시작했다. "오른손이 한 일을 왼손이 모른다는 건 말도 안 돼." 그는 허리를 굽혀 어젯밤에 넣었던 그릇을 다시 배치하며 정리했다. 나를 보지 않으려고 일부러 시간을 끄는 것 같았다.

"우리 엄마를 알아요?"

"뭐라고?" 그는 식기세척기 선반에 숟가락을 넣었다. 하나, 둘.

"마크, 나 좀 봐요!"

그는 천천히 허리를 펴고 행주로 손을 닦더니 그것을 접어서 조리대 위에 놓았다. 그리고 나서야 나를 보았다. "애나, 난 당신 어머니를 만난 적 없어."

마크와 내가 십 년쯤 함께한 사이라면, 우리가 십대 시절에 만나 함께 자랐다면 그가 거짓말하는지 아닌지 알아차렸을 것이다. 다른 연인들처럼 사이좋을 때와 나쁠 때, 만남과 이별 같은 시련을 우리도 겪었더라면 그가 거짓말하는지 아닌지 알아차렸을 것이다.

내가 그를 더 잘 알았더라면…….

나는 마크의 표정을 읽을 수 없었고 그는 조금도 위축되지 않은 눈빛으로 나를 보았다.

"엄마가 당신과 만날 약속을 했다잖아요."

"애나, 나를 만나려고 약속 잡는 사람은 많아. 당신도 그랬잖아. 우리는 이스트본 전역에 전단을 배포한다고, 젠장." 그는 더 이상 넣을 그릇이 없는데도 다시 식기세척기로 눈을 돌렸다.

"하지만 엄마와 이야기 나눈 것도 기억 못 해요?"

"기억 안 나. 나와 직접 통화해서 약속하는 사람도 있지만 제니스와 통화하는 사람도 있어. 내가 당신 어머니와 통화하지 않았을 가능성이 많아."

제니스는 마크의 브라이튼 상담소가 있는 사무용 건물 로비의 안내데스크에서 일하는 직원이다. 그 건물에는 단독 건물과 소속 직원이 필요 없거나 그것을 마련할 형편이 안 되는 소규모 사업체 십여 곳이 입주해 있었다. 제니스는 이 업체들의 일정을 관리하고 찾아오는 고객을 응대하고 어느 전화기에 수신 신호가 깜빡이는지에 따라 각 회사에 맞는 인사말로 전화 받는 일을 했다.

'서레너티 미용실입니다. 무엇을 도와드릴까요?'

'브라이튼 인테리어입니다. 무엇을 도와드릴까요?'

"중요한 건 당신 어머니가 그 약속을 지키지 않았다는 거야."

"그걸 당신이 어떻게 알아요?" 나답지 않게 냉정하고 비난하는 말투였다. 마크는 타이어에서 공기 빠지는 듯한 소리를 냈다. 몹시 화나고 짜증스럽다는 뜻이었다. 우리가 말다툼한 것은 처음이었다. 이렇게 서로 쏘아붙이고 있지도 않은 관객에게 지지를 호소하듯 눈을 굴리면서 제대로 다툰 적은.

"만났다면 내가 기억했겠지."

"엄마가 약속을 잡은 건 기억 못 한다면서요."

그는 잠시 숨을 돌리고 대답했다.

"시스템에 기록되어 있었을 거야. 내담자가 도착하면 제니스가 업데이트하지."

"그럼 그걸 확인할 수 있어요?"

"할 수 있어."

나는 그에게 휴대전화를 건넸다.

그는 어이없다는 듯 짧게 웃음을 터뜨렸다. "지금 하라고?"

남편이 바람피운다는 생각이 들면 이러지 않을까, 이렇게 변하지 않을까 싶었다. 나는 언제나 경멸했던 여자가 되어 있었다. 팔짱을 끼고 입술을 오므린 채 믿지 못할 빌미를 한 번도 주지 않은 남자에게 현장에서 대답을 다그치는 성질 나쁜 여자가.

하지만 엄마의 수첩에 그의 전단이 있었다.

마크는 연락처를 넘기다가 상담실 항목을 눌렀다. 전화기 반대쪽에서 제니스의 단조로운 말투가 들려 그녀가 전화를 받았다는 것을 알 수 있었다. 비록 내용은 들리지 않았지만.

'홀리스틱 헬스입니다. 무엇을 도와드릴까요?' 이렇게 말했겠지.

"제니스, 나예요. 시스템에서 뭐 좀 확인해줄래요? 작년 11월 16일 수요일 오후 두 시 삼십 분에 예약한 캐럴라인 존슨이요."

방금 전 내가 부린 만용은 불안으로 바뀌었다. 마크가 거짓말을 했다면 지금 당장 내가 보는 앞에서 확인하지 않았을 것이다. 상담실에 가서 찾아봐야 한다거나 그렇게 자세한 사항까지는 기록에 남아 있지 않다고 했겠지. 그는 거짓말한 것이 아니었다. 아니라는 것을 알 수 있었다.

"그리고 다시 예약하지는 않았나요?"

나는 황급히 리타의 장난감을 주워 바구니에 넣었다.

"고마워요, 제니스. 내일과 모레는 어때요? 취소된 예약이 있나요?" 마크는 이야기를 듣더니 웃음을 터뜨렸다. "그럼 크리스마스이브에 쉬기는 틀렸군요!"

그는 인사하고 통화를 끝냈다.

이제 내가 그의 시선을 피할 차례였다. 나는 리타가 속을 뜯어놓은 장난감 펭을 집어 들었다. "미안해요."

"당신 어머니는 예약을 취소하지도 않았고 오지도 않았다고 기록되어 있다는군. 그 뒤 다시 예약하지도 않았고." 그는 주방을 가로질러 내 앞에 서더니 집게손가락으로 다정하게 내 턱을 들어 눈을 바라보았다. "애나, 난 당신 어머니를 만난 적이 없어. 만났더라면 좋았겠지만."

나는 마크의 말을 믿었다. 그에게는 거짓말할 이유가 없었다.

25

머리

"이제 들어갈까?"

머리는 세라의 손을 꼭 잡았다. "한 바퀴만 더 돌자." 두 사람은 하이필드 구내를 걷고 있었다. 세라는 건물에 딱 붙어서 벽돌을 손으로 쓸면서 다녔다.

"좋아."

머리는 그녀의 가빠지는 숨소리를 들었다. 세라는 가쁜 호흡을 이겨내고 더 빨리 걸으려 했지만 머리는 앞서 건물 두 바퀴를 돈 것과 같은 보폭을 유지했다. 그는 세라가 다른 데 정신을 쏟게 하려고 최선을 다했다.

"탐 존슨은 유언장을 통해 집과 사업 지분을 아내에게 남겼고 10만 파운드를 제외한 모든 재산을 애나에게 남겼어. 생명 보험금은 캐럴라인이 받았고."

"자살인데도?"

"응, 그런데도." 이제 머리는 생명 보험과 자살에 대해 필요 이상으로 잘 알게 되었다. 대부분 보험사는 보험증권에 '자살 조항'을 명시했는데 보험 가입자가 가입 섭이 개월 이내에 자살할 경우 보험금을 지불하지 않는다는 내용이었다. 사람들이 빚에서 탈출하기 위해 자살하는 것을 막기 위한 조항이었다. 머리가 전화를 건 아비바 보험사의 친절한 여직원에게서 들은 설명이었다. 탐 존슨은 수년간 보험을 유지하고 있었다. 따라서 그의 사망 진단서가 발급되자마자 아내 캐럴라인에게 보험금이 지급되었다.

"캐럴라인의 유언장에는 뭐라고 되어 있었어?"

세라는 계속 손을 벽에 대고 걸었는데 머리가 보니 지금은 손가락과 벽돌 사이가 떠 있었다. 그는 말을 이었다. "대녀에게 약간, 키프로스 동물구호단체에 1만 파운드를 남겼어. 나머지는 모두 애나에게 남겼고."

"그러니까 결론적으로 애나는 아주 부자가 되었군. 그녀가 부모를 살해하지 않았다고 확신해?" 어느새 세라는 손을 내리고 있었다.

"그리고 자기 자신에게 익명으로 카드를 보냈다고?"

세라는 생각하고 있었다. "어쩌면 그녀가 부모를 죽였다는 걸 아는 누군가가 카드를 보냈을지도 몰라. 겁나서 어쩔 줄 모르던 애나는 카드를 들고 경찰서로 갔고. 사람을 죽이지 않은 평범한 사람들은 그렇게 하니까. 이중 속임수인 거지."

머리는 씩 웃었다. 세라는 그가 함께 일했던 어떤 형사보다도 창의적이었다.

"지문은 없어?"

"몇 개 있어. 지금 니샤가 작업 중이야." 탐 존슨이 사망한 뒤에 그의 차를 샅샅이 조사해 지문을 채취했고 그중 애나와 존슨즈 자동차 직원들의 지문은 배제했다. 익명의 카드에는 애나와 그녀가 막을 새도 없이 카드를 찢어버린 빌리의 지문이 가득했다. 나머지 지문 몇 개는 카드를 판매한 가게를 비롯해 사건과 관계없는 것들일 수 있었다. 그중 전국 경찰 전산망에 등록된 지문은 하나도 없었다.

친구 이름이 나오자 세라의 표정이 밝아졌다. 머리의 손을 잡은 그녀의 손에서 긴장이 약간 풀렸다. "니샤는 잘 지내?"

"응, 잘 지내. 당신 안부를 묻더군. 괜찮아지면 우리랑 저녁 같이 먹자고 했어."

"봐서."

이 정도 대답이면 괜찮았다. 싫다고 하는 것보다 나았다. 내일은 크리스마스이브이고 세라의 상담사 차우드리 선생은 세라가 집에 가도 좋다고 했다. 하지만 세라의 생각은 달랐다.

"난 괜찮지 않아." 그녀는 닳아 빠진 소매를 잡아당기며 말했다.

정신 건강 문제를 적극적으로 치료해야 한다고 옹호하는 사람들은 정신 질환을 신체 질환에 즐겨 비교했다.

"세라의 다리가 부러졌다면 우리 모두 치료가 필요하다고 생각할 거야." 머리가 아내를 돌보기 위해 휴가 낸 일로 미안해하면 그의 직속상관은 이렇게 말했다. 상관은 다양성을 존중하는 사람이었다.

하지만 세라의 병은 부러진 다리와 달랐다. 부러진 다리는 치료할 수 있다. 엑스레이를 찍고 깁스를 하고 금속 부목을 대면 된다. 몇 주 동안 목발을 짚고 다니고 쉬면서 물리치료를 받으면 된다. 그다음에는 어떻게 될까? 이상하게 찌릿한 통증이 있을 수도 있지만 부러진 부위는 낫는다. 그리고 점점 좋아진다. 물론 다음에 자전거에서 떨어지거나 계단을 잘못 밟아 발을 헛디디면 다른 뼈보다 쉽게 부러지겠지만 가만있는데 뚝 부러지지는 않을 것이다. 다리가 부러졌다고 해서 초인종이 울려 현관에 나간다는 생각만으로 두려워서 몸이 굳지는 않는다. 들리지도 않는 곳에서 누군가가 속삭인다면서 무너져 내리지는 않는다.

"경계성 성격 장애는 치료할 수 있는 게 아닙니다." 차우드리 선생은 옥스브리지(옥스퍼드 대학과 케임브리지 대학을 함께 이르는 말) 특유의 억양이 버밍엄의 콧소리 나는 억양에 묻힌 말투로 이렇게 말했다. "잘 아실 겁니다. 자기 상태는 본인이 누구보다 잘 알 테니까요. 하지만 잘 관리하고 있어요. 집에서도 계속 그렇게 하면 됩니다."

"저는 여기에 있고 싶어요." 세라의 얼굴이 일그러지더니 눈물이 흘렀다. 그녀는 쉰여덟 살 여성이라기보다 고향을 그리워하는 어린아이 같았다. "집에 있기 싫어요. 여기가 더 안전하단 말이에요."

머리는 배에 라이트 훅을 얻어맞은 듯한 기분을 숨기려고 미소를 유지했다. 차우드리 선생은 완강했다.

"집에서도 안전할 겁니다. 지난 며칠 동안 세라를 안전하게 지켜준 건 우리가 아니었으니까요." 그는 말을 멈추고 손가락으로 세라를 가리키며 몸을 앞으로 숙였다. "그건 세라 본인이었어요. 상담은 계속해서 매일 받을 겁니다. 그러다가 주 1회로 서서히 줄일 거고요. 차근차근 합시다. 가장 우선인 건 남편과 집으로 돌아가는 거예요."

머리는 레프트 훅을 기다렸다. 하지만 세라는 순순히 고개를 끄덕였고 다음 날 집에 가겠다고 마지못해 동의했다. 그러고는 산책을 가자는 제안에 응해 머리를 놀라게 했다.

머리는 걸음을 멈추었다. "자, 세 바퀴 돌았어."

세라는 건물을 세 바퀴 다 돌아 또다시 정문이 보이자 놀란 표정을 지었다.

"내일 아침에 데리러 올게. 알겠지?"

그녀는 인상을 썼다. "아침에는 집단 프로그램이 있어."

"그럼 점심시간에 올게."

"알겠어."

머리는 그녀에게 입 맞추고 주차장으로 이어진 길을 걸어 내려가기 시작했다. 반쯤 내려가다가 손을 흔들려고 돌아보았지만 세라는 서둘러 안으로 들어갔다.

머리는 세라가 집에 오는 것에 대비해 이미 먼지 한 점 없는 집을 정리하며 시간을 보냈다. 침실 침대 시트를 갈고 다른 방 침대도 정리했다. 세라가 혼자 있고 싶어 할지도 몰라 두 방에 모두 싱싱한 꽃을 놓았다. 집이 정말 깨끗해지자 그는 차를 몰고 일하러 갔다.

경찰에 전화를 걸어 탐의 자살을 신고한 다이앤 브렌트-

테일러가 사인심문 때 출석하지 않았다는 사실이 계속 찜찜했다. 브렌트-테일러는 그날 아침 연인과 비치 헤드에 있었기 때문에 자신이 어디에 있었는지를 남편이 알게 될 위험을 감수할 수 없다고 주장했다. 범죄수사과에서 그녀를 설득하려고 몇 차례 시도해보았으나 소용없었다. 경찰에서는 그녀의 상세 주소를 몰랐고 휴대전화 번호만 알고 있었기에 그 번호로 연락이 끊기자 포기했다. 어쨌든 자살 사건 조사였으니까. 살인 사건이 아니었으니까. 그때는.

하지만 머리는 포기하지 않았다.

전국 경찰 전산망과 선거인 명부에 등록된 테일러와 브렌트는 수없이 많았지만 다이앤 브렌트-테일러는 없었다. 머리는 페이스북, 트위터, 링크드인 같은 오픈 소스 시스템에서도 재미를 보지 못했다. 물론 그가 그런 분야의 전문가가 아니라는 점은 인정해야겠지만. 그는 수평적 사고(창의력을 발휘해 새로운 방식으로 생각하여 문제를 해결하는 방식) 전문가였다. 그는 손가락으로 책상을 두드리다가 조사를 다시 시작했다. 이번에는 키보드 옆에 빈 종이를 새로 갖다놓았다. 짧은 시간에 이런 일을 해줄 시스템이 있는 것은 분명했지만 펜과 종이는 아직까지 머리를 실망시킨 적이 없었다. 게다가 지금 이 문제를 가지고 정보과에 가봤자 그가 아직은 대답하고 싶지 않은 질문만 나올 것이다.

그는 이스트본에서 반경 40킬로미터 이내에 사는 성이 브렌트인 모든 사람의 집 주소를 종이 왼쪽에 적었다. 조사 범위를 확대해야 한다면 그러겠지만 지금 당장은 목격자가 인근에 거주한다는 것을 토대로 조사를 진행했다. 다음으로 성이 테일러인 모든 사람의 주소록을 만들었다.

삼십 분이 지나자 머리는 일치하는 조합을 찾았다.

바로 이거야!

뉴헤이븐 벌링턴 클로우스 24번지. 개러스 테일러와 다이앤 브렌트 거주.

머리는 함박웃음을 지으며 고개를 들었다. 주위에 보이는 사람이라고는 뚱한 표정의 존뿐이었다. 머리의 동료인 그는 한 시간 전에 출근한 머리를 보고 어리둥절해했다.

"1월 1일까지 휴가 아니었어요?"

"개인 경력 개발서에 작성할 게 좀 있어서."

존은 더욱 어리둥절해했다. 새로 구직하거나 진급을 준비하는 것이 아니라면 개인 경력 개발서를 자발적으로 작성하는 사람은 아무도 없었다. 게다가 근무 시간이 아닌 개인 시간에 작성하다니…….

이제 존은 도저히 이해할 수 없다는 표정으로 머리를 보았다. "개인 경력 개발서를 작성하면서 이렇게 행복해하는 사람은 처음 봤어요."

"존, 난 내 일에 자긍심을 가졌을 뿐이네." 머리는 경찰서를 나가면서 휘파람을 불었다.

벌링턴 클로우스 24번지는 이스트본과 브라이튼의 중간쯤에 위치한 뉴헤이븐 사우스위치가(街)의 조용한 막다른 골목에 있었다. 머리는 잠시 기다렸다가 초인종을 눌렀다. 현관문 주변에 놓인 잘 가꾼 화분과 불투명 유리창에 붙은 '방문 판매원 사절' 표시를 유심히 살펴보았다. 머리가 하얀색 플라스틱 초인종을 누르자 안에서 그림자가 그를 향해 움직였다. 브렌트-테일러 부인이 자동차 진입로에 차를 세우는 그를 보고 현관에서 기다리고 있었던 것이 틀림없었다. 그녀는 초인종 소리가 사라지기도 전에 문을 열었다. 집 안 어딘가에서 개 짖는 소리가 났다.

머리는 자신을 소개했다. "부인께서 관련된 것으로 보이는 사건을 조사 중입니다. 실례해도 될까요?"

브렌트-테일러 부인은 눈을 가늘게 떴다. "딸아이 집에 갈 짐을 챙겨야 해요. 그 애 집에서 크리스마스를 보낼 차례라서요."

"오래 걸리지 않을 겁니다."

그녀는 열린 현관문에서 한 걸음 물러섰다. "삼십 분밖에 시간이 없어요."

인사가 길어질수록 머리에게는 불리했다. 그는 미소 지으며 브렌트-테일러 부인이 거부할 수 없도록 손을 내밀어 악수를 청했다. 부인은 이웃들이 벌써 수군대기라도 하는 듯 주위를 둘러보았다.

"들어오시는 게 좋겠어요."

현관은 좁고 어두웠다. 바닥에는 우산꽂이와 신발 두 켤레가 놓여 있었고 잘 정돈된 메모판에는 이런저런 전단과 쪽지가 붙어 있었다. 메모판 앞을 지나갈 때 무언가가 그의 시선을 사로잡았지만 그는 서둘러 집 안 깊은 곳으로 안내받았다.

부인이 말한 한 줄로 이어진 계단을 올라가는 동안 머리는 잠시 어리둥절했으나 계단을 다 올라가 멋진 바다 풍경이 보이는 통유리 창이 난 탁 트인 거실에 이르자 집 구조를 명확하게 파악할 수 있었다.

"와."

다이앤 브렌트-테일러는 일 분쯤 뒤 머리를 따라 계단을 올라왔다. 그녀는 머리의 감탄에 기분이 풀린 듯 양쪽 입꼬리가 살짝 올라가며 미소라고 부를 수 있을 만한 표정을 지었다. "저는 운이 좋은 사람이죠."

"이곳에서 오래 사셨나요?"

"3월이면 이십 년이 돼요. 지금 이사를 간다면 단층집으로 갈 거예요." 그녀는 겨자색 소파를 가리키더니 그 옆으로 의자를 가져왔다. 그리고 소리 내어 한숨지으며 의자에 앉았다.

머리는 망설였다. 이곳에 오는 동안 브렌트-테일러 부인의 연인부터 시작해 몇 가지를 은근슬쩍 알아낼 수 있도록 질문을 다듬었다. 브렌트-테일러가 진술을 거부한 이유가 외도를 숨기기 위해서뿐 아니라 자신과 연인이 탐 존슨의 죽음에 관련되었다는 사실을 숨기기 위해서였을 가능성도 있기 때문이다. 다이앤 브렌트-테일러는 누군가를 보호하려 했을까?

하지만 지금 머리는 발을 완전히 잘못 담근 기분이었다.

브렌트-테일러 부인은 칠십대 후반으로 보였다. 팔십대일 수도 있었다. 그녀는 머리의 어머니가 입었을 법한 헐렁한 바지와 블라우스를 입고 있었다. 너저분한 무늬가 있는 블라우스는 입고 있는 사람보다 훨씬 더 생기 있어 보이는 색이었다. 푸른빛이 도는 곱슬한 머리카락은 머리에 딱 붙어 있었고 손톱은 엷은 산호색으로 칠해져 있었다.

물론 브렌트-테일러 부인에게 연인이 있을 수도 있었다. 하지만 그녀가 계단을 올라오는 데 걸린 시간과 안락의자 뒤에 세워놓은 지팡이로 보아 연인과 비치 헤드 여기저기를 돌아다녔을 것 같지는 않았다.

"음, 남편께서는 댁에 계신가요?"

"남편과는 사별했어요."

"정말 죄송합니다. 최근 일인가요?"

"지난 9월이 오 주기였어요. 무슨 일로 그러시는지요?"

머리가 집을 잘못 찾아왔을 가능성이 점점 커지고 있었다. 아니면…… 알아낼 방법은 하나뿐이었다. "브렌트-테일러 부인, 혹시 탐 존슨과 캐럴라인 존슨이 부인께 어떤 의미가 있는 이름입니까?"

부인은 인상을 썼다. "그래야 하나요?"

"탐 존슨은 작년 5월 18일에 비치 헤드에서 사망했습니다. 그의 아내 캐럴라인은 12월 21일에 같은 장소에서 사망했고요."

"자살이었나요?" 부인은 머리의 침묵을 그렇다는 대답으로 이해했다. "정말 끔찍하군요."

"탐 존슨의 죽음을 목격한 사람이 부인 이름으로 경찰에 신고했습니다."

"제 이름으로요?"

"다이앤 브렌트-테일러요."

"음, 저는 아니에요. 비치 헤드에 가본 적이 있는 건 확실해요. 그런데 평생 그 주변에서 살았지만 뛰어내리는 사람을 본 적은 없어요. 천만다행이지 뭐예요." 그녀는 마지막 말을 혼자 중얼거렸다.

이스트본에 다이앤 브렌트-테일러가 두 명 있을 확률은 얼마나 될까?

"흔하지 않은 이름입니다."

"아시다시피 성으로 쓴 두 단어가 그리 매끄럽게 발음되지는 않아요." 부인은 이렇게 하면 자신의 결백이 증명되기라도 하는 듯 언짢은 목소리로 말했다. "하지만 남편은 두 단어를 붙여서 발음할 때의 소리를 좋아했죠. 골프를 잘 칠 것 같은 이름이라나요?"

"그렇군요." 머리는 마음을 다잡았다. 오늘 여정은 헛수고였다는 것이 이미 분명해졌다. 하지만 이 사건을 제대로 조사하려면 모든 가능성을 꼼꼼히 살펴야 했다. "확인 차원에서 여쭙겠는데요. 그러니까 부인께서는 2016년 5월 18일에 999에 전화를 걸어 비치 헤드 절벽에서 어떤 남자가 뛰어내리는 걸 보았다고 신고하지 않았다는 말씀이지요?"

브렌트-테일러 부인은 눈을 가늘게 떴다. "내가 비록 나이를 먹기는 했지만 아직 신체 기능이나 정신은 온전하답니다." 머리는 그녀에게 안 하느니만 못한 칭찬을 하며 감사 표시를 할 뻔한 것을 겨우 참았다.

"마지막으로 한 가지만 더요. 혹시 작년 5월 18일에 부인께서 다른 사람의 남편과 비치 헤드에 있었을 가능성은 없나요? 무례했다면 사과드립니다."

머리는 순식간에 벌링턴 클로우스 24번지 문밖으로 쫓겨났고 그의 눈앞에서 현관문이 쾅 소리를 내며 굳게 닫혔다. 다이앤 브렌트-테일러는 마음만 먹으면 잽싸게 움직일 수 있는 사람이었다.

26

애나

젖은 아스팔트 길 위를 달리자 기분 좋은 소리가 났다. 계단 아래의 벽장에 족히 일 년은 있었을 운동화가 좀 어색하게 느껴졌고 레깅스가 허리의 늘어진 살을 파고들었지만 몸을 움직이니 기분이 좋았다. 습관이 되지 않은 탓에 헤드폰을 깜빡 잊었지만 규칙적인 숨소리가 최면을 거는 것 같았다. 그리고 위안이 되었다.

오늘 아침 일찍 마크의 어머니 조안이 크리스마스를 보내러 도착했다. 그녀는 집에 오자마자 엘라와 단둘이 외출하고 싶어 했고 마크까지 허락해달라고 하는 바람에 나는 어쩔 수 없이 그러라고 했다.

"엘라에게 나를 알아갈 기회를 주고 싶어."

"그동안 넌 좀 쉬면 좋을 거야."

"집안일 같은 거 하지 말고. 다리 올리고 편하게 앉아서 잡지라도 읽으렴."

"자고 싶으면 자고."

나는 마지못해 엘라의 기저귀와 유축한 모유를 가방에 꾸렸고 안 볼 것을 알면서도 조안에게 주의사항을 적어주었다. 그런 다음 집 안을 돌아다니며 유령을 찾아보았다.

집은 너무 조용했고 유령은 내 머릿속에 있었다. 나는 재스민 향을 찾아 킁킁대며 스스로 미친 상태로 몰아갔다. 들리지도 않는 소리를 더 잘 들으려고 눈을 질끈 감기도 했다. 잠을 잘 수 없었고 잡지에 조금도 집중할 수 없었다. 그래서 위층으로 올라가 운동복으로 갈아입었다. 아이 방 창문 위에 달린 널빤지가 빛을 가린 탓에 층계참은 평소보다 어두웠다.

나는 알록달록한 조명이 만국기처럼 달린 여러 가게를 지나 거리를 달렸다.

내일이 크리스마스였다. 오늘 밤 잠들어서 박싱 데이(크리스마스 다음 날)에 깨고 싶었다. 작년에는 엄마가 돌아가시고 나흘 뒤가 크리스마스였다. 당연히 크리스마스는 챙기지 않았다. 아무도 시도도 하지 않았다. 올해에는 기대감의 무게가 내 어깨를 무겁게 짓눌렀다. 엘라가 처음으로 크리스마스 양말에서 선물을 꺼내고 산타의 무릎에 앉기 때문이다. 가족이 되어 보내는 우리의 첫 크리스마스이기 때문이다. 우리는 추억을 만들고 있었지만 모두 즐거우면서도 괴로웠다.

"오늘 꼭 일해야 해요?" 오늘 아침에 내가 마크에게 물었다.

"미안해. 크리스마스에 힘들어하는 사람이 많아서."

나도 그렇다고 말하고 싶었다.

2킬로미터도 채 달리지 않았는데 폐가 터질 듯했다. 재작년에 나는 16킬로미터를 달리는 그레이트 사우스 런 대회에 참가했다. 그런데 이제는 주저앉지 않고 해변까지 달려가는 일조차 상상할 수 없게 되었다.

시내 중심가는 막판에 선물을 사러 나왔다가 지친 사람들로 붐볐다. 나는 차도로 내려가 정육점 앞에 줄 서 있는 사람들을 빙 둘러 갔다. 칠면조와 소시지를 사려는 사람들의 줄이 도로까지 길게 늘어섰다.

달리는 길을 특별히 의식하지 않았지만 모퉁이를 돌자 길 끝에 존슨즈 자동차가 보였다. 내 발걸음이 불안해졌다. 나는 옆구리의 솔기에 한 손을 올렸다.

크리스마스이브에 엄마 아빠는 항상 점심때 가게를 닫았다. 문을 잠그고 직원들을 불러 모으면 나는 끈적끈적한 잔에 설탕과 향신료를 넣어 데운 와인을 따랐고 빌리 삼촌과 아빠는 보너스로 수표를 나누어주었다. 그리고 스피커에서는 '아이 위시 잇 쿠드 비 크리스마스 에브리 데이'가 흘러나왔다.

되돌아갈 수도 있었다. 왼쪽의 샛길로 빠져서 집으로 돌아갈 수도 있었다. 그리고 몇 시간 동안 엄마 아빠, 경찰 조사, 아이 방의 깨진 유리창을 머릿속에서 밀어낼 수도 있었다.

그럴 수 있었다.

하지만 그러지 않았다.

"애니, 달려!"

빌리 삼촌이 앞마당을 거닐다가 전력 질주하듯 팔을 휘저었다. 우스꽝스러운 모습을 전혀 신경 쓰지 않는 삼촌 때문에 웃음이 터졌다. 삼촌은 내게 다가오다가 조금 떨어진 곳에서 멈추더니 팔다리를 쭉 펴며 여섯 번 뛰어올랐다가 갑자기 멈추었다.

"직원들이 이걸 찍어서 유튜브에 올리지 않아야 할 텐데." 삼촌은 손등으로 이마를 닦았다. "이런, 예전에 텔레비전 운동 프로그램에서 그린 가디스가 하는 걸 본 뒤로 직접 해보는 건 처음이야."

"계속해보세요. 유튜브에 올릴까요?" 스트레칭을 하며 쭉 뻗은 다리를 누르자 다리 근육이 쑤셨다.

"폐쇄회로 텔레비전에 찍혔을 거야." 삼촌은 손을 약간 들어 주변을 가리켰다. "원래 모형을 달았는데 보험사에서 진짜를 달라고 해서. 자동차 추적기도 그렇고. 그 일이 있고 나서……." 삼촌은 말을 잇지 못하고 눈이 빨개졌다. 동업자 둘이 신형 자동차를 타고 달아나 비치 헤드 공영 주차장에 버린 일이 있고 나서였겠지.

"삼촌, 어젯밤에 누가 엘라 방 창문으로 벽돌을 던졌어요. 삼촌이 가시고 난 직후에요."

"벽돌?" 앞마당에서 차를 살펴보던 남녀가 쳐다보자 삼촌은 목소리를 낮추었다. "세상에…… 엘라는 괜찮고?"

"저희와 함께 아래층에 있었어요. 행여 잠들었더라도 저희 방에서 같이 잤을 거예요. 하지만 그 방에서 기저귀를 갈 수도 있었고 낮잠을 재울 수도 있었고…… 아, 생각도 하기 싫어요. 곧바로 경찰이 왔어요."

"범인을 잡을 수 있을 것 같대?"

"경찰이 어떤지 아시잖아요. '존슨 양, 최선을 다하겠습니다'라고 했어요."

삼촌은 정말 싫다는 소리를 냈다.

"삼촌, 무서워요. 저는 엄마 아빠가 살해된 것 같아요. 그리고 범인이 누군지는 몰라도 저희가 더 알아내는 걸 막으려하는 것 같아요. 뭘 어떻게 해야 할지 모르겠어요." 내 목소리가 갈라지자 삼촌은 팔을 벌려 나를 꼭 안았다.

"애니, 애야. 널 그런 상태로 몰아넣는 사람은 바로 너야."

나는 몸을 뗐다. "제 탓이라는 건가요?"

"경찰에서 네 엄마 아빠의 사망 원인을 조사했고 자살이라고 했잖니."

"그들이 틀렸어요."

우리는 잠시 서로 쳐다보았다. 삼촌은 천천히 고개를 끄덕였다.

"그럼 이번에는 경찰이 일을 제대로 처리했으면 좋겠구나."

나는 앞마당에서 눈에 가장 잘 띄는 자리에 놓인 검은색 포르셰 박스터를 가리켰다. "차 멋진데요?"

"어제 가져왔어. 날씨가 안 좋았지만 말이야. 봄까지 저 자리에 둘 거야. 하지만 저 차가 팔리길 바라." 삼촌은 걱정스러운 표정이었다.

"삼촌, 상황이 얼마나 안 좋아요?"

삼촌은 한동안 말이 없다가 포르셰에 시선을 고정한 채 입을 열었다. "나빠."

"아빠가 삼촌에게 남긴 돈은……."

"다 쓰고 없어." 삼촌은 쓸쓸하게 웃었다. "초과 발행한 어음은 메꿨지만 대출은 손도 못 댔어."

"무슨 대출이요?"

다시 침묵이 흘렀다.

"삼촌, 무슨 대출이냐고요?"

삼촌은 나를 보았다. "네 아빠가 기업 대출을 받았어. 한동안 매출이 좋지 않았지만 그럭저럭 해나가고 있었어. 이 업계에서는 힘든 시기를 조용히 버티며 넘겨야 해. 하지만 탐은 전시장을 좋게 만들고 싶어 했지. 직원들에게 클립보드 대신 아이패드를 들고 다니게 했고 앞마당을 말끔하게 단장했어. 그 일 때문에 우리는 다투기도 했단다. 그다음으로 내가 아는 일이라고는 계좌에 돈이 들어왔다는 거야. 탐이 미리 가서 다짜고짜 대출을 받은 거지."

"아, 삼촌……."

"대출 상환이 늦어지자……." 삼촌은 말을 중단했지만 내 머릿속에서 나머지 말이 들렸다. '네 아빠는 절벽 꼭대기에 올라갔고 내게 빚을 남겼지.'

십구 개월 만에 처음으로 아빠의 자살이 이해되기 시작했다. "왜 이 이야기를 진작 하지 않으셨어요?"

삼촌은 대답하지 않았다.

"대출 금액이 얼마예요? 제가 갚을게요."

"애니, 네 돈을 쓰지는 않을 거야."

"아빠 돈이잖아요! 삼촌이 그걸 가져가는 게 맞아요."

빌리 삼촌은 몸을 돌려 나를 정면으로 보고 섰다. 그리고 내 양쪽 어깨에 손을 올리고 힘주어 잡았다. "애니, 사업의 첫 번째 규칙이야. 회사 돈과 개인 돈을 구분한다."

"하지만 저도 회사 임원이라고요! 회사를 구하고 싶으면 저도……"

"그런 식으로 돌아가는 게 아니야. 회사는 자기 힘으로 설 수 있어야 해. 그럴 수 없다면…… 그렇다면 영업을 해서는 안 돼." 삼촌은 말대꾸하려는 나를 막았다. "어때, 시험 주행 해보지 않을래?" 그는 박스터를 가리켰다. 우리의 대화는 끝났다.

나는 포드 에스코트로 운전을 배웠다. ('애나, 첫 차는 합리적이어야 해'라는 부모님 때문이었다) 하지만 운전면허를 따자 제한이 없어졌다. 주말마다 전시장 주차 요원 노릇을 하는 대가로 앞마당에 있는 차를 빌려 탈 수 있었다. 물론 깨끗한 상태로 차를 가져오지 않으면 부모님과 빌리 삼촌의 분노를 살 위험이 있었다. 내게는 엄마처럼 속도감을 좋아하는 유전자는 없었지만 빨리 달리는 차를 다루는 법을 배웠다.

"삼촌도 같이 타요."

도로가 축축했기 때문에 박스터는 커브길에서 많이 꺾일 수 있었다. 나는 차를 길들이기 위해 시외로 향했다. 삼촌을 향해 씩 웃으며 뒷자리에 카시트가 없는 자유를 만끽했다. 이 차에는 뒷좌석이 아예 없었다. 삼촌은 걱정스러운 표정이었다.

"시속 100킬로미터는 안 넘길게요."

그제야 나는 삼촌이 걱정하는 것이 속도가 아니라 비치 헤드 표지판이라는 것을 알았다. 나는 우리가 어디로 가는지 생각도 못했다. 반응이 빠른 엔진과 내 손 아래에서 살아 있는 생명체처럼 꿈틀대는 핸들이 전하는 느낌을 즐기고 있었을 뿐이다.

"죄송해요. 일부러 그런 건 아니에요."

삼촌은 엄마 아빠가 돌아가신 뒤로 비치 헤드에 가지 않았다. 시험 주행을 할 때면 사람들을 벡스힐이나 헤이스팅스로 안내했다. 나는 옆을 흘끔대며 삼촌의 표정을 살폈다. 사이드 미러에 비친 삼촌의 얼굴은 창백하고 일그러져 있었다. 나는 가속 페달에서 발을 뗐지만 차를 돌리지는 않았다.

"같이 산책할까요? 엄마 아빠를 애도하는 거예요."

"오, 애니, 얘야. 난 모르겠구나……."

"부탁이에요, 삼촌. 혼자 가기는 싫어요."

무거운 침묵이 흐른 뒤에 삼촌은 좋다고 했다.

나는 엄마 아빠가 차를 세워둔 주차장으로 향했다. 이곳에서는 굳이 유령을 찾을 필요가 없었다. 사방에 유령이 있었으니까. 그들이 걸었던 길에도, 지나갔던 표지판에도.

이곳에 마지막으로 온 것은 엄마 생일날이었다. 나는 부모님의 생애를 표시한 작은 명판 두 개가 있는 성당 경내 한구석보다 이곳에서 엄마를 더 가깝게 느꼈다. 절벽은 전과 똑같았지만 내 머릿속에 떠오른 의문은 달라졌다. 더 이상 '왜'가 아니라 '누가'였다. 그날 엄마와 함께 있었던 사람은 누구일까? 아빠는 이곳에서 무엇을 했을까?

자살일까? 다시 생각해봐.

"괜찮으세요?"

삼촌은 경직된 채 고개를 끄덕였다.

나는 차 문을 잠그고 삼촌에게 팔짱을 꼈다. 삼촌은 약간 긴장을 풀었고 우리는 함께 비치 헤드 꼭대기를 향해 걸었다. 좋았던 때를 떠올리는 데 집중하려 했던 것 같다.

"여름 파티 때 아빠랑 삼촌이랑 크랭키즈(1970~1980년대 스코틀랜드 2인조 코미디언) 분장했던 거 기억나세요?"

빌리 삼촌은 웃음을 터뜨렸다. "누가 위 지미 분장을 할지 말다툼했지. 그리고 내가 이겼어. 내 키가 더 작았으니까. 그러고 나서……"

"그러다가 두 분 다 술에 잔뜩 취해서 다시 싸웠죠." 우리는 위 지미와 아빠가 전시장 바닥을 뒹굴던 일을 떠올리며 함께 웃음을 터뜨렸다. 아빠와 삼촌은 형제라서 가능한 방식으로 싸웠다. 빠르고 격렬했고 시작하자마자 끝났다.

우리는 함께 걸으며 다정한 침묵에 빠졌다. 삼촌은 크랭키즈 분장을 했던 밤을 떠올리면서 이따금 코웃음 치며 웃었다.

"나를 데려와줘서 고맙구나. 이제 나도 정면으로 마주할 때가 되었어."

절벽 꼭대기에 도착한 우리는 가장자리에서 물러난 안전한 곳에 섰다. 둘 다 겉옷을 제대로 챙겨 입지 않았고 사방에서 비바람이 불어와서 내 운동복이 흠뻑 젖었다. 바다에서는 빨간 돛을 단 작은 배가 일렁이는 잿빛 파도를 갈랐다. 나는 이곳에 서 있었던 엄마를 떠올렸다. 엄마는 두려웠을까? 아니면 믿을 만한 누군가와 함께였을까? 엄마가 친구라고 생각한 사람이라든지. 생각만 해도 역겹지만 연인이라든지. 엄마가 외도했을 수도 있을까?

"엄마도 알았을까요?"

빌리 삼촌은 말이 없었다.

"이곳에 올라왔을 때 말이에요. 엄마는 자신이 죽으리라는 걸 알았을까요?"

"애니, 그러지 마라." 삼촌은 주차장으로 돌아가려고 발걸음을 옮겼다.

나는 삼촌을 따라잡으려고 뛰었다. "삼촌은 정말 무슨 일이 있었는지 알고 싶지 않으세요?"

"알고 싶지 않아. 열쇠 다오. 내가 운전하마." 비 때문에 삼촌의 머리카락이 머리에 딱 붙었다. 삼촌이 손을 내밀었지만 나는 열쇠를 주지 않고 손에 든 채 가만히 서 있었다.

"모르시겠어요? 엄마 아빠가 살해된 거라면 모든 게 달라져요. 그럼 두 분이 스스로 우리를 떠나지 않은 게 되죠. 스스로 삶을 포기하지도 않았고요. 경찰이 살인자를 찾아낼 거예요. 우리를 위해 답을 찾아줄 거라고요, 삼촌!"

우리는 서로 쳐다보았고 놀랍게도 삼촌은 울고 있었다. 삼촌은 입을 움직였지만 음을 소거한 텔레비전처럼 아무 소리가 나오지 않았다. 잠시 뒤 삼촌이 조금 더 큰 소리로 말했고 나는 이곳에 오지 말고 헤이스팅스로 갈 걸 그랬다고 진심으로 후회했다.

"애니, 난 답을 원하지 않아. 그들이 어떻게 죽었는지는 생각하고 싶지도 않아. 그들이 어떻게 살았는지만 생각하고 싶어. 좋았던 때와 재미있었던 때, 밤에 술집에서 같이 술 마시던 일 같은 것 말이야." 삼촌은 목소리가 점점 커지더니 마지막에는 소리를 질렀다. 삼촌이 한 말은 바람을 타고 곧장 내게 날아왔다. 이제 눈물을 흘리지는 않았지만 삼촌의 이런 모습은 처음이었다. 삼촌이 자제력을 잃은 모습은 처음이었다. 삼촌은 싸움을 간절히 바라는 사람처럼 주먹을 꽉 쥔 채 이리저리 발을 옮겼다.

"엄마는 살해되었다고요! 삼촌도 범인을 알고 싶잖아요!"

"그런다고 달라지는 건 없어. 네 엄마가 살아 돌아오지는 않아."

"하지만 정의를 찾겠죠. 누군가가 죗값을 치를 테고요."

빌리 삼촌은 돌아서서 걸어갔다. 나는 뛰어가서 삼촌의 어깨를 잡았다. "삼촌, 전 답을 원할 뿐이에요. 엄마를 너무 사랑하니까요."

삼촌은 걸음을 멈추었지만 나를 보지는 않았다. 삼촌의 얼굴에는 슬픔과 분노 그리고 혼란스러움 같은 감정이 섞여 있었다. 삼촌의 말을 알아듣기까지는 시간이 약간 걸렸다. 소리가 너무 작아서 내가 듣기도 전에 바람에 실려 갈 뻔했다.

그럴 뻔했다. 하지만 겨우 들렸다.

"나도 그랬어."

우리는 주차장의 차 안에 앉아서 앞 유리에 내리는 비를 바라보았다. 이따금 돌풍이 차를 흔들었고 나는 절벽에서 내려와서 다행이라고 생각했다.

"네 엄마를 처음 보았을 때가 떠오르는구나." 삼촌이 말했다. 불편한 기분이 들 만한 말이었지만 지금 삼촌은 이곳에 없는 것과 마찬가지였기 때문에 불편하지 않았다. 삼촌은 비치 헤드에 주차한 포르셰 박스터에 조카와 함께 앉아 있는 게 아니었다. 그는 다른 어딘가에 있었다. 추억에 잠긴 채. "탐과 나는 런던에 살았어. 탐이 회사에서 큰 계약을 따내서 축하하려고 함께 앰니지어에 갔지. VIP 자리였어. 대단한 밤이었단다. 탐은 밤새도록 샴페인을 마셨어. 그러는 내내 여자들과 소파에 있었고. 자기가 피터 스트링펠로우(젊은 시절 바람둥이로 유명한 영국 사업가)인 줄 알았나봐." 삼촌은 상기된 얼굴로 나를 곁눈질했다. 나는 삼촌이 더 이상 말하지 않을까봐 걱정했지만 삼촌은 말을 이었다.

"1989년이었지. 그곳에 네 엄마가 친구와 함께 있었어. 두 사람은 VIP 자리에 눈길 한 번 주지 않고 내내 댄스 플로어에 있었단다. 정말 아름다웠어. 네 엄마 말이야. 가끔 남자들이 다가가서 함께 춤을 췄지만 두 여자는 관심을 보이지 않았어. 나중에 캐럴라인에게 들어보니 여자들끼리만 놀기로 한 날이었다더구나."

"엄마에게 말을 걸었어요?"

"그때는 아니었어. 하지만 내 전화번호를 주었지. 나는 밤새도록 용기를 끌어모았고 마지막 주문을 받고 다들 떠나자 기회를 놓치겠구나 생각했어."

나는 삼촌이 엄마 이야기를 한다는 것을 잊을 뻔했다. 삼촌의 표정에 넋을 빼앗겼기 때문이다. 삼촌의 이런 표정은 본 적이 없었다.

"그때 캐럴라인을 보았어. 화장실에 가려고 줄을 서 있었지. 그리고 나는 생각했단다. '지금 이걸 하지 않으면······' 하고 말이야. 그리고 행동으로 옮겼어. 캐럴라인에게 내 전화번호를 줘도 되겠냐고, 전화해주겠냐고 물어보았어. 그런데 펜이 없었어. 그러자 캐럴라인은 웃음을 터뜨리면서 지갑도 잃어버리고 다니는 거 아니냐고 했지. 그때 그녀의 친구가 아이라이너를 주었고 나는 캐럴라인의 팔에 내 전화번호를 적었어."

나는 그 장면이 눈에 선했다. 엄마는 1980년대에 유행하던 화려한 차림이었을 것이다. 머리를 부풀리고 형광색 레깅스를 입었을 테지. 빌리 삼촌은 서툴고 긴장한 나머지 땀을 흘렸을 것이다. 엄마가 스물한 살이었을 테니 삼촌은 스물여덟 살이었다. 아빠는 삼촌보다 세 살 많은 서른한 살이었고.

"그래서 엄마가 전화했어요?"

빌리 삼촌은 고개를 끄덕였다. "우리는 만나서 술을 마셨어. 며칠 뒤에는 저녁 식사도 했고. 나는 그녀를 데리고 앨버트 홀에 심플리 레드 공연을 보러 갔어. 그리고······" 삼촌은 말을 끊었다.

"그리고 무슨 일이 있었어요?"

"그녀를 탐에게 소개했지."

우리는 한동안 말없이 앉아 있었다. 나는 가여운 빌리 삼촌을 생각했고 그의 마음을 찢어놓은 부모님에게 어떤 감정이

드는지 생각했다.

"난 곧바로 알 수 있었어. 캐럴라인은 나를 재미있는 사람이라고 생각했어. 하지만…… 나는 술을 사러 나갔고 돌아와서 문간에서 두 사람을 보았지."

"오, 삼촌, 설마……"

"그런 건 아니었어. 절대. 두 사람은 내게 알리기 전까지 내색하지 않았어. 얼마 뒤에 둘이 함께 내게 알리고 사과하면서 상처 줄 생각은 절대 없었다고 했지. 하지만 난 그들이 서로 끌렸다는 걸…… 캐럴라인을 잃었다는 걸 이미 알았어."

"하지만 나중에 세 분이 함께 일했잖아요. 어떻게 그걸 견딜 수 있었죠?"

빌리 삼촌은 애처롭게 웃었다. "내게 뭘 어떻게 할 수 있었을까? 탐마저 잃으라고? 네 할아버지가 편찮아지셔서 탐과 내가 사업을 물려받았을 때는 이미 네가 생겼고 어쩔 수 없는 일이 되어버렸어." 삼촌은 몸을 떨더니 특유의 쾌활한 표정으로 나를 보았다. 나는 삼촌이 꾸며낸 얼굴이라는 것을 알았고 그동안 내가 몇 번이나 그 표정에 속았을지 궁금했다.

엄마 아빠도 거기에 속았는지 궁금했다.

"삼촌, 사랑해요."

"나도 사랑한단다. 이제 네 아기에게 돌아가야지. 갈까?"

우리는 조용히 차를 타고 돌아왔다. 삼촌은 토요타 야리스를 운전하는 것처럼 박스터를 몰아 코너를 돌았다. 그리고 나를 오크 뷰에 내려주었다.

"하룻밤 더 자고 만나자꾸나!" 삼촌은 어릴 때 내게 했던 것처럼 말했다. "아침에 일어나자마자 오마."

"즐거운 크리스마스가 될 거예요." 내 말은 진심이었다. 삼촌은 과거가 미래에 영향을 끼치게 하지 않았다. 나도 그럴 수 있었다. 엄마 아빠는 죽었고 어떤 상황 때문에 그렇게 되었는지는 모르지만 두 분이 죽었다는 사실은 그 무엇으로도 달라지지 않았다.

조안은 한 시간 뒤에나 엘라와 함께 돌아올 예정이었다. 나는 젖은 운동복에 개의치 않고 앞치마를 두르고 두 번 먹을 분량의 민스파이(고기를 갈아 넣어 작게 만든 파이로 영국의 전통적인 크리스마스 음식)를 만들었다. 슬로우쿠커에 레드 와인, 얇게 썬 오렌지, 양념을 넣고 브랜디를 넉넉히 부은 다음 온도를 낮게 설정했다. 초인종이 울리자 손을 씻고 수건을 찾았다. 초인종이 다시 울렸다.

"네, 나가요!"

리타가 한 번 짖자 나는 리타의 목걸이를 잡았다. 짖지 말라고 꾸짖기 위해서인 동시에 안심시키기 위해서였다. 리타는 엔진이 회전하는 것처럼 낮게 몇 번 으르렁댔을 뿐 짖지는 않았다. 꼬리를 흔드는 것으로 보아 잘못된 것은 없었다.

우리 집 현관문은 흰색이었고 위쪽 절반에는 스테인드글라스가 있어서 오후 햇살이 비치면 타일 바닥에 알록달록한 무늬가 생겼다. 손님이 오면 그들의 윤곽이 바닥에 드리워 무지개를 가렸다. 어린 시절 나는 현관문을 열어주러 나갈 때 가장자리로 조심스럽게 걸었다. 누군가의 그림자를 밟는 것이 무덤을 밟는 일처럼 느껴졌기 때문이다.

해가 짧은 겨울에 손님의 윤곽은 요술 거울로 보는 것처럼 가늘었고 머리는 계단 난간 아래에 닿았다. 나는 어릴 때처럼 벽에 딱 붙어서 현관문으로 갔다. 리타는 아무 거리낌이 없었다. 그림자 위로 경쾌하게 달려가 현관문 앞에서 미끄러지듯 멈췄다.

나는 열쇠를 돌려 문을 열었다.

잠시 뒤 온 세상이 고요해졌고 머릿속에서 맥박이 요동치는 소리만 들렸다. 거리에 지나가는 자동차가 보였지만 귓가에서 고동치는 소리가 점점 빨라졌기 때문에 아무 소리도 들리지 않았다. 몸을 지탱하려고 손을 내밀었지만 그것으로는 충분하지 않았다. 무릎이 비틀거렸다. 이럴 수는 없었다. 이럴 수는 없어.

하지만 계단에 있었다. 어딘가 다른 듯하면서도 똑같았다.

계단에는 누가 봐도 살아 있는 엄마가 서 있었다.

2부

27

애나

말할 기력도, 생각할 기력도 없었다. 수천 가지 질문이 머릿속을 휘젓는 바람에 내가 미친 것이 아닐까 생각했다. 엄마가, 죽은 내 엄마가 우리 집 계단 맨 위에 서 있는 이 상황이 내 상상이라면.

내가 기억하는 한 언제나 회색빛이 도는 금발이었던 엄마의 긴 머리는 검게 염색되어 있었고 길이도 턱 위에서 싹둑 잘려 있었다. 엄마는 어울리지 않는 금속 테 안경을 쓰고 내가 지금까지 본 엄마 옷과 전혀 다른 펑퍼짐한 원피스를 입고 있었다.

"엄마?" 나는 큰 소리로 말하면 왜인지는 몰라도 마법이 깨져서 엄마가, 이상하게 새로워진 엄마가 나타난 것만큼이나 빨리 사라질까봐 두려워서 속삭였다.

엄마가 입을 벌렸지만 놀라서 말이 나오지 않는 사람은 나뿐이 아닌 것 같았다. 엄마의 아래 속눈썹에서 눈물이 차올랐다. 그 눈물이 떨어지자 내 뺨도 축축하게 젖어 있었다.

"엄마?" 이번에는 더 큰 소리로 불렀지만 여전히 머뭇거렸다. 무슨 일이 일어나고 있는지 몰라도 굳이 묻고 싶지 않았다. 엄마가 내게 돌아왔다. 내게 두 번째 기회가 주어졌다. 가슴이 벅차올랐고 심장이 거세게 뛰어 갈비뼈가 지탱할 수 없을 것 같았다. 나는 숨을 쉴 수 없었고 두 손이 자유로워야 했기에 리타를 놓았다. 손으로 내 얼굴을 만져 이 상황이 실제인지 확인해야 했다. 이것은 있을 수 없는 일이니까.

있을 수 없는 일이었다.

리타가 튀어나와 엄마를 향해 뛰어오르더니 손을 핥고 다리 사이를 빙빙 돌았다. 그러면서 낑낑대고 꼬리를 격하게 흔들었다. 지금껏 나처럼 얼어붙은 듯 서 있던 엄마는 몸을 숙여 리타를 쓰다듬었다. 엄마의 익숙한 행동을 보자 물에 잠겨 있다가 올라온 것처럼 나도 모르게 헉 소리를 냈다.

"엄마······" 나는 난생 처음 말하는 것처럼 단어를 하나하나 힘겹게 끌어냈다. "정말 여기 있는 거예요?"

엄마는 몸을 펴고 숨을 들이마셨다. 눈물은 멎었지만 내가 죽어서 슬퍼하기라도 하는 듯 엄마의 눈에는 걱정이 가득했다. 내 발 아래로 생명력이 모래처럼 빠져나가서 무엇이 현실이고 무엇이 환상인지 알 수 없었다. 나는 피해망상에 사로잡혔다. 지난 일 년은 악몽이었을까? 혹시 내가 죽은 건가? 그런 것 같았다. 멍하게 머리가 빙빙 돌아서 휘청였고 엄마는 걱정스러워하며 한 손을 내민 채 다가왔다.

나는 물러섰다. 혼란 때문에 두려웠다. 그러자 엄마는 상처받은 눈빛으로 손을 치웠다. 내가 소리 내어 울기 시작하자 엄마는 어깨 너머로 도로 쪽을 흘끔 보았다. 엄마의 행동 하나하나가 가슴 아프리만치 익숙했다. 그 행동으로 보아 이 상황이 내 상상이 아니었기에 더욱 이해하기가 힘들었다. 지금 보이는 엄마의 모습은 상상이 아니었다. 나는 미치지 않았다. 엄마는 유령이 아니었다. 정말 이곳에 있었다. 살아 숨쉬며.

"어떻게 된 일이에요? 이해가 안 돼요."

"들어가도 될까?" 엄마의 낮고 차분한 목소리는 내가 어릴 때 듣던 그 목소리였다. 자기 전에 책을 읽어주고 밤에 무서워하며 잠에서 깬 나를 안심시켜주던 그 목소리였다. 엄마는 주위를 빙빙 돌다가 싫증 나 계단 아래에서 자갈 냄새를 맡고 있던 개를 불렀다. 리타는 즉시 복종해 안으로 들어왔다. 엄마는 다시 한 번 주위를 조심스레 둘러보았다. 그리고 문턱에서 머뭇거리며 내가 들어오라고 하기를 기다렸다.

지난해 매일 이런 순간을 상상했다.

꿈도 꾸었고 공상에 빠지기도 했다. 집에 들어왔을 때 아무 일도 없었다는 듯 부모님이 할 일을 하고 있는 모습을. 그 모든 일이 악몽이었다는 듯.

나는 아빠가 바다로 휩쓸려 나갔다는 경찰의 전화를 받는 상상을 했다. 어선이 아빠를 구조했는데 아빠가 기억상실증에 걸린 상상을. 뛰어내린 엄마도 살아서 두 사람이 함께 내게 돌아오는 상상을.

꿈에서 나는 부모님의 품으로 뛰어들었다. 우리는 서로 꼭 안고 어루만졌다. 진짜인지 확인하기 위해서. 잠시 뒤 우리는 더듬거리며 말했다. 말하는 도중에 끼어들기도 하고 울기도 하고 사과하고 약속했다. 꿈속에서는 요란하고 행복하고 온전히 기뻤다.

엄마와 나는 문간에 말없이 서 있었다.

괘종시계가 윙윙 소리를 내며 곧 시간을 알릴 것이라고 예고했다. 이 소리를 좋아하지 않는 리타는 주방으로 사라졌다. 아마 안주인이 정말로 이곳에 있다는 사실이 만족스러울 것이다.

시계가 울렸다. 아빠는 내가 중학교에 입학한 해에 경매로 이 시계를 사왔고 당시 우리 셋은 시계가 울리며 시간을 알릴 때마다 서로 쳐다보았다.

"저것 때문에 우린 잠도 못 잘 거야!" 엄마는 놀라서 웃으며 말했다. 초침이 움직일 때마다 빈 복도에 울려 퍼지는 시곗바늘 소리도 거슬렸다. 하지만 우리는 잘 잤고 오래지 않아 나는 시계가 제대로 가지 않아 똑딱똑딱 소리가 들리지 않는 바람에 집이 텅 비게 느껴질 때만 그 존재를 의식하게 되었다.

지금 엄마와 나는 서로 쳐다보고 있었다. 시간을 알리는 소리가 우리 사이의 공간에 울려 퍼졌다. 시계 종소리가 멈추고 마지막 소리의 잔향이 사라지고 나서야 엄마는 말을 꺼냈다.

"이게 얼마나 충격적일지 알아."

어쩌면 이렇게 담담할 수 있을까?

"우린 할 이야기가 많아요."

나는 목소리를 찾았다. "엄마는 죽지 않았어요." 물어보고 싶은 것이 수없이 많았지만 내가 가장 고심했던 것은 엄마가 죽지 않았다는 근본적인 진실이었다. 엄마는 죽지 않았다. 유령이 아니었다.

엄마는 고개를 끄덕였다. "우리는 죽지 않아."

우리라니. 나는 숨을 죽였다. "아빠도요?"

잠시 침묵이 흘렀다. "애나, 네가 알아야 할 것이 아주 많아."

들은 말이 두뇌에 천천히 입력되었다. 아빠가 살아 있다니. 내 부모님은 비치 헤드에서 죽지 않았다.

"사고였나요?"

그럴 줄 알았다. 나는 확신했다. 부모님은 자살을 시도할 사람들이 아니었다.

하지만…… 살인이 아니라 사고라니. 사고.

사고가 두 번이나?

나는 머릿속에서 테이프를 돌리며 그동안 이해할 수 없었던 장면에 이 새로운 이야기를 대입했다. 두 건 모두 사고였고 목격자가 착각했다. 뛰어내린 것이 아니라 실수로 추락한 것이었다.

두 번이나 똑같이 추락했다고?

테이프가 멈췄다.

엄마는 한숨을 쉬었다. 체념한 표정이었고 피곤해 보였다. 엄마는 잠시도 가만있지 못하고 꼼지락댔다. 흘러내린 검은색 머리카락을 귀 뒤로 넘겼지만 머리가 너무 짧아서 소용없었다. 엄마는 주방을 향해 고갯짓했다.

"들어가도 될까?"

하지만 머릿속에서 테이프가 엉켜버렸다. 내가 상상한 것이 말이 안 됐기 때문에 테이프가 꼬여서 묶였다. 앞뒤가 맞지 않았다.

"아빠가 엄마한테 문자메시지를 보냈잖아요."

한동안 침묵이 흘렀다.

"그래." 엄마는 내 눈을 바라보았다. "안에 들어가서 앉으면 안 될까? 이야기가 복잡해."

하지만 갑자기 이 상황이 간단해 보였다. 내 발밑에서 쏟아지던 모래가 멈췄고 기울어진 세상이 다시 돌기 시작했다. 가능성은 딱 하나였다.

"엄마가 죽은 것처럼 꾸몄군요."

나는 이런 일을 기다리고 있었다는 듯 평온했고 침착하게 말한 내가 뿌듯했다. 하지만 이렇게 말하면서도 내가 틀렸기를 기도했다. 내 생각이 맞는다는 데 한 치의 의심도 없었으면서. 말도 안 되는 일이기 때문이었다. 불법이고 부도덕한 짓이기 때문이었다. 무엇보다 잔인하기 때문이었다. 두 분이 떠나고 나는 가슴이 찢어졌고 그 후로 매일 조금씩 슬픔을 억눌렀는데 부모님이 일부러 죽은 것처럼 꾸몄다는 것을 알게 되면 그 마음이 완전히 산산조각 날 것이기 때문이었다.

엄마의 얼굴이 종이처럼 구겨졌다. 돌계단에 눈물이 떨어졌다.

엄마는 딱 한 마디를 했다.

"그래."

나는 손을 움직였지만 다른 사람의 손 같았다. 두 손가락으로 문 가장자리를 겨우 잡았다.

그리고 엄마의 면전에서 세게 닫았다.

28

머리

경찰청 2층은 조용했다. 내근직은 대부분 주말에 근무하지 않았고 출근했던 사람들도 이미 퇴근하고 없었다. 경정 사무실에만 사람이 있었는데 경정은 긴급 호출을 받고 자리를 비웠고 그의 개인 비서가 화면만 응시하며 보고서를 작성하고 있었다.

비서의 머리에는 반짝이는 종잇조각이 붙어 있었고 싸구려 보석 귀걸이가 어지럽게 빛났다. "경정님께서 사건 보고서를 정리하라고 하셔서요." 머리가 일요일 오전인 데다가 크리스마스이브인데 출근해서 뭘 하느냐고 묻자 그녀가 대답했다. "휴가 시작 전에 모든 것을 아주 말끔하게 정리하고 싶어 하세요."

"내일 근사한 계획 있으세요?" 그녀가 물었다.

"그냥 집에서 조용히 보내려고." 잠시 침묵이 흘렀다. "자네는?" 그녀가 노골적으로 물어봐달라고 내색하자 머리가 물었다.

"부모님 댁에 가야죠." 그녀는 타자를 멈추고 팔짱 낀 팔을 책상 위에 올렸다. "저희는 아직도 크리스마스 양말을 매달아요. 남동생이 스물네 살인데 말이에요. 크리스마스에는 먼저 선물을 열어본 다음 훈제 연어와 스크램블드에그를 먹고 벅스 피즈(샴페인과 오렌지주스를 섞은 칵테일)를 마셔요." 그녀가 집안의 크리스마스 전통을 설명하는 동안 머리는 미소 지은 채 고개를 끄덕였다. 그러면서 이 가혹한 이야기가 언제 끝날까 생각했다.

그때 사무실 문이 열렸다.

"머리! 기다리게 해서 미안해요."

"괜찮네." 머리는 존칭을 생략했다. 이제 그가 민간인이라 직급에 연연하지 않기 때문이기도 했지만 그가 순경이던 시절에 수습직원이었던 리오 그리피스가 사수였던 그의 말을 끝내주게 안 들었기 때문이기도 했다.

리오 경정의 사무실에는 안락의자가 두 개 있었지만 그가 책상에 앉았기 때문에 머리도 맞은편 나무 의자에 앉았다. 둘 사이에는 광이 나는 널찍한 책상이 놓여 있었는데 리오는 자신의 급여가 정당하다는 것을 입증하듯 책상에 잔뜩 쌓인 클립을 못살게 굴었다.

그는 깍지를 끼고 의자에 기댔다. "좀 혼란스럽군요." 물론 그는 그렇지 않았다. 하지만 리오 경정은 자신의 업적을 드러내기를 좋아했고 그 때문에 절차가 다소 길어지는 경향이 있었다. "야간 근무자가 어제 자정 직전에 사건 현장에 출동해서 마크 헤밍스 씨와 그의 애인 애나 존슨 양과 이야기를 나누었어요."

아, 그러니까 존슨 사건에 관한 이야기였다.

"침실 창문으로 벽돌이 날아들었고 벽돌에는 협박 쪽지가 감겨 있었다더군요."

"나도 그리 들었네. 그 거리에는 자체적으로 보안 카메라를 설치한 집도 몇 군데 있지. 그럴 만한……"

"고맙습니다만 그건 모두 알고 있습니다." 리오가 자연스럽게 말을 끊었다. "존슨 양이 그 사건을 수사 중인 사건의 일환으로 신고했다는 사실이 더 걱정스럽습니다만." 리오는 극적인 효과를 위해 잠시 말을 멈췄다. "그 사건을 수사하는 사람은…… 머리 당신이고요."

머리는 아무 말도 하지 않았다. 그 일에 관해 뭔가를 말하면 스스로 무덤을 파는 짓일 수 있었다. 리오가 어디까지 알고 있는지 파악해야 했다. 리오, 질문해. 내가 대답할 테니.

침묵은 아주 길었다.

"머리, 제가 혼란스러운 건 당신이 경찰서 당직 교대 근무자이기 때문이에요. 민간인 신분의 경찰관이죠. 게다가 몇 년 전에 범죄수사과에서 은퇴하시면서 경찰 일에서 완전히 물러나셨고요."

머리는 아무 말도 하지 않았다.

리오의 목소리에 짜증이 약간 올라왔다. 평소보다 인내심을 발휘하고 있었다. "머리, 예전에 일어난 자살 사건 두 건을 조사하고 있나요?"

"아니, 아닐세." 자살 사건이 아니라 살인 사건이었다.

"그럼 도대체 정확히 뭘 하고 다니시는 거죠?"

"목요일에 애나 존슨이 안내데스크로 와서 작년에 있었던 부모님의 갑작스러운 죽음에 대해 걱정되는 점이 있다고 했어. 난 그녀의 질문에 대답해주었고." 머리는 리오를 보며 아무것도 모른다는 듯 미소 지었다. "내 개인 경력 개발 목표 중 하나가 고객에게 높은 수준의 서비스를 제공하는 거라서."

리오는 눈을 가늘게 떴다. "야간 근무자 말에 따르면 그 여자분이 악의적인 메시지를 받았다고 하던데요."

"어머니 기일에 익명의 카드를 받았어."

"그런데 시스템에는 기록이 없더군요. 왜 범죄 보고서를 작성하지 않았죠?"

"그걸 위법 행위라고 할 만한 근거가 없지 않나?" 머리가 정중하게 물었다. "카드에 담긴 내용은 협박이 아니었어. 욕설도 아니었고. 물론 기분이 나쁘기는 하지만 불법은 아니지 않나." 리오가 이 사실을 곱씹는 동안 긴 침묵이 흘렀다.

"창문으로 벽돌을 던진 건……"

"그건 범죄 행위지." 머리가 자연스럽게 끼어들었다. "그리고 분명 현장에 출동한 경찰이 아주 훌륭하게 사건을 조사했을 걸세."

"존슨 양은 어머니의 자살이 사실은 살인이라고 생각하는 것 같더군요."

"나도 그리 들었네." 머리는 의례적인 미소를 지었다. "물론 작년에 그 사건을 조사한 건 이곳 범죄수사과였고.”

리오는 머리를 보며 방금 그가 넌지시 비춘 뜻이 고의였는지 아니었는지 가늠했다. 그 사건을 범죄수사과에 넘기지 않았다고 머리를 책망하면 애당초 수사가 잘못 진행되었다는 무언의 비판을 받게 될 것이다.

머리는 기다렸다.

“지금까지 관여한 상황을 작성해서 모두 범죄수사과로 넘기세요. 그곳에서 제대로 수사할 겁니다. 이해하시죠?”

“물론이지.” 머리는 가봐도 좋다는 말을 기다리지 않고 일어났다. “그럼 크리스마스 잘 보내게.”

“네, 그리고 머리?”

“왜 그러나?”

“본업에 충실하세요.”

머리는 경정에게 거짓말하지는 않았고 지금도 그러고 싶지 않았다. “걱정 말게, 리오.” 그는 상관에게 기운차게 미소 지었다. “내게 자격이 없는 일은 하지 않을 테니.”

아래층으로 내려간 머리는 비어 있는 보고서 작성실을 찾아 들어가 문을 닫고 컴퓨터를 켰다. 경찰청에서 쓰던 노트북은 퇴직할 때 반납했고 크리스마스를 보내러 집으로 가기 전에 몇 가지 확인하고 싶은 사항이 있었다. 리오 그리피스가 머리의 내부 전산망 이용 내역을 살펴볼 정도로 똑똑하다고 해도 범죄수사과에 제출할 보고서를 작성하는 데 필요한 정보를 찾았다고 해명하면 그만이었다.

머리는 경찰서에 걸려온 모든 전화가 기록된 지휘 통제 시스템에서 오크 뷰를 찾아보았다. 이런 기본적인 사항은 처음 수사를 담당했던 경찰관이 이미 확인했겠지만 문서 보관실의 서류에 없었기에 꼼꼼히 확인하고 싶었다. 그는 오크 뷰나 존슨 일가와 관련된 침입, 협박이나 신체적 위해, 의심스러운 활동을 찾아보았다. 탐과 캐럴라인 존슨이 생전에 표적이었다고 볼 만한 사건은 하나도 없었다.

컴퓨터 기록이 시작된 뒤 몇 년 사이에 오크 뷰에서 두 번 신고 전화가 왔다. 그 주소에서 999로 전화가 걸려 왔는데 두 번 다 아무 말도 하지 않았다. 상황실에서 전화해보았지만 그때마다 똑같이 변명했다.

거주자가 사과함. 아기가 전화기로 장난치다가 잘못 눌렀다고 함.

머리는 기록된 날짜를 확인했다. 2001년 2월 10일. 아기라니? 그때 애나 존슨은 열 살이었다. 우연히 전화번호를 잘못 누르기에는 나이가 많았다. 그때 그 집에 아기가 있었을까? 아니면 도움을 청하려고 의도적으로 999에 전화를 걸었으나 아무 말도 못 한 것일까?

2008년에는 이웃 로버트 드레이크가 상황실로 전화를 걸어 옆집에 소동이 일어난 것 같다고 신고했다. 머리는 기록을 읽어보았다.

신고자는 고함과 유리 깨지는 소리가 들린다고 함. 가정 폭력 가능성 있음. 경찰 출동.

범죄가 기록되지는 않았다.

현장에 도착했을 때는 조용했음. 세부 사항 확인함. 거주자 2인 모두 가정 폭력 부인함.

머리는 캐럴라인 존슨이 '감정적'으로 보였다는 데 주목했지만 짤막한 기록이라 자세한 내용이 부족했다. 당시 현장에 출동했던 경찰을 찾아내지 않고서, 그리고 그들이 십 년도 전에 일어난 사건을 기억하기를 바라지 않고서 알아낼 수 있는 정보는 이것이 전부였다.

이것으로 충분했다. 머리는 존슨 부부의 모습을 그리기 시작했다. 그들의 딸이 설명한 것과 달랐다. 그 과정에서 탐의 동생 빌리 존슨이 실마리를 좀더 줄지도 몰랐다. 머리는 손목시계를 보았다. 빌어먹을 리오 그리피스가 시간만 안 끌었어도. 지금 출발하지 않으면 세라를 데리러 가는 데 늦을지도 몰랐다. 오늘 같은 날 늦으면 그녀는 감정에 휘둘려서 걱정할 것이다. 계획이 아주 조금만 달라져도 평정심을 잃을 것이다.

"나도 같이 가."

머리는 시간에 딱 맞춰 도착했다. 세라는 차에 타자마자 존슨 사건을 물어보았고 빌리를 만나러 같이 가겠다고 고집부렸다.

264

"크리스마스 지나고 만날 거야." 머리는 기어를 넣고 천천히 하이필드를 빠져나갔다. 세라와 함께 차에 타니 좋았다. 빈집에 들어가지 않아도 되는 것도.

"지금 들러도 괜찮아. 어차피 집에 가는 길이잖아."

머리는 아내를 곁눈질했다. 세라는 차에서도 뻐딱하게 앉았다. 한쪽 발을 반대쪽 무릎 아래에 넣어 깔고 있었다. 그녀는 안전띠가 목에 닿지 않게 손으로 들고 팔꿈치를 창문 아래에 기댔다.

"정말 괜찮겠어?"

"응."

존슨즈 자동차는 머리가 볼보를 구입한 뒤로 새로 단장했다. 건물 뒤쪽에 대금의 일부로 받은 중고 고물차가 뒤죽박죽 섞여 있는 것은 전과 똑같았지만 앞마당에는 번쩍거리는 재규어, 아우디, BMW가 대부분이었고 가장 비싼 차는 경사진 각도로 놓여 당장이라도 뛰쳐나갈 것 같았다.

"십 분이면 돼." 머리가 말했다.

"천천히 다녀와." 세라는 안전띠를 풀고 책을 폈다. 머리는 차 열쇠를 주머니에 넣고 차 안에 위험할 만한 것이 없는지 무의식중에 살폈다. 그는 걸어가는 동안 세라는 퇴원하라고 해서 나왔다고 되뇌었다. 그러니 안심하라고.

앞마당을 지나며 뒤돌아보았지만 세라는 책에 집중하고 있었다. 말끔하게 면도한 영업 사원들이 상어처럼 맴돌았다. 맞은편에서 두 사람이 차를 팔 수 있지 않을까 하는 기대감을 품고 머리를 향해 곧장 다가왔다. 키가 크고 호리호리하며 연한 적갈색 머리가 부스스한 직원이 먼저 왔다. 그의 동료는 손을 잡고 즐비한 컨버터블을 둘러보는 말끔하게 차려입은 남녀에게 갔다. 머리는 '저쪽이 성공 가능성이 더 클 텐데'라고 생각했다.

"빌리 존슨 씨이신가요?"

"사무실에 계세요." 적갈색 머리 청년은 전시장을 향해 고갯짓했다. "하지만 제가 도와드릴 수 있을 것 같군요." 그는 이가 보이도록 환하게 웃었지만 진정성이 없었다. 청년은 고개를 갸웃하더니 머리를 가만히 뜯어보았다. 뭔가 생각하는 것 같았다. "볼보 사셨던 분 맞죠?"

머리가 방금 볼보에서 내렸다는 것을 감안할 때 직원의 통찰력은 그리 인상적이지 않았다. 머리는 계속 걸어갔다.

"여기로 가면 되나요?"

직원은 어깨를 으쓱했다. 차를 팔 기회가 사라지자 눈부신 미소도 사라졌다. "네, 안내데스크의 샤넌이 존슨 씨를 불러줄 겁니다."

샤넌은 얼굴이 목보다 두 톤가량 어두웠고 입술이 어찌나 반짝거리는지 머리의 모습이 비칠 것 같았다. 그녀는 커다란 곡선형 안내데스크 뒤에 앉아 있었다. 책상 옆은 반짝이로 장식되어 있었고 책상 위의 쟁반에는 크리스마스이브에 마실 술을 따를 잔이 놓여 있었다. 머리가 다가가자 샤넌은 미소 지었다.

"어서 오세요, 존슨즈 자동차입니다. 무엇을 도와드릴까요?" 그녀의 말이 너무 빨라서 머리는 잠시 멈추고 무슨 말을 들었는지 생각해야 했다.

"빌리 존슨 씨를 만나고 싶습니다. 서섹스 경찰청에서 왔습니다."

"시간이 괜찮으신지 확인해볼게요." 발이 들어간 것이 신기할 정도로 앞이 뾰족한 하이힐을 신은 샤닌은 또각또각 소리를 내며 광나는 마루를 넘어질 듯 지나 상사의 사무실로 갔다. 색 유리 때문에 사무실 안이 보이지 않았기에 머리는 널찍한 전시장 창문을 내다보며 차를 좀더 가까이 세울 걸 그랬다고 생각했다. 이 각도에서는 세라가 보이지 않았다. 그는 손목시계를 보았다. 약속한 십 분에서 벌써 삼 분이 지났다.

"들어가세요. 실례지만 성함이……." 문간에 나타난 샤닌은 머리의 이름을 깜빡하고 묻지 않았다는 것을 깨닫고 말끝을 흐렸다.

"매켄지입니다. 머리 매켄지." 그는 지나가는 안내데스크 직원에게 미소 지은 다음 큰 책상이 두 개 놓인 멋진 사무실로 들어갔다. 빌리 존슨이 자리에서 일어났다. 그는 이마가 번들거렸고 머리와 악수하는 손은 따뜻하고 축축했다. 그는 미소 짓지 않았고 머리에게 앉으라고 하지도 않았다.

"범죄수사과에서 오셨죠?"

머리는 굳이 정정하지 않았다.

"어쩐 일로 오셨는지요? 저희가 마지막으로 연락드린 게 육 개월 전인데 말입니다. 경찰 입장에서 보기에도 출동까지 너무 오래 걸리신 거 아닌가요?" 빌리 존슨의 말투에서는 농담이라는 것이 느껴지지 않았지만 그의 미소에서는 느껴졌다.

그는 배 둘레가 넉넉했다. 뚱뚱하다기보다 통통했지만 매력적이었다. 잘 재단한 정장을 입었고 잘 닦인 신발에서는 광이 났으며 깃이 넓은 줄무늬 셔츠에 어울리는 밝은 노란색 넥타이를 맸다. 그가 방어적인 태도를 취하는 것은 공격적인 성격 때문이 아니라 스트레스 때문이 분명했다. 그런데도 머리는 문 가까운 곳에 계속 서 있었다.

"혹시 부가가치세 때문이라면……."

"아닙니다."

빌리는 조금 긴장을 풀었다.

"형님 내외의 사망에 관해 몇 가지 여쭤볼 점이 있습니다."

"애니가 만났다던 경찰관이시군요?"

"애나의 삼촌 맞으시지요?"

빌리는 힘든 와중에도 애나에 대한 애정을 분명히 드러냈다. 그는 부드러워진 눈빛으로 연신 고개를 끄덕였다. 그렇게 하면 그 사실이 더 확실해지기라도 하는 듯. "정말 사랑스러운 아이죠. 이 모든 일을 겪느라 무척 힘들었을 겁니다."

"가족 모두 힘드셨겠죠." 머리가 말했다.

"네, 물론입니다. 하지만 애니는……." 빌리는 주머니에서 커다란 흰 손수건을 꺼내 이마를 닦았다. "죄송합니다. 아침에 감정적으로 좀 힘든 일이 있어서요. 앉으시죠." 그는 가죽 회전의자에 앉았다. "애니는 탐과 캐럴라인이 살해되었다고 믿고 있어요."

머리는 잠시 멈추었다. "그 말이 맞는 것 같습니다."

"이럴 수가."

머리는 빌리 뒤쪽의 창문으로 차 사이를 이리저리 거니는 익숙한 모습을 보았다. 세라였다. 20미터쯤 뒤에서 누군가가 뛰지 않고 최대한 빨리 걸을 수 있는 걸음으로 다가갔다. 적갈색 머리 직원이었다.

"존슨 씨, 탐과 가까웠습니까?" 머리는 한쪽 눈을 앞마당에 둔 채 재빨리 물었다.

빌리는 인상을 썼다. "우린 형제였어요."

"사이가 좋았나요?"

빌리는 이 질문에 짜증이 난 것 같았다. "형제라니까요. 우린 서로 챙겨줬어요. 때로는 화내기도 했지만요. 무슨 뜻인지 아시죠?"

"제가 알기로는 동업자이기도 했고요."

빌리는 고개를 끄덕였다. "아버지가 치매 때문에 사업을 계속할 수 없게 되자 탐과 제가 1991년에 물려받았어요. 가족 사업이죠." 그는 마지막 말이 모든 것을 설명한다는 듯 한마디 덧붙였다. 그의 앞에는 수표책이 펼쳐져 있었고 그 옆에는 봉투가 쌓여 있었다. 목록을 인쇄한 종이도 보였다. 빌리는 쓸데없이 봉투를 섞더니 수표책을 향해 고갯짓했다. "크리스마스 상여금이에요. 예년보다는 적지만 그게 인생이겠죠."

"캐럴라인과의 사이는 어땠습니까?"

빌리의 목이 새빨개졌다. "캐럴라인은 안내데스크에서 일했어요. 탐이 그쪽 일을 담당했고 저는 영업팀을 맡았죠."

머리는 빌리가 자신의 질문에 대답하지 않았다는 데 주목했다. 하지만 대답을 강요하지는 않았다. 머리는 이곳에 와서는 안 되는 사람이었다. 리오 그리피스에게 또다시 핀잔 듣는 일만은 피하고 싶었다. 그는 다른 방식을 택했다.

"탐과 캐럴라인 부부는 사이가 좋았나요?"

빌리는 무엇인지는 몰라도 머릿속에 떠오른 것을 알릴까 말까 고민하는 듯 창밖을 바라보았다. 직원은 룸미러에 '가격 문의' 표시가 매달린 디펜더 쪽으로 세라를 안내하고 있었다. 머리는 그녀가 괜찮기를 바랐다. 직원이 세라가 화낼 만한 말을 하지 않기를 바랐다.

빌리는 머리를 보았다. "탐은 캐럴라인에게 잘해주지 않았어요. 탐은 내 형이고 나는 형을 사랑하지만 캐럴라인에게는 그리 좋은 남편이 아니었어요."

머리는 기다렸다. 분명 이야기가 더 있었다.

"탐은 술을 좋아했어요. 음, 우리 모두 좋아했죠. 하지만⋯⋯" 빌리는 고개를 저었다. "이건 옳지 않아요. 죽은 사람에 대해 안 좋은 말을 하다니요. 이럴 순 없어요."

"존슨 씨, 탐에게 술로 인한 문제가 있었다는 말씀인가요?"

한동안 침묵이 흐른 뒤에야 빌리가 대답했다. 그는 창밖을 보았다. "캐럴라인은 탐을 감싸려 했지만 난 바보가 아니에요. 탐은 내가 바보라고 생각했지만요." 마지막 말은 씁쓸했다. 머리가 아니라 빌리 자신에게 중얼거리는 말 같았다.

빌리 뒤쪽으로 디펜더 운전석 문을 여는 직원이 보였다. 세라는 운전석에 앉아 좌석을 조정했다. 머리가 당장 나가지 않으면 직원은 세라가 시험 주행을 하도록 할 것이다. 머리는 벌떡 일어났다.

"존슨 씨, 도움이 많이 되었습니다. 고맙습니다."

머리는 의자 깊숙이 앉은 빌리를 두고 나오며 기분이 좋지 않았다. 그는 머리 때문에 어쩔 수 없이 마주하게 된 기억으로 괴로워하는 것이 분명했다. 하지만 머리에게는 세라가 우선이었다.

앞마당으로 나가자 세라가 그를 향해 걸어왔다. 직원은 주머니에 손을 넣고 디펜더 옆에 불쌍하게 서 있었다.

"괜찮아?" 세라와 만나자 머리가 물었다. 그녀는 매우 만족스러워 보였다. 그러자 머리는 직원이 그녀를 화나게 하지 않았다는 데 안도하며 한숨을 내쉬었다.

"아주 좋아." 세라가 짓궂게 미소 짓자 머리는 직원을 흘끔 보았다. 그는 방금 전에 크리스마스 연휴가 취소되었다는 말을 들은 듯한 표정이었다.

"저 사람에게 무슨 일이 있었던 거야?"

"내가 직원에게 최신 모델에 관심이 있다고 했어."

"그리고……?"

"사양이 좋고 옵션이 많은 걸 보고 싶다고 했지. 오늘 살 생각도 있다고."

"그래서……?"

세라는 다시 한 번 씩 웃었다. "그런 다음에 난 계속 자전거나 타는 게 좋겠다고 했어."

29

애나

엄마는 곧바로 초인종을 눌렀다. 손을 내리지도 않고 누르고 또 눌렀다. 리타는 현관으로 달려가 타일 위에서 미끄러지더니 문을 향해 뛰어올랐다. 그리고 나를 돌아보고 스테인드글라스 안에 드리운 엄마의 그림자를 보았다. 그러더니 어리둥절한 채 낑낑댔다.

나는 가슴이 조이고 얼굴에 감각이 없었다. 이럴 수는 없었다. 손은 걷잡을 수 없이 떨렸고 초인종이 다시 울리자 두려움이 커졌다.

"애나!"

나는 돌아섰다. 그리고 발을 움직였다. 천천히 계단으로 걸어갔다.

"이야기 좀 해. 네게 설명하고 싶구나. 애나!"

엄마의 목소리는 차분했지만 절박하게 부탁하고 있었다.

나는 서서 한 손으로 난간을 잡은 채 계단 위에 한 발을 올렸다. 부모님이 살아 있다니. 작년 내내 그토록 바랐던 일이 아닌가? 엘라의 외조부모이자 마크의 장인 장모가 곁에 있기를. 내 엄마 아빠가. 가족이.

"애나, 네가 이해해줄 때까지 안 갈 거야. 어쩔 수 없었어!"

갑자기 마음이 확실해졌다. 계단 두 개를 한꺼번에 올라 현관에서, 애원에서 멀리 떨어지도록 달렸다. 용납할 수 없는 일에 대해 엄마가 하려는 변명에서 멀어지도록.

어쩔 수 없었다고?

나도 어쩔 수 없었다. 부모님 때문에 슬퍼할 수밖에 없었다. 경찰이 우리 삶을 자세히 들여다보는 것을 지켜볼 수밖에 없었다. 부모님의 죽음을 분석하는 동안 검시법원에 앉아 있을 수밖에 없었다. 추도식을 준비하고 부모님 친구들에게 전화를 걸어 똑같은 진부한 이야기를 몇 번이나 들을 수밖에 없었다. 임신, 출산, 엄마가 되고 나서 초반에 겪은 불안감을 엄마의 조언 없이 헤쳐 나갈 수밖에 없었다.

나도 어쩔 수 없었다.

하지만 부모님에게는 선택권이 있었다.

그들은 나를 속이는 쪽을 선택했다. 사라졌을 때는 물론이고 그 후로도 매일같이.

초인종이 계속 울렸다. 엄마가 누르는 초인종 소리는 지붕을 타고 날카롭고 집요하게 울려 퍼졌다.

손으로 귀를 꼭 막고 침대에 몸을 웅크리고 있었지만 그 소리가 들렸다. 나는 일어나 침대에서 나와 침실을 서성댔다.

침실에 딸린 욕실로 가서 샤워기를 틀고 욕실에 수증기가 가득 차고 거울에 김이 서릴 때까지 욕조 끝에 걸터앉아 있었다. 그리고 잠시 뒤 문을 닫고 운동복을 벗고 욕조로 들어가 뜨거워서 아플 정도로 온도를 올렸다. 샤워기 아래에 있으니 초인종 소리가 들리지 않았다. 고개를 젖히고 귀, 코, 입으로 물이 들어오게 해 물에 잠기는 기분을 느꼈다. 엄마를 보았을 때 쏟아졌다가 엄마가 떠나기로 선택했다는 사실을 알게 된 순간 얼어붙은 눈물이 다시 흘렀다. 그 어느 때보다 격렬하게 울었고 배 속부터 밀고 올라오는 흐느낌에 몸을 굽혔다.

너무 심하게 울어서 서 있을 힘도 없어진 나는 쪼그리고 앉아서 다리를 끌어안았다. 고개를 숙이자 물이 흘러내려 넙적다리에 고였다. 나는 탈진할 때까지 울었다. 물이 얼음장처럼 식어서 피부에 소름이 돋을 때까지.

샤워기를 끄고 온몸이 차갑고 뻣뻣해진 채 귀를 기울였다.

아무 소리도 들리지 않았다.

엄마는 가버렸다.

날카로운 슬픔이 불시에 나를 찔렀다. 나는 슬퍼하는 자신을 꾸짖었다. 슬픔은 나약함을 뜻했기 때문이다. 나는 일 년 넘게 부모님 없이 살았다. 그리고 살아남았다. 앞으로도 살아남을 것이다. 이제 와서 그들이 무슨 말을 해도 용서할 수 없었다. 너무 늦었다.

나는 마크의 옷장에서 꺼내 입은 낡은 조깅 바지와 빛바랜 운동복 상의가 전하는 부드러움에서 위안을 얻었다. 톡톡한 캐시미어 양말도 신었다. 그리고 수건으로 머리를 대충 닦은 다음 느슨하게 틀어 올렸다.

기분이 나아지지는 않았지만 조금씩 안정되어가기 시작하던 찰나 초인종이 울렸다.

몸이 굳었다. 족히 일 분은 가만히 있었다.

초인종이 다시 울렸다.

내가 부러워할 정도로 존경했던 엄마의 외골수 기질이 이제 나를 몰아붙였다. 엄마는 포기하지 않을 것이다. 나는 이곳에 온종일 있을 수 있지만 그러면 엄마는 계속 기다리고 초인종을 누르고 소리치겠지. 조금씩 안정되고 있다고 믿었으나 평온한 겉모습을 뚫고 뜨거운 분노가 솟구쳤다. 나는 침실에서 뛰쳐나가 계단을 내려갔다. 엄마가 어떻게 이럴 수 있지?

꼬박 일 년이었다.

이 생각이 핀볼 기계 속 공처럼 머릿속을 굴러다니며 덜컹거리다가 마구잡이로 발사되었다. 꼬박 일 년 동안 엄마는 내게 거짓말을 했다. 모두에게.

자제력을 잃은 데다가 급하게 현관으로 가는 바람에 양말이 미끄러져 뒤로 넘어지며 바닥에 등을 부딪쳤다. 급속도로 숨이 멎는 듯했고 추스르고 일어났을 때는 계단 꼭대기에서 굴러 떨어진 것처럼 아팠다.

초인종이 다시 울렸다. 리타는 보이지 않았다. 개마저도 내가 문을 열어주리라는 기대를 버린 듯했다. 하지만 엄마는 뭔가를 하고자 마음먹으면 쉬지 않았다.

꼬박 일 년이었다.

육 개월 전, 아니 오늘 아침까지만 해도 내가 엄마에게 날 혼자 내버려두라고 말하게 될 날이 올 거라고 들었다면 그렇게 말한 사람이 미쳤다고 생각했을 것이다. 하지만 지금 내가 바로 그렇게 하고 있었다. 과거를 되돌릴 수는 없었다. 누군가에게 거짓말한 다음 그들의 삶으로 다시 들어가 용서를 바랄 수는 없었다. 용서를 기대하기에는 너무 엄청난 거짓말도 있었다.

꼬박 일 년 동안 거짓말을 했다.

나는 현관문을 벌컥 열었다.

"집에 있었구나! 2층에 있어서 못 듣는 게 틀림없다고 생각했어. 유모차 좀 들어 올려주겠니? 아기가 타고 있어서 혹시라도 넘어질까봐 혼자 못 옮기겠어." 조안이 의아하다는 듯 나를 보았다. "괜찮아? 유령이라도 본 것 같은 얼굴이구나."

30

머리

세라는 주방 바닥을 대걸레로 닦았다. 전날 머리가 청소한 데서 흠을 발견해서가 아니라 세라의 불안이 커지고 있다는 징후였다. 그녀의 변화는 태양이 구름 뒤로 사라지듯 갑작스러웠다. 머리는 존슨즈 자동차에서 차를 타고 집으로 올 때 영업 사원의 판매가 좌절된 일로 함께 웃으며 느꼈던 만족감에 매달리려고 애썼다. 하지만 한겨울에 30도의 더위를 떠올리려고 애쓰는 것처럼 그 느낌이 잘 떠오르지 않았다.

머리는 무엇이 발단이었는지 알 수 없었다. 때로는 아무런 계기가 없기도 했다.

"앉아서 차 한 잔 마셔."

"창문 먼저 닦고."

"크리스마스이브잖아."

"그래서?"

머리는 〈라디오 타임스〉(텔레비전과 라디오 프로그램을 안내
하는 영국 주간지)를 뒤적이며 둘 다 마음을 쏟을 만한 것이
있는지 찾아보았다. 〈멋진 인생〉은 별로일 것 같았다. "이제
곧 〈스노우맨〉 시작해."

"놀라운 사실을 알려줄까?" 세라는 대걸레를 양동이에 넣
었다. "내가 장담하는데 알레드 존스(〈스노우맨〉 주제가를 부
른 가수)도 그 영화를 지긋지긋해할 거야."

머리는 재치 있게 한마디 할까 했지만 싱크대 아래에서 창
문 세정제와 천을 찾는 그녀의 양 눈썹이 깊은 V 자로 맞닿
아 있었기에 아무 말 없이 넘어가기로 했다. 그는 징후를 알
아차리고 다른 사람에게서 주도권을 가져와 그들의 반응을
똑같이 보여주는 데 능했다. 비언어적 의사소통을 학교에서
정식으로 가르치기 오래전부터 수년간 범죄자들을 대상으로
그렇게 했다. 집에서도 오랫동안 그렇게 했다.

물론 피곤한 일이었다. 머리는 세라의 상태에 따라 오르내
리는 자신의 감정을 다잡기 위해 여러 번 아이를 원했다. 하지
만 아이를 간절히 바라는 그와 달리 세라는 몹시 두려워했다.

"애들이 날 닮으면 어떡해?"

머리는 일부러 못 알아들은 척했다. "그럼 세상에서 가장
운 좋은 아이일 테지."

"내 머리를 물려받으면? 엉망진창에 개 같고 더러운 내 머
리를 말이야." 세라는 울기 시작했고 머리는 자기 눈에서 흐
르는 눈물을 그녀가 보지 못하도록 다가가서 안았다.

"아니면 내 코를 닮으면 어쩌지?" 머리가 다정하게 말했

다. 그러면 그의 스웨터 사이에서 딸꾹질하며 웃는 소리가 들려왔고 그제야 세라는 몸을 뗐다.

"내가 아이들을 다치게 하면?"

"안 그럴 거야. 당신은 자기 자신만 못살게 굴잖아."

세라를 안심시키려는 머리의 말은 그녀의 귀에 들어가지 않았다. 그녀는 임신할까봐 너무 겁에 질린 나머지 머리와의 관계를 거부했다. 이스트본에서 성모마리아의 원죄 없는 잉태가 일어날 가능성이 거의 없는데도 몇 주 동안 불필요한 임신 검사를 하며 서서히 피해망상으로 빠져들었다. 결국 지역 보건의는 그녀의 정신 건강을 위해 불임 수술에 동의했다.

이는 곧 머리와 세라 단둘이 살아가게 된다는 뜻이었다. 그들은 세라의 오빠 집에서 그의 가족들과 크리스마스를 보낼 수도 있었지만 세라의 최근 입원 때문에 아무 계획도 세울 수 없었다. 머리는 다락에서 크리스마스트리를 미리 내려놓지 말 걸 그랬다고, 장식이 다 된 트리를 사지 않을 정도의 선견지명이 있었으면 좋았을 걸 그랬다고 생각했다. 그러면 적어도 그들에게 할 일이 생겼을 테니까.

청소 말고 다른 할 일이.

세라는 식기 건조대에 무릎을 꿇고 주방 창문을 닦았고 머리는 다른 천이 있는지 찾았다. 그도 쓸모 있는 일을 하는 쪽이 나을 것 같아서였다. 그때 현관문 밖에서 노랫소리가 들렸다.

"동방 박사 세 사람, 한 명은 택시, 한 명은 차, 한 명은 스쿠터를 타고 경적을 울리네……." 노래가 멈추더니 요란한 웃음소리가 들렸다.

"도대체 뭐가…….'

세라는 궁금한 나머지 윈돌린 세정제를 내려놓고 머리와 함께 현관문을 열었다.

"행복한 크리스마스!"니샤의 애인 길이 머리에게 와인을 한 병 내밀었다.

"그리고 집에 돌아온 걸 환영해요!"니샤가 세라에게 큰 리본으로 장식한 선물 꾸러미를 건넸다. "당신 건 없어요." 니샤가 머리에게 말했다. "처량 맞은 노인네에게 선물이 무슨 소용이겠어요?" 그녀는 농담하며 씩 웃었다. "들어오라고 안 할 거예요? 캐럴을 잘 부르면 민스파이와 따뜻한 와인을 주잖아요."

"민스파이라면 줄 수 있을 것 같군."머리는 문을 활짝 열며 이렇게 말했다. 세라는 양손으로 선물 꾸러미를 움켜쥐고 있었다. 놀란 눈빛이었다.

"나는 막……"그녀는 빠져나가려고 궁리하듯 주방 쪽을 쳐다보았다.

머리는 가슴이 내려앉았다. 세라의 시선을 따라가며 그에게는 이런 것이 필요하다는 사실을 어떻게 이해시켜야 할지 생각했다. 크리스마스이브에 놀러 오는 친구들, 민스파이, 캐럴 같은 평범한 것들이.

세라는 머뭇거리더니 자신 없는 미소를 지었다. "이제 막 크리스마스 준비를 마친 참이에요. 들어오세요!"

머리는 다음 날을 위해 웨이트로즈에서 사온 민스파이를

내고 니샤와 길이 가져온 와인을 따를 잔을 꺼냈다. 킹스 칼리지 캐럴 CD도 찾았다. 니샤는 크리스마스 인기 순위 10위에 포함된 음반을 찾았다. 세라는 선물을 뜯고 즉석 파티에 온 모든 사람을 포옹했다. 머리는 니샤와 길이 자신에게 얼마나 완벽한 선물을 해주었는지 모를 거라고 생각했다.

"오늘 아침 사자 굴에 다녀왔다면서요……." 니샤가 말했다.

그리 오래 있지도 않았는데.

"사자 굴?" 길이 와인 잔을 가득 채우며 물었다. 세라가 자기 잔을 내밀자 머리는 표정을 관리하느라 애썼다. 세라는 술을 조금 마시면 기분이 붕 떴다. 행복해했다. 하지만 많이 마시면 정반대로 변했다.

"리오 그리피스 경정 이야기야. 으르렁대는 걸 좋아하거든." 니샤가 설명했다.

"혹시 싸구려 보석이 달린 번쩍이는 귀걸이를 하고 머리카락에 반짝이 종이를 붙인 사람이 그러던가?"

"그건 모르겠어요. 문자메시지를 받고 알았거든요. 이스트본에서 발생한 희대의 살인 사건을 단독으로 해결하려던 계획에 차질이 생긴 건가요?"

머리는 와인을 한 모금 마셨다. "아니, 오히려 존슨 부부에게 무슨 일이 있었는지 바닥까지 파헤쳐보고 싶은 결의가 생겼다네. 지금처럼 조사가 확대되기 시작할 때는 더욱 그렇지."

니샤는 고개를 끄덕였다. "벽돌은 심층 분석 중이에요. 안타깝게도 지문은 발견되지 않았어요. 골치 아파졌어요. 누가 벽돌에 종이를 감았는지 몰라도 장갑을 착용할 정도로 과학 수사에 대해 알고 있는 사람이에요. 하지만 벽돌에 감겨 있던 쪽지는 카드에 사용된 것과 다른 종이에 인쇄되었다는 건 말씀드릴 수 있어요. 다른 기계에서 인쇄되었다는 것도요."

세라가 잔을 내려놓았다. "그럼 같은 사람이 한 짓이 아니란 말인가요?"

"꼭 그런 건 아니지만 그럴 가능성이 있죠."

"그럼 말이 되는군요." 세라는 머리를 보았다. "안 그래? 한 사람은 애나에게 과거를 파헤쳐보라고 하고 다른 한 사람은 그러지 말라고 경고하는 거잖아."

"아마도." 니샤와 마찬가지로 머리도 단정하기를 주저했지만 그는 이내 같은 결론에 이르렀다. 그들이 상대하는 사람은 하나가 아니라 둘이었다. 기일에 온 카드는 캐럴라인 존슨에게 무슨 일이 일어났는지 진실을 알고 애나에게 의문을 제기하고 싶어 하는 누군가가 보냈다. 하지만 어젯밤의 쪽지는 다른 문제였다. 쪽지의 내용은 지시이자 협박이었다.

'경찰서에 가지 마. 다치기 전에 그만둬.'

"살인자가 아니라면 왜 그런 경고를 했지?"

세라의 추론은 나무랄 데가 없었다.

애나 집 창문으로 벽돌을 던진 사람이 누구든 간에 탐과 캐럴라인의 죽음에 책임이 있는 사람이었다. 그리고 그들은 아직 존슨 일가와 볼일이 남은 것 같았다. 머리는 애나나 그녀의 아기가 다치기 전에 이 사건을 해결해야 했다.

31

애나

마크와 조안이 이야기를 나누었지만 나는 물속에 있는 것 같았다. 이따금 둘 중 한 사람이 걱정스러운 눈빛으로 나를 보며 차나 와인을 권하거나 '좀 자는 게 어때?'라고 물었다.

잠을 잘 필요는 없었다. 도대체 무슨 일이 벌어지고 있는지 알아야 했다.

지난 일 년 동안 부모님은 어디에 있었을까? 어떻게 아무도 의심하지 못하게 자살이라고 감쪽같이 속일 수 있었을까? 그리고 무엇보다 왜 그랬을까?

이해할 수가 없었다. 빚이 있다는 증거도 찾지 못했고 부모님이 사라지기 전에 계좌에서 거액을 인출하지도 않았다. 유언장에 따라 거의 대부분 재산이 나에게 상속되었다. 아빠가 사업 때문에 대출을 받기는 했지만 사업이 어려워지기 시작한 것은 아빠가 돌아가신 직후 삼촌이 무너진 다음이었다.

부모님은 파산 상태도 아니었다. 따라서 금전적인 이유 때문에 이런 짓을 했을 리 없었다.

머릿속이 빙빙 돌았다.

"이야기 좀 해요." 조안이 거실에서 나가자 내가 마크에게 말했다.

"그래야겠어." 마크의 표정은 진지했다. "크리스마스가 지나고 엄마가 집에 가시고 나면 아기 봐주는 사람을 고용하는 게 좋겠어. 그리고 상담소에 가서 모든 일을 제대로 이야기할 필요가 있어. 상담사는 계속 생각 중이야. 당신이 신경 쓰인다면 내가 모르는 상담사에게 상담을 받아. 추천해줄게."

"아니, 그런 게 아니라……."

조안이 돌아왔다. 그녀는 스크래블(철자가 적힌 작은 판으로 단어를 만드는 보드 게임)을 들고 있었다. "너희 집에 있는지 몰라서 내 것을 가져왔어. 이제 게임이나 할까?" 그녀는 고개를 갸웃한 채 나를 보았다. "괜찮니? 얼마나 힘들까."

"괜찮아요." 나는 기분이 평소와 다른 이유가 슬픔 때문이라고 떠넘기며 자세한 이야기를 하지 않았다. 해야 할 말을 하지 않음으로써 거짓말을 한 셈이었다. 부모님 없이 보내는 또 한 번의 크리스마스. '가여운 애나, 부모님이 얼마나 그리울까.'

나는 앞에 놓인 작은 받침대 위의 철자 판을 이리저리 섞어보았지만 간단한 단어조차 만들어낼 수 없었다. 이제 어떡하지? 경찰에 전화해야 하나? 다정하고 친절한 머리 매켄지가 떠오르자 면목이 없었다. 그는 내 말을 믿었다. 뭔가 이상한 점이 있다고 인정한 유일한 사람이었다. 부모님이 살해되었을지도 모른다는 데 동의한 유일한 사람.

그런데 그 모든 것이 거짓말이었다니.

"주크박스!" 조안이 말했다. "세븐티-세븐."

"세븐티-세븐은 두 단어잖아요."

"분명 한 단어야."

나는 두 사람이 정겹게 아웅다웅하는 소리를 듣지 않았다. 지난 십구 개월 동안 슬픔은 다른 감정에 여러 번 밀려났다. 분노였다.

"사랑하는 사람이 죽었을 때 분노를 느끼는 건 지극히 정상적인 반응입니다." 처음 상담받으러 갔을 때 마크는 이렇게 말했다. "특히 죽음이 자발적 선택이었을 경우에는 더 심합니다."

자발적 선택.

탁자 가운데에 쌓아둔 철자 판에서 알파벳 E를 골라 든 내 손이 심하게 떨리기 시작했다. 받침대에 E를 내려놓은 다음 두 손을 무릎으로 가져가 다리 사이에 꽉 끼웠다. 마크의 말을 빌리자면 나는 지난 일 년 동안 부모님을 향한 분노에 '능동적으로 대처'했다. 결국 나의 분노는 충분히 근거가 있는 것이었다.

이런 비밀을 간직하고 있자니 일 초가 지날 때마다 점점 속이 메스꺼워지고 불안해졌다. 나는 조안이 여기에 없었으면 좋겠다고 생각했다. 내가 그녀를 만난 것은 이번이 고작 세 번째였다. 그러니 어떻게 그녀에게 이 비밀을 밝힐 수 있겠는가? 그것도 크리스마스이브에…….

마크가 철자 판 하나를 내려놓았다. "엑스."

"나인." 조안이 말했다.

"더블 워드 스코어(게임 판에서 '더블 워드'라고 쓰인 칸에 철자 판이 놓여 총 점수의 두 배를 획득하는 일)를 노리실 줄 알았는데요."

"이런! 내가 실수했네. 에이틴으로 하마."

"애나, 엄마를 잘 지켜봐야 해. 지독하게 속임수를 쓴다니까."

"애나, 마크 이야기 듣지 마."

'여러분, 그거 알아요? 내 부모님은 죽지 않았어요. 죽은 척했대요!'

도무지 현실감이 없었다.

이런 생각이 나를 지배했다. 만약 이 일이 실제가 아니라면?

지난 이틀 동안 나는 엄마의 존재를 너무 열심히 상상한 탓에 향수 냄새까지 맡았고 공원에서 엄마를 보기도 했다. 내가 엄마를 떠올린 것이라면? 문간에서 나눈 대화가 내가 겪고 있다고 마크가 그토록 고집했던 사별 후 환각 체험이었다면?

나는 미쳐가고 있었다. 마크가 옳았다. 나는 누군가를 만나야 했다.

하지만 정말 실제 같았다.

무엇을 믿어야 할지 더 이상 알 수 없었다.

열한 시가 막 지났을 뿐인데 우리는 자정 미사에 갈 준비를 했다. 현관은 외투, 우산, 엘라의 유모차가 뒤죽박죽 섞여 엉망이었다. 나는 성당에서 만나게 될 모든 사람이 떠올랐다. 내게 덕담하며 내 생각이 났다고, 탐과 캐럴라인이 없어서 얼마나 힘들겠냐고 말할 모든 사람이 떠올랐다.

그러자 도저히 성당에 갈 수 없었다.

우리는 반은 집 안에 반은 집 밖에 있는 상태로 문간에 서 있었다. 로라가 도착해 길에 차를 세웠다. 나와 마크의 차 옆에 조안의 차가 간신히 끼어 있는 진입로에는 자리가 없었기 때문이다. 로라는 목에 스카프를 두르며 차에서 내려 우리를 향해 걸어왔다.

"행복한 크리스마스이브예요!"

잠시 소개하는 시간이 있었다. '엄마, 이쪽은 로라예요. 로라, 이분은 조안이에요.' 그동안 내 심장은 터질 듯 뛰었다. 나는 표정에 생각이 드러날까봐 바닥만 처다보았다.

"기분은 좀 어때?" 로라가 내 어깨를 끌어안으며 물었다. 연민이 아니라 동병상련의 느낌이었다. 그녀는 내가 어떤 일을 겪고 있는지 잘 안다고 생각했다. 내 기분이 어떤지를. 죄책감이 나의 내면을 갉아먹었다. 로라의 엄마는 죽었다. 내 엄마는 거짓말을 했다.

"사실 썩 좋지는 않아."

로라의 얼굴에 걱정스러운 표정이 스쳤다.

"그러고 보니 좀 창백해 보이네."

"이렇게 괴롭고 힘들었어?"

"정말 힘들었지. 이해해."

나는 그녀의 말에 끼어들었다. "괜찮다면 나는 집에 있는 게 좋겠어."

"우리 모두 그러는 게 좋겠군." 마크가 말했다. 나는 마크와 그의 가족이 크리스마스이브 미사를 한 번도 빼먹지 않았다는 것을 알았다. 그런데도 그는 별일 아니라는 듯 말했다. "'글로리아'를 부를 때 너무 숨이 차단 말이야."

"아니에요, 당신은 가요. 엘라와 나는 일찍 잘게요."

"정말 괜찮겠어?" 조안은 진입로에 거의 내려가 있었다.

"괜찮아요."

"저는 남아서 애나를 챙길게요." 로라가 걱정스러운 눈빛으로 계단을 올라왔다.

"괜찮다니까." 쏘아붙일 생각은 없었다. 나는 어정쩡하게 미소 지으며 사과했다. "미안해, 두통이 있어서. 혼자 있는 게 좋겠어."

그들은 시선을 주고받았다. 마크는 나를 두고 가도 안심할 수 있을지 저울질했다. 내가 혼자 남아 있어도 안전한지를. "생각 바뀌면 전화해. 데리러 올 테니."

"곧 괜찮아질 거야." 로라는 이렇게 말하더니 이번에는 예의상 나를 포옹했다. 그녀의 머리카락이 내 뺨을 간질였다. "크리스마스 행복하게 보내."

"좋은 시간 보내." 나는 문을 닫고 기댔다. 아픈 척은 절반 정도는 사실이었다. 실제로 두통이 있었고 긴장한 탓에 팔다리가 뻐근했다.

나는 엘라가 입은 패딩 방한복의 지퍼를 내리고 아이를 유모차에서 꺼내 거실로 데리고 간 다음 젖을 먹였다.

엘라의 눈이 막 감기기 시작할 때쯤 주방에서 무슨 소리가 들렸다. 리타가 벌떡 일어났다. 나는 두근대는 가슴을 가라앉히려고 천천히 숨을 내쉬었다. 그리고 엘라를 가슴에서 떼어낸 다음 상의를 추슬렀다.

한 손으로 리타의 목걸이를 잡은 채 조심스레 복도를 지났다. 주방 안에서 타일 위로 의자 끄는 소리가 들렸다.

나는 문을 열었다.

희미한 재스민 향기가 비명을 지를 필요 없다고 미리 알려주었다.

엄마는 식탁에 앉아 있었다. 두 손은 곱게 포개 무릎에 올렸고 이전에 입었던 싸구려 양모 원피스 옷감을 두 손가락으로 배배 꼬았다. 아가 때문에 따뜻해서 외투를 입을 필요가 없는데도 그대로 입고 있었다. 한때 엄마의 주방이었던 곳에 손님처럼 앉아 있는 모습이 내게는 충격으로 다가왔다.

엄마는 혼자였다. 나는 나를 직접 대면할 용기가 없는 아빠에게 화가 치솟았다. 충격을 완화하기 위해 엄마를 먼저 보냈다는 데. 나의 아빠. 일할 때 아빠는 자신감이 넘쳤다. 손님들과 정감 어린 농담도 잘 주고받았다. 영업 사원들에게는 우쭐댄다는 느낌이 들 정도였다. 그들은 언젠가 자기 이름을 내건 전시장을 운영하려는 희망을 품고 조금이라도 지혜를 얻으려고 목말라하며 아빠의 말 한마디 한마디에 매달렸다. 하지만 그런 그에게 딸을 직접 마주할 배짱이 없다니. 자신이 한 짓을 인정할 배짱이.

엄마는 말이 없었다. 나는 엄마도 겁이 나는 줄 알았다. 하지만 잠시 뒤 엄마가 꼼짝도 하지 않고 엘라를 보고 있다는 것을 깨달았다.

나는 마법을 깨기 위해 말을 했다. "어떻게 들어오셨어요?"

침묵이 흘렀다. "뒷문에 열쇠를 놔두는 곳이 있어."

이제야 이해가 되었다. "어제 주방에서 엄마 향수 냄새를 맡았어요."

엄마는 고개를 끄덕였다. "시간 가는 줄 몰랐어. 하마터면 네게 들킬 뻔했지."

"제가 미쳐가고 있는 줄 알았다고요!" 내가 소리 지르는 바람에 엘라가 놀라자 나는 아이를 위해 마음을 가라앉혔다. "미안하구나."

"여기에서 뭘 하셨어요?"

엄마는 눈을 감았다. 피곤해 보였고 전보다 훨씬 나이 들어 보였다. 그러니까…… 죽기 전보다. 내 머릿속에서는 아직도 이렇게 말하고 싶어 했다.

"널 보러 왔어. 전부 다 말해주려고. 하지만 네가 혼자가 아니라는 사실에 몹시 당황했어."

나는 엄마가 숨겨둔 열쇠로 몇 번이나 유령처럼 집을 드나들었는지 궁금했다. 이런 생각을 하자 몸이 떨렸다. 나는 엘라를 한쪽 팔에서 다른 팔로 옮겨 안았다. "그동안 어디에 계셨어요?"

"북쪽 지역에 아파트를 빌렸어. 그냥……" 엄마는 인상을 찡그렸다. "기본적인 것만 있어."

나는 지난 며칠 동안 느꼈던 불편한 감정을 떠올렸다. "돌아오신 지 얼마나 됐어요?"

"목요일에 내려왔어."

목요일. 12월 21일. 엄마의 기일…… 아니, 이제 기일이 아니었다. 엄마는 죽지 않았으니까. 나는 이 사실을 거듭 떠올리며 받아들이려고 애썼다.

"그날부터는 호프(Hope)에서 머물고 있어." 엄마는 얼굴을 약간 붉혔다.

호프는 성당 기금으로 세운 해변의 호스텔이었다. 그곳은 푸드뱅크를 운영하며 의류와 세면도구를 기증 받았고 도움이 필요한 여성들을 대상으로 임시 숙소를 내주는 대신 그들에게서 허드렛일을 제공받았다. 엄마는 내 얼굴을 보았다.

"그리 나쁘지 않아."

나는 부모님이 즐겨 가던 5성급 호텔을 떠올렸다. 그리고 운이 기울어 주머니 사정이 좋지 않은 여성들이 머무는 기숙사에서 숙소를 제공받는 대가로 쭈그리고 화장실을 청소하는 엄마를 떠올렸다.

엄마는 엘라를 보고 있었다. "정말 예쁘구나."

나는 엘라를 보호하려고 팔로 감쌌다. 엄마가 보지 못하게 숨기면 거짓말에서 아이를 보호할 수 있기라도 한 것처럼. 하지만 엘라는 등을 들썩이며 품에서 벗어나려고 했다. 아이는 주방에 있는 낯선 사람을, 내가 알아보지도 못할 흐릿한 눈동자로 자기를 바라보는 이 마르고 단정치 못한 여자를 보려고 몸을 비틀었다.

나는 지금 엄마의 눈빛을 알아보지 못했을 것이다.

그런데도 괴로워서 가슴이 아팠다. 부모님이 한 짓 때문이
아니라 엄마의 얼굴에서 보이는 고통 때문이었다. 그리고 사
랑과. 엄마에게서 분명하게 느껴지는 사랑이 우리를 감쌌다.
그 사랑은 엘라도 느꼈으리라 확신할 정도로 뚜렷했다. 엘라
는 제 외할머니를 향해 땅딸막한 손을 뻗었다.

나는 꼬박 일 년이었다고 다시 한 번 떠올렸다.

사기. 음모. 거짓말.

"안아봐도 될까?"

그 뻔뻔함에 숨이 멎었다.

"애나, 부탁이야. 딱 한 번만. 내 손녀잖아."

할 말이 너무 많았다. 엄마는 죽었다고 속인 날 가족으로서
의 모든 권리를 버렸다고. 일 년이나 거짓말했다는 것은 엘
라의 통통한 손을 잡거나 막 감은 머리에서 나는 파우더 향
기를 맡을 자격이 없다는 뜻이라고. 엄마는 죽음을 선택했고
내 딸과 관계된 일에 있어서는 계속 죽은 사람으로 남을 거
라고.

하지만 이렇게 말하는 대신 엄마에게 다가가서 내 아기를
건넸다.

지금이 아니면 영영 못 할 것 같았기 때문이다.

엄마가 무슨 짓을 했는지 경찰에서 알면 그들은 엄마를 체
포할 것이다. 재판이 열리고 엄마는 감옥에 가겠지. 언론에서
는 흥미 위주의 보도를 쏟아낼 것이다. 엄마는 아빠가 잘 있
다는 것을 알면서도 경찰이 실종된 아빠를 수색하게 했다.

'절도, 사기, 경찰이 시간을 허비하게 한 죄⋯⋯.' 머릿속에서 부모님이 저지른 범죄가 맴돌았고 이제 내가 그들의 범죄를 방조한 사람이 되었다는 생각이 들자 또 다른 두려움이 엄습했다.

부모님은 이 일을 자초했다.

하지만 나는 그 범죄에 가담하지 않았다. 엘라도 마찬가지다.

다른 사람들이 한 일 때문에 내 딸이 벌을 받아서는 안 된다. 이런 상황에서 내가 엘라에게 줄 수 있는 것은 앞으로 모르고 지낼 외할머니의 포옹 정도였다.

엄마는 엘라가 유리로 만들어진 양 조심스레 받아 안았다. 그리고 경험이 있어서인지 수월하게 팔을 구부려 아이를 편안하게 한 다음 샅샅이 살펴보았다.

나는 조금 떨어져 서서 옆구리에 댄 손가락을 꼼지락댔다. 아빠는 어디에 있을까? 엄마는 왜 이제 와서 돌아왔을까? 도대체 왜? 수백 가지 질문이 떠올라 더 이상 견딜 수 없었다. 나는 엘라를 낚아챘다. 너무 급히 움직이는 바람에 엘라가 놀라 울음을 터뜨렸다. 나는 아이를 안아 달랬고 아이가 외할머니에게 돌아가려고 용을 쓰자 꼭 끌어안았다. 엄마는 나지막이 한숨을 쉬었다. 원망 섞인 한숨이 아니라 만족스러운 한숨에 가까웠다. 손녀딸이 가장 중요하다는 듯. 엄마와 나의 시선이 잠시 마주쳤다. 적어도 한 가지에 있어서는 우리 생각이 일치했다.

"지금 가서야 해요." 내 의도보다 퉁명스럽게 말이 나왔다. 하지만 내가 계속 대본에 충실할지 더는 믿을 수 없었다. 엄마 품에 안긴 딸을 보자 마음이 온화해졌다. 나는 흔들리고 있었다.

엄마는 내게 거짓말했다.

나는 옳은 일을 해야 했다. 마크에게 말하고 경찰에 신고해야 했다.

하지만 내 엄마였다.

"십 분만 더. 네게 하고 싶은 말이 있단다. 지금도 네 기분이 아까와 똑같다면……"

"엄마가 무슨 하실 말씀이 있……"

"제발. 십 분만."

침묵이 흘렀다. 복도에서 괘종시계 소리가 들렸다. 정원에서 올빼미 우는 소리도 들렸다. 잠시 뒤 나는 자리에 앉았다.

"오 분이에요."

엄마는 나를 보고 고개를 끄덕였다. 그리고 깊은 한숨을 내쉬고 천천히 말을 꺼냈다. "네 아빠와 나는 오랜 세월 사이가 안 좋았어."

엄마의 말은 내가 기다리기라도 한 듯 자기 자리를 찾아들어간 느낌이었다. "이혼할 수는 없었어요? 다들 그러잖아요."

내 친구들 중에는 부모가 이혼한 경우가 많았다. 양쪽 집을 드나들며 명절을 두 번 보내고 선물을 두 개씩 준비하고……. 자기 부모가 이혼하기를 바라는 사람은 없겠지만 이혼해도 세상이 끝나지 않는다는 것은 어린아이도 알았다. 나도 적응했을 것이다.

"그렇게 간단하지가 않았어."

아래층에서 싸우는 소리를 듣지 않으려고 내 방에 숨어서 아이팟 소리를 키웠던 일이 떠올랐다. 그때 나는 그 일로 부모님이 이혼하면 어쩌나 생각했다. 그리고 아침이 되어 아래층으로 내려가자 모든 것이 평온했다. 아빠는 커피를 마시고 있었고 엄마는 식탁에 토스트를 놓으며 콧노래를 부르고 있었다. 그들은 모두 괜찮아진 척하고 있었다. 그래서 나도 그랬다.

"애나, 제발 내 말 좀 들어보렴."

나는 엄마의 말을 들을 것이다. 그리고 마크가 돌아오면 그에게 말할 것이다. 조안이 어떻게 생각하든 상관없었다. 경찰에도 신고할 것이다. 일단 모두에게 알려야 부모님이 이혼보다 더 나은 대안이라고 꾸며낸 이 정신 나간 계획에서 거리를 둘 수 있었다.

"서재 책상 아래에서 보드카 병을 찾았지?"

엄마는 나를 지켜보고 있었다.

그런데 나는 내가 미쳐가고 있다고 생각했다. 유령을 보았다고.

"다른 곳의 술병도 찾았니?" 엄마의 목소리는 차분했다. 엄마는 앞쪽의 식탁을 바라보았다.

"아빠 술병 아니에요?"

엄마는 나를 노려보더니 내 표정을 살폈다. 내가 술병 숨기는 것을 안다고 진작 털어놓지 않고 엄마 혼자 어깨에 짐을 짊어지게 해서 화가 난 것 같았다.

"아빠는 그걸 왜 숨겼어요? 아빠가 술을 좋아하는 건 비밀도 아니었잖아요."

엄마는 잠시 눈을 감았다 떴다. "술을 좋아하는 것과 술이 필요한 건 달라." 엄마는 망설였다. "네 아빠는 그런 일에 영리했지. 여느 알코올 의존자들처럼 말이야. 네가, 그리고 빌리가 보지 못하게 술병을 숨기느라 무척 신경 썼어."

"삼촌은 몰랐어요?"

엄마는 헛웃음을 지었다. "전시장 청소하는 사람이 아빠가 책상 아래 쓰레기통에 숨겨둔 보드카 병을 발견했어. 그리고 실수로 버린 게 아닌가 해서 그걸 빌리에게 가져갔고. 나는 당황해서 어쩔 줄 몰랐어. 그래서 빌리에게 내가 그랬다고 했지. 술을 잘못 사는 바람에 아무도 마시지 않아서 버렸다고. 빌리는 내 말을 믿지 않았지만 진실을 캐묻지 않았어. 아마 알고 싶지 않았을 거야." 엄마는 말을 멈추고 나를 보았다. 눈에 눈물이 고여 있었다. "아빠가 술 마시는 걸 안다고 진작 내게 말하지 그랬니. 그 짐을 너 혼자 떠안을 필요는 없었는데."

나는 아무것도 모르는 십대로 돌아간 듯 어깨를 으쓱했다. 엄마에게 사실대로 말하고 싶지 않았다. 지금도 그랬다. 그때로 돌아간다 해도 아무 말도 하지 않을 것이다. 내가 그 사실을 안다는 것이 싫었다. 행복한 허상 속에 살면서 모든 것이 완벽한 척하고 싶었고 그렇지 않다고 말하는 수많은 조짐에 귀 기울이고 싶지 않았다.

"음." 엄마는 또다시 깊이 한숨을 쉬었다. "네 아빠는 술에 취하면, 아, 술 취했을 때만 그랬는데." 엄마는 내게 분명하게

하려고 급히 말을 덧붙였다. 그러면 뭐가 달라시기라도 하는
듯. 그러면 두 사람이 한 짓에 빌어먹을 차이라도 생긴다는
듯. "날 때렸어."

주변이 빙빙 돌았다.

"일부러 그러진 않았어. 항상 미안해했거든. 자기가 한 짓
을 정말 부끄러워했어."

그러면 모든 것이 괜찮아진다는 듯.

엄마는 어쩌면 이렇게 차분할 수 있을까? 어쩌면 이렇게
무덤덤할 수 있을까? 나는 웃고 장난치는 아빠를 떠올렸고
내 기억을 재구성하려고 애썼다. 내가 집에 가면 갑자기 끝
나던 말다툼을 떠올렸다. 내가 애써 모르는 척했던 분위기의
변화를. 박살 난 내 문진과 집 여기저기에 숨겨둔 술병도 떠
올렸다. 나는 아빠를 사랑스러운 악당이라고 생각했다. 시끄
럽고 쾌활하고 너그러운 사람이라고. 술을 좋아하고 이따금
무신경했지만 어쨌든 좋은 사람이라고. 다정한 사람이라고.

어쩌면 이렇게 잘못 알았을까?

말하려고 입을 벌렸지만 엄마가 막았다. "내 말 끝까지 들
어주렴. 지금 말하지 않으면 앞으로 그럴 수 있을지 모르겠
구나." 엄마가 기다리자 나는 아주 약간 고개를 끄덕였다.
"애나, 네가 모르는 게 정말 많단다. 난 네가 아는 걸 원치 않
았어. 너만이라도 그 일을 겪지 않도록 해주고 싶었어. 내가
네 아빠를 두려워했다는 정도로만 말해도 충분하겠지. 정말,
정말 두려웠어." 엄마는 창밖을 바라보았다. 정원에는 조명
이 켜졌고 새가 불빛을 가로질러 날자 안뜰에 그림자가 어른

거렸다.

"탐은 사업을 엉망으로 만들었어. 빌리에게 말도 없이 대출을 받았고 그걸 상환하지 못했지. 사업은 내리막길에 접어들었고. 아, 물론 빌리는 네게 별일 없다고 했겠지. 하지만 삼촌이라서 그렇게 말한 거야. 탐은 굴욕감을 느꼈어. 3대째 이어온 사업을 빚더미로 몰아넣었으니 말이야. 그는 말도 안 되는 계획을 떠올렸어. 자기가 죽었다고 꾸미고 싶어 했지. 사라지고 나서 내가 생명 보험금을 청구하고 일 년쯤 지난 뒤에 그가 병원에 나타나 기억상실증에 걸린 척하는 거였어."

"그런데 그 계획에 엄마가 동조했고요? 저는 도저히……"

"난 그게 내 기도에 대한 응답이라고 생각했어." 엄마는 가벼운 웃음을 터뜨렸다. "적어도 내가 자유로워질 수 있었으니까. 탐이 다시 나타나면 파문이 일어나리라는 걸 알았지만 난 그저 더 이상 두려워하지 않아도 된다는 생각뿐이었어."

나는 시계를 보았다. 자정 미사가 언제 끝날까?

"그래서 엄마가 그 계획에 협조했고 아빠가 사라진 거군요." 나는 아빠가 어떻게 자살로 위장했는지 알고 싶었지만 우선 이 사건이 어떻게 끝나는지 알고 난 다음에 자세히 묻기로 했다. "엄마는 안전해졌어요. 그런데 엄마도……"

엄마도 날 떠났잖아요. 나는 이렇게 말하고 싶었지만 하지 않았다. 이 일에서 감정을 배제하고 이 일을 사례 연구처럼 대했다. 다른 누군가에게 일어난 끔찍하고 충격적인 이야기라고.

"하지만 난 안전하지 않았어." 엄마가 말을 이었다. "그러리라고 생각한 내가 바보였지. 탐은 내게 계속 전화했어. 한 번은 집으로 찾아오기까지 했지. 위조 여권 만들 돈을 요구했어. 서류를 발급받고 집을 빌릴 돈도. 그는 생명 보험금은 자기 것이고 내가 그 돈을 훔쳤다고 했어. 기억상실증에 걸린 척하려던 계획을 바꿨다고도 했지. 소용없을 것 같다면서 말이야. 네 아빠는 새로운 삶을 시작하겠다며 돈을 요구했어. 돈을 주지 않으면 날 다치게 하겠다고 했고. 그래서 조금씩 주기 시작했지만 그는 더 많이 요구했어." 엄마는 몸을 숙여 나를 향해 손을 내밀었다. 나는 엄마 손을 물끄러미 바라보았을 뿐 잡지는 않았다. "그 돈은 네 미래를 위한 것이었어. 우리가 죽으면 네가 상속받을 돈이었지. 난 네가 그 돈을 갖기를 원했어. 네 아빠가 가져가는 건 불공평하다고 생각했어."

나는 멍했다. 지금 듣는 이야기 속의 아빠와 내가 알았던 남자가 동일인이라는 사실을 받아들이느라 여전히 노력 중이었다.

"애나, 넌 탐이 무슨 짓을 할 수 있는지 모를 거야. 내가 얼마나 두려웠는지도. 네 아빠는 빚을 갚으려고 죽었고 나는 그에게서 빠져나오려고 죽었어."

"그런데 왜 돌아왔어요?" 내 말에는 비통함이 가득했다. "엄마는 원하는 걸 얻었잖아요. 자유로워졌잖아요. 그런데 도대체 왜 돌아오신 거예요?"

엄마는 잠시 침묵했다. 그 침묵에 나는 대답을 듣기도 전에 몸이 떨렸다.

"그가 날 찾아냈으니까."

32

나는 성깔 있는 사람이다. 성깔 없는 사람이 있을까?

내가 당신보다 자제력이 없는 것도 아니고 당신보다 폭언을 퍼붓는 것도 아니다. 그건 모두 어떤 행동을 하게 만드는 방아쇠 때문이었다.

우리 모두 저마다 방아쇠가 있다. 그걸 아직 찾지 못했다고 해서 없는 것은 아니다. 자신의 방아쇠가 무엇인지는 미리 알아두는 쪽이 좋다. 그러지 않으면 어느 날 누군가가 그걸 당겼을 때 극도의 분노가 밀려올 테니까.

방아쇠가 무엇인지 알면 통제할 수 있다. 적어도 이론적으로는 그렇다.

내 방아쇠는 술이다.

나는 흔히들 생각하는 판에 박힌 술꾼이 아니다. 한 손에 테넌츠 엑스트라 맥주를 들고 바지에 오줌을 싼 채 현관문 앞에서 잠들지 않는다. 길에서 구르지도 않고 낯선 사람에게 소리 지르지도 않으며 싸우지도 않는다.

나는 이른바 일상생활에 지장이 없는 알코올 의존자다.

말쑥하게 정장을 입고 머리는 절대 흐트러뜨리지 않는다. 손님들과 시시콜콜한 이야기를 하고 그들의 어깨를 두드린다. 직원들에게는 미소 짓는다. 점심시간에도 술을 마시느냐고? 왜 안 마시겠는가? 엄청나게 할인해서 파는데!

돈이 있으면 이런 일들이 쉬워진다. 화려한 모자를 쓰고 저마다 샴페인을 한 병씩 든 채 비틀대는 젊고 예쁜 사람들을 떠올려보라. 즐겁지 않은가? 하지만 화려한 모자가 아니라 더러운 비니를 쓰고 샴페인이 아니라 요리용 브랜디를 들었다고 생각해보라. 아마 그들을 피하려고 길을 건널 것이다.

돈이 있으면 학교 운동회에 은으로 만든 휴대용 술병을 가져갈 수 있다. 종이로 감싼 위스키 병을 가져가면 사람들의 격렬한 항의를 받겠지만. 돈이 있으면 일요일 아침에 블러디 메리를, 퇴근 뒤에 진토닉을, 아침에 눈뜨기만 하면 언제든 핌스를 마실 수 있고 아무도 그런 나를 흘끔대지 않는다.

물론 기운을 돋워야 할 때도 술을 마셨다. 시험 주행에 동행할 때 블러디 메리를 마실 수는 없었지만 물병에 담은 보드카를 마실 수는 있었다. 화분, 책상, 계단 아래에 숨겨든 무언가를 꺼내서 벌컥벌컥 마실 수도 있었다.

나는 재미 삼아 술을 마시기 시작했다.

그러다 나중에는 끊을 수 없어서 마셨다.

그 중간 어디쯤에서 나는 길을 잃었다.

아기가 내 발목을 잡았다. 사람들은 결혼해서 가정을 꾸리고 가족들과 동물원에 가고 싶어 했다. 하지만 나는 예전 삶을 원했다. 런던이 그리웠다. 하룻밤 상대를 찾고 잠에서 깼을 때 상대가 있든 말든 신경 쓰지 않고 술집에서 보내던 시끄러운 밤이 그리웠다. 사업이 잘되든 말든 걱정하지 않고 월급을 받던 시절이 그리웠다. 자유가 그리웠다.

그러자 억울했다. 분하고 화가 났다. 술에 취하지만 않으면 이런 감정을 모두 다스릴 수 있었다.

내 방아쇠는 술이다.

술을 마시면 나는 자제력을 잃었다. 내가 하는 행동이 가져올 결과에 무감각해졌다. 그래서 주먹을 날렸다.

나는 일상생활에 지장이 없는 알코올 의존자에 대해 많이 알고 있다. 이제 분노에 대해서도 많이 안다.

그때도 많이 알았다.

다만 멈추는 법을 몰랐을 뿐.

33

애나

엄마는 주머니에서 종이를 꺼내 펼쳤다. 카드 내용을 복사한 것이었다.

자살일까? 다시 생각해봐.

내가 받은 카드였다.

그날 얼마나 힘들었는지 떠올랐다. 마음속에서 차오르는 슬픔 때문에 잠에서 깼고 일 분이 한 시간처럼 흘렀던 그날을, 카드를 꺼내 '기념일을 축하합니다!'라는 문구를 보았을 때 배를 한 대 얻어맞은 것 같던 기분과 내용을 읽고서 느낀 메스꺼움을 떠올렸다.

엄마가 가진 복사본에는 인쇄된 메시지 아래에 빨간 매직펜으로 휘갈겨 쓴 글자가 있었다.

그 애에게 전부 다 말할 수도 있어.

"아빠가 보냈어요?"

엄마는 천천히 고개를 끄덕였다. 마지못해.

"도대체 왜요?"

"내가 그렇게 쉽게 도망칠 수 없다는 걸 보여주려고? 아직까지도, 무덤에서도 나를 조종할 수 있다는 걸 알려주려고?" 엄마의 뺨에 눈물이 흘렀다. "나는 내가 똑똑한 줄 알았어. 나는 우리가 한 번도 함께 간 적 없는 곳으로 갔어. 내가 오랫동안 가지 않은 곳이었지. 그리고 형편없는 아파트를 빌렸어. 집주인이 보증인을 요구하지 않은 유일한 곳이었거든. 나는 현금을 쥐기 위해 화장실을 청소했어. 온라인에 접속하지도 않았고 그 누구와도 연락하지 않았어. 연락하고 싶었지만 말이야. 애나, 정말 연락하고 싶었단다! 그런데도 그이는 날 찾았어."

감당하기에 너무 버거운 사실들이었다.

"엄마, 처음부터 다시 생각해보자고요. 저는 아빠가 어떻게 그럴 수 있었는지 이해가 안 돼요. 목격자가 있었잖아요……. 아빠가 뛰어내리는 걸 본 여자가 있었잖아요."

엄마는 말이 없었지만 눈이 모든 것을 말했다.

나는 머리가 빙빙 돌았다. "999에 전화한 사람은 엄마였군요. 다이앤 브렌트-테일러는 엄마였어요." 나는 우리 가족 중 유일하게 대학에 진학했지만 그렇다고 해서 부모님보다 더 똑똑하지는 않았다. 엄마가 똑똑하다는 것은 늘 알고 있

었다. 존슨즈 자동차 안내데스크에서 일하기에는 너무 똑똑
하다고 생각했다. 하지만 솔직하지 못한 엄마는…… 받아들
이기 힘들었다.

"네 아빠는 몇 주 동안이나 계획을 세웠어. 다른 이야기는
하지도 않았지. 거듭해서 나를 연습시키고 내가 실수할 때마
다 때렸어. 난 네 아빠가 준 휴대전화로 999에 전화했어. 내
목소리가 제대로 들리지 않게 바람이 부는 곳에서 해야 했
지. 네 아빠는 모든 일에 대비했어."

"경찰에 신고하셨어야죠."

엄마는 슬픈 미소를 지었다. "이제 와서 말이 쉽지. 누군가
가 나를 그런 식으로 통제하는 상황에서는…… 그러기가 정
말 힘들어."

나는 내가 했던 일을 떠올렸다. 보호하려고 다 같이 노력
했던 전 세계 어린이들을 떠올렸다. 그중에는 학대당하고 위
협받고 억압당하는 아이들이 많았다. 그들 대부분에게는 이
야기할 수 있는 선생님이나 친구들이 있었다. 하지만 실제로
이야기하는 아이들은 적었다.

"난 네 아빠가 정말 그 일을 실행에 옮기지는 않을 거라고
생각했어. 그 생각이 허상이었던 거지. 그러던 어느 날 아침
에 일어났는데 탐이 그러더라고. '오늘이야. 오늘 해야겠어.
애나가 집에 없을 때'."

나는 그날 아침을 떠올렸다. "즐거운 시간 보내렴." 아빠는
이렇게 말했다. 나는 늦어서 한 손으로는 가방을 뒤지며 열
쇠를 찾았고 다른 한 손에는 토스트를 들고 있었다. 아빠는

아일랜드 식탁에 앉아서 〈데일리 메일〉을 읽으며 진한 블랙 커피를 마시고 있었다. 아빠는 아침에 진한 커피를 두 잔 마셔야 잠에서 깼다. 세 잔을 마시면 겨우 대화가 가능했다. 출근해서 네 잔째 마시고 나서야 모든 실린더에 불이 붙었다.

"열심히 일해. 하지만 열심히 놀기도 해야 해." 아빠는 내게 윙크했다. 그게 다였다. 나를 껴안지도 않았고 내게 사랑한다고 말하지도 않았으며 훗날 내가 소중히 여길 만한 가치 있는 충고도 하지 않았다. 그냥 '열심히 일하고 열심히 놀아'가 전부였다.

아빠가 돌아가신 지 몇 달이 지나자 나는 그런 의식이 없었다는 것이 오히려 다행스러웠다. 아빠의 자살이 미리 계획되지 않았다는 뜻이었으니까. 나는 그렇게 믿기로 했다. 아빠가 나를 보는 것이 마지막이라는 사실을 스스로 알았다면 느낌이 달랐을 거라고.

하지만 아빠는 알고 있었다. 신경 쓰지 않았을 뿐이다.

"그날은 정말 끔찍했어." 엄마가 말했다. "네 아빠는 모든 사람과 싸웠어. 빌리, 영업 사원, 나까지. 네 아빠가 자살을 설득력 있게 만들고 싶어서 연기한 것 같아. 하지만 긴장해서 그런 게 아닐까 싶기도 해. 나는 마음을 바꾸기에 아직 늦지 않았다고 말했어. 빚을 갚을 방법을 함께 찾아보자고. 하지만 네 아빠가 어떤 사람인지는 너도 알잖니. 늘 고집이 셌지."

내가 아빠를 안다고? 이제는 아닌 것 같은데.

"일을 마치고 우리는 각자 다른 곳으로 갔어. 네 아빠는 전시장에서 아우디를 타고 나갔지. 빌리에게는 차가 어떻게 굴러가는지 운전해보고 싶다고 했고. 그때 네 아빠를 마지막으로 봤어."

나는 더 이상 가만히 앉아 있을 수 없었다. 창가로 가서 정원을 멍하니 바라보았다. 큰 월계수 화분과 우리 집과 로버트 집 사이의 울타리를 따라 엄마가 가꾸어놓은 장미를 보았다. 로버트의 집을 올려다보며 그의 확장 계획을 떠올리자 우리 집 현관 계단에 있던 토끼와 그가 무슨 관련이 있지 않을까 하는 말도 안 되는 생각이 들었다.

나는 커튼을 쳤다. "그다음에는 어떻게 됐는데요?"

"합의한 계획에 따르면 나는 다음 날 오전 열 시까지 아무런 연락도 받지 못하게 되어 있었어. 그이는 파도가 높아지는 시간을 검색했어. 파도가 높을 때 몸을 무겁게 해서 가라앉으면 해저면에서 끌려 다니기 때문에 시신이 발견되지 않는다는 걸 알았던 거야." 엄마는 몸을 떨었다. "하지만 그이는 아홉 시 삼십 분에 미안하다고 문자메시지를 보냈어." 엄마는 얼굴을 찡그렸다. 나는 엄마가 울지 않으려고 그런다는 것을 알았다. "난 무엇 때문에 미안하다고 하는지 몰랐어. 내게 이런 일을 하게 해서인지 그동안 나를 때려서인지 아니면 그 문자메시지도 계획의 일부인지."

나는 주방을 다시 가로질러 아가에 주전자를 올렸다가 마음이 바뀌어 주전자를 내렸다. 그리고 잔을 두 개 꺼내서 핫 토디(위스키에 레몬, 설탕, 따뜻한 물을 넣은 칵테일)를 만들려고 사둔 위스키를 꺼내 그 진한 호박색 액체를 따랐다. 엄마를 보며 병을 들어 올렸지만 엄마는 고개를 저었다. 나는 위스키를 한 모금 마신 뒤에 타는 느낌이 들 때까지 입안에 머금고 있었다.

"열 시에 '더는 못 하겠어'라는 문자메시지가 또 왔어. 나는 그이가 정말 자살하려 한다고 믿기 시작했지. 그리고 그 상황을 그냥 받아들이기로 마음먹었어. 내가 그의 계획을 안다는 걸 아무도 증명할 수 없을 테니까. 나는 그이가 하라는 대로 했어. 문자메시지에 답장한 다음 경찰에 전화했지. 네게도 전화했고."

갑자기 분노가 치솟았다. "그 전화가 얼마나 끔찍했는지 알기나 하세요?" 나는 집까지 어떻게 운전해서 왔는지 기억나지 않았다. 아빠가 발견되지 않을까봐 걷잡을 수 없이 무섭기만 했다. 우리가 너무 늦을까봐. "저한테 이야기했어야죠!"

"우리는 범죄를 저질렀어!" 엄마는 벌떡 일어났다.

엄마가 내게 다가오자 나는 한 걸음 물러났다. 그럴 생각은 없었지만 발이 마음대로 움직였다. 그러자 엄마는 상처받은 눈빛으로 멈춰 섰다.

"우리는 감옥에 갈 수도 있었어. 지금도 그래! 나는 물론이고 네 인생까지 망치고 싶지 않았어."

우리는 조용해졌다. 나는 위스키를 한 모금 더 마셨다. 자정이 지났다. 마크와 조안이 곧 집에 올 것이다.

"우리는 두 분 추도식까지 했어요." 내가 나지막이 말했다. "로라가 전부 다 준비했어요. 삼촌이 추도사를 했고요." 나는 사인심문 때 눈물을 흘리던 젊은 사제가 떠올랐다. 사제는 나중에 나를 발견하고 내 손을 잡으며 엄마를 구하기에 자신의 행동이 충분하지 못했다며 미안하다고 했다.

그때 뭔가가 퍼뜩 떠올랐다. "어젯밤에 누가 엘라 방 창문으로 벽돌을 던졌어요."

"벽돌?" 엄마는 겁에 질려 엘라를 보았다.

"엘라는 괜찮아요. 마크와 아래층에 있었거든요. 벽돌에는 쪽지가 붙어 있었는데 경찰서에 가지 말라고 쓰여 있었어요. 다치기 전에 멈추라고요."

나는 엄마를 보았다. 엄마는 양손을 펼쳐 입과 눈을 가렸다. "안 돼. 안 돼, 안 돼."

두려움이 내 몸 속을 훑었다. "아빠가 그랬어요?"

침묵이 흘렀다.

나는 일어났다. "그만 가세요."

"애나, 제발……."

"곧 마크가 돌아올 거예요."

"할 말이 너무 많아." 엄마는 뭔가를 말하려 애쓰며 나를 따라 현관으로 나왔지만 나는 듣지 않았다. 더 이상 들을 수 없었다. 나는 현관문을 열고 거리에 사람이 아무도 없는 것을 확인한 뒤에 엄마를 추위 속으로 밀어 넣고 오늘 두 번째로 엄마 면전에서 문을 쾅 닫았다.

스테인드글라스에 등을 기댔다. 엄마가 오늘 아침처럼 문을 두드리고 초인종을 누를지 궁금했다. 잠시 아무 소리도 들리지 않더니 엄마가 계단 내려가는 소리와 자갈 밟는 소리가 들렸다. 그리고 다시 조용해졌다.

머릿속이 어지럽게 돌아갔다. 아빠는 폭력적인 사람이었다. 잔인함을 견딜 수 없어진 엄마는 죽음을 가장해 아빠에게서 탈출하려 했다.

그리고 지금 아빠는 나를 쫓고 있었다.

34

머리

크리스마스 아침에 머리가 잠에서 깼을 때 침대의 세라 자리는 싸늘했다. 집 안에서 그녀를 찾아다니는 동안 머리는 자신을 움켜쥐는 익숙한 두려움을 느꼈다. 뒷문이 열려 있었다. 머리는 열쇠를 꺼내둔 자신을 원망했다. 하지만 문을 벌컥 열고 정원으로 뛰어나가자 세라가 벤치에 차분히 앉아 있었다.

그녀는 맨발이었고 벤치에 내린 이슬이 잠옷 위에 입은 면 가운에 스몄다. 가슴까지 끌어올린 무릎을 가녀린 팔로 안고 있었고 흙이 묻어 시커먼 손에는 차가 담긴 머그잔을 들고 있었다.

머리는 축축함을 무릅쓰고 벤치의 그녀 옆자리에 앉았다. 정원은 좁았고 끝에는 한때 잘 가꾸었던 온실 딸린 채소 텃밭이 있었다. 목재로 단을 올린 화단이 두 개 있었고 그 사이에는 말끔하게 정돈된 직사각형 잔디밭이 자리했다. 그와 세라가 앉아 있는 집과 접한 안뜰에는 화분이 늘어서 있었다. 머리는 영국 날씨로는 드물게 비가 오지 않는 날에만 가끔 화분에 물을 주었고 무엇을 잘라내야 하고 무엇을 남겨야 할지 몰랐기에 안뜰에서는 꽃이 차츰 사라졌다.

"저거 봐."

머리는 세라의 시선을 따라 가장 큰 화분을 보았다. 화분에는 긴 버드나무 지지대가 세워져 있었다. 머리는 그곳에서 뭔가 자라고 있었다는 것을 기억했다. 말라서 시들어버리기 전에는 박엽지처럼 얇은 연분홍색 꽃이 피었지만 언젠가부터 말라비틀어진 가지만 지지대에 매달려 있었다. 그런데 지금은 정리된 가지가 바닥에 떨어져 있고 흙은 잡초를 뽑아 새로 갈아엎었다.

"더 말끔해 보이네."

"응, 그런데 저것 좀 봐."

머리는 화분을 다시 보았다. 흙에 박힌 버드나무 지지대 한쪽으로 희미하게 연두색이 보였다. 세라가 손을 슬며시 잡자 머리는 희미하게 깜박이는 희망을 느꼈다.

"행복한 크리스마스야."

저녁 식사는 칠면조 구이와 갖가지 곁들임 음식이었다.

"당신은 여기 앉아." 세라가 머리를 소파로 밀며 말했다. "편하게 있어."

몇 가지가 한꺼번에 끓자 세라는 '젠장, 뜨거워' 같은 말을 하며 투덜댔고 머리는 그 소리를 듣고서 편안하게 앉아 있을 수 없었다. 잠시 뒤 그는 주방 문에서 고개를 내밀었다.

"도와줄까?"

"아니, 다 잘되고 있어."

사방에 냄비가 널려 있었다. 몇 개는 바닥에 있었고 하나는 창턱에서 위태롭게 균형을 잡고 있었다.

"우리 둘만 먹는 거 맞지?"

"남겨서 내일도 먹으려고."

머리는 앞으로 삼 주는 먹겠다고 생각했다.

"아, 이런 바보! 브레드 소스(빵과 향신료로 만든 소스로 닭이나 칠면조 고기와 함께 먹는다)를 태웠어."

"나 브레드 소스 싫어해." 머리는 세라의 앞치마를 풀고 그녀를 의자 쪽으로 다정하게 밀었다. "저기 앉아. 편하게 있어."

그는 그레이비를 젓는 동안 세라의 시선을 느끼고 돌아보았다.

그녀는 손톱 옆의 살을 물어뜯고 있었다. "솔직히 말해봐. 내가 하이필드에 있을 때가 더 편하지 않았어?"

머리는 그녀에게 거짓말한 적이 없었다. "편하기야 했지. 하지만 하나도 즐겁지 않았어."

세라는 그의 대답을 이해했다. "그 사람 말이야. 여자의 돈을 원했던 게 아닐까?"

머리는 잠시 뒤에야 세라의 말을 이해했다. "마크 헤밍스 말이야?"

"애나는 마크가 자기 부모를 만난 적이 없다고 생각하지만 캐럴라인이 그와 만나기로 약속했다는 걸 우린 알잖아. 캐럴라인과 탐에게 돈이 어마어마하게 많다는 것도 알고." 세라는 자기 잔에 와인을 조금 따른 다음 머리의 잔을 채우려고 일어났다. "캐럴라인은 남편이 죽어서 제정신이 아닌 상태로 마크를 만나러 갔을 거야. 가서 자신에게 돈이 엄청나게 많다는 걸 밝힌 거지. 마크는 그런 그녀를 제거한 다음 그 딸에게 접근했고. 두둥!"

머리는 회의적인 표정이었다. "캐럴라인이 이웃의 확장 공사를 반대해서 살해되었다는 추측보다 지금 이게 조금이나마 더 설득력이 있는 것 같네."

"그 추측도 완전히 배제하지는 않았어. 하지만 돈 쪽이 더 가능성 있어 보여."

"마크와 애나는 결혼한 사이가 아니야. 따라서 그가 자동으로 상속받을 수 없다고."

"아직은 그렇겠지." 세라가 침울하게 말했다. "장담하건대 마크가 결혼하려고 공을 들이고 있을 거야. 그리고 애나의 돈과 집을 손에 넣고 나면……." 세라는 손가락 하나로 목을 긋는 시늉을 하며 가글하는 소리를 과장되게 흉내 냈다.

머리는 그녀의 섬뜩한 몸짓에 웃음을 터뜨리며 감자의 탄 부분을 그레이비로 덮어 음식을 담기 시작했다. 그러면서도 애나 존슨이 위험에 처했을지도 모른다고 생각하자 등줄기가 서늘해졌다. "은행 휴일이 끝나는 대로 첨단 범죄 수사국에서 다이앤 브렌트-테일러가 이용한 휴대전화 번호로 무엇을 할 수 있는지 알아봐야겠어. 애나 존슨의 집 창문에 벽돌을 던진 사람이 그 전화를 걸었고 그 전화를 건 사람은 탐 존슨이 어떻게 죽었는지 안다는 데 돈을 걸겠어." 그는 음식이 높이 쌓인 접시를 세라 앞에 내려놓은 다음 맞은편에 앉았다.

"분명 존슨 가족과 가까운 사람일 거야. 내 말 기억해둬." 세라가 나이프와 포크를 들며 말했다. "늘 그런 식이지."

이번에도 머리는 세라가 맞을지도 모른다고 생각했다.

하지만 누구일까?

35

애나

저녁 내내 엘라를 안아보지 못했다. 엘라는 짐짝처럼 여기 저기로 건네졌는데 관심을 즐기는 듯 보였고 낯선 사람들의 다정한 팔을 거부하지 않았다. 로버트가 연 크리스마스 칵테 일파티는 지금 내가 가장 있고 싶지 않은 곳이었지만 적어 도 여기에서는 마크와 조안의 감시하는 눈길에서 잠시 벗어 날 수 있었다. 두 사람은 크리스마스이브부터 나를 동정 어 린 눈빛으로 바라보았고 오늘 점심때쯤에야 시들해졌다. 나 는 최선을 다하고 있었다. 몇 시간 전에는 엘라의 양말에 넣 어둔 선물을 열어보았고 아침 식사 때는 도수가 약한 벨리니 를 마셨다. 하지만 대화를 나눌 때마다 애를 써야 했다. 말 한 마디 한마디가 전부 거짓말처럼 느껴졌다.

"애나 말이다. 너무 성의 없는 거 아니니? 엘라의 첫 크리 스마스인데."

오후 세 시쯤이었고 마크와 조안은 점심 식사 뒤에 설거지를 하고 있었다. 나는 계단에 앉아 젖은 발가락을 카펫에 파묻었다. 엿들으려 한 것은 아니고 그냥…… 들렸다.

"애나는 슬픔에 빠져 있어요, 엄마."

"네 아빠가 죽었을 때 나도 슬펐어. 하지만 포기하지 않았잖아? 고개를 당당히 들고 앞치마를 두르고 계속 너희를 돌봤어."

마크가 뭐라고 했지만 알아들을 수 없었다. 그래서 나는 복도를 향해 계단을 내려가면서 평소에 늘 피해 다니던 삐걱대는 계단을 일부러 밟았다. 그러자 주방에서 나던 소리가 뚝 끊겼고 내가 들어갔을 때 두 사람은 말없이 설거지만 하고 있었다.

"여기 봐라! 엄마 왔네!" 조안은 밝은 척하며 말했다. "낮잠 잘 잤니?"

나는 낮잠을 자지 않았다. 어떻게 그럴 수 있겠는가? 하지만 넌더리 날 정도로 걱정하는 마크와 내가 파티를 좋아하지 않는다는 데 점점 짜증 내는 조안을 피하기 위해 낮잠을 자는 것이 어떻겠느냐는 말에 기꺼이 응했다. 침대에 누워서 천장을 바라보았고 머릿속에서는 온갖 생각이 맴돌았다.

지금도 그랬다. 엄마는 지금 어디에 있을까? 호프에서 크리스마스를 보낼까? 무사할까? 왜 내가 신경 써야 하지? 벽돌이 창문을 깨고 들어왔을 때 엘라가 방에 있었으면 어땠을지 생각하니 끔찍했다. 엄마 때문에 벽돌이 던져졌으므로 엄마가 던진 것과 마찬가지였다.

어떻게 엄마를 용서할 수 있을까?

그리고 아빠가 무슨 짓을 했는지 알면서도 왜 마음 한구석에서는 지금도 아빠를 보고 싶어 할까?

아빠가 내 생각과 다른 사람이라는 것을 알고 나서 생긴 여과 장치를 통해 지난 이십 시간 동안 어린 시절의 일들을 다시 떠올려보았다. 그러자 내 삶은 거짓말 위에 세워진 토대로 무너져 내렸다.

죽었다고 꾸미는 것은 가벼운 마음으로 관여할 수 있는 일이 아니다. 엄마는 분명 극단적인 상황에 내몰렸을 것이다.

엄마에게는 내가 필요했다.

하지만 나는 엄마를 용서할 수 없다.

내게는 엄마가 필요했다.

이런 생각이 계속 빙빙 돌았다.

로버트의 거실은 이웃들로 가득 찼다. 이 자리에는 몇 안 되지만 아이들도 있었다. 이웃들은 대부분 우리보다 나이가 많았지만 그들의 자식이 자라서 자기 가족과 함께 온 것이다. 나는 이곳에 있는 사람을 모두 알았다. 시카모어에 새로 이사 온 것이 분명한 남녀만 빼고. 지난주에 그 집에서 이삿짐 트럭을 보았다.

마크는 우리 집에서 두 집 아래에 사는 앤과 앤드류 부스 부부와 대체 요법에 대해 열띤 토론을 벌이는 데 몰입했고 조안은 소파의 편안한 자리를 찾아서 꼼짝도 않고 앉아 있었다. 나는 이 방 저 방을 천천히 돌아다녔다. 주방, 복도, 거실에 사람들이 무리 지어 있었는데 나는 한 손에는 음식 접시를, 다른 한 손에는 술을 들고 내 자리를 찾아가는 중인 양 그들 사이를 오갔다. 아무도 나를 멈춰 세우지 않았다. 나는 구석에 서서 괜찮으냐고 물으러 와야 할 것 같은 인상을 주고 싶지 않았다. 말도 하고 싶지 않았다.

오늘 밤 모든 사람이 내게 위로의 말을 건넸다. 부모님의 추도식에서 다들 했던 말인데도. 그날 흘린 눈물, 추도사, 시간을 내서 카드를 쓰고 캐서롤을 만들어주고 꽃을 보낸 낯선 사람이나 다름없는 이들의 친절을 떠올리자 몸이 뜨거워졌다.

그들이 사실을 알고 나면 뭐라고 할까?

좋은 뜻으로 진심을 담아서 하는 진부한 이야기를 들을 때마다 죄책감 때문에 속이 메스꺼웠다. 그래서 멈춰 서서 이야기하지 않기 위해 사람들과 눈을 마주치지 않으려고 이 방 저 방 옮겨 다녔다. 나는 모퉁이 집에 사는 노부인 자매에게 재미있는 이야기를 들려주는 로버트를 지나쳤다. 엄밀히 말해 두 노부인은 우리와 같은 거리에 살지는 않았지만 소시지 빵을 정말 맛있게 만들었기 때문에 동네의 모든 파티에 초대받았다.

"……이웃에 심하게 폐를 끼치지 않도록 설계되었어요. 이 설계를 두 분께 보여드릴 수 있어서 기쁘군요." 로버트는 한 사람씩 만나서 확장 공사에 지지를 얻었다. 아직 마크의 지지는 얻지 못했지만 나는 로버트가 그의 찬성도 얻으리라고 확신했다.

"물론 공사 중의 불편에 대해서는 기꺼이 보상할 겁니다." 로버트가 우리에게 다가와 계획안을 보여주며 말했다. 계획

안에 따르면 공사에는 그의 집과 우리 집 사이의 경계를 일시적으로 허물고 사용하지 않는 정화조와 하수 처리 시설을 파내는 작업도 포함되어 있었다. "그 과정에서 훼손된 식물은 모두 새로 심어드릴 것이고 공사가 끝나면 잔디를 새로 깔 예정입니다."

"채광 때문에 좀 걱정이 돼서요." 마크는 또다시 이렇게 대답했다.

그는 엄마와 잘 지냈을 것이다. 어쩌면 뒷마당 개발을 저지하는 캠페인에 함께 참여하고 개발이 환경에 미치는 영향과 역사적 가치가 있는 건물을 보존해야 한다는 엄마의 주장에 귀 기울였을지도 모른다. 잠시 나는 두 사람이 주방 식탁에 앉아 뭔가를 모의하는 모습을 떠올렸고 울지 않으려고 침을 꿀꺽 삼켰다. 마크는 엄마를 좋아했을 것이다. 나는 알았다. 그리고 엄마도 마크를 좋아했을 것이다. 마크처럼 나를 챙기는 사람이라면 누구나 좋아했을 것이다.

그때 뒷면에 엄마의 글씨가 쓰인 마크의 전단을 들고 있던 머리 매켄지의 모습이 떠올랐다. 나는 그 모습을 떨쳐버렸다.

두 사람은 만난 적이 없었다. 마크가 그렇게 말했고 그에게는 거짓말할 이유가 없었다. 나는 그를 믿었다.

하지만 엄마 이야기를 할 수는 없었다. 내가 그 말을 하는 순간 마크는 경찰에 전화할 것이다. 마크에게는 중간이 없었다. 모든 면에서 그랬다. 나는 그의 그런 점을 좋아했다. 물론 여전히 좋아한다. 하지만 지금은⋯⋯ 복잡했다. 나는 다시 주방으로 갔다. 주방 맞은편에 서 있던 몇 집 아래에 사는 이웃과 눈이 마주치자 나는 아무 생각 없이 미소 지었다. 이내 시선을 피했지만 너무 늦었다. 그는 곧장 내게 다가왔고 그의 아내가 그 뒤를 따랐다.

"네가 다른 곳으로 가버리기 전에 붙잡고 이야기 좀 해야 한다고 방금 마거릿에게 말했는데. 그렇지, 마거릿?"

"안녕하세요, 돈. 안녕하세요, 마거릿."

돈은 내게 다가온 다음 일부러 한 걸음 물러나 이 자리에 없는 빌리 삼촌처럼 나를 아래위로 살폈다. 내게 언제 이렇게 많이 컸느냐는 이야기라도 하지 않을까 생각했지만 그는 한숨지었다.

"네 엄마를 꼭 닮았구나. 안 그래, 마거릿?"

"그러네. 한 깍지에 든 완두콩처럼 쏙 빼닮았어."

나는 억지로 미소 지었다. 엄마를 닮고 싶지 않았다.

"잘 지내니?"

"네, 잘 지내요. 고맙습니다."

돈은 실망한 기색이 역력했다. "그래도 힘들 거야."

"크리스마스잖아." 오늘이 무슨 날인지 내가 잊었을까봐 마거릿이 끼어들었다.

지난 십구 개월 동안 슬퍼했는데도 문득 어떻게 해야 할지 몰라서 멍해졌다. 울어야 하나? 이들은 내게 뭘 바랄까?

"잘 지내요." 나는 아까 한 말을 되풀이했다.

"아직도 믿기지 않아." 돈이 말했다. "그러니까, 둘이 한꺼번에…… 정말 유감이야."

"엄청나게 유감이지." 마거릿이 그의 말을 따라 했다. 이제 두 사람은 내 존재를 잊은 듯 그들끼리 이야기했다. 나는 두 사람이 재미 삼아 기분 전환용으로 나를 찾은 듯해서 불편했다. 자기보다 운 나쁜 사람들과 이야기하며 잔인한 즐거움을 느끼려고. 나는 주방을 둘러보며 누가 엘라를 안고 있는지 찾았다. 모유 수유를 핑계로 빠져나가기 위해서였다.

"어제 공원에서 캐럴라인을 본 것 같아."

나는 몸이 굳었다.

"그런 착각을 다 하다니 우습지?" 마거릿이 높고 떨리는 소리로 웃었다. 그녀는 어서 이야기하고 싶다는 듯 주위를 둘러보았고 나와 눈이 마주치자 갑자기 웃음을 그쳤다. 그녀는 재빨리 연민에 가까운 표정을 지었다. "내 말은, 제대로 보니 캐럴라인이 아니었다는 뜻이야. 더 나이가 많아 보였고 머리카락이 검은색이던걸. 아주 달랐어. 죽어서도 안 입을 것 같은 옷을……." 그녀는 자신의 무례함을 깨달았지만 너무 늦었다.

"이만 실례할게요. 아기가……." 내가 말했다. 굳이 끝까지 말하지도 않았다. 나는 다른 이웃이 안고 있던 엘라를 데려와 서재에서 로버트와 함께 확장 계획안을 보고 있는 마크를 찾았다.

"엘라 데리고 집에 갈게요. 너무 흥분해서인지 아기가 피곤해해요." 나는 로버트에게 미소 지었다. "멋진 파티에 초대해줘서 고마워요."

"나도 같이 가. 엄마도 주무시고 싶어 하셔. 이제 이 이야기는 그만할까요?"

두 남자는 악수했고 나는 그들이 무슨 이야기를 나누었는 지 궁금했지만 이미 조안을 찾고 있었다. 늘 그렇듯 떠나는 데 는 시간이 오래 걸렸다. 우리는 거의 매일 길이나 공원에서 마 주치는 사람들에게 작별 인사와 크리스마스 인사를 했다.

"일요일에 봅시다!" 누군가가 집을 나서는 우리에게 외쳤다.

나는 우리 말소리가 들리지 않을 정도로 멀어질 때까지 기 다렸다가 물었다. "일요일이라니요?"

"새해 전야에 이웃들을 초대했어."

"파티 열려고요?"

마크는 내 얼굴을 살폈다. "아니! 파티는 아니고. 그냥 술 이나 간단히 마시면서 새해를 맞이할까 하고."

"그게 파티예요."

"조촐한 파티쯤 되겠군. 이런, 그러지 마! 새해 전야라서 아이 봐주는 사람을 구할 수도 없을 거야. 이렇게 하면 집에 있으면서도 재미있게 보낼 수 있다고. 서로 좋은 거지. 로라 에게 문자메시지 보내서 계획이 있는지 물어봐. 물론 빌리에 게도."

나는 아직 며칠이나 남았다고 되뇌었다. 내게는 더 긴급하 게 걱정해야 할 일들이 있었다.

"로버트에게 확장 계획안 신청에 찬성하겠다고 했어." 엘라 를 아기 침대에 눕히고 잘 준비를 하던 중에 마크가 말했다.

"왜 마음을 바꿨어요?"

그는 치약을 가득 머금은 채 씩 웃었다. "3만 파운드야."

"3만 파운드라고요? 잔디를 다시 깔고 나무 좀 심는 데 그 정도까지 돈이 들지는 않잖아요."

마크는 치약을 뱉고 세면대를 씻어 내렸다. "로버트에게 확장 공사가 그만한 돈을 투자할 가치가 있는 일이라면 반대하지 않을 거야." 그는 입을 닦았고 수건에 흰 자국이 남았다. "이제 당분간은 아파트가 빈다고 걱정할 필요 없어."

"그러더라도 걱정할 필요 없다고 했잖아요."

마크는 치약 냄새를 풍기며 내게 입 맞춘 뒤에 침대로 갔다.

나는 거울을 물끄러미 바라보았다. 아직 피부에 주름은 없었지만 얼굴형은 누가 봐도 엄마를 닮았다.

마거릿은 어제 공원에서 엄마를 본 것 같다고 했다. 그녀는 모를 테지만 그녀가 본 사람은 정말 엄마일 것이다. 누군가가 엄마를 알아보는 것은 시간문제였다. 그래서 경찰에 신고하는 것도.

지금 내가 진실을 말하면 이 모든 것을 멈출 수 있었다.

그런데 왜 하지 않을까? 내 부모가 살아 있다는 것을 안 지만 하루가 지났다. 아빠가 빚에서 도망치기 위해 죽었다고 꾸몄고 엄마는 아빠에게서 도망치기 위해 죽었다고 꾸몄다는 사실을. 엄마는 나를 배신하고 내게 거짓말했다. 나는 왜 경찰에 신고하지 않을까?

거울 속에서 나를 바라보는 그 눈 속에 정답이 있었다.

엄마이기 때문에, 엄마가 위험에 처했기 때문이었다.

36

"아기라니? 우리 피임했잖아!" 내가 말했다.

"피임약의 피임 성공률은 98퍼센트야."

나는 믿을 수 없었고 실제로 그렇게 말했다.

"직접 확인해봐."

가는 파란색 선은 흔들림이 없었다. 나도 그랬다.

나는 아기를 원하지 않았다.

물론 다른 선택권이 있었지만 그 이야기를 꺼낸 것만으로도 괴물 취급을 받았다.

"어떻게 그런 말을 할 수가 있어?"

"그냥 세포 덩어리야."

"아기라고. 우리 아기."

우리 부모님들은 기뻐했다. 그들은 만나서 어색하게 애프터눈 티를 마셨고 사이가 매우 좋아졌다. 이제 우리는 자리를 잡아야 했다. 부모님들은 우리의 런던 생활을 수상쩍어하며 우리의 '제멋대로인 생활'을 걱정했다. 그러면서 우리가 만나게 된 일은 정말 경이로우며 아기는 기적이라고 했다.

이로써 모든 일이 내 손을 떠났다.

결혼식은 쏜살같았다. (엉망진창인 아파트가 아니라 좀더 가족 친화적이라는) 새 집을 구하고 (도시에 비해 경쟁이 훨씬 덜하다는) 새로운 일을 시작하고 (공기가 훨씬 맑다는) 망할 놈의 바닷가로 이사하고…….

평생 그렇게 갇힌 기분은 처음이었다.

하지만 애나가 태어나자 그 애를 사랑하지 않을 수 없었다. 애나는 똑똑하고 예뻤으며 호기심이 가득했다. 하지만 그 애를 원망하지 않는 일도 불가능했다. 밖에서 온전한 삶이 나를 기다리고 있었지만 나는 그곳을 향해 두 팔을 휘저으며 달려가는 대신 아기를 안고 멀뚱히 서 있었다. 떠나는 상상을 했다. 그러면서 집에 있기를 원치 않는 부모는 없는 쪽이 낫다고 나 자신에게 말했다. 하지만 나는 떠나지 않았다. 그리고 삶이 힘들 때면 늘 하던 일을 했다.

술을 마셨다.

37

머리

박싱 데이는 언제나 크리스마스에 찬물을 끼얹었다. 머리가 경찰로 재직 중일 때 박싱 데이는 가정불화의 연속을 의미했다. 숙취를 달래려고 술을 또 마시는 사람들이 있었고 크리스마스라서 이십사 시간 동안 억눌렸던 가족 간의 갈등이 폭발하기 때문이었다.

세라처럼 모든 것을 예민하게 느끼는 사람은 이렇게 열기가 식어버리면 상태가 더 안 좋아졌다. 그녀는 정오가 되어서야 아래층으로 내려왔고 머리가 끓여준 차만 마시고 다시 침대로 들어갔다. 머리는 주방을 정리하고 점심을 먹고 무엇을 해야 할지 생각했다. 이런 상태의 세라를 혼자 두고 싶지 않았지만 집이 그를 점점 옥죄는 기분이었다.

그는 존슨 사건 서류를 꺼내 주방 식탁에 펼쳤다. 탐 존슨은 구글에서 자살, 비치 헤드, 물때와 관련된 정보를 몇 가지 검색했다. 모두 5월 17일 자정에서 그다음 날 아침 아홉 시 사이였다. 자살을 생각할 법한 시간이었고 조사한 경찰관도 그렇게 결론 내린 것 같았다. 하지만 지금 머리가 그리고 있는 그림의 맥락에서 보면 검색이 너무 용의주도하고 정확했다. 존슨 부부를 살해하고 자살로 위장한 사람이 검색한 것이 틀림없었다.

그렇다면 누가 탐의 휴대전화에 손댔을까? 탐이 사망하던 날 아침에 어디에 있었는지 모르는 상태에서는 답을 찾을 수 없었다. 범죄수사과에서 그의 행적을 쫓으려고 시도했지만 비치 헤드 인근에 설치된 차량 번호판 자동 인식 카메라에 아우디가 포착되자 더 이상 추적하지 않았다. 그럴 필요가 없었기 때문이다.

탐은 밤새도록 어디에 있었을까? 그날 아침에는 누구와 함께 있었을까? 머리는 수첩 세 쪽을 가능성 있는 질의 사항으로 채웠고 휴일이라서 경찰청에 대답해줄 사람이 아무도 없다는 사실에 좌절했다.

그는 초저녁이 되어서야 세라의 뒤엉킨 이불 위에 손을 얹으며 샤워하고 옷을 갈아입으면 기분이 좀 나아질지도 모른다고 말했다. 침실에서는 퀴퀴한 냄새가 났고 그가 세라에게 쥐여준 찻잔은 손도 대지 않은 상태로 표면에 반짝이는 막이 생겼다.

"그냥 하이필드로 돌아가고 싶어."

"금요일에 차우드리 선생님 만날 거잖아."

세라는 울고 있었다. 이불로 온몸을 감고 있어서 말소리가 작고 알아듣기 힘들었다. "여기 있기 싫어. 하이필드에 있고 싶어."

"이불을 아래층으로 가지고 내려갈까? 소파에서 같이 흑백영화 보자."

"저리 가!"

세라가 그를 보고 있었다면 머리는 힘이 되는 남편다운 미소를 지으며 상처받은 표정을 감췄을 것이다. 그는 세라의 어깨라고 짐작되는 곳에 손을 올리고 해야 할 말을 하려고 했다. 세라에게 필요한 말을. 하지만 갑자기 걷잡을 수 없이, 뼈가 으스러질 정도로 피곤했다. 무슨 짓을 해도 달라지지 않았다. 그가 무슨 말을 하고 무슨 행동을 하든 세라에게는 도움이 되지 않을 것이다. 그 무엇도 세라를 도울 수 없었다.

그는 일어나서 방에서 나간 다음 문을 닫았다. 그리고 층계참에 서서 거리를 바라보았다. 크리스마스 조명으로 장식된 집 안에서 가족들이 보드게임을 하고 리모컨을 차지하려고 다투고 있었다.

"기운 내라고, 매켄지."

아래층으로 내려간 그는 토스트에 치즈를 두 조각 얹어서 그릴에 넣었다. 애나 존슨에게 전화를 걸 생각이었다. 공휴일 따위가 무슨 상관이람. 애나는 부모님 때문에 슬퍼했고 그녀의 집 창문으로 벽돌이 날아들었다. 여느 휴일처럼 보내기 힘든 상황이었다. 그녀는 머리가 재수사해주기를 간절히 바랐고 리오 그리피스에게 질책당한 것으로 보아 곧 범죄수사과가 재수사의 주도권을 가져가게 될 것 같았다. 그러므로 애나 존슨에게 그가 알아낸 사실을 말해야 할 시점이었다.

그는 그릴 온도를 낮추고 전화기를 들었다.

"여보세요?"

"여보세요. 머리 매켄지입니다, 경찰서에서 만난." 애나가 대답하지 않자 그가 마지막 말을 덧붙였다.

"네, 사실 지금 통화하기가 좀……."

"박싱 데이에 방해해서 죄송합니다만 애나 양 생각이 맞는 것 같다고 말씀드리고 싶어서요. 부모님의 죽음에는 겉으로 보이는 것 이상의 뭔가가 있습니다." 그는 황급히 말을 쏟아냈다. 애나를 위해서뿐 아니라 자신을 위해서이기도 했다. 말하고 나니 가슴에 단단히 뭉친 응어리가 조금은 풀어졌다. 그는 애나가 놀라서 목을 감싸는 모습을 떠올렸다. 마침내 누군가가 자기 이야기를 들어줬다는 안도감에 눈물을 흘릴지도 몰랐다. 그는 기다렸다. 전화기 건너편에서 아주 작은 소리가 들리더니 조용해졌다.

머리는 다시 전화를 걸었다.

"전화가 끊겼던 것 같습니다. 내일쯤 만나는 게 어떨까 하는데요. 시간이 되신다면 말입니다. 제가 알아낸 것을 말씀드린 다음에 함께 이야기를……"

"안 돼요!"

이번에 조용해진 쪽은 머리였다. 그는 큰 소리로 내지른 이 갑작스러운 명령이 자신을 향한 것인지 아니면 애나의 집에 있는 다른 누군가를 향한 것인지도 확신할 수 없었다. 마크에게 한 말일까? 아니면 개? 아기?

"생각이 바뀌었어요."애나의 목소리는 떨렸다. 하지만 그녀는 말을 이어갔고 한마디씩 억지로 끄집어내는 듯 소리가 점점 커졌다. "이제 그만 잊고 앞으로 나아가려고요. 일어난 일을 받아들이기로 했어요. 판결을 수용하기로요."

"하지만 애나, 제 말을 들어보세요. 당신 짐작이 맞는 것 같다니까요. 부모님이 살해된 것 같다고요."

애나는 절망에 빠진 소리를 냈다. "제 말씀을 제대로 듣지 않으셨군요. 시간을 허비하게 해서 죄송하지만 저는 재수사를 원치 않아요. 당신이 과거를 파헤치는 걸 원치 않는다고요. 뭔가를 하시는 걸 원치 않아요." 그녀의 목소리가 달라졌다. 머리는 그녀가 울고 있다는 것을 알았다. "부탁인데 그냥 잊어주세요!"

이번에는 전화기 건너편에서 크게 딸깍 소리가 났다. 애나 존슨은 전화를 끊었다.

머리의 가슴속 응어리가 다시 뭉쳤다. 그는 울고 싶은 말도 안 되는 충동을 꿀꺽 삼키고 전화기를 든 채 꼼짝하지 않고 서 있었다. 적막이 흐르는 공기를 뚫고 화재경보기가 울리고 나서야 저녁 식사가 타고 있다는 것을 알았다.

38

애나

조안은 박싱 데이 다음 날인 수요일에 집으로 돌아갔다. 남은 음식을 포장해주고 그녀를 보러 올라가겠다고 약속하고 가족으로서 시간을 함께 보내 정말 좋았다고 몇 번이나 말한 뒤에야 조안은 차에 탔고 우리는 진입로에 서서 손을 흔들었다.

이제 크리스마스와 새해 사이의 헷갈리는 시기가 되었다. 날짜를 확인하기 위해 달력을 봐야 하고 매일 은행이 쉬는 것 같은 그런 시기였다. 마크는 재활용 쓰레기를 내놓았고 나는 거실 바닥에 엘라와 함께 누워 있었다. 엘라는 우리가 크리스마스 선물로 준 흑백 책의 쭈글쭈글한 페이지에 마음을 빼앗겼다. 나는 아이를 위해 책을 한 장씩 넘기며 각 장에 있는 동물 이름을 반복해서 알려주었다. 개. 고양이. 양.

엄마가 돌아온 지 사흘이 지났다. 나는 크리스마스가 지나고 조안이 돌아가면 마크에게 알리고 그와 경찰서에 가겠다고 나 자신과 약속했다.

그리고 이제 크리스마스가 지났다.

나는 사실대로 말하지 않는 게 범죄인지, 그런 범법 행위의 죄질이 시간이 지날수록 점점 무거워지는지 궁금했다. 이십사 시간은 괜찮지만 칠십이 시간은 법정에 서야 할 문제일까? 내가 저지르고 있는 범죄가 무엇인지는 모르지만 감형이 가능할까? 나는 이 비밀을 간직하고 있는 이유를 생각해보았다.

두려웠다. 신문 머리기사와 대문 앞에서 기다리는 기자와 이웃의 시선이 두려웠다. 인터넷 때문에 전날 신문이 다음 날 감자칩 포장용지로 쓰여 버려지지도 않았다. 엘라는 언제까지고 이 일의 후유증을 감당해야 할 것이다.

좀더 급박하게 눈앞에 닥친 두려움도 있었다. 아빠에 대한 것이었다. 나는 아빠가 어떤 일을 할 수 있는 사람인지 엄마에게 들었다. 내가 이 상황을 심각하게 받아들일 수 있을 정도로 충분히 알게 되었다. 경찰서에 가서 내가 알게 된 것을 모조리 말할 경우 경찰은 빨리 움직여야 했다. 아빠가 우리를 해치기 전에 아빠를 체포하도록. 하지만 경찰이 아빠를 찾지 못하면 어쩌지? 그러면 아빠는 우리에게 무슨 짓을 할까?

마크가 무슨 말을 할지도 걱정됐다. 그가 어떤 행동을 할지도. 그는 나를 사랑했지만 우리 관계는 아직 시작한 지 오래되지 않았고 깨지기 쉬웠다. 마크가 이 일을 감당하기 버거워하면 어쩌지? 나는 반대 상황이었다면 어땠을지 상상했다. 하지만 분별 있고 엄격한 조안이 자신의 죽음을 가장했다는 생각은 너무 터무니없어서 떠올릴 수 없었다. 하지만 나는 마크 곁에 있을 것이다. 그렇지 않을까? 나는 마크의 부모가 한 일 때문에 그를 떠나지는 않을 것이다. 그래도 걱정스러웠다. 마크와 함께 지낸 시간 동안 우리 삶에는 내 슬픔이 또 다른 한 사람처럼 늘 존재했다. 마크는 그 슬픔을 해결하려 애썼고 넓은 마음으로 이해했다. 그 슬픔이 사라지면……. 나는 마침내 내가 무엇을 두려워하는지 콕 집어낼 수 있었다. 우리를 함께 있게 해준 슬픔이 사라지면 우리가 멀어지기 시작할지도 모른다는 두려움이었다.

나는 엘라를 위해 책장을 넘겨주었다. 엘라는 책 모서리를 움켜쥐더니 입으로 가져갔다. 내가 경찰에 가지 않은 또 다른 이유가 있었다.

엄마였다.

엄마가 한 짓을 용납할 수는 없었지만 왜 떠났는지는 이해할 수 있었다. 엄마가 다른 방식으로 해결했더라면 하고 온 마음으로 바랐지만 내가 경찰서에 간다고 해서 그 사실이 달라지지는 않았다. 지금 내가 어떤 선택을 하느냐에 따라 엄마는 감옥에 갈 수도 있고 가지 않을 수도 있었다.

내 엄마를 감옥에 보낼 수는 없었다.

지난 며칠 동안 엘라와 함께 있는 조안을 보며 손주가 어떤 기쁨을 주는지 알게 되었다. 우리는 다 같이 엘라를 목욕시키고 엘라를 데리고 공원을 거닐며 교대로 유모차를 밀었다. 이런 일들을 내 엄마와도 하고 싶었다. 엘라에게 양가 할머니를 모두 알게 해주고 싶었다.

내 엄마가 돌아왔고 엄마를 내 삶에 꼭 간직하고 싶었다.

머리를 비워야 했다. 나는 마크를 찾았다.

"엘라 데리고 산책 다녀올게요."

"좋은 생각이야. 오 분만 기다려주면 나도 같이 갈게."

나는 머뭇거렸다. "나 혼자 가도 괜찮을까요? 조안이 와 있고 로버트 집에서 파티를 하는 바람에 혼자 보낸 시간이 없었던 것 같아요."

마크의 표정을 보니 그는 내 요청을 저울질하고 있었다. 내게 혼자만의 시간이 필요한 이유가 평화롭게 조용히 있고 싶어서인지 아니면 정신적으로 무너지고 있기 때문인지.

기분이야 어떻든 겉보기에 나는 나 자신이나 엘라에게 위험하지 않은 모양이었다. 마크가 미소 지었기 때문이다. "물론이야. 그럼 이따 봅시다."

나는 시내 쪽으로 걸어갔다. 내륙에서는 좀처럼 느끼기 힘든 바람이 차츰 거세져 해안을 격렬하게 채찍질했다. 나는 유모차 앞쪽에 플라스틱 덮개를 씌우려고 멈춰 섰다. 작은 간판은 불이 꺼져 있었고 밤사이 내린 비에 반짝였다. 공휴일을 맞아 대부분 상점이 닫혀 있어서 조용했다. 하지만 해변과 산책로를 거니는 사람들이 있었다. 다들 명절의 활기와 아직 휴일이 며칠 남았다는 기쁨으로 가득 차 기분 좋아 보였다. 하지만 내 머릿속이 혼란스러워서 그렇게 느끼는 것인지도 몰랐다. 나는 골칫거리가 없는 사람은 없다고 다시 한 번 되뇌었다. 물론 죽었다가 돌아온 부모 때문에 고민하는 사람은 없을 것 같았지만.

호프에 갈 생각은 없었다. 하지만 어쩔 수 없는 노릇이었다. 내 발은 그곳으로 향했고 나는 저항하지 않았다.

회색 돌을 더덕더덕 붙인 호프는 느낌이 좋지 않은 곳이었고 높지는 않았지만 넓었다. 나는 초인종을 눌렀다.

대문에 나온 여자는 조용하고 친절했다. 그녀는 발레리나처럼 두 다리를 딱 붙이고 곧게 서서 양손을 허리에 얹었다.

"캐럴라인을 볼 수 있을까 해서……" 나는 엄마의 성까지 말할지 말지 결정하지 못해서 머뭇거렸다. "이곳에 계신다던데요."

"여기에서 기다려주세요." 그녀는 미소 짓더니 조심스럽지만 굳게 문을 다시 닫았다.

나는 나쁜 사람들이 이곳에 오는지 궁금했다. 학대하던 남편이 찾아와서 아내를 집으로 데려가려 한다든지. 그때도 방금 나왔던 여자가 미소 지을지, 아빠가 엄마를 찾아 이곳에 왔는지 궁금했다. 주위를 둘러보았다. 아빠가 나를 지켜보고 있을까? 내가 경찰서에 간 사실을 아는 것으로 보아 분명 그랬을 것이다. 몸이 떨려서 엘라의 유모차 손잡이를 꽉 잡았다.

"그런 분은 안 계시는데요." 여자가 너무 빨리 돌아온 바람에 나는 진짜 찾으러 가기는 했는지 그냥 문 뒤에 잠시 서 있다 온 것인지 궁금했다. 어쩌면 이름 주인이 이곳에 살든 안 살든 관계없이 하는 상투적인 대답인지도 몰랐다.

문이 다시 닫히고 나서야 실수를 깨달았다. 이름이든 성이든 엄마는 본명을 쓰지 않았을 것이다. 죽은 사람으로 되어 있으니까. 돌아가서 엄마의 외모를 설명해야 하나 생각하며 걸었다. 이곳에서 엄마를 찾지 못한 것이 다행인지 아닌지도 생각했다. 이렇게 될 수밖에 없는 운명인지.

"애나!" 나는 돌아보았다. 크리스마스이브와 똑같은 옷을 입은 엄마가 대문 밖으로 나오고 있었다. 엄마는 외투의 모자를 뒤집어썼다. "메리 수녀님이 누가 캐럴라인을 찾는다기에."

"그분이 수녀님이에요?"

"정말 대단한 분이야. 이곳에 사는 사람을 지켜야 한다는 의식이 무척 강해. 네가 어떤 이름을 말하든 없다고 했을 거야."

"혹시 그런 게 아닐까 궁금하기는 했는데 정말 그럴 줄은 몰랐어요. 죄송해요."

"괜찮아." 우리는 나란히 걸어 뒤쪽 바닷가로 향했다. "앤젤라야."

"그렇군요."

우리는 말없이 걸었다. 할 말이나 계획을 미리 생각하고 호프에 온 것은 아니었다. 기분이 어색했고 말이 나오지 않았다. 나는 유모차 손잡이에서 손을 떼고 옆으로 물러났다. 그러자 엄마가 말없이 손잡이를 잡았다. 너무 자연스러웠고 내가 그토록 바라던 대로라서 눈물이 날 것 같았다.

엄마를 감옥에 보낼 수는 없었다. 나는 엄마를 원했고 내 삶에는 엄마가 필요했다. 엘라의 삶에도.

부두에는 사람이 좀더 많았다. 아이들은 이리저리 뛰며 며칠 동안 속에 쌓아둔 증기를 내뿜었다. 엄마는 모자를 단단히 여미고 고개를 숙였다. 조용한 곳으로 갔어야 했는데. 아는 사람을 만나면 어쩌지?

나선형 미끄럼틀에는 덮개가 덮여 있었고 코코넛 떨어뜨리기 코너는 겨울 동안 문이 닫혀 있었다. 우리는 끝까지 걸어가서 바다를 보았다. 잿빛 파도가 부두 다리에 몸을 던졌다.

우리 둘 다 할 말을 떠올리려 애쓰고 있었다.

엄마가 먼저 말을 꺼냈다. "크리스마스는 잘 보냈니?"

우스우리만치 일상적인 질문에 내심 웃음이 났다. 엄마의 눈을 보니 엄마도 웃긴 것 같았다. 우리는 뜬금없이 울고 웃었고 엄마는 나를 꼭 안았다. 가슴 아프게 익숙한 냄새였다. 엄마가 나를 몇 번이나 안아주었을까? 아무리 많이 안았어도 충분하지 않았다. 절대 충분할 수 없었다.

흐느낌이 잦아들자 우리는 벤치에 앉아 엘라의 유모차를 가까이 끌어당겼다.

"경찰에 신고할 거야?" 엄마가 나지막이 물었다.

"모르겠어요."

엄마는 한동안 말이 없었다. 입을 연 엄마는 서둘러 말했다. "내게 며칠만 시간을 줘. 새해까지만. 엘라와 시간을 보내게 해줘. 이 아이를 알아가도록 말이야. 그때까지는 결정하지 말아줘. 부탁이야."

알겠다는 대답은 쉬웠다. 결정을 미루는 것은 쉬웠다. 우리는 말없이 앉아서 바다를 보았다.

엄마는 내 어깨를 감쌌다. "임신했을 때 어땠는지 이야기해줘."

나는 미소 지었다. 아주 오래전 같았다. "입덧이 정말 끔찍했어요."

"안타깝게도 집안 내력이란다. 널 가졌을 때 나도 정말 심했어. 그리고 속쓰림도……."

"너무 끔찍했어요! 막판에는 개비스콘을 병째 벌컥벌컥 마셨다니까요."

"당기는 음식은 없었어?"

"초콜릿 잼을 바른 당근이요."엄마의 표정을 본 나는 웃음을 터뜨렸다. "일단 드셔보고 나서 판단하세요." 부두에는 바람이 씽씽 소리를 내며 불었지만 내 안에서 온기가 느껴졌다. 육아지원센터에서 만난 여성들이 자기 엄마의 원치 않은 조언 때문에 투덜댈 때 나는 내 엄마의 주옥같은 충고가 간절했다. 엄마가 얼마든지 방해해도 괜찮을 것 같았고 엄마의 방문과 전화와 도움의 손길이 정말 소중할 것 같았다.

"난 널 가졌을 때 유일하게 먹고 싶었던 게 올리브였어. 그런데 넉넉히 구할 수가 없었지. 아빠 말에 따르면 갓 태어난 넌 올리브 같았대."

내 얼굴에서 미소가 사라지자 엄마는 재빨리 화제를 바꾸었다.

"마크는…… 잘해주니?"

"정말 좋은 아빠예요."

엄마는 의아한 듯 나를 보았다. 나는 엄마의 질문에 엉뚱하게 대답했다. 제대로 대답할 수 있을지 확신이 들지 않았다. 마크가 내게 잘해주나? 그는 친절하고 사려 깊었다. 내 말을 잘 들어주었고 집안일도 도왔다. 그렇다, 그는 내게 잘해주었다.

"전 운이 정말 좋아요."내가 말했다. 임신했을 때 마크는 내 옆에 붙어 있을 필요가 없었는데도 곁에 있었다. 그렇게 할 수 있는 남자는 많지 않을 것이다.

"마크를 만나보고 싶구나."

나는 그럴 수만 있다면 얼마나 좋겠느냐고 말하려다가 엄마의 얼굴을 보았다. 엄마는 무척 진지했다. "설마…… 그건 불가능해요."

"그럴까? 먼 친척이라고 하면 되잖아. 잠시 연락이 끊겼다든지 사이가 안 좋았다든지……." 엄마는 단념한 듯 말끝을 흐렸다.

부두 아래 일렁이는 파도 속에서 뭔가 움직이는 것이 얼핏 보였다. 팔과 머리였다. 누가 물속에 있었다. 반쯤 일어나 보고서야 그들이 물에 빠진 것이 아니라 수영하고 있다는 것을 알았다. 나는 그들을 대신해 몸을 떨며 벤치에 주저앉았다.

내가 스스로 정한 기한까지는 나흘이 남았다. 경찰에 전화할지, 엄마가 아무도 알아보지 못하는 곳으로 사라지도록 할지 정하기까지 엄마와 보낼 수 있는 시간이. 어떤 결정을 하든 나흘 뒤에는 엄마와 두 번째로 작별해야 했다.

엘라가 태어난 뒤로 내가 간절히 원했던 일을 할 수 있는 시간은 나흘뿐이었다. 마크와 엘라와 엄마와 내가 가족으로 지낼 수 있는 시간은.

나는 궁금했다.

엄마는 마크가 본 몇 장의 사진 속 모습과 전혀 달랐다. 더 마르고 나이 들었고 머리카락은 칠흑 같았고 짧게 자른 머리 모양 때문에 얼굴형도 달라 보였다.

할 수 있을까?

"그런데 마크를 만난 적 없는 게 확실해요?"

엄마는 내 뜬금없는 질문에 눈썹을 추켜올렸다. "만난 적 없다는 건 너도 알잖니."

"경찰이 엄마 수첩에서 마크의 전단을 찾았어요." 나는 감정이 실리지 않게 말하려고 노력했으나 비난조로 들렸다. "마크와 만나기로 약속하셨더군요."

나는 엄마의 깊이 파인 이마 주름과 아랫입술 안쪽을 깨물 때 움직이는 턱을 유심히 살폈다. 엄마는 발아래의 나무 판과 파도를 말끔하게 가르며 수영하는 사람들을 바라보았다.

"아!" 엄마는 수수께끼가 풀렸다는 표정으로 안도하며 나를 보았다. "브라이튼의 상담소구나."

"맞아요. 엄마가 마크를 만나기로 약속했어요."

"그 사람이 마크였다고? 너와 함께 사는 마크? 세상에나, 놀라운 일이구나." 엄마는 손톱 주변의 거스러미를 뜯었다. "네 아빠가 떠난 다음에 집으로 그 전단이 들어왔어. 내가 어땠는지 너도 알잖니. 난 산산조각 난 상태였어. 잘 수 없었고 사소한 일에도 깜짝 놀랐지. 의지할 사람도 없었어. 누군가에게 사실대로 말하고 마음에서 털어내고 싶어서 약속을 잡았어."

"하지만 지키지 않으셨군요."

엄마는 고개를 끄덕였다. "나는 내가 무슨 말을 하든 비밀이 보장될 줄 알았어. 고해성사처럼 말이야. 하지만 전단에 내담자의 생명이 위태롭거나 내담자가 범죄 사실을 밝힌 경우에는 비밀을 보장할 수 없다고 작게 쓰여 있더구나."

"네, 맞아요." 나는 마크가 내담자의 믿음을 배신하고 경찰에 신고한 적이 있는지 궁금했다. 그랬다면 내게 말했을 것이다.

"그래서 안 갔어."

"마크가 기억 못 하더라고요."

"사람을 많이 만날 테니까." 엄마는 내 손을 잡고 엄지손가락으로 쓰다듬었다. "애나, 내가 다시 가족이 되게 해줘. 부탁이야."

잠시 침묵이 흘렀다.

"마크는 엄마라는 걸 알 거예요."

"아니, 모를 거야. 사람들은 자기가 믿고 싶은 대로 믿으니까." 엄마가 말했다. "사람들은 네게 들은 대로 믿을 거야. 내 말 믿어."

나는 엄마 말을 믿었다.

39

믿기 어렵겠지만 크리스마스에는 그 어느 때보다 사람이 많이 죽는다.

날씨가 춥기 때문이기도 하고 병원에서 살리지 못하기 때문이기도 하다. 외로움 때문에 약, 칼, 술에 손대는 사람도 있다. 주먹을 휘두르기도 한다.

나는 1996년 12월 25일에 처음으로 주먹을 휘둘렀다.

메리 크리스마스.

다섯 살이던 애나는 크리스마스트리 옆 포장지가 넘실대는 곳에 앉아서 버즈 라이트이어를 쥐고 기쁨을 숨김없이 드러내고 있었다.

"어딜 가나 품절이더라고." 빌리가 지나치게 으스대며 말했다. "그걸 사려고 내가 어떻게까지 했는지 모를 거야."

애나 옆 바닥에는 바비가 버려져 있었다. 머리카락이 자라고 아이섀도 색이 달라지며 발목도 움직일 수 있는 끝내주는 인형이었다. 내가 힘들게 골라서 돈을 주고 산 바비였다. 애나는 그 인형을 한 번 쳐다보았다. 뒤쪽에 달린 작은 손잡이를 돌려서 머리가 얼마나 빨리 자라는지 보더니 바닥에 내려놓았다. 그 애는 크리스마스 동안 인형을 다시 집을 것 같지 않았다.

나는 첫 잔을 따랐다. 마시고 잔을 내려놓을 때 나를 비난하는 눈빛을 느꼈다. 그래서 한 잔 더 따랐다. 오직 그 이유만으로. 나는 자리에 앉았고 화가 나서 속이 부글거렸다.

당신은 크리스마스 점심을 망쳤다. 칠면조를 너무 익혔고 방울양배추를 덜 익혔다. 당신도 술을 마셨고 그 상황이 우습다고 생각했다. 나는 그렇지 않았다.

당신은 빌리를 계속 붙잡아두려 했다. 나랑 단둘이 있고 싶지 않아서였겠지. 빌리가 가보겠다고 고집하자 당신은 현관문까지 배웅했고 내게는 더 이상 하지 않는 종류의 포옹을 그와 나누었다. 나는 술을 더 마셨다. 속이 더 끓었다.

"내년 크리스마스에는 알리시아를 초대할까?" 당신이 물었다. "그 끔찍한 아파트에 알리시아랑 로라가 있다고 생각하니 마음이 안 좋아."

나는 좋다고 했지만 진심은 아니었다. 솔직히 나는 알리시아가 우리 집에 있는 걸 상상할 수 없었다. 그녀는 우리와 달랐다. 말하는 것도 옷 입는 것도. 그녀는 우리의 세계가 아니라 자신의 세계에 속했다.

우리는 서로를 위해 준비한 선물을 마지막까지 뜯어보지

않았다. 당신은 애나가 잠든 뒤 (너 이상 마를 것도 없는) 칠면조를 은박지로 싼 다음 다섯 살짜리처럼 바닥에 앉자고 했다.

"당신 먼저." 내가 선물을 건넸다. 돈을 주고 포장했는데 당신은 리본을 보지도 않고 풀어버렸고 나는 다음부터는 포장에 신경 쓰지 말자고 생각했다.

"정말 마음에 들어."

그럴 줄 알았다. 카메라는 애나가 탄 그네가 가장 높은 곳에 이른 순간을 포착했다. 애나는 웃고 있었고 다리를 달랑거리며 머리를 흩날렸다. 액자는 은으로 만든 것이었다. 비싼 것이었다. 당연히 좋은 선물이었다.

"이건 당신 선물." 당신은 내 손에 선물을 놓고 긴장했다. "당신 선물은 정말 사기가 힘들어!"

나는 조심스레 테이프를 떼어내고 빨간색과 흰색이 섞인 포장지에서 상자를 꺼냈다. 장신구일까? 아니면 장갑?

선물은 CD였다.

'경음악: 세계 히트곡 모음집. 편안한 마음으로…….'

케이스 한구석에는 당신이 상표를 떼어낸 끈적끈적한 자국이 남아 있었다.

누가 내게서 이십 년을 빼앗아간 것 같았다. 나를 C&A 쇼핑몰로 데려가 허리가 고무줄로 된 베이지색 바지를 입힌 것 같았다. 나는 당신을 만나기 전의, 애나가 태어나기 전의 내 삶을 떠올렸다. 파티와 마약과 하룻밤 상대와 재미가 가득했던 삶을.

그런데 이제 내 삶은 무엇이란 말인가?

경음악 음반이라니.

당신은 순식간에 일어난 일이라고 생각했겠지만 내게는 정반대였다. 시간이 천천히 흘렀다. 내 손은 어느새 주먹을 쥐고 있었고 손톱이 손바닥의 말랑말랑한 살을 파고들었다. 긴장 가득한 떨림이 손목에서 어깨로 흐른 다음 꼭대기에서 잠시 멈추었다가 다시 흘렀다. 그리고 점점 커졌다.

당신은 관자놀이부터 목까지 멍이 들었다.

"미안해." 내가 말했다. 진심이었다. 나는 수치스러웠다. 한 번도 인정한 적은 없었지만 내가 이런 짓까지 할 수 있다는 게 조금 두렵기도 했다.

"잊어버려."

물론 나는 잊지 않았고 당신도 그랬다. 하지만 우리는 잊은 척했다.

다시 그런 일이 일어나기 전까지.

한동안 나는 너무 두려운 나머지 술을 마시지 않았다. 하지만 나는 알코올 의존자가 아니라고 스스로에게 말했다. 그러니 갑자기 술을 끊을 필요가 없다고. 이곳에서는 시원한 맥주를, 저곳에서는 와인을 마시고…… 오래지 않아 나는 저녁 여섯 시가 되기 훨씬 전부터 술을 마셨다.

닫힌 문 뒤에서 무슨 일이 벌어지는지 당신은 몰랐다. 친구 열 명 중 두 명은 가정 폭력에 시달렸다. 두 명이나. 우리에게 친구가 몇이나 있지? 가정 폭력은 우리 집에서만 발생하는 것이 아닐 수 있었다.

이 사실에 나는 어느 정도 안심했다. 우리는 유별나지 않았다.

물론 우리는 이 일을 비밀로 했다. 비밀로 하지 않았다면 그리 오래가지 않았을지도 몰랐다. 하지만 결혼에 실패한 것을 자랑스러워할 사람은 없었다. 희생자가 된 것을 자랑스러워할 사람도 없었다.

당신은 아무 말도 하지 않았고 나도 그랬다.

나는 자제력을 잃었다는 말을 즐겨 했다. 어쨌든 나는 술에 취했을 때만 당신을 때렸으니까. 그것으로 내 책임을 덜었다고 할까?

당신은 그 일로 내게 큰소리 낸 적이 없었다. 하지만 당신도 나도 알고 있었다. 내게 자제력이 적어도 조금은 있었다는 걸. 나는 애나와 한 공간에 있을 때는 주먹질한 적이 없었다. 애나가 어른들 사이가 미묘하게 달라졌다는 것을 알아차릴 만큼 자라고 나서는 그 애가 집에 있을 때도 주먹질하지 않았다. 애나의 존재가 나를 진정시키는 효과가 있기라도 한 것처럼. 이성적인 사람이라면 어떻게 행동해야 하는지를 그 애가 일깨워주기라도 한 것처럼.

무엇보다 애나에게 그런 내 모습을 보여주는 것이 너무 수치스러웠다.

나는 그런 일이 있을 때마다 당신에게 미안하다고 했다. '어쩌다 보니' 일어난 일이었고 미리 계획한 것이 아니었으며 나를 멈출 수 없었다고 말했다. 이제 나는 그런 거짓말을 한 내가 싫다. 나는 내가 무슨 짓을 하는지 잘 알고 있었다. 그리고 처음 그 일이 일어난 뒤로는 아무리 술에 취하고 아무리 화가 나도 멍이 들 정도로 당신을 때리지 않았다.

40

머리

첨단 범죄 수사국은 가장 가까운 경찰서에서 2킬로미터쯤 떨어진 산업 단지 한가운데에 있었다. 경찰차와 정복을 입은 경찰관들의 출입이 엄격하게 통제되는 12구역은 회색 콘크리트 상자 같은 겉모습만 봐서는 그 안에서 수많은 정보통신 전문가가 노트북을 펼친 채 하드 드라이브를 분석하고 암호화된 파일에서 악질적인 외설물을 추출하고 있다는 사실을 전혀 알 수 없었다.

오늘 주차장에는 차가 딱 한 대뿐이었다. 머리는 버저를 누르고 카메라를 올려다보았다.

"뭐예요, 산타 모자 안 쓰고 왔어요?" 알 수 없는 곳에서 목소리가 흘러나오더니 뒤이어 시끄럽게 윙윙대는 소리와 크게 딸깍 소리가 나며 문이 열렸다.

션 다울링은 머리가 도착하기 직전에야 사무실에 들어온

느긋한 성격의 소유자였다. 어깨가 넓고 다부진 그는 환갑이 다 되어가는 지금도 일요일마다 럭비를 했는데 오늘은 콧날이 짙은 자주색으로 자랑스레 멍 들어 있었다. 그는 머리의 손을 힘차게 흔들었다.

"지난주에 파크 하우스와 시합할 때 부를 걸 그랬네요."

머리는 웃음을 터뜨렸다. "은퇴한 지 오래야. 어디에서 그렇게 기운을 얻는지 모르겠군."

"럭비 덕분에 젊게 사는 거죠." 션은 씩 웃으며 문을 열고 잡아주었다. "크리스마스 잘 보냈어요?"

"조용하게 보냈어. 휴일에 불러내서 미안하네."

"농담이시죠? 트레이시 엄마가 집에 와 계시다고요. 머리의 전화를 받고서 전화기를 내려놓기도 전에 반쯤 문밖에 나와 있었는걸요."

두 사람은 함께 걸으며 근황을 확인했고 언제 맥주 한잔하자고 약속하며 왜 그동안 그렇게 격조했는지 궁금하다고 말했다. 머리는 현직에서 일할 때는 사람들과 어울리기가 쉽다고 생각했다. 그때는 새로운 친구를 사귀고 옛 동료들과 연락하기가 쉬웠다. 은퇴 뒤에 경찰서로 돌아가 민간인 신분으로 일하게 되었을 때 현직에서 정말 좋아했던 것들이 그대로 유지되기를 바랐다. 하지만 머리의 동료들 중 다수가 은퇴했기 때문에 퇴근 뒤 맥주 한 잔도 흐지부지됐다. 머리는 로어 미즈의 경찰관 중 안내데스크에서 일하는 민간 경찰이 한때 서섹스에서 가장 촉망받는 형사였다는 사실을 아는 사람이 있기나 할지 의심스러웠다.

션은 탁 트인 널찍한 방 한구석으로 머리를 안내했다. 사람이 아닌 수많은 컴퓨터를 위해 설치된 냉방 장치가 방의 양쪽 끝에서 윙윙 소리를 냈고 통유리 창은 블라인드로 가려지나가는 사람들이 호기심에 안을 들여다보지 못하게 했다.

출근한 사람은 션뿐이었는데 그의 자리 의자에는 짙은 초록색 파카가 걸려 있었다. 책상 위에는 투명한 증거물 봉투가 담긴 보관함 세 개가 놓여 있었고 봉투에 붙인 빨간색 플라스틱 봉인이 이리저리 튀어나와 있었다. 션의 책상 아래에는 뭔가가 담긴 상자가 두 개 더 있었다. 그 안의 봉투에는 각각 휴대전화가 담겨 있었다.

"일이 좀 밀렸어요."

"그런 것 같군."

션은 의자를 하나 끌어오더니 커다란 검은색 스프링 공책을 펼쳤다. 페이지 맨 위에는 다이앤 브렌트-테일러라는 이름으로 전화한 사람의 휴대전화 번호가 적혀 있었다.

"선불 심(SIM) 카드를 사용했더군요. 그래서 휴대전화기를 분석해야 해요. 심 카드는 사고 이후 육 개월 동안 살아 있었는데 그 기간 동안 통화 내역은 한 건도 없었어요." 션은 손가락 사이에서 펜을 지휘봉처럼 돌렸다.

"이 휴대전화가 지금 어디에 있는지 알아낼 방법은 없나?"

"이 사건의 목격자든 누구든 이 휴대전화를 가지고 있는 사람이 전원 버튼을 켜야 해요." 너무 힘주어 돌리는 바람에 펜은 허공으로 날아가 서류 보관함 아래로 들어갔다. 션은 아무 생각 없이 다른 펜을 집어 들고 익숙한 동작을 똑같이 하기 시작했다. 머리는 보관함 아래에 펜이 몇 자루나 있을지 궁금했다. "이제 우리가 할 수 있는 일은 통화 기록을 추출하고 단말기 고유 일련번호(IMEI)를 알아내서……"

"좀 쉬운 말로 설명해주겠나?"

션은 씩 웃었다. "모든 휴대전화에는 열다섯 자리로 된 고유 번호가 있어요. 그게 단말기 고유 일련번호죠. 휴대전화의 지문 같은 거예요. 목격자가 해당 심 카드를 사용한 휴대전화를 파악할 수 있게 되면 거기부터 추적해서 구입 장소를 알아낼 수 있어요."

머리는 그렇게 되면 전화 건 사람을 확인할 가능성이 있을지도 모른다고 생각했다. 직불 카드로 구매한 경우라면 가능성은 더욱 높았다. "언제쯤 결과를 알 수 있겠나?"

"아시다시피 제가 동료의 부탁이라면 늘 기꺼이 들어주지만……" 션은 앞에 아무렇게나 놓아둔 상자를 바라보며 얼굴을 문질렀다. 그리고 멍이 든 것을 잊은 자신의 실수에 인상을 썼다. "그나저나 이 일이 왜 그리 중요한 거죠?"

"별로 중요하지는 않아." 머리는 필요 이상으로 아무렇지 않다는 듯 말했다. "피해자 딸이 사인심문에 대해 걱정스러운 점이 있다고 찾아왔기에 좀 알아보고 있는 것뿐이네."

"근무 시간 외에 별도로요? 그분이 이걸 알고 고마워해야 할 텐데요."

머리는 책상을 보았다. 애나와 했던 통화를 생각하지 않으려 애썼다. 그가 좋지 않은 때 전화를 걸었을 뿐이었다. 이 시기에 그녀는 괴로울 수밖에 없을 것이고 그녀가 의혹을 품는 것은 자연스러운 현상이었다. 일단 그가 애나의 부모에게 의심스러운 일이 발생했다는 결정적인 증거를 찾고 나면 그녀는 어떻게든 조사를 계속했다는 데 감사할 것이다. 하지만 머리의 귓가에는 애나가 전화를 끊을 때의 날카로운 소리가 아직도 울렸다.

션은 머리가 자신에게 실망해서 그런 표정을 지은 줄 착각하고 한숨을 쉬었다. "제가 뭘 할 수 있는지 알아볼게요."

"그럼 고맙겠네."

"그보다 수첩 좀 꺼내보세요. 맥주 마실 일정을 잡아야겠어요. 이렇게 하지 않으면 또 못 만날 테니까요." 션은 노트북의 일정표를 열어서 날짜를 휙휙 넘겼고 이미 약속이 꽉 찼다는 것을 깨달았다. 머리는 내셔널트러스트에서 만든 수첩을 꺼내 참을성 있게 페이지를 넘겼고 션이 비어 있는 날을 찾자 펜을 빌려 깨끗한 페이지에 적어 넣었다.

산업 단지에서 출발해 운전하는 동안 머리는 라디오에서 나오는 노래를 흥얼거렸다. 겨울 햇살이 은은하게 비쳤다. 운이 좋으면 션은 오늘 늦게 연락할 것이다. 범죄수사과에 제출할 보고서가 늦어지더라도 연휴라는 타당한 이유가 있었다. 보고서를 작성하기 전에 휴대전화에서 뭔가를 얻을 수 있다면 용의자를 추가 작성해서 제출할 수 있을 것이다.

휴대전화를 조사하는 것 말고도 다이앤 브렌트-테일러의 집에 방문한 일과 관련해 그를 계속 괴롭히는 것이 있었다. 물론 다이앤은 범인이 아니었다. 머리는 사람의 성향을 잘 파악한다고 자부하는데 카디건과 니트를 세트로 입고 진주 귀걸이를 한 연금 수급자가 살인자라면 그는 중절모를 씹어 먹을 수 있었다.

하지만 분명 뭔가가 있었다.

현관문 옆 메모판에서 본 뭔가였다. 전단이었던가? 카드였나? 머리는 기억나지 않아 정말 짜증이 났고 그가 찾아갔던 날 다이앤이 떠나려고 짐을 챙기고 있었기 때문에 다시 찾아가서 확인할 수도 없었다.

그는 집에 도착해 현관문에 열쇠를 꽂은 채 잠시 기다렸다. 익숙한 불안감이 가슴속에 차올랐다. 이렇게 현관문 앞에서 멈칫한다는 것은 평온한 삶이 끝났다는 뜻이자 예측할 수 없는 일이 일어났을 수 있다는 뜻이었다. 문 안쪽에서 무슨 일이 기다리고 있을지 몰랐다. 지난 수년간 머리는 집으로 돌아와 전혀 아무렇지 않은 듯 인사를 건넸고 그러면서 세라가 어떤지, 그녀가 자신에게 무엇을 기대하는지 관찰했다. 하지만 그에게는 자신의 세계를 이루는 또 다른 반쪽으로 건너가기 전에 멈추는 삼 초 동안의 시간이 늘 필요했다.

"나 왔어."

세라는 아래층에 있었다. 한결 나아졌다는 뜻이었다. 커튼이 여전히 드리워져 있었다. 머리가 커튼을 젖히자 세라는 얼굴을 찡그리며 손으로 눈을 가렸다.

"기분 어때?"

"피곤해."

세라는 열두 시간 동안 잤지만 밤을 샌 사람 같았다. 눈 주위에 다크서클이 짙었고 피부는 칙칙하고 생기가 없었다.

"먹을 걸 좀 만들어줄게."

"배 안 고파."

"그럼 차 한 잔 마실래?"

"싫어."

머리는 다정하게 이불을 걷어내려 했지만 세라는 거기에 매달려 소파 깊숙이 몸을 묻었다. 동물원의 동물들이 등장하는 어린이 만화가 나오는 텔레비전은 무음 모드였다.

머리는 잠시 서 있었다. 그래도 먹을 걸 만들어야 할까? 음식을 앞에 갖다놓으면 세라의 마음이 바뀌기도 했다. 물론 대부분은 그렇지 않았지만. 대개 머리가 그 음식을 먹거나 버리거나 혹시 그녀가 나중에라도 먹지 않을까 하는 바람에 랩을 씌워놓았다. 머리는 이불 더미를, 아내를 바라보았다. 그녀는 소파 자리 중 머리에게서 최대한 멀리 떨어진 곳으로 가 있었다.

"그럼 아래층에 있을 테니까 필요하면 불러."

세라가 그의 말을 들었는지 알 수 없었다.

머리는 정원에서 빈 재활용 쓰레기 상자를 가져왔다. 그리고 주방 서랍을 하나씩 차근히 열어서 날카로운 칼, 가위, 푸드 프로세서 날을 꺼냈다. 찬장에서 주방용 호일을 가져와서 종이 케이스에 붙어 있는 긴 금속 톱니도 떼어냈다. 싱크대 아래에 있는 강력 세제와 서랍장에 있는 일반 의약품도 꺼냈다. 이렇게 해야겠다고 느낀 것은 오랜만이었다. 지금 왜 이런 기분이 드는지는 생각하고 싶지도 않았다. 대신 그는 다이앤 브렌트-테일러의 집에 갔던 일을 머릿속으로 계속해서 되짚었다. 메모판에서 눈길을 사로잡았던 것이 무엇이있는지 떠오르지 않을까 해서였다.

현관문은 흰색 강화플라스틱 소재였고 문밖에 깔린 매트는 코코넛 열매 겉껍질로 만든 섬유와 고무가 섞인 소재였다. 안쪽 현관 바닥은 합판이었고 짙은 빨간색 벽 때문에 이미 어두침침한 아래층이 더 어두워 보였다. 메모판은 잡다한 물건을 모아놓은 선반 위 왼쪽에 붙어 있었다. 선반에 뭐가 있었더라? 머리빗, 엽서, 열쇠. 머리는 물건의 형체가 떠오를 때까지 선반 구석구석을 머릿속으로 그려보았다. 어린 시절에 하던 기억력 게임을 성인용으로 응용한 방법이었다.

그는 꺼낸 물건을 몽땅 재활용 쓰레기 상자에 넣어서 정원 아래쪽으로 가져갔다. 창고 문을 열어 먼지 쌓인 포장지 아래에 상자를 잘 숨겼다.

그러는 동안에도 계속 메모판을 떠올렸다. 거기에 뭐가 있었지? 적어도 엽서 세 장이 더 있었다. 하나는 테이블산(山) 사진이 있는 엽서였다. (케이프타운은 그가 가보고 싶은 곳이라서 기억하고 있었다) 미용실 전단도 있었다. 전화번호 목록도. 그 목록에 아는 이름이 있었나? 그래서 이렇게 자꾸 신경이 쓰이나?

"뭐 해?"

머리는 세라가 정원으로 나오는 것을 보지 못했다. 바로 뒤에서 목소리가 들리자 그는 허둥지둥했지만 마음을 가라앉히고 돌아보았다. 세라는 몸을 떨고 있었다. 따뜻한 곳에 있다가 잠깐 나와 있었을 뿐인데도 그녀의 입술에 푸른 기가 돌았다. 세라는 맨발이었고 양손을 각각 반대쪽 소매에 넣은 채 팔로 몸을 감싸고 있었다. 손가락이 규칙적으로 움직이는 것으로 보아 긁어서 이미 빨개진 피부를 계속 긁고 있었다.

머리가 양손으로 세라의 팔 위쪽을 잡자 그녀는 그 행동을 멈추었다.

"나 배고파."

"먹을 걸 만들어줄게."

머리는 그녀를 데리고 정원을 지났고 슬리퍼를 찾아 신긴 다음 주방에 앉혔다. 세라는 그가 뭉툭한 칼로 빵을 찢어가며 샌드위치를 만드는 동안 아무 말도 하지 않았다. 하지만 그녀는 게걸스레 샌드위치를 먹었고 머리는 이번에는 자신이 이겼다고 생각했다.

"존슨 사건 때문에 생각 중이었어." 그는 세라가 흥미를 느껴 눈이 반짝거리는지 유심히 보았지만 그러지 않았다. 심장이 내려앉았다. 머리는 세라를 대상으로 나름대로 검사를 시행했고 그 결과는 머리가 이미 아는 사실을 확인시켜주었다. 세라는 또다시 힘든 시기에 접어들고 있었다. 그는 구해줄 배 한 척 없는 수로 한가운데의 깊은 물속에서 허우적대는 느낌이었다. "아직까지는 이렇다 하게 중요한 게 없네." 그는 이렇게 덧붙였다. 애나가 마음을 바꾸었다는 이야기도 할 수 없었고 더 이상 사건 조사가 그와 세라의 구명줄이 아니라는 사실도 말할 수 없었다.

세라는 먹기를 멈추었다. 그를 바라보는 그녀의 이마가 깊이 주름졌다.

"애나 손슨이 더 이상 조사를 원치 않아." 머리는 세라의 반응을 못 본 척하며 천천히 말했다. 마치 자신에게 말하듯. 그는 세라의 접시 오른쪽의 한 지점을 응시했다. "왜 내가 시간이 날 때마다 그 사건을 조사했는지……."

"왜 원치 않는대?"

"몰라. 중단해달라고만 말했어. 화내더니 그대로 전화를 끊었어."

"화낸 거야, 두려워한 거야?"

머리는 세라를 보았다.

"두려워해도 화난 것처럼 들릴 수 있어. 당신이 조사하는 걸 더 이상 원치 않는 것처럼 들릴 수 있다고."

"애나는 중단해달라는 의사를 분명히 밝혔어." 머리는 애나가 전화기를 거칠게 내려놓은 일을 떠올리며 이렇게 말했다. "내 도움이 필요하지 않대."

세라는 생각에 잠겼다. "도움을 원치 않을지도 모르지." 그녀는 샌드위치를 집어 들었다가 옆으로 치우고 머리를 보았다. "하지만 도움이 필요할 수는 있어."

41

애나

전화벨 소리가 복도에 울려 퍼졌다. 우리 둘 다 휴대전화
를 쓰기 때문에 집 전화가 울리는 일은 좀처럼 없었다. 전화
가 오더라도 이중창 구입 권유 전화나 설치당 과금 방식(PPI)
의 피싱 전화가 대부분이었다. 마크가 전화를 받으려고 했지
만 내가 먼저 벌떡 일어났다. 머리 매켄지의 전화를 황급하
게 끊어버린 지 이틀이 지났고 그 뒤로 나는 그가 다시 전화
하기를 기다리며 안절부절못하고 있었다.

"내가 받을게요." 나는 마크에게 이 일을 말하지 않았다.
뭐라고 한단 말인가? 기일에 배달된 카드는 짓궂은 장난으로
여길 수 있을지 모르지만 창문으로 날아든 벽돌은 마크가 그
냥 넘길 일이 아니었다. 그는 사건을 조사 중인 경찰관에게
매일 전화했다.

"분명 '할 수 있는 모든 것을 다 하고' 있겠지." 마지막으로

통화한 뒤에 그가 말했다. "그게 충분하지 않은 것 같아서 그렇지."

"지문은 찾았대요?" 경찰에게는 부모님의 DNA와 지문이 있었다. 집과 회사에서 쓰는 소지품에서 채취해 갔다. 시신이 떠오르면 신원을 확인할 수 있지 않을까 해서였다. 나는 아빠가 이 사실을 아는지, 혹시 부주의하게 흔적을 남기지는 않았는지 궁금했다. 벽돌에서 아빠의 지문이 발견되면 무슨 일이 일어날까? 경찰은 아빠가 죽지 않았다는 사실에 이어 엄마도 그렇다는 것을 알게 될 테지. 두 사람은 떼어놓을 수 없었다. 한 사람이 감옥에 가면 다른 한 사람도 분명 가게 될 것이다.

나는 그러기를 원하는 것일까?

"쪽지에서는 발견되지 않았고 벽돌은 표면이 거칠어서 지문을 찾기가 힘들대."

나는 안도하는 자신에게 놀랐다.

"고무줄에서 채취한 DNA 분석 결과를 기다리고 있다더군." 마크는 결과에 이미 희망이 없다는 듯 어깨를 으쓱했다. 그동안 엘라 방 창문은 수리되었고 집 앞과 뒤에 설치할 보안등도 주문했다.

"여보세요?" 내가 전화를 받으며 말했다.

상대는 말이 없었다.

"여보세요?" 배 속에서 두려움이 차올랐다.

침묵이 흘렀다. 정확하게는 침묵이 아니었다. 부스럭대는 소리와 숨소리가 들렸다.

아빠일까?

소리 내어 말하지는 않았다. 그럴 수 없었다. 마크가 듣고 있기 때문이기도 했고 내 목소리가 뜻대로 나오지 않을까봐 걱정되어서이기도 했다. 아빠가 엄마에게, 그리고 내게 한 짓 때문에 마음과 머리에 분노가 가득한데 말을 하는 순간 이 모든 것이 무색해질 것 같았다. 지난주 내내 밀려온 분노와 증오가 이십육 년 동안의 사랑 때문에 아무것도 아닌 것이 될 것 같았다.

나는 이십육 년 동안의 사랑이 아니라 거짓말이라고 되뇌며 나를 괴롭히는 기억을 지우고 마음을 단단히 먹었다. 늦는다고, 생일 축하한다고, 빌리 삼촌과 출장 갔다고, 복습하라고, 필요한 것 없느냐고, 〈플래닛 어스〉를 녹화해달라고 전화하던 아빠에 대한 기억을 지우려 애썼다.

이런 기억을 새로고침 한 다음 이제야 알게 된 진실을 보려 했다. 홧김에 내가 만든 문진을 벽에 던지고 술에 의지해 하루를 보내고 집 여기저기에 술병을 숨기고 엄마를 때리는 아빠의 모습을.

전화를 내려놓을 수 없었다. 발이 얼어붙은 듯 그 자리에 서서 전화기를 귀에 대고 힘껏 눌렀다. 아빠가 말하기를 간절히 기다리는 동시에 아빠가 무슨 말을 할지 두려워하면서.

아빠는 아무 말도 하지 않았다.

작게 딸깍 소리가 나더니 전화가 끊어졌다.

"아무 말이 없네요." 나는 거실로 돌아가 마크의 궁금해하는 눈빛에 이렇게 대답했다.

"좀 걱정스러운데. 경찰에게 알려야겠어. 전화를 추적할 수 있을지도 모르잖아."

그럴 수 있을까? 나는 그러기를 원할까? 제대로 생각할 수 없었다. 경찰이 아빠를 체포하면 우리는 무사할 것이다. 엄마도 무사할 테고. 아빠의 가짜 자살이 밝혀질 테고 아빠는 감옥에 가겠지. 엄마도 곤란해지겠지만 가정 폭력은 분명 충분히 경감 사유가 될 것이다. 비슷한 상황에서 무죄를 선고받는 여성도 많으니까.

하지만.

아빠는 공중전화를 이용했을지 모른다. 그곳에 폐쇄회로 텔레비전이 설치되어 있을지도 모른다. 경찰이 전화를 추적해서 찍힌 장면을 보겠지. 그러면 아빠가 아직 살아 있다는 것은 알게 되겠지만 그렇다고 아빠가 별일 없이 감옥에 갇힌다고 보장할 수는 없다. 어쩌면 아빠는 영영 감옥에 갇히지 않을 수도 있다. 엄마의 가짜 자살이 드러난 뒤에도 아빠는 감옥 밖에 있을지도 모른다. 자유로운 상태로 엄마를 위협하면서.

"콜센터 같은 곳에서 걸려 왔나봐요. 뒤로 다른 교환원들 소리가 들렸어요."

일단 거짓말을 시작하면 계속하기는 쉬웠다.

문자메시지가 온 시간은 여덟 시였다. 텔레비전에서는 리처드 브리어스가 초창기에 출연한 고전 영화가 재방송되고 있었는데 우리 둘 다 보고 있지 않았다. 우리는 둘 다 휴대전화를 보며 아무 생각 없이 페이스북 새 글을 확인하고 하나

걸러 '좋아요'를 누르고 있었다. 내 휴대전화는 무음 상태였는데 '앤젤라'라는 이름으로 저장한 번호에서 온 문자메시지가 화면에 나타났다.

지금 어때?

심장이 격하게 뛰었다. 나는 마크를 흘끗 보았지만 그는 내게 주의를 기울이지 않았다. 나는 답장을 썼다.

이래도 되는지 확신이 안 서요.

애나, 부탁이다. 이곳에 머무는 위험을 얼마나 더 무릅쓸 수 있을지 모르겠어.

나는 다시 문자메시지를 썼다. 지우고 다시 썼다가 그것도 지웠다.
엄마를 이곳으로 데려와 마크에게 소개할 생각을 하다니. 엄마는 죽은 것으로 되어 있었다. 그래, 엄마는 머리가 달라졌고 더 말랐고 더 나이 들어 보였다. 하지만 그래도 내 엄마였다.
마크는 알 것이다.

죄송해요. 못 하겠어요.

이렇게 쓰고 '전송'을 누른 순간 초인종이 울렸다. 확신에 찬 분명한 소리였다. 나는 두려움에 눈이 휘둥그레져서 고개를 들었다. 마크는 이미 일어나서 가고 있었고 나는 재빨리 그를 따라 현관으로 갔다. 스테인드글라스에 비친 윤곽을 보니 엄마가 틀림없었다.

마크가 문을 열었다.

엄마가 긴장했는지 아닌지 알 수 없었지만 긴장했더라도 잘 숨기고 있었다.

엄마는 마크의 눈을 보았다. "당신이 마크군요."

아주 짧은 시간이 흐른 뒤에 마크가 대답했다. 나는 심장 박동 소리가 마크에게 들릴 것이라고 확신하면서도 그의 옆에 섰다. 그는 예의 바르게 설명을 기다렸고 나는 연극을 계속하는 것 말고는 대안이 없다는 것을 알았다.

"앤젤라! 마크, 이분은 엄마의 육촌 친척이세요. 어제 우연히 만났는데 당신과 엘라를 만나보고 싶다고 하셔서……." 나는 말끝을 흐렸다. 이제 와서 보니 엄마와 내가 해변을 거닐며 지어낸 이야기는 터무니없었다. 마크에게 거짓말하고 있다는 생각에 속이 울렁였다.

하지만 거짓말은 그를 보호하기 위한 것이었다. 마크가 부모님의 범죄에 얽히게 할 수는 없었다. 그러지 않을 것이다.

마크는 예고 없이 방문한 손님이 익숙하다는 듯 환하게 웃으며 한 걸음 물러났다. 나는 그의 쾌활한 겉모습에 숨은 걱정을 엄마도 보았는지 궁금했다. 내가 친척 이야기를 한 적이 없어서 걱정하는 것일까? 아니면 정신이 불안정한 아내가 누군가를 초대했다는 사실을 또다시 깜빡하고 알려주지 않아서? 후자이기를 바랐다.

나는 의심스러워하는 기색이나 엄마를 알아본 기색이 있는지 마크의 얼굴을 열심히 살폈다.

아무것도 없었다.

이제야 나는 마크의 전단에 쓰인 엄마의 글씨 때문에 내가 얼마나 불안해했는지 깨달았다. 양쪽에서 안심되는 말을 들었는데도 이런 식의 확인이 얼마나 필요했는지를.

"안녕하세요. 제가 마크입니다." 그는 손을 내밀더니 너무 예의를 차렸다는 생각에 고개를 저으며 웃음을 터뜨렸다. 그러더니 한 발 다가가서 엄마를 따뜻하게 포옹했다. "만나서 반갑습니다."

나는 숨을 내쉬었다.

"캐럴라인과 다퉈서 사이가 안 좋았어요." 거실에 앉아 와인 잔을 들었을 때 엄마가 말했다. "뭐 때문에 싸웠는지 기억도 안 나지만 몇 년 동안이나 말을 안 했고……" 엄마는 말끝을 흐렸다. 나는 엄마가 할 말이 생각나지 않아서 그런 줄 알았지만 엄마는 침을 꿀꺽 삼켰다. "이제는 너무 늦어버렸군요."

마크는 소파 팔걸이에 팔을 기댔다. 엄지손가락을 턱 아랫부분에 괸 채 집게손가락으로 윗입술을 가볍게 문질렀다. 귀기울여 들으며 생각하고 있다는 뜻이었다. 그는 엄마가 죽은지 일 년 뒤에 '앤젤라'가 느닷없이 이스트본에 나타난 것을 이상하게 생각할까? 내 눈은 마크와 엄마를 바삐 오갔다. 엄마는 아주 잠깐 나와 눈을 마주치더니 시선을 내렸다. 휴지를 찾고 있었다.

"과거는 바꿀 수 없죠." 마크가 친절하게 말했다. "과거를 대하는 우리의 감정을 바꿀 수 있을 뿐이에요. 그 과거가 미래에 영향을 미치는 방식과요."

"맞아요." 엄마는 코를 푼 다음 너무도 친숙한 몸짓으로 휴지를 소매에 끼워 넣었다. 그 몸짓에 나는 잠시 숨을 쉴 수 없었다. 리타는 엄마와 최대한 가까운 곳에 앉아 있었다. 어찌나 몸을 심하게 기댔는지 엄마가 다리를 움직이면 넘어질 것 같았다.

"대단하신데요?" 마크가 말했다. "리타는 대개 낯선 사람을 경계하거든요." 나는 엄마의 눈을 감히 쳐다볼 수 없었다.

"애나와 가까운 분을 만나니 정말 좋군요. 물론 빌리는 만난 적 있어요. 가족처럼 지내는 캐럴라인의 대녀 로라도요." 마크는 나를 곁눈질하며 곧 할 말 때문에 기분 상하지 말라는 뜻으로 윙크했다. "친지 좌석에 앉으실 분이 또 한 분 늘었군요."

"결혼하려고요?"

"아니요." 나는 대신 대답한 뒤에 마크를 따라 웃음을 터뜨리고는 자세를 바꿔 앉았다.

"앤젤라, 애나 좀 설득해주세요. 저는 운이 별로 없나봐요." 농담 삼아 툭 던진 말이었다.

"하지만 애나, 넌 너무 어리잖니!"

"스물여섯 살이에요." 엄마는 내 나이를 모른다는 듯, 지금의 나보다 더 어린 나이에 구 개월 동안 배 속에 나를 품고 있었던 적 없었다는 듯 말했다.

"뭐든 서두르면 안 돼."

불편한 침묵이 흘렀다. 마크는 기침했다.

"앤젤라, 결혼하셨어요?"

"별거 중이에요." 엄마는 나를 흘끗 보았다. "별로 좋지 않은 결혼 생활이었죠."

다시 어색한 침묵이 흘렀다. 엄마와 나는 어쩌다가 별거하게 되었다고 말할지 생각 중이었고 마크는…… 무슨 생각을 하고 있을까? 훌륭한 상담사의 표정에서는 아무것도 알 수 없었다.

"이스트본에는 얼마나 계실 예정이세요?" 내가 물었다.

"그리 오래 있진 않을 거야. 새해가 되기 전까지만 있으려고. 중요한 사람들을 만나기에 충분한 시간이야. 그렇지 않은 사람들은 피해 다니고 말이지." 엄마는 웃음을 터뜨렸다.

마크는 씩 웃었다. "어디에서 묵고 계세요?"

엄마의 뺨이 빨갛게 달아올랐다. "호프에서요." 마크의 표정에는 변화가 없었지만 엄마는 더욱 당황했다. "상황이 좀 빠듯하기도 하고…… 어쨌든 고작 며칠이니까요. 괜찮아요."

"저희 집에 계시면 어떨까요?" 마크는 이미 물었으면서 확인하려고 나를 쳐다보았다. "방도 많은 데다가 엘라와 함께 시간을 보내시면 정말 좋을 거예요."

"아, 그럴 수는……"

"꼭 그러시면 좋겠어요. 그렇지?"

나는 엄마도 나처럼 놀라고 불안한 눈빛인지 확인하고 싶었지만 도저히 쳐다볼 수 없었다. 엄마는 자기가 안전하다고 생각했다. 아빠가 엄마를 쫓아오지 못했을 것이라고 생각했다. 만약 엄마가 이곳에 있는 것을 아빠가 알면…….

"그럼요." 나는 어느새 이렇게 말하고 있었다. 안 된다는 핑계로 달리 할 말이 없었기 때문이다.

"사실은 부탁드리는 겁니다. 취소할 수 없는 상담이 몇 건 있는데 애나와 엘라만 집에 있지 않았으면 해서요."

나 때문이었다. 마크는 내게 신경 쇠약 같은 것이 올까봐 걱정했다. 영 잘못 짚은 것은 아니었다.

"음, 정말 그리 원한다면……."

"저희 둘 다 원하고말고요." 마크는 우리 둘을 대변해서 대답했다.

"그렇다면 기꺼이 있을게요. 고마워요."

마크는 나를 보았다. "로라를 데려오는 게 좋겠어. 앤젤라, 로라를 만나신 적이 있나요?"

엄마는 계속 미소 짓고 있었지만 안색이 창백했다. "모…… 못 만난 것 같군요."

나는 두 사람을 따라 미소 지었다. 그러면서 다 잘될 거라고 되뇌었다. 마크는 출근할 것이다. 로라는 새로운 일을 시작했다거나 친구들과 계속 약속이 있다고 말하면 그만이었다. 사람들 눈에 띄지 않도록 엄마를 계속 실내에 머물게 하면 누군가가 의심할 이유도 없었다.

그렇다면 아빠는?

맥박이 빨라졌다.

나는 사람들이 알아볼 수도 있기에 아빠가 이곳에 오기를 원하지 않을 것이라고 생각하려 애썼다. 엄마는 북부에 숨어 있었고 아빠는 그곳에서 엄마를 찾았다. 그러니 계속 그곳에서 엄마를 찾아다닐 것이다.

하지만……

자살일까? 다시 생각해봐.

아빠는 카드를 보냈다. 벽돌도 던졌다. 엄마가 무슨 짓을 했는지 알고 있었다. 내가 경찰서에 간 것도 알았다. 어찌 된 일인지 몰라도 아빠는 이 집에서 일어나고 있는 일을 정확히 알았다. 엄마가 오크 뷰에 있다는 사실을 지금 당장은 모른다 해도 곧 알게 될 것이 분명했다.

맥박은 더욱 빨라졌다. 아빠는 엄마가 이곳에 있다고 생각해서 집으로 전화를 걸었을까? 엄마가 받기를 바랐을까? 확인이 필요했을까?

아빠가 터무니없는 계획을 처음 말했을 때 엄마가 경찰서에 갔더라면 이런 일은 하나도 일어나지 않았겠지. 엄마가 가짜 자살을 유일한 탈출 방법이라고 생각하지도 않았을 테고 나도 지금처럼 이곳에서 범죄자를 숨겨주고 있지 않았을 것이다. 엄마는 그러지 말았어야 했다.

아빠가 사라지는 것을 절대 돕지 말았어야 했다.

42

나는 가급적 도움을 받지 않고 그 일을 해내고 싶었다.

하지만 그건 불가능했다.

혼자서 실행하기가 너무 어려웠다. 차 한 대는 비치 헤드에 남겨져야 했고 우리를 태우고 돌아갈 차 한 대가 더 필요했다. 사건을 조작할 목격자가 필요했고 흔적을 지우고 증거를 없애야 했다. 두 사람도 버거웠다.

애나에게 도움을 요청할 수도 있었다. 그 애에게 모두 말하고 우리를 위해 거짓말해주면 세상을 다 주겠다고 약속할 수도 있었다. 하지만 애나를 끌어들이고 싶지 않았다. 내 인생을 망친 것처럼 그 애 인생을 엉망으로 만들고 싶지 않았다.

어쨌든 이제 애나는 이 일에 아주 깊이 관여하게 되었다.

애나는 겁에 질려 있었다. 그건 싫었지만 방법이 없었다. 내 거짓말이 드러나고 있었고 경찰이 물러나지 않으면 우리가 한 짓이 모두 신문에 도배될 것이다. 그리고 나는 감옥에 가겠지. 경찰이 나를 찾을 수 있다면 말이다.

다른 사람을 끌어들이는 것 말고는 방법이 없다고 생각했다.

혼자서 더 열심히 노력해야 했다.

혼자 실행에 옮겼다면 다른 사람을 믿을 필요가 없었을 텐데. 뜬눈으로 밤을 보내며 비밀이 샜는지 궁금해할 필요도 없었을 텐데.

혼자 실행에 옮겼다면 그 돈을 지킬 수 있었을 텐데.

43

머리

머리는 라디오 소리에 잠에서 깼다. 눈을 뜨고 똑바로 누워 눈 속 티끌이 씻겨 나가고 잠이 제대로 깰 때까지 천장을 보며 눈을 깜빡였다. 어제저녁에 세라는 소파에서 잠들었다. 머리는 그녀가 위층으로 올라오지 않으리라는 것을 알았지만 막상 침대 절반이 그대로인 모습을 보자 실망스러웠다.

라디오 소리는 컸다. 누가 세차를 하거나 정원을 손질하는 모양이었다. 이 거리에 사는 사람들이 크리스 에반스의 목소리를 듣고 싶어 하는지 아닌지 생각도 하지 않고. 머리는 다리를 휙 돌려 침대에서 나왔다.

손님방 역시 비어 있었다. 이불은 계속 아래층 소파에 있었다. 세라는 오늘 하이필드에 예약되어 있었다. 머리는 차우드리 선생과 단둘이 이야기하려 애써볼 생각이었다. 지난 이틀 동안 세라가 어땠는지 말하고 싶었다.

계단을 반쯤 내려갔을 때 머리는 라디오 소리가 집 안에서 난다는 것을 알았다. 거실 커튼이 걷혀 있었고 이불은 소파 위에 말끔하게 접혀 있었다. 주방에서 크리스 에반스가 자기가 한 농담에 웃음을 터뜨리는 소리가 들렸다.

"멍청하긴. 음악이나 틀어."

머리는 마음이 들떴다. 세라가 라디오 진행자에게 욕했다면 그들의 말을 듣고 있었다는 뜻이었다. 무언가를 듣는다는 것은 자기만의 세계에서 빠져나와 다른 사람의 세계로 들어갔다는 뜻이었다. 지난 이틀간 세라는 그렇게 하지 않았다.

"라디오 포에는 멍청한 사람 없어." 머리는 주방으로 가서 세라에게 말했다. 어제 입은 옷을 그대로 입은 그녀에게서 희미하게 땀 냄새가 났다. 희끗한 머리에는 기름기가 흘렀고 피부는 여전히 생기 없고 피곤해 보였다. 하지만 세라는 깨어 있었고 꼿꼿하게 서 있었다. 그리고 스크램블드에그를 만들고 있었다.

"닉 로빈슨은 어때?" 머리가 물었다.

"난 그 사람 좋아."

"하지만 멍청이지."

"그 사람은 토리당 지지자야. 똑같지 않지." 머리는 선반 옆에 서서 세라를 돌려세워 그녀와 마주보았다. "음, 가끔은 똑같이 멍청해. 오늘은 어때?"

세라는 인정하고 싶지 않다는 듯 머뭇거리다가 천천히 고개를 끄덕였다. "괜찮은 것 같아." 그녀가 머뭇거리며 미소 짓자 머리는 그녀에게 다가가서 입 맞췄다.

"내가 마저 준비할 테니까 가서 좀 씻는 게 어때?"

"냄새나?"

"아주 조금 향기가 나." 세라가 뭐라고 반박하려고 입을 벌리자 머리는 싱긋 웃었고 그녀는 눈을 굴리더니 순순히 욕실로 향했다.

세라가 나타나자 머리는 통화를 끝냈다. 그는 휴대전화를 주머니에 넣고 오븐에서 따뜻하게 데운 접시를 두 개 꺼냈다.

"쇼핑하러 갈 기분까지는 아니지?"

세라는 긍정적으로 생각하려 애썼는데도 얼굴이 움찔하더니 입술이 굳었다. "복잡할 거야."

머리는 크리스마스와 새해 사이에는 되도록 쇼핑을 피했고 텔레비전 광고를 보아하니 할인 판매가 이미 한창이었다. "응, 그렇겠지."

"난 집에 있으면 안 될까?" 세라는 머리의 표정을 보고 고개를 꼿꼿하게 들었다. "혹시 날 혼자 둬도 될까 생각하는 거라면 돌봐줄 필요 없어. 자살하지는 않을 거니까."

머리는 그녀가 행동으로 옮겼던 수많은 자살 시도를 아무렇지 않게 떠올리게 하는 말에 반응하지 않으려 애썼다. "그런 생각 안 했어." 하지만 전에는 했다. 당연히. "그냥 다음에 가야겠다."

"무슨 일인데?"

"첨단 범죄 수사국의 션에게서 이메일이 왔어. 999에 탐 존슨의 자살을 신고할 때 쓰인 전화기가 브라이튼의 폰즈포올에서 구입한 거래."

373

"그곳에 누가 구입했는지 기록이 남아 있을 것 같아?"

"그러길 바라."

"어서 가봐!" 세라는 음식을 잔뜩 얹은 포크를 허공에 대고 흔들었다. "생각해봐. 범죄수사과에서 이런 일이 벌어졌는지 알기도 전에 당신이 모두 마무리 짓는 거야."

머리도 같은 생각을 하고 있었지만 이 말에 웃음을 터뜨렸다. 물론 그가 범인을 직접 체포할 수는 없지만 모든 것을 준비할 수는 있었다. 그런 다음에는…… 그런 다음에는 어쩌지? 다른 미해결 사건을 조사해야 하나? 아니면 다른 사람의 수사에 참견해야 하나?

머리는 삼십 년 동안 근무하고 나서도 은퇴할 마음의 준비가 되지 않았다. 가족 같은 경찰 동료들을 떠나고 누군가의 삶에 영향을 끼칠 만한 일을 했다는 만족감에서 한발 물러날 준비가 되지 않았다. 하지만 영원히 머물 수는 없었다. 때가 되면 내려와야 할 것이다. 나이가 더 들거나 병에 걸릴 때까지 버티다가 내려올까? 삶의 마지막 몇 년을 즐기지도 못할 정도로 노쇠해질 때까지 버티다가?

머리는 세라를 보았고 그 순간 존슨 사건이 마무리되면 어떻게 해야 할지 정확히 알게 되었다. 그는 은퇴할 것이다. 이번에는 정말로.

세라는 상태가 좋은 날도 있고 나쁜 날도 있었다. 머리는 좋은 날을 더 이상 놓치고 싶지 않았다.

"정말 혼자 있어도 괜찮겠어?"

"괜찮아."

374

"삼십 분마다 전화할게."

"어서 가."

머리는 집을 나섰다.

휴대전화 가게 안 천장에는 최신형 블루투스 스피커를 광고하는 커다란 간판이 매달려 있었고 손님들은 휴대전화 기종의 차이를 비교하려 애쓰며 당혹스러운 표정으로 판매대를 자세히 살피고 있었다. 머리는 곧장 가게 한가운데로 가서 가장 비싼 최신형 아이폰이 전시된 판매대 옆에 섰다. 이 방법이 직원을 부르기에 가장 효과적이기 때문이다. 당연하게도 오래 지나지 않아 이제 막 학교를 졸업한 듯 보이는 청년이 재빨리 다가왔다. 직원이 입은 연푸른색 정장은 어깨가 너무 헐렁했고 바지는 운동화 위로 살짝 주름지게 내려가 있었다. 반짝이는 금색 이름표에는 '딜런'이라고 쓰여 있었다.

"근사하지 않습니까?" 직원은 아이폰 진열대를 고갯짓했다. "5.5인치 화면에 무선 충전이 가능하고 올레드 디스플레이입니다. 완전 방수고요."

머리는 뒷주머니에 넣어둔 휴대전화를 두 번이나 변기에 빠뜨린 사람에게나 중요할 법한 장점에 잠시 마음을 빼앗겼다. 그가 빠뜨린 전화기는 이보다 저렴하기는 했지만 중요한 장점이었다. 그는 정신을 차리고 집중한 다음 딜런에게 경찰 신분증을 보여주었다.

"관리자와 이야기를 나눌 수 있을까요?"

"접니다."

머리는 깜짝 놀란 감정을 숨기느라 더욱 열의를 보이며 말했다. "아, 그렇군요! 좋습니다. 저는 2016년 5월 18일 이전에 이 가게에서 휴대전화를 구입한 건을 조사 중입니다." 그는 위쪽을 보았다. 줄지은 손님을 비추는 카메라 두 대가 눈에 띄었다. 가게 입구를 비추는 카메라가 두 대 더 있었다. "폐쇄회로 텔레비전 영상은 얼마나 오래 보관하십니까?"

"삼 개월이요. 몇 주 전쯤 경찰에서 도난 휴대전화를 잔뜩 가지고 찾아온 적이 있어요. 이곳에서 도난당했다는 것은 확인했지만 육 개월 전에 발생한 일이라 폐쇄회로 영상이 없었죠."

"안타깝군요. 이 휴대전화를 구입한 금전 기록을 추적할 수 있을까요? 용의자가 어떤 방식으로 지불했는지 알고 싶어서요."

딜런은 이 일을 하기 싫어하는 기색이 역력했다. "지금은 너무 바쁜데요." 그는 금전 출납기를 보았다. "크리스마스 연휴잖아요." 그는 머리가 그 사실을 모른다는 듯 덧붙였다.

머리는 몸을 숙이고 텔레비전에 나오는 경찰 같은 인상을 주려고 최대한 노력했다. "살인 사건 수사와 관련이 있습니다. 딜런, 이 일을 처리해주면 사건을 말끔히 해결할 수 있습니다."

딜런은 눈을 크게 떴다. 그리고 단단히 맨 넥타이를 바로 잡으며 살인자가 바로 옆에 서 있을지도 모른다는 듯 주위를 흘끔거렸다. "사무실로 가시죠."

딜런의 '사무실'은 벽장에 이케아 책상을 욱여넣고 고장 난 회전의자를 놓은 곳이었다. 의자 등받이는 술에 취한 사람처럼 한쪽으로 기울어져 있었다. 컴퓨디 위 게시판에는 이 달의 직원에게 주는 상장이 몇 장 붙어 있었다.

딜런은 친절하게도 머리에게 의자를 권하고 자신은 키의 절반 높이로 쌓여 있는 상자에 앉았다. 그러고는 비밀번호를 입력하려고 지저분한 키보드로 손을 뻗었다. 머리는 예의상 시선을 피했다. 벽에는 남자 여섯과 여자 둘을 찍은 사진이 걸려 있었는데 모두 옷을 말끔하게 입고 카메라를 향해 열심히 미소 짓고 있었다. 딜런은 사진에서 왼쪽 두 번째에 있었고 오늘 입은 정장을 똑같이 입고 있었다. 사진 뒤에 댄 두꺼운 종이에는 '2017 폰즈포올 관리자 과정'이라고 쓰여 있었다.

"단말기 고유 일련번호가 뭐죠?"

머리는 션에게서 받은 열다섯 자리 번호를 불러주었다.

"현금이네요." 이 한마디로 딜런은 머리의 수사를 충격적인 중단 상태로 몰아넣었다. 그는 불안한 듯 머리를 보았다. "그럼 놈을 잡을 수 없습니까?"

머리는 경찰이 등장하는 미국 텔레비전 프로그램에서 주워들은 말을 그대로 따라 쓴 젊은이의 말에 쓴웃음을 지었다. 그는 어깨를 으쓱했다. "유감이지만 이런 식으로는 안 되겠군요."

머리의 말에 딜런은 한 대 얻어맞은 표정이었다. 그는 한숨 쉬더니 머리를 바라보며 뭔가 떠오른 듯 입을 달싹였다. "혹시……." 그는 화면으로 돌아가 키보드를 능숙하게 두드리더니 마우스를 스크롤했다. 머리는 이를 지켜보며 션을 떠올렸다. 첨단 범죄 수사국에서 휴대전화 구입자를 추적하기 위해

할 수 있는 일이 또 없을지 생각했다. 전화 건 사람의 신원을 파악하지 못하면 조사할 거리가 별로 없었다.

"그렇지!" 딜런은 주위를 전혀 의식하지 못한 채 허공에 주먹을 날리더니 머리를 향해 팔을 들고 손바닥을 폈다. "어서요!" 그가 재촉하자 머리는 자기 손을 펴서 폰즈포올에서 가장 열정 넘치는 관리자와 하이파이브를 했다.

"고객 카드가 있어요." 딜런이 말했다. 어찌나 입을 크게 벌리고 환하게 미소 짓는지 속이 보일 정도였다. "관리자들은 매달 계약 체결 건수에 따라 평가받아요. 일등한 사람은 삼성 갤럭시 S8을 상품으로 받죠. 저는 그 상을 세 번 받았어요. 그 상을 팀원들 중 고객 카드를 가장 많이 작성한 직원에게 준 덕분이죠."

"그거 아주 좋군요."

"S8은 끝내주는 전화기예요. 어쨌든 그 덕분에 우리 팀은 경쟁이 치열해요. 손님이 계약서를 작성하지 않고 그냥 나가는 법이 없어요. 경찰관님이 찾고 있는 범인도," 그는 모니터를 쿡 찔렀다. "예외가 아니었고요."

"이름을 알 수 있습니까?"

"주소도요." 딜런은 박수를 받고 으쓱해져서 과장된 동작을 하는 마법사처럼 정보를 보여주었다.

"그럼 누구인지 확인해볼까요?" 머리는 화면 속 정보를 읽으려고 몸을 숙였고 그 전에 딜런이 먼저 말했다.

"애나 존슨이에요."

딜런은 분명 잘못 읽었을 것이다. 애나 존슨이라고?

머리는 직접 정보를 읽었다. '애나 존슨. 이스트본 클리블 랜드가 오크 뷰.'

"그럼 이 사람이 살인범인가요?"

머리는 아니라고, 이 사람은 찾고 있는 범인이 아니라 희생 자의 딸이라고 말하려고 입을 벌렸다. 하지만 딜런이 도움을 주었다 해도 민간인에게 이런 정보를 알려줄 수는 없었다.

"이걸 인쇄해주실 수 있나요? 정말 큰 도움이 되었습니다." 머리는 이번 일이 다 끝나면 딜런의 상사에게 편지를 쓰자고 머릿속에 새겼다. 어쩌면 삼성 갤럭시 S8 말고도 뭔가를 상으로 줄지도 몰랐다.

들어올 때보다 더 빨리 가게를 나가는 동안 머리는 주머니에 넣은 인쇄물이 타들어가는 것 같았다. 그는 쇼핑센터를 지나 더 레인즈로 향했다.

애나 존슨이라고?

목격자가 아버지의 자살을 신고하는 데 사용한 전화기를 애나 존슨이 구입했다니.

머리는 점점 더 혼란스러웠다. 사건의 모든 것이 앞뒤가 맞지 않았다.

무슨 이유에서인지는 몰라도 탐 존슨이 딸의 휴대전화를 빌렸을까? 션이 알아낸 바에 따르면 이 휴대전화는 다이앤 브렌트-테일러라는 이름의 가짜 목격자가 전화를 걸었을 때 처음 사용되었다. 애나가 순수한 목적으로 전화기를 구입했다고 믿을 수 있을까? 전화기 구입 당일에 탐이 가져갔다고? 그것도 죽기 몇 시간 전에?

머리는 붐비는 사람들을 의식하지 못한 채 차로 돌아갔다.

탐 존슨이 자살하려고 비치 헤드에 간 게 아니라면 왜 갔을까? 누군가를 만나려고? 그를 살해하기로 은밀하게 계획하고 있던 사람을?

머리는 집으로 운전해 가면서 머릿속으로 각본을 썼다. 아내의 은밀한 관계를 알게 된 남편이 질투심에 차서 싸우다가 탐을 절벽 아래로 밀었는지도 모른다. 그렇다면 탐이 딸에게 빌린 휴대전화를 이용해 경찰서에 가명으로 신고한 사람이 살인자였을까? 아니면 몰래 만나던 연인이 신고했을까? 왜 다이앤 브렌트-테일러라는 가명을 택했을까?

머리는 초조해서 고개를 저었다. 탐을 죽이기로 미리 계획하지 않았다면 살인범은 여분의 심 카드를 가지고 있지 않았을 것이다. 그리고 미리 계획한 살인이었다면 살인범은 희생자의 주머니에서 우연히 발견한 휴대전화가 아니라 직접 구한 대포폰을 사용했을 것이다. 앞뒤가 하나도 맞지 않았다. 모든 것이 너무…… 머리는 정확한 단어를 떠올리려고 애썼다.

연출된 것 같았다. 이거였다.

실제처럼 느껴지지 않았다.

이 등식에서 목격자의 전화를 빼고 나면 뭐가 남지? 실종된 사람과 탐의 휴대전화에서 발신된 자살을 알리는 문자가 남았다. 하지만 문자는 누구나 쓸 수 있었다. 따라서 살인의 증거로 보기는 힘들었다.

자살의 증거로 보기도 힘들었다…….

그리고 캐럴라인의 죽음이 남았다. 이 사건은 탐의 자살보다 더 실제처럼 느껴지는가? 모든 정황이 자살을 향해 있시만 캐럴라인을 목격한 사람은 아무도 없었다. 가여운 사제는 그녀를 안전하게 데리고 내려왔다. 그 뒤로 그녀가 그곳에 가지 않았다고 누가 말할 수 있을까? 개와 산책하던 사람이 절벽 가장자리에서 캐럴라인의 가방과 휴대전화를 발견했다. 사제가 괴로워하는 캐럴라인을 만난 바로 그 장소였다. 물론 정황 증거는 되겠지만 결정적인 증거라고 보기는 어려웠다. 그리고 남편이 사라진 것과 마찬가지로 연출된 느낌이 강했다. 실제로 사람이 죽으면 엉망진창이다. 뭐라고 설명할 수 없는 부분이 있고 들어맞지 않는 조각도 있는 법이다. 하지만 존슨 부부의 자살은 너무 깔끔했다.

진입로에 주차할 무렵 머리는 확신했다.

탐의 죽음을 목격한 사람은 없었다. 살인 사건도 아니었다. 자살도 아니었다.

탐과 캐럴라인 존슨은 아직 살아 있었다.

그리고 애나 존슨은 이를 알았다.

44

애나

오크 뷰에서 엄마를 다시 보다니 이상했다. 이상하면서도 좋았다. 엄마는 불안해했지만 마크나 아빠에게 들킬지도 모른다는 두려움 때문인지 아닌지는 알 수 없었다. 어느 쪽이든 엄마는 밖에서 작은 소리만 나도 깜짝 놀랐고 직접 묻지 않는 한 대화에 거의 참여하지 않았다. 리타는 엄마가 어디를 가든 그림자처럼 따라다녔고 나는 엄마가 다시 떠나면 리타가 얼마나 충격을 받을까 생각했다.

그렇게 약속했다. 비록 비밀이 가득한 가족이지만 사흘만 가족으로 지내고 끝내기로.

"꼭 가실 필요는 없잖아요." 우리는 정원에 있었다. 내 말은 입에서 나가 안개처럼 흩어졌다. 오늘은 날이 건조했지만 너무 추워서 얼굴이 얼얼했다. 엘라는 주방 바운서에 있었는데 내가 밖에서도 계속 지켜볼 수 있도록 창문에서 보이는 곳에 두었다.

"가야 해." 엄마는 그토록 좋아했던 정원에 나가자고 부탁했다. 밖에서는 정원의 한쪽 면만 보였다. 양쪽에 높은 산울타리가 있어서 호기심 어린 사람들의 시선을 피할 수 있었다. 그런데도 나는 가슴을 졸였다. 엄마는 장미를 손질했다. 봄에 하는 전문적인 가지치기는 아니었지만 줄기를 3분의 1가량 잘라내 겨울바람에 부러지지 않게 했다. 내가 엄마의 자랑이자 기쁨인 정원을 방치했기 때문에 장미는 길쭉하고 들쑥날쑥했다. "계속 머물면 누가 나를 볼 거야. 감당하기에 너무 위험한 일이야."

엄마는 유일하게 우리가 보이는 장소인 로버트의 집을 계속 흘끔거렸다. 오늘 아침에 그가 북부에 사는 친척들에게 줄 크리스마스 선물을 차에 싣고 나가는 것을 보았는데도. 엄마는 마크가 정원 일을 할 때 입는 외투를 입고 양모 모자를 귀까지 낮게 내려 썼다.

"이 부들레아는 지난달에 가지치기를 했어야 해. 월계수는 따뜻하게 감싸줘야 하고." 엄마는 우리 집과 로버트 집 정원 사이의 울타리를 보며 고개를 저었다. 울타리에는 꽃이 핀 뒤에 잘라줬어야 할 클레머티스와 덩굴장미가 아무렇게나 뻗어 있었다.

엄마가 쉬엄쉬엄 잘랐을 뿐인데도 정원은 이미 한결 나아 보였다. 나는 내가 관심을 주지 않은 탓에 살리지 못할 지경이 된 식물이 있지 않을까 생각했다.

"주방에 책이 있어. 그 책에 매달 뭘 해야 하는지 다 있어."

"꼭 읽어볼게요." 목이 메었다. 엄마는 정말 떠날 모양이었다. 그리고 돌아오지 않을 모양이었다.

가족을 잃은 첫해가, 첫 크리스마스와 첫 기일이 가장 힘들다는 글을 어디에선가 읽은 적 있다. 온전하게 일 년을 혼자 견뎌내면 새로운 해에는 희망이 생긴다는 내용이었다. 정말 힘들었던 것은 사실이다. 부모님에게 엘라 이야기를 하고 싶었고 엄마와 임신했을 때의 이야기를 하고 싶었고 마크와 아빠가 술집에 가서 엘라의 탄생을 축하하기를 바랐다. 엄마가 작은 아기 옷을 개며 산후 우울증은 누구나 겪는 것이라고 말하자 나는 괜히 울고 싶었다.

첫해는 힘들었다. 하지만 이제 더 힘든 시기가 기다리고 있었다. 죽음으로써 모든 것이 끝난다는 데는 논쟁할 여지가 없었다. 하지만 내 부모님은 죽지 않았다. 이 사실을 어떻게 받아들여야 할까? 엄마는 자기 의지로 나를 떠날 것이다. 이곳에 있으면 아빠가 찾아낼지도 모른다는 두려움이 너무 컸기 때문이다. 누군가가 엄마를 알아보고 엄마의 범죄가 드러날 곳에 있기가 너무 두려웠기 때문이다. 나는 고아가 아닌데도 부모 없이 지내야 했고 이제는 정말 가족과 사별한 듯 생생한 슬픔을 느끼겠지.

"로버트는 확장 공사가 끝나면 돈을 들여서 정원을 조경할 거래요. 그럼 울타리에 있는 식물들을 옮겨 심을 텐데 그래도 잘 살까요?" 확장 공사 이야기를 꺼내는 것이 아니었는데. 너무 늦었다.

"반대 의견은 제출했니? 꼭 해야 해. 확장 공사를 하면 주방이 말도 못 하게 어두울 거야. 안뜰이 훤히 보여서 사생활도 침해당할 테고." 엄마는 원래 목소리보다 한 옥타브 높은 소리로 로버트의 확장 공사가 부당한 이유를 조목조목 나열하기 시작했다. 나는 다시 돌아오지 않겠다는 뜻을 분명히 밝힌 상황에서 엄마가 왜 이 일에 신경 쓰느냐고 묻고 싶었다. 하지만 잠시 뒤 꽃 피는 것을 보지도 못할 장미를 엄마가 얼마나 정성껏 돌보았는지 떠올랐다. 사람은 무언가를 돌볼 필요가 없어진 지 오랜 뒤에도 계속 돌보도록 만들어진 모양이었다.

나는 알겠다는 식으로 애매하게 웅얼거렸고 확장 공사로 인한 불편을 보상받기 위해 마크가 받기로 한 돈은 언급하지 않았다.

"이것 좀 같이 옮기자." 엄마는 월계수 보온을 마쳤다. 나무는 맨홀 뚜껑 위에 놓인 큰 테라코타 화분에 심겨 있었다. "더 아늑한 곳으로 옮겨야 해." 엄마가 화분을 끌었지만 조금도 움직이지 않았다. 나는 엄마를 도우러 다가갔다. 로버트 집을 공사하는 사람들이 정원 분수의 물이 빠져나갈 하수관을 심을 때 화분을 옮길 것이다. 하지만 나는 엄마의 말문을 다시 터뜨리고 싶지 않았다. 우리는 함께 화분을 끌어 안뜰을 지나 정원 반대쪽으로 가져갔다.

"됐어. 아침부터 일 잘했네."

내가 팔짱을 끼자 엄마는 움직이지 못할 정도로 힘을 주었다.

"가지 마세요." 지금껏 울지 않으려고 애썼지만 내 목소리는 갈라졌다. 나는 싸움에서 졌다.

"가야 해."

"엄마 만나러 가도 돼요? 엘라랑 저랑요. 엄마가 못 오시면 우리가 갈 수도 있잖아요?"

잠시 흐른 침묵으로 내가 듣고 싶어 하는 답이 나오지 않으리라는 것을 알았다.

"안전하지 않을 거야."

"아무에게도 말 안 할게요."

"실수할지도 몰라."

"안 할게요!" 나는 팔을 뺐다. 뜨거운 절망의 눈물 때문에 눈이 따끔거렸다.

엄마는 나를 보더니 한숨지었다. "탐과 내가 아직 살아 있다는 걸, 그리고 네가 이 사실을 알면서도 우리 죄를 숨기고 나를 숨겨준 걸 경찰에서 알게 되면 너도 체포될 거야. 감옥에 갈 수도 있어."

"상관없어요!"

엄마는 내게 시선을 고정한 채 낮은 목소리로 천천히 말했다. "애나, 탐은 이 상황을 그냥 두고 보지 않을 거야. 내가 두 번 배신했다고 생각하겠지. 그를 바보로 만들었다고. 그는 내가 어디에 있는지 알아낼 때까지 멈추지 않을 거야. 그리고 날 찾으려고 널 이용할 거야." 엄마는 내가 이해할 시간을 주기 위해 기다렸다.

추위로 얼얼해진 뺨 위로 조용히 눈물이 흘러내렸다. 엄마가 어디에 있는지를 아는 한 나는 위험했다. 마크와 엘라도.

나는 집과 바운서에서 잠든 엘라를 바라보았다. 엘라를 고통스럽게 할 수는 없었다.

"그 방법뿐이야."

나는 어쩔 수 없이 고개를 끄덕였다. 이 방법뿐이었다. 하지만 너무 힘들었다. 우리 모두에게.

45

머리

"처음부터 애나가 개입했다고 생각하세요?" 니샤가 청바지 무릎에 묻은 얼룩을 긁으며 물었다. 그녀는 머리의 주방 식탁에 앉아 있었다. 식탁 위에는 그가 모은 서류 더미가 있었고 그 옆에는 차가 담긴 머그잔이 있었다.

"애나의 진술에 따르면 그녀는 탐이 실종되던 날 밤에 회의 중이었어." 머리는 손으로 따옴표 표시를 했다. "등록 업무 때문에 회의에 참석했다고 회사에서 확인해줬지만 애나가 중간에 떠났는지, 그랬다면 언제인지는 말할 수 없다더군."

"그러니까 애나의 알리바이가 불확실하군요."

"애나는 부모의 죽음을 위장하는 데 가담하지 않았어요."

니샤와 머리는 이렇게 말한 세라를 보았다. 세라는 지금까지 동료인 두 경찰이 사건을 복기하는 것을 말없이 듣기만 했다.

"왜 그렇게 확신하세요?" 니샤가 물었다.

"애나가 이 사건을 재수사해달라고 요청했잖아요. 앞뒤가 안 맞아요."

니샤는 차를 마시려고 머그잔을 들었다가 추측이 구체화 되자 다시 내려놓았다. "누군가가 카드를 보내서 그녀의 잘 못을 알고 있다고 했으니까 요청했겠죠. 애나는 남편이 그 카드를 봐서 경찰서로 가져간 거예요. 죄짓지 않은 사람들이 대개 그러듯이요."

"애나 남편은 일하고 있었어. 나중에야 카드를 봤지."

니샤는 그 점은 중요하지 않다는 듯 머리를 향해 손사래 쳤다. "집배원이나 이웃이 봤을지도 모르죠. 중요한 건 경찰 에 신고한 게 이중 속임수였다는 거예요."

머리는 고개를 저었다. "그건 아닌 것 같은데. 위험 요소가 너무 커."

"애나가 수사를 중단해달라고 한 게 언제였어?" 세라가 물었다.

"박싱 데이였어." 머리는 이런 퍼즐 조각이 있는지 모르는 니샤를 보았다. "애나가 내 전화를 끊었어. 두 번이나."

"그럼 애나가 21일에서 26일 사이에 뭔가를 알게 된 모양 이네." 세라는 어깨를 으쓱했다. "확실해."

머리는 씩 웃었다. "고맙군, 콜롬보 형사."

"그럼 이제 어쩌죠?" 니샤가 물었다.

"결정적인 증거가 필요해. 휴대전화 구입 기록만으로는 불 충분해. 범죄가 발생했을 때 애나 존슨이 이스트본에서 멀리 떨어진 곳에 있었던 지금 상황에서는 더욱. 존슨 부부가 멀쩡하게 살아 있고 애나가 이 사실을 알고 있다는 증거가 없으면 죽은 두 사람이 살아 있다고 주장할 수도, 클리블랜드가로 득달같이 달려가 애나를 체포할 수도 없어."

"논리적으로 생각해야 해." 세라가 말했다. "왜 사람들은 죽음을 날조할까?"

니샤는 웃음을 터뜨렸다. "자살을 날조한 걸 두고 묻는 거죠? 그렇게 말하니까 이런 일이 흔히 일어나는 것 같잖아요."

"카누 맨(보험금을 받기 위해 자신이 죽었다고 사기극을 벌인 존 다윈. 카누를 타러 나갔다가 실종된 뒤 오 년 만에 나타났다)이 있었지." 머리가 말했다. "보험금 때문이었어. 그리고 칠십대 정치인 있잖아. 이름이 뭐더라? 스톤 어쩌고저쩌고인데."

"스톤하우스. 마이애미 해변에 옷을 남겨두고 내연녀와 도망쳤지." 오랜 세월 동안 낮에 방영하는 퀴즈쇼를 본 세라는 일반 상식 전문가였다.

"결국 섹스와 돈이군요." 니샤는 어깨를 으쓱했다. "대부분 범죄처럼요."

존슨 부부 중 한 사람만 사라졌다면 머리는 전자에 역점을 두었을 것이다. 하지만 캐럴라인이 탐의 자취를 쫓아갔기 때문에 탐이 연인과 달아났을 것 같지는 않았다.

"탐 존슨에게는 돈이 많았어." 머리가 니샤에게 일깨워주었다.

"그러니까 캐럴라인은 보험금을 수령하기 위해 남아 있다가 모나코에서 탐을 만나기라도 했을까요? 아니면 리우데자네이루?"니샤는 머리와 세라를 번갈아 쳐다보았다.

"캐럴라인이 보험금을 수령한 건 맞지만 그건 애나에게 남겨졌어. 캐럴라인이 어딘가에서 고급스럽게 살고 있다면 그건 다른 사람의 돈으로 하는 거야."

"아니면 두 사람은 다른 이유 때문에 탈출하고 싶었는지도 모르죠."세라가 말했다. "애나에게는 상으로 돈이 주어졌고요. 아니면 셋이 현금을 나눠 가지기로 했는지도 몰라요. 애나는 먼지가 잠잠해질 때까지 가만히 기다리는 거고요."

머리는 자리에서 일어났다. 무의미한 이야기들이었다. 그들은 제자리에서 맴돌고 있었다. "이제 애나 존슨을 다시 찾아갈 때인 것 같군. 안 그래?"

46

애나

우리는 서서 정원을 살폈다. 태우려고 모아둔 낙엽 더미, 단정하게 옷을 입은 월계수, 가지치기한 장미.

"지금은 잘 모르겠지만 봄이 오면 이렇게 해둔 게 좋다는 걸 알게 될 거야."

"엄마도 여기에서 그걸 봤으면 좋겠어요."

엄마는 나를 안았다. "찻주전자 좀 올릴래? 이렇게 일을 많이 했는데 차 한 잔쯤은 마실 수 있잖니."

나는 엄마를 두고 들어갔다. 장화를 벗어던지고 문을 닫고 주전자가 아가 위에서 끓는 소리를 낼 때가 되어서야 창밖을 내다보았고 울고 있는 엄마를 보았다. 엄마의 입술이 움직이고 있었다. 엄마는 식물에게 말하고 있었다. 자신의 정원에 작별 인사를 하고 있었다.

'제가 잘 돌볼게요.' 나는 엄마에게 속으로 말했다.

차를 우리며 엄마에게 필요해 보이는 혼자만의 시간을 주었다. 엄마가 북부로 돌아갈지 새로 정착할 곳을 찾을지 궁금했다. 그러면서 언젠가는 엄마에게 다시 정원이 생기기를 바랐다.

티백을 꺼내 싱크대에 놓은 다음 머그잔 두 개를 한 손으로 서툴게 잡고 다른 한 손으로 문을 열었다.

주방을 반쯤 지났을 때 초인종이 울렸다.

나는 그대로 멈췄다. 유리문으로 엄마를 보니 초인종 소리를 들은 기색이 없었다. 머그잔을 내려놓았다. 식탁에 차가 넘쳐흘렀다. 아무것도 깔지 않은 소나무에 검은 얼룩이 스몄다.

초인종이 다시 울렸다. 이번에는 더 오래. 부저를 세게 누르고 있었다. 리타가 짖었다.

'어서 가버려.'

나는 괜찮다고 되뇌었다. 초인종을 누르는 사람이 누구인지 모르지만 집에 사람이 있다는 것을 알 수 없었고 집 옆쪽으로 걸어 내려가지 않는 한 정원을 볼 수도 없었다. 나는 엄마가 눈에 띄지 않는 곳에 있는지 계속 확인했다. 엄마는 몸을 숙이고 깔린 돌 사이에 난 잡초를 뽑았다.

다시 초인종이 울렸다. 잠시 뒤 발소리와 자갈 밟는 소리가 들렸다.

누구인지는 몰라도 집을 둘러보려는 것 같았다.

나는 현관으로 달려갔다. 급하게 뛰는 바람이 발이 걸려 휘청하며 현관문을 벌컥 열었다. "누구세요?" 더 크게. "누구세요?" 양말 바람으로 뛰어 나가려던 찰나 내 쪽으로 돌아오는 발소리가 들렸고 집 옆쪽에서 남자가 나타났다.

경찰이었다.

가슴이 조였고 손을 어찌 해야 할지 몰랐다. 엄지손톱이 반대쪽 손바닥을 파고들 정도로 손을 꽉 맞잡았다가 떼어서 주머니에 넣었다. 내 표정이 어떤지 예민하게 의식했다. 무표정하려 애썼지만 실제로 어떻게 보일지는 알 수 없었다.

머리 매켄지는 미소 지었다. "아, 집에 있었군요. 없는 줄 알았어요."

"정원에 있었어요." 그는 진흙이 튄 내 청바지와 장화 길이에 딱 맞게 무릎까지 올라오는 모직 양말을 보았다. "들어가도 될까요?"

"지금은 좀 곤란해요."

"잠깐이면 됩니다."

"방금 엘라 낮잠을 재웠거든요."

"잠깐만요."

이 짧은 대화를 나누는 동안 그는 나를 향해 다가왔다. 이제 그는 맨 아래 계단에 있다가 중간, 맨 위까지 올라왔다.

"고맙습니다."

그가 억지로 밀고 들어왔다기보다 내가 거절할 핑계를 생각해내지 못했다. 귀에 피가 몰렸고 가슴이 계속 조여서 호흡이 가빠졌다. 익사하는 기분이었다.

리타는 나를 지나 진입로로 나가더니 쪼그리고 앉아 오줌을 싼 다음 고양이가 몰래 남긴 흔적을 킁킁댔다. 나는 리타를 불렀다. 하지만 고양이의 유혹이 더 강했는지 아무것도 들리지 않는 것 같았다.

"리타, 어서 이리 와!"

"저기로 갈까요?"머리는 내가 막기도 전에 주방으로 향했다. 주방에 들어가면 그가 엄마를 못 볼 리 없었다. 주방 뒷벽은 유리나 다름없었다.

"리타!"길에 차가 다녀서 리타를 그대로 둘 수 없었다. "리타!" 리타는 마침내 고개를 들고 나를 보았다. 그리고 집 안으로 들어오는 것이 내가 시켜서가 아니라 자기가 결정한 일이라는 것을 확실히 하듯 한동안 가만있다가 안으로 잽싸게 들어왔다. 나는 현관문을 세게 밀어 저절로 닫히도록 한 다음 머리 매켄지를 쫓아갔다. 날카로운 감탄사가 들렸다.

지금은 안 돼. 이렇게는 안 돼. 나는 그가 엄마를 직접 체포할지 정복을 입은 경찰관들이 올 때까지 기다릴지 궁금했다. 내게 작별 인사할 시간을 줄지, 나까지 체포할지도.

"정말 바쁘셨겠군요."

나는 그의 옆에 가서 섰다. 말끔하게 쌓아놓은 낙엽 더미와 잘려 나간 가지 말고 누가 정원에 있었던 흔적은 없었다. 되새가 안뜰을 지나 엄마가 모이통을 다시 채워놓은 울타리로 날아갔다. 새는 거꾸로 매달려 피넛버터볼과 씨앗을 쪼아댔다. 정원에는 새 말고 아무도 없었다.

머리는 창문에서 떨어져 아일랜드 식탁에 기댔고 나는 계속 그를 바라보았다. 정원을 곁눈질할 엄두도 내지 못했다. 이 남자는 통찰력이 뛰어나고 기민하니까.

"무슨 일로 저와 이야기하고 싶으신 거죠?"

"휴대전화를 몇 대나 가지고 계신지 궁금합니다."

이 질문에 나는 경계가 풀렸다. "음…… 한 대죠." 나는 뒷주머니에서 아이폰을 꺼내 잘 보이도록 들어올렸다.

"다른 휴대전화는 없나요?"

"없어요. 직장에 다닐 때는 한 대 더 있었지만 출산 휴가를 떠날 때 반납했어요."

"어느 회사 제품이었는지 기억나세요?"

"노키아였던 것 같아요. 이런 걸 왜 물으시죠?"

머리의 미소는 예의 바르면서도 조심스러웠다. "부모님 사망 사건 조사를 마무리하는 중입니다."

나는 싱크대로 가서 손톱 아래에 낀 흙을 문지르며 손을 씻기 시작했다. "생각이 바뀌었다고 말씀드렸잖아요. 부모님은 살해되지 않은 것 같아요. 수사를 중단해달라고 했잖아요."

"하지만 애나 양이 너무 단호하게……."

물이 점점 뜨거워졌고 손가락이 타는 것 같아서 계속 씻기가 힘들었다. "제가 생각이 짧았어요." 나는 손을 더 세게 문질렀다. "아기를 낳은 지 얼마 안 돼서요." 평소에 죄책감을 느낀 일을 머릿속에 정리해두었는데 그 목록에 '딸 핑계 대기'를 추가했다.

밖에서 소리가 들렸다. 뭔가가 넘어지는 소리였다. 갈퀴, 삽, 외바퀴 손수레 같은 것이었다. 나는 물을 틀어놓은 채 돌아보았다. 머리는 밖을 보고 있지 않았다. 나를 보고 있었다.

"마크는 집에 있습니까?"

"출근했어요. 집밖에 없어요."

"혹시……" 머리는 말끝을 흐렸다. 그의 표정이 부드러워졌고 나를 그토록 불안하게 했던 날카로움이 사라졌다. "혹시 뭐든 하고 싶은 말이 있나 해서요."

침묵이 끝없이 이어졌다.

내 목소리는 속삭임이었다. "아니요, 없어요."

머리는 짧게 고개를 끄덕였다. 그가 경찰관이라는 것을 몰랐다면 그가 내게 미안해한다고 생각했을 것이다. 그는 찾고 있는 것을 발견하지 못해서 실망했을 뿐인지도 몰랐다.

"연락드리죠."

나는 그를 현관문까지 배웅한 다음 그가 길을 건너 티 없이 번쩍이는 볼보에 타는 동안 한 손으로 리타의 목걸이를 잡고 서 있었다. 그가 차를 몰고 떠나는 것도 지켜보았다.

리타는 투덜대며 자리를 떴고 그제야 나는 몸을 떨고 있다는 것을, 리타가 불편할 정도로 목걸이를 꽉 잡아 쥐었다는 것을 깨달았다. 나는 무릎 꿇고 앉아서 리타를 껴안았다.

엄마는 얼굴이 잿빛이 되어 주방에서 기다리고 있었다. "누구였어?"

"경찰이요." 이렇게 소리 내어 말하니 더 두렵고 진짜 같았다.

"왜 왔대?" 엄마도 목소리가 나처럼 높았고 얼굴이 핼쑥했다.

"경찰이 알고 있어요."

47

머리

머리가 집에 돌아왔을 때도 니샤와 세라는 계속 이야기를 나누고 있었다.

"빨리 왔네."

"애나가 그다지 호의적이지 않았어." 머리는 오크 뷰의 모습에서 뭐가 잘못됐는지 콕 집어내려고 애썼다. 애나는 분명 조마조마한 상태였고 뭔가 다른 것이 있었다.

"애나에게 직접적으로 물어봤어?"

머리는 고개를 저었다. "지금 단계에서는 그녀가 부모님이 살아 있다는 걸 최근에 알게 되었는지 처음부터 알고 있었는지 모르잖아. 애나가 음모에 가담한 일 때문에 죄책감을 느낀다면 현직 경찰관이 신중을 기해 조사해야 해. 자기 집 주방에서 전직 경찰관에게 심문받는 게 아니라."

니샤가 일어났다. "이야기 더 나누고 싶지만 곧 돌아가지 않으면 길이 수색대를 보낼 거예요. 이따가 같이 외출하기로 했거든요. 뭔가를 알아내게 되면 연락해주실 거죠?"

머리는 배웅하러 나갔고 니샤가 가방 깊은 곳에서 자동차 열쇠를 찾는 동안 기다렸다.

"세라가 잘 지내는 것 같은데요?"

"어떤지 알잖아. 두 걸음 나아갔다가 한 걸음 물러나는 식이지. 가끔은 그 반대고. 하지만 맞아. 오늘은 괜찮은 날이야."

그는 니샤가 차를 몰고 가는 모습을 지켜보다가 모퉁이를 돌 때 손을 흔들었다.

집 안으로 들어가자 세라가 캐럴라인 존슨의 은행 입출금 내역서를 펼쳐놓고 있었다. 내역서는 누가 봐도 자살이었던 캐럴라인의 사망 당시에 이미 검토를 마쳤고 첨부된 요약본에서는 특별히 관심을 기울일 만한 내용이 없다고 결론지었다. 캐럴라인의 위장 자살 직전에 거액이 인출되거나 이체된 흔적이 없었고 미리 도피를 계획했다는 것을 알 만한 해외 인출 내역도 없었다. 세라는 숫자를 손가락으로 짚으며 읽어 내려갔고 머리는 캐럴라인의 수첩을 가지고 소파에 앉았다.

그는 탐이 사라진 뒤부터 캐럴라인이 사라지기까지의 기간을 포스트잇으로 표시했다. 두 사람이 만났을까? 미리 준비했을까? 머리는 암호로 보이는 메모가 있는지 샅샅이 뒤졌지만 약속, 할 일 목록, '우유 사기'나 '사무 변호사에게 전화하기'처럼 휘갈겨 쓴 메모뿐이었다.

"100파운드는 현금 인출기에서 인출하기에는 액수가 크지 않아?"

머리는 고개를 들었다. 세라는 내역서에 분홍색 형광펜을 칠하고 있었다. 그리고 조금 아래로 내려가더니 두 번째로 조심스레 형광펜을 칠했다.

"그렇게 느끼지 않는 사람도 있겠지."

"하지만 매주 찾았다면?"

흥미로웠다. "생활비 아닐까?" 좀 구식이었지만 머리는 아직도 그런 식으로 예산을 관리하는 사람이 있다고 생각했다.

"생활비라고 하기에는 캐럴라인의 지출이 일정하지 않아. 봐. 그녀는 매번 카드를 썼어. 세인즈버리스, 코업, 주유소 전부 다. 그리고 눈에 띄는 주기 없이 현금을 인출했어. 여기에서 20파운드, 저기에서 30파운드 하는 식으로. 하지만 그보다 더한 건 8월에는 매주 100파운드씩 인출했다는 거야."

머리의 맥박이 빨라졌다. 아무것도 아닐 수도 있었다. 하지만 반대로 뭔가를 뜻할 수도 있었다.

"그다음 달은 어때?"

세라는 9월 내역서를 찾았다. 필요할 때 이따금 현금을 인출하고 카드를 이용한 내역 사이에 매주 규칙적으로 현금을 인출한 내역이 있었다. 이번에는 150파운드였다.

"10월은?"

"또 150파운드야……. 아니다, 잠깐만. 중순에 액수가 커졌어. 200파운드로." 세라는 앞에 놓인 서류를 꼼꼼히 확인했다. "이제 300파운드야. 11월 중순부터 사라지기 전날까지."
그녀는 마지막 몇 줄을 형광펜으로 칠하더니 머리에게 서류를 건넸다. "누군가에게 돈을 주고 있어."

"아니면 빚을 갚고 있는지도 모르지."

"애나일까?"

머리는 고개를 저었다. 그는 오크 뷰에서 999로 걸었던 전화를 생각하고 있었다. 옆집에 사는 이웃 로버트 드레이크가 신고한 가정 폭력 보고서에 캐럴라인 존슨이 '감정적'이었다고 설명한 기록을 떠올렸다.

존슨 부부의 결혼 생활은 감정적이었던 것 같았다. 폭력적이었을 가능성도 있었다.

존슨 부부가 가짜로 죽은 척하고 있다는 사실을 깨달은 뒤로 머리는 캐럴라인을 용의자로 주목하고 있었다. 하지만 그녀 역시 희생자일까?

"캐럴라인이 협박당했을 것 같아." 그가 말했다.

"탐에게서? 그녀가 탐의 보험금을 현금으로 인출해서?"

머리는 대답하지 않았다. 아직도 여러 가능성을 생각하는 중이었다. 탐이 캐럴라인을 협박해서 그녀가 돈을 찾아 갖다 주었다면 이는 곧 그녀가 겁에 질렸다는 뜻이었다.

죽었다고 속여서 도망칠 정도로 두려웠을까?

머리는 그녀의 수첩을 집어 들었다. 이미 몇 번이나 자세히 보았지만 그때는 캐럴라인이 비치 헤드에 간 이유에 대한 실마리를 찾고 있었다. 그녀가 비치 헤드에 간 뒤에 벌어진 일이 아니라. 그는 영수증, 기차 시간표, 급하게 쓴 주소 같은 것을 찾기를 바라며 뒤에 꽂혀 있던 전단과 쪽지를 꼼꼼히 살폈다. 하지만 아무것도 없었다.

"당신은 사라지고 싶어지면 어디로 갈 것 같아?"

세라는 생각에 잠겼다. "나만 알고 다른 사람은 아무도 모르는 곳으로. 안전하다는 느낌이 드는 곳으로. 오래전에 알았던 곳이라든지."

머리의 휴대전화가 울렸다.

"여보세요, 션. 무슨 일인가?"

"무슨 일 정도가 아니에요. 저한테 주셨던 휴대전화 단말기 고유 일련번호를 추적한 결과가 나왔어요."

"그게 정확히 어떻다는 건가?"

션은 웃음을 터뜨렸다. "제게 이 일을 의뢰하셨을 때 해당 심 카드가 어떤 휴대전화에 쓰였는지 알아내려고 통신사에 확인했잖아요?"

"그랬지. 그래서 브라이튼의 폰즈포올에서 구입했다는 걸 알아냈잖나."

"네. 그런데 시간이 조금 더 오래 걸려서 그렇지 반대로도 추적이 가능하거든요. 그래서 이번에는 목격자가 비치 헤드에서 전화한 이후 해당 휴대전화가 통신망에 다시 나타난 적이 있는지 알아보려고 통신사에 확인했어요." 션은 잠시 말을 멈췄다. "그런데 기록이 있었어요."

머리는 흥분이 솟구쳤다.

"뭐래?" 세라가 입모양으로 물었지만 그는 대답할 수 없었다. 션의 이야기에 집중해야 했다.

"범인은 휴대전화에 선불 심 카드를 새로 사서 넣었고 지난봄 보다폰(영국 이동통신 사업자)에 갑자기 나타났어요."

"실마······"

"통화 기록을 입수했느냐고요? 왜 이래요, 머리. 절 잘 아시잖아요. 메모 가능해요? 휴대전화로 두어 번, 당신이 찾고 있는 남자의 위치를 알려줄지도 모를 일반 전화로 한 번 걸었더군요."

머리는 여자일 수도 있다고 생각했다. 그는 왜 그리 흥분했는지 알려달라고 팔을 휘젓는 세라에게 신경 쓰지 않으려 애쓰며 번호를 받아 적었다. "션, 고맙네. 내가 한 번 빚졌군."

"저는 여러 번 빚진걸요."

전화를 끊은 머리는 세라를 향해 씩 웃으며 첨단 범죄 수사국 경찰관에게 들은 내용을 말해주었다. 그는 수첩을 돌려서 받아 적은 전화번호 목록을 세라에게 보여주며 일반 전화번호 옆에 별표를 했다.

"이 특별한 임무는 당신이 맡는 게 어떨까?"

이제 세라가 전화기 건너편의 들리지 않는 목소리와 통화하는 동안 머리가 기다릴 차례였다. 그녀가 통화를 마치자 머리는 손을 들었다.

"뭐래?"

세라는 우아한 목소리를 흉내 냈다. "성모마리아 사립학교입니다."

"사립학교라고?" 학교가 탐과 캐럴라인 존슨 부부와 무슨 상관이 있을까? 머리는 막다른 골목에 부딪친 것이 아닐까 생각했다. 다이앤 브렌트-테일러라는 이름을 사용한 가짜 목격자의 전화는 지난 5월에 걸려왔고 그때부터 십 개월 뒤에 다른 심 카드를 넣은 같은 휴대전화가 사용되었다. 전화기는 그동안 여러 명을 거쳤을 수도 있었다. "학교 위치가 어디야?"

"더비셔."

머리는 잠시 생각했다. 들고 있던 수첩을 넘기다가 애나 존슨에게 이것을 건네받을 때 페이지 사이에서 떨어진 사진이 떠올랐다. 옛 학교 친구와 휴가를 보내는 젊은 캐럴라인의 사진이었다.

'엄마는 정말 좋았다고 했어요.'

두 여자는 술집 정원에 있었고 위에 보이는 간판에는 마차와 말이 그려져 있었다.

'바다에서 가장 멀리 떨어진 곳이라…….'

머리는 휴대전화에서 사파리를 열어 '영국 마차 말 술집'을 검색했다. 이럴 수가. 검색 결과가 정말 많았다. 그는 다른 방법으로 시도해보기로 하고 '영국 바다에서 가장 먼 곳'을 검색했다.

더비셔 코튼 인 더 엘름스(Coton in the Elms)가 나왔다.

머리는 처음 들어보는 곳이었다. 마지막으로 '더비셔 마차 말'을 검색하자 원하는 결과가 나왔다. 사진 속에서보다 꾸며진 모습이었고 간판과 꽃바구니도 새로 달았지만 분명 캐럴라인과 친구가 수년 전에 갔던 그 술집이었다.

'편안한 비앤비…… 피크 디스트릭트에서 가장 맛있는 아침 식사…… 무료 와이파이…….'

머리는 세라를 보았다. "휴가 떠날까?"

48

나는 양말에 모래가 들어가고 피부에 소금기가 묻어나는 곳에서 자랐고 내가 살 곳을 정할 정도로 나이가 들자 바다에서 멀리 떨어진 곳으로 갔다.

이 점은 우리의 몇 안 되는 공통점 중 하나였다.

"사람들이 바다 가까이에 사는 데 왜 집착하는지 이해할 수 없어." 내가 고향을 말하자 당신은 이렇게 말했다. "난 계속 도시에서만 살았어."

나도 그랬다. 처음 기회가 생겼을 때 고향에서 탈출했다. 나는 런던이 좋았다. 붐비고 시끄럽고 익명성이 보장되는. 한 군데에서 쫓겨난다고 해도 상관없을 정도로 술집이 많았다. 직장을 잃더라도 다음 날이면 다른 일을 찾을 수 있을 만큼 일자리도 많았다. 어느 한 침대에서 빠져나와도 외롭지 않을 만큼 침대도 많았다.

당신을 만나지 않았더라면 나는 계속 그곳에 있었겠지. 당신도 그랬을지 모르고.

애나가 아니었다면 우리는 함께하지 않았을 것이다.

우리는 몇 주 뒤에 각자의 길로 갈라져서 새로운 곳으로 갔을 것이다. 그리고 다른 술집에서 다른 사람을 안았겠지.

오크 뷰에서 맞이한 첫 아침이 기억났다. 당신은 머리가 헝클어지고 입술을 벌린 채 자고 있었다. 나는 똑바로 누워서 떠나고 싶은 충동과 싸웠다. 신발을 들고 살금살금 내려가 그곳에서 빠져나가고 싶은 충동과.

그때 배 속에 있는 우리 아이를 떠올렸다. 한때는 어루만졌지만 이제는 손댈 생각조차 할 수 없었던 내 배도. 북처럼 팽팽했고 비치볼처럼 컸다. 나를 이 침대에, 이런 삶에, 당신에게 묶어둔 배였다.

이십오 년 동안 결혼 생활을 했다. 늘 불행했다고 말할 수는 없고 행복하다고 할 수도 없었다. 관습 때문에 떠나지 못한 우리는 결혼에 발이 묶여 같은 장소에 머물렀을 뿐이다.

우리 둘 다 더 용감해야 했다. 서로에게 더 솔직해야 했다. 둘 중 한 사람이 떠났다면 둘 다 원하는 삶을 살았을 텐데.

둘 중 한 사람이 떠났다면 손에 피를 묻히는 사람은 없었을 텐데.

49

머리

"만약에 그녀를 찾으면 어떻게 할 거야?" 세라는 길을 찾아보고 있었다. 휴대전화 내비게이션이 M40 도로를 따라가면서 옥스퍼드를 지나라고 알려주었다. 그녀는 화면을 두드렸다. "3번 교차로에서 빠져야 하네."

"체포할 거야." 머리는 이렇게 말하고는 자신이 더 이상 체포권이 있는 현직 경찰이 아니라는 사실을 떠올렸다. 전화를 걸어 지원을 요청해야 할 것이다.

"그녀가 어쩔 수 없이 그랬다고 생각하는데도?"

"그게 감형 사유가 될 수는 있겠지만 범죄 사실 자체가 사라지지는 않아. 그녀가 사기죄를 범했다는 점은 변함없지. 경찰이 시간을 허비하게 한 건 말할 것도 없고."

"두 사람이 함께 있을 것 같아?"

"당신 추측도 나에게 밀리지 않는군."

출발하기 전에 머리는 왜건 앤드 호시즈(Wagon and Horses)에 전화를 걸어 탐과 캐럴라인 존슨에 대해 물었다. 열심히 설명했지만 주인이 아무것도 떠올리지 못해서 직접 가보는 수밖에 없을 것 같았다. 머리가 형사로 계속 일하고 있었더라도 지금과 똑같이 했을까? 예산이 여유로운 편이었으므로 아마 그러고 싶었을 것이다. 하지만 현직에 있었다면 존슨 부부가 코튼 인 더 엘름스에 있는지 더 효과적으로 알아볼 수 있었을 것이다. 더비셔 지구대에 문의해서 그곳 경찰들에게 수사를 요청하고 그들의 정보망을 확인했을 것이다. 이 모든 것은 체포권이 있는 현직 경찰일 때만 가능했고 이미 경정에게 발목이 잡힌 은퇴한 경장 신분으로는 그 어느 것도 쉽게 할 수 없었다.

"나오니까 좋다." 세라가 말했다. 그녀는 버밍엄으로 가는 길의 고속도로 휴게소가 아니라 굽이치는 언덕과 바다 풍경을 보는 듯한 표정으로 창밖을 바라보았다. 그리고 머리를 향해 미소 지었다. "머리숱 적은 델마와 루이스 같네."

머리는 한 손으로 머리를 문질렀다. "내가 대머리가 될 것 같다는 말이야?"

"아니, 당신의 모공이 어려움을 겪고 있는 것뿐이야. 여기부터 계속 왼쪽 차선으로 가야 해."

"우리 더 자주 이렇게 하자."

"실제로는 죽지 않은 죽은 사람들을 쫓아다니자고?"

머리는 웃었다. "차 타고 여행 가는 거 말이야." 세라가 비행기를 무서워했기 때문에 결혼해서 사십 년을 사는 동안 그들은 프랑스로 딱 한 번 해외여행을 떠났을 뿐이었다. 그곳에서 세라는 페리에서 내리려고 기다리는 차들에 둘러싸여 있다가 공황 발작을 일으켰다. "국내에도 아름다운 곳이 많잖아."

"그러면 좋지."

머리는 이것 때문에라도 적당한 때 은퇴하고 싶었다. 그가 집에 있으면 언제든 마음이 내킬 때 세라와 떠날 수 있었다. 세라의 기분이 내키기만 하면 언제든. 세라가 다른 사람들 때문에 걱정하지 않도록 캠핑카를 살 수도 있었다. 그리고 둘이서 어디든 아름다운 야영지에 차를 세우면 그만이었다. 아직은 사건을 포기하지 않았기 때문에 당장 말을 꺼내지는 않겠지만 머리는 이 일이 끝나면 사직서를 제출하기로 마음먹었다. 그는 이제 떠날 준비가 되었고 아주 오랜만에 처음으로 불안감 없이 앞날을 바라볼 수 있었다.

코튼 인 더 엘름스는 버튼 어폰 트렌트에서 남쪽으로 몇 킬로미터 떨어진 예쁜 마을이었다. 그들은 왜건 앤드 호시즈 1층에 있는 마감이 근사한 더블 룸에 묵었다. 방에 쌓여 있는 안내 책자에 따르면 차를 타고 금세 갈 수 있는 거리에 볼거리가 많았지만 마을 자체는 작았다. 머리는 어떻게 이곳이 젊은 두 여성에게 가장 좋은 여행지일 수 있었는지 상상이 되지 않았다. 물론 런던 도심에서 살면 그곳과 대조적인 맑은 공기와 아름다운 시골 풍경만으로도 휴가라고 생각하겠지. 사진 속에서 캐럴라인과 알리시아는 세상에 근심이라고는 없는 표정이었다.

최근에 새로 단장한 술집에서는 주인이 다음 날 밤 새해 전야 파티를 위해 내부를 장식하고 있었다.

"하룻밤만 머무신다니 다행이에요. 내일은 예약이 꽉 찼거든요. 거기 블루택(벽에 종이를 붙일 때 쓰는 파란색 점토) 좀 건네주시겠어요?"

세라가 건네주었다. "이 마을에 방을 빌릴 만한 곳이 많은가요?"

"휴가용 방갈로 말씀인가요?"

"좀더 오래 머물 곳이요. 아파트 같은 곳이라든지요. 현금을 주면 아무것도 묻지 않고 빌릴 수 있는 그런 곳이요."

주인은 안경 너머로 세라를 보더니 눈을 가늘게 떴다.

"저희가 그러겠다는 건 아닙니다." 머리가 웃으며 말했다. 그는 세련되게 질문하는 기술이 부족한 여러 형사와 일해보았지만 그중 세라가 단연 으뜸이었다.

"아! 저희 이야기는 아니에요. 누굴 좀 찾고 있어서요."

"전화로 물어보셨던 부부 말인가요?"

머리는 고개를 끄덕였다. "그들이 이 근처에 있을 가능성이 있어서요. 만약 그렇다면 사람들의 관심을 피하고 싶어 했겠죠."

주인은 올라서 있던 사다리가 떨릴 정도로 코웃음을 쳤다. "코튼에서요? 여기에서는 서로 무슨 일이 있는지 시시콜콜 다 알아요. 찾고 있는 부부가 이곳에 왔다면 분명 제가 알았을 거예요." 그녀는 세라에게서 블루택을 하나 더 건네받아 임시로 세운 기둥에 은색 풍선 다발을 붙였다. "밤에 시프티

(shifty, '정직하지 못한, 사기꾼 같은'이라는 뜻)와 이야기해보세요. 그가 도움을 줄 수 있을지 몰라요."

"누구라고요?"

"사이먼 시프트워스요. 사기꾼 같은 눈빛 때문에 시프티라고 부르는 게 더 잘 어울리죠. 왜 그런지 만나면 알 거예요. 공영 아파트에 세를 얻지 못한 사람들은 시프티네 아파트로 가죠. 항상 아홉 시쯤 이곳에 와요."

세라는 머리를 보았다. "이제 데이트나 해야겠네."

그들은 마을의 다른 술집 블랙 호스에서 식사를 하며 주인에게 마을에 새로 이사 온 사람을 알고 있는지 물었다. 주인은 모른다고 했다. 머리는 수사에 진전이 없는데도 그다지 개의치 않는 자신에게 놀랐다. 사실 이번 여행에서 아무것도 얻지 못하더라도 상관없었다. 세라는 요 몇 달 사이에 본 모습 중 가장 행복해 보였다. 그녀는 스테이크와 감자칩을 깨끗하게 비우고 당밀 타르트를 먹었으며 와인도 두 잔 마셨다. 머리는 첫 데이트 때처럼 웃을 일이 다시는 없을 것이라고 생각했지만 두 사람은 그때처럼 웃었다. 그들은 변화도 휴식만큼 좋다고 말했고 머리는 휴양 시설에서 일주일을 보낸 것처럼 기운이 넘쳤다.

"시프티가 없으면 그냥 자자." 왜건 앤드 호시즈로 걸어가며 세라가 말했다.

"아직 이른데. 난……." 머리는 세라가 윙크하는 것을 보았다. "아, 좋은 생각이야." 그는 시프티가 집에서 조용히 보내기로 했기를 바랐다. 하지만 그들이 술을 한 잔 마시고 올라가려고 술집에 들어가자 주인이 작은 방을 턱으로 가리켰다.

"저 안에 있어요. 알아볼 수 있을 거예요."

머리와 세라는 재빨리 시선을 주고받았다.

"그 사람을 만나야 해."

"하지만⋯⋯." 머리는 일찍 잠자리에 든 지 정말 오래되었다.

세라는 실망감이 역력한 그의 목소리에 웃음이 터지려는 것을 꾹 참았다. "여기까지 왔잖아."

그건 그랬다. 운이 좋으면 시프티와의 이야기는 오래 걸리지 않을지도 몰랐다. 일찍 잠자리에 들 시간은 충분했다.

주인 말이 옳았다. 두 사람은 시프티를 금세 알아보았다.

육십대로 보이는 그는 기름이 흐르는 금발로 대머리를 덮었고 테가 두꺼운 안경은 어찌나 얼룩이 심한지 앞이 보이는지 궁금할 정도였다. 입술 한쪽은 짓물러서 진물이 흘렀다. 연한 색 청바지를 입고 검은 운동화에 흰 양말을 신었다. 입고 있는 가죽 재킷은 양쪽 팔꿈치의 주름진 부분이 갈라져 있었다.

"공익 광고에 나오는 소아 성애자 같은데?" 세라가 속삭였다.

머리가 그녀를 날카롭게 쳐다보았지만 시프티는 못 들은 것 같았다. 그들이 다가가자 그는 고개를 들었다.

"캐즈가 그러는데 누구를 찾고 있다더군."

"두 사람입니다. 탐과 캐럴라인 존슨이요."

"처음 듣는데." 시프티가 말했다. 말이 너무 빨라서 안다는 것인지 모른다는 것인지 알아듣기가 힘들었다. 그는 머리를 아래위로 훑어보았다. "경찰은 아닌 것 같군."

"네, 아닙니다." 머리는 양심적으로 대답했다.

시프티는 파인트 맥주잔을 비우고 일부러 천천히 앞에 내려놓았다.

머리는 그가 왜 그러는지 알았다. "술 한잔 대접하고 싶은데요."

"그 이야기를 왜 안 하나 했네. 난 블랙 홀 파인트로."

머리는 주인과 눈을 마주쳤다. "블랙 홀 파인트……"

"그리고 위스키 체이서도." 시프티가 덧붙였다.

"알겠습니다."

"이따가 마실 술 두 잔도 추가로. 목이 마르군."

"제안 하나 하겠습니다." 머리는 지갑을 열었다. "제가 이걸 드리는 게 어떨지요?" 그는 20파운드 지폐를 두 장 꺼내 바에 올려놓았다. 그리고 주머니에서 탐과 캐럴라인 존슨의 사진을 꺼냈다. 실종 신고 이후에 경찰에게 제공된 사진이었다. "이제 이 부부에게 아파트를 세준 적이 있는지 말씀해주세요."

시프티는 돈을 주머니에 넣었다. "왜 그걸 알고 싶어 하지?"

'이들이 죽은 척하고 있으니까요.'

시프티에게 상식이라는 것이 조금이라도 있었다면 그는 두 사람에게 아무 말도 하지 않고 〈데일리 메일〉에 전화했을 것이다.

"우리 돈을 빌려갔어요." 세라가 말했다.

탁월했다. 머리는 박수라도 치고 싶었다. 시프티는 고개를 끄덕였다. 돈을 빌려간 사람이 사라진 자신의 경험을 떠올리는 것이 틀림없었다.

"이 남자는 본 적이 없어." 그는 탐 존슨의 사진을 내밀었다. "하지만 이 여자는." 그가 캐럴라인의 사진을 내밀며 말했다. "스와들린코트의 단칸방에 살았지. 머리 모양과 색이 다르지만 분명 그 여자야. 이름이 앤젤라 그레인지였어."

머리는 시프티에게 입이라도 맞출 수 있을 것 같았다. 이럴 줄 알았다! 자살은 가짜였다. 이건 엄청난 일이었다. 그는 세라와 빙글빙글 춤추고 샴페인을 사고 술집에 있는 모든 사람에게 그들이 무엇을 알아냈는지 말하고 싶었다.

"좋습니다." 그가 말했다.

"그 여자만이라도……"

이제 거의 다 왔다.

"그 여자는 달아났어. 한 달치 월세를 떼먹고."

"보증금에서 제하면 되잖아요." 세라가 도움을 주려고 거들었다.

머리는 무표정하려고 애썼지만 실패했다.

시프티는 머리 좀 감으라는 말이라도 들은 듯 세라를 보았다. "무슨 보증금? 사람들이 내 집에 세 드는 이유는 보증금이 없기 때문인걸. 계약서도 없고 아무것도 묻지 않지."

"카펫도 안 깔렸고." 캐즈가 바 뒤에서 말했다.

"저리 꺼져." 시프티가 정감 어린 말투로 말했다.

"그 단칸방을 살펴볼 수 있을까요?" 머리는 모험을 해야 뭔가를 얻을 수 있다고 생각했다. 일반적인 집주인이라면 위치만 알려주었을 것이다. 하지만 시프티는…….

"그야 어렵지 않지. 내일 아침에 만납시다." 그는 앞에 놓인 술이 가득한 파인트 잔과 위스키 잔을 바라보았다. "점심 이후가 좋겠군."

시프티가 적어준 주소는 코튼 인 더 엘름스에서 8킬로미터 떨어진 스와들린코트였다. 이곳은 코튼 인 더 엘름스처럼 매력적이지는 않았다. 중심가에는 중고품 상점과 판자로 막아놓은 부지가 여럿 있었고 소머필드 슈퍼마켓 앞에 이런저런 젊은이들이 모인 것으로 보아 일자리가 별로 없는 듯했다.

머리와 세라는 포터스로(路)를 찾아가서 시프티가 설명한 아파트가 있는 구역에 주차했다. 붉은 벽돌 건물이었다. 몇몇 창문에 달린 금속 방범창에는 저마다 그래피티가 그려져 있었다. 대문에는 커다란 남자 성기가 노란색으로 그려져 있었다.

"멋진 곳이네." 세라가 말했다. "여기로 이사해야겠어."

"그러게, 외관이 아름답네." 머리가 맞장구쳤다. 건물 앞쪽의 덤불이 우거진 마당에는 매트리스가 쌓여 있었다. 마당 중앙에 새까맣고 동그란 자국이 있는 것으로 보아 누군가가 매트리스를 태우려고 한 것 같았다.

세라는 다가오는 차에 고갯짓했다. 황량한 거리를 달리는 유일한 자동차였다. "그 사람이려나?"

시프티의 차는 모든 것이 과했다. 그의 흰색 렉서스는 서스펜션이 내려와 있었고 바퀴 균형이 안 맞았다. 은색 메시 그릴 뒤에서는 파란색 LED 불빛이 반짝였고 차 뒤는 커다란 스포일러가 내리누르고 있었다.

"멋있네."

머리는 차에서 내렸다. "당신은 차에서 기다리는 게 좋을 것 같아."

"그럴 순 없지." 세라는 차에서 내려 렉서스의 선팅 된 창문 뒤에서 시프티가 나타나기를 기다렸다. 그의 겉모습은 자신이 어떤 부류인지 전형적으로 드러냈다. 머리는 그의 셔츠 단추 사이로 금 목걸이가 번쩍이지 않는 것이 놀라울 정도라고 생각했다.

인사 따위는 나누지 않았다. 시프티는 그들을 향해 퉁명스레 고개를 끄덕이더니 성기 그림이 그려진 대문으로 성큼성큼 걸어 들어갔다.

앤젤라 그레인지, 그러니까 캐럴라인 존슨이 지난 일 년 동안 살았던 단칸방은 음울하지만 깨끗했다. 머리는 더러운 건물 계단으로 미루어 보아 캐럴라인이 이사 와서 깨끗해진 것이라고 짐작했다. 하지만 벽은 페인트칠이 벗겨졌고 창문을 전부 꼭 닫아놓아서 벽마다 물방울이 맺혀 반짝였다. 머리는 현관문에 추가로 설치한 안전 걸쇠를 턱으로 가리켰다.

"이곳에서는 흔히들 설치하나봐요?"

"그 여자가 했어. 누가 그 여자를 협박한 모양이야."

"그런 말을 했어요?"

"굳이 말할 필요도 없었지. 말도 못 하게 깜짝깜짝 놀랐으니까. 내가 상관할 바는 아니지만." 시프티는 방을 돌아다니며 파손된 곳을 확인했다. 그는 서랍을 열어 검은 브래지어를 꺼내더니 음흉한 미소를 띠며 머리를 향해 돌아섰다.

"80D군. 궁금해할까봐 알려주는 거야."

머리는 궁금하지 않았다. 하지만 시프티가 여기저기 뒤지고 다닌다면 그도 똑같이 할 생각이었다.

'누가 그 여자를 협박한 모양이야.'

탐이 분명했다. 캐럴라인이 이곳을 갑자기 떠났다면 탐이 이 아파트를 발견했다는 뜻일까? 머리는 계속 추리하기가 힘들었다. 이 수사는 부부의 자살 사건에서 살인 사건으로, 거기에서 자살 위조로 바뀌었고 이제는…… 무엇일까?

캐럴라인은 여전히 달아나고 있을까, 아니면 탐에게 잡혔을까?

이제 머리가 수사하는 이 사건은 납치 사건일까?

그렇다면 완전 범죄가 될 수도 있었다. 어쨌든 죽은 여자를 찾을 사람은 없을 테니까.

아파트에는 살림이 많지 않았다. 옷 몇 벌, 찬장 안의 수프 한 캔, 머리가 열어볼 엄두도 내지 못한 냉장고의 우유 한 통 정도였다. 쓰레기통에서 음식 썩은 냄새가 났지만 머리는 개의치 않고 뚜껑을 열었다. 파리 떼가 그의 얼굴로 날아들었다. 그는 식기 건조대에서 나무 숟가락을 가져와서 쓰레기를 뒤졌다. 그의 머릿속은 과로 상태였다. 캐럴라인이 죽었다고 속인 이유가 돈 때문이 아니라 두려워서였다면? 탐이 돈을 점점 많이 요구하며 그녀를 협박했고 결국 캐럴라인은 사라지는 것이 유일한 탈출구라고 생각했다면? 탐의 경우에는 사라지는 방법이 효과가 있었으니까.

티백 더미 아래에 묻혀 있던 서류 다발이 머리의 시선을 사로잡았다. 서류의 형식과 로고가 눈에 익었다. 서류를 꺼내자 그는 무엇인지 단번에 알아보았다. 왜 캐럴라인이 이것을 가지고 있었는지가 의문이었다.

서류를 읽어 내려가자 퍼즐 조각이 맞춰지기 시작했다. 아직 온전한 답은 아니었지만 모든 것의 앞뒤가 맞아 들어가기 시작했다. 일반적으로 사람들은 돈이나 섹스 때문에 자살을 꾸몄다. 하지만 사람들이 사라지고 싶어 하는 데는 또 다른 이유가 있었고 머리는 이제 막 그 이유를 찾아낸 것 같았다.

50

애나

엄마는 짐을 싸고 있었다. 짐은 별로 없었다. 호프에 갈 때 가져간 작은 가방과 오크 뷰의 엄마 옷장에 있던 옷 중 내가 가져가라고 설득한 옷 몇 벌이 전부였다. 나는 엄마 침대에 앉아서 가지 말라고 애원하고 싶었지만 그래봐야 소용없다는 것을 알았다. 엄마는 머물지 않을 것이다. 그럴 수 없었다. 경찰이 다시 찾아오면 그때는 나를 순순히 놓아주지 않을 것이다. 내가 부모님의 범죄를 몰랐다고 경찰을 설득하기란 매우 어려울 것이다. 그러는 내내 엄마가 잘 숨었는지 걱정하겠지.

"파티라도 같이 하고 가시면 안 돼요?" 아침 식사 때 엄마가 오늘 떠나겠다고 하자 마크가 물었다. "저희와 같이 새해를 맞이하시고 말이에요."

"파티는 별로 좋아하지 않아서요." 엄마는 단호하게 말했다.

엄마는 파티를 좋아했다. 적어도 예전의 엄마는 그랬다. 하지만 지금의 엄마는 어떤지 확신이 들지 않았다. 엄마는 달라졌고 나는 그 변화가 체중 감소와 머리 염색만은 아니라고 생각했다. 엄마는 불안했고 우울했다. 끊임없이 주위를 살폈다. 몸도 상했다. 이제 내 슬픔은 두 배가 되었다. 예전의 엄마는 물론 지금의 엄마 때문에도 슬펐다.

나는 엄마에게 가지 말라고 마지막으로 한 번 더 말했다.

"우리가 경찰에게 전부 다 말하면……"

"애나, 안 돼!"

"엄마가 왜 그랬는지 이해할지도 몰라요."

"이해 못 할지도 모르고."

나는 입을 다물었다.

"난 감옥에 가게 될 거야. 어쩌면 너도. 너는 경찰에게 내가 살아 있는 걸 크리스마스이브에야 알았다고 말하겠지만 경찰이 그 말을 믿을까? 탐과 내가 이 모든 일을 함께 계획한 상황에? 이 집이 네 이름으로 되어 있는 지금?"

"그건 제 문제예요."

"네가 체포되면 마크와 엘라의 문제가 되기도 하지. 저 어린것이 엄마 없이 자라길 바라니?"

그렇지 않았다. 당연히 아니었다. 하지만 어느 쪽도 놓치고 싶지 않았다.

엄마는 가방 지퍼를 닫았다. "자, 이제 그만해." 엄마는 미소 지으려 애썼지만 누구의 눈에도 진심처럼 보이지 않았다. 내가 가방을 잡자 엄마는 고개를 저었다. "내가 알아서 할 수 있어. 그리고 혹시……" 엄마는 말끝을 흐렸다.

"왜 그러세요?"

"이런 말 하면 내가 우습다고 생각할 거야."

"말씀해보세요."

"집에 작별 인사를 해도 될까? 몇 분이면 돼……."

나는 엄마를 끌어당겨 뼈가 느껴질 정도로 꼭 안았다. "그럼요. 엄마 집이잖아요."

엄마는 다정하게 몸을 떼고 슬픈 미소를 지었다. "네 집이야. 너와 마크와 엘라의 집. 네가 이곳을 행복한 추억으로 채우면 좋겠구나. 무슨 말인지 알지?"

나는 눈을 힘주어 깜빡거리며 고개를 끄덕였다. "엘라 데리고 마크와 공원에 산책 다녀올게요. 그동안 인사하세요."

나는 엄마가 전혀 우습지 않았다. 이 집은 그냥 집이 아니었고 벽돌과 모르타르 이상의 의미가 있는 곳이었다. 집을 팔자는 마크의 제안에 동의하지 않는 것도 그런 이유 때문이었다. 로버트의 거창한 확장 계획에 이의를 제기해 문제를 일으키고 싶지 않은 이유도 그것이었다. 이 집은 내가 사는 곳이었고 나는 이 집에서 행복했다. 다른 무언가 때문에 이 사실이 달라지게 하고 싶지 않았다.

공원에서 마크는 엘라의 유모차를 밀었고 나는 그의 팔짱을 꼈다.

"경찰서에서 전화 안 왔어?"

나는 그를 노려보았다. "무슨 말이에요? 왜 내가 경찰 전화를 받아야 하죠?"

마크는 웃음을 터뜨렸다. "진정해. FBI가 당신을 아직 찾아내지 못한 것 같으니까. 범죄수사과 소속 경찰관이 고무줄에서 DNA를 채취했는지 오늘 전화로 알려준다고 해서 물어본 거야. 내 휴대전화로 전화가 안 와서 집으로 전화했나 하고."

"아, 전화 안 왔어요." 유모차 바퀴에 묻은 물 때문에 길에 자국이 났다. "사실 요즘 그 생각을 계속하고 있었는데요…… 수사를 중단해야 할까봐요."

"중단한다고?" 마크가 갑자기 걸음을 멈추는 바람에 나는 유모차 손잡이에 부딪쳤다. "애나, 그러면 안 돼. 이건 심각한 문제야."

"쪽지에 경찰에 신고하면 안 된다고 쓰여 있었잖아요. 우리가 중단하면 그들도 중단할 거예요."

"그건 모를 일이지."

아니, 알았다. 나는 마크의 팔짱을 빼고 유모차를 밀고 앞으로 갔다. 마크는 우리를 따라잡으려고 뛰었다.

"부탁이에요, 마크. 그냥 다 잊고 싶어요. 긍정적인 기분으로 새해를 시작하자고요." 마크는 새 출발을 신봉했다. 새로운 장의 시작을. 비어 있는 페이지를. 상담사들은 전부 그런지도 몰랐다.

"참고로 알려주자면 그건 옳지 않은……"

"부모님에게 일어난 일을 다 잊고 앞으로 나아가고 싶어요. 엘라를 위해서." 나는 엘라를 내려다보았다. 내 말이 진심이라고 강조하기 위해서이기도 했고 엘라를 감정적인 담보물로 이용했다는 죄책감 때문에 표정을 숨기고 싶어서이기도 했다.

마크는 고개를 끄덕였다. "그럼 경찰에게 중단해달라고 말할게.”

“고마워요.” 내가 느낀 안도감만은 진심이었다. 나는 걸음을 다시 멈추었다. 이번에는 마크에게 입 맞추기 위해서였다.

“울고 있네.”

나는 눈물을 닦았다. “그동안 너무 힘들었나봐요. 크리스마스, 새해, 경찰……” 그리고 엄마도. 나는 최대한 진실을 이야기했다. “앤젤라가 정말 그리울 거예요.”

“어릴 때 함께 보낸 시간이 많았어? 앤젤라 이야기는 한 번도 안 했잖아. 당신이 그녀를 그 정도로 잘 아는지 몰랐어.”

목이 점점 심하게 메었고 울지 않으려고 안간힘을 쓰느라 턱이 떨렸다. “가족이란 그런 거잖아요.” 나는 가까스로 말했다. “한 번도 만나본 적 없어도 늘 함께했던 것처럼 느끼죠.”

마크는 나를 감싸 안았고 우리는 천천히 오크 뷰로 걸어갔다. 현관에서 조명이 반짝이며 한 해의 마지막 날이자 이 끔찍하면서도 멋지고 특이한 해가 끝난다는 것을 알렸다.

엄마는 정원에 있었다. 내가 유리문을 열자 엄마는 깜짝 놀랐다. 나라는 것을 확인할 때까지 얼굴에 공포가 가득했다. 엄마는 외투를 입지 않아서 입술이 파랬다.

“이러다 죽도록 지독한 감기에 걸리겠어요.” 내가 쓸쓸하게 웃으며 말했고 엄마는 웃지 않았다.

“장미에게 작별 인사를 하고 있었어.”

“제가 잘 돌볼게요. 약속해요.”

“그리고 이의 신청도 꼭……”

“엄마.”

엄마는 말을 하다 말았다. 엄마의 어깨가 처졌다.

"이제 가야겠구나."

안에서는 마크가 샴페인을 한 병 땄다.

"새해를 미리 축하하려고요."

우리는 잔을 부딪쳤고 나는 눈물을 참느라 혼났다. 엄마는 엘라를 안고 있었는데 서로 닮은 두 사람을 보자 이 순간을 영원히 기억하고 싶었다. 하지만 마음이 너무 아팠다. 누군가를 천천히 잃어가는 것이 이런 기분이라면 차라리 갑자기 죽게 해달라고 매 순간 기도할 것이다. 지금 내 마음이 느끼는 것처럼 얼어붙은 호수에 서서히 금이 가 천천히 쪼개지는 것이 아니라 갑자기 날카롭게 베어내는 쪽이 나았다.

마크가 새해 덕담을 했다. 가족에 대한 이야기와 다시 만나자는 이야기였다. 새해와 새 출발 이야기도 했다. 새 출발 이야기를 할 때는 나를 보며 윙크했다. 나는 엄마와 눈을 마주치려 했지만 엄마는 집중해서 듣고 있었다.

"올해는 우리 모두 건강하고 행복하고 부자 되기를 바랍니다." 마크는 잔을 들었다. "앤젤라, 새해 복 많이 받으세요. 우리 예쁜 엘라도. 그리고 애나, 올해는 '좋다'는 대답을 기대할게."

나는 억지로 미소 지었다. 마크는 오늘 밤에 내게 물어볼 것이다. 아마 자정에 물어보겠지. 엄마가 기차를 타고 내가 모르는 곳으로 떠나고 나 혼자 슬퍼하고 있을 시간에. 나는 그가 물어보면 좋다고 대답할 생각이었다.

그때 무슨 냄새가 났다. 플라스틱이 녹은 것처럼 쏘는 듯한 탄내가 코를 간질였고 목 깊은 곳이 따가웠다.

"오븐에 뭐 있어요?"

마크는 잠시 어리둥절했지만 곧 이해했다. 그리고 재빨리 문을 나가 현관으로 갔다.

"이럴 수가!"

엄마와 내가 쫓아갔다. 현관은 냄새가 더 지독했는데 천장 아래에 검은 연기가 버섯처럼 피어 있었다. 마크가 현관 매트를 밟자 그의 발아래에서 불에 탄 검은 종잇조각이 나왔다.

"맙소사, 마크!" 나는 비명을 질렀다. 불길이 진정되고 연기가 사라지고 있는 것이 분명했는데도.

"괜찮아. 괜찮아." 마크는 침착하려 했지만 목소리가 평소보다 높았고 계속 매트를 밟고 있었다. 그제야 나는 고무로 된 매트 가장자리가 탄 냄새라는 것을 알았다. 우편물 투입구로 들어온 것이 무엇인지는 모르지만 이미 사라지고 없었다. 마크가 밟아 끄기 전에 타서 없어진 모양이었다. 우리에게 겁주려고 불쏘시개로 던진 종이였겠지.

나는 현관문을 가리켰다. 등줄기에 땀이 흘렀다.

현관문 스테인드글라스 윗부분의 바깥 면에 누군가가 글씨를 써놓았다. 유리 두께가 달라 울퉁불퉁하게 쓰인 블록체 대문자가 보였다.

마크가 현관문을 열었다. 글자는 굵은 검은색 매직펜으로 쓰여 있었다.

당신을 찾았어.

51

머리

그들은 해가 지고 나서야 고속도로에 들어섰다. 머리는 단칸방을 떠난 뒤로 거듭 전화를 걸었고 빠른 시간 안에 통화를 끝내고 운전할 수 없다는 점이 분명해지자 자동차 열쇠를 세라에게 넘겼다.

"난 보험 가입 안 했는데."

"내가 든 보험으로 같이 될 거야." 머리는 제발 이 말이 맞기를 바랐다.

"마지막으로 운전해본 게 언제인지 기억도 안 나."

"자전거 타는 거랑 비슷해."

M42 도로에 접어들어 세라가 10톤 트럭 앞에서 빠져나오자 머리는 눈을 질끈 감았다. 어지럽게 경적이 울렸다. 그녀는 가운데 차선에 자리 잡고 뒤에서 비키라고 라이트를 쏘아대는 차들을 무시한 채 꾸준히 시속 112킬로미터로 달렸다.

핸들을 어찌나 힘주어 잡았는지 손마디가 새하얬다.

머리에게는 이스트본 자치구 개발 사무소에 있는 사람과 연락할 방법이 없었다. 그렇다고 그에게 누군가를 호출할 권한이 있는 것도 아니었다. 그럴 만한 사람을 찾아내기 전에 먼저 사실 관계를 확인해야 했다. 그는 단칸방 쓰레기통에서 찾은 서류를 폈다. 로버트 드레이크의 개발 계획 승인 신청서를 인쇄한 것이었다. 구겨지고 얼룩이 묻어 있었지만 내용을 읽을 수 있었다.

머리가 경찰로 일한 삼십 년 동안 수사가 절망적인 상태에 빠졌을 때 직감이 해결책을 제공한 경우가 많았다. 최근 법률이나 절차에는 몇 년 뒤떨어졌을지 몰라도 직감은 뒤처지지 않았다. 머리는 드레이크가 이웃의 실종과 관련되었다고 확신했다.

머리는 이의 신청서를 훑어보았다, 전체 내용이 아니라 구체적인 이의 제기 사유를 알고 싶었다. 다음으로 그는 개발 계획을 지지하는 서류를 살펴보았다. 입면도를 살펴보고 제안한 공간을 기존 것과 비교했다. 대대적인 확장 공사였다. 이의 제기 건수가 놀랍지 않을 정도였다.

다음 장을 넘겨 공사에 쓰일 건축 자재, 기술, 제안 방법론 등을 길게 나열한 목록을 읽었다. 머리는 자신이 무엇을 찾고 있는지 설명할 수는 없었지만 이 사건의 열쇠는 로버트 드레이크가 쥐고 있다는 확신이 들었다.

마지막 쪽 중간쯤 삽입된 사진에서 그는 자신이 찾고 있는 것을 발견했다.

머리는 고개를 들었고 아직도 차 안에 있다는 사실에 놀랐다. 신청서를 보며 생각 중일 때는 범죄수사국 사무실에 있는 것 같았다. 여러 사건을 수사하느라 바쁘게 움직이고 사람 좋은 동료들과 농담을 주고받고 경찰 내부의 정치적인 문제 때문에 결과가 좋지 못할 때도 있었던 그곳에.

하지만 그에게는 삶이 얼마나 달라졌는지 생각할 시간이 없었다. 애나 존슨이 로어 미즈 경찰서에 발을 내디딘 뒤로 계속 매달린 일에 드디어 공식적으로 지원을 요청하게 되었다. 지금 그에게는 이 일 말고 다른 일을 할 시간이 없었다.

"여보세요?" 제임스 케네디 경사는 근무 중인 것 같지 않았다. 사실 목소리를 들어보니 크리스마스에 대기하고 있다가 운 좋게 며칠 휴가를 받아서 맥주를 마시며 아내와 아이들과 함께 한 해의 마지막 날을 조용히 보내는 것 같았다. 이제 머리가 그것을 바꿀 참이었다.

"제임스, 머리 매켄지네."

제임스는 잠시 뒤에야 반가운 척했다. 머리는 그가 아내를 바라보며 '아니, 중요한 일 아니야'라는 의미로 고개 젓는 모습을 떠올렸다.

"지난주에 내가 잠깐 들러서 존슨 자살 사건 이야기했던 거 기억하나?" 머리는 제임스가 기억하는지 잊었는지를 알아내려고 기다리지 않았다. "자살이 아닌 걸로 드러났네." 머리는 일에 가속도가 붙을 때 느끼던 익숙한 쾌감을 느꼈다. 자기 목소리에서 젊은 시절의 활력이 느껴졌다.

"뭐라고요?"

이제야 제임스가 관심을 보였다. "탐과 캐럴라인 존슨은 자살하지 않았어. 그 자살은 가짜였네."

"그걸 어떻게……?"

리오 그리피스가 머리를 또다시 질책한다 해도 상관없었다. 어차피 그만둘 텐데 무슨 상관인가? 머리는 세라를 다시 한 번 흘끗 보았다. 핸들을 잡은 손마디가 여전히 새하얬다. 머리는 캠핑카를 구입하면 자신이 운전하는 쪽이 낫겠다고 생각했다.

"캐럴라인 존슨의 기일인 12월 21일에 존슨 부부의 딸 애나가 자살이 아니라는 익명의 카드를 받았네. 그 이후로 내가 그 사건을 줄곧 조사했어." 그는 제임스의 말을 가로막고 계속 이야기했다. "이 사건을 이관해야 했지만 수사를 진행할 수 있도록 더 구체적인 사실을 알려주고 싶었네." 머리는 '자네는 이 사건을 심각하게 받아들이지 않았지'라고 덧붙이고 싶었지만 참았다. 이 사건으로 그가 집중할 거리를 찾았고 이 사건 덕분에 그와 세라가 평소의 생활을 벗어나 다른 곳에 정신을 쏟을 수 있었다는 이야기도 하지 않았다.

"그럼 이제 구체적인 정황을 입수했다는 말인가요?" 머리는 문 닫히는 소리를 들었다. 뒤에서 들리던 제임스 아이들의 소리가 희미해졌다.

"목격자가 999에 전화를 걸어서 탐 존슨이 절벽에서 뛰어내렸다고 했지만 그건 거짓말이었어. 그 전화를 건 휴대전화기는 탐이 사망했다고 추정한 바로 그날 존슨 부부가 구입한 것이고."

"잠깐만요. 좀 적을게요."이제 망설이는 기색은 없었다. 제임스의 목소리에서 머리의 주장이 유효한지 의심하는 기색도 없었다. 지위를 이용해 강요하지도 않았고 머리가 적절한 절차를 밟아야 한다고 주장하지도 않았다.

"캐럴라인이 뛰어내리는 걸 본 사람은 없어. 사제의 증언은 신뢰할 수 있어. 그가 절벽 가장자리에서 뛰어내릴 것처럼 보이는 캐럴라인을 본 건 사실이니까."

머리는 젊은 사제의 진술과 캐럴라인 존슨을 구하지 못했다는 그의 고뇌를 떠올렸다. 사건이 종결되면 머리는 그 가여운 사제를 찾아가 실제로 무슨 일이 있었는지 알려줄 생각이었다. 그에게 마음의 안식을 선사하고 싶었다.

"이스트본 자치구 의회에 접수된 개발 계획 신청서가 있네."머리가 말을 이었다. 제임스는 방향이 완전히 바뀐 데 놀란 듯했지만 내색하지 않았다. "난 그쪽 사무소에 연락이 닿는 사람이 없어. 개발 계획 웹사이트의 서버에 접속해서 존슨 부부 옆집의 확장 계획안에 이의를 제기한 모든 사람의 IP 주소를 알아내야 하네."

"왜 필요하죠?"

"확인하기 위해서지. 이의 신청서 중 더비셔 스와들린코트 근처의 IP 주소가 있을 걸세. 앤젤라 그레인지라는 이름의 여성이 제출한 거야."머리는 확신했다. 캐럴라인은 로버트 드레이크가 추진하는 확장 계획을 중단시키기로 굳게 결심했다. 그렇게 한 것을 이미 후회하고 있는지 모르지만 그러지 않았더라도 곧 후회하게 될 것이다.

"제가 전화해볼게요."

"애나가 받은 익명의 쪽지는 캐럴라인을 숨어 있던 곳에서 나오게 하기 위한 것이었고 그대로 됐네. 캐럴라인은 12월 21일에 더비셔를 떠났어. 그녀가 어디로 갔는지는 추리하고 말고 할 것도 없지."

"가족들과 살던 집으로요?"

"빙고. 그리고 우리가 그 집에 빨리 가지 않으면 누군가가 다칠 거야."

"도대체 왜……?" 제임스는 말끝을 흐렸다. 그가 다시 입을 열었을 때 목소리는 더 다급하고 진지했다. 자신이 하려던 질문의 답을 이미 알아내기라도 한 듯. "머리, 탐 존슨은 어디에 있나요?"

머리는 확신했지만 여전히 망설여졌다. 제임스는 그의 전화를 끊자마자 다시 전화를 들 것이다. 자료를 요청하고 경찰관들을 호출하고 과학 수사대를 부르고 영장을 청구하고 사건 현장 진입 방법을 결정하고…… 사건을 해결하기 위해 온 조직이 매우 능률적으로 움직일 것이다.

만약 머리가 틀렸다면 어떻게 될까?

"탐도 집에 있어."

52

애나

엄마와 나는 서로 쳐다보았다. 두려움 때문에 우리 둘의 얼굴이 가면을 쓴 것처럼 똑같이 얼어붙었다.

"여기에 있는 걸 그가 알아요." 미처 막을 새도 없이 이 말이 나왔다.

마크는 우리 둘을 번갈아 보았다. "누구 이야기야? 무슨 일이지?"

우리 둘 다 대답하지 않았다. 나는 우리 중 한 사람이라도 어떻게 해야 할지 알고 있을까 의심스러웠다.

"경찰에 신고해야겠어."

"안 돼요!" 엄마와 내가 동시에 외쳤다.

나는 밖을 보았다. 밖에 아빠가 있을까? 우리를 지켜보고 있을까? 우리의 반응을? 나는 현관문을 닫고 안전 사슬을 걸었다. 손이 어찌나 떨리는지 사슬을 두 번이나 놓쳤다. 그러면서 시간을 벌었다.

마크는 휴대전화를 집어 들었다.

"부탁인데 하지 말아요."

기일에 카드를 받고서 경찰서에 가는 것이 아니었다. 그 때문에 상황이 나빠지기만 했다.

"도대체 왜 하지 말라는 거지? 애나, 누가 우리 집에 불을 지르려고 했어!"

엄마가 감옥에 가게 되기 때문이었다. 엄마를 숨겨줬다는 이유로 내가 감옥에 가게 되기 때문이었다.

"처음에는 창문으로 벽돌이 날아들더니 이번에는……" 마크의 손이 열쇠 위에서 맴돌았다. 그는 내 표정을 살피더니 다시 나와 엄마를 번갈아 보았다. "내가 모르는 뭔가가 있는 거지?"

'우리 아빠는 죽지 않았어요. 기일에 카드를 보낸 사람은 아빠예요. 엄마가 죽지 않았다는 걸 아빠가 알고 있거든요. 하지만 내가 경찰서에 갔다는 걸 알게 되자 아빠는 날 막으려 했어요. 우리 집 현관에 토끼 사체를 갖다놓았고 우리 딸의 침실 창문으로 벽돌을 던졌어요. 아빠는 불안하고 위험한 사람이에요. 그런 아빠가 지금 이 집을 지켜보고 있어요.'

"왜냐하면……" 나는 엄마를 보았다. 마크에게 말해야 했다. 그를 이런 난국으로 끌어들이고 싶지 않았지만 더 이상 거짓말할 수는 없었다. 그건 부당했다. 나는 이런 뜻을 엄마에게 전달하려고 최선을 다했고 엄마는 한 손을 내밀며 한 걸음 나왔다. 내 입에서 나가려는 말을 몸으로 막겠다는 듯.

"내가 이스트본에 온 이유를 솔직하게 말하지 않았어요."
마크가 오래전에 들었어야 할 설명을 내가 미처 정리하기도
전에 엄마가 재빨리 말했다. 엄마는 내 눈을 보았다. '제발 부
탁한다.'

모든 일이 너무 버거웠다. 짐 싸는 엄마를 도운 것도, 두 번
째로 엄마를 보낼 준비를 하는 것도, 머리 매켄지가 음모에
가담한 나를 탓하려고 잠시 들렀던 일도.

그리고 지금 이 일까지.

말초 신경이 몸 밖에 나와 있는 것처럼 하나씩 드러날 때
마다 전기 충격이 연속해서 느껴졌다.

"그럼 지금이라도 설명하시는 게 좋겠군요." 마크는 방금
전에 경찰에 전화하려고 집어 들었던 전화기를 이 손 저 손
으로 옮기면서 만지작거렸다. 그의 차가운 눈빛에 몸이 떨렸
다. 그 눈빛이 순전히 걱정에서 비롯했다는 것을 알면서도.
나는 엄마에게서 엘라를 받아 안아서 아기의 몸이 전하는 따
뜻함과 묵직함을 느끼며 안심하고 싶었다.

엄마는 나를 보았다. 그러면서 알아차리지 못할 정도로 약
하게 고개를 저었다. '하지 마.'

나는 조용히 있었다.

"난 도망쳤어요." 엄마가 말했다. "작년에 결혼 생활이 실
패로 끝난 뒤로 계속 남편을 피해 도망 다니고 있어요."

나는 마크를 유심히 보았다. 그에게 엄마의 말을 믿지 않는
기색은 없었다. 못 믿을 이유도 없었다. 사실이니까.

"크리스마스 직전에 남편은 내가 사는 곳을 찾아냈어

요. 난 어디로 가야 할지 몰랐죠. 잠시 눈에 띄지 않고 있으면……"

"앤젤라, 말씀하셨어야죠." 책망하는 말이었지만 마크의 말투는 다정했다. 그를 찾아온 내담자 중 상당수가 폭력적인 관계에 시달렸을 테고 지금도 그럴 것이다. 어쩌면 그중에는 가해자도 있을지 모른다. 내가 물어본 적도, 마크가 말한 적도 없었지만. "그가 이곳까지 당신을 쫓아올 가능성이 있었다면 우리 역시 위험해질 수 있잖아요. 그러니까 말씀하셨어야 해요."

"알아요. 미안해요."

"창문으로 벽돌을 던진 것도 그 사람이 아닐까요?"

"난 기차표를 온라인으로 샀어요. 남편이 내 이메일을 본 게 틀림없어요. 내가 어디로 가는지 알 수 있는 방법은 그뿐이에요. 내 연락처에서 주소가 이스트본인 사람은 캐럴라인이 유일하고요."

마크는 손에 쥔 전화기를 보더니 글자 뒷면이 보이는 현관문으로 갔다. "경찰에 알려야 해요."

"안 돼요!" 엄마와 내가 동시에 말했다.

"해야 해요."

"당신은 앤젤라 남편이 어떤 사람인지 몰라요. 당신이 어떤 사람을 상대해야 하는지 모른단 말이에요."

마크는 나를 보았다. "그 사람을 만난 적이 있군?"

나는 고개를 끄덕였다. "그는…… 위험한 사람이에요. 경찰에 신고하면 우린 여기에 있을 수 없어요. 우리가 여기에

435

있는 걸 그가 아니까요. 무슨 짓이든 할 수 있는 사람이에요.”나는 계속 떨고 있었다. 엘라를 달래기 위해서가 아니라 내 정맥에 흐르는 아드레날린을 내보내기 위해 아이를 좌우로 흔들며 얼렀다. 마크는 현관을 서성대며 휴대전화로 허벅지를 두드렸다.

“난 가야겠어요.”엄마는 가방을 들었다. “그가 원하는 건 나예요. 여기 오는 게 아니었는데. 두 사람을 이 일에 끌어들이는 건 부당해요.”엄마가 현관문으로 한 걸음 다가가자 나는 엄마의 팔을 잡았다.

“가면 안 돼요!”

“어쨌든 난 떠날 거야. 너도 알잖니.”엄마는 내 손을 팔에서 떼어내더니 다정하게 꼭 잡았다.

“이제 상황이 달라졌잖아요. 그에게 위치를 들켰으니 다치실지도 몰라요.”

“내가 여기 있으면 네가 다칠 거야.”

뒤이은 침묵을 깬 사람은 마크였다. “둘 다 떠나야 해요.”그는 단호하게 말하고는 서랍장을 뒤져서 열쇠 꾸러미를 내게 건넸다. “내 아파트로 가. 난 여기에서 기다리면서 경찰을 부를게.”

“아파트라니요? 안 돼요. 두 사람을 이 일에 끌어들일 수는 없어요. 내가 가야 해요.”엄마는 현관문을 열려고 했지만 마크가 더 빨랐다. 그는 한 손으로 문을 밀고 있었다.

“앤젤라, 저희는 이미 발을 담갔어요. 그리고 지금 처하신 상황도 딱하지만 제게는 애나와 우리 딸을 무사히 지키는 게 우선입니다. 그러니 전남편이 감옥에 갇혀 안전해질 때까지 두 사람이 이 집을 떠나 있는 게 맞아요."

"그이 말이 옳아요." 내가 말했다. "런던에 마크 아파트가 있어요. 우리가 거기 있는 걸 아무도 모를 거예요." 엘라가 품에서 꼼지락댔다. 잠에서 깬 배가 고파 젖을 찾는 것 같았다.

엄마의 얼굴은 창백했다. 반박할 말을 찾아보았지만 없었다. 이게 앞날을 위해 가장 좋은 방법이었다. 우리가 안전하게 이스트본을 빠져나가면 마크는 경찰에게 연락할 수 있었고 나는 모두 솔직하게 털어놓자고 엄마를 설득할 생각이었다. 다른 방법은 없었다.

"애나와 아기가 나와 함께 가는 건 원치 않아요. 안전하지 않아요." 엄마가 말했다.

"방금 전남편이 우리 집에 불 지르려고 한 걸 생각하면 여기에 있다고 해서 두 사람이 안전할 것 같지는 않군요." 마크는 열쇠를 내밀었다. "어서 가."

"그이 말 들어요." 나는 엄마의 팔을 잡았다. "우리와 함께 가요." 나는 이스트본에서 최대한 멀어져야겠다는 생각밖에 나지 않았다. 아빠에게서, 그리고 머리 매켄지와 진실을 맴도는 여러 의문에서 최대한 멀리.

엄마는 한숨지으며 동의했다. "내가 운전할게. 넌 엘라와 함께 앉아. 가다가 세우고 싶지는 않으니까." 엄마는 마크를 보았다. "조심해요. 알겠죠? 남편은 위험한 사람이에요."

"아파트에 도착하면 전화해줘. 나 말고 다른 사람은 절대 들이지 말고. 알겠지?"

엄마는 핸들을 잡고 도로를 주시했다. 나는 뒷자리의 카시트에 엘라를 앉히고 그 옆에 앉았다. 엘라는 지금 간절히 원하는 가슴 대신 내 엄지손가락을 힘차게 빨았다. 조금 있으면 젖을 달라고 울기 시작할 것이다. 이스트본을 안전하게 빠져나가면 차를 세울 수 있을지도 모른다.

"아빠는 마크에게 아파트가 있다는 사실조차 몰라요." 엄마가 출발한 뒤로 백 번째쯤 룸미러를 보며 우리를 확인하자 나는 거듭 이렇게 말했다. "괜찮아요."

"괜찮지 않아." 엄마는 울 것 같았다. "아무것도 괜찮지 않을 거야."

나는 눈이 따끔거렸다. 엄마가 강하기를 바랐다. 그래서 나도 강해질 수 있도록. 늘 그랬듯.

어릴 때 넘어져서 무릎이 까지는 바람이 정말 아팠던 때가 떠올랐다.

"아이고 저런!" 엄마는 나를 일으켜 세우며 노래하듯 말했다. 엄마의 웃는 얼굴을 보자 상처가 더 아픈지 덜 아픈지 생각할 새도 없이 까진 무릎의 통증이 사라졌다.

"엄마, 늘 그렇듯 경찰이 모든 것을 알아낼 거예요."

거울로 보이는 엄마의 얼굴은 잿빛이었다.

"그리고 경찰이 쫓는 사람은 아빠예요. 엄마에게는 관대할 거예요. 엄마가 어쩔 수 없이 그랬다는 걸 이해할 거라고요. 어쩌면 감옥에 갇히지 않을지도 몰라요. 집행 유예를 선고받을지도……."

엄마는 듣고 있지 않았다. 거리를 살피며 뭔가를 찾고 있었다. 아빠를 찾는 것일까? 그러더니 갑자기 브레이크를 밟았고 그 바람에 내 몸이 앞으로 쏠렸다. 뒷좌석 가운데 자리의 안전띠는 몸을 잡아주지 못했다.

"내려."

"뭐라고요? 여긴 이스트본 외곽이에요."

"저기, 바로 저기에 버스 정류장이 있어. 아니면 마크에게 데리러 오라고 전화하든지." 엄마는 클러치에서 발을 떼지 않았고 손은 핸드브레이크에 대고 있었다. 엄마는 이제 울고 있었다. "애나, 이럴 생각이 아니었단다. 누군가를 다치게 할 생각이 아니었어. 네가 연루되는 것도 원치 않았는데."

나는 움직이지 않았다. "엄마 혼자 두고는 안 가요."

"애나, 부탁이야. 다 널 위해서란다."

"우린 한 배를 탔어요."

엄마는 십 초가량을 꼬박 기다렸다. 그리고 잠시 뒤 울음과 신음의 중간쯤 되는 소리를 내더니 핸드브레이크를 풀고 계속 운전했다.

"미안하구나."

"미안해하시는 거 알아요." 그동안은 엄마가 내 눈물을 닦아주고 내 무릎에 반창고를 붙여주었지만 지금은 내가 강한 쪽이었다. 엄마에게는 내가 필요했다. 나는 우리가 특수한 상황에 처해서 관계가 이렇게 달라졌는지, 아니면 딸인 내가 아이를 낳으면서 자연스럽게 달라졌는지 궁금했다.

우리는 말없이 차를 타고 갔다. 하지만 짜증스럽게 울던 엘라는 이제 엉엉 울고 있었다.

"차를 다시 세울 수 있을까요?"

"그건 안 돼." 엄마는 다시 룸미러를 보았다. 그리고 또다시.

"오 분만요. 젖을 먹이지 않으면 엘라가 계속 울 거예요."

엄마는 룸미러와 도로와 뒤쪽을 살폈다. 뭔가를 본 것 같았다.

"왜 그러세요?"

"뒤에 검은색 미쓰비시가 있어." 엄마가 가속 페달을 세게 밟자 갑자기 달려 나가는 속도에 내 몸이 뒤로 밀렸다. "우릴 쫓아오고 있어."

53

차를 팔면서 일생을 보내면 차를 어떻게 다뤄야 할지 알게된다.

가속 페달을 세게 밟는다. 시속 90킬로미터, 100킬로미터, 110킬로미터, 120킬로미터…….

급커브를 돈다. 한 번, 잠시 뒤 한 번 더. 우리는 두 번 다 너무 넓게 돌았다. 맞은편 차선에서 오는 운전자가 겁에 질린 표정으로 핸들을 홱 꺾어서 우리가 있는 차선에서 방향을 튼다.

다음 커브에서는 브레이크를 살짝 밟으며 기어를 사용한다. 기어를 점점 낮춘다. 바퀴를 회전시키고 가속 페달을 밟는다. 차 뒷부분이 앞보다 더 빨리 달리는 것처럼 느껴질 때까지.

간격이 좁혀진다.

맥박이 너무 빨리 뛰어서 엔진이 부릉대는데도 맥박 뛰는 소리가 들린다. 나는 몸을 앞으로 숙인다. 이렇게 하면 뭐가 달라지기라도 하는 듯.

고양이와 쥐.

누가 이길까?

차를 빨리 몬다는 것은 빨리 생각한다는 뜻이기도 했다. 반응이 빠르다는 뜻이기도 했다. 제아무리 일상생활이 가능하다고 해도 알코올 의존자에게는 이런 능력이 있을 수 없었다. 이는 내가 술을 끊어서 다행이라고 생각하는 수많은 이유 중 하나에 지나지 않는다.

결론적으로 말하자면 쉬웠다. 익명의 알코올 의존자 모임에 나가지도 않았고 치료도 받지 않았으며 좋은 뜻으로 도와주려고 개입한 친구도 없었다.

오직 당신 덕분이었다.

그날 밤 바닥에 쓰러진 당신의 눈빛 덕분이었다. 그때는 그 눈빛이 아무 의미가 없었다. 그저 또 싸웠을 뿐이었다. 또 주먹질하고 발길질했을 뿐이었다. 나중에야 그때의 당신 얼굴이 떠올랐다. 그 실망감과 고통과 두려움이. 그제야 나는 술이 당신에게 어떤 짓을 했는지 깨달았다.

아니, 내가 당신에게 어떤 짓을 했는지.

미안했다. 그걸로는 부족했지만 너무 늦었다. 그래도 미안했다.

나는 속도를 늦췄다. 집중해야 했다. 핸들을 움켜잡고 억지로 발을 서서히 뗐다.

어쩌다가 이렇게 되었을까?

되돌리고 싶었다. 내 실수를 만회하고 싶었다. 나는 엉망진창이었다. 결혼 생활 내내 나만 생각했다. 그리고 이제야 우리가 보였다.

내가 무슨 짓을 하고 있지?

난 멈출 수가 없었다. 너무 깊이 빠져 있었다.

애나.

차 뒷자리에 애나가 있었다. 숨으려고 몸을 숙인 채. 나는 뒤쪽 유리를 잠깐 내다보는 애나를 보았다. 들키지 않고 몰래 보려 애썼다.

실패했다.

나는 그 애를 다치게 하고 싶지 않았다.

하지만 너무 늦었다.

54

애나

나는 자리에서 몸을 비틀었다. 우리 뒤에는 미쓰비시 쇼군이 90미터 정도의 거리를 유지하며 따라오고 있었다. 간격은 점점 좁아졌다. 앞 유리가 선팅 되어 있어서 운전자가 보이지 않았다.

"그 사람이니? 네 아빠야?"

엄마의 이런 모습은 처음이었다. 두려움을 통제할 수 없을 정도로 떨고 있었다. "넌 내려야 해. 내릴 수 있도록 내가 어떻게 해볼게." 엄마는 다시 룸미러를 보더니 오른쪽으로 핸들을 꺾어 도로 위에 버려진 범퍼 조각을 피했다. 나는 배 속이 요동쳤다.

"운전에 집중하세요."

"계속 몸을 숙이고 있어. 네 아빠가 널 못 봤을 거야. 네가 나와 함께 있다는 사실을 알리고 싶지 않아."

나는 늘 그랬듯 즉시 엄마의 지시를 따랐다. 안전띠를 풀고 한쪽 옆으로 다리를 뻗은 다음 엘라의 카시트에 몸을 기댔다. 엄마가 갑자기 왼쪽으로 꺾는 바람에 나는 엘라의 카시트 위로 미끄러졌고 차 문을 잡고 간신히 버텼다. 놀라서 울음을 터뜨린 엘라를 달래려고 했지만 심장이 멎을 것만 같았고 내 입에서 나온 '쉬, 쉬' 소리는 엘라의 울음소리보다 더 신경질적으로 들렸다. 무릎 뒤쪽이 땀에 젖었고 손바닥은 뜨겁고 축축했다.

"아직도 쫓아오고 있어!" 엄마에게서 그나마 느껴지던 자제력이 서서히 사라졌고 나와 똑같이 안에서 솟구치는 걷잡을 수 없는 공포가 조금씩 겉으로 드러났다. "점점 가까워져!"

엘라의 울음이 심해졌고 소리를 내지를 때마다 크기와 높이가 올라가 외할머니의 히스테리에 장단을 맞추었다. 나는 한 손으로 문을 잡고 다른 한 손으로 운전석 뒤를 잡았다. 팔을 뻗으면 닿을 거리에 있는 엘라는 내 귓가에 소리를 질렀다. 그 소리는 내 왼쪽 고막을 파고들어 귀가 윙윙 울리게 만들었고 엘라가 다음 울음을 내지를 때까지 계속되었다. 나는 주머니에서 휴대전화를 꺼내 잠금을 해제했다. 경찰에게 전화하는 것 말고는 방법이 없었다.

"더 빨리 달려요!"

차가 왼쪽으로 방향을 바꿨다가 다시 급하게 오른쪽으로 트는 바람에 엘라의 카시트를 잡고 있던 손에 힘이 풀려 엉덩방아를 찧으면서 바닥에 떨어졌다. 내 휴대전화는 팔이 닿지 않는 조수석 아래로 들어가버렸다. 엄마는 가속 페달을 밟았고 나는 엘라의 카시트를 잡고 기어 올라왔다. 그리고 고개를 들었다. 그 사람, 그러니까 아빠를 보고 싶지 않았지만 어쩔 수 없이 눈이 갔다.

엄마가 나를 향해 소리 질렀다. "머리 숙여!"

엘라는 갑자기 울음을 그치고 조용해지더니 잠시 뒤 숨을 들이마시며 다시 울부짖기 시작했다.

룸미러를 보니 엄마는 눈물을 흘리고 있었다. 엄마의 가식 없는 표정을 보고서 나도 어린아이처럼 눈물을 흘렸다. 이제 끝이었다. 우리는 죽을 것이다. 나는 아빠가 차를 들이받을지 우리를 길에서 벗어나게 할지 궁금했다. 우리를 죽이고 싶어하는지 살려두고 싶어 하는지도. 나는 충격에 대비해 몸에 힘을 주었다.

"애나," 엄마의 목소리는 다급했다. "내 가방에…… 내가 발견될 걸 알고서 너무 무서워서……."

차가 다시 홱 돌았다. 브레이크에서 끽 소리가 났다.

"그걸 사용할 생각은 아니었어. 예방 차원에서 갖고 있는 거야. 혹시……" 엄마는 말을 더듬었다. "네 아빠가 우리를 잡을 때에 대비해서."

뒷좌석에 반쯤 누워 조수석과 문을 발로 힘주어 디딘 채 발치에 있던 가방을 열어 한 시간 전쯤 엄마가 챙긴 옷 사이를 뒤졌다. 그 시간이 평생 같았다.

나는 놀라서 손을 뺐다.

엄마에게 총이 있었다.

엄마는 범퍼카를 운전하듯 핸들을 돌렸다. 내 머리가 차 문에 부딪쳤다. 엘라가 비명을 질렀다. 나는 목 깊은 곳에서 올라오는 구토를 꿀꺽 삼켰다.

"총이에요?" 나는 그것을 만지고 싶지도 않았다.

"세 들었던 아파트 주인에게서 샀어." 차가 도로에서 벗어나지 않게 하려고 애쓰느라 엄마는 단어 하나를 말할 때마다 마침표가 있는 것처럼 끊었다. "장전되어 있어. 그걸 가지고 있어. 너와 엘라를 지켜야지."

엄마가 커브를 너무 빨리 도는 바람에 브레이크에서 끽 소리가 났다. 차는 왼쪽과 오른쪽으로 미끄러지며 빙빙 돌았고 잠시 뒤 엄마가 다시 제어했다. 나는 눈을 감고 기어, 페달, 엔진 소리를 들었다.

차가 갑자기 왼쪽으로 방향을 틀었다. 나는 머리 윗부분을 문에 부딪쳤고 엘라의 카시트 손잡이가 가슴을 압박했다.

차는 미끄러지더니 크게 흔들리다가 멈췄다.

그리고 조용해졌다.

엄마의 거친 숨소리가 들렸다. 나는 겨우 움직여서 엘라의 입술에 입을 맞추었고 이 아이를 다치게 할 바에야 차라리 죽겠다고 맹세했다.

나는 죽을 것이다.

총을 사용할까? 천천히 총으로 손을 뻗었다. 손에 쥐자 무게가 느껴졌지만 손을 들어 올리지는 않았다.

'너와 엘라를 지켜야지.'

딸을, 나를 구하기 위해 아빠를 죽일 수 있을까?

그럴 수 있었다.

나는 눈을 꼭 감고 차 문소리에 귀를 기울였다. 아빠의 목소리에.

우리는 기다렸다.

"그 사람을 따돌렸어."

엄마의 목소리가 들렸지만 이해되지 않았다. 여전히 내 몸은 굳어 있었고 말초 신경은 곤두서 있었다.

"마지막 커브에서." 엄마는 숨을 가쁘게 쉬었다. "그 사람이 코너를 돌기 전에 우리가 옆길로 빠져서 우리를 못 본 것 같아." 엄마는 소리 내어 울기 시작했다. "우리가 옆길로 빠지는 걸 못 봤어."

천천히 몸을 일으켜 주위를 둘러보았다. 우리는 농장에 난 길에 있었다. 산울타리 틈으로 보이는 도로에서 800여 미터쯤 떨어진 곳이었다. 다른 차는 보이지 않았다.

나는 카시트 안전띠를 푼 뒤 엘라를 안고 머리에 입을 맞췄다. 너무 꼭 안았는지 아이는 벗어나려고 꼼지락거렸다. 나는 티셔츠를 올리고 브래지어를 풀었고 엘라는 목이 타는 듯 열심히 젖을 먹었다. 우리는 둘 다 안심했다. 내 몸도 아이만큼이나 이것을 간절히 원했다는 사실을 깨달았다.

"총이라니요." 내 말은 비현실적으로 들렸다. "빌어먹을 총이 웬 말이에요?" 나는 가방을 집어 들어 엄마 옆자리 조수석에 놓았다. 엘라의 머리에서 1미터도 안 되는 거리였다. 총을 쏘았다면 무슨 일이 벌어졌을지 생각하고 싶지도 않았다. 내가 가방을 잘못된 방향으로 들었다가 총이 눌려서……

엄마는 아무 말도 하지 않았다. 계속 핸들을 꽉 잡고 있었다. 엄마가 무너지면 엄마를 조수석에 앉혀야 했다. 나는 원래 계획을 버리고 경찰서로 가면 어떨까 생각했다. 어느 쪽이든 빨리 해야 했다. 우리는 뻥 뚫린 시골에 있었기 때문에 발각되기 쉬웠다. 아빠는 우리가 옆길로 빠졌다는 것을 알고 돌아올 것이다.

"말했잖아. 만일의 사태에 대비한 거였다고. 난 그걸 사용하는 방법도 몰라."

나는 젖을 먹던 엘라를 조심스레 떼어내고 좌석 아래에서 내 휴대전화를 찾았다. 마크에게 문자메시지가 와 있었다.

앤젤라 전남편의 흔적은 아직 보이지 않아. 파티를 취소한다고 모두에게 알렸어. 경찰이 오고 있어. 앤젤라의 생년월일과 주소가 필요하대. 전화해줘!

나는 질문에는 답하지 않기로 했다.

검정색 쇼군이 따라왔지만 겨우 따돌렸어요. 아파트에 도착하면 연락할게요. 사랑해요. x

심호흡하며 눈물을 참았다. "어서 가요. 뒷길로 고속도로에 들어서야 해요." 나는 엘라를 다시 카시트에 앉히고 나도 안전띠를 맸다. 우리는 아까 못지않게 다급했지만 이번에는 더 조심스럽게 차를 몰고 구불구불한 B 도로를 지나 가까이에 있는 A23 도로에 진입했다. 길이 너무 구불거렸고 뒤에 차가 오는지 확인하려고 너무 자주 돌아본 탓에 속이 울렁였다. 이 여정이 영원히 계속될 것만 같았다.

우리는 말하지 않았다. 내가 두 번 시도해보았지만 엄마는 뭔가를 계획할 수 있는 상태가 아니었다. 그저 엄마가 마크의 아파트까지 무사히 가기를 바랄 뿐이었다.

M23 도로에 진입하자 한결 나았다. 고속도로는 복잡했다. 우리는 런던으로 가는 수많은 차 가운데에 섞였다. 아빠가 우리를 발견할 확률은 낮았고 설령 그런다고 해도 목격자가 이렇게 많은데 무엇을 할 수 있겠는가? 카메라도 이렇게 많은데. 나는 엄마의 눈을 보며 희미하게 미소 지었다. 엄마가 웃지 않자 불안감이 샘솟았다. 나는 쇼군이 있는지 주위의 차들을 둘러보았다.

우리는 M25 도로에 들어섰다. 나는 양쪽의 차들을 살펴보았다. 대부분 크리스마스를 보내고 집으로 돌아가거나 친구들과 새해를 맞이하러 가는 가족들이었다. 차 안에는 선물이 가득했고 여분의 이불도 있었다. 낡은 아스트라에 탄 남녀는 열심히 노래를 부르고 있었다. 그들의 카스테레오에 옛 인기 가요 CD가 보였다.

그때 내 휴대전화가 울렸다. 화면에 낯선 번호가 떴다.

"존슨 양이십니까?"

머리 매켄지였다. 나는 전화를 받은 자신을 욕하며 연결 상태가 좋지 않다는 핑계를 대고 끊을까 생각했다.

"드릴 말씀이 있습니다. 뭔가…… 뜻밖의 일이 발생했습니다. 옆에 누가 있습니까?"

나는 엄마를 흘끗 보았다. "네, 지금 차에 타고 있어요. 제…… 친구가 운전 중이에요." 룸미러를 보니 엄마는 어리 둥절한 표정이었고 나는 걱정할 필요 없다는 뜻으로 고개를 저었다. 엄마는 추월 차선으로 가서 속도를 높였고 우리는 안전에 점점 다가가고 있었다.

머리 매켄지는 적당한 말을 찾으려고 애쓰는 것 같았다. 몇 마디씩 하기 시작했지만 앞뒤가 하나도 맞지 않았다.

"도대체 무슨 일이죠?" 결국 내가 물었다. 엄마는 룸미러 로 나를 보다가 재빨리 도로를 보기를 반복했다. 나 때문에 불안한 모양이었다.

"이런 이야기를 전화로 말씀드려서 죄송합니다만," 머리가 말했다. "최대한 빨리 알려드리고 싶어서요. 지금 댁에 경찰 이 가 있습니다. 유감이지만 경찰이 시신을 발견했습니다."

나는 울음을 참으려고 손으로 입을 막았다. 마크였다.

우리가 떠나는 것이 아니었는데. 마크 혼자 아빠를 마주하 게 두고 오는 게 아니었는데.

머리 매켄지는 말을 이었다. 지문과 시신 훼손, DNA와 임 시 신원 확인 같은 이야기를 했고……

나는 들은 내용을 이해할 수 없어서 끼어들었다. "죄송하 지만 뭐라고 하셨죠?"

"아직 확신할 수는 없습니다만 초기 조사에 따르면 시신은 애나 양 아버지인 것 같습니다. 정말 유감입니다."

우리가 안전하다는 것을 알고서 느낀 안도감은 이내 사라졌고 우리가 떠날 때 오크 뷰에는 마크 혼자 있었다는 사실만 생각났다.

'난 여기에서 기다리면서 경찰을 부를게.'

경찰이 도착하기 전에 아빠가 나타났다면? 마크는 힘이 셌으므로 자기를 지킬 수 있었다. 그가 아빠를 공격했을까? 자기를 보호하려고?

"어떻게 돌아가셨죠?"

나는 쇼군이 우리를 쫓아온 것이 얼마나 오래전인지 떠올리려 애썼다. 아빠는 왜 오크 뷰로 돌아갔을까? 우리가 그곳에 없다는 것을 알면서도? 게다가 곧장 오크 뷰로 갔다고 해도 어떻게 그렇게 빨리 도착할 수 있었을까? 룸미러를 보니 엄마는 인상을 쓰고 있었다. 내가 말하는 것만 들려서 나보다 더 혼란스러울 것이었다.

"부검 결과를 기다려야 확실히 알 수 있습니다만 유감스럽게도 타살되었다는 데는 의심할 여지가 거의 없습니다. 죄송합니다."

몸이 뜨거워졌고 다시 구역질이 올라왔다. 마크가 아빠를 죽였을까?

정당방위였을 것이다. 그랬을 것이다. 그 일 때문에 마크가 감옥에 가지는 않겠지?

뭔가가 내 마음 한구석을 잡아끌었다. 어린아이가 내 손을 당기며 봐달라고 하는 것처럼. 나는 엄마가 이 상황을 이해하고 있는지 궁금했다. 비록 지금은 이런 처지가 되었지만 한때 사랑했던 남자의 죽음에 슬픔을 느끼는지 궁금했다. 하지만 룸미러에 비친 엄마의 눈빛은 차가웠다. 부모님 사이에 한때 무엇이 있었는지 몰라도 그것은 사라진 지 오래였다.

머리는 계속 말했고 나는 계속 생각했다. 엄마는 룸미러로 나를 보았고 엄마의 눈빛에 뭔가가 있었다.

"……정화조에 최소 십이 개월은 있었던 것 같습니다. 더 오래되었을 수도 있고요." 머리가 말했다.

정화조라니.

이 일은 마크와 아무 상관이 없었다.

나는 오크 뷰 정원에 있는 좁고 우물 같은 구멍을 떠올렸다. 큰 화분에 심긴 월계수도. 엄마가 화분을 옮겨야 한다고 우기던 일도 떠올랐다. 엄마가 로버트 드레이크의 확장 공사에 얼마나 집착했는지도.

엄마는 알고 있었다. 아빠가 정화조에 있다는 것을 알고 있었다.

가슴이 조였다. 숨을 쉴 때마다 더 오그라들었다. 내 시선은 엄마에게 고정되어 있었고 귀에 전화기를 대고 있었지만 머리가 하는 말이 들리지 않았다. 말할 수도 없었다. 아빠가 정화조에 있다는 사실을 엄마가 알고 있는 이유가 딱 하나라는 것을 깨달았기 때문이다.

엄마가 아빠를 정화조에 넣었기 때문이었다.

3부

55

애나

엄마는 나와 고속도로를 번갈아 쳐다보았다. 나는 전화기를 귀에 딱 붙인 채 꼼짝도 하지 않았다. 머리 매켄지는 계속 떠들고 있었지만 아무것도 들리지 않았다. 엄마는 다시 추월 차선에 진입했고 우리는 낡은 아스트라에 탄 남녀를 앞질렀다. 여전히 행복하게 노래하는 그들을.

"존슨 양? 애나?"

너무 겁나서 대답할 수 없었다. 엄마가 머리의 말을 들었는지 못 들었는지, 내 표정을 보고 내가 들은 말을 짐작했는지 못 했는지 궁금했다. 하지만 엄마의 눈빛은 내게 모두 끝났다고 말하고 있었다.

"전화 이리 줘." 엄마의 목소리는 떨렸다.

나는 아무것도 하지 않았다. 내 안의 목소리는 머리에게 말하라고 외치고 있었다. '폭스바겐 폴로를 타고 M25 도로를

달리고 있다고 말해. 카메라와 고속도로 순찰대와 대응 담당 경찰관이 있으니 엄마를 잡으러 올 거야.'

하지만 엄마는 속도를 높였다. 예고도 없이 급하게 차선을 변경하자 뒤에 오던 차들이 경적을 격하게 울렸다. 아까는 교통량이 많아서 마음이 편했지만 지금은 두려웠다. 모든 차와 충돌할 가능성이 있었다. 튼튼해 보이던 엘라의 카시트는 이제 엉성하고 불안해 보였다. 나는 카시트 위로 안전띠를 단단히 매고 내 안전띠도 조였다. 머리는 더 이상 말이 없었다. 통신이 두절되었거나 내가 또다시 통화를 끝냈다고 생각하고 전화를 끊은 모양이었다. "미쓰비시에 탄 사람은 누구였죠?"

말이 없었다.

"우릴 쫓아온 사람은 누구였냐고요?" 내가 소리를 지르자 엄마는 숨을 들이마셨지만 질문에 대답하지는 않았다.

"애나, 전화 이리 줘."

엄마도 나만큼이나 겁에 질려 있었다. 엄마의 손마디가 새하얘진 것은 분노 때문이 아니라 두려움 때문이었다. 엄마의 목소리가 떨리는 것은 분노 때문이 아니라 극심한 공포 때문이었다. 이것을 알았으니 안전하다는 느낌이 들고 강해져야 했지만 그렇지 않았다.

엄마가 운전하고 있기 때문이었다.

나는 엄마에게 휴대전화를 주었다.

56

사고였다. 당신은 그걸 이해해야 했다. 고의로 그런 게 아니었다.

나는 당신을 미워하지 않았다. 사랑하지는 않았지만 그렇다고 미워한 것은 아니었다. 그리고 당신이 나를 미워한다고 생각하지도 않았다. 우리는 어렸고 아기를 가졌고 부모님이 바라는 대로 했을 뿐이었다. 우리는 여느 부부처럼 서로에게 얽매였다.

내가 그걸 이해하기까지는 시간이 좀 걸렸다.

결혼 생활 내내 나는 술을 마시고 있거나 술을 마시고 나서 회복 중이거나 술을 마실 생각을 하고 있었다. 취할 정도로 많이 마시지도, 정신이 말짱할 정도로 적게 마시지도 않았다. 오랜 세월 동안 쉬지 않고 계속 마셨기 때문에 정신이 맑은 나를 보지 못한 사람들은 내가 정신이 맑지 않다는 사실을 몰랐다.

　나는 내 자유가 끝난 걸 당신 탓으로 돌렸다. 내가 런던에서 하던 짓이 자유가 아니었다는 것도 모른 채. 그 생활도 결혼만큼이나 새장 같았다. 일하고 술 마시고 클럽에 가고 하룻밤 상대를 찾고 이른 아침에 몰래 빠져나오는 일이 끝없이 반복되었다.

　나는 당신이 내 발목을 잡았다고 생각했다. 사실은 당신이 날 구했다는 걸 깨닫지 못했다.

　나는 저항했다. 이십오 년 동안 계속.

　당신이 죽던 날 밤, 나는 진토닉을 세 잔 마신 뒤 와인을 반 병째 마시고 있었다. 애나가 집에 없었기 때문에 숨길 것이 없었다. 당신 앞에서는 가식적으로 굴지 않은 지 오래되었으니까.

　나는 내게 문제가 있다고 인정하지 않았다. 사람들은 그게 첫 단계라고 했다. 나는 그 말을 듣지 않았다. 그때는 그랬다. 나중에는 아니었지만.

　“많이 마신 것 같은데?” 당신도 술을 마셨다. 그러지 않았으면 감히 그렇게 질문하지도 못했겠지. 우리는 주방에 있었고 리타는 자기 잠자리에서 몸을 웅크리고 있었다. 애나가 없으니 집이 빈 것 같았고 그래서 더 마셨다. 술을 더 마실 수 있어서 마신 게 아니라 기분이 이상해서 마셨다. 균형이 깨진 것 같았다. 애나가 대학에 갔을 때처럼. 그때 나는 애나가 완전히 독립하면 삶이 어떨지 어렴풋이 알게 되었고 그런 삶이 싫었다. 우리의 결혼 생활은 딸 위주로 돌아갔다. 딸아이가 없다면 우리는 누구일까? 그런 생각을 하자 불안해졌다.

"한 잔 더하려던 참이었어." 나는 술을 마시고 싶지 않았다. 그런데도 남은 와인을 잔에 따랐고 이제 와인 병은 반쯤 찼다기보다 비어 있는 쪽에 가까워졌다. 나는 거의 빈 병의 목을 잡고 거꾸로 세웠다. 당신을 조롱하기 위해. "건배." 팔꿈치로 레드 와인이 흘러내렸다.

당신은 처음 보는 사람을 보듯 나를 보았다. 그리고 내가 아무것도 묻지 않았는데도 고개를 저었다. "캐럴라인, 더는 못 하겠어."

당신이 그 말을 하려고 미리 준비했다고는 생각하지 않았다. 그저 당신이 하는 말 중 하나에 지나지 않았다. 하지만 나는 무슨 뜻이냐고 물었고 그러자 당신은 생각에 잠겼다. 그때 나는 당신이 결심했다는 것을 알았다. 당신은 입술을 굳게 다물고 단호하게 고개를 끄덕였다. 그랬다. 당신은 생각하고 있었고 이건 내가 원하는 바였다. 이제 그 일이 일어날 참이었다.

"더는 당신과 부부로 못 살겠어."

이미 말했듯 내 방아쇠는 술이었다.

당신을 처음 때렸을 때 나는 술에 취해 있었고 마지막으로 때렸을 때도 그랬다. 변명하는 게 아니라 이유를 말하는 것이다. 때린 뒤에 내가 사과했다고 해서 당신이 이 일을 달리 받아들였을까? 그 말이 진심이었다는 걸 당신은 알았을까? 내가 매번 마지막이라고 맹세한다는 것을? 가끔은 사과가 늦어지기도 했다. 곧바로 사과한 적도 있었다. 억눌린 분노가 갑자기 분출되는 바람에 잠을 자고 일어났을 때처럼 술이 확 깼을 때는.

경찰이 왔을 때 당신은 내 거짓말에 동조했다. 이곳에는 조사할 만한 일이 없다고. 999에 전화한 뒤에 우리는 실수였다고 말했다. 아이가 전화기로 장난을 쳤다고.

당신은 날 용서한다는 말을 더 이상 하지 않았다. 그 일 자체를 말하지 않았다. 그저 아무 일도 없었던 척할 뿐. 내가 당신을 향해 애나가 만든 문진을 던졌고 그것이 비껴가 벽에 부딪치자 당신은 깨진 조각을 모아 접착제로 붙였다. 그리고 애나에게는 당신이 깨뜨린 것처럼 했다.

"애나는 당신을 사랑해." 당신이 말했다. "그 애가 진실을 알게 된다고 생각하면 견딜 수 없어."

그때 멈췄어야 했다. 하지만 나는 그러지 않았다.

그 마지막 날 밤에 내가 술을 마시지 않았더라면 화보다는 짜증이 났을 것이다. 아마 고개를 끄덕이며 당신 말이 옳다고, 우리 결혼 생활은 제대로 돌아가고 있지 않다고 생각했겠지. 우리 둘 다 행복하지 않다는 것을 깨닫고 이제 그만둘 때라고 생각했을지도 모른다.

하지만 나는 그러지 않았다.

그 말이 당신 입에서 나오기도 전에 내 팔이 움직이고 있었다. 강하고 빠르게. 생각할 겨를도 없이. 술병이 당신 머리를 내리쳤다.

나는 병목을 손에 든 채 주방에 서 있었다. 발치에는 초록색 유리가 깔려 있었다. 그리고 당신은, 당신은 모로 누워 있었다. 머리 아래에서 흘러나온 피가 고여 반짝였다. 타일 바닥에 떨어지기 전에 화강암 조리대에 부딪친 곳에서 흘러나온 피였다.

당신은 그렇게 죽었다.

57

머리

머리는 다시 전화를 걸었지만 애나 존슨의 휴대전화는 곧바로 음성메시지로 넘어갔다.

"신원이 확실해질 때까지 딸에게는 연락하지 않는 것이 좋겠어요." 케네디 경사는 머리에게 전화를 걸어 그가 옳았다고, 정화조에 시신이 있었고 초기 조사에 따르면 시신은 탐 존슨이라고 알리면서 이렇게 말했다.

머리는 어떻게 해야 할지 생각했다. 물론 경사의 말이 옳았다. 정화조의 시신은 탐 존슨이 아닐 가능성이 거의 없었다. 하지만 시신을 수습하고 정확하게 신원이 파악될 때까지 이 정보는 꼭 필요한 관계자만 알고 있어야 했다.

하지만 애나는 알아야 하지 않을까? 그것도 최대한 빨리. 경찰에게 엄마의 자살 사건을 재수사해달라고 한 사람은 애나였다. 부모가 몇 달 간격으로 사라져 버림받은 애나였다.

그렇기 때문에 아버지가 살해되었을 가능성이 매우 높고 자기 집 정화조에 시신이 숨겨져 있었다는 것을 알 권리가 그녀에게도 있었다.

휴대전화에서 전화번호를 검색하는 동안 그의 머릿속에서 애나를 위해서뿐 아니라 머리 자신을 위해서라도 전화해야 한다고 말하는 목소리가 들렸다. 하지만 그는 애써 모른 척했다. 그 목소리는 애나가 수사 중단을 요청한 뒤에도 수사를 계속한 자신이 옳았다는 것을 보여주고 싶지 않느냐고도 물었다.

하지만 애나는 이번에도 그의 전화를 끊었다. 그리고 이제는 전화가 꺼져 있었다. 물론 그녀는 충격받았을 것이다. 사람들은 위기 상황에서 이상한 행동을 한다. 그렇다고 해도 머리는 애나에게 괜히 전화했다는 끔찍한 느낌이 들었다.

세라는 진입로에 차를 세웠다. 머리는 풀이 죽었다. 애나의 반응 때문에 그렇기도 했지만 문득 그동안 시간과 노력을 쏟은 아부은 수사가 손에서 떠났다는 생각이 들었기 때문이다. 정복을 입고 근무하던 대응 담당 경찰관 시절에 느꼈던 기분이었다. 흥미진진한 사건을 맡아 정신없이 조사한 다음 범죄수사과에 넘기고 나서 느꼈던 허탈함이었다. 용의자가 심문에서 무슨 말을 했는지도 모르고 때로는 누가 기소되었고 어떤 형이 선고되었는지도 몰랐다. 힘든 일을 하느라 만신창이가 된 사람은 나인데, 음주운전자가 남긴 잔해에서 아이를 구한 사람은 나인데 다른 사람이 격려받는 모습을 볼 때의 기분이란.

"어서 가봐." 세라가 기어에 한 손을 가볍게 올려놓으며 말했다. 이제 운전하는 것이 완전히 편해진 모습이었다. 머리가 조수석에 앉은 것은 오랜만이었다. 휴대전화 배터리가 다 되자 그는 더 이상 전화를 할 수 없었고 의자에 머리를 기댄 채 아내의 자신감이 갈수록 커지는 모습을 지켜보았다. 그는 지난 세월 동안 세라를 편안하게 느끼는 곳에만 두려고 애쓰지 말고 가끔은 그곳에서 벗어나도록 도와줄 걸 그랬다는 생각이 들었다.

머리는 차에서 내렸다. "제임스가 갔어. 이제 그의 임무야."

"당신 임무이기도 해."

그럴까? 머리가 집으로 들어가 슬리퍼를 신고 텔레비전을 보더라도 경찰 세계는 계속 잘 돌아갔다. 제임스가 현장을 지휘하고 경찰들이 캐럴라인 존슨을 찾으러 출동했다. 머리가 무엇을 할 수 있을까?

그런데 그를 좌절하게 만드는, 설명되지 않는 부분이 아직 있었다. 사건 기록으로 확인한 바에 따르면 탐은 결코 덩치가 작지 않았다. 그런데 캐럴라인이 어떻게 정화조까지 옮겼을까? 누가 도와줬을까? 캐럴라인 존슨이 실제로 뛰어내리지 않았음을 암시하는 기일 카드는 누가 보냈을까?

"가라니까." 세라가 자동차 열쇠를 머리의 손에 쥐여주었다. "당신이랑 같이 새해 맞이할 거야."

"새해는 또 있잖아. 어서 가!"

머리는 그 말을 따랐다.

클리블랜드가에 들어서자 경찰이 오크 뷰 주변에 출입 통제선을 둘러놓았다. 이웃집에서 음악이 흘러나왔고 파티에 참석한 사람들은 이미 약간 취한 채 술을 들고 공원 문 옆에서서 오가는 사람들을 멍하니 바라보았다. 머리는 파란색과 흰색이 섞인 출입 통제선 아래로 들어갔다.

"실례합니다만 무슨 일인지 아세요?"오크 뷰 진입로와 옆집 진입로를 구분하는 울타리 뒤에서 나온 남자가 머리를 불러 세웠다. 그는 빛바랜 붉은색 치노 바지와 넥타이를 매지 않고 위 단추를 푼 셔츠와 상아색 재킷을 입고 있었다. 손에는 샴페인 잔을 들고 있었다.

"누구시죠?"

"로버트 드레이크입니다. 옆집에 살아요. 아, 지금 제가 있는 이 집 말입니다."

"새해 축배를 들 준비가 다 되셨군요."머리는 샴페인을 가리켰다.

"원래 마크와 애나가 열기로 했던 파티예요. 하지만 제가…… 뭐랄까……"그는 적당한 말을 찾고 있었다. "물려받았죠!"그는 자기가 한 말이 재미있는지 웃음을 터뜨리더니 갑자기 멈추고 진지해졌다. "두 사람은 어디에 있나요? 마크가 모두에게 문자메시지를 보냈더라고요. 애나와 함께 런던에 가야 해서 파티를 취소한다고요. 그러더니 거리 전체에 저지선이 생기고 출입이 통제되었어요."그의 눈에는 불안이 가득했다. "세상에! 설마 마크가 애나를 죽인 건 아니겠죠?"

"제가 아는 바로는 아닙니다. 그럼 저는 이만 실례……."머리가 가자 로버트 드레이크도 자기 집으로 들어갔다. 사실 머리는 그에게 고마워해야 했다. 로버트가 거액이 드는 확장 공사를 계획하지 않았더라면 탐 존슨의 시신을 영영 찾지 못했을지도 모르니까.

공사 때문에 정화조를 파내야 한다는 것을 알았을 때 캐럴라인의 기분이 어땠을까? 탐이 자살한 것으로 되어 있는 날 캐럴라인이 그를 죽여서 곧장 정화조에 유기했다면 드레이크가 확장 계획을 알렸을 때 탐은 이미 한 달째 정화조에 버려진 셈이었다. 캐럴라인이 직접 쓴 이의 신청서는 장황했고 마을 다른 곳에서 똑같은 내용의 신청서가 여럿 접수된 것으로 보아 캐럴라인이 여기저기 참견하기 좋아하는 개발 반대론자들에게 똑같은 내용의 편지를 제공한 것 같았다. 머리는 이의 신청서를 제출한 사람들 중 클리블랜드가에 살지 않는 사람들도 있다는 데 주목했다.

드레이크가 신청서를 교묘하게 수정해 다시 신청했을 때 캐럴라인은 이미 가족을 속이고 사라졌고 경찰과 검시관은 그녀가 자살했다고 믿었다. 그녀는 만일의 사태에 대비해서 개발 계획 웹사이트를 예의 주시하고 있었을까? 앤젤라 그레인지라는 이름으로 제출한 이의 신청서에는 주소가 클리블랜드가 시카모어로 되어 있었다. 아무도 이를 알아차리지 못했다. 아무도 확인하지 않았다. 왜 그랬을까?

그러니까 로버트 드레이크의 말에 따르면 마크와 애나 모두 런던에 있었다. 진입로에 차가 한 대도 주차되어 있지 않은 것으로 보아 두 사람은 각각 차를 몰고 떠난 것이 분명했다. 머리는 애나에게서 이런 이야기를 들었는지 떠올려보았다. 아니었다. 그녀는 친구가 운전하고 있다고만 했다. 머리는 그녀가 누군가와 함께 있어서 나행이라고 생각했다. 새해 전날 시신을 발견하는 것만큼 사람을 우울하게 하는 일은 없을 테니까.

안뜰이 끝나고 잔디가 시작되는 정원 중앙에 흰 천막이 쳐져 있었다. 천막 입구에 제임스 케네디 경사가 서 있었고 그 안으로 범죄수사과 소속 경찰 두 사람의 모습이 희미하게 보였다.

"그 남자가 맞아요." 머리가 다가가자 제임스가 말했다. "최초의 실종 신고서에 기술된 것과 반지 인장이 동일해요."

"초보적인 실수군." 머리가 씁쓸하게 말했다.

"정화조가 지하에 있는 데다가 건조하고 입구가 봉인되어 있어서 임시 시체 안치소 역할을 했어요. 덕분에 시신이 제법 잘 보존되었죠. 머리에 심한 부상을 입었어요. 머리를 얻어맞은 것 같아요. 심각한 가정 폭력이었을 수도 있고요."

"지난 몇 년 동안 이 주소에서 경찰에 몇 번 신고가 접수됐어." 머리가 말했다. "999에 전화했다가 그냥 끊은 적도 있었고 이곳에서 소리 지르는 걸 들은 이웃 로버트 드레이크가 부부를 걱정해 신고한 적도 있었지."

"경찰이 출동했나요?"

머리는 고개를 끄덕였다. "존슨 부부 둘 다 가정 폭력은 발생하지 않았다고 했지만 현장에 출동한 경찰은 캐럴라인 존슨이 '감정적'인 상태였다고 설명했더군."

"이 사건 말입니다. 정당방위였을까요?" 제임스가 물었다. 범죄 현장에 쳐놓은 천막 안에는 맨홀 뚜껑에 비닐을 씌우고 표식을 달아 정화조의 좁은 연결부가 겨우 보였다. 탐 존슨의 시신은 전문 수색대가 이미 수습해 영안실로 옮겼고 그가 정확히 어떻게 죽었는지 알아낼 수 있기를 바라며 부검을 기다리고 있었다.

"그럴 수 있지. 아니면 캐럴라인이 폭력을 행사한 쪽일 수도 있고." 머리가 말했다. 추측해봤자 도움이 안 되었다. 애당초 사건을 겉으로 보이는 것으로만 판단했기 때문에 캐럴라인이 벌을 면하고 달아날 수 있었으니까. "누가 캐럴라인을 찾고 있지?" 머리는 시프티가 이미 다 이야기한 것을 모르고 그녀가 더비셔로 돌아가고 있지는 않을까 궁금했다.

"찾고 있지 않은 사람이 없을걸요? 캐럴라인 사진이 유포되었고 캐럴라인 존슨과 앤젤라 그레인지 모두 전국에 지명수배령이 내려졌어요. 물론 다른 이름을 사용할 수도 있지만요. 설명과 일치하는 여자가 지난 21일 늦은 시간에 이스트본 기차역에 내린 폐쇄회로 텔레비전 영상을 확보했어요. 기차에서 내려서 택시를 탔는데 택시 기사는 그날 밤 그녀를 호프 호스텔에 내려준 것 같다고 하더군요. 하지만 확실하지는 않다고 했어요."

"호프에서는 뭐라고 하던가?"

"뭐라고 했을 것 같으세요?"

"꺼지라고?" 호프 직원들은 입주자들을 철저히 보호했다. 그래서 그곳에 피해자가 있을 때는 도움받기가 매우 편했지만 용의자가 있을 때는 그렇지 않았다.

"비슷합니다." 제임스는 코 양옆을 문질렀다. "말씀하신 시프티라는 사람을 너비셔에서 찾았지만 마지막으로 들은 소식에 따르면 묵비권을 행사하고 있다더군요."

머리는 별로 놀랍지 않았다. 그와 세라가 왜건 앤드 호시즈에서 체크아웃할 때 주인 캐즈에게서 들은 정보를 생각하면 더욱 그랬다.

"그가 사람들에게 아파트만 연결해주는 건 아니에요."

머리는 캐즈의 말을 기다렸다.

"마리화나, 코카인, 크랙 같은 마약도 연결해주죠." 캐즈는 식료품을 확인하듯 손가락으로 하나씩 꼽으며 말했다. "총기도요. 그러니까 조심해요. 조심하라고 알려주는 거예요."

"경정님께서 이스트본을 빠져나가는 모든 도로의 검문을 승인했어요." 제임스가 말했다. "하지만 아직까지는 소득이 없군요. 마크 헤밍스는 애인을 따라 런던으로 갔어요. 전화를 받지 않는 것으로 보아 아직 운전 중인 것 같고요. 주소를 입수하는 대로 런던 경찰청에 연락해서 두 사람의 소재를 파악하라고 할 예정이에요. 캐럴라인에게서 연락이 있는지 알아보고 그녀가 연락할 만한 사람들 명단을 입수해야죠."

머리는 듣고 있지 않았다. 제임스의 말에 귀 기울이는 대신 머릿속으로 애나 존슨, 마크 헤밍스, 다이앤 브렌트-테일러와의 대화를 다시 떠올리며 그에 집중했다. 그는 배 속에서 느껴지는 의구심과 뒷덜미의 오싹한 느낌에 주목했다.

그들이 아는 바에 따르면 캐럴라인 존슨은 자신의 기일로 되어 있는 12월 21일에 이스트본에 왔다. 그날 애나 존슨은 경찰서에 가서 어머니가 살해되었다고 주장했다. 그녀는 머리에게 이 사건을 재수사해야 한다고 단호하게 말했고 그 뒤로 일주일도 채 안 되어 수사를 중단해달라고 외쳤다. 머리는 이렇게 갑자기 마음이 변한 이유가 부모의 죽음을 슬퍼하는 딸의 감정 기복이 심해서라고 생각했지만 이제 와서 보니 끔찍하고 위험하게도 그 판단이 틀렸다는 생각이 들었다. 그가 휴대전화에 대해 물어보려고 애나 존슨의 집에 갔을 때 무엇이 그리 이상하게 느껴졌는지 마침내 알아냈다. 애나는 집에 혼자 있다고 했다. 하지만 식탁에는 머그잔이 두 개 있었다.

'지금 차에 타고 있어요. 제…… 친구가 운전 중이에요.' 아까 애나는 이렇게 말했다.

그 말을 할 때의 망설임. 왜 그 전에는 전화를 받지 않았을까? 머리는 애나 아버지의 시신이 발견되었다는 소식을 전하는 데 너무 몰두했다. 그는 마음만은 아직 형사라는 것을 증명하려고 안달했다.

"푸트니의 아파트 주소가 필요해." 머리가 말했다. "빨리."

58

애나

그동안 본 액션 영화 중 등장인물이 차량으로 납치되는 영화를 모두 떠올려보았다.

물론 나는 묶이거나 재갈을 물지 않았다. 피를 흘리거나 정신이 혼미하지도 않았다. 영화에서는 뒷좌석에서 기어가 짐칸을 열고 뒤쪽 라이트를 발로 차며 손을 흔들어 도움을 청했다. 휴대전화 손전등으로 모스 부호를 전송하는 등 관심을 끌 만한 신호를 보내기도 했다.

하지만 나는 영화 속 인물이 아니었다.

고속도로를 빠져나가 런던 남서부의 거리를 지나는 동안 엄마 뒤에 얌전히 앉아 있었다. 우리는 신호등 때문에 속도를 늦추었고 나는 창문에 머리를 부딪을까 생각했다. 소리를 지르면서. 우리 오른쪽 우회전 차선에 선 피아트 500에 어떤 여자가 타고 있었다. 중년쯤인 것 같았고 분별 있어 보였다.

그녀가 경찰에 신고하고 경찰이 올 때까지 우리를 따라와준다면…….

하지만 저 여자가 그러지 않으면 어쩌지? 나를 알아차리지 못하거나 내가 소리 지르는 것을 보고도 바보 같은 짓이라며 무시하고 이 일에 개입하고 싶어 하지 않으면? 내가 한 짓이 소용없어지면 괜히 엄마의 화만 돋울 것이다.

게다가 지금 엄마는 신경이 날카로웠다. 나는 어린 시절을 떠올렸다. 엄마의 눈치를 살필 수 있게 되자 밖에 나가서 놀아도 되는지를 묻고 용돈을 더 달라고 아양을 떨고 브라이튼에서 공연을 보고 늦게 와도 되는지 물어봐야 할 때가 언제인지 알았다. 엄마에게 천천히 다가가 관자놀이에서 뛰는 맥박을 보며 나중에, 그러니까 낮 동안의 스트레스가 사라지고 엄마가 와인을 한 잔 마시며 긴장을 풀 때 이야기해야 한다는 것을 알았다.

아동용 잠금장치가 되어 있다는 것을 알면서도 손을 천천히 문 안쪽으로 움직여 창문을 여는 버튼을 눌렀다. 기계가 이 동작을 감지하자 둔하게 딸깍 소리가 나며 창문이 내려가지 않도록 막았다. 룸미러를 보니 엄마가 나를 보고 있었다.

"우릴 나가게 해주세요." 나는 다시 시도해보았다. "이 차는 엄마가 가져가고 엘라와 나는 집으로 갈……"

"그러기엔 너무 늦었어." 엄마의 목소리는 높았다. 무척 당황했다는 뜻이었다. "경찰이 탐의 시신을 찾았다고 하잖아."

아빠가 정화조에 있었다고 생각하자 온몸이 떨렸다. "도대체 왜요?" 내가 간신히 물었다. "왜 그랬어요?"

"사고였어!"

카시트에서 자던 엘라가 놀라서 깨더니 눈도 깜빡이지 않고 나를 뚫어지게 쳐다보았다.

"난…… 화가 났어. 그래서 때렸는데 탐이 미끄러졌어. 난…….” 엄마는 말끝을 흐리며 얼굴을 찡그렸다. 무엇인지는 몰라도 머릿속에 떠오른 이미지를 밀어내려는 듯. "사고였어.”

"구급차는 불렀어요? 경찰은요?"

말이 없었다.

"왜 돌아왔어요? 잘 속였잖아요. 다들 아빠가 자살했다고 생각했어요. 엄마도 그렇고요.”

엄마는 입술을 깨물었다. 룸미러를 확인하더니 우회전 차선으로 진입해 오른쪽으로 갈 준비를 했다. "로버트의 확장 공사 때문이었어. 그 사람은 몇 달 동안이나 공사를 계획했는데 나는 하수관을 파내야 하는지는 몰랐어. 안 그랬으면 우리는 절대…….” 엄마는 갑자기 말을 멈췄다.

"우리라니요?" 두려움이 나를 휘감았다.

"막아보려 했어. 로버트는 승인이 반려되자 재신청을 준비했지. 나는 이의 신청서를 제출했지만 그걸 봐야 했어…… 난 그걸 봐야 했어…….”

"뭘 봐야 했다는 거죠?"

엄마는 속삭이며 대답했다. "시신이 남아 있는지 부패했는지.”

목부터 증오가 솟구쳤다. "엄마는 '우리'라고 말했어요." 나는 미쓰비시를 떠올렸다. 엄마의 두려움은 진짜였다. "우리를 쫓아온 사람은 누구죠? 누구를 그렇게 무서워하는 거예요?"

엄마는 대답하지 않았다.

내비게이션이 좌회전하라고 알렸다. 거의 도착했다.

두려워지기 시작했다. 아파트에 도착하면 탈출은 불가능할 것이다.

나는 몰래 엘라의 안전띠를 풀었다. 엄마가 차 문을 열면 곧바로 아이를 안기 위해서였다. 푸트니에 있는 마크 아파트의 지하 주차장을 떠올렸다. 문은 비밀번호를 입력해야 열렸고 마크를 만나러 이곳에 올 때마다 나를 불편하게 했던 끽 소리를 내며 천천히 자동으로 닫혔다. 아파트로 올라가는 입구는 주차 공간 맞은편에 있었다. 문이 얼마나 빨리 닫혔더라? 차에서 엘리베이터까지 걸어가는 동안 문이 서서히 닫히면서 햇빛이 줄어들다가 완전히 닫혀 빛이 사라지던 것을 떠올렸다. 그사이에 빠져나갈 수 있을 것이다. 재빨리 움직여야 하겠지만 분명 가능할 것이다.

머리에서 피가 너무 세차게 쿵쾅거려서 밖에서도 그 소리가 들릴 것만 같았다. 나는 한 팔을 엘라 아래로 끼웠다. 너무 빨리 아이를 안으면 엄마는 내가 도망칠지도 모른다고 생각할 것이다. 물론 엄마는 우리를 쫓아오겠지만 살이 찌고 아기를 안았더라도 내가 엄마보다는 빨랐다. 나는 할 수 있었다. 해내야만 했다.

엄마는 내비게이션이 가라고 하는 곳이 어디인지 몰라 머뭇거렸다. 나는 지하 주차장 입구를 보았지만 아무 말도 하지 않았다. 내가 전에 이곳에 와본 적이 있고 이곳의 배치에 익숙하다는 것을 알리고 싶지 않았다. 유리한 점을 최대한 활용해야 했다.

엄마는 천천히 앞으로 나아가며 입구를 모두 살폈고 마침내 우리가 들어가야 할 문을 찾았다. 엄마는 마크가 종이에 적어준 비밀번호를 세 차례 시도한 끝에 입력했다. 손이 너무 떨려서 미끄러졌기 때문이다.

문이 천천히 올라갔다. 내 기억보다 느렸고 그래서 다행스러웠다. 내려갈 때도 같은 속도일 테니까. 나는 주차 공간과 출구 사이의 거리를 머릿속으로 그렸다. 그와 동시에 엘라를 품에 안고 달리는 상상을 하며 마음을 준비했다.

주차장 안은 어두웠다. 해가 져서 형광등 불빛만 이따금 비칠 뿐이었다. 셔터가 열리자 삐걱대는 소리가 났다.

우리는 입구로 들어가 경사로를 내려갔고 마침내 기계 장치 맨 위에 문이 부딪치는 소리가 났다. 잠시 소리가 멎더니 다시 삐걱대는 소리가 났다. 이제 문이 닫히고 있었다.

나는 참지 못하고 입을 열었다. "주차 공간은 저쪽인 것 같은데요."

엄마는 다음 열의 구간으로 차를 몰고 갔다. 나는 엘라를 카시트에서 안아 올리려고 했다. 엘라가 뻣뻣한 자세로 칭얼대자 나는 제발 가만있으라고 속으로 애원했다. 엄마는 후진 주차를 해야 하나 생각하며 머뭇거리더니 마음이 바뀌었는지 곧바로 깔끔하게 차를 댔다.

나는 엘라를 안고 있었다. 엄마는 차에서 내렸다. 자, 어서

오라고! 나는 뒤를 슬쩍 보았다. 문이 내려오자 직사각형의
바깥공기가 점점 줄어들었다.

엄마가 차 문손잡이를 잡았다.

어서!

차와 출구 사이의 거리는 20미터쯤이었다. 약 십 초 뒤에
는 문이 완전히 닫힐 것이다. 할 수 있었다. 해내야 했다.

엄마가 내 쪽 문을 열었다.

나는 망설이지 않았다. 문을 세게 걷어찼다. 엄마는 문에
부딪쳐 뒤로 날아갔다. 나는 엘라를 꼭 안은 채 차에서 재빨
리 내려 달렸다.

59

나는 그들을 풀어주려고 했다. 애나와 엘라를.

차를 세우고 애나에게 내리라고 한 말은 진심이었다. 내가 사라지고 싶어서, 아무도 나를 찾을 수 없을 정도로 먼 곳으로 사라지고 싶어서이기도 했지만 두 사람이 다치는 것을 원하지 않기 때문이기도 했다.

하지만 이제 너무 늦었다. 나는 그들을 데리고 있을 것이다. 보험이자 담보로.

내가 혼자서 당신 시신을 처리할 수 있었다면 이런 일은 벌어지지 않았을 것이다. 하지만 그럴 수는 없었다.

바닥에 무릎을 꿇자 당신 피가 내 청바지에 스몄다. 당신에게서 맥박이 느껴졌고 가슴이 오르내리는 것도 보였다. 하지만 입술 사이에서 흘러나오는 피는 내가 알아야 하는 모든 것을 설명해주었다. 이 일을 돌이킬 수는 없었다. 우리 둘 다.

내가 울었던 것이 나를 위해서인지 당신을 위해서인지는 말할 수 없다. 아마 둘 다를 위해서였겠지. 급속도로 정신이 맑아진 것은 기억난다. 당신 몸 양쪽을 잡고 앉은 자세로 일으키려 했지만 손에 피가 묻어서 미끄러졌고 내 손에서 빠져나간 당신은 다시 한 번 타일 바닥에 머리를 세게 부딪쳤다.

나는 비명을 질렀다. 당신 몸을 굴리자 깨진 두개골 틈으로 내부 조직이 보였다. 나는 토했다. 두 번.

그때였다. 당신 피를 뒤집어쓰고 앉아서 앞으로 내가 어떻게 될까 두려워하며 울고 있을 때 문이 열렸다.

60

애나

엘라를 안고 있어서 균형을 잡기가 힘들었다. 나는 달리면서 양옆으로 휘청댔다. 술에 취해 막차를 쫓아가는 사람처럼. 엄마는 내 뒤에서 신음하며 몸을 일으켰다. 다친 모양이었다.

그때 엄마 신발이 바닥에 부딪치는 소리가 들렸다. 유행과 거리가 먼 모습의 앤젤라에게 어울리는 편안한 플랫 슈즈 소리였다. 엄마는 달리고 있었다.

주차장에는 회색 콘크리트 기둥이 듬성듬성 서 있었다. 지저분한 플라스틱 갓에서 형광등이 깜빡이자 기둥 사이의 바닥에 똑같은 기둥 모양 그림자가 드리웠다. 그것 때문에 정신이 혼란스러웠다. 바로 앞에 있는 자유로 향하는 사각형에 집중해야 했다. 그 사각형은 내가 보고 있는 동안에도 크기가 계속 줄어들었다. 누군가가 열려 있는 직사각형 문을 한쪽에서 미는 것만 같았다.

주차 구역의 열은 칸막이로 구분되어 있었고 나는 그 칸막이를 뛰어넘을 수 있으리라 생각했다. 하지만 칸막이는 내가 기억하고 있던 것보다 더 높고 더 넓었다. 나는 첫 번째 칸막이를 간신히 기어올랐고 그러느라 청바지의 찢어진 틈으로 나온 무릎이 까지고 엘라를 떨어뜨릴 뻔했다. 엘라를 가슴팍에 단단히 끌어안자 엘라는 입을 벌려 공습경보 같은 비명을 질렀다. 그 소리는 주차장 벽을 맞고 튕겨 나와 열 배 크기로 들렸다.

어깨 너머를 흘긋 보았지만 엄마는 보이지 않았다. 나는 걸음을 늦추었다. 엄마는 포기했을까? 하지만 그때 무슨 소리가 들려서 왼쪽을 보았다. 엄마는 옆으로 방향을 틀어서 가고 있었다. 이해되지 않았다. 하지만 나는 그쪽으로 가면 칸막이도, 피해야 할 기둥도 없다는 것을 알았다. 엄마가 가는 길은 내가 가는 길보다 거리가 멀었지만 장애물이 전혀 없었다. 내가 문에 도착하기 전에 엄마가 나를 잡을 것 같았다. 그러지 않으려면…….

나는 더 빨리 달렸다. 이제 나와 문 사이에는 칸막이가 두 개 있었다. 멈출 시간도, 칸막이를 기어오를 시간도 없었다. 엘라를 한쪽 팔로 옮겨 안았다. 그러자 엘라의 비명이 더욱 커졌지만 상체가 자유로워져 몸을 약간 숙이고 빠르게 달릴 수 있었다. 두 번째 칸막이가 앞에 나타났다. 마지막으로 장애물 넘기를 한 것이 언제더라? 십 년 전인가?

하나.

둘.

왼쪽 다리로 바닥을 박차고 뛰어올라 오른쪽 다리를 앞으로 쭉 뻗었다. 칸막이에 걸리지 않으려고 왼쪽 다리를 최대한 끌어 올렸다. 발끝이 콘크리트에 부딪쳤지만 칸막이를 뛰어넘었다. 계속 달렸다.

문의 기계 장치에서 끽 소리가 났다. 금속끼리 부딪치는 소리였다. 문과 땅 사이의 거리는 1미터 남짓이었다. 밤공기는 나처럼 두려움에 떠는 듯 차고의 어둠 속으로 자꾸만 움츠러들었다.

마지막 칸막이였다.

하나.

둘.

셋.

너무 빨리 뛰어올랐다.

칸막이에 걸려 의지와 상관없이 앞으로 움직였다가 다시 왼쪽으로 움직였고 메르세데스 보닛에 부딪쳤다. 그 와중에 몸을 겨우 비틀어 엘라를 보호했다.

고통스럽게 숨을 한 번 내쉬자 온몸에서 공기가 빠져나갔다.

"애나, 일을 어렵게 만들지 마."

산소가 부족해서 머리가 멍했고 배와 가슴이 너무 아팠다. 보닛에 드러누운 채 고개를 간신히 들자 나와 출구 사이에 서 있는 엄마가 보였다.

나는 포기했다.

주차장 문은 아직도 닫히고 있었다. 문 아래쪽의 두꺼운 금속은 이제 내 허리 아래까지 내려와 있었다. 하지만 무릎보다는 높았다. 조명이 내게 말하는 것 같았다. 아직 시간이 있다고.

하지만 엄마가 바로 저기에 서 있었다.

사용법을 모른다고 맹세하기는 했지만 엄마가 떨리는 손으로 들고 있는 번쩍이는 시커먼 총부리를 도저히 못 본 척할 수 없었다.

61

당신이 이곳에 있다면 얼마나 좋을까. 정말 모순되는 바람이지 않은가?

당신이라면 무엇을 해야 할지 알았을 텐데.

당신이 있었다면 내 손을 잡고 총이 바닥을 향하도록 내 팔을 내렸을 텐데. 그리고 내게서 보드카를 빼앗으려고 할 때처럼, 내게 술을 많이 마셨다고 할 때처럼 내가 아무리 내 버려두라고 소리쳐도 내 손에서 총을 빼앗았을 텐데. 나는 그대로 있었을 텐데. 당신이 이 총을 가져가게 내버려두었을 텐데.

나는 총을 들고 싶지 않았다. 한 번도 그러고 싶었던 적 없었다.

그 사람이 이걸 가져왔다. 시프티가. 일주일치 집세를 받으러 쫓아와서는 탁자 위에 총을 놓으며 내게 이것이 필요할 것 같다고 말했다. 2,000파운드라면서.

그는 내게 돈이 없다는 것을 알았다. 상류층 여학생들이 다니는 학교라 하더라도 화장실 청소로는 그 정도의 돈을 벌지 못한다는 것을, 내가 들고 온 돈은 모두 집세로 냈다는 것을 그는 잘 알았다.

하지만 그는 내가 두려워하고 있다는 것도 알았다. 그는 내게 돈을 빌려주겠다고 했다. 숨이 턱 막힐 정도의 이자로. 내게 선택권이 있었을까? 내게는 나를 보호할 수단이 필요했다.

돈을 빌렸다. 그리고 총을 샀다.

총이 있다는 사실에 마음이 한결 편해졌다. 총을 사용하리라는 생각은 한 번도 해본 적 없었지만. 내가 발각되면 무슨 일이 벌어질지 상상해보았다. 총을 넣어둔 서랍으로 몸을 날려 조준하고 발사하는 상상을 했다.

손이 떨렸다.

'저 애는 네 딸이야. 네 손녀고!'

'이제 난 어쩌지?'

희미하게 사이렌이 들렸다. 차라리 그 소리가 점점 커지기를 바랐지만 멀어졌다. 나를 멈추게 할 누군가가 필요했다.

당신이 이곳에 있다면 얼마나 좋을까.

하지만 그렇다면 아마 당신이 필요하지 않았을 것이다.

486

62

애나

엄마를 보고 싶었다. 엄마가 손을 떠는 이유가 나처럼 두려워서인지 알고 싶었다. 하지만 총에서 눈을 뗄 수 없었다. 나는 엘라를 꼭 안았다. 그러면 총알을 막을 수 있다는 듯. 그러면서 이렇게 끝나는 것 아닐까, 지금이 딸과 함께 보내는 마지막 순간이 아닐까 생각했다.

이제 와서 생각하니 차라리 자동차 창문에 머리를 부딪을 걸 그랬다. 피아트 500에 탄 여자를 향해 소리칠 걸 그랬다. 유리를 발로 깨려고 애써볼 걸 그랬다. 뭐라도 해볼걸. 뭐라도. 무슨 엄마가 자기 아이를 지키려고 노력도 안 해본다는 말인가?

예전에 친구 집에서 걸어오다가 누가 나를 차에 잡아 태우려고 한 적이 있었다. 나는 짐승처럼 저항했다. 그 남자가 욕할 정도로 필사적으로 싸웠다.

"이런 망할 년." 그는 이렇게 말하더니 차를 몰고 떠났다.

그때 나는 생각할 겨를조차 없었다. 그냥 싸웠다.

그런데 지금은 왜 그러지 않을까?

엄마는 주차장 한구석을 향해 총을 홱 움직였다. 한 번. 두 번. 나는 움직였다.

단순히 총 때문이 아니었다. 엄마이기 때문이었다. 나는 처음부터 엄마와 함께하도록 되어 있었기 때문이었다. 가장 친한 친구가 갑자기 등을 돌린 것처럼, 연인에게 예상치 못하게 한 대 얻어맞은 것처럼 나는 내가 안다고 생각한 사람과 무슨 일이 일어나고 있는지 받아들이지 못했다. 낯선 사람과 싸우기는 쉬웠다. 살과 피를 나눈 사람이 아닌 낯선 사람을 미워하기는 쉬웠다.

하늘에 기관총을 쏘는 듯한 소리가 멀리에서 들렸다. 불꽃놀이 소리였다. 아직 자정이 되려면 한 시간 남았는데 누군가가 미리 축하하는 모양이었다. 지하 주차장에는 아무도 없었다. 주민들은 밤을 즐기러 나갔거나 집에 있었다.

엘리베이터 문이 열리고 카펫이 깔린 층계참이 나왔다. 마크의 아파트는 복도 맨 끝이었다. 마크의 바로 옆집에서 요란한 괴성이 들렸고 집 안에서 인기 가요가 흘러나왔다. 파티에 온 사람들이 드나드느라 현관문이 잠겨 있지 않다면 문을 열고 순식간에 안으로 들어갈 수 있을 것 같았다. 일단 안으로 들어가기만 하면 사람이 많을 테니 안전할 것이었다.

나는 내 걸음이 느려지고 있다는 것을, 내 목숨과 엘라의 목숨을 구할 최후의 시도를 위해 내 온몸이 준비 태세를 갖추고 있나는 것을 미처 알아차리지 못했다. 나도 모르게 이런 반응이 겉으로 드러났다는 것을 진작 알았어야 했다. 단단한 것이 내 등을 찔렀기 때문이다. 엄마가 내 등에 총을 대고 있다는 것은 말하지 않아도 알 수 있었다.

나는 계속 걸었다.

마크의 아파트는 내 기억과 전혀 달랐다. 가죽 소파는 긁히고 찢어져서 한쪽 팔걸이 속이 튀어 나왔고 마룻바닥 여기저기에 담배 자국이 있었다. 이전 세입자가 주방에 버리고 간 쓰레기는 모두 치워졌지만 냄새는 아직 남아 있었다. 그 냄새가 내 목 깊은 곳을 자극했다.

소파를 마주보는 자리에는 안락의자가 두 개 놓여 있었는데 둘 다 더러웠다. 그중 하나에는 페인트 같은 것이 묻어 있었다. 마크가 접어서 의자 등받이에 걸어놓았던 부드러운 양모 덮개는 한데 뭉쳐 구겨져 있었다.

우리는 거실 중앙에 서 있었다. 나는 엄마가 내게 뭐라고 지시하기를, 뭐든 좋으니 뭐라고 말하기를 기다렸지만 엄마는 그냥 서 있기만 했다.

뭘 어떻게 해야 할지 모르는 것 같았다.

일단 우리를 이곳에 데려오기는 했지만 우리에게 무엇을 해야 할지 갈피를 못 잡는 것 같았다. 이 모든 일이 원대한 계획 아래 이루어질 것이라고 여겼을 때보다 어쩐지 지금이 더 무서웠다. 계획한 것이 아니라면 무슨 일이든 일어날 수 있기 때문이었다.

엄마는 무슨 짓이든 할 수 있었다.

"애는 이리 줘." 이제 엄마는 두 손을 기도하듯 맞잡은 채 총을 쥐고 있었다.

나는 고개를 저었다. "싫어요." 너무 꽉 끌어안았는지 엘라는 울음을 터뜨렸다. "엄마한테는 보낼 수 없어요."

"나한테 줘!" 엄마는 신경질적으로 외쳤다. 나는 엄마가 외치는 소리를 누가 듣고 찾아와서 문을 두드리며 별일 없냐고 물어주기를 바랐다. 하지만 옆집은 벽이 울릴 정도로 시끄럽게 파티 중이었고 내가 비명을 지른다고 해도 아무도 오지 않을 것 같았다.

"애를 의자에 내려놓고 맞은편으로 가."

엄마가 나를 총으로 쏘면 엘라를 이 상황에서 구해줄 사람은 아무도 없었다. 나는 살아야만 했다.

그래서 천천히 안락의자로 가서 부드러운 덮개 위에 엘라를 내려놓았다. 엘라는 나를 보며 눈을 깜빡였고 나는 이렇게 아이를 내려놓는 일이 정말 마음 아팠지만 애써 미소 지었다.

"이제 움직여." 엄마는 또다시 총을 홱 움직였다.

나는 시키는 대로 하면서도 엘라에게서 눈을 떼지 않았다. 엄마는 엘라를 품에 안았다. 그리고 달래는 소리를 내며 발을 굴러 아이를 오르내렸다. 한 손에 매달린 총만 아니었다면 여느 헌신적인 할머니와 다를 바 없었다.

"엄마가 아빠를 죽였군요." 나는 아직도 이 사실을 믿을 수 없었다.

엄마는 내 존재를 잊었다는 듯 나를 쳐다보았다. 그러더니 거실을 이리저리 서성댔다. 엘라를 달래려고 그러는지 엄마 자신을 위해서 그러는지는 확실치 않았다. "사고였어. 탐은…… 넘어졌어. 넘어지면서 주방 조리대에 부딪쳤고."

주방 바닥에 쓰러져 있는 아빠가 떠올라 울음이 터져 나오려 하자 손으로 입을 막았다. "아빠가…… 술에 취했었나요?"

그랬더라도 달라질 것은 없었지만 나는 이유를 찾고 있었다. 그리고 내 아기와 내가 어쩌다가 이 아파트에 갇히게 되었는지 알아내려 애썼다.

"취했었냐고?" 엄마는 순간 어리둥절한 표정을 짓더니 몸을 휙 돌렸고 그 바람에 엄마의 얼굴이 보이지 않았다. 엄마는 울지 않으려고 애쓰며 말을 꺼냈다. "아니, 취하지 않았어. 취한 사람은 나였어." 엄마는 다시 돌아섰다. "애나, 난 달라졌어. 지금의 나는 예전과 달라. 그때 그 사람은 죽었어. 네가 죽었다고 생각한 것처럼. 내게는 다시 시작할 기회가 주어진 거야. 과거의 실수를 저지르지 않을 기회가. 그리고 아무도 해치지 않을 기회가."

"지금 이렇게 해놓고 아무도 해치지 않는다고요?"

"이건 실수야."

사고. 실수. 엄마의 거짓말 때문에 어지러웠다. 엄마의 말이 사실이라고 해도 더 이상 듣고 싶지 않았다.

"우리를 놓아주세요."

"그럴 수는 없어."

"엄마, 할 수 있어요. 방금 그러셨잖아요. 이건 모두 실수라고요. 엘라를 제게 주고 총을 내려놓은 다음 우릴 보내주세요. 그 뒤에는 엄마가 뭘 하시든 상관하지 않을게요. 우리만 보내주세요."

"경찰이 날 감옥에 넣을 거야."

나는 대답하지 않았다.

"사고였다고! 화가 나서 내리치기는 했지만 네 아빠를 때릴 생각은 아니었어. 네 아빠는 그걸 피하려다가 미끄러졌고……." 엄마의 얼굴을 타고 흘러내린 눈물이 스웨터 위로 떨어졌다. 엄마는 비참한 표정이었고 나는 내 처지와 엄마가 나에게 했던 온갖 짓에도 마음이 약해졌다. 이런 일을 의도하지는 않았다는 엄마의 말을 믿었다. 누가 이런 일이 일어나기를 바랄까?

"경찰에게 그렇게 말해요. 솔직하게요. 엄마가 할 수 있는 일은 그뿐이에요." 나는 차분하게 말하려고 했지만 엄마는 경찰이라는 말에 놀라서 눈이 휘둥그레지더니 다시 서성대기 시작했다. 아까보다 빠르고 미친 듯이. 그러더니 발코니로 나가는 여닫이문을 열었다. 그러자 찬 공기가 밀려 들어왔다. 거리에는 환호성이 가득했다. 7층인 이곳에서도 들릴 정도였다. 환호성과 경쟁하듯 사방에서 음악도 들려왔다. 나는 심장이 쿵쾅댔고 문이 열려 있는데도 갑자기 손이 뜨겁고 축축해졌다. "엄마, 들어오세요."

엄마는 발코니로 나갔다.

"엄마, 엘라를 제게 주세요." 나는 차분하게 말하려고 계속 노력했다.

바비큐를 하는 용도가 아니라 담배 정도만 피울 수 있게 설계된 발코니는 좁았고 강화유리로 둘러싸여 있었다.

엄마는 발코니 끝으로 가더니 아래를 내려다보았다. 뭐라고 외치는지 생각할 겨를도 없이 내 입에서 말이 나갔다. 하지만 그 외침에도 엄마는 꿈쩍하지 않았다. 엄마는 계속 두려움 가득한 표정으로 아래쪽 거리를 바라보고 있었다. 엘라를 꼭 안고 있기는 했지만 아기가 너무 가장자리에 붙어 있었다. 너무…….

"엄마, 엘라를 이리 주세요." 나는 한 번에 한 걸음씩 천천히 다가갔다. 할머니 같은 걸음걸이였다. "엘라가 다치는 건 싫으시잖아요. 엘라는 아기인걸요."

엄마가 돌아섰다. 목소리가 너무 작아서 아래쪽에서 올라오는 소음을 뚫고 듣기가 힘들었다. "뭘 어떻게 해야 할지 모르겠어."

나는 엄마에게서 엘라를 부드럽게 받아 안았다. 엘라를 와락 잡아채고 다른 방으로 달려가 문을 걸어 잠그고 싶은 충동을 간신히 억눌렀다. 엄마는 순순히 엘라를 내주었고 나는 숨을 죽인 채 한 손을 내밀었다. 이 상황을 멈춰야 한다는 것을 엄마도 분명 알고 있었다.

"이제 총도 주세요."

이 말이 마법을 깬 것 같았다. 엄마는 그제야 내가 있다는 사실이 떠올랐다는 듯 나를 노려보았다. 그러더니 총을 더 단단히 움켜쥐며 내 손을 뿌리치려 했다. 하지만 나는 이미 엄마의 손목을 잡고 있었고 너무 무서웠지만 놓을 수 없었다. 나는 엄마 손이 나를, 우리를 향하지 않고 밤하늘을 향하도록 했다. 하지만 엄마는 자꾸 아파트 쪽으로 방향을 틀려고 했고 우리는 힘을 쥐어짜며 씨름했다. 서로 장난감을 차지하려고 몸싸움하는 어린아이들처럼 놓지 않았다. 둘 다 조치를 취할 정도로 용감하지도 않았다. 혹시라도 총이 발사될 때에 대비해……

총소리 같지 않았다.

폭탄 터지는 소리 같았다. 건물이 무너지는 소리 같기도 했고 뭔가가 폭발하는 소리 같기도 했다.

발코니 강화유리가 산산조각 났다. 총소리가 머리 위에서 터지는 폭죽 소리와 함께 울려 퍼졌다.

먼저 손을 놓은 쪽은 나였다. 나는 발코니 가장자리에서 물러섰다. 이제 안전과 밤하늘 사이에는 아무것도 없었다. 종탑에 있는 것처럼 귀가 울렸고 그 울림 위로 엘라가 울부짖는 소리가 들렸다. 내 귀가 이렇게 울리는데 엘라의 귀는 얼마나 아플까.

엄마와 나는 서로 멍하니 바라보았다. 방금 일어난 일로 둘 다 놀라서 눈을 크게 뜨고 있었다. 무슨 일이 일어날 수 있었는지 알고 나서. 엄마는 건드리고 싶지도 않다는 듯 손바닥 위에 올린 총을 물끄러미 바라보았다.

"뭘 어떻게 해야 할지 모르겠어." 엄마가 속삭였다.

"총 내려놓으세요."

엄마는 안으로 들어와 거실 탁자에 총을 내려놓더니 아파트 안을 서성댔다. 일그러진 표정으로 뭐라고 중얼거렸고 손으로 머리카락을 움켜쥐었다.

나는 발코니에서 아래를 내려다보았다. 엘라는 가장자리에서 안전하게 떨어져 있었다. 사람들은 어디에 있지? 경찰차와 구급차와 어디에서 총소리가 났는지 알아보려고 뛰어다녀야 할 사람들은 다 어디에 있지? 밖에는 아무도 없었다. 그누구도 아파트를 올려다보지 않았고 뛰어다니는 사람들도 없었다. 술집에서 나와 흥청대며 다른 술집으로 향하는 사람들이 보였다. 외투를 입고 통화하는 남자도 보였다. 그는 부서진 유리 조각을 피해서 걸어갔다. 취객, 쓰레기, 깨진 유리. 이 모든 것을 그저 새해 전날의 반갑지 않은 결과물이라고 생각하는 것 같았다.

내가 외쳤다. "도와주세요!"

우리는 7층에 있었다. 밖에는 문이 열고 닫힐 때마다 흘러나오는 음악 소리, 몇 거리 떨어진 어딘가에서 계속 울려대는 베이스 소리, 참을성 없이 자정을 기다리지 못한 파티 참석자들이 터뜨리는 불꽃 소리가 가득했다.

"여기 위쪽이에요!"

아래쪽 보도에 남녀가 있었다. 나는 엄마를 흘끗 본 다음 최대한 몸을 내밀어 다시 외쳤다. 여자가 올려다보자 남자도 따라 보았다. 남자가 한쪽 팔을 추켜올렸다. 술이 가득 담긴 파인트 잔 같아 보이는 것을 들고 있었다. 그리고 잠시 뒤 환호성이 들려오자 나는 소리친 것이 소용없었음을 알았다.

돌아서려는 순간 그것이 보였다.

검은색 미쓰비시 쇼군이 주차 금지선을 무시한 채 길에 서 있었다.

63

머리

머리와 제임스 케네디 경사는 비공식 사건 상황실이 차려진 오크 뷰의 주방을 서둘러 떠났다.

"선거인 명부에서 마크 헤밍스를 확인해봐." 제임스가 벌떡 일어나며 젊은 경장에게 지시하자 경장은 열심히 받아 적으며 상황실에 전달할 준비를 했다. 잠시 뒤 휴대전화가 울리자 경장은 전화를 받아 집중해서 듣더니 마이크를 가리고 경사에게 정보를 전했다.

"이스트본을 떠나는 애나 존슨의 자동차가 차량 번호판 자동 인식 카메라에 두 번 찍혔다고 합니다. A27 도로에도 카메라가 몇 대 있는데 그 카메라에는 찍히지 않았답니다." 머리는 가슴이 덜컥했다. 캐럴라인이 애나와 아기를 데리고 어딘가로 완전히 가버렸을까? 경장은 계속 말했다. "런던의 카메라에 차가 다시 포착되었습니다. 열 시 삼십 분에 사우스

서큘러에서 마지막으로 찍혔고요."

제임스는 머리를 보았다. "헤밍스 휴대전화는 어떻게 됐죠?"

"신호만 가고 받지 않는군. 내가 계속 전화를 걸고 있네."

"기지국에 애나의 휴대전화 위치를 파악해달라고 요청했어요."

머리는 통화 버튼을 다시 눌렀다. 받지 않았다. 메시지는 아까 남겼지만 마크가 운전 때문에 휴대전화를 무음으로 설정해놓았다면 한 시간 뒤에나 답할 수 있을 것이다. 그사이에 캐럴라인이 무슨 짓을 벌일지는 아무도 모른다.

"경사님, 선거인 명부에 마크 헤밍스가 너무 많습니다. 혹시 중간 이름이 있습니까?"

제임스는 머리글자라도 찾을 수 있지 않을까 하는 생각에 식탁 위에 쌓여 있는 우편물을 뒤졌고 그동안 머리는 구글을 열었다.

머리는 과거의 문제 해결 방식이 온라인으로 옮겨 갔다고 생각했다. 차이라면 온라인 검색은 경찰 정보망이나 데이터베이스, 데이터 보호법을 필요로 하지 않는다는 것이었다. 온라인 검색은 직접 찾아가 사람들에게 무엇을 알고 있는지 물어보는 것과 같았다.

그는 '마크 헤밍스, 푸트니'를 검색어로 입력했다. 결과가 너무 많아서 도움이 되지 않았다. 그는 잠시 눈을 감고 애나의 애인에 대해 알고 있는 사실을 떠올렸다. 그리고 잠시 뒤 천천히 미소 지었다. 마크 헤밍스는 푸트니의 아파트에서 살기만 한 것이 아니라 일도 했다.

"푸트니 브리지 타워 702호. 우편번호 SW15 2JX." 머리는 식탁 맞은편의 제임스를 향해 휴대전화를 돌렸다. 공인 상담사 명단에 그의 이름이 보였다. 마크 헤밍스. 체계론적 상담 과정 수료, 체계론적 지도 및 훈련과 슈퍼비전 과정 수료, 심리학 석사, 영국 심리치료협회 정회원, 영국 정신상담치료협회 회원.

"좋습니다."

머리는 제임스가 상황실에 주소를 알려주는 것을 들었다. 통화가 끝나자마자 서섹스 경찰청은 런던 경찰청에 정보를 전달할 테고 런던 경찰청에서 신속하게 조치를 취할 것이다. 컴퓨터 지원 출동 상황실에서는 사방으로 경찰을 출동시킬 것이다. '사이렌을 끄고 접근할 것. 모두 접선 지점에서 대기'라는 명령과 함께. 무기 담당 경찰이 대기하며 현장의 위협 정도를 평가하고 총기 사용 허가를 내릴 것이다. 구급차도 출동하고 협상 전문 경찰도 대기할 것이다. 수많은 사람이 모두 같은 목적으로 움직일 것이다.

모두 현장에 늦지 않게 도착하기를 바라면서.

"그럼 이제 됐습니다." 제임스는 이렇게 말하더니 전화기를 내려놓았다. "주 경계를 넘나드는 임무는 정말 싫어요. 힘든 일은 우리가 다 하고 공은 런던 경찰청에서 가져가겠죠." 그는 씁쓸하다는 듯 어깨를 으쓱했다. "정말 기운 빠져요. 아시죠?"

머리도 잘 알았다. 하지만 지금 그는 기운 빠지지 않았다. 지금 그는 이곳에 계속 있으면서 공로를 인정받고 성과를 올리고 싱을 받고 싶은 생각이 없었다.

그는 집에 가고 싶었다.

물론 애나와 엘라에게 무슨 일이 일어났는지 신경 쓰였다. 하지만 그는 오래전에 깨달았어야 할 사실을 이제야 이해하게 되었다. 형사 혼자서는 범죄를 해결할 수 없었다. 팀으로 함께 움직여야 해결할 수 있었다. 머리는 훌륭한 형사였을지 몰라도 없어서는 안 될 사람은 아니었다. 그런 사람은 아무도 없었다.

"머리." 제임스는 주저하며 말을 꺼냈다. "존슨 부부 자살 사건은 원래 우리 팀 담당이었어요. 검시관이 제출한 서류에 서명한 사람도 저였고요."

"제임스, 우리 모두 때로는 뭔가를 놓치기도 하네. 캐럴라인이 잘 꾸몄던 거야. 그야말로 빈틈없었지." 캐럴라인. 머리의 두뇌는 계속 돌아갔다. 캐럴라인이 어떻게 탐의 시신을 혼자서 정화조로 옮겼을까?

"제가 얼마 전에 진급했잖아요. 중상해죄와 강간 사건에 집중하고 싶었어요. 진짜 범죄라고 할 만한 사건들 말이에요. 그래서 다른 사건을 너무 성급하게 처리했어요."

머리는 범죄수사과 초창기 시절이 떠올랐다. '좋은' 사건을 맡았을 때의 흥분도 떠올랐다. 충분히 조사했는데도 수사에 아무런 진전이 없을 때 동료들과 함께 괴로워했던 일도. 그가 제임스의 입장이었어도 똑같이 하지 않았으리라고 장담할 수 없었다.

머리는 제임스의 팔을 가볍게 두드리며 마음의 짐을 덜어

주려 했다. 그러면서도 계속 캐럴라인을 생각했다. "이 사건보다 더 진짜 범죄 같은 사건은 없을 걸세."

캐럴라인이 시체 유기하는 것을 누가 도왔을까?

"팀원들을 데리고 경찰청으로 돌아가야겠어요. 함께 가서 새로운 소식을 기다리시는 게 어때요?"

"고맙지만 나는 집에 가겠네. 세라와 함께 새해를 맞이하고 싶어." 머리는 정원을 보았다. 천막은 지퍼가 채워져 닫혀 있었고 정복을 입은 경찰관이 두툼한 검은색 목도리를 두르고 보초를 서고 있었다.

"네, 그러셔야죠. 런던에서 소식이 들어오는 대로 연락드릴게요."

두 사람은 일어났다. 머리 옆의 벽에는 코르크 메모판이 있었는데 머리는 서류를 챙기는 제임스를 기다리면서 메모판에 붙은 것들을 하릴없이 살펴보았다. 임신 초음파 사진이 자랑스레 가운데 자리를 차지하고 있었다. 틀에는 손목 밴드 형태의 축제 입장권 같은 것이 핀에 고정되어 매달려 있었다. 임신하기 전 애나의 삶을 엿볼 수 있는 물건이었다. 청첩장도 있었는데 예식 없이 저녁 피로연만 한다는 내용이었다. 꽃병 두 개가 꽉 차도록 예쁜 꽃을 보내줘서 고맙다는 브라이오니의 감사 카드도 있었다.

그리고 오른쪽 맨 아래에는 전단이 붙어 있었다.

이것이었다.

이것이 퍼즐의 마지막 조각이었다.

머리가 느낀 감정은 희열이 아니었다. 과거의 예리했던 기억력이 아직 그를 실망시키지 않았다는 데 대한 안도였다. 마침내 그는 다이앤 브렌트-테일러의 집 메모판에서 무엇을 보았는지 기억해냈다. 그리고 더 중요한 사실은 그것이 무엇을 의미하는지 정확하게 알고 있다는 것이었다.

"마지막으로 한 가지만 더." 그는 제임스와 함께 각자 차를 세워둔 곳으로 걸어가면서 이렇게 말했다. 머리는 그러면서도 잠재의식 속에서 자신이 이 정보를 혼자서 간직하고 싶어 하는 것이 아닐까 의심했다. 혼자서 확인하고 모두 앞뒤가 맞아떨어질 때 공적을 내세우고 싶어 하는 것 아닐까 하고. 하지만 그렇지 않다는 것을 깨달았다. 사실 머리는 이 마지막 한마디를 하고 사건에서 손을 떼게 되어 기뻤다.

"네?"

"캐럴라인 존슨이 시체 유기하는 걸 누가 도왔는지 알아냈네."

64

애나

층계참에서 무슨 소리가 들렸다. 엘리베이터의 도착을 알리는 '땡' 소리였다. 나는 엄마를 보았지만 엄마는 현관문만 뚫어지게 보았다.

"누구예요?" 내가 속삭였지만 엄마는 대답하지 않았다.

경찰일까?

마크는 이스트본을 떠나면서 곧장 경찰에게 연락했을 테고 그럼 경찰은 우리가 이곳에 있다는 것을 알 것이다. 그리고 이제 경찰이 아빠의 시신을 찾았으니 엄마가 무슨 짓을 했는지도 분명 알 것이다. 내가 누구와 함께 있는지도 틀림없이 알았겠지……. 나는 마크와 머리에게 희망을 걸었다. 두 사람이 이 상황을 정확하게 이해하고 있으리라고.

"문 열어. 안에 있는 거 알아."

안도감이 밀려들어 의기양양해진 나는 웃음을 터뜨릴 뻔

했다. 경찰은 아니었지만 경찰 다음으로 반가운 사람이었다.

엄마는 꼼짝도 하지 않았지만 나는 움직였다. 내가 바보였다. 검은색 미쓰비시 쇼군은 우리를 쫓아온 것이 아니었다. 엄마를 멈춰 세우려고 한 것이었다. 나는 달려가서 현관문을 벌컥 열었다. 별안간 2대 1이 되어 무서울 것이 없었다.

"여기 와줘서 정말 다행이야."

뒤쪽에서 엄마가 공격할 때만 대비했지 앞에서 공격할 줄은 전혀 몰랐다. 가슴을 정통으로 맞은 나는 뒤로 휘청였고 발을 헛디뎌 바닥에 쓰러지면서 엘라를 간신히 들어올렸다. 신음을 쏟아냈다. 내 머리는 방금 전에 눈으로 본 일을 이해하려고 애쓰고 있었다.

구출 따위는 없었다.

로라는 현관문을 닫고 빗장을 걸었다. 몸에 딱 붙는 검은색 바지와 반짝이는 상의를 입고 하이힐을 신은 그녀는 참석하지도 않을 파티에 가는 복장이었다. 우리가 열기로 한 새해맞이 파티에. 약하게 컬을 넣은 머리카락은 어깨까지 내려와 있었고 눈에는 회색과 초록색 아이섀도가 번쩍였다. 로라는 나를 무시한 채 곧장 엄마에게 분노를 퍼부었다. 엄마는 발코니 쪽으로 슬금슬금 뒷걸음질 쳤다.

"망할 년, 날 배신하다니."

65

로라의 얼굴이 지금도 생생했다.

그 애는 두려움에 온몸이 얼어붙은 채 문 앞에 서 있었다.

"초인종을 눌렀어요. 현관문이 열려 있기에⋯⋯." 로라는 당신 시신을 보았다. 피가 엉겨 붙어 있었다. 바닥에 흐른 끈 끈한 피에 천장 조명 불빛이 반사되어 당신 머리 둘레에 은색 후광이 생겼다. "무슨 일이에요?"

그 순간 머릿속에 많은 생각이 스쳤다. 무슨 말을 해야 할지에 대해. 로라에게 사고였다고 설명했다면 뭐가 달라졌을까? 내가 화가 나서 이성을 잃고 내리쳤다고 말했다면? 술 때문에 마음에도 없는 짓을 했다고 말했다면?

"내가 죽였어."

로라의 얼굴이 창백해졌다.

근육이 저려오자 그제야 계속 똑같은 자세로 있었다는 것을 깨달았다. 내가 당신을…… 아니 당신이 쓰러진 뒤로. 나는 자세를 바로 했다. 병목을 계속 잡고 있었다는 것을 알았다. 내가 놓아버리자 병은 쿵 소리를 내며 떨어져 바닥을 굴렀다. 그러자 로라는 움찔하며 깜짝 놀랐다.

그 소리에 나는 갑자기 움직이기 시작했다. 전화기를 들었지만 번호를 누를 수 없었다. 손이 심하게 떨렸다.

"뭐하시려고요?"

"경찰에 전화하려고." 나는 술에 취해서 오히려 다행인지 아닌지 궁금했다. 술에 취했다는 사실 때문에 상황이 더 나빠질까, 아니면 내가 무슨 짓을 하고 있었는지도 몰랐으니 감형될까?

"경찰에 연락하면 안 돼요!" 로라는 주방을 가로질러 다가와 내 손에서 전화기를 빼앗았다. 그 애는 당신을 다시 보았고 피가 계속 나는 귀 뒤쪽을 보더니 인상을 찡그렸다. "체포될 거예요! 감옥에 가게 될 거라고요."

나는 의자에 주저앉았다. 갑자기 다리가 몸의 무게를 지탱할 수 없었다. 주방에서는 이상한 냄새가 났다. 금속성의 시큼한 악취는 피와 땀과 죽음의 냄새였다.

"종신형을 선고받을지도 몰라요."

나는 감옥에서의 삶이 어떨지 상상했다. 전에 보았던 다큐멘터리를 떠올렸다. 드라마 〈프리즌 브레이크〉와 〈오렌지 이즈 더 뉴 블랙〉도. 그러면서 드라마 속 감옥이 실제와 얼마나 비슷할지 궁금해했다.

내가 받게 될지 모를 도움도 생각해보았다.

505

탐, 당신이 옳았다. 이렇게 살 수는 없었다. 나는 내게 문제가 없다고 스스로를 속였다. 아침에 몸을 떨면서 잠에서 깨지도 않았고 공원에서 스페셜 브루 캔 맥주를 마시지도 않았으니까. 하지만 나는 당신에게 소리를 질렀다. 당신을 조롱했다. 당신을 때렸다. 그리고 이제 당신을 죽였다.

내게는 술로 인한 문제가 있었다. 그것도 아주 큰 문제가.

"경찰에 전화할 거야."

"캐럴라인, 생각해보세요. 신중하게 생각하셔야 해요. 경찰에 전화하면 돌이킬 수 없어요. 지금 일어난 일은……" 로라는 몸서리쳤다. "너무 끔찍하지만 돌이킬 수는 없어요. 감옥에 간다고 해서 탐이 살아 돌아오지는 않는다고요."

나는 아가 위쪽에 걸어둔 캔버스에 인쇄한 사진 몇 장을 보았다. 당신과 나와 애나가 청바지에 흰 티셔츠를 입고 엎드려 있는 모습이었다. 모두 웃고 있었다. 로라는 내 시선을 따라가더니 나지막이 말했다.

"감옥에 갇히면 애나는 부모를 모두 잃게 돼요."

나는 한동안 아무 말도 하지 않았다. "그럼…… 어쩌지?" 내가 옳은 쪽에서, 좋은 쪽에서 슬그머니 빠져나가는 느낌이 들었다. 그게 무슨 상관일까? 나는 이미 범죄를 저질렀는데. "우리는 탐을 이대로 놔두면 안 돼."

우리.

그 순간이었다. 그 순간 우리는 한 팀이 되었다.

"안 되죠." 로라가 말했다. 턱이 잔뜩 경직되어 있었다. "이대로 둘 수는 없어요."

맨홀 뚜껑 위에 놓인 테라코타 화분을 옮기기 위해서는 우리 둘이 힘을 합쳐야 했다. 이 집에 이사 왔을 때 당신은 그곳에 화분을 두었고 나는 집들이 선물로 받은 월계수를 심었다. 맨홀 뚜껑은 더러웠고 뚜껑에 가까이 갈 일은 없었다. 정화조는 마을 경계가 지금보다 서쪽으로 800미터 떨어져 이 주택 단지가 시골 외곽이던 시절에 사용하던 것이었기 때문이다.

열쇠는 길이가 7센티미터 남짓한 두꺼운 금속 재질이었다. 우리가 오크 뷰에 이사 왔을 때부터 계속 서랍장 안에 있었지만 방금 만들어진 것처럼 뚜껑의 열쇠 구멍에 매끄럽게 들어갔다.

정화조 안은 비탈진 우물 입구 같은 좁은 터널로 되어 있었다. 퀴퀴한 냄새가 났지만 악취가 진동하지는 않았고 정화조 안에 있던 것들은 말라버린 지 오래였다. 나는 로라를 보았다. 주방부터 당신을 끌고 오느라 힘들기도 했고 우리가 이제 하려고 하는 일 때문에, 이미 저지른 일 때문에 걷잡을 수 없이 겁이 나서 둘 다 땀을 흘리고 있었다. 멈추기에는 너무 늦었다. 우리가 당신 시신을 숨기려 했다는 것은 분명하니까. 시신도 이미 손상되었다.

우리는 당신의 머리를 먼저 넣었다. 허리띠가 금속에 걸리는 바람에 당신이 터널 안으로 미끄러져 들어가다 멈추자 나는 비명을 질렀다. 로라가 당신 청바지를 힘껏 잡아당기자 당신이 신음했다. 폐에서 공기가 빠져나오면서 나는 소리였다.

도저히 볼 수 없었다. 고개를 돌리고 당신이 정화조 안으로 끌려 들어가는 묵직한 소리를 들었다. 바닥에 떨어지는 크고 둔탁한 소리도.

적막이 흘렀다.

나는 눈물을 그쳤지만 상실감과 죄책감 때문에 마음이 아팠다. 그때 경찰이 왔다면 아마 전부 다 실토했을 것이다.

하지만 로라는 아니었다.

"이제 흔적을 없애야 해요."

자살로 위장하자는 것은 로라의 아이디어였다.

"탐이 실종되었다고 신고하면 경찰은 당신을 용의자로 의심할 거예요. 늘 그러니까요."

로라는 내가 계획을 몇 번이고 검토하게 한 뒤에 떠났다. 나는 잠이 오지 않았다. 주방에 앉아서 내가 무덤으로 만들어버린 정원을 내다보았다. 당신 때문에 울었고 솔직히 나 때문에도 울었다.

로라는 날이 밝기가 무섭게 브라이튼으로 차를 몰고 가서 가게 문이 열리기를 기다려 휴대전화를 샀다. 추적이 불가능한 심 카드도. 그리고 경찰에 전화를 걸어 당신이 절벽에서 뛰어내리는 것을 보았다고 신고했다.

매일 나는 경찰이 오지 않을까 생각했다. 매일 문이 열릴 때마다 놀랐다. 잘 수 없었고 먹지도 못했다. 애나는 스크램블드에그와 연어 구이를 만들고 작은 그릇에 과일 샐러드를 담아 나를 먹이려고 했다. 애나의 눈에도 슬픔이 가득했지만 그 애는 내 슬픔을 달래주려고 애썼다.

하지만 경찰은 오지 않았다.

몇 주가 지났고 당신은 사망한 것으로 결론 났다. 손가락질 하거나 질문하는 사람은 아무도 없었다. 로라를 자주 보았고 우리 둘이 합의한 적 없었는데도 둘 다 그 일에 대해 말하지 않았다. 우리가 한 짓에 대해.

당신의 생명 보험금을 받을 때까지.

66

애나

나는 몸을 일으켜 앉은 다음 비틀거리며 일어섰다. 귓속 울림은 줄어들지 않았지만 울부짖던 엘라는 이제 훌쩍거리는 정도였다. 이 일이 엘라에게 어떤 영향을 줄까? 엘라가 오늘 밤을 기억하지는 못하겠지만 아이의 잠재의식 깊은 곳에 뭔가가 묻히게 될까? 외할머니가 자신을 인질로 잡은 오늘 밤이?

로라.

'하수관을 파내야 하는지는 몰랐어.' 엄마는 차에서 이렇게 말했다. '안 그랬으면 우리는 절대……'

로라는 알고 있었다. 로라가 엄마를 도왔다.

두 여자는 서로 쳐다보며 서 있었다. 로라가 허리에 손을 올렸다. 엄마는 탁자를 흘끗 보았다. 탁자 위에는 엄마가 놔둔 대로 총이 아무렇지 않게 놓여 있었다. 하지만 엄마는 너무 느렸다. 엄마의 시선을 쫓아간 로라가 더 빨리 움직였다.

두려워서 가슴이 쿵쾅거렸다.

로라는 소맷자락으로 손을 감싼 뒤에 총을 집어 들었다. 꼼꼼하고 조심스러웠다.

그리고 무서웠다.

"널 배신한 게 아니야." 엄마가 항변했다. 나는 엄마에게 진정하라고 말하고 싶었지만 목소리가 나오지 않았다.

"캐럴라인, 내게 빚이 있잖아요." 로라는 소파로 가서 팔걸이에 걸터앉았다. 총은 계속 들고 있었다. "정말 간단해요. 그때 제가 없었더라면 당신은 탐을 살해한 죄로 기소되었겠죠. 내가 당신을 구했다고요."

"넌 날 협박했어."

이제야 이야기가 딱 들어맞았다.

엄마를 협박한 사람은 아빠가 아니라 로라였다. 엄마를 쫓아온 사람도.

"너였어?" 나는 이 상황을 받아들일 수가 없었다. "기일에 카드를 보낸 사람이 너였어?"

로라는 처음으로 나를 제대로 보았다. 엘라와 내 헝클어진 머리와 충격이 고스란히 드러났을 내 얼굴을 보았다. "그냥 이상한 일이라고 생각하고 넘겼어야지. 탐이 죽었을 때 받은 이상한 편지와 비슷한 걸로 생각하고 말았어야지." 로라는 고개를 저었다. "사실 그건 캐럴라인에게 보내는 메시지였어. 그녀가 상대하는 사람이 누구인지 깨닫게 해주려고. 캐럴라인에게도 카드 사본을 보냈지."

"그럼 토끼도 그런 뜻이었어? 그런 거였어? 창문으로 던진 벽돌도? 엘라를 죽일 뻔했다고!"

로라는 잠시 어리둥절한 표정이었다가 미소 지었다. "아, 몰랐구나. 그 벽돌이 집에서 아주 가까운 곳에서 던져진 거란 걸 네가 알 줄 알았는데."

나는 로라의 시선을 따라갔다. 엄마가 손으로 얼굴을 가리고 있었다.

"그럴 리 없어……."

"난 우리에게 있었던 일을 네가 파헤치지 않기를 바랐을 뿐이야. 네가 진실을 알게 되면 로라가 널 가만두지 않을 테고……."

"엄마가 엘라 방 창문으로 벽돌을 던졌어요? 손녀 침대로요?" 내 목소리는 다른 사람 같았다. 히스테리 때문에 목소리가 날카롭게 떨렸다.

"엘라가 아래층에 있는 걸 알고 있었어. 정원에서 봤거든." 엄마는 한 팔을 뻗으며 내게 다가왔지만 로라가 더 빨리 움직였다. 로라는 일어나서 엄마 앞에 총을 들이댔다. 그리고 총으로 왼쪽을 가리켰다. 한 번, 두 번. 엄마는 머뭇거리다가 물러섰다.

이 여자들은 누구지? 자기 딸을, 그리고 자기 손녀를 다치게 할 수 있는 사람이 내 엄마라는 말인가? 게다가 로라는 또 어떻고? 평생 알고 지낸 사람들을 이리도 모를 수 있다는 말인가?

나는 로라를 향해 말했다. "엄마가 사라지고 나서 어디에 있는지 어떻게 알아냈어?"

"처음에는 몰랐어. 케럴라인이 자살하지 않았다는 것만 알고 있었지." 로라는 소리 내어 흐느끼는 엄마를 보았다. "하지만 너무 뻔했어." 그녀는 잘난 척하며 엄마를 비난하는 말투로 말했다.

아빠가 돌아가신 뒤에 로라가 나를 어떻게 위로했는지, 장례 절차를 밟는 나를 어떻게 도와줬는지 떠오르자 역겨움이 밀려왔다. 아빠를 죽인 사람은 엄마일지 모르지만 아빠의 시신을 처리하고 위장 자살을 지휘하고 범죄를 은닉한 사람은 로라였다. 로라가 엄마와 아빠의 서재를 정리해야 한다고 우기며 나를 도와주겠다고 마음씨 좋게 제안했던 일도 떠올랐다. 엄마가 어디로 사라졌는지 단서를 찾으려고 그랬다는 것을 이제야 깨달았다.

"그 사진 저한테도 있어요. 외딴 촌구석의 형편없는 비앤비에서 당신과 엄마가 함께 찍은 사진 말이에요." 잠깐이었지만 로라의 목소리가 갈라졌다. 강철 같은 자제력의 이면에 뭔가가 더 있다는 것을 보여주는 아주 작은 징후였다. "엄마는 언제나 그때 이야기를 했어요. 당신이 얼마나 많이 웃었는지, 그곳이 얼마나 현실과 동떨어진 곳이었는지 말이에요. 엄마의 삶에서 벗어날 수 있었던 곳이라고요. 엄마는 그곳을 좋아했어요." 로라의 어깨가 처졌다. "엄마는 당신을 정말 좋아했어요."

로라는 천천히 팔을 내렸다. 총은 그녀의 옆구리에 느슨하게 매달려 있었다. 나는 이제 다 끝났다고 생각했다. 이제 이 상황이 중단되었다고. 다들 해야 할 말을 했고 이제 끝이었다. 그리고 아무도 다치지 않았다.

엄마는 로라에게 한 걸음 다가갔다. "나도 알리시아를 정말 좋아했어."

"당신이 엄마를 죽였잖아!" 순식간에 총이 올라왔다. 로라는 팔을 꼿꼿하게 펴더니 팔꿈치에 힘을 주었다. 내가 얼핏 보았던 연약함은 사라지고 없었다. 로라의 가늘게 뜬 눈은 어두웠고 분노로 온몸의 근육이 경직되었다. "당신은 돈 때문에 결혼하고 엄마를 축축하고 쓰레기통 같은 아파트에 남겨뒀어. 그래서 엄마가 죽었어!"

"알리시아는 천식을 앓았잖아." 내가 끼어들었다. "천식 발작 때문에 죽었다고."

그러지 않았나?

그 역시 거짓말일 수도 있다는 생각에 공포가 밀려들었고 확인하기 위해 엄마를 쳐다보았다.

"당신은 엄마를 만나러 오지도 않았어!"

"갔어." 엄마는 또다시 울먹였다. "그리 자주는 아니었지만." 엄마는 눈을 꼭 감았다. "우리는 사이가 멀어졌어. 알리시아는 런던에 있었고 나는 이스트본에 있었으니까. 게다가 내게는 애나가 있었고……."

"돈 없는 친구에게 내어줄 시간이 없었겠죠. 새로 사귄 친구들처럼 말하지 않는 옛 친구에게 말이에요. 샴페인을 마시지도, 근사한 차를 몰지도 않는 친구에게요."

"그런 게 아니었어." 하지만 엄마는 고개를 푹 숙였고 로라의 말이 사실이라는 생각이 들자 내게는 알리시아를 향한 슬품이 밀려왔다. 로라의 말이 사실인 것 같았다. 그리고 엄마는 아빠에게 그랬듯 그것을 너무 늦게 알았다. 내가 울음도 말도 아닌 소리를 내자 엄마는 나를 보았다. 내 생각이 눈에 고스란히 드러나 있었던 것이 분명했다. 나를 본 엄마의 얼굴이 일그러지더니 엄마가 말없이 용서를 구했기 때문이다.

"애나와 엘라는 보내줘. 둘은 이 일과 아무런 상관이 없어."

로라는 우스워하지도 않으면서 소리 내어 웃었다. "상관이 아주 많죠!" 그녀는 팔짱을 꼈다. "돈을 가지고 있잖아요."

"얼마를 원해?" 나는 미적거리고 싶지 않았다. 로라가 원하는 대로 다 줄 생각이었다.

"안 돼." 엄마가 말했다.

나는 엄마를 보았다.

"그 돈은 너와 엘라의 미래를 위한 거야. 내가 왜 도망쳤다고 생각하니? 로라는 그 돈을 다 가지려 들었을 거야. 나는 그런 일을 당해도 마땅할지 모르지만 넌 아니야."

"돈 따위는 상관없어요. 가져가라고 해요. 로라가 알려주는 계좌로 돈을 몽땅 송금할 거예요."

"그것보다 간단한 방법이 있지." 로라는 미소 짓고 있었다.

목덜미의 털이 곤두서고 등줄기를 타고 소름이 돋았다.

"네가 돈을 모조리 내게 주면 사람들이 의심할 거야. 빌리, 마크, 망할 놈의 세금 담당자 모두 다. 그리고 난 네가 입을 다물고 있으리라 믿어야만 하겠지. 이번 일로 배운 게 하나 있어." 로라는 엄마를 가리켰다. "아무도 믿으면 안 된다는 걸."

"로라, 안 돼."

나는 엄마를 보았다. 엄마는 고개를 저으며 내게 한 걸음 다가왔다.

"다른 사람들은 내가 너와 엘라를 구하러 여기에 온 줄 알 거야." 로라가 말했다. "고맙게도 마크가 파티를 취소한다고 하면서 네가 어디에 있는지 알려주었지. 그리고 네가 엄청난 위험에 빠졌다는 걸 예감한 거야." 로라는 연극하듯 눈을 크게 뜨고 손을 들어 올렸다. 총을 들지 않은 손의 손가락을 벌렸다. "하지만 내가 이곳에 왔을 때는 이미 늦었어. 캐럴라인이 이미 너희 둘을 총으로 쏘고 자살한 거야." 그녀는 한쪽 입꼬리를 내리며 충격받은 표정을 연기하더니 나를 보았다. "캐럴라인의 유언장은 너도 봤잖아. 낭독하는 자리에 너도 있었으니까. '내 사망 시점에 내 이름으로 되어 있는 금융 자산과 부동산을 포함한 물리적 자산을 딸 애나에게 남긴다'라고 되어 있었지." 로라는 엄마의 유언장을 그대로 인용해 쏟아냈다.

"엄마가 네게도 돈을 남겼잖아." 큰 액수는 아니었지만 엄마와 알리시아의 오랜 우정을 기리고 대모로서 로라에게 의무를 다할 정도의 꽤 큰 금액이었다.

로라는 내가 아무 말도 하지 않은 것처럼 말을 이었다. "'이 유언장이 집행되기 전에 애나가 사망할 경우 내 금융 자산과 물리적 자산을 대녀 로라 반스에게 남긴다'."

"이미 늦었어." 엄마가 말했다. "유언장은 집행되었고 애나가 이미 재산을 상속받았는걸."

"하지만 당신도 죽지 않았죠. 안 그런가요?" 로라는 미소 지었다. "아직은요. 그 돈은 아직 당신 소유예요." 로라는 총을 들어 나를 겨누었다.

나는 온몸의 피가 얼어붙었다.

"애나와 엘라가 죽고 당신이 죽으면 제가 재산을 상속받겠죠."

67

머리

하드 애즈 네일즈.

세라였다면 더 빨리 알아차렸을 것이다. 그녀였다면 머리와 다른 방식으로 그 이름을 받아들였을 것이다. 그리고 멈춰 서서 소리 내어 읽으며 한마디 했겠지.
'네일숍 이름이 정말 끔찍하군.'
머리는 경찰이 탐의 자살 소식을 전하는 자리에 있었던 사람들의 이름을 기록한 수첩을 세라가 손가락으로 가리키며 말하는 것을 상상했다.

로라 반스, 하드 애즈 네일즈 접수 담당 직원

'난 가게 이름을 웃기게 지으려고 하는 게 싫어.' 세라가 차에 함께 타고 있는 것처럼 머리에게 그녀의 목소리가 생생하게 들렸다 '가게 이름을 '노 모어 네일즈'라고 붙이는 것과 마찬가지야. 외우기 쉽고 '네일즈'라는 단어가 들어간다는 이유로 말이야. 그것 역시 우스꽝스러운 이름이야⋯⋯.' 머리는 웃음을 터뜨렸다.

그러다가 갑자기 웃음을 멈췄다. 혼잣말하는 것이 미쳐가고 있다는 첫 번째 징후라면 머릿속으로 가상의 대화를 나누는 것은 몇 번째쯤 될까?

세라였다면 그 네일숍 이름을 지금도 기억하고 있을 것이다. 그리고 세라가 이름을 두고 뭐라고 이야기했다면 머리역시 기억했을 것이다. 그랬다면 이름을 도용한 사람이 누구인지 궁금해하며 다이앤 브렌트−테일러의 집을 나설 때 메모판의 전단에 단번에 눈길이 사로잡혔을 테고 로라 반스와 그녀의 전 직장 사이의 연관을 즉시 알았을 것이다.

머리의 경험에 따르면 가명을 지어내기란 정말 어려웠다. 그는 농장에 간 어린이 환경 단체의 아이들이 토끼처럼 보이는 조명등을 머리에 쓰고 그럴듯한 이름을 지으려 애쓰는 모습을 볼 때마다 웃음을 터뜨렸다. 가명을 지을 때 거의 대부분 중간 이름을 넣었고 주로 학교 친구나 살고 있는 거리 이름을 활용했다.

로라는 당황해서 허둥지둥했을 것이다. 어쩌면 이름을 밝혀야 한다는 것을 예상하지 못했는지도 몰랐다. 999에 전화를 걸어 자살을 목격했다고 신고하면 그것으로 끝이라고 생각한 모양이었다.

'성함이 어떻게 되시죠?'

머리는 헤드셋을 착용하고 키보드에 손을 올린 신고 접수원을 떠올렸다. 로라의 모습도 떠올렸다. 그녀는 절벽에 서 있었고 불어오는 바람이 그녀 입에서 나오는 말을 낚아챘다. 그녀는 머릿속이 새하얘졌다. 로라라고 밝힐 수는 없었다. 그녀는 로라가 아니었다. 그녀는……

떠오르는 손님 이름 하나를 무작위로 골랐다.

다이앤 브렌트-테일러.

완벽할 뻔했다.

머리가 동네에 들어섰을 때는 열한 시 삼십 분이었다. 실내화로 갈아 신고 샴페인을 터뜨린 뒤에 세라와 함께 소파에 앉아 줄스 홀랜드와 민속 음악을 연주하는 손님이 출연하는 프로그램을 보기에 충분한 시간이었다. 자정이 되면 세라와 새해 인사를 나누고 일을 완전히 그만두겠다고 말할 생각이었다. 이번에는 적당한 때에 다시 한 번 은퇴하겠다고. 그는 삼십 년 동안 일하고 나서 다시 십 년 더 일한 나이 많은 경위가 생각났다. 사람들은 그가 일과 결혼했다고 말했다. 집에 아내가 있는데도. 마침내 그가 은퇴하게 되자 머리는 은퇴 파티에 참석했고 그는 세계를 여행하고 외국어와 골프를 배우겠다는 계획을 밝혔다. 그런데 얼마 뒤 그는 죽고 말았다. 그렇게 끝이었다. 은퇴한 지 일주일 만이었다.

인생은 너무 짧았다. 머리는 인생을 즐길 정도의 기력이 남아 있는 동안 최대한 즐기고 싶었다. 이 주 전까지만 해도 그는 노인용 교통카드를 받을 정도로 늙었다고 느꼈다. 하지만 오늘은 이렇게 늦은 시간까지 엄청난 하루를 보냈는데도 일을 시작한 첫날처럼 기운이 넘쳤다.

옆 거리에 사는 누군가가 폭죽을 터뜨리자 하늘이 잠시 파란색, 자주색, 분홍색으로 빛났다. 머리는 폭발했다가 어둠 속으로 사라지는 불꽃을 보았다. 그가 사는 골목은 맨 끝에서 두 갈래로 갈라졌다. 머리는 집이 있는 왼쪽으로 방향을 틀기 전에 속도를 늦췄다. 동네에는 나이 든 사람이 대부분이라 길에서 춤을 추며 새해를 맞이할 것 같지는 않았지만 혹시 모를 일이었다.

모퉁이를 돌자 불꽃이 더 많이 터졌다. 하늘에 푸른빛과……

아니, 불꽃놀이가 아니었다.

머리는 배 속이 서늘해졌다.

불꽃놀이 같은 건 없었다.

소리 없이 돌아가는 사이렌 불빛이었다. 사이렌은 집과 나무와 자기 집 밖에 서 있는 사람들을 옅은 푸른색으로 물들였다.

"안 돼, 안 돼, 안 돼……." 머리는 누군가가 말하는 소리를 들었다. 자신이 말하는 소리라는 것조차 몰랐다. 그는 눈앞에서 펼쳐진 광경에 너무 몰입해 있었다. 구급차, 구급대원, 열려 있는 현관문.

그의 집 현관문이었다.

68

애나

"아니, 그렇게는 안 될 거야."

로라는 눈썹을 추켜올렸다. "총구를 마주하고 있는 사람치고는 용감하고 도전적인 발언이군." 그녀는 인상을 썼다. "애 울음 좀 그치게 할 수 없어?"

나는 팔을 좌우로 흔들며 아이를 달랬지만 엘라는 심하게 짜증이 나 있었고 나 역시 신경이 너무 곤두서서 부드럽게 움직일 수 없었다. 엘라는 더 심하게 울기 시작했다. 나는 내 몸 위에 아이를 가로로 눕힌 다음 젖을 먹이려고 상의를 올렸다. 다행히 거실이 조용해졌다.

"엘라는 아기잖아." 나는 로라의 모성애에 호소하려 했다. 내가 알기로 그녀는 아이를 한 번도 원한 적 없지만. "내게는 무슨 짓을 해도 좋으니 제발 엘라는 해치지 말아줘."

"하지만 모르겠어? 그것만이 유일한 방법이야. 너와 엘라가 먼저 죽어야 해. 캐럴라인이 너희를 죽여야 한다고."

건물 깊은 곳 어딘가에서 쿵 소리가 둔탁하게 들렸다.

"안 돼!" 지금까지 조용하던 엄마가 갑자기 소리를 지르자 엘라가 깜짝 놀랐다. "난 못 해." 엄마는 나를 보았다. "안 할 거야. 내게 그런 짓을 시킬 순 없어."

"굳이 시킬 필요까지 있을까요? 제게 총이 있는데." 로라는 총을 높이 들었다. 반짝거리는 상의로 계속 손을 감싸고 있었다. "총에는 당신 지문이 묻어 있어요." 그녀는 천천히 엄마에게 다가갔다. 총으로 엄마를 겨눈 채. 나는 현관문을 보며 해낼 수 있을까 생각했다. "다른 사람이 이 총을 만졌다는 걸 아무도 모를 거예요."

"이번 일은 벌을 면하지 못할 거야."

로라는 완벽하게 다듬은 눈썹 한쪽을 추켜올렸다. "정말 그럴지 알아보려면 방법은 하나뿐일 텐데요?"

귀에서 윙윙대는 소리가 들렸다. 엘라는 굶주린 듯 젖을 먹었다.

"실제로 그렇게 될 때에 대비해서 저도 보험이 있어요." 로라는 미소 지었다. "경찰이 의심하면 전 그들에게 제대로 된 방향을 알려주기만 하면 돼요. 두 모녀가 탐의 생명 보험에 대해 이야기하는 걸 우연히 들은 기억이 난다고 할 거예요. 내가 다가가는 걸 본 두 사람은 갑자기 입을 다물었다고요. 둘이 처음부터 모든 걸 공모했다고요."

"경찰이 그 말을 믿지 않을 거야." 건물 안 어딘가에서 또다시 무슨 소리가 들렸다. 엘리베이터에서 나는 '땡' 소리 같

523

기도 했지만 뭔가 달랐다. 리듬이 있었다.

"조금만 수사해보면 경찰은 탐의 자살을 신고할 때 쓴 휴대전화를 브라이튼에서 구입했다는 걸 알아낼 거예요." 로라는 극적인 효과를 위해 잠시 말을 멈췄다. "다름 아닌 애나 존슨의 이름으로요."

리듬이 있는 소리는 점점 커지고 빨라졌다. 나는 시간을 끌기로 했다. "난 항상 우리가 가족이라고 생각했어." 천천히 움직이며 아파트를 가로질러 엄마 옆에 섰다. 로라를 마주하고.

"구차한 관계였지." 로라가 말했다.

나는 밖에서 들려오는 소음이 무슨 소리인지 알았다.

로라는 분노에 사로잡혀 삼십삼 년간 묵혀둔 한을 쏟아냈다. "너한테나 괜찮았겠지. 안 그래? 큰 집에, 옷을 살 용돈에, 겨울이면 스키를 타고 해마다 여름이면 프랑스에 갔잖아."

발소리는 계단을 뛰어오르고 있었다. 경찰 장화 소리였다. 발소리는 두 층 아래에서 멈추었다가 도착을 알리는 엘리베이터 소리보다 더 조용히 움직였다.

로라는 현관문을 노려보았다.

나는 몸이 떨리기 시작했다. 총을 구입한 사람은 엄마였다. 엘라와 나를 이곳에 데려온 사람도. 엄마는 아빠를 죽이고 시신을 숨겼다. 경찰은 이 일에 로라가 관여했는지조차 몰랐다. 따라서 그들이 로라의 이야기를 믿지 않을 이유가 없었다. 로라는 이번에도 교묘하게 빠져나갈 것이다.

"로라, 그건 내 잘못이 아니잖아. 엘라 잘못도 아니고."

"습기 찬 아파트에서 병든 엄마와 함께 보조금을 받아 생활하는 것도 내 잘못은 아니었어."

문밖에서 속닥이는 소리가 들렸다.

로라의 손이 움직였다. 아주 미세하게. 그녀는 방아쇠를 손가락으로 에워쌌다. 얼굴은 창백했고 목 옆쪽에서 맥박이 뛰었다. 그녀 역시 두려워하고 있었다. 우리는 모두 두려웠다.

'로라, 그러지 마.'

나는 문밖에서 발이 조용히 움직이는 소리에 열심히 귀 기울였다. 경찰은 영화에서처럼 문을 박차고 들어올까? 먼저 총을 쏘고 질문은 나중에 할까? 아드레날린이 내 몸을 휘감았고 엘라가 꼼지락대자 온몸이 긴장했다.

엄마는 거칠게 숨을 몰아쉬고 있었다. 진퇴양난이었다. 더이상 달아날 곳도 없었고 할 수 있는 거짓말도 없었다. 엄마는 로라에게서, 그리고 내게서 천천히 뒷걸음질쳤다.

"어디 가시는 거예요? 가만히 계세요!"

엄마는 뒤를 흘끔 보았다. 안전망이 없는 7층의 발코니를. 그리고 용서를 구하듯 나를 보았다. 방 한구석에 무음 상태로 켜놓은 텔레비전처럼 내 머릿속에는 어린 시절의 장면이 가득했다. 내게 책을 읽어주던 엄마, 자전거 타는 법을 가르쳐주던 아빠, 저녁 식사 때 한참 동안 심하게 웃던 엄마, 아래층에서 들려오던 고함, 그에 대꾸하는 아빠의 고성.

경찰은 뭘 기다리는 것일까?

현관의 토끼. 창문으로 날아든 벽돌. 엘라를 안은 엄마. 나를 안은 엄마.

나는 엄마가 무슨 생각을 하는지, 뭘 어떻게 하려는지 퍼뜩 깨달았다.

"엄마, 안 돼요!"

엄마는 계속 걸었다. 아주 천천히. 옆집에서 함성이 터져 나왔다. 파티에 온 사람들은 자정을 향해 카운트다운을 시작했다. 로라는 현관문과 엄마를 미친 듯이 번갈아 보았다. 함성 때문에 정신이 산란해져서 무엇을 해야 할지, 어디를 보아야 할지 모르는 것 같았다.

"10! 9! 8!"

나는 엄마를 따라 발코니로 갔다. 엄마는 다 끝났다는 것을 알고 있었다. 자신이 저지른 일 때문에 감옥에 가게 되리라는 것을 알고 있었다. 나는 엄마를 두 번 잃는 기분이 어떨지 생각했다.

"7! 6!"

층계참에서 무거운 것이 쿵 하는 둔탁한 소리가 났다.

로라는 총을 움직여 나를 겨누었다. 그리고 손가락에 힘을 주기 시작했다. 엄마는 내 뒤에서 울고 있었다. 바람소리가 발코니를 훑고 지나갔다.

"5! 4! 3!" 옆집의 환호성이 더 커졌다. 밖에는 불꽃놀이가 더 많이 보였고 환호와 음악 소리도 더 심해졌다.

"쏘지 마!" 나는 최대한 크게 외쳤다.

그 소리는 정말 컸다. 1,000데시벨도 넘는 것 같았다. 현관문이 경첩에서 빠지더니 굉음을 내며 바닥에 떨어졌다. 그리고 무장한 수많은 경찰이 그 위를 건너왔다. 너무 시끄러웠다. 경찰과 우리에게서 나는 소리와……

"무기 버려!"

로라는 총을 든 채 거실 구석으로 갔다. 엄마의 발이 발코니 가장자리의 깨진 유리를 스쳐 지나갔다. 엄마의 원피스 자락이 펄럭였다. 엄마는 내 눈을 바라보았다.

그리고 가버렸다.

나는 비명을 질렀다. 쉬지 않고 계속 비명을 질러서 내 머릿속에서 나는 소리인지 다른 사람에게도 들리는 소리인지 분간되지 않았다. 엄마의 원피스는 불량 낙하산처럼 부풀어 올랐고 엄마는 계속 회전하며 아래로 곤두박질쳤다. 머리 위에서는 불꽃이 터져 하늘을 금빛과 은빛 줄기로 채웠다.

경찰이 내 옆에 다가와 근심스러운 표정으로 뭐라 말했지만 아무것도 들리지 않았다. 경찰은 나와 엘라에게 담요를 둘러주었다. 그리고 내 등에 손을 얹고 나를 집 안으로 안내했다. 그들은 아파트에서 나가 층계참으로 가는 동안 내 걸음을 재촉했지만 나는 바닥에 엎드린 로라를 보았다. 그녀 옆에는 경찰이 무릎 꿇고 있었다. 로라가 죽었는지 살았는지 알 수 없었지만 아무래도 상관없었다.

구급차에서도 나는 몸을 계속 떨었다. 금발을 양 갈래로 굵게 땋아 어깨 뒤로 넘긴 구급대원은 활기차고 유능했다. 그녀는 내게 주사를 놓았고 잠시 뒤 나는 와인을 한 병 마시고 취한 것 같은 기분이 들었다.

"모유 수유를 하고 있어요." 내가 말했지만 이미 늦었다.

"공황 발작이 오는 것도 아기에게 안 좋아요. 아기가 아드레날린 간접 흡수로 흥분하는 것보다 약간 졸린 게 나아요."

구급차 뒷문이 덜컹거리며 열렸다. 아까 담요를 둘러준 경찰관인 것 같았지만 약 기운 때문에 정신이 흐릿해서 정복을 입은 사람이 모두 똑같아 보였다.

"누가 찾아왔어요." 경찰은 이렇게 말하며 옆으로 비켜섰다.

"경찰이 출입 통제선을 못 지나가게 했어." 마크는 구급차에 올라타더니 내 옆 침대에 반쯤 쓰러지다시피 앉았다. "무슨 일이 벌어지고 있는지 아무도 내게 말해주지 않았어. 너무 무서웠어. 당신이⋯⋯." 마크는 눈물 때문에 목소리가 나오지 않기 전에 말끝을 흐리더니 나와 엘라를 끌어안았다. 엘라는 자고 있었다. 나는 아기가 무슨 꿈을 꾸는지 또다시 궁금해졌다. 혹시 오늘 밤 일로 엘라가 악몽을 꾸지나 않을지.

"애니, 완전 전쟁이었지?" 빌리 삼촌은 미소 지으려 했지만 실패했다. 얼굴에 걱정이 가득했다.

"로라⋯⋯." 나는 입을 열었지만 머리가 너무 무거웠고 입 안의 혀가 너무 크게 느껴졌다.

"충격 완화를 위해 주사를 놓았어요." 구급대원의 목소리가 들렸다. "한동안은 정신이 혼미하고 몸을 가누지 못할 거예요."

"우리도 다 알아." 삼촌이 내게 말했다. "마크가 파티를 취소한다고 하면서 무슨 일이 있었는지 말해줬어. 캐럴라인의 친척과 폭력을 휘둘렀다던 전남편에 대해서도. 이해가 안 되더구나. 캐럴라인은 앤젤라는 친척 이야기를 한 적이 없었고 로라는 쇼군을 빌려갔고⋯⋯."

불과 몇 시간 전에 나는 엘라의 카시트 위로 몸을 숙이고 누워 있었다. 밖에서 보일까봐 두려워하면서 눈에 띄지 않으려고 애쓰고 있었다. 이 생각을 하자 영화나 다른 사람에게 일어난 이야기를 떠올리는 기분이었다. 하지만 그때 느꼈던 공포는 똑같이 떠올릴 수 없었다. 약 기운이 떨어지면 그때의 공포가 똑같이 살아나는 것 아닐까 생각했다. 그리고 그러지 않기를 바랐다.

"나는 빌리를 태우러 갔고 우리는 최대한 빨리 이곳에 왔어."

둘 사이가 뭔가 달라졌다. 더 이상 긴장감이 없었고 깎아내리는 말도 하지 않았다. 하지만 그런 생각을 하기에 나는 너무 피곤했다. 이제 구급대원이 두 사람을 다정하게 밖으로 내보냈고 나를 침대에 눕혔다. 엘라에게도 안전띠를 채웠다. 나는 눈을 감고 잠에 항복했다.

이제 끝이었다.

69

머리

세라는 눈을 감고 있었다. 자는 것처럼 편안한 표정이었다.
손은 무겁고 차가웠다. 머리는 그녀의 종잇장 같은 피부를
엄지손가락으로 쓰다듬었다. 부끄럽다고 생각할 겨를도 없
이 하얀 병원 담요 위로 눈물이 떨어졌고 여름 소나기가 시
작될 때처럼 물에 젖은 검은 자국을 남겼다.

병실에는 침대가 네 개 있었는데 세라의 침대만 빼고 모두
비어 있었다. 간호사는 복도를 조심스레 맴돌며 지극히 사적
인 순간을 보내는 머리를 혼자 있게 해주었다. 그가 쳐다보
자 간호사가 다가왔다.

"원하는 만큼 계셔도 돼요."

머리는 세라의 머리를 쓰다듬었다. 시간. 시간은 가장 소중
했다. 그와 세라가 함께 보낸 시간이 얼마나 될까? 며칠이나
될까? 몇 시간, 몇 분일까?

충분하지 않았다. 아무래도 충분할 수 없었다.

"말을 걸어보세요. 내키시면 말이에요."

"내 목소리가 들릴까요?" 머리는 얌전히 오르내리는 세라의 가슴팍을 보았다.

"그건 확실치 않지만 혹시 모르니까요." 사십대로 보이는 간호사의 검은 눈동자는 온화했고 목소리에는 연민이 가득했다.

머리는 아내의 몸을 구불구불 지나가는 관과 선을 눈으로 쫓아갔다. 수많은 생명 유지 장치와 연결된 것들이었다. 통증 완화를 위한 모르핀이 떨어지는 정맥 주사도 있었다.

병원 상담사는 때가 되면 모르핀 용량을 늘릴 것이라고 했다.

구급차로 병원에 오기까지는 몇 분밖에 걸리지 않았지만 그 시간이 너무 길게 느껴졌다. 그 이후 며칠 동안 머리는 간호사, 상담사, 기계, 서류 작성 같은 일로 정신없는 와중에도 사고 현장에 있었던 것처럼 그 순간을 그려보려 애썼다.

주방에는 의자가 뒤집혀 있었고 세라가 쓰러진 싱크대 옆에는 유리잔이 깨져 있었다. 휴대전화는 세라 옆 타일 바닥에 있었다. 머리는 억지로 이미지를 하나하나 떠올려보았다. 그럴 때마다 피부를 면도날로 긋는 것 같았다.

니샤는 그에게 제발 그만하라고 했다. 그녀는 오븐에서 꺼낸 지 얼마 안 되어 아직 뜨거운 음식을 은박지에 싸 와서 병원 면회 사이 잠깐 비는 시간에 머리를 만났다. 그녀는 정확히 무슨 일이 있었는지 아무도 모르는 사고에 관해 머리가 괴로워하며 자세히 설명하는 것을 들었다. 그리고 그의 손을 잡고 함께 울었다. "왜 이렇게 자기를 괴롭히세요?"

"내가 그 자리에 없었으니까." 머리가 말했다.

니샤의 뺨에 눈물이 흘러내렸다. "이건 막을 수 없는 사고였어요."

의사는 '뇌동맥류'라고 했다.

세라는 혼수상태에 빠졌다고.

최선을 기대하되 최악에 대비하라고 했다.

그런 다음 '죄송합니다. 더 이상 손 쓸 방법이 없습니다'라고 했다.

병원에서는 세라가 아무것도 느낄 수 없을 거라고 했다. 마땅히 그래야 한다는 듯. 그럴 수밖에 없다는 듯.

머리는 입을 벌렸지만 말이 나오지 않았다. 가슴이 너무 아파서 심장이 산산조각 나는 것 같았다. 그는 간호사를 보았다. "무슨 말을 해야 할지 모르겠어요."

"뭐든 말씀해보세요. 날씨라든지요. 아침에 뭘 드셨는지. 일할 때 힘드셨던 점도 좋고요." 간호사는 머리의 어깨에 손을 얹고 가볍게 힘을 준 다음 손을 뗐다. "생각나는 건 뭐든 말씀해보세요."

그녀는 머리와 세라가 있는 곳에서 가장 멀리 떨어진 구석으로 가서 담요를 개고 빈 병상 옆 철제 벽장 안의 물건을 정리했다.

머리는 아내를 보았다. 손가락 하나로 그녀의 이마를 쓸어내렸다. 그러자 걱정스러운 듯 찡그리고 있던 주름이 펴졌다. 그는 계속해서 아내의 콧날을 손가락으로 쓰다듬었다. 세라의 목에 끼운 관과 연결된 플라스틱 마스크를 빙 둘러 뺨과 목을 쓰다듬었다. 귓바퀴도 쓰다듬었다.

'생각나는 건 뭐든 말씀해보세요.'

그의 뒤에서 기계 진동하는 소리가 계속 들렸다. 이 규칙적인 소리는 집중 치료실의 언어와 다름없었다.

"그 자리에 없어서 미안해……." 머리가 말을 꺼냈지만 말은 흐느낌이 되었고 눈앞이 부옇게 흐려져서 더 이상 보이지 않았다. 두 사람은 얼마나 많은 시간을 함께 보냈던가? 이런 일이 일어나지 않았다면 얼마나 많은 시간이 남아 있었을까? 머리는 흰색 대신 노란색 드레스를 골라 입은 결혼식 날의 세라를 떠올렸다. 집을 샀을 때 기뻐하던 그녀의 모습도 떠올렸다. 그녀의 축 늘어진 손가락을 잡자 흙이 낀 손톱이 떠올랐다. 병원 침대 위에 누운 창백한 얼굴이 아니라 아침에 정원을 가꾸고 나서 빨갛게 상기된 얼굴이 떠올랐다.

둘이 함께한 시간이 충분하지는 않았지만 그 시간은 머리에게 세상 전부였다.

그의 세계이자 두 사람의 세계였다.

머리는 목소리를 가다듬고 간호사를 보았다. "준비됐어요."

잠시 적막이 흘렀다. 머리는 간호사가 '아직은 안 돼요. 아마 한 시간 뒤쯤 가능할 거예요'라고 말하기를 반쯤 바랐다. 그러면서도 정말 그렇게 말한다면 견딜 수 없으리라는 것을 알았다. 시간을 더 가진다고 해서 쉬워질 일이 아니었다.

간호사는 고개를 끄덕였다. "크리스티 박사님을 모셔올게요."

더 이상 이야기는 오가지 않았다. 의료진은 세라가 유리로 만들어지기라도 한 듯 조심스럽게 목의 관을 제거했다. 그리고 스스로 뛸 수 없을 정도로 약해진 심장 박동을 유지해주던 바퀴 달린 기계를 밀어냈다. 그들은 필요할 때에 대비해 바로 밖 복도에 있겠다고 했다. 그러니 두려워하거나 외로워하지 말라고.

그리고 머리만 남겨두고 나갔다.

머리는 반평생 동안 사랑한 여자 옆 베개에 자기 머리를 뉘였다. 그리고 그녀의 가슴팍이 간신히 알아볼 정도로 약하게 오르내리는 것을 보았다.

미동도 하지 않을 때까지.

70

애나

"애나! 여기 좀 봐주세요!"

"어머니가 사망한 심경에 대해 한 말씀 해주세요!"

마크는 내 등에 손을 대고 나를 길 건너로 데려갔다. 그러면서 내게 낮은 목소리로 말했다. "눈 마주치지 마⋯⋯. 계속 앞만 봐⋯⋯. 이제 거의 다 됐어⋯⋯." 보도에 이르자 그는 내 등에서 손을 떼고 유모차 바퀴를 들어 도로 경계석 위로 올렸다.

"헤밍스 씨, 백만장자 애나 존슨 씨의 어떤 점에 가장 먼저 끌렸습니까?"

그 말에서 웃음기가 느껴졌다.

마크는 주머니에서 열쇠를 꺼내 대문을 열었다. 누군가가 철제 울타리에 셀로판지로 만든 꽃다발을 걸어두었다. 아빠를 위한 것일까? 아니면 엄마? 혹시 나? 마크는 내가 유모차를 밀고 들어갈 수 있을 정도로만 대문을 열었다. 그때 〈더 선〉 기자가 우리 앞을 막아섰다. 그가 〈더 선〉 기자라는 것을 아는 이유는 지난 일주일 동안 매일 직접 그렇게 말했기 때문이다. 그리고 그가 입은 양털 옷 지퍼 위로 모서리가 닳은 사원증이 매달려 있었기 때문이다. 그런 식으로 프로 근성을 은근히 알리면 매일 괴롭히는 일이 정당화되기라도 하는 듯.

"여기는 사유지입니다." 마크가 말했다.

기자는 아래를 보았다. 흠이 난 갈색 장화가 절반은 보도를, 절반은 우리 집 진입로를 덮은 자갈을 밟고 있었다. 그는 발을 옮겼다. 고작 몇 센티미터였지만 더 이상 무단 침입은 아니었다. 그는 내 얼굴에 아이폰을 들이밀었다.

"애나, 짧게 한마디만 부탁합니다. 그럼 다시 오지 않겠습니다." 그의 뒤에 한 사람이 더 있었다. 기자보다 나이가 많아 보이는 그 사람은 카메라 두 대를 기관총처럼 메고 있었다. 파카 주머니는 렌즈, 플래시, 배터리 때문에 축 처져 있었다.

"내버려두세요."

이 말이 실수였다. 곧 수첩과 휴대전화가 버스럭대는 소리가 났다. 내가 침묵을 깬 것을 신호탄으로 받아들인 기자들이 몰려들었다.

"당신 입장을 풀어놓을 기회입니다."

"애나! 이쪽을 봐주세요!"

"애나, 어릴 때 어머니는 어떤 분이었나요? 당신에게도 폭력을 행사했나요?" 이 마지막 한마디부터 목소리가 커졌다. 그러자 이제 모두 소리치고 있었다. 모두 자기 말을 듣기를 원했다. 모두 특종을 간절히 원했다.

로버트가 자기 집 현관문을 열고 가죽 실내화를 신은 채 계단을 내려왔다. 그는 우리를 향해 가볍게 고개를 끄덕였지만 눈은 기자들에게 고정되어 있었다. "어서 꺼지지 못해?"

"당신이나 꺼지지 그래?"

"저 사람 누구야?"

"아무도 아니야."

기자들의 주의를 흩뜨려놓기에는 이 정도로 충분했다. 나는 로버트에게 고맙다는 눈빛을 건넸다. 등에 손을 대고 나를 미는 마크의 손길이 다시 느껴졌다. 유모차 바퀴가 자갈 위를 구르자 마크는 대문을 닫고 열쇠로 잠갔다. 플래시가 네 번 터졌다.

또 사진이 찍혔다.

창백하고 불안한 내 사진이 또 찍혔다. 사생활 보호를 위해 덮개에 담요를 씌운 엘라의 유모차 사진이 또 찍혔다. 꼭 필요한 일로 안전한 집을 떠날 때 차에 타고 내리는 우리를 어두운 표정으로 호위하는 마크의 사진이 또 찍혔다.

전국 단위의 신문에서는 이미 5면쯤으로 밀려났지만 지역 신문의 1면은 아직도 우리 차지였다. 신문에는 울타리 사이로 찍은 우리 사진이 실렸다. 우리가 철장에 갇힌 듯한 모습이었다.

집으로 들어온 마크는 커피를 끓였다.

경찰은 우리에게 잠시 다른 곳에 머물다 오라고 했다.

"며칠이면 될 겁니다." 케네디 경사가 말했다.

내가 진술을 마친 직후였다. 창문 하나 없는 방에서 이 일이 정말 싫다는 표정의 여자 형사와 거의 여덟 시간을 보낸 뒤였다. 그 일이 싫은 사람은 그녀만이 아니었다.

집으로 돌아가자 아빠의 살해 현장인 주방에는 출입 통제선이 쳐져 있었고 흰 옷을 입은 과학 수사대가 구석구석에서 면봉으로 표본을 채취하고 있었다.

"제 집은 이곳이에요. 아무 데도 가지 않을 거예요." 내가 말했다.

경찰은 타일 사이의 회반죽에서 아빠의 혈흔을 찾았다. 로라와 엄마가 바닥에 표백제를 들이부었는데도. 그동안 나는 계속 그 피를 밟고 있었다. 진작 봤어야 했는데. 진작 알았어야 했는데.

우리가 주방을 온전히 사용할 수 있기까지는 사흘이 걸렸고 경찰이 정원에서 철수하기까지는 그 뒤로 꼬박 하루가 더 걸렸다. 마크는 주방 유리문에 커튼을 쳐서 잔디에 쌓인 흙더미를 내가 보지 못하게 해주었고 집 앞쪽 덧문을 모두 닫아서 특종에 혈안이 되어 길에 진을 친 기자들의 망원 렌즈를 피했다.

"오늘은 좀 줄어들었는데?" 그가 말했다. "주말쯤 되면 아무도 안 올 거야."

"재판 때 다시 나타나겠죠."

"그건 그때가 되면 생각하자고." 마크는 내게 김 나는 커피를 건넸고 우리는 식탁에 앉았다. 나는 집 안 가구 배치를 바꾸었다. 탁자를 옮기고 안락의자 두 개를 다른 것으로 교체했다. 이렇게 조금씩 바꾸다 보면 언젠가 기억이 떠오르지 않기를 바라면서. 이곳에서 무슨 일이 있었는지 머릿속으로 그리지 않기를 바라면서.

마크는 우편물을 꼼꼼하게 살피더니 대부분 뜯어보지도 않고 재활용 물품을 쌓아둔 곳에 갖다놓았다. 마크가 주울 때까지 진입로를 어지럽히고 있던 기자들의 쪽지와 함께.

'판권을 독점하는 대가로 현금을 지불하겠습니다.'

출판사와 저작권사에서도 제안해왔다. 영화사와 리얼리티 텔레비전 쇼에서도. 안타까움을 표한 카드, 상조회 전단, 캠페인과 기금 조성에 열심이던 위원회 회원 캐럴라인 존슨이 남편을 살해했다는 소식에 충격을 받은 이스트본 주민들의 편지도 있었다.

그것들은 모두 쓰레기통으로 직행했다.

"곧 사라질 거야."

"알아요." 기자들은 군침이 도는 다른 이야기로 갈아탈 것이고 나는 언젠가는 친구에게 수군대는 사람들 없이 이스트본을 돌아다닐 수 있을 것이다. '저 여자가 존슨 부부 딸이야.'

언젠가는.

마크는 목소리를 가다듬었다. "할 말이 있어."

그의 얼굴을 보자 배 속이 요동치며 불안해졌다. 멈춤 버튼이 없는 엘리베이터가 바닥으로 곤두박질치는 기분이었다. 나는 새로운 소식이나 놀라운 소식을 더 이상 받아들일 수 없었다. 남은 평생 동안 매일 매 시간에 일어나는 일만 알면서 살고 싶었다.

"전에 경찰이 캐럴라인과 내가 만나기로 했다는 약속에 대해 물어봤을 때 말이야……" 그는 커피 잔을 물끄러미 바라보며 한동안 말이 없었다.

나는 아무 말도 하지 않았다. 귀에서 심장 두근대는 소리가 들렸다.

"거짓말했어."

발아래 땅에 금이 가서 갈라지고 움직이며 뭔가가 달라지는 기분을 다시 한 번 느꼈다. 말 한마디에 또다시 인생이 달라지는 기분을.

거짓말 한마디에.

"당신 어머니를 만난 적은 없어." 그는 고개를 들고 내 눈을 바라보려 했다. "하지만 통화한 적은 있어."

나는 침을 꿀꺽 삼켰다.

"당신과 첫 상담이 끝날 때까지는 연관을 몰랐어. 그러다가 내 수첩을 찾아보니 당신 어머니 이름이 있었어. 그녀가 전화했던 게 기억나. 남편이 죽었고 그 일을 헤쳐 나가는 데 도움이 필요하다고 했던 것도. 하지만 그녀는 나타나지 않았고 그 순간까지 나는 까맣게 잊고 있었던 거야."

"왜 내게 말하지 않았어요?"

마크는 마라톤을 완주한 사람처럼 숨을 내쉬었다. "내담자의 비밀을 유지해야 하는데?" 마크의 목소리에는 의문이 가득했다. 자기 말이 터무니없다는 것을 스스로 잘 아는 것 같았다. "그리고 당신이 다른 상담소로 가는 걸 원치 않았어."

"그걸 왜 원치 않았는데요?" 나는 답을 알면서도 물었다.

마크는 내 손을 잡더니 손목 안쪽을 엄지손가락으로 문질렀다. 그가 살짝 누른 부분의 피부가 하얘지고 강의 지류처럼 푸른 핏줄이 보였다. "그때 이미 당신을 사랑하고 있었으니까."

마크가 몸을 숙이자 나도 숙였다. 우리는 몸을 숙인 채 식탁 가운데에서 어색하게 만났다. 나는 눈을 감고 마크의 부드러운 입술과 내 숨결에 포개지는 그의 따뜻한 숨결을 느꼈다.

"미안해." 그가 속삭였다.

"괜찮아요."

나는 그가 왜 그랬는지 알았다. 그가 옳았다. 알았다면 나는 다른 곳으로 상담받으러 갔을 것이다. 엄마가 마음을 털어놓기 위해 선택한 남자에게 내 마음의 짐을 털어놓는다는 것은 기분이 이상할 테니까. 그리고 내가 다른 상담소로 갔다면 엘라는 태어나지 않았을 것이다.

"하지만 이제부터 비밀은 없어야 해요."

"이제 비밀은 없어." 마크가 말했다. "새롭게 시작하는 거지." 그는 머뭇거렸다. 나는 그가 털어놓고 싶은 말이 또 있는 것이 아닐까 잠시 생각했다. 하지만 그는 주머니에서 작은 벨벳 상자를 꺼냈다.

그리고 내 눈을 바라보며 의자에서 내려가 한쪽 무릎을 꿇었다.

71

머리

"한 번만 더요."

나란히 서서 카메라를 향해 악수하는 포즈를 취하는 것은 정말 어색했다. 머리는 그 사이로 액자에 넣은 표창장을 들고 있었다.

"다 됐습니다."

사진사의 말이 끝나자 서장은 다시 머리와 악수하며 진심 어린 따뜻한 미소를 지었다. "오늘 밤에 축하 파티라도 하나요?"

"그냥 친구들이나 몇 명 만나려고요."

"아무렴 그래야죠. 정말 훌륭했어요, 머리."

서장은 한쪽으로 비켜서서 머리에게 관심이 집중되도록 했다. 연설하는 것은 아니었지만 머리는 어깨를 펴고 표창장을 앞으로 들었다. 서장이 손뼉을 치기 시작하자 방 안에 박수 소리가 가득해졌다. 탁자 몇 개 뒤에 앉아 있던 니샤가 환한 얼굴로 그를 향해 양쪽 엄지손가락을 추켜올리더니 다시 열심히 손뼉 쳤다. 문 가까이에서 박수를 보내는 사람도 있었다. 로어 미즈의 안내데스크에서 일하는 늘 심각한 표정의 존마저도 그랬다.

머리는 이들 틈에 세라가 앉아 있는 모습을 잠시 그려보았다. 그녀는 밝은 색의 풍성한 리넨 원피스를 입고 스카프를 목에 두르거나 머리에 묶었을 것이다. 그리고 벅찬 표정으로 미소 지은 채 방 안을 둘러보며 사람들과 눈을 마주쳐 자신이 얼마나 자랑스러워하는지 알리고 싶어 했을 것이다.

머리는 눈이 시큰해졌다. 괜히 표창장을 돌려서 읽는 척했다. 그렇게 눈을 힘주어 깜빡이며 눈물이 들어갈 때까지 기다렸다. 그는 세라의 좋았던 모습을 떠올리자고 다시 한 번 마음을 다잡았다. 세라가 살아 있었더라도 오늘 이 자리에 오지 못했을 가능성이 있었다. 하이필드에 있거나 집에서 이불을 뒤집어쓰고 있느라 오늘 머리와 함께 오지 못했을 수 있었다. 그가 은퇴 전 마지막으로 표창장을 받는 자리에.

C6821(경찰 내부의 개인 식별 코드) 머리 매켄지는 헌신적인 노력과 끈기와 뛰어난 수사력으로 탐 존슨이 살해되었다는 사실을 알아냈고 용의자 둘을 찾아내는 데 기여했다. 그는 이러한 공헌으로 경찰이 지향하는 가치를 훌륭하게 드높였다.

'용의자 둘을 찾아내는 데.' 아주 신중하게 쓴 대목이었다. 머리는 캐럴라인 존슨을 재판장에 세우지 못하게 되어 유감이었다. 그녀는 그때까지 딸에게 말하지 못한 비밀을 모두 간직한 채 마크 혜밍스의 7층 아파트 발코니에서 뛰어내려 모여 있던 구경꾼들 앞에 떨어졌다. 사람들은 그녀의 몸이 바닥에 떨어지던 장면을 평생 잊지 못할 것이다.

로라 반스는 재판을 기다리며 재구류 중이었다. 그녀는 심문에서 묵비권을 행사했지만 체포할 때 경찰이 착용하고 있던 바디캠에 현장에서 그녀가 자신의 죄를 시인한 장면이 찍혔다. 제임스는 이 기록과 자신의 팀이 로라를 기소하기 위해 수집한 증거 정도면 유죄가 인정되리라고 확신했다. 로라는 흔적을 잘 없앴지만 폰즈포올에서 휴대전화를 구매한 시점에 브라이튼의 차량 번호판 자동 인식 카메라에 그녀의 차가 찍혔다. 음성 감식 전문가는 상황실로 전화를 건 '다이앤 브렌트-테일러'의 목소리가 로라의 목소리와 일치한다고 확인해주었고 그 점을 증언하기 위해 법정에 전문가 증인으로 출석할 예정이었다.

머리는 재판을 방청하지 않을 생각이었다.

박수가 잦아들었다. 머리는 사람들을 향해 감사의 의미로 고개를 끄덕여 인사한 다음 낮은 단상에서 내려왔다. 서장의 마침 인사말을 들으며 자리로 돌아가고 있을 때 션 다울링이 보였다. 그는 머리와 함께 일할 때 같은 팀이었던 경사와 앉아 있었다. 경사는 현재 션과 첨단 범죄 수사국에서 일했다. 머리가 다가가자 두 사람은 동시에 일어났다. 그들은 천천히 다시 박수를 보내기 시작했다. 그러자 그들이 앉아 있던 탁자의 다른 사람들도 손뼉을 쳤다. 머리가 방 중앙으로 가자 의자 밀리는 소리가 났고 점점 많은 사람이 움직였다. 지난

544

세월 동안 함께 일했던 친구들과 동료들이 차례로 일어나 그에게 기립 박수를 보냈다. 북소리 같은 박수 소리는 점점 빨라졌다. 머리의 걸음걸이보다 빨랐지만 심장 박동보다 빠르지는 않았다. 그는 이곳에 있는 사람들에게 고마워서 가슴이 터질 것 같았다.

그의 경찰 가족들에게.

자리에 앉은 머리의 얼굴은 매우 상기되어 있었다. 마지막으로 환호성이 터졌고 서장이 마무리하자 의자 밀리는 소리는 더 이상 들리지 않았다. 머리는 모든 사람의 눈이 자신이 아닌 다른 사람에게 향해 있다는 데 안도했다. 그는 이때를 틈타 표창장을 다시 읽었다. 경찰 생활을 하며 세 번째 받는 표창장이었지만 민간인으로서는 처음이었다. 처음이자 마지막이었다.

"정말 잘했어, 친구."

"대단했어."

"언제 맥주 한잔할까?"

저녁의 공식 행사가 끝나자 머리의 옛 동료들은 방 뒤쪽에 마련된 뷔페로 몰려갔고 지나가면서 머리의 등을 두드렸다. 내부 행사에 음식을 준비하는 경우는 좀처럼 없었다. 경찰의 특성상 기회가 될 때 너무 많이 먹어치우기 때문이었다. 니샤가 인파를 헤치고 다가와서 머리에게 어깨동무하며 속삭였다.

"세라가 무척 자랑스러워할 거예요."

머리는 말을 제대로 못할 것 같아서 고개만 열심히 끄덕였다. 니샤의 눈에 눈물이 반짝였다.

"제가 잠깐 끼어들어도 되는지……." 정복을 입은 리오 그리피스가 다이어트 콜라를 들고 있었다. 넥타이에 소시지빵 부스러기가 떨어져 있는 것으로 보아 뷔페 맨 앞줄에 섰던 것 같았다.

머리는 리오가 내민 손을 잡고 악수했다.

"축하합니다."

"고맙네."

"대단한 행사예요." 리오는 방 안을 둘러보았다. "마지막으로 참석했던 표창 행사에서는 미지근한 오렌지 스쿼시와 비스킷 하나씩이 전부였죠."

"이번에는 두 행사가 합쳐지지 않았나. 표창 행사이자 은퇴식이지. 규모의 경제랄까." 머리는 경정이 좋아하는 어려운 말을 쓰며 진지하게 말했다. 니샤는 웃음을 애써 참았다.

"맞아요. 사실 그 이야기를 하고 싶어서 왔어요."

"규모의 경제 말인가?"

"은퇴식 말이에요. 미해결 사건 검토팀에서 일할 민간인 수사관을 모집한다는 광고 보셨나 해서요."

머리는 그것을 보았다. 사실 서장을 포함해 최소 일곱 명에게서 그 이야기를 들었다.

"머리에게 딱 맞는 일이라고 생각하고 있었어요." 서장이 말했다. "뛰어난 수사력을 좋은 일에 사용할 기회예요. 미숙한 팀원들의 기량을 높일 수 있는 기회이기도 하고요. 이번에는 공식적으로요." 그녀는 날카로운 표정으로 마지막 말을 덧붙였다. 존슨 사건이 잘 풀린 덕분에 머리가 규정을 위반한 일은 적당히 넘어갔다. 하지만 그가 계속 일을 하고 싶어 할 경우 다시는 그런 일이 일어나지 않도록 확실히 해두어야 했다.

머리는 더 이상 일하고 싶지 않았다. 경찰서에 남고 싶은 마음이 전혀 없었다.

"고맙네, 리오. 하지만 난 사직서를 제출했어. 이제 은퇴하고 즐기고 싶네. 여행이나 다닐까 해." 머리는 계약금을 치른 반짝이는 새 캠핑카를 떠올렸다. 다음 주에 찾으러 갈 예정이었다. 캠핑카를 구입하느라 연금의 상당 부분을 썼지만 그만한 가치는 충분했다. 캠핑카 안에는 주방, 작은 욕실, 2인용 침대, 접이식 탁자가 있는 안락한 거실이 있었고 핸들도 엄청나게 커서 트럭을 운전하는 기분을 느낄 수 있었다.

그는 기다릴 수 없었다. 경찰 동료들이 그에게 잘해주었지만 이제 자립심을 가질 때였다.

"근사하군요. 하지만 붙잡으려 했다고 우리를 원망하진 않으실 거죠? 그런데 어디로 가시게요?"

머리가 은퇴 계획을 밝힌 몇 주 사이에 몇몇 사람이 같은 질문을 했다. 그때마다 머리의 대답은 같았다. 오랜 세월 동안 그는 다른 사람의 시계에 맞춰 살았다. 세라가 하이필드에서 지낸 기간, 그녀의 상태가 좋은 날과 나쁜 날에 맞춰서. 아침 교대, 낮 교대, 밤 교대에 맞춰서. 초과 근무와 주말 근무를 하면서. 보고하고 보고받으면서. 머리의 은퇴 계획에는 시계가 없었다. 달력도 없었고 계획도 없었다.

"가고 싶은 곳 어디든."

72

애나

갓 깎은 잔디의 신선한 냄새가 가득했다. 아직 추웠지만 날씨가 좋아질 조짐이 가까이에서 느껴졌다. 나는 엘라의 유모차를 유아용으로 바꾸었다. 유모차에 태우자 엘라는 기분 좋은 듯 옹알이했다. 나는 리타를 불러 목줄을 채웠다.

"저는 방해되지 않게 나가 있을게요. 필요하면 전화해주세요."

"걱정 마세요. 주방에 있는 물건 중에 버려야 할 것 있나요?"

오크 뷰는 바삐 움직였다. 이사 센터 직원 다섯 명이 각자 한 구역씩 맡았고 짐을 꾸린 상자가 이미 산처럼 쌓였다.

"주전자만 버려주세요." 차, 두루마리 휴지, 접시와 머그잔 몇 개 등 당장 필요한 것들은 상자에 따로 넣어 내 차에 실어 두었다. 새 집에 가서 짐 푸는 시간을 줄이기 위해서였다.

나는 걸어가는 동안 고양이, 개, 나무에 걸린 풍선을 가리키며 엘라에게 이야기했다. 우리는 존슨즈 자동차 앞마당을 지나갔지만 잠깐 멈춰 빌리 삼촌과 눈인사만 했다. 삼촌은 손을 흔들었고 나는 몸을 숙여 엘라의 손을 흔들었다. 삼촌은 새로 온 영업 사원과 이야기하느라 바빴고 나는 그것을 방해하고 싶지 않았다.

가게 앞마당은 멀끔해 보였다. 박스터는 봄기운이 돌기 무섭게 팔렸다. 그 자리에는 스포츠카 두 대가 전시되어 있었는데 지붕이 열려 있고 보닛이 반짝였다. 결국 빌리 삼촌은 내가 곤경에 빠진 사업을 구제하도록 허락했고 나는 당분간만이라도 꾸려갈 수 있도록 현금을 투자했다. 마크는 내가 제정신이 아니라고 생각했다.

"자선 사업이 아니라 사업이라고." 그는 이렇게 말했다.

하지만 단순한 사업이 아니었다. 존슨즈 자동차는 내 과거이자 우리의 현재였고 엘라의 미래였다. 할아버지가 자신의 아버지에게서, 빌리 삼촌과 아빠가 할아버지에게서 물려받은 사업이었다. 이제 그 사업이 나와 빌리 삼촌에게 왔고 우리는 사업이 회복세에 접어들 때까지 빚은 지지 않을 정도로 유지해야 했다. 엘라가 이 일을 계속하고 싶어 할지 누가 알겠는가? 물론 그건 엘라에게 달렸지만 존슨즈 자동차가 내 눈앞에서 도산하게 놔두지는 않을 것이다.

우리는 바닷가를 거닐었다. 나는 부두를 보며 부모님과 이곳에 왔던 때를 떠올렸다. 그러자 지난 삼 개월간 내 안에 가득했던 분노 대신 주체할 수 없는 슬픔이 밀려왔다. 이것이 더 나아진 상태인지 궁금해서 다음번에 상담받으러 가면 상담사에게 이야기하자고 기억해두었다. 나는 다시 '누군가를 만나고' 있었다. 마크가 소개한 사람은 아니었다. 그것은 기분이 너무 이상할 듯했다. 하지만 벡스힐의 여성 상담사는 사려 깊고 다정했으며 말하기보다는 주로 들었고 상담이 진행될수록 내가 감정을 조금씩 더 강하게 느끼도록 했다.

바닷가에서 빠져나가는 옆길 아래로 베란다가 딸린 작은 집이 줄지어 있었다. 보도가 고르지 못해 유모차가 덜컹대자 엘라의 옹알이가 늘어났다. 엘라는 이제 말과 비슷한 소리를 냈고 나는 엘라가 새로운 말을 할 때마다 잊기 전에 적어두자고 다시 한 번 생각했다.

5번지에서 멈추고 초인종을 눌렀다. 혹시나 해서 열쇠를 가지고 있었지만 사용한 적은 한 번도 없었다. 마크가 문을 열었을 때 나는 이미 몸을 숙여 엘라를 유모차에서 꺼내고 있었다.

"이사는 잘돼가고 있어?"

"겉보기에는 엉망진창인 것 같지만 체계적으로 잘돼가고 있어요. 우리가 좀 일찍 왔죠? 하지만 이사 센터 직원들에게 방해가 되는 것 같아서……." 나는 엘라에게 입을 맞추고 한동안 꼭 끌어안은 다음 마크에게 건넸다. 아직 이 상황이 익숙하지 않았지만 매번 조금씩 나아지고 있었다. 격주 주말과 주 중에 하루 같은 공식적인 약속은 하지 않았다. 우리 둘은 따로 살지만 함께 부모 노릇을 하고 있었다.

"괜찮아. 당신도 잠깐 있다 갈래?"

"난 집에 가보는 게 좋겠어요."

"엘라는 내가 내일 이사한 집으로 데리고 갈게."

"그때 집 구경시켜줄게요!"

우리는 잠시 서로 눈을 바라보았다. 그동안 있었던 일과 이 상황이 얼마나 낯설고 이상한지 다 안다는 눈빛이었다. 나는 엘라에게 다시 입 맞추고 아이를 아빠에게 두고 떠났다.

결국 그 일은 쉬웠다.

"나와 결혼해주겠어?"

나는 대답하지 않았다. 마크는 기대감에 차서 기다렸다. 희망을 가지고.

엘라가 아장아장 걸으며 화동을 하고 성당 제대에 그와 함께 서 있는 모습을 상상해보았다. 돌아서서 하객들을 바라볼 때를 상상해보았다. 그러자 아빠가 없다는 상실감이 새삼스레 느껴졌다. 물론 빌리 삼촌이 나와 함께 입장할 것이다. 아빠는 아니었지만 아빠와 가장 가까운 존재였다. 삼촌이 있어서 다행스러웠다.

친구들과 이웃들도 하객석을 채울 것이다.

로라는 없을 테고.

그것은 슬프지 않았다. 로라의 재판 날짜가 정해졌고 나는 재판에서 그녀에게 불리한 증언을 해야 한다는 생각만으로도 이미 악몽을 꾸고 있었다. 피해자 지원 센터에서는 절차를 알려주었다. 나는 증인석에 혼자 나가야 하지만 나를 뒷받쳐주는 사람들이 있다는 것을 알았다. 로라가 유죄 판결을 받으리라고 확신했다.

로라는 용서를 구하는 편지를 두 번 보냈다. 재구류 중인

죄수들은 재판 증인과 연락하는 것이 금지되어 있었지만 그녀는 우리 둘 다 아는 사람을 통해 편지를 전달했다. 그 지인은 우정에 눈이 멀어 로라가 기소당한 그런 짓을 정말로 저질렀다고 믿지 않았다.

편지는 길고 과장이 심했다. 편지에서 로라는 우리가 함께한 지난날과 우리에게는 서로뿐이었다는 사실을 들먹였다. 우리 둘 다 어머니를 잃었다는 사실도. 나는 편지를 감정적 차원이 아닌 보험 차원에서 가지고 있었다. 하지만 경찰에게 보여주지는 않았다. 로라가 내게 편지를 쓴 것은 위험을 감수한 짓이었지만 내가 경찰에게 알리지 않으리라는 것을 알았을 테니 그리 큰 위험은 아니었다. 로라는 나를 너무 잘 알았다.

엄마가 내 결혼식에 없다는 사실도 슬프지 않았다. 엄마 때문에 아무리 상담을 많이 받아도 줄어들지 않을 증오가 내 마음속에 단단히 뭉치게 되었다는 생각 때문이었다. 하지만 내가 엄마를 미워하는 것은 엄마가 아빠를 죽였기 때문이 아니었다. 물론 시작은 그것이었지만. 엄마가 죽었다는 거짓말로 나를 슬픔에 빠뜨려서도 아니었다. 엄마가 그 후에 한 거짓말 때문이었다. 아빠와의 결혼 생활에 대한 일부 진실만을 가지고 꾸며낸 이야기 때문이었다. 아빠가 알코올 의존자였다는 것을 내가 믿게 하려고 지어낸 이야기였다. 엄마가 아빠를 때린 것이 아니라 아빠가 엄마를 때렸다고. 내가 다시 엄마를 믿게 만들려고.

"응?" 마크가 재촉했다. "해주겠어?"

나는 혀끝에서 맴도는 '싫다'는 말이 우리 결혼식에 누가 참석하고 말고에 대한 답이 아니라는 것을 깨달았다.

"우리에게 엘라가 없었다면요," 내가 말했다. "그래도 우리가 계속 함께였을까요?"

마크는 잠시 말이 없었다. 아니, 꽤 오랫동안. "물론, 그랬을 거야." 나는 그의 눈을 바라보았고 잠시 우리는 그렇게 있었다. 그는 시선을 피하며 눈은 웃지 않은 채 엷게 미소 지었다. "아마 그랬겠지."

나는 그의 손을 잡았다. "'아마'로는 충분하지 않은 것 같아요."

오크 뷰는 빨리 팔렸다. 아이가 셋인 가족이었는데 그들은 이 집에서 일어난 일을 감당하는 대가로 시세보다 훨씬 싼 가격에 구입했다. 그들이 이 집을 웃음과 시끌벅적한 소리로 가득 채우기를 바랐다. 푸트니에 있는 마크의 아파트도 팔려고 내놓았고 당분간 그가 이스트본에 머물기 때문에 우리는 계속해서 엘라를 함께 키울 수 있었다.

'거래 완료' 표지판이 세워졌을 때 나는 울었다. 하지만 잠시뿐이었다. 나는 클리블랜드가에 머물고 싶은 생각이 없었다. 이웃들은 소름 끼치도록 불쾌한 호기심이 깃든 시선으로 나를 보았고 외지에서 온 사람들은 집 앞을 지나 갈 길을 가면서 보이지도 않는 정원 쪽을 빤히 바라보았다.

로라와 엄마는 아빠의 시신과 함께 깨진 술병을 정화조 안에 버렸다. 와인 병목에 엄마의 지문이 묻어 있었다. 로라가 그토록 조심스럽게 집어서 정화조에 던진 유리 조각에는 로

553

라의 지문이 묻어 있었다.

정화조는 철거한 지 오래였다. 로버트의 집 확장 공사가 진행 중이었고 그는 불편을 끼치는 대가로 오크 뷰의 새로운 주인에게 3,000파운드라는 달콤한 당근을 내밀었다. 하지만 새로운 집 주인에게는 엄마의 장미 화단을 교체할 계획이 없었다. 대신 그는 축구 골대와 정글짐을 구입 목록에 넣었다.

나는 오크 뷰로 돌아갔다. 유모차를 밀지 않으니 손이 허전했다. 검은색과 흰색이 섞인 고양이가 내 앞에서 지나가자 리타의 목줄이 팽팽해졌다. 있지도 않은 엘라에게 고양이를 가리킬 뻔했으나 간신히 참았다. 그러면서 엘라가 나와 계속 함께 있지 않은 데 익숙해질 수 있을지 궁금했다.

나는 가족과 살던 집과 최대한 다른 집을 샀다. 침실이 세 개 있는 깔끔하고 현대적인 사각형 집이었고 엘라가 기기 시작했기 때문에 주방에서도 계속 아이를 볼 수 있도록 1층이 완전히 트인 곳이었다.

오크 뷰에서는 이사 센터 직원들이 트럭에 짐을 싣고 있었다. 내 침대는 남겨둘 테고 오늘 밤은 거의 빈집에서 자며 내일의 본격적인 이사를 준비할 것이다. 이곳에서 고작 2킬로미터 떨어진 곳으로 가는데도 훨씬 멀게 느껴졌다.

"거의 다 됐어요." 직원이 트럭에 가구를 올리느라 땀을 흘리며 말했다. 나는 이사 올 가족에게 무거운 옷장과 긴 식탁과 현관의 커다란 서랍장을 주기로 했고 그들은 비용을 아끼게 되어 기뻐했다. 그 가구들은 내가 이사할 집에 놓기에는 너무 컸고 볼 때마다 더 이상 원치 않는 추억이 너무 많이 떠올랐다. 이사 센터 직원은 손등으로 이마를 훔쳤다. "우편물이 왔더군요. 한쪽으로 치워두었어요."

우편물은 서랍장 위에 있었다. 이번에도 로라의 친구가 직접 전달한 것이었다. 나는 재판이 끝나고 세상 사람들 앞에 증거가 모두 공개된 뒤에도 그 친구가 계속 협조적일지 궁금했다. 혐의는 쌓여 있었다. 로라는 범죄를 은닉하고 아빠의 시신을 숨기고 엄마를 죽이겠다고 협박했다.

봉투를 보자 떠올리고 싶지 않은 장면이 떠올랐다. 총을 든 로라의 모습과 발코니 끝으로 다가가는 엄마의 모습이었다. 나는 머릿속 장면을 떨쳐버렸다. 이제 끝이었다. 다 끝났다.

나는 편지를 꺼냈다. 편지지는 한 장이었다. 이전 편지처럼 과장되게 사과하는 내용은 아닌 모양이었다. 내가 답장하지 않는 것으로 기소 내용에 대해 그녀에게 유리하게 협조하지 않겠다는 뜻을 밝힌 것이 분명히 효과가 있었던 듯했다.

나는 편지지를 펼쳤고 갑자기 귀가 울렸다. 몸속의 피가 요동치고 맥박이 빨라졌다.

편지지 한가운데에 딱 한 줄이 쓰여 있었다.

자살일까?

편지지를 든 손이 떨렸다. 온몸이 뜨거워져서 쓰러질 것만 같았다. 나는 쌓여 있는 상자와 일벌처럼 집과 트럭 사이를 오가는 이사 센터 직원들을 헤치고 주방으로 가서 뒷문을 열었다.

자살일까?

정원으로 나갔다. 그리고 어지러움이 가실 때까지 천천히 심호흡했다. 하지만 귀가 계속 울렸고 두려워서 가슴이 조였다.

이번에는 다른 곳에서 답을 찾을 필요가 없었기 때문이다.

이번에도 자살이 아니었다.

엄마는 뛰어내리지 않았다.

머리와 세라

"산개 대형으로…… 우로 나란히!"

명령이 떨어지자 남자 예순네 명과 여자 열일곱 명의 눈이 재빨리 오른쪽을 향했다. 신임 경찰관들은 모두 한 팔을 옆으로 올려 정확히 그 넓이 간격으로 줄을 맞춰 움직이더니 다시 차렷 자세를 하고 섰다. 흰색 장갑을 낀 손은 튜닉에 딱 붙였다.

머리는 참모 장교 헨더슨을 계속 바라보았다. 경찰전문대학의 여느 교관들처럼 헨더슨도 전직 군인이었다. 그의 희끗한 콧수염은 다음 명령을 기다리며 실룩였다.

"좌로……" 헨더슨은 숨을 들이마셨다. 머리는 이 동작을 정확하게 하려고 수없이 연습했다. 신임 경찰관에게 지급되는 따끔거리는 담요 아래에서 발이 제자리걸음을 하는 바람에 잠에서 깨기도 할 정도였다. 그런데도 긴장되었다. "빠르게…… 행진!"

무릎을 높이 올리고 고개는 더 높이 꼿꼿하게 든 1982년 6월 신임 경찰관들이 브라스 밴드의 연주에 맞추어 연병장을 행진했다. 전날 저녁에 너무 거하게 축하한 사람이라면 불편하게 느낄 정도로 소리가 컸다. '다시는 그러지 말아야지.' 머리는 구내식당에서 훔쳐온 플라스틱 컵에 패기 넘치게 위스키를 곱빼기로 따라 마신 일을 떠올리며 이렇게 생각했다. 그때는 축하 파티를 하는 것이 좋다고 생각했다. 하지만 오늘 아침 군화에 광을 내고 셔츠를 다리면서 일찍 자라는 경사의 충고를 받아들일 걸 그랬다고 후회했다.

"대열 일동 차렷!"

햇빛이 눈에 똑바로 비쳤지만 대부분 동료와 함께 연병장 중앙에 차렷 자세로 서 있는 머리는 눈을 찡그리지 않으려고 애썼다. 우수 신임 경찰관 중에서도 엄선된 몇 명이 오늘 오후의 귀빈에게 깃발을 건네주기 위해 연병장 앞으로 행진했다. 분명 깃발은 왕실의 누군가에게 전해질 테고 누가 깃발을 받을지를 두고 의견이 분분했다. 스티브 브리지스는 십중팔구 다이애나 왕세자빈일 것이라고 했다. 머리는 엘리자베스 여왕에게 1파운드를 걸었다. 이제 그는 요크 공작이 깃발을 받아서 모두 내기에 지고 나면 그 돈을 누가 가져야 할지 궁금해졌다.

앤드루 왕자는 '대중의 경찰' 로버트 필과 신임 경찰관들이 어깨에 짊어진 책임감의 무게에 대해 열띤 연설을 했다. 머리는 자부심에 가슴이 터질 것 같았다. 월요일 아침이면 그는 브라이튼을 순찰하며 범죄자를 집아들이고 학교에서 배운 모든 것을 현장에 적용하게 될 것이다.

신임 경찰관에게는 가족들을 위해 임명식 입장권이 네 장씩 배포되었다. 머리는 두 장은 부모님에게 보냈고 나머지 두 장은 대가족인 여순경 클레어 우즈에게 설득당해 그녀에게 양보했다. 머리는 연병장 앞쪽에 경사지게 배치한 좌석을 훑어보며 부모님을 찾았다. 정장을 빌려 입고 결혼할 때 했던 넥타이를 맨 채 뻣뻣하게 앉아 있던 아버지는 머리와 눈이 마주치자 뿌듯한 표정으로 미소 지었고 머리가 할 수 있는 일이라고는 그에 대한 답으로 웃는 것뿐이었다. 머리의 아버지는 삼 년 전 은퇴하기 전까지 27번 매켄지 순경이었다. 그는 아들이 진로를 자유롭게 선택하도록 놔두었지만 머리는 아버지의 발자취를 따르는 일에 자부심을 느꼈다. 그는 어머니를 보았지만 어머니는 갓 태어난 아기나 강아지를 볼 때의 표정으로 앤드루 왕자를 바라보고 있었다.

"대열 일동 쉬어!"

경찰관 여든한 명은 일제히 오른쪽 다리를 90도로 들어 올린 뒤에 원래 위치에서 15센티미터 왼쪽으로 떨어진 위치에 힘차게 내려놓았다. 머리는 관람석에서 빛나는 형광 분홍색과 노란 머리에 잠시 시선을 빼앗겼다. 파인애플 꼭지처럼 묶은 머리는 어두운 색의 정장과 모자가 즐비한 가운데 반쯤 가려져 있었다.

"대열…… 각자 해산!"

그들은 흩어져 각자 가족을 찾은 다음 경찰 전속 사진사

앞에 줄을 섰다. 오늘을 영원히 간직할 사진을 찍어 판지로 만든 액자에 넣기 위해서였다. 자랑스러워하는 부모와 애인이 난로 위 선반에 올려놓을 수 있도록.

한 시간쯤 뒤 머리는 형광 분홍색 스웨터를 다시 보았다. 그의 아버지는 예전부터 알고 지내던 경감과 이야기를 나누고 있었고 어머니는 머리가 일요일에 이사 갈 독신자 숙소의 시설에 대해 헨더슨 참모 장교에게 꼬치꼬치 묻고 있었다.

분홍 스웨터를 입은 사람은 뷔페 탁자 옆에 있었다. 이제 보니 분홍 스웨터는 중간중간 반짝이 실로 짜여 있었고 소매를 바싹 끌어내려 겨드랑이 부분이 붕 떠 있었다. 그녀는 머리 또래인 열아홉 살에서 스물한 살 정도로 보였고 바람이 세게 불면 날아갈 것만 같았다. 밝은 터키색 아이섀도를 눈썹까지 칠했고 볼로방(크림소스에 고기나 생선을 넣어 만든 작은 파이)에 손을 뻗자 팔에 낀 팔찌 수십 개가 쨍그랑거렸다. 그녀는 자기 접시에 두 개를 담고 누가 보고 있는지 살펴본 다음 큰 접시의 볼로방에서 새우만 세 개를 골라내 입안에 넣었다. 이 모습을 본 머리는 씩 웃었고 그녀가 다시 고개를 들자 두 사람의 눈이 마주쳤다. 그녀는 당황하기는커녕 씩 웃으며 새우를 하나 더 골라 입에 넣었다.

"맥!" 짐 라이더가 머리의 등을 두드렸다. "어젯밤에 대단했어."

"지금 그 대가를 치르는 중이야." 머리가 웃으며 말했다.

"해장술 마셔야지?" 짐은 마술사가 토끼를 꺼내듯 튜닉 안에서 휴대용 술병을 꺼냈다. 그리고 머리의 오렌지 주스 잔에 보드카를 넉넉하게 따르더니 자기 잔에도 따랐다.

"저기 분홍색 스웨터 입은 금발 아가씨 누구인지 알아?"

머리는 뷔페 탁자 쪽을 턱으로 가리켰다. 여자는 훈제연어말이에서 연어를 벗겨내고 있었다. 그러면서 짓궂은 표정으로 머리를 흘끗 보았다. 그러자 머리는 그녀가 뷔페 탁자에서 기이한 행동을 하는 것이 혹시 자기 때문이 아닐까 하고 희미하게 느꼈다.

"지난번에 보니 랠프 가족과 함께 있던데."

이 말이 맞는다는 것을 증명하듯 여자는 접시를 들고 칼랠프가 경사에게 부모님을 소개하고 있는 방 한쪽으로 갔다. 그녀가 다가가자 칼은 어깨동무를 했다. 머리는 고개를 돌리며 물었다.

"보드카 한 잔 더 마실까?"

"부모님 가시면 시내에 가야 해. 진짜 파티가 시작되는 거지. 같이 갈래?"

"당연히 같이 가야지." 머리는 이렇게 말하며 분홍 스웨터를 입은 여자가 칼 랠프와 함께 있는 모습을 보았을 때 잠시 느꼈던 실망감을 떨쳐냈다. 두 사람이 잘되기를 바라면서. 그는 랠프를 아주 잘 알지는 못했지만 좋은 녀석이었고 두 사람은 잘 어울렸다. 머리는 여순경과 잠깐 만나다가 아무 일도 없었던 것처럼 지내게 된 일을 빼면 대학 시절 내내 여자친구가 없었다. 경찰서에서 자리 잡고 나면 여자를 몇 명 만날 수 있을지도 몰랐다.

뷔페 탁자에는 키시와 파테를 치운 자리에 차가운 디저트와 블랙포레스트 케이크가 차려졌다. 머리가 케이크를 접시로 옮기는 도중 누군가가 쨍그랑 소리를 내며 팔을 뻗어 케이크 위의 반짝이는 체리를 집어갔다. 머리의 입술이 일그러졌다. 그는 케이크를 안전하게 접시로 옮긴 다음 돌아보았다. 정말 아무렇지도 않은 표정을 지으려고 애쓰면서.

"난 세라예요." 여자는 이렇게 말하더니 체리를 입에 넣었다. 손가락에 묻어 있던 크림이 윗입술로 옮겨 갔다.

"머리 매켄지예요. 여기 뭐가…… 묻었어요." 그는 자기 입술을 가리켰다. 그러자 세라는 입술의 크림을 재빨리 핥았다.

"됐어요?"

"네, 됐어요."

"아까 행진 멋있었어요." 그녀가 제자리에서 행진하는 시늉을 하자 어깨 위에서 커다란 은 귀걸이가 흔들렸다. "할머니 장례식 이후로 칼이 이렇게 똑똑하게 구는 건 처음 봤어요." 그녀의 미소가 환하게 빛났다. 하지만 그 미소는 금세 사라졌다. 가까이에서 보니 눈 아래에 다크서클이 보였다. 풍성한 스웨터 소매는 길게 내려와 손을 가리고 있었고 이야기를 나누는 동안 그녀는 소매를 더 아래로 끌어내렸다. 머리는 목걸이가 움직이는 쇄골을 얼핏 보았다. 새하얀 피부에 은색 목걸이가 빛났다.

'할머니의 장례식이라……'

"그럼 랠프가 당신의……." 머리는 질문을 끝맺지 않았고 세라는 장난치고 있다는 것이 드러날 정도로 대답을 오래 끌었다.

"맞아요. 오빠예요."

머리는 아무렇지 않은 척하려 애썼다. "오."

"오?" 세라는 담배 연기를 내뿜는 듯한 입모양으로 그의 말을 따라했다. 두 사람 다 미소 지었고 다음 단계로 넘어가기 위해 각자 말없이 상대방을 도발하고 있었다.

"혹시……"

"남자 친구 있냐고요?" 세라는 이렇게 말하며 고개를 저었다.

"나도 남자 친구 없어요." 머리는 얼굴을 붉혔다. "그러니까 여자 친구 말이에요. 음, 어, 그러니까 둘 다 없다고요." 젠장. 머리는 이런 일에는 영 소질이 없었다. 그는 이야기를 이어가려고 머리를 쥐어짰지만 생뚱맞은 이야기밖에 떠오르지 않았고 세라는 분명 이런 바보 같은 유혹에 넘어갈 여자가 아니었다. 사실 세라는 머리가 지금껏 만났던 여자들과 달랐다.

그녀는 머리의 눈을 바라보았지만 다시 말하기까지는 시간이 조금 걸렸다. "내가 정신 질환을 앓고 있는 거 알아요?" 세라는 활짝 웃었지만 눈은 전혀 웃지 않았고 턱은 도전적으로 내밀고 있었다. "칼이 말 안 하던가요?"

머리는 어깨를 으쓱했다. '물론 알고 있어요'부터 '그런 것 따위 신경 쓰지 않아요' 사이의 무엇이든 의미할 수 있는 몸짓이었다. 세라는 억지웃음에 가까울 정도로 계속 웃고 있었지만 머리는 웃지 않았다. 웃을 일이 아닌 것 같았다. 그는 랠프에게서 여동생의 정신 건강에 대한 자세한 이야기는 고사하고 여동생 자체에 대한 이야기를 들은 기억이 전혀 없었다.

"경계성 성격 장애예요." 세라는 더 환하게 웃으며 눈을 굴렸다. "병명만 들으면 별것 아닌 것 같지만 심각한 질환이에요. 정말이에요."

"무슨 뜻이에요?" 머리는 알아듣지 못한 자신이 바보 같다고 생각하며 물었다.

"원한다면 가서 다른 사람과 이야기를 나눠도 된다는 뜻이에요." 세라는 어깨를 으쓱했다. "가서 케이크 먹어요. 정상적인 사람을 찾아서 이야기 나누라고요." 그녀는 기분 나빠하지 않고 무심한 듯 말했지만 머리 마음속의 무언가를 잡아당겼다. 방금 만난 이 여자를 보호해주고 싶다는 말도 안 되는 생각이 들었다. 분명 자기 앞가림은 충분히 할 수 있어 보이는 이 여자를.

"굳이…… 말하고 싶지……" 머리는 말을 잇지 못했다. '정상적인 사람'이라고 말할 뻔했다. 세라의 눈동자가 빛났다. "케이크도 먹고 싶지 않아요."

"그럼 내가 먹어도 되죠?" 그녀는 머리의 손에서 포크를 가져가 케이크를 찌르며 체리를 찾았다. 그녀가 케이크를 찔러대자 접시가 머리의 손바닥을 눌렀다. "상태가 좋은 날도 있고 나쁜 날도 있어요." 그녀는 체리를 입에 넣고 이렇게 말하더니 또다시 찾았다. "기복이 있죠."

"다들 그렇지 않아요?"

세라는 체리를 씹으면서 고개를 끄덕여 그의 말에 수긍했다. "겁에 질리거나 피해망상에 시달리기도 해요." 그녀는 머리를 보았고 두 사람이 이야기를 나눈 뒤 처음으로 그녀의 눈에서 광채가 사라졌다.

"음," 머리가 진지한 표정으로 말했다. "그런 말 들어봤어요? 피해망상에 시달린다고 해서 언제나 피해망상에만 사로잡히는 건 아니라고요."

세라는 웃음을 터뜨렸다. "매켄지 순경님, 어디에 배치될 예정이죠?"

"브라이튼이요."

"난 호브에 살아요."

"오."

"오." 그녀의 눈이 다시 반짝였다. 그녀는 아까처럼 입술을 동그랗게 하며 말했다. 머리는 숨을 깊이 들이마셨다.

"언제 같이 저녁 먹을래요?"

세라는 전혀 뜻밖의 제안이라는 듯 한쪽 눈썹을 추켜올렸다. 그녀는 머리를 한동안 바라보더니 포크로 한 손을 두드렸다. "내가 약간 제정신이 아닌데도요?"

머리는 그녀를 보았다. 그녀의 형광 분홍색 스웨터와 링 귀걸이와 터키색 아이섀도를 보았다. 그리고 금방이라도 뛰어갈 것처럼 꼼지락거리는 발을 보았다. 머리는 연병장에서 그녀를 처음 보았을 때의 느낌과 새우를 집어내던 짓궂은 표정을 떠올렸다.

그는 미소 지었다. "당신이 약간 제정신이 아니라서 하는 말이에요." 그가 말했다.

이 책을 먼저 읽은 100만 유럽 독자의 경고

"절대 밤에 읽지 마라,
결코 빠져나올 수 없다"

**아이를 잃은 어머니, 사라진 운전자와 그를 찾아 헤매는 경위.
이들을 둘러싼 이야기 낱낱을 하나로 묶는 충격적인 비밀!**

어느 늦가을 밤, 촉망받는 조각가 제나 그레이의 삶은 순식간에 악몽으로
뒤바뀐다. 모든 것을 잃어버린 그녀는 인적 드문 해안가의 한 오두막집으로
숨어든다. 하지만 여전히 두려움과 슬픔에 사로잡힌 채 11월 밤의 끔찍한
사건에서 벗어나지 못한다. 그녀가 행복한 미래를 서서히 꿈꾸기 시작할 때
쯤, 그녀에게 다시 과거의 그림자가 드리우는데…….

"이 책을 읽는 하룻밤 동안 몇 번이나 뒤돌아볼 것이다"

전 세계 100만 독자를 단번에 사로잡은 베스트셀러
《너를 놓아줄게》를 잇는 또 하나의 화제작

당신은 매일 판에 박힌 듯 살아
항상 정해진 길로만 다니지
그걸 당신만 알고 있을까?

여느 때와 다름없이 평범한 어느 날, 조 워커는 퇴근길에 늘 오가는 지하철에 몸을 실은 채 신문에서 한 광고를 발견한다. 어떤 설명도 없이 여성의 얼굴 사진과 전화번호, 웹사이트 주소만 적힌 광고. 그녀는 사진 속 여성을 한눈에 알아본다. 바로 자신이었기 때문이다. 주변에서는 그녀와 닮은 사람일 뿐이라고 그녀를 안심시키지만 매일 광고에 다른 여성의 사진이 실리고 그들이 한 명씩 치명적인 범죄로 희생되면서 조는 나날이 불안해진다.

옮긴이 **박지선**

동국대학교 영어영문학과를 졸업하고 (주)대교에서 수년간 일하다가 번역에 뜻을 품고 성균
관대학교 번역대학원에서 번역을 공부했다. 번역학 석사학위를 취득하고 현재 출판번역에이
전시 베네트랜스에서 전문 번역가로 활동하고 있으며《당신의 손길이 닿기 전에》《마지막 패
리시 부인》《나는 어떻게 너를 잃었는가》《하렘의 꽃》《가려진 이름》《열대의 밤》외 많은 책
을 우리말로 옮겼다.

나를 지워줄게

1판 1쇄 발행 2018년 7월 30일
1판 2쇄 발행 2018년 12월 18일

지은이 클레어 맥킨토시
옮긴이 박지선
발행인 오영진 김진갑
발행처 나무의철학

기획편집 임나리 이다희 김율리 함초롬
디자인총괄 안윤민
마케팅 박시현 신하은 박준서
경영지원 이혜선

출판등록 2006년 1월 11일 제313-2006-15호
주소 서울시 마포구 월드컵북로5가길 12 서교빌딩 2층
전화 02-332-3310 팩스 02-332-7741
블로그 blog.naver.com/midnightbookstore
페이스북 www.facebook.com/tornadobook

ISBN 979-11-5851-103-6 03840

이 도서의 국립중앙도서관 출판예정도서목록(CIP)은 서지정보유통지원시스템 홈페이지(http://seoji.nl.go.kr)와
국가자료공동목록시스템(http://www.nl.go.kr/kolisnet)에서 이용하실 수 있습니다.
(CIP제어번호: CIP2018019840)